LEON STAUFFER

GOLDFINSTERNIS

LEON STAUFFER

GOLDFINSTERNIS

ROMAN

lau verlag

Bibliografische Information
der Deutschen Nationalbibliothek
Die Deutsche Nationalbibliothek verzeichnet diese
Publikation in der Deutschen Nationalbibliografie;
detaillierte bibliografische Daten sind
im Internet über http://dnb.d-nb.de abrufbar.

ISBN 978-3-95768-237-6

www.lau-verlag.de

Umschlagentwurf: pl, Lau-Verlag, Reinbek
Umschlagabbildung: © Phawat/Shutterstock.com
Satz und Layout: pl, Lau-Verlag, Reinbek
Druck und Bindung: Finidr, s.r.o.
Printed in Czech Republic

AND YE SHALL KNOW THE TRUTH,
AND THE TRUTH SHALL MAKE YOU FREE.

Wandtattoo in der Lobby der CIA-Zentrale
in Langley, Virginia

Und ihr werdet die Wahrheit erkennen,
und die Wahrheit wird euch frei machen.

Johannes Evangelium 8:32

PERSONEN

Elyas Aktaş. Professor em. für Architektur, Istanbul

Holger Altenhöhner. Anwalt und Testamentsvollstrecker Kasimir Gudoffs, Potsdam

Salomé Altenhöhner. Seine Frau, Potsdam

Philipp Blocher. Finanzchef der *Croning Hotel- und Immobilien Group*, Berlin

Riccardo »Rick« Corelli. Broker, Schlossherr, Ex-CIA, davor OSS, Salzburg

Laura Corelli. Seine Frau, Salzburg

Detlev Croning. Inhaber der *Croning Hotel- und Immobilien Group*, Berlin

Marie Thérèse Croning. Seine Frau, Berlin

Kurt Eisele. Verwalter der Liegenschaften des Deutschen Generalkonsulats, Istanbul

Herta Fehring. Kasimir Gudoffs Sekretärin, Berlin

Kasimir Gudoff. Geschäftsführer der *Mallorca Entwicklungs-Compagnie GmbH & Co. KG*, Berlin

Artur Gudoff. Sein Vater, Berchtesgaden

Hassan. Bekir Tereks Chauffeur und Leibwächter, Istanbul

Samy Hershfield. Anwalt und Nazigold-Experte, New York

George Hu. Stararchitekt, *Hu & McConnors Architects*, New York

Isabel Kelly. Head of Cultural Management, *Terek Holding*, Istanbul

Patrick William »Bill« Kelly. Ihr Vater. Broker, Ex-CIA, davor OSS, Èze-sur-Mer

Josef »Joschi« Kendlbacher. Musikkritiker, Salzburg

Traudl Muchitsch. Hotel-Directrice, Salzburg

Leyla Pilani. Architektin, Istanbul

Bekir Terek. Bankier und Mäzen, Inhaber der *Terek Holding*, Istanbul

Aaron Wolffson. Justiziar der *Croning Hotel- und Immobilien Group*, Berlin

TEIL EINS
BERLIN

Freitag, 6. August 1999

Kasimir Gudoff war noch am Leben, als Philipp Blocher in Tegel landete, wo ihn einer dieser Berliner Sommermorgen empfing, die erst für eine Pack-die-Badehose-ein-Stimmung sorgen, um wenig später vor der bleiernen Hitze zu kapitulieren, die sich über das brütend daliegende Häusermeer legen wird. Blocher hatte eine unruhige Nacht im Flieger über dem Atlantik hinter sich. Seine Augen verrieten Müdigkeit, für einen Moment auch eine Spur Ratlosigkeit. Ein Gefühl, das ihn unvorbereitet traf, obwohl es einen jederzeit grundlos überfallen kann: Man steht auf dem Platz vor dem Terminal, schaut den hastenden Leuten und abfahrenden Taxis nach, fühlt sich irgendwie ausgehöhlt und plötzlich sieht man sich dabei zu und versteht nicht mehr, warum man tut, was man tut.

Das Handy am Ohr schritt er die Reihe der parkenden Autos ab und suchte nach Wolffson. Er ließ es lange klingeln, dann winkte er ein Taxi heran. Der Fahrer kannte keine Tauben-, auch keine Friedrichstraße, auf das Stichwort »Gendarmenmarkt« hob er lächelnd beide Hände: »Ich Kosovo!« Blocher lotste ihn in Richtung Moabit, öffnete das Fenster, sog einige Male die Luft tief ein, stieß sie wieder aus und musste sich auf einmal anstrengen, um sich zu erinnern, warum er sich gestern noch so sicher war, alles werde ablaufen, wie er es sich zurechtgelegt hatte: Zug um Zug wie das Endspiel einer Schachpartie.

Das Gefühl, auf unsicherem Boden zu tappen, passte nicht zu Blocher. Nach Banklehre und Studium hatte er im Immobilieninvestment bei einer der großen Frankfurter Banken durch gewiefte Manöver auf sich aufmerksam gemacht, war kurze Zeit Vorstand der Brenner AG, bevor er bei Croning landete, der ihn – nach Brenners Milliarden-Pleite – als Finanzchef seines Hotel- und

Immobilienkonzerns nach Berlin holte. Eine rasante, wenn auch nicht spektakuläre Karriere in einer Umgebung, deren höflichstes Organ der Ellenbogen ist, ergänzt um subtile Einblicke in die Tricks und Launen des Immobiliengeschäfts. Neben Joggen verschafften Opern- und Konzertbesuche Ausgleich, seit dem Ende seiner Ehe auch die eine oder andere flüchtige Beziehung. Der Job bei Croning war nicht das, was er sich erträumt hatte, aber gut bezahlt und deshalb in Ordnung, mehr so eine Art gemütlicher Terror, bei dem nicht Blut, sondern Geld fließt. Blocher war sechsundvierzig Jahre alt, als auf einmal etwas Ungewohntes in der Luft lag. Eine ungute Atmosphäre wie ein verschütteter, übel riechender Duftstoff. Er hatte ihn in der Nase und mit einem Schlag war alles anders.

»Sie schnüffeln mir nach.« Kasimir Gudoff war nicht ganz bei sich, als er das sagte. Er hatte getrunken, sprach aufreizend langsam, um einen »gefährlich leisen Ton« bemüht wie jemand, der das moralische Gepäck abgeworfen hat. Sie standen in seinem Zimmer und schauten sich an, kurz davor, sich anzuschreien und einander Dinge zu sagen, die den anderen ins Mark treffen sollten. Aus Gudoffs Blick sprach ein gewisses zynisches Wohlbehagen. Aber auf seiner Glatze blinkten winzige Schweißperlen, der dunkelgraue dünne Haarkranz glänzte feucht und an den streichholzlangen nassen Strähnen über dem Nackenwulst hingen kleine Tropfen. Er hatte einen grandiosen Coup gelandet. Spielend und unauffällig, wie es sich für eine gelungene Unterschlagung gehört, hatte er fast zwanzig Millionen aus seinem Budget verschwinden lassen. An jenem Morgen vor dem Flug nach New York wusste es Blocher und Gudoff ahnte, dass er es wusste.

Blocher dirigierte den Fahrer um die Siegessäule. Sie fuhren durch den Tiergarten, in der Ferne das Brandenburger Tor, klitzeklein wie ein vom Himmel gefallenes Spielzeug, dann vorbei am sowjetischen Ehrenmal. Der Rotarmist auf dem Podest zwischen den beiden Panzern hielt seine ausgestreckte Hand über die Gräber der Anlage, als suche er die Toten vor dem Vergessen zu bewahren, aber darauf achtete Blocher nicht. Er lehnte sich zurück und schloss für einen Moment die Augen.

Wie jedem Menschen, der in seiner Wirklichkeit gefangen ist, wäre es Blocher nicht eingefallen, dass hinter der Welt, wie er sie sah, sich etwas verbergen könnte, das abseits aller Erfahrung liegt.

Woher sollte er auch wissen, dass ihm der Anblick einer übel zugerichteten Leiche bevorstand? Er dachte an die schwarze Venus, neben der er vor zwei Tagen bei Hu & McConnor Architects Einblick in die Bücher genommen hatte. Sein Interesse galt weniger den Kontoauszügen und Überweisungsbelegen als den langen, schmalen Gliedern ihrer dunklen Hände, mit denen sie über endlose Zahlenkolonnen strich, während das feuchtwarme, mit schwerem Pasha de Cartier benetzte Aroma ihres Körpers ihn um jeden vernünftigen Gedanken brachte. Das weitläufige Büro in der Madison Avenue, in dem Dutzende Architekten vor ihren Macs Villen, Hochhäuser, Hotels und Bürogebäude projektierten, war die letzte Station seines Aufenthalts in Manhattan. Das Abendessen mit dem Inhaber und Stararchitekten war ausgefallen, weil George Hu schon auf dem Weg nach Berlin war, um seine Präsentation bei der Croning Group vorzubereiten.

Blocher sah auf die Uhr. In eineinhalb Stunden wäre George dran. Danach würden sie sich Gudoff vornehmen. Es würde hart auf hart gehen. Gudoff würde zu irgendeinem miesen Trick greifen, damit musste man rechnen. Blocher fröstelte auf einmal vor innerer Erregung bei dem Gedanken, er hätte vielleicht noch mehr, noch intensiver, noch penibler nachforschen sollen. Aber kaum war er in New York, hatte ihn eine beinahe trotzige Gleichgültigkeit gegenüber allem überfallen, was mit Gudoff und dem Betrug in Berlin zusammenhing. Es war heiß, er war wie gelähmt, lag Stunden auf dem Bett im Hotel, raffte sich dazwischen auf, machte sich auf den Weg zum MoMA und zum Metropolitan Museum, speiste mittags bei Harry Cipriani und beließ es bei dem Meeting mit der schwarzen Venus und einem Termin in der Chase Manhattan Bank.

In der Taubenstraße ließ Blocher vor dem Gebäude mit den Lichtbändern in der Mitte der Friedrichstadt-Passagen anhalten und zahlte, wobei er vergaß, eine Quittung zu verlangen. Ein Lapsus, den er noch bereuen würde. Dann fuhr er mit dem Aufzug nach oben, ging in sein Apartment, stellte die Koffer ab und warf sein Sakko auf das Ledersofa, als das Handy klingelte. Normalerweise pflegte er Gespräche mit Leuten, die ihm auf die Nerven gingen, in einer Mischung aus Weghören und gespielt guter Laune beiseitezuschieben. Was ihn nicht losließ, war die Stimme. Eine heisere Stimme, einschmeichelnd, jovial, hinterhältig. Gudoffs Stimme.

»Und? Haben Sie gefunden, was Sie suchen?«

Blocher schwieg.

»Wie lange wollen Sie noch Flöhe hüten? Mit jedem Schritt, den Sie gegen mich unternehmen, geraten Sie nur weiter ins Abseits.«

»Der Chef will es so. Der Wind hat sich gedreht, mein Lieber.«

»Croning?« Gudoff schnaufte verächtlich. »Die Firma ist ein Kartenhaus, das wissen Sie doch. Croning wird vom Sockel fallen. Heute noch.«

Blochers Gesicht verzog sich zu einem starren Lächeln. »Erst mal …« Er reckte den Arm hoch und sah auf die Uhr. »Erst mal sind Sie dran. Um zehn. Wollen mal sehen, wer heute vom Sockel fällt.«

»Nein, nein …«

Die Mobilfunkverbindung im Haus war schlecht wie immer. Blocher ging zum Erker seines Apartments und stellte sich ans Fenster.

»Erst ist der Tod dran«, meldete sich Gudoff wieder am anderen Ende der Leitung.

»Der … was?«

»Der Tod!« Es klang wie tott.

»Ich verstehe nicht.«

»Nein? Tod, tott, tot …« Die Worte kamen müde und gereizt. »Das verstehen Sie nicht?« Es folgte ein kurzes, glucksendes Lachen. »Weil Sie blind sind, Blocher. Blind! Sie werden …«

Blocher drückte die Aus-Taste. Dann zog er die hölzernen Shutters hoch und beobachtete die Kellner von Lutter & Wegner, die mit dem Eindecken der Tische beschäftigt waren.

Der Erker ragte spitz aus der Fassade des Gebäudes. Der Blick von hier oben und die Nähe zur Firma waren der Grund, warum er die Wohnung genommen hatte. Man sah der Einrichtung an, dass er nicht vorhatte, Partys zu geben und oder jemanden einzuladen. An der Wand kein Bild, kein Foto. Die Luft verpestet von der Klimaanlage und die Nächte eine Qual, als schlafe man in einem Käfig aus Elektrosmog. Gegenüber lag das Quartier 205 in der Morgensonne, kalt und kantig wie ein Fossil. Blocher konnte die Fenster seines Büros erkennen. Er sah an ihnen vorbei hinüber zum Gendarmenmarkt, als unten auf der Taubenstraße Detlev Cronings Mercedes in die Tiefgarage einbog.

Er wird mich fragen, wo das Geld geblieben ist, überlegte er. Ich werde sagen: Das weiß ich nicht. Klingt nicht gut, ist aber die Wahrheit. Fast zwanzig Millionen sind kein Pappenstiel. Auch nicht für Croning da unten und sein Baby, die Croning Hotel und Immobilien Group.

Er hatte noch Zeit für eine Dusche, einen heißen Kaffee und das Sandwich, das er sich vom Flughafen mitgebracht hatte. Nach der Dusche kam er aus dem Bad und schlüpfte in den blaugrauen Anzug, den er bei Saks Fifth Avenue gekauft hatte. Dann holte er aus dem Aktenkoffer ein Blatt im amerikanischen Briefformat und las noch einmal Zeile für Zeile, als hätte er nicht alle Namen und Zahlen längst im Kopf. Auftraggeber, Empfänger, Kontonummern, Summe. Eine Perle für jeden Staatsanwalt!

Wirklich?

Was, wenn Croning wieder so tut, als wäre ich nur darauf aus, einen unappetitlichen Kollegen loszuwerden? Oder jemand den Spieß umdreht und das Desaster mir in die Schuhe schiebt: Verletzung der Aufsichtspflicht oder sonst irgendeine Schweinerei? »Seien Sie vorsichtig!«, hatte ihn der Managing Director der Chase Manhattan Bank gewarnt. »Vielleicht ist alles nur ein übler Scherz.«

Blocher klappte den Aktenkoffer zu und strich mit der flachen Hand über das braune Leder, wie man einen Jagdhund lobt, der seinem Herrn das Wild vor die Füße legt. Als er zur Tür ging, um die Wohnung zu verlassen, klingelte es.

Auf dem Display erschien Cronings Justiziar Aaron Wolffson, der im Hauseingang stand. Er hatte ihn noch nie privat aufgesucht, und während Blocher noch zögerte, den Hörer abzunehmen, tauchte aus der Erinnerung das Bild auf, wie Wolffson ihn kreidebleich auf dem Frankfurter Flughafen empfangen hatte: »Herr Doktor Blocher, Brenner ist verschwunden!« Das war vor drei Jahren. Wolffson hatte ihn aus einer Klausur auf Sylt holen lassen und mit rauer Stimme zurück in Brenners Firmenzentrale beordert. Sie waren beide in das Auge eines Hurrikans geraten, mitten in die größte Immobilienpleite der Nachkriegsgeschichte.

Tage zuvor noch hatten Brenner und seine Frau in ihre Villa in Königstein geladen. Alle waren sie gekommen: Die Bankiers und die Firmenchefs, die Verleger und die Industriekapitäne mit ihren Frauen. Die Crème de la Crème des Rhein-Main-Gebiets hatte es wie immer genossen. Brenner, der von allen, den Medien, der Politik und dem Boulevard gefeierte Baulöwe und König des deutschen Immobiliengeschäfts, saß an diesem Abend wie verloren abseits an einem Tisch, bis seine Frau Blocher aufforderte, sich zu ihm zu setzen.

Aber das Gespräch mit dem sonst so konzentrierten Mann wollte nicht recht in Gang kommen. Als später die Manager der größten deutschen Bank kleinlaut in denselben Sesseln hingen, auf denen sie vorher so fröhlich gefeiert hatten, und ihren verlorenen Milliarden nachtrauerten, hatten Wolffson und er wenig Anlass zum Mitleid. Nicht mit Brenner und auch nicht mit denen, die ihn mit ihren Krediten gefüttert hatten, die sie hinterher »Peanuts« nannten. Sie fühlten sich hintergangen, auch weil sie es waren, die damals der Pressemeute Rede und Antwort standen und nicht wussten, was sie sagen sollten, weil sie weder erklären konnten, wo Brenner steckte noch was es mit dem Loch in der Kasse auf sich hatte. So etwas schweißt zusammen.

»Vierter Stock«, rief Blocher in die Sprechanlage.

Wolffson war nervös. Nicht so bleich wie damals am Flughafen, aber aus der Art, wie er ohne jede ironische Bemerkung über die spärliche Möblierung in den Wohnraum trat, sprach eine Unruhe, die sich auf Blocher übertrug, der aus irgendeinem Grund die Frage vermied, warum Wolffson ihn nicht wie verabredet vom Airport abgeholt hatte.

»Ich hab versucht, dich anzurufen.«

Wolffson runzelte die Stirn, sah auf das Display seines Handys und schüttelte den Kopf. »Muss ich überhört haben. Jetzt zu dir! Ich hoffe, du warst nicht umsonst in New York?«

Statt einer Antwort fragte Blocher: »Kaffee?« und ging in die Küche. Dann bot er Wolffson Platz auf dem Sofa an, setzte sich auf den Freischwinger, rührte in seiner Tasse und sah sein Gegenüber an, als sei er dabei zu überlegen, womit er beginnen sollte.

Aaron Wolffson war ein gewiefter Jurist von siebenunddreißig Jahren, gescheit, hochgebildet und geistreich, mit müdem Blick und einem etwas zynischen Lächeln, dazu ausgestattet mit der zwanglosen Weltläufigkeit, wie sie bestimmten wohlhabenden Juden eigen ist. Er war nicht besonders groß, was aber nur auffiel, wenn er ungeduldig wurde und sich hektisch mit der Hand über seine Glatze fuhr. Blocher fand ihn fabelhaft. Endlich ein Mann, der ein sicheres Auge für Frauen hatte, unerschütterlich heiter, aber ohne jeden Dünkel, was nicht ausschloss, dass er, gestützt auf eine olympische Unabhängigkeit, gelegentlich zu ätzendem Sarkasmus neigte. Kurzum, ein Original in einer Branche, deren »sauschlechtes Image« von Wolffson in bedenkenloser Offenheit gegenüber allen, die es hören oder auch nicht hören wollten, unbekümmert konstatiert wurde. Die Freundschaft zwischen ihnen hatte sich in der gemeinsamen Bewältigung von Problemen und Krisen, wie sie in jeder Firma vorkommen, bewährt. Blocher beschlich dennoch zuweilen das Gefühl, dass ihre wirkliche Probe noch bevorstand. Er redete sich dann ein, seine Beziehung zu Wolffson habe nichts mit der Vergangenheit seines Vaters zu tun, über die er Wolffson gegenüber nie ein Wort verlor, während Wolffson einmal in seiner Vorliebe für drastische Pointen nach einer durchzechten Nacht auf der Nachhausefahrt im Taxi das heikle Thema mit dem lapidaren Satz bedachte: »Alle Völker sind selbstverständlich ekelhaft.«

»Gudoff hat angerufen.« Blocher hob sich den Bericht über die Reise nach New York für später auf. »Er behauptet, heute würde eine Bombe hochgehen. Gut möglich, dass er jetzt, wo es für ihn eng wird, mit dem Finger auf mich zeigt.«

»Und wenn schon …«, meinte Wolffson gedehnt, stellte seine Tasse auf dem Boden ab, lehnte sich zurück und reckte beide Arme in die Höhe. »Er will deinen Job«, gähnte er. »Dann kann er die Finanzen der Gruppe kontrollieren. Ein Traum, wenn man weiß, wie chaotisch Croning in diesen Dingen agiert. Also: Immer dieselbe banale Intrige! Etwas«, fügte er mit einem müden Lächeln an, »wovon du gar nichts verstehst.«

»Irgendwelche Neuigkeiten?«

Wolffson zuckte mit den Schultern. »Gudoff hält sich bedeckt und tut so, als sei er obenauf.«

»Was soll dann dieser Anruf? Wo wir uns doch sowieso alle gleich sehen. Ach so ja, vorher sei der Tod dran, meinte er noch. Etwas skurril, findest du nicht?«

Wolffson winkte ab und wurde plötzlich lebhaft.

»Nun sag schon!«, drängte er Blocher. »Hast du etwas erreicht?«

»Ja und nein.«

»Also bitte! Erzähl mir nichts von verlorenen Siegen!«

»Ich hab ein As im Ärmel. Es reicht, um Gudoff aus dem Verkehr zu ziehen.« Blocher sah auf die Uhr. »Details erzähl ich dir später. Es ist zehn! Wir müssen rüber!«

Sie verließen die Wohnung, überquerten die Taubenstraße und verschwanden in Cronings Bürowürfel am Gendarmenmarkt. Die Präsentation war bereits im Gange. Jemand nahm gerade ein weißes Deckblatt von einem großformatigen Schaubild, das aus der Vogelperspektive einen perfekten Überblick über das Gelände bot. Daneben reihten sich an den unverputzten Wänden weitere Tafeln mit Plänen, Skizzen, Mustern von Stoffen, Hölzern und Natursteinen. Blocher stellte sich an den Rand des Kreises, der sich um George Hu gebildet hatte. Mit reservierten Mienen folgten die versammelten Geschäftsführer, Hotelmanager und Prokuristen des Unternehmens der Präsentation des New Yorker Architekten. Der Chinese, eine zarte Erscheinung, schmal, mit kreisrunder Hornbrille und von demonstrativ bescheidenem Auftreten, hielt seine Augen unverwandt auf Detlev Croning und dessen Frau gerichtet. Er sprach leise, doch eindringlich und schien außer den beiden nichts um sich herum wahrzunehmen.

Croning hatte bei ihrem Eintreten Wolffson mit einem kurzen Blick registriert, von Blocher nahm er keine Notiz. Blocher maß dem keine Bedeutung bei, aber er dachte, es wäre besser gewesen, wenn er mit Wolffson über seinen New-York-Aufenthalt gesprochen hätte, bevor es zum Showdown mit Gudoff kam. Der Gedanke daran hinderte ihn, sich auf George Hus Vortrag zu konzentrieren. Er wandte den Blick ab und sah sich um.

Irgendetwas stimmte nicht. Neben Blocher stand Kurt Böhringer, der Chef der Vertriebsabteilung. Er stieß Blocher an und deutete kopfschüttelnd auf die Gipskartonwände und Ytong-Steine, die sich zwischen den unverkleideten Stützträgern stapelten. Der Westflügel der vierten Etage des Gebäudes war noch immer nicht vermietet, die Fenster zur Friedrichstraße hatte man mit Plastikfahnen verhängt. Es sah aus wie auf einer Baustelle. Wohl ein fauler Witz, dachte Blocher: New Yorker Stararchitekt müht sich im Dämmerlicht einer Berliner Betonhöhle, Croning und seinem Gefolge die Entwürfe zu einem Immobilienprojekt nahezubringen, dessen Dimension alles übertraf, was die Gruppe bis dahin auf die Beine gestellt hatte. Auf dem Boden lagen Pressluftbohrer und anderes von Bauarbeitern zurückgelassenes Gerät. Aber das war es nicht.

»Wo steckt Gudoff?« fragte Blocher leise.

Böhringer hob die Schultern. »Keine Ahnung«, flüsterte er. »Erst verlegt er den Termin in dieses Loch und jetzt lässt er sich nicht blicken.«

George Hu war inzwischen bei seinem Lieblingsthema angekommen, dem Design der Hotelanlage, als Detlev Croning ein Mobiltelefon aus der Seitentasche seines Sakkos zog. Croning war es gewohnt, gewisse Rechte für sich allein zu beanspruchen, darunter das Recht zu telefonieren, wann und wo er wollte. Es kümmerte ihn nicht, ob er damit jemanden vor den Kopf stieß wie jetzt den New Yorker Architekten oder bei anderer Gelegenheit eine entgeistert dreinschauende Bankerrunde, vor der er mitten in einer Kreditverhandlung, die anderen den Schweiß auf die Stirn getrieben hätte, seelenruhig sein Handy aus der Tasche zog, weil ihm gerade einfiel, dass er vergessen hatte, seinen Sohn danach zu fragen, wie es um die Aufnahme in den Tennisclub Rot-Weiß am Gottfried-von-Cramm-Weg stehe.

Wie auf ein vereinbartes Zeichen hin kam plötzlich Bewegung in die eben noch geduldige Schar der Zuhörer. Sie begann sich aufzulösen, es bildeten sich einzelne Gruppen. Erst leise, dann immer vernehmlicher entspann sich das eine oder andere Gespräch. George Hu schritt irritiert die Reihe der restlichen Moodboards ab, suchte in immer kürzeren Erläuterungen nach einem Ausweg aus der peinlichen Situation und brach dann resigniert seinen Vortrag ab.

Cronings Telefonat dauerte keine halbe Minute. Er rief Blocher zu sich: »Gehen Sie mal rüber ins Sekretariat von Gudoff. Mit der Fehring ist nicht zu reden. Ich möchte wissen, was da los ist. Es ist jetzt halb elf vorbei und er ist nirgends zu erreichen. So kommen wir hier nicht weiter …«

Herta Fehring, das Gesicht weiß wie die Maske einer Goth, stand neben ihrem Schreibtisch und wollte etwas sagen, brachte aber kein Wort hervor. Dünne schwarze Linien rannen ihr über die

Wangen. Blocher zog sie an sich und fing an, ihr beruhigend mit der flachen Hand über den Rücken zu streichen, worauf sie von einem Weinkrampf geschüttelt wurde. Ihr Kostüm mit dem etwas zu kurzen Rock und dem zitternden Körper darunter presste sich hilfesuchend an ihn. Er schloss sie fester in die Arme und merkte im selben Moment, dass seine Hinwendung wenig hilfreich, um nicht zu sagen unklug war.

In seinem Körper schlummerte eine unterschwellige Überreizung der Sinne, die ihm nach Atlantikflügen, durchfeierten Nächten oder gelegentlichen Alkoholexzessen nicht unbekannt war. Übermüdung war seit jeher Blochers wirkungsvollstes Aphrodisiakum. Noch bevor er dazu kam, der Peinlichkeit ihrer Umarmung zu entkommen, stieß sie ihn mit einem Aufschrei von sich.

»Gudoff«, brach es aus ihr heraus. »Er ist tot! Jemand hat ihn umgebracht …«

Wie von Ferne erreichten konfus aneinandergereihte Wortfetzen von Identifizieren, Polizei und Friedhof Blochers Ohr, die er fieberhaft in einen Zusammenhang zu bringen suchte. Offenbar hatte die Polizei Herta Fehring mit einem Anruf aus dem Einerlei ihres Büroalltags befördert und ihr eröffnet, ein Mann namens Kasimir Gudoff sei erschlagen auf dem Invalidenfriedhof aufgefunden worden. Ausweislich seiner Visitenkarten sei er Geschäftsführer der Mallorca Entwicklungs-Compagnie GmbH & Co. KG. Jemand aus dem Unternehmen solle sich schleunigst auf den Weg machen.

»Aber das ist unmöglich!«, stieß Blocher hervor. »Er hat mich doch vorhin … War er heute früh im Haus?«

»Was fragst du mich das? Ausgerechnet du? Du bist aus New York zurück, ja? Seit wann, wenn ich fragen darf? Was ist hier eigentlich los?«, schrie sie. »Wenn Blocher aus New York zurück ist, werde ich ihn zerquetschen wie eine lästige Wanze. Das sind Gudoffs Worte. Er hat sie mir gestern gesagt, hier in diesem Zimmer. Und jetzt? Mein Gott, jetzt ist er tot. Ermordet!«

»*Was* hat er gesagt?«

»Ach … Er weiß alles.« Sie tastete sich zu ihrem Stuhl. Dann schlug sie die Hände vor das Gesicht und sagte unter Tränen: »Ich hab ihm alles erzählt. Mein Gott, ich fühl mich so schuldig. Ich versteh das alles nicht …«

»Was hast du erzählt?«

»Alles. Er weiß alles.«

Sie schaute voller Abscheu zu ihm auf. Die Haare hingen ihr ins tränennasse Gesicht.

»Ich hab ihm alles erzählt. Dass er sein Notizbuch auf seinem Schreibtisch hat liegen lassen. Dass die Seite mit den Zugangscodes zu seinem Computer und zum Geschäftskonto aufgeschlagen da lag. Dass ich mir Zugang verschafft und die Kopien sämtlicher Kontobewegungen, über die er Vollmacht besaß, auf eine CD-ROM gebrannt und dir übergeben habe. Er hat alles erfahren. Dass du nach New York geflogen bist, um nach dem verschwundenen Betrag zu suchen. Alles. Über uns. Über das zwischen dir und mir …«

Eine Grauzone. So hatte er für sich sein Verhältnis zu Herta Fehring genannt. Grauzone, ein Wort, das er manchmal im Zusammenhang mit Kalkulationen gebrauchte, die nicht aufgehen wollten oder nicht ganz koscher waren. Vor allem dann, wenn er sich genötigt sah, die von Croning aufgelegten Fonds »aufzuhübschen«, wie Wolffson das geringschätzig nannte, um sie für kleine Anleger oder große Investoren attraktiver zu machen.

Es stimmte, er hatte Herta Fehring einmal, nein zweimal eingeladen und war mit ihr ausgegangen, weil er herausfinden wollte, wofür Gudoff die ihm anvertrauten Gelder verbrauchte. Schon der erste Abend im Sale e Tabacchi war vielversprechend verlaufen, auch wenn Herta Fehrings leuchtende Augen allzu verlangend von Einsamkeit und einer gewissen erotischen Notlage sprachen und auf Absichten schließen ließen, die auf anderes zielten als auf das, was er mit ihr vorhatte.

Auf Männer, die ein Abenteuer suchten, wirkte sie gewiss anziehend, war aber trotz ihrer auffallend guten Figur und dem wuscheligen, dunkelrot gefärbten Haarschopf nicht sein Fall. Sie hatte stark geschminkte Lider, die schwer über ihren blauen Augen hingen, wodurch ihrem Blick etwas hintergründig Verschlafenes anhaftete, was in kuriosem Gegensatz zum energischen Getrommel ihrer kurzen, harten Schritte stand, von dem die Gänge widerhallten. Sie liebte es, jäh die Tür aufzureißen, wenn sie in ein Zimmer trat, worauf die Luft augenblicklich von einer Flut erregter Worte schwirrte, mit denen sie irgendwelche belanglose Neuigkeiten auf einen niederprasseln ließ.

Blocher hatte sich von Büroaffären immer ferngehalten, sie nahmen seiner Meinung nach selten ein gutes Ende. Ihm graute vor dem Morgen danach, mehr aber noch vor dem lächerlichen Versteckspiel bei den drohenden »zufälligen« Begegnungen auf den Gängen oder im Aufzug.

Die Fehring war von solchen Befürchtungen anscheinend weit entfernt, jedenfalls war das der Eindruck, den er von jenem Abend mit nach Hause nahm. Sie hatte ihn ausgesprochen forsch ins Gebet genommen, fragte schon nach dem Aperitif, ob es stimme, dass er mit Kerstin Fürst, der Belle de Jour eines Berliner Literatursalons, verheiratet gewesen sei, und als er daraufhin etwas voreilig »die Geschichte mit dem Mauerbau« zum Besten gab – er hatte, um die Trennung von seiner Frau voranzutreiben, zu Ziegel, Mörtel und Kelle gegriffen und in einem Akt wild entschlossener Trockenlegung ihrer Beziehung eine Mauer in der Verbindungstür zwischen den beiden Flügeln der gemeinsamen Frankfurter Wohnung hochgezogen –, konnte sie sich vor Lachen kaum halten, beugte sich vor und gab ihm über die Antipasti hinweg einen Kuss, was der Bundesinnenminister am Nebentisch, ein literarisch interessierter Zeitgenosse, dem Blochers Schilderung nicht entgangen war, mit amüsiertem Blick goutierte.

Der Abend war für beide Seiten in bester Laune verlaufen, sie hatten sich vor der Tür des Restaurants mit einem Kuss auf die Wange verabschiedet und waren jeder in sein Taxi gestiegen. Entscheidend für Blocher war das Ergebnis, das sie bei einem zweiten, ebenfalls harmlos ausklingenden Treffen in der damals angesagten Bar am Lützowplatz feierten: die CD-ROM mit Gudoffs Kontoauszügen, die sie ihm aushändigte, während Gudoff zu Verhandlungen mit den Behörden in Palma war. Mehr war zwischen ihnen nicht.

Aber vielleicht ist gerade das jetzt ein Problem, dachte Blocher, als Herta Fehring die Augen zusammenkniff und leise sagte: »Du kommst dir wohl besonders schlau vor? Spielst den Charmeur und hast dich an mich rangemacht – nur um an die Daten zu kommen. Und ich hab sie dir überlassen, weil ich mir eingebildet hab, du magst mich und wir ...«

»Jetzt hör aber auf!«, rief er. »Wir waren einmal nach dem Job zusammen essen und einmal in der Bar. Das war's. Ich versteh dich nicht. Gudoff ist tot und du machst mir eine Szene und redest von,

von … wo nie etwas war zwischen uns! Und dann … Du hast ihm das alles erzählt? Ich kann es nicht glauben …«

»Du eitler Schuft! Du hältst mich wohl für blöd?«, gab sie zur Antwort und ging zum Fenster. Sie schrie nicht mehr, sondern sah nur herausfordernd um sich, nickte bedeutungsvoll und meinte in einem Ton, als sei es an der Zeit, ihm düstere Prophezeiungen unter die Nase zu reiben: »Aber der Dumme bist du. Weil man dich als Ersten fragen wird, wer Gudoff umgebracht hat. Vielleicht denkst du dir schon mal eine passende Antwort aus.«

Wer Gudoff umgebracht hat … Blocher fühlte seinen Nacken feucht werden. Er kam sich plötzlich wie ein Stümper vor, überrumpelt von obskuren Verhältnissen, in denen niedrige Triebe herrschten, die ihn wie der Strudel eines Stromes mitzureißen drohten. In seinem Endspiel um die verschwundenen Millionen hatte jemand die Figur Gudoff vom Schachbrett entfernt, und das nur Stunden bevor er ihn matt setzen wollte. Das war das eine und es bedeutete: Nichts würde mehr so ablaufen, wie er es sich zurechtgelegt hatte.

Etwas anderes war aber noch brisanter: Er war, wie jeder bei Croning wusste, der schärfste Rivale des Opfers, das jetzt tot auf dem Invalidenfriedhof lag. Wer wollte, konnte leicht mit dem Finger auf ihn zeigen. Als wenn er nicht Gegner genug hätte! Er, der Finanzchef, der zu nichts anderem da war, als Budgets und Gehälter knapp zu halten und den unerbittlichen Knauser verkörperte, dem in seiner Rücksichtslosigkeit vielleicht sogar ein Mord …

Blocher griff zum Telefon wie nach einem Rettungsring und berichtete Croning in wenigen Worten, was vorgefallen war. Er wartete auf eine Reaktion, aber es kam keine. Am anderen Ende der Leitung war nur das gleichmäßige Atmen Cronings zu hören. Nach einer gefühlten Ewigkeit räusperte sich Croning und sagte leise: »Schicken Sie die Fehring nach Hause und machen Sie sich auf den Weg zu Gudoff! Wir treffen uns danach in meinem Büro.« Das war alles. Blocher war so konsterniert über Cronings Reaktion, dass er Herta Fehring im Befehlston anherrschte, sofort nach Hause zu gehen.

Als sie vor den Aufzügen standen, kehrte sie unvermittelt um, lief unter lautem Geklapper ihrer Absätze davon und kam mit einem luftgepolsterten Kuvert zurück. Sie blickte Blocher erschöpft und verächtlich mit ihren verschlafenen Augen an und drückte es ihm wortlos in die Hand. Blocher brachte sie zum Taxi. Dann holte er den Wagen aus der Tiefgarage und fuhr in die Scharnhorststraße.

* * *

Der Invalidenfriedhof glich dem Drehort eines trivialen Vorabendkrimis. Blocher hatte Mühe, sich an einem halben Dutzend Feuerwehr- und Einsatzwagen der Polizei vorbei Einlass zu verschaffen. Ein Polizist brachte ihn zu einem Mann in Zivil, der sich als Leiter der Mordkommission vorstellte und ihn mit den Worten, ein solches Schlachtfeld sei ihm lange nicht mehr untergekommen, an der Absperrung der Spurensicherung vorbei zum Tatort führte.

Gudoff lag mit eingeschlagenem Schädel halb über einer mächtigen grauen Grabplatte. In der erschlafften rechten Armbeuge hielt er einen kleinen Lorbeerkranz. Der Mann von der Mordkommission schob seinen Panamahut ins Genick und meinte: »Todesursache vermutlich Gehirntod. Der Mörder hat zweimal zugeschlagen. Sehen sie hier!«

Er beugte sich vor und deutete auf Gudoffs zertrümmerten Kopf. Die linke Gesichtshälfte war von der Stirn abwärts eine einzige blutige Fleischmasse. Der Mund war nach rechts unten verschoben und erinnerte mit der heraushängenden Zunge an die Grimasse eines Blödsinnigen. Jemand musste einen stumpfen Gegenstand mit Wucht auf das Opfer niedergehauen haben.

Über dem Friedhof kreisten ein paar Krähen und ließen sich kreischend auf einem Baum nieder. Die Sonne stach von einem wolkenlosen Himmel herab. Inzwischen war es unerträglich heiß geworden. Blocher wischte sich mit einem Taschentuch den Schweiß von Stirn und Nacken. Ihm gefiel das abgebrühte Gehabe des Mannes mit dem Panamahut nicht, der sich anscheinend vorkam wie eine Figur aus einem Hollywoodfilm der schwarzen Serie. In seinem Magen begann es zu rumoren. Er spürte ein Zittern in den Knien und für einen Augenblick war ihm, als verschwinde das von Krieg und Mauerbau umgepflügte preußische Gräberfeld hinter einer Nebelwand.

Er hatte plötzlich das merkwürdige Bedürfnis, jetzt, wo Gudoff tot war, mit ihm über alles zu sprechen. Er hätte nicht sagen können warum, aber es kam ihm plötzlich vor, als fühle er sich verantwortlich für dessen schreckliches Ende, als müsse er sich bei ihm für die Sinnlosigkeit ihrer verbissen inszenierten Streitereien entschuldigen.

Dann holte ihn der alte Frust über Gudoff wieder ein, und ohne zu ihm hinzusehen, der da wie hingerichtet vor ihm lag, sagte er sich: Du bist tot und ich bin jetzt der Dumme. Die Fehring hat es als Erste begriffen. Das, was hier passiert ist: Auf wen zielt es überhaupt? Nur auf dich? Oder nicht auch auf mich? Du wärst sowieso im Knast gelandet. Warum dich also umbringen? Woher wusste der Täter, dass er dich hier treffen würde? Warst du mit ihm verabredet? Hat er dir aufgelauert? Wollte er von dir wissen, wo du das Geld versteckt hast? Hast du es ihm verraten? Kanntest du ihn? Warum war er dein Feind? Gab es noch andere Feinde außer mir in deinem Leben?

Unter dichten Brauen blickten seine Augen finster, dann senkten sie den Blick zur Erde und Blocher starrte auf eine dicke, blauschwarze Fliege, die mit eckigen Bewegungen auf der Zungenspitze des Toten umherirrte. Er fühlte, wie sich sein Magen hob, und wich angeekelt zurück, würgte ein »Gudoff …« heraus und wäre dabei fast auf eine der gelben Tatort-Nummerntafeln getreten, die von der Spurensicherung in Richtung Friedhofsmauer abgelegt worden waren. Der Mann von der Mordkommission nahm ihn am Arm und fragte, ob er irgendeinen Hinweis auf das Motiv oder den Hintergrund der Tat geben und ihm erklären könne, was es mit dem Kranz und der Schleife auf sich habe.

Jetzt erst fiel Blocher auf, was auf der weißen, vom Blut tiefrot befleckten Schleife in schwarzen Lettern geschrieben stand: *Mit Wort und Tat für Ehr und Recht! A.G.*

Blocher verneinte und stellte auf Nachfrage sein Verhältnis zu Gudoff als »distanziert, aber unproblematisch« hin. Er gab sich zugeknöpft, möglicherweise, wie er argwöhnte, in den Augen der Mordkommission zu zugeknöpft, aber seine prekäre, wenn auch indirekte Verwicklung in den Mordfall verunsicherte ihn und ließ ihm, wie er meinte, keine andere Wahl. Von der Veruntreuung des Millionenbetrags konnten die Ermittler nichts wissen, ebenso wenig von seiner Rolle bei der Entlarvung Gudoffs. Jedenfalls noch nichts.

Der Beamte fragte ihn unvermittelt: »Wann haben Sie ihn zuletzt gesehen?«

»Vor einer Woche, bevor ich nach New York musste.«

»Sie waren in New York? Wann sind Sie zurückgekommen?«

»Heute früh, mit der Maschine aus Frankfurt.«

»Wann war das?«

»So gegen halb acht, denke ich.«

Der Beamte hob die Brauen, zog ein Notizbuch aus der Tasche und machte sich eine Notiz.

Blocher wurde nach Aufnahme seiner Personalien entlassen und ging den Weg zurück, vorbei am Grabmal Scharnhorsts. Blocher verehrte Schinkel, den Baumeister der preußischen Könige, seit er nach Berlin gekommen war. Er kannte diesen Ort gut. Einmal hatte er ihn mit George Hu aufgesucht. Sie waren sich einig: Das hier war der Inbegriff vollendeter Schönheit. Er übersetzte damals George die Inschrift auf einer der Grabplatten innerhalb der Umfriedung des Monuments: »Be faithful, even to the point of death, and I will give you life as your victor's crown.« *Sei getreu bis in den Tod, so will ich Dir die Krone des Lebens geben.*

Er teilte mit George, dem Amerikaner chinesischer Abstammung, die melancholische Einsicht in den Abstand zu jener Welt, in der Menschen ein solcher Wahlspruch teuer war und die doch nur ein paar Generationen zurücklag. Und wie immer, wenn er zu dem Löwen auf dem Sarkophag aus weißem Carrara-Marmor aufsah, ertappte er sich bei dem Gedanken, dass er womöglich in das falsche Zeitalter geraten war. Der Löwe schlief, den Kopf auf die müde verschränkten Pfoten gebettet, den ewigen Schlaf der Titanen.

Ein paar Schritte hinter Schinkels Meisterwerk standen zwei alte, in schlichte Hosenanzüge gekleidete Frauen. In ihrer Begleitung war ein junger Mann, dessen Outfit, leicht verwaschene Jeans und ein grüner abgetragener Sweater, Blocher den ostdeutschen Hintergrund signalisierte. Die beiden Alten schauten etwas verloren auf einen Kranz mit Schleife und den üppigen Rosenstrauß, die zu ihren Füßen auf dem flachen Grasboden lagen. Eine der Frauen hob den Kopf und fixierte auf eine gebieterische Art verständnislos Blocher, als könnte sie von ihm eine Erklärung für das ringsum herrschende Durcheinander erwarten.

»Die liegen seit Jahren im Clinch mit dem Bezirksamt, das ihnen die Aufstellung eines Grabsteins verweigert«, meinte der Polizist, der ihn zum Ausgang begleitete. »Sie kommen einmal im Jahr hierher an das Grab ihres Vaters. Hohes Tier bei den Nazis. Irgendwas mit Autobahn.« Man habe sie hier angetroffen und werde sie gleich noch befragen, erklärte er in einem Ton, als wäre das für die Ermittlungen von Bedeutung.

Blocher ging zu seinem Wagen und drehte sich noch einmal zu den Rettungs- und Einsatzwagen um, den funkelnden Blaulichtern, Polizisten und Feuerwehrleuten und der Ansammlung einiger Schaulustiger, die schweigend die Hälse reckten und die Szene begafften. Vor der Absperrung waren zwei Kameras aufgebaut, daneben standen Reporter und beobachteten das Geschehen.

Womöglich war ich der Letzte, überlegte er, mit dem Gudoff telefonierte, am Ende gar von dieser Stelle aus, bevor er das Tor zum Friedhof passierte, wo der Mörder auf ihn wartete. Aber was hatte er hier zu suchen? Warum war er überhaupt hier?

Als er in den Wagen stieg, klingelte sein Mobiltelefon. Es war Cronings Assistent Tilman Michelsen, der sich hanseatisch korrekt mit Betonung des *e* auf der zweiten Silbe bei ihm meldete und ihn in vorwurfsvollem Unterton daran erinnerte, Herr Terek aus der Türkei sei eingetroffen und warte im Konferenzraum auf ihn und den Chef.

Blocher erwiderte, sie hätten jetzt Wichtigeres zu tun, außerdem wisse er nichts von einem Termin heute Mittag. Michelsen solle umgehend ein Treffen mit Croning und Wolffson arrangieren, er wäre in einer Viertelstunde bei ihnen.

Aber Michelsen ließ nicht locker.

»Tut mir leid. Auf dem Terminplan steht unter sechstem August, zwölf Uhr fünfzehn: Terek Holding, dick unterstrichen, daneben Herr Gudoff und Herr Croning. Wir hatten keine Ahnung, dass Terek persönlich erscheinen würde. Der Chef möchte Sie dabeihaben«, bedrängte er ihn und fügte noch an, Gudoff sei ja nicht da, ganz so, als sei der aus irgendeinem Grund außer Haus und hinge nicht hundert Meter hinter Blocher mit eingeschlagenem Schädel über einem Grabstein.

* * *

»Sehr gutt!«

Mit behäbigem Schritt beendete Bekir Terek seine Runde um den Konferenztisch.

Es war nicht ganz klar, ob er die Schaubilder des New Yorker Architekten meinte, von denen einige von der Betonetage in den Konferenzraum gebracht und dort aufgestellt worden waren, oder den fabelhaften Blick, der sich auf den Gendarmenmarkt bot. Terek nahm unaufgefordert den ledernen weißen Vitra-Sessel an der Mitte des Tisches in Beschlag, wobei er behaglich die Füße von sich streckte und seinen massigen Körper tiefer unter den Tisch gleiten ließ. Mit einer leichten Handbewegung wies er seiner Begleitung den Platz neben ihm zu und schaute amüsiert auf Blocher.

Blocher fühlte den Blick der jungen Frau auf sich. Sie war auf eine zurückhaltende Art attraktiv. Zu attraktiv für den Rüpel an ihrer Seite, fand er und sah zwischen den beiden hindurch auf die Kuppel des deutschen Doms. Er denkt nicht daran, sie mir vorzustellen. Aber sie ist ihm nicht so untertan, wie er es vielleicht gerne hätte. Dazu ist ihre Haltung zu selbstsicher. Auch ist sie allem Anschein nach keine Türkin. Keine Ahnung, was die beiden verbindet.

»Ihre Holding!«, begann Blocher, um von der Peinlichkeit des Wartens auf Croning abzulenken. »Ein Wachstum und eine Performance: Fantastisch! Als ich vor zwanzig Jahren in Istanbul studierte, war am Rande von einem Bekir Terek die Rede. Jetzt kennt Sie jeder. Von Karatschi bis London, von Moskau bis New York!«

»Aah! In Stanbul? Inderessand!«, schallte Tereks Bass durch den Raum.

Ob er türkisch spreche, fragte er auf Türkisch.

»Şöle böle« – *so lala*, meinte Blocher.

»Na bitte, genügt doch! Perfetto! Was hat Sie denn an die Gestade unseres Bosporus getrieben? Torheit? Oder die Liebe? Oder gar am Ende beides?«

Terek grinste wohlwollend und so breit, dass die dunklen, schlauen Augen in den Furchen seiner Boxervisage verschwanden. Das leicht ergraute schwarze Haar fiel ihm in kurzen Strähnen auf die Stirn. Die fleischige, breite Nase war irgendwie dreigeteilt. Sie reichte vom Ansatz erst ein kurzes Stück nach innen, führte dann in einem geraden Abschnitt weiter abwärts, um schließlich in einem leicht nach oben gerichteten Part mit auffallend breiten Nasenflügeln zu enden.

»Vergleichendes Wirtschaftsrecht«, antwortete Blocher.

Terek Holding, dick unterstrichen, daneben Herr Gudoff und Herr Croning, hämmerte es in seinem Kopf. Was zum Teufel hatte ein Bekir Terek aus Istanbul mit Gudoff zu schaffen?

Er richtete den Blick auf Tereks Assistentin. »Waren Sie nicht mit Herrn Gudoff verabredet?«

In dem Moment betrat Detlev Croning den Raum.

Der Türke wand sich mit einem Ächzen aus dem Designermöbel. Er brachte, begleitet vom Quietschen seines Schuhwerks, die Kurve um den Konferenztisch hinter sich, wobei er zwischen den rudernden Armen ungeniert seinen Bauch vor sich herschob. Bei Croning angekommen fasste er ihn an den Oberarmen und hob zu einer jovialen Begrüßung an. Beinahe hätte er ihn umarmt und auf beide Wangen geküsst.

»Herr Terek?«, fragte Croning zögernd und wie abwesend. Immerhin setzte er sein entspanntes Lächeln auf, das er immer parat hielt, wenn es galt, eine misslungene Begegnung zu einem halbwegs erträglichen Ende zu bringen. Aber Terek kam jetzt erst richtig in Fahrt.

»Herr Präsident! Ist mir großes Vergnügen! Ach was, eine Ehre! Ich bitte um Entschuldigung, aber wir haben wenig Zeit. Anschließend fahren Mademoiselle Isabel und ich – bitteschön, darf ich vorstellen – nach Salzburg zu Festspiele. Terek Filarmoni Orkestrası wartet! Erstes Konzert meines Orchesters vor internationales Publikum! Verstehen Sie meine Unruhe? Ja doch, natürlich! Was frage ich?«, rief er mit einer weiten Geste zu George Hus Moodboards aus. »Mallorca! Großartig! Ein Opus magnum! Echtes kulturelles Engagement von Croning Gruppe! Meine Respekt, Herrn Präsident!«

Croning war sprachlos. Der Türke hatte jedes Wort gedehnt und in tiefem, kraftvollem Bass vorgebracht. Seine Art zu reden war auf irritierende Weise langsam, folgte aber immer einem leicht rhythmischen Duktus. Sie ließ dem Gegenüber keine Chance, das Tempo oder auch nur die Richtung der Unterhaltung zu bestimmen.

Bekir Terek war nicht unbedingt das, was Blocher eine gepflegte Erscheinung nennen würde. Unrasiert und in jeder Beziehung zwanglos legte er demonstrativ wenig Wert auf sein Äußeres. Sein heller Anzug war aus bewundernswert leichtem Leinen, nur hing das Sakko wie ein billiger Lappen über die breiten Schultern. Man konnte beileibe nicht sagen, er sei ein besonders anziehender Mensch. Dennoch füllte er den Raum mit einer unwiderstehlichen Kraft und zog einem Sultan gleich alle Aufmerksamkeit magisch auf sich. Gebieterisch trug er sein breites Potentaten-Lächeln und eine Herablassung zur Schau, die nicht in Amt, Würden oder Reichtum, sondern im Wesen eines Menschen begründet liegt, dem Illusionen und Skrupel fern sind, der viele Gesichter hat und gewohnt ist, mal Leutseligkeit, mal Erbarmungslosigkeit, mal Niedergeschlagenheit, mal Begeisterung zu mimen, je nachdem, mit wem er es zu tun hat.

Croning war das nicht gewohnt. Er war einem solchen Typ noch nie begegnet. Er hielt ihn wohl für einen anatolischen Bauerntölpel ohne Sinn für Stil und Manieren. Zudem, das wusste Blocher, gefiel es Croning nicht, dass er jetzt mit dem Rücken zur Tür saß und mit dem Blick zum Fenster vorlieb nehmen musste. Terek beherrschte auch hier das Spiel der Macht. Croning und Blocher durften blinzeln, er hatte tadellose Sicht. Mit einer Selbstzufriedenheit, die er so patriarchalisch inszenierte, als läge auf allem, den Vitra-Sesseln, dem Konferenzraum mitsamt dem ganzen Gebäude und am Ende gar dem Gendarmenmarkt da unten seine schwere Hand, fuhr er fort: »Ich sehe, Sie haben Gefühle für gutte Location. Aach, das Mittelmeer! Akdeniz! Das weiße Meer, wie man so sagt bei uns. Was steht auf der Agenda? Worüber wollen wir reden? Über Mallorca? Aber nein, natürlich nicht! Was frage ich …«

Er winkte ab, machte eine Pause und zwinkerte Croning zu. Dann fixierte er ihn in aller Ruhe, schüttelte den Kopf und bemerkte mit einem Seufzer: »Eine kühne, eine große, eine sehr große Investition …« Es klang fast so, als habe er Mitleid mit Croning. Dann verkündete er mit einer Miene, als käme ihm die rettende Idee für Cronings Probleme, Terek Holding habe da was ganz Wunderbares für Croning Hotel Group: Südküste von Türkei, auf Halbinsel Datça.

»Dreimal so groß, halb so teuer und hundertmal schöner.«

Es war ein unpassender Vergleich, der bei Croning als Fauxpas hängenblieb. Blocher sah ihn von der Seite an. Grau im Gesicht wie das Natursteinmuster auf George Hus Schautafel hinter ihm, stand Croning auf und verabschiedete sich mit einem starren Lächeln von Terek. Im selben Augenblick durchfuhr Blocher der Gedanke, dass der Mord an Gudoff und das Eintreffen Tereks in irgendeinem Zusammenhang standen. Croning, der vor Begeisterung kaum zu bremsen war und gegenüber jedem, auch dem unwichtigsten Besucher, endlose Lobreden hielt, sobald es um seine Projekte ging, hatte stumm wie ein Fisch an Terek vorbeigesehen und kaum ein Wort an ihn gerichtet. Wer hatte um den Termin hier im Haus gebeten? Gudoff? Terek? War es am Ende Croning? Was war der Zweck dieser Zusammenkunft? Datça? Mallorca? Oder ging es um etwas ganz anderes …?

»Vielleicht klappt es ja mit uns!«, donnerte es zum Abschied aus den Tiefen der Terek'schen Kehle. Blocher bat zum obligatorischen Lunch ins Borchardt.

Die Nachricht von Gudoffs Ermordung hatte sich wie ein Lauffeuer verbreitet. Blocher suchte Terek und »Mademoiselle Isabel« so rasch wie möglich an den offenen Türen der Büros vorbeizuschleusen, wo die Mitarbeiter geschockt vor ihren Schreibtischen standen und in fahrigen Gedankensprüngen und Hypothesen nach einer Erklärung der unfassbaren Tat suchten. Als die drei auf der Friedrichstraße an den Galeries Lafayette vorbei in die Französische Straße bogen, erreichte Blocher ein Anruf Wolffsons.

»Phil, wo bist du?«

»Auf dem Weg ins Borchardt. Mit dem Inhaber der Terek Holding und seiner Assistentin. Der Termin mit Croning ging grade zu Ende. Etwas plötzlich, wenn du mich fragst.«

»Ich weiß«, beschied ihn Wolffson knapp. »Der Chef lässt sich für den Lunch entschuldigen. Der Leiter der Mordkommission hat sich angemeldet. Hast du die Journalisten und die Kameraleute gesehen? Die tummeln sich schon vor den Eingängen. Meine Güte! Wir haben uns da ein schönes Ei ins Nest gelegt.« Wolffson holte tief Luft. »Phil! Schau bitte in spätestens einer halben Stunde bei mir vorbei! Ich muss dir etwas zeigen.«

Vor dem Borchardt standen zwei dunkle Limousinen mit Blaulicht. Das Restaurant war bis auf etwa ein Dutzend Geschäftsleute, die noch auf die Rechnung warteten, so gut wie leer. An der Wand rechts, nahe am Fenster saß der Regierende Bürgermeister und unterhielt sich mit irgendeiner Lokalgröße, deren Name Blocher entfallen war. Im hinteren Teil des Restaurants winkte ihnen Marie Thérèse Croning zu. Neben ihr hatte George Hu Platz genommen.

Blocher stellte seine Begleitung vor. Terek erwiderte mit ausgesuchter Höflichkeit die Begrüßung durch Marie Thérèse und ließ seiner Assistentin mit einem Lächeln den Vortritt.

»Hier bitte: Unsere Edelstein! Ohne Mademoiselle Isabel wäre Terek Holding einfach blödd! Terek Marmor, Terek Bank, Terek Hotels, Terek Logistik, Terek Shopping Malls – was soll das alles?«

Er wies mit einer galanten Handbewegung auf Isabel.

»*Sie* bringt Glanz in unser Haus. Macht Terek Orchester, Terek Museum, Terek Universität. Sie ist meine, wie sagt man? Musa, Muse? Richtig: Muse! Ich«, schloss er mit einem Seufzer, »bin nur ein armer alter *Hayduk.*«

Terek fügte, wiederum per Du, an Blocher gerichtet ein »Dottore, prego, çevir!«, hinzu. Blocher übersetzte.

»*Hayduk.* Tja, das ist ein … Vagabund. Man könnte auch sagen: Ein Bandit!« Er musste lachen. Sein gewohntes, auf ein zweifaches Intervall begrenztes und schmetternd hinausposauntes »Ha-Ha-Ha!«

Der Kellner kam, um die Bestellung aufzunehmen.

Marie Thérèse Cronings Interesse richtete sich unterdessen auf Isabel. Sie schien Gefallen an der jungen Frau zu finden. Äußerlich hatten die beiden keine Ähnlichkeit. Aber Blocher war schon vorher aufgefallen, dass Isabels einfache Jeans ein Pendant zu Marie Thérèses schlichtem beigen Rock aus Leinen bildeten. Er redete sich gerne ein, dass er »ein Faible für Frauen wie Marie Thérèse« habe, wobei ihm gar nicht bewusst war, dass er außer ihr solchen Frauen noch nie begegnet war.

Sie war einige Jahre älter als ihr Mann, Blocher schätzte sie auf Ende Fünfzig. In der Berliner Society – soweit von einer solchen die Rede sein konnte – war sie eine Ausnahmeerscheinung. Schon ihre Frisur mit dem Seitenscheitel und der eigentlich nur Schulmädchen vorbehaltenen Haarspange, die ihr dunkel gefärbtes glattes Haar in einer breiten Locke über der Stirn hielt, erinnerte an jenen Frauentyp, wie man ihn aus Filmen der Vierzigerjahre kennt. Ihre Augenbrauen folgten einer von der Natur spöttisch hochgezogenen Linie und die gerade Nase gab ihrem Gesicht ein Gleichmaß, das mit den feinen Falten unter den Augen an die außergewöhnliche Schönheit erinnerte, die sie in jungen Jahren offensichtlich war.

Durch ihre Schlagfertigkeit und ein absolut stilsicheres Auftreten bildete sie sofort den Mittelpunkt jeder Gesellschaft. Sie war nicht besonders belesen oder gebildet, hatte aber über alles und jeden ein festes Urteil. Fernsehen war ihr ein Gräuel. Ihr genügte die morgendliche Lektüre des größten Boulevardblatts, um sich in ihrem Widerwillen gegen »den Dreck da draußen« bestätigt zu sehen, was sie mit besonderem Vergnügen zum Besten gab, sobald sie einen Journalisten oder Politiker vor sich hatte. Merkwürdig, dachte Blocher, wie sie sich in der Hand hat. Sie muss doch wissen, was inzwischen passiert ist. Er forschte in ihren Augen. Aber sie wich seinem Blick aus.

»Ich habe nicht die Zeit und schon gar keine Lust, mein Leben mit Malkursen, in Ayurvedakliniken oder bei Ernährungs-Gurus zu verplempern«, wandte sie sich an Isabel. »Wie schön, dass Sie kein Make-up auftragen! Sie mit Ihrer Pfirsichhaut haben es auch gar nicht nötig. Mir würde es im Leben nicht einfallen, mich unters Messer zu legen.«

Tereks Assistentin ließ das Kompliment unbeantwortet und zog stattdessen die Schultern zusammen, als ob ihr plötzlich kalt wäre. Sie hatte ein rotes Twinset umgeworfen, das sich angenehm von der weißen Bluse abhob. Außer einem blauen Amethyst am Ringfinger und einer kleinen goldenen Bulgari mit braunem Lederarmband trug sie keinen Schmuck. Sie beugte sich vor, sah von ihren gefalteten Händen auf und blickte Blocher freundlich in die Augen. Ein Hauch von Eau d'Orange Verte wehte ihn an. Das Parfüm meiner Ex-Frau, registrierte er unbewegt, aber als sich ihre Blicke trafen, sah er die beiden in ihre grün-graue Iris eingeschossenen winzigen braunen Flecken und er vergaß, sich von Isabel abzuwenden.

Ihr dunkelbraunes Haar über den kleinen wohlgeformten Ohren war glatt nach hinten gekämmt und zu einem kurzen Pferdeschwanz gebunden. Über dem winzigen Dreieck in der Mitte des Haaransatzes wies es einige wenige graue Fäden auf. Das faltenlose, schmale Gesicht mit den frischen rosigen Wangen unter der nicht zu hohen, fein gewölbten Stirn strahlte eine Jugendlichkeit aus, die es unmöglich machte, ihr Alter abzuschätzen. Sie könnte siebenundzwanzig sein, dachte Blocher, ihr Auftreten spricht aber eher für Ende dreißig, vielleicht sogar darüber. Ihm gefielen ihre gleichmäßig geschwungenen Lippen und die Linie ihrer hellen, dichten Augenbrauen. Dabei ist sie nicht schön im Sinn eines Allerweltsgeschmacks, suchte er nach einem Resümee, andererseits von einer Anmut, die Bekirs Grobheit vergessen macht. Er sah auf die Uhr, bat um Entschuldigung und stand kurz entschlossen auf.

»Aber Sie kommen doch wieder?«, rief Isabel ihm nach, als er sich mit einer kurzen Verbeugung von der Runde verabschiedete und zur Tür eilte.

Als Blocher aus dem Fahrstuhl trat, kam ihm der Leiter der Mordkommission entgegen. Er streifte Blocher grußlos mit einem gleichgültigen Blick und verschwand dann mit Michelsen und zwei Männern in seiner Begleitung durch die offene Tür im Vorzimmer Gudoffs.

»Was hat der Kerl in Gudoffs Büro zu suchen?«, knurrte Blocher, als er Wolffson über Papiere gebeugt hinter dessen Schreibtisch antraf.

»Was regst du dich auf? Schlimm genug, dass uns die Pressemeute belagert. Sollen wir uns jetzt auch noch mit der Mordkommission anlegen?«

»Und du findest nichts dabei, dass die so mir nichts dir nichts bei uns rumschnüffeln? Haben sie überhaupt einen Durchsuchungsbefehl?«

Statt einer Antwort griff Wolffson in die Ablage auf seinem Schreibtisch. »Jetzt setz dich erst mal hin! Ich hab mich doch längst in Gudoffs Büro umgesehen.«

Blocher nahm grinsend das weiße gepolsterte Kuvert, das ihm Wolffson über den Tisch reichte, und murmelte ein paar Worte über das Talent des Justiziars, auch die schärfsten Klippen zu umschiffen, wenn es darum ging, auf unkonventionelle Art Cronings schwankende Immobilien-Arche auf Kurs zu halten.

»Lag in Gudoffs Posteingang. Per Kurier aus Potsdam zugestellt.« Wolffson verschränkte die Arme vor der Brust. »Schau mal auf den Absender!«

Die Adresse stammte von einem Anwaltsbüro in der Menzelstraße in Potsdam. Darüber in Großbuchstaben: HOLGER ALTENHÖHNER.

Blocher entnahm dem Umschlag ein Billet und entzifferte eine in hellblauer Tinte verfasste handschriftliche Notiz.

Danke für dein Vertrauen! Du hilfst uns und wir helfen dir. Konnten dich nicht erreichen. Lass uns so bald wie möglich über alles sprechen.

Salomé.

»Und?«, fragte Blocher.

»Keine Ahnung. Vielleicht sollte man dieser Salomé mal auf den Zahn fühlen. Anscheinend die Frau dieses Anwalts. Komische Adresse«, bemerkte Wolffson und hielt einen Moment inne. »Gudoff wohnte nämlich auch in Potsdam, und zwar gleich um die Ecke in der Mangerstraße.«

»Respekt! Du bist ja schneller als die Mordkommission.« Blocher sah auf das Kuvert. »Sollen wir's denen übergeben?«

»Hab ich mich auch gefragt.« Wolffson lehnte sich zurück und reckte beide Arme in die Höhe. »Aber das muss ja nicht gleich sein«, fügte er mit einem Augenzwinkern an, worauf Blocher aufstand und ans Fenster trat. »Da unten«, brummte er und schüttelte den Kopf, »schlendert Monsieur Böhringer gemächlichen Schritts über den Gendarmenmarkt! Mord im Hause Croning, alle drehen durch, nur unser Vertriebschef findet Muße, sich drüben im Einstein einen Café Latte zu genehmigen. Wie ich ihn kenne, setzt er auch diesen Ausflug auf die Spesenrechnung.«

Über zwanzig Jahre ist der jetzt dabei, dachte Blocher, seit zehn Jahren leitet er die Vertriebsabteilung. Da ist es einem langsam egal, mit welchen Lobgesängen man Cronings Fonds feilbietet. Läuft der Verkauf gut, liegt es am Produkt. Läuft er schlecht, ist Böhringer der Schuldige. Gewiss ein öder Job. Aber sind es nicht meine in nächtelangen Rechenexempeln ausbaldowerten Zahlendrehereien in Gestalt hochgerechneter Erträge, abgezockter EU-Subventionen oder trickreicher Steuer- und Abschreibungsmodelle, die es erst ermöglichen, die Planungen für Mallorca dem Publikum als »ein in sich schlüssiges Gesamtkonzept« schmackhaft zu machen? Cronings lyrischer Einfallsreichtum in diesen Dingen ist ja grenzenlos. Er liebt es, von »Luxus, der wenig mit Glamour zu tun hat« zu schwafeln, »dafür umso mehr mit Ruhe, mit Kultur und Freude am eigenen Lebenskreis«, von »unverwechselbarem Gesamtkunstwerk aus Meer, Licht, Wald und Wind« und was noch alles. Blocher wäre es nicht eingefallen, Detlev Croning Betrug an den Anlegern zu unterstellen. Aber es gab Augenblicke, in denen er sich nicht mehr sicher war, ob er die Abgebrühtheit Cronings bewundern oder verabscheuen sollte. Dessen Geldhunger kannte augenscheinlich keine Grenzen, er hatte auch keine Hemmungen, in verlockend bebilderten Prospekten die mageren, mit hoher Wahrscheinlichkeit auch ausbleibenden »Früchte der anspruchsvollen Investition« seiner Fondszeichner unverfroren als »sehr persönliche Rendite« schönzureden.

Hinter Blocher raschelte Wolffson mit Papieren.

»Mehr hab ich auf die Schnelle nicht gefunden. Hier hast du Adresse und Telefon von diesem Altenhöhner.«

Er reichte Blocher einen handgeschriebenen Zettel.

»Was soll ich damit? Ich muss Terek verabschieden«, wechselte Blocher das Thema und nahm den Zettel an sich. »Die sitzen noch im Borchardt. Weiß Marie Thérèse von der Sache?«

Es war die Frage, die ihn schon die ganze Zeit beschäftigte.

»Ja, was denkst du denn?«, rief Wolffson. »Die ganze Stadt weiß es. Mord auf dem Invalidenfriedhof! Radio und Lokalfernsehen sind voll davon und die Hauptstadtpresse kommt morgen groß damit raus.«

»Wenn ihre Ruhe vorhin im Borchardt nur gespielt war«, erwiderte Blocher, »hat sie jedenfalls stärkere Nerven als du und ich und alle anderen.«

»Das ist doch jetzt egal! Phil, der Chef steht unter Druck. Er will wissen, was du in New York erreicht hast. Wir drei, er, du und ich, sind die einzigen, die den Mord in einen Zusammenhang bringen mit dem Verschwinden der zwanzig Millionen aus Gudoffs Schatulle. *Noch* sind wir die einzigen. Die werden sich die Computer Gudoffs und der Fehring vornehmen und bis in den letzten Cluster durchforsten. Das Wochenende verschafft uns eine Galgenfrist, aber lange werden wir das Millionenloch in Gudoffs Budget nicht unter der Decke halten. Wenn sich nicht bald herausstellt, welcher Idiot Gudoff umgebracht hat und wo das Geld geblieben ist, gibt's Ärger. Man wird uns und die Firma in aller Öffentlichkeit auseinandernehmen, da werden wir zwei unserem Abenteuer bei Brenner noch nachtrauern!« Wolffson winkte ab, als würde ihm alles zu viel. »Die ganze Geschichte stinkt zum Himmel und wir stochern hier im Nebel.« Er lehnte sich zurück und sah Blocher aus müden

Augen an. »Wir müssen aufpassen, Phil! Ich hab das Gefühl, uns entgleitet alles. Wenn's unbedingt sein muss: Geh rüber, mach die Honneurs, aber lass uns nicht zu lange warten!«

»Wir fahren grade die zweite Runde Champagner auf.«

Maître Rudolph empfing Blocher am Eingang mit einem Schulterklopfen.

»Ich hoffe, Sie schaffen noch den Anschluss!«

Cronings Frau hatte das Restaurant bereits verlassen. Man war inzwischen zum Du übergegangen. Nach zwei rasch geleerten Gläsern Champagner gelangte Blocher allmählich auf die launige Höhe der anderen. Terek und George Hu waren aufgestanden, der Türke hatte den Arm um die schmächtigen Schultern des Chinesen gelegt.

»Soso, George«, scherzte er. »Jahrgangsbester und nach dem Studium als Auszeichnung Venedig, ein ganzes Jahr? Che bello! Dir ist doch hoffentlich klar, mein Lieber, woher diese Lagunen-Stronzi ihre Schätze hatten? Allah, die haben alles mitgenommen und unser schönes *Bizans* ruiniert. Ohne Kreuzzug kein Bella Venezia und keine Gondolieri. Die würden heute noch in den Sümpfen vor Torcello mit den Fröschen um die Wette quaken.«

»Kreuzzug?«, mischte sich Blocher ein und ließ sich im Stehen ein drittes Glas reichen. »Das war im Jahr des Herrn 1204. Da wart ihr Türken noch gar nicht am Bosporus.«

»Bin kein Türke«, brummte Terek. »Schau mich an, Blocher Effendi! Seh ich aus wie ein Türke?« Und mit stolz nach oben gerecktem Kinn: »Bin Tatare von Krim! Du kennst doch Stanbul, schönste Stadt der Welt. Gibt's da Türken? Da gibt's Griechen, Armenier, Juden, Lasen, Kurden, Bosniaken, Albaner, Tscherkessen. Na gutt, meinetwegen auch ein paar Anatols mit Visage wie Ecevit. Aber Türken? War so eine Idee von unsere blonden Atatürk mit seine blaue Augen …«

Terek schien nicht mehr ganz nüchtern. Er fuhr sich mit der Hand übers Gesicht und stöhnte auf: »Aach, unsere Land! So schön und so komisch. Immer zwischen alle Stühle. Weiß nie, wohin es gehört. Aber ist auch gutt! Für unsere Zukunft!«

Blocher fühlte, wie ihm die Hitze ins Gesicht stieg. Vielleicht lag es am Du, aber es kam ihm auf einmal vor, als würden sich Terek und George kennen.

Wie auf ein verabredetes Zeichen hin wechselten die beiden das Thema und warfen einander Namen von Dirigenten und Orchestern, Opern und Konzerten zu, als wären sie semesterlang im selben musikhistorischen Seminar gesessen.

»Und Don Giovanni?«, fragte Terek augenzwinkernd.

»1942!« rief George. »Bei uns in New York, mitten im Krieg, da …«

»Metropolitan Opera! Bruno Walter!«, unterbrach ihn Terek erregt. Er schaute auf George, als hätte der das Buch der Offenbarung aufgeschlagen. »Und wer war der Don Giovanni? Ezio Pinza!« Dann breitete er die Arme aus, als riefe er den Himmel um Rettung aus der Verderbnis an, und schluchzte lauthals: »Bruno! Ezio! Wo seid ihr? Aach, es ist ein Jammer …«, schloss er theatralisch.

Wieder knallte ein Korken. In das gluckernde Geräusch des Champagners, mit dem der Kellner die Gläser füllte, meinte George mit einem Ausdruck des Glücks, wie sie nur jemand empfindet, der das tiefste Einverständnis mit einem anderen teilt: »Bekir, you are so right! Die haben Mozart verstanden, die wussten, dass …«

»Da war der Don auch noch ein Herzensbrecher!«, fiel ihm Terek erneut ins Wort. »Ein Held der schrankenlosen Freiheit! Und kein Idiott auf dem Motorrad! Grrauenhaft! Diese Regie-Clowns von heute sind alle einfach blödd!«

George drehte sich zu Blocher um, der sich gerade in das Mosaik hinter dem Tresen mit der antiken Frauengestalt vertiefte, die in der einen Hand einen Weinkrug hielt und mit der anderen zum Zechen einlud. An seiner Miene war abzulesen, dass etwas Unerfreuliches bevorstand.

Blocher ahnte, dass er ihn auf die entgleiste Präsentation ansprechen würde. Er überlegte, was er George entgegnen sollte, aber er war seit seiner Rückkehr vom Invalidenfriedhof nicht mehr er selber. Das Glas in der Hand, blieben seine Augen starr an dem Mosaik hängen, das bedrohlich zu verschwimmen schien, und an Stelle der Frau mit dem Weinkrug entdeckte er plötzlich eine dicke, blauschwarze Fliege, die mit eckigen Bewegungen auf einer Zungenspitze umherirrte.

»Seit einem Jahr«, holte ihn George in die Wirklichkeit zurück, »arbeite ich an Mallorca. Du weißt, welchen Aufwand mein Büro in das Projekt investiert hat. Ich habe gegen alle Zusagen bis jetzt keinen Cent erhalten. Ich dachte, heute würde sich das ändern und wir bekommen endlich den Auftrag. Phil, eine Präsentation unter solchen Umständen hat mir noch niemand zugemutet. Und wie Croning sich benimmt, ist einfach … Phil, ich …« Er brach mit einem Kopfschütteln ab.

Blocher begriff, was auf dem Spiel stand. Aber er konnte George im Beisein der anderen nicht erklären, was passiert war. Dass Gudoff tot war und dass er nicht nur ihn, George, sondern sie alle hintergangen hatte. Er wollte ihm wenigstens sagen, dass man Konsequenzen ziehen und alles in Ordnung bringen werde.

Dazu kam es nicht.

In das betretene Schweigen, das auf George Hus Protest folgte, rief Isabel plötzlich: »Mach es doch mit Bekir, George! Du übergibst uns die Planung und in nicht mal zwei Jahren steht Mallorca mit allem, was dazugehört. Dein Honorar ist kein Thema, darüber brauchen wir gar nicht reden!«

»Aber … Das geht nicht!«

Blocher schaute in einer Mischung aus Empörung und Verwunderung auf Isabel, die lächelnd vor ihm stand und ihn am Ohr zupfte.

»*Aber Phil*, natürlich geht das!«

Perplex über ihr *Phil* und das *Du* schaute er ihr in die Augen, sah wieder die winzigen, in ihre grün-graue Iris eingeschossenen braunen Flecken und fühlte befangen und zugleich irgendwie hochgestimmt, wie ihn der Schauer allmählich verließ, den ihr zärtlicher Griff nach seinem Ohr ausgelöst hatte.

»Ihr seid doch miteinander befreundet?«, fragte sie und nahm Blocher und George bei der Hand.

»Ich will euch etwas sagen. Wir drei wären ein unschlagbares Team!« Sie schaute zu Blocher auf. »Waren Sie schon mal mit George in Paris? Nein? Dann kennen Sie ihn nicht. Er ist der charmanteste und klügste und kreativste Mann, den sich eine Frau wünschen kann.«

Terek, der seine dunklen Augen forschend auf Isabel gerichtet hielt, wandte sich ab und mahnte in scheinbar völliger Nüchternheit zum Aufbruch, während der Kellner den Appell des Türken überhörte und mit gastronomischer Routine die Verabschiedung der Gäste hinauszögerte, indem er erneut einen Korken knallen ließ.

Im allgemeinen Durcheinander des Einschenkens und eines letzten Gläserklingens nahm Blocher George beiseite.

George, der Amerikaner in Paris! Nie hatte er davon berichtet, nie seine Streifzüge durch die Stadt der Liebe erwähnt oder von einer Frau wie Isabel gesprochen, mit der ihn anscheinend etwas verband, das er mit ihm, Blocher, nicht teilen konnte oder wollte.

»Wir werden das in Ordnung bringen, George«, raunte ihm Blocher zu. »Croning hat es nicht so gemeint. Er ist nur …«

»Nein, Phil«, widersprach George Hu und lächelte das Lächeln des Chinesen, das den Worten ihre Schärfe nehmen soll.

»Es ist zu Ende. Marie Thérèse weiß es, ich hab es ihr vorhin gesagt. Ich gebe dir keine Schuld. Ich weiß, du hast dich für mich eingesetzt. Ich würde gern mit dir zusammen Projekte wie Mallorca machen. Aber nicht mit Croning. Das ist vorbei. Ich werde noch heute abreisen.«

»George! Du kannst doch jetzt nicht alles einfach hinwerfen …«

»Bitte, Phil! Es hat keinen Sinn.« George Hus Lächeln war verschwunden. Er schaute durch seine kreisrunde Brille zu Blocher auf und sagte leise: »Wenn ich ehrlich sein soll: Ich begreife nicht, was dich dort noch hält.«

»Ich versteh dich nicht, George! Wir sind die Eigentümer der Grundstücke. Wir haben alles in der Hand: die Genehmigungen, die Projektgesellschaft, die Planung und …«

»Was für eine Planung?«, unterbrach ihn George. Sein Gesicht nahm einen undurchdringlichen Ausdruck an. »Die Planung lag bisher bei mir. Sie wurde nicht bezahlt. Ihr könnt darüber nicht verfügen. Sie gehört nach wie vor meinem Büro. Eh ich's vergesse: Lass bitte Pläne und Moodboards und alle Unterlagen verpacken und zu mir ins Hotel bringen!«

Blocher war so verblüfft, dass er Isabel gar nicht bemerkte, die neben ihm stand und ihm ihre Visitenkarte reichte.

»Können wir uns nicht wiedersehen? Nicht irgendwann … Bald! Sehr bald! Ich würde mich so freuen!«

Sie schaute ihn erwartungsvoll an, und obgleich sie nicht mehr beim Phil blieb, fragte sie ihn in einem vertraulichen Ton, der sich fast fröhlich anhörte: »Wo kann ich Sie erreichen?«

Er gab ihr seine Karte.

Wieder fiel ihm der Eintrag in Michelsens Terminplan ein:

Zwölf Uhr fünfzehn. Terek Holding, dick unterstrichen, daneben Herr Gudoff und Herr Croning.

Blocher spürte, wie ihm heiß wurde. Er wollte Isabel nach Gudoff und dem Grund ihrer Verabredung mit ihm fragen, aber Terek kam ihm dazwischen.

»Liebe Freunde, es ist Zeit, Abschied zu nehmen. Allah, ich habe es genossen und ich danke euch!« Und mit einer Verbeugung, die jeden Widerspruch im Keim erstickte, fügte er hinzu: »Ich bin offshore unterwegs und wir müssen weiter.«

Er kniff Blocher in die Backe, dass es schmerzte, umarmte George und küsste ihn auf beide Wangen. Dann hakte er sich bei Isabel unter, hob die Rechte zum Dank und steuerte auf die Eingangstür zu.

Kellner, Maître Rudolph und Blocher folgten ihm wie die Schafe dem Hirten.

Blocher hielt immer noch Isabels Karte in der Hand.

Isabel Kelly

Head of Cultural Management

Terek Holding

İstanbul

Vor dem Eingang des Restaurants wartete ein schwarzer Mercedes G. Terek wuchtete sich auf den Beifahrersitz und rief den Umstehenden ein letztes »Amici, addio!« zu. Isabel nahm auf dem Rücksitz Platz. Der Chauffeur, ein hochgewachsener athletischer Mann mit zurückgegelten Haaren, schloss die Türen. Er kam Blocher wie eine orientalische Karikatur der Leibwächter in dunkelgrauem Anzug vor, die in Berlin sonst nur bei Staatsbesuchen aufkreuzen. Neben dem unvermeidlichen Schnauzbart trug er eine pechschwarze Sonnenbrille, die sich in enger Rundung bis zu den Schläfen bog.

»Echt türkischer Kintopp, und das hier in Mitte«, kommentierte Maître Rudolph die Szene.

»Nur leider fällt jetzt gleich der Vorhang«, murmelte Blocher. Er konnte sehen, wie sich Isabel nach vorne beugte und ein paar Worte mit Terek wechselte. Sie ließ das Fenster herunter und winkte ihn zu sich.

»Hier sind Karten für unser Konzert und für Don Giovanni. Kommen Sie doch nach Salzburg! Bekir und ich würden uns wirklich freuen, Sie wiederzusehen!«

Der schwarze Gelände-Mercedes fuhr los, ohne dass Terek die Zurückbleibenden eines Blickes würdigte. Alle schauten schweigend dem Reserverad an der Hecktür des Wagens nach. Dort kündete ein in schwarzen Lettern auf silbernem Grund eingraviertes Logo von der spleenigen Passion des Mäzens vom Bosporus: *Terek Filarmoni Orkestrası – TFO – Terek Philharmonic Orchestra.*

22. April 1945, Berlin

Durch die zerborstenen Fenster dringt das Wummern der russischen Artillerie. Seit dem Morgen bringen ihre Einschläge das Stadtzentrum von Berlin zum Beben, als trete jemand gegen einen am Boden liegenden Kadaver. Die Menschen in der umkämpften und brennenden Stadt hausen in Kellern, sie verirren sich in düsteren Gedanken über die letzten Dinge, fallen in verzweifeltem Liebesakt einander wildfremd in die Arme oder klammern sich an Erinnerungen, als führe kein Weg mehr aus der Trümmerlandschaft ihrer Seelen und Städte. Und sie verlegen sich aufs Plündern.

Was in dem Gebäudekoloss am Werderschen Markt vor sich geht, ist nur eine Facette des Chaos, in dem Berlin versinkt. Die MP im Anschlag treiben ein paar Männer unter dem Kommando des Standartenführers Otto Spastny die wenigen Angestellten vor sich her, die in einer der Kassenhallen auf sie gewartet hatten. Die Luft ist erfüllt von Brandgeruch. Knobelbecher knallen, ihr Echo zerschellt an den Marmorquadern der Wände. Ziel des SS-Trupps: der unterirdische, hinter meterdicken Betonmauern verborgene Tresor der Deutschen Reichsbank.

»Los! Aufmachen!«

Gottlieb Spieldiener, der Kassendezernent, öffnet die schweren Panzertüren zum Treppenhaus. Spastny lacht kurz auf. Mit den Zähnen, nicht mit den wasserblauen Augen, die glasig starren, als dämmere ihm die nahende Apokalypse seines tausendjährigen Reichs.

Ungefragt tritt Koller von der Edelmetallabteilung vor.

»Erlaube mir, Herrn Standartenführer darauf aufmerksam zu machen, dass nach dem schweren Luftangriff vom Februar das Gold und Silber aus dem Depot der SS zusammen mit den Goldreserven des Reichs nach Thüringen in die Stollen der Kaligrube in Merkers ausgelagert wurde.«

Als ob ein Amtsleiter aus dem Reichssicherheitshauptamt das nicht wüsste! Statt einer Antwort greift Spastny zur Pistolentasche und schiebt Spieldiener die Browning in die Seite.

»Los jetzt! Wir sind hier nicht im Schlafwagen!«

Jeder Bankraub im Kino hat mehr Raffinesse. Spieldiener lässt den Lastenfahrstuhl im zweiten unterirdischen Geschoss des Tieftresors anhalten. Auf mehreren Tischen stapeln sich die letzten in Berlin verbliebenen Reste aus der Schatzkammer des Großdeutschen Reichs.

»Schwedische Kronen, Französische Napoleons, Schweizer Franken und Dollar sowie fünf Millionen Reichsmark in Bar. Das Papiergeld in Kisten, in den Säcken die Goldmünzen und Goldbarren, darunter drei Säcke mit Diamanten, etwa fünftausend Karat. Das ist der Rest der Devisenbestände hier im Haus, Herr Standartenführer. Summa summarum dreiundzwanzig Millionen Goldmark.«

Koller klappt sein Notizbuch zu, legt eine Unze preußischen Diensteifers in seinen Blick und erklärt: »Das sind zirka neun Millionen einhundertdreißigtausend Dollar, Herr Standartenführer. Im Tresorraum ein Stockwerk tiefer sind noch sechs Jutesäcke mit Zahngold aus Lublin und Auschwitz. Wollen Herr Standartenführer …«

»Machen Sie damit, was Sie wollen, aber stehen Sie nicht rum wie die Ölgötzen! Los, los! Alle Kisten und Säcke zu den Wagen im Hof, aber dalli!«

Nach knapp drei Stunden sind Spastny und seine Männer auf und davon. Es ist der 22. April 1945. Die Russen stehen bereits in Köpenick. Gottlieb Spieldiener verlässt als Letzter das Gebäude. Er wirft einen Blick auf das Loch in der Fassade, wo einmal sein Geschäftszimmer lag. Er wird es nicht nach Hause schaffen. Seine Leiche wird man nahe des Anhalter Bahnhofs finden, sein Grab auf dem Friedhof Stubenrauchstraße wurde 1987 aufgelassen.

Das leicht schräg gestellte Chefdesk mit der schweren Glasplatte war bis auf eine Schale mit Schreibutensilien und zwei meterhohe afrikanische Holzskulpturen leer geräumt. Alle im Haus wussten, dass Detlev Croning vor den Niederungen jeglicher Schreibtischarbeit das Weite suchte. Blocher streifte mit einem flüchtigen Blick die großformatigen Schwarz-Weiß-Fotografien an den Wänden, in denen sich die Schatten der heruntergelassenen hölzernen Jalousien spiegelten. Es kam nicht oft vor, dass Croning jemanden in sein dem geschäftigen Treiben im Haus entrücktes Kabinett bat. Wenn er es tat, war die Lage ernst. Jetzt schauten er und Wolffson aus tiefen Armsesseln, die an Maos Pekinger Fauteuils erinnerten, zu Blocher auf, als habe er die rettende Lösung im Gepäck. Blocher nahm ihnen gegenüber auf dem breiten Sofa Platz, holte das Blatt im amerikanischen Briefformat aus seinem Aktenkoffer und überreichte es Croning.

»Neunzehn Komma acht Millionen in mehreren Tranchen *auf das Konto HU-GUDOFF-ARCHITECTS* bei der Chase Manhattan in New York.«

In den Ohren Cronings und seines Justiziars dröhnte die Betonung der Empfängeradresse mit einer Gewalt, die beide erbleichen ließ. Keiner sprach ein Wort, bis Wolffson nach einem Blick auf das Blatt mit gepresstem Atem zu Croning sagte: »Die Überweisung kommt von Gudoff. Er hat das Konto am vierundzwanzigsten November letzten Jahres in New York eröffnet und den Namen von George Hu zur Tarnung davor gesetzt. Warum in Gottes Namen haben wir ihm Vollmacht über zwanzig Millionen gegeben?«

Croning schien völlig ungerührt. Niemand hatte ihn je laut werden hören oder aus der Rolle fallen sehen. Blocher war sich plötzlich sicher, dass sie beide an dasselbe dachten und sich vor Cronings Gedanken an die Chuzpe, mit der Kasimir Gudoff diese satte Unterschlagung bewerkstelligt hatte, andere Erinnerungen schoben. Jene des Treffens auf Mallorca zum Beispiel, wo Gudoff sie beide empfangen und – Blocher musste zugeben: ihn nicht weniger als Croning – für das Projekt begeistert hatte. Wie er sie in einem unberührten Winkel der Insel durch das riesige, üppig mit Pinien und Korkeichen bewachsene Gelände mit den verfallenen Fincas führte. Wie es verwildert und zugleich überwältigend vor ihnen lag: gleichsam die Verheißung des gelobten Landes. Der Blick aufs Meer! Und ein Traum, wie ihn noch keiner träumte: ein ganzes Dorf, Herrenhäuser, Villen, Luxus, Strand, Ställe, Reitwege, Tennis-, Golf- und Poloplätze! Wie Gudoff mit seinen Spanisch-Kenntnissen gepunktet und sich seiner Beziehungen zu den lokalen Behörden gebrüstet hatte. Wie er Croning davon überzeugte, es wäre für ihn mit seiner Erfahrung ein Leichtes, alle Genehmigungen einzuholen, Architekten, Planer und Baufirmen zu steuern und nicht zuletzt Erträge in ungeahnter Höhe einzufahren. Und wie Croning sich und seine Frau schon als gefeierte Gastgeber sah in diesem Paradiesgarten, dem künftigen Treffpunkt der Elite Europas, ja der Welt! Es würde, so Croning damals, jedes seiner bisherigen Vorhaben in den Schatten stellen. Und er würde Hotelgeschichte schreiben wie vor ihm nur ein Lorenz Adlon, ein César Ritz oder ein Henri Negresco. Am ärgsten aber, dachte Blocher, muss Croning die Blindheit quälen, mit der auch Marie Thérèse dem plumpen Charm jenes Schaumschlägers auf den Leim gegangen war und ihm, tief ergriffen von seinen Visionen, regelrecht zu Füßen lag.

Wolffson strich sich mit der Hand über seine Glatze und wurde lebhaft.

»Wir haben erfahren«, wandte er sich an Blocher, »dass gegen Gudoff vor fünf Jahren ein Ermittlungsverfahren im Gange war wegen irgendwelcher undurchsichtigen Geschäfte bei der Treuhand in Sachsen. Ist im Sande verlaufen. Und der hier war bei uns Geschäftsführer und Entwickler eines Jahrhundertprojekts! Unfassbar …«

Ach Aaron, dachte Blocher, darum geht es doch nicht mehr. Ihm war schon kurz nach seinem Eintritt in die Firma vor zwei Jahren klar geworden, dass mit Kasimir Gudoff etwas faul war. Der hatte damals um eine Aufstockung des Budgets für irgendein Vorhaben nachgesucht, wovon er Blocher augenzwinkernd einen Anteil in Aussicht stellte. Blocher hatte seine Antwort, dass er lieber verdursten würde, als aus dieser Quelle zu trinken, mit einem Lächeln begleitet, das für ihn Gewohnheit, für Gudoff aber unerträglich war. Herausfordernd und zugleich maßlos unterwürfig, von fast niederträchtiger Ergebenheit gegenüber dem Chef und seiner Frau, verbarg er hinter einer Maske harmloser Bonhomie einen bemerkenswerten Grad von Schlauheit und Berechnung. Er galt als der härteste Knochen im Unternehmen, war aber gerade deswegen Cronings Favorit in der Riege seiner Geschäftsführer. Es war eine unerquickliche Konstellation, die eine neue Wendung nahm, nachdem es Blocher gelungen war, sich mithilfe Herta Fehrings Einblick in die Kontoauszüge der Mallorca Entwicklungs-Compagnie GmbH & Co. KG zu verschaffen, was ihm Gudoff in einem Akt demonstrativer Anmaßung verweigert hatte.

Croning hatte auf Blochers Beschwerde über Gudoffs Verhalten mit einem Achselzucken reagiert, da er zwar Interesse am Ausgang solcher Kabalen zeigte, selbst aber niemals eingriff. Wolffson hatte Blocher bereits bei dessen Eintritt in das Unternehmen vorgewarnt, dass es Croning vorzog, auf direktem Wege Informationen von diesem oder jenem Zuträger einzuholen, um dann von der Warte des hoch über den Niederungen des Frontverlaufs schwebenden, scheinbar neutralen Beobachters die Auseinandersetzungen zwischen Mitarbeitern unbewegt zu verfolgen, bis der Gewinner feststand. Diesem wurde dann bei nächster Gelegenheit ein anerkennendes Augenzwinkern zuteil, was, wie Wolffson ergänzte, »nach der hier allseits verinnerlichten imaginären Gunstskala die damit Beglückten heiterer und sorgenfreier stimmt als jede Gehaltserhöhung.«

»Wer hat Terek eingeladen?«, fragte Blocher unvermittelt.

»Gudoff, nehme ich an«, sagte Croning und starrte immer noch ins Nichts.

»Was war der Grund?«

»Keine Ahnung.« Wolffson zuckte mit den Schultern und schaute fragend auf Croning, der mit zwei seiner zarten Finger am Ehering drehte und schwieg. Blocher dachte an Isabel und ihr unverblümt bekundetes Interesse an George Hus Planung. Im Borchardt hielt er es noch für einen abwegigen Einfall, was es aber bei Licht besehen womöglich gar nicht war.

Die Mallorca Entwicklungs-Compagnie war keine gewöhnliche Projektentwicklungsgesellschaft. Sie unterschied sich von den anderen Gesellschaften, die Croning unermüdlich aus der Taufe hob, durch die beispiellos aufwendige, Hunderte Millionen schwere Immobilieninvestition. In der Branche wie auch in der Öffentlichkeit war »Mallorca« seit Monaten das Thema, die Spekulationen über Chancen und Risiken nahmen kein Ende. In einem Wirtschaftsmagazin wurde gar der Untergang Cronings an die Wand gemalt, sollte das Vorhaben scheitern.

Blocher fing den leeren Blick Cronings auf, behielt seine Gedanken für sich und gab sich stattdessen ungehalten.

»Seit George Hus erster Präsentation im September letzten Jahres, die wir doch alle hier so toll fanden, wollte ihn Kasimir Gudoff ausbooten. Wie oft habe ich nachgefragt, wie es um die Fortführung der Planung durch das New Yorker Büro bestellt sei! Gudoffs Antwort war immer dieselbe: Er plage sich mit dieser Frage auch schon länger, aber George Hu würde trotz seines Drängens nicht liefern.«

Dass es eine plumpe Lüge war, musste Blocher jetzt nicht mehr erläutern. Niemand war auf die Idee gekommen, einmal bei Hu & McConnor Architects in New York nachzufragen. Croning schwebte über den Wassern, er ließ Gudoff schalten und walten, weil er ihm uneingeschränkt vertraute, Blocher und Wolffson hingegen strengste Order erteilte, sich aus Gudoffs Angelegenheiten herauszuhalten. Die Stellung von Gudoff im Unternehmen war derart unangefochten, dass über ein halbes Jahr verging, bis sich herausstellte, dass George untätig blieb, weil er die versprochene Anzahlung nie erhalten hatte.

Der eigentliche Hammer kam aber erst vor drei Tagen in New York ans Licht.

Blocher lehnte sich vor und wartete ein, zwei Sekunden. Der Jetlag saß ihm noch in den Gliedern, was half, eine gewisse Genugtuung zu verbergen, als er sich an Croning wandte und leise sagte:

»Das Geld ist weg.«

Nach einer Pause fuhr er mit gesenkter Stimme fort.

»Es wurde am neunten Juni von der Chase Manhattan auf die Cayman Islands transferiert. Das Konto dort, ich meine das bei einer gewissen Pinkhouse Bank auf den Caymans, existiert nicht mehr. Auskunft der Chase Manhattan. Ist definitiv. Ich habe es schriftlich.«

Er nahm das Schreiben der Bank aus seinem Aktenkoffer und fuhr unmerklich zusammen, als er es Croning überreichte. Cronings kurz geschnittenes, graues Haar schien von einem Moment zum nächsten in ein glänzendes Weiß überzugehen. Blocher hatte plötzlich das merkwürdige Gefühl, in Cronings Profil einen anderen, ihm bislang unbekannten Menschen zu erkennen. Er erinnerte sich an das Gesicht eines weitläufigen Bekannten, das so gespalten war, dass man glauben konnte, es sei aus zwei unterschiedlichen Hälften zusammengesetzt. Das hatte etwas Beklemmendes, weil man den Eindruck nicht los wurde, es schauten einen zwei Personen an.

Jetzt, bei Croning, der ihm schräg gegenübersaß, war die Perspektive eine andere.

Es war das Profil mit der leicht nach oben geschwungenen Nase, das sich zur Verblüffung Blochers plötzlich als Sinnbild eines ausgebufften Geschäftemachers entpuppte. Jenseits aller blumigen Floskeln, mit denen er die Fonds seiner Luxusprojekte unter die Leute zu bringen suchte, kam ein Croning zum Vorschein, der nur eines im Sinn hatte: Geld zu scheffeln ohne Ende, mit welchen Methoden auch immer. Während von vorne sein Gesicht den gewohnten Eindruck eines Musterbilds des ehrbaren Kaufmanns vermittelte, ja sogar das eines gut aussehenden, eleganten Schöngeists.

Tatsächlich war Croning eine angenehme Erscheinung, mittelgroß, zartgliedrig und blass, von einer leicht schlaffen Anmut. Er verfügte über einen messerscharfen Verstand, liebte gute Rotweine, nahm allerdings nie mehr als ein Glas am Abend zu sich und war ansonsten nüchtern wie Wüstensand. Als Herrschaftsinstrument diente ihm sein Mobiltelefon, von dem aus er den Konzern dirigierte. Sein Gedächtnis war phänomenal. Er vergrub sich nie in irgendwelche Papiere, außer in Bilanzen und Verträge, in die aber gründlich.

Mehrgleisigkeit in den Mitteln war ihm eine Selbstverständlichkeit. Das offenbarte auch sein intimes Verhältnis zu Gudoff, einem Mann, von dem niemand genau wusste, woher er kam. Die einen munkelten, er habe als rechte Hand von Schalck-Golodkowski an der Devisenbeschaffung der DDR mitgewirkt, die anderen redeten hinter vorgehaltener Hand von einer Tätigkeit bei der Treuhand in Leipzig – »beides Gerüchte«, urteilte Wolffson einmal, »die natürlich Croning zu Ohren kamen, woraus wir schließen dürfen, dass sich seine Chuzpe und seine mangelnde Menschenkenntnis in etwa die Waage halten.«

Für ihn sei Croning ein Phänomen. Er verstehe nicht, dass ein Selfmademan, der es so weit gebracht habe, jemanden wie Gudoff nicht durchschaue, aber vielleicht durchschaue er ihn ja und benutze ihn nur, wer könne das wissen? Das Kühle und Unpersönliche seines Wesens, das sich hinter lächelnder Liebenswürdigkeit verberge, spreche jedenfalls dafür. Warum Croning außer bei seiner Frau, die er in unzweifelhafter Liebe über alles verehre, auch noch Halt in Philosophien, Lebensweisheiten, orientalischer Mystik und ähnlicher, ihm im Grunde fern liegender geistiger Nahrung suche, war für Wolffson das noch größere Rätsel. Es sei ihm nie gelungen, mit Croning ein Gespräch über dessen esoterisch-religiöse Vorstellungen anzufangen, die ihn angeblich so sehr beschäftigen, was ihn daran zweifeln ließ, »ob der Chef überhaupt eine Zeile von Gershom Scholem, Ibn Arabi, Platon oder Kant gelesen hat, von denen er in Interviews so gerne redet. Mir scheint es sich da um eine ziemlich seichte Art der Imagepflege zu handeln und ich werde das Gefühl nicht los, dass das Geheimnis seiner Belesenheit eher in dem Zitatenlexikon zu finden ist, das auf seinem Nachttisch liegt.«

Croning hielt das hellgelbe Blatt in seinen schmalen, gepflegten Händen. Die eisgrauen Augen hinter der randlosen Brille zeigten keine Regung.

»Waren Sie auf den Caymans?«

»Nein.«

»Warum nicht?«

»Ich denke, die Auskunft der New Yorker Bank genügt …«

»So, denken Sie? Ich habe Sie losgeschickt, um der Sache mit Gudoffs Überweisung nachzugehen und dafür zu sorgen, dass wir an unser Geld kommen. Und meinetwegen auch George Hu. Wer weiß?«, tat er überrascht. »Vielleicht ist alles nur ein Versehen und die Überweisung an George Hus Büro hat sich aus irgendeinem Grund verzögert. Gudoff hätten wir heute dazu befragen können, aber der ist ja nun tot. Aber Sie! Sie haben es nicht für nötig gefunden, auf die Caymans zu fliegen und einmal persönlich bei dieser … dieser …«

»Pinkhouse Bank«, warf Wolffson ein.

»... bei dieser Pinkhouse Bank nachzufragen?«

»Nein.«

»Nein?« In Cronings Stimme vibrierte eine Mischung aus Hohn und Eiseskälte. »Sie haben also keine Ahnung, wo das Geld geblieben ist? Und wer soll Ihnen das glauben? Vielleicht die Mordkommission?«

Blocher war zu lange im Geschäft, um nicht zu spüren, dass Croning wenig Skrupel hatte, in ihm nicht mehr den Finanzvorstand, sondern die Figur auf dem Schachbrett seiner Überlebensstrategie zu sehen. Das Verschwinden von fast zwanzig Millionen war auch für jemanden wie ihn nicht so einfach wegzustecken. Dann der Mord an Gudoff. Und jetzt noch George Hus Absage, von der er sicher schon wusste. Für Croning standen nicht nur sein Image auf dem Spiel, sondern auch Kredite und Investitionen. So ziemlich das Übelste, dachte Blocher, was einem im Hotel- und Immobiliengeschäft passieren kann.

»Nein?«, bohrte Croning weiter. »Zu den Caymans sind es nicht mehr als vier, fünf Stunden, nehme ich an?«

»Kann sein.«

»Kann sein? Sie wissen es nicht? Ich habe Sie nicht nach New York geschickt, damit Sie mit leeren Händen zurückkommen und mir jetzt erklären, dass das Geld bei der Chase Manhattan lag. Das wussten wir vorher schon. Was haben Sie die ganze Woche da drüben überhaupt gemacht?«

Blocher merkte, dass er rot anlief.

»Sie halten das Ergebnis in der Hand. Den Nachweis, dass Gudoff neunzehn Komma acht Millionen unterschlagen hat.«

»Ja gut, unterschlagen ... Aber wo ist das Geld?«

»Das wäre die zweite Frage«, antwortete Blocher kalt, »die wir Gudoff hätten stellen können.«

»George Hu«, wechselte Croning das Thema mit einer Miene, als sei ihm Blochers Antwort lästig, »hat heute meiner Frau erzählt, dass er sich aus dem Projekt zurückziehen will.«

»Stimmt.«

»Was macht Sie da so sicher?«

»Weil er es mir vorhin im Borchardt gesagt hat. Ich habe versucht, ihn umzustimmen. Nichts zu machen! Er hat weder das versprochene Honorar noch den Auftrag bekommen. Die Präsentation heute hat ihm den Rest gegeben.«

Croning sah mit starrem Blick durch Blocher hindurch und sagte: »Aber Sie hätten ihn doch längst bezahlen können! Wozu sind Sie Finanzchef?«

»Wovon denn?«, reagierte Blocher mit einem Achselzucken. »Für Mallorca haben wir nicht ganz eine Milliarde veranschlagt. Bis jetzt wurden über fünfzig Millionen investiert: für die Gründung der Gesellschaft, für Personalkosten, Grundstücke und Genehmigungen, nicht gerechnet die Planungskosten, aber inklusive der zwanzig Millionen, über die Gudoff noch verfügen konnte, von denen besagte neunzehn Komma acht nicht auffindbar sind: Geld, wovon er George Hu hätte bezahlen müssen. Derzeit sind für Investitionen nur noch knapp drei Millionen abrufbar. Andere Reserven stehen nicht zur Verfügung. Es fallen zudem Zinsen an. So ist die Lage. Alles hängt jetzt am Vertrieb für Mallorca. Aber der ist erst angelaufen und die großen Investoren halten sich immer noch zurück. Böhringer hat die Zahlen. Wir können ihn ja dazubitten.«

Der finanzielle Engpass, den Croning mit der gelegentlich geäußerten Losung »Geld spielt keine Rolle« zu ignorieren suchte, begleitete Blocher wie eine chronische Plage, seit er die Verantwortung für die Finanzen der Gruppe übernommen hatte.

Ansonsten war es ein Thema, mit dem man Croning besser nicht kommen sollte. »Wenn wir uns schlicht und nüchtern an die Fakten halten«, begann er mit einem maliziösen Lächeln, »ergibt sich folgendes Bild: Es ist Ihnen entgangen, dass Gudoff einen beträchtlichen Betrag aus seinem Budget auf ein Konto unter seinem Namen überwiesen hat. Eine Operation, die bei jedem Finanzchef Zweifel hätte wecken müssen. Mit anderen Worten: Sie sind Ihrer Aufsichtspflicht nicht nachgekommen. Sie werden verstehen, dass ich mir weitere Schritte vorbehalte, falls Sie Ihren Auftrag, den Verbleib der fast zwanzig Millionen aufzuklären, als erledigt ansehen. Zweitens. Merkwürdig scheint mir, dass sich das Konto auf den Caymans anscheinend in Luft aufgelöst hat. Es wäre meines Wissens das erste Mal, dass ein Konto mit einem Betrag in dieser Höhe einfach nicht mehr existiert. Ich sehe hier«, er tippte auf das Blatt, »es wurde am zweiundzwanzigsten Juni aufgelöst. In einer Zeit, in der Gudoff hier war und *nicht* auf den Caymans, also nicht mal Gelegenheit hatte, das Geld in bar abzuheben, was verrückt genug gewesen wäre, oder es irgendwo sonst hin zu überweisen.«

»Einen Moment!«, rief Blocher. »Hatte er nicht Anfang Juli eine Woche Urlaub? Wo war er da?«

»Keine Ahnung«, sagte Wolffson.

»Genug Zeit jedenfalls für einen Flug auf die Caymans …«

»Um so ärgerlicher«, konterte Croning und ließ das Schreiben der Chase Manhattan Bank in der Innentasche seines Sakkos verschwinden, »dass Sie während Ihres einwöchigen Aufenthalts in New York versäumt haben, auf die Caymans zu fliegen, um sich vor Ort über die Umstände der Kontoschließung zu erkundigen und nach dem Verbleib des Geldes zu fahnden. Es handelt sich immerhin um einen zweistelligen Millionenbetrag, um Geld, das mir gehört und das auf einmal weg ist, wie Sie behaupten. Sie tun so, als seien Sie über jeden Verdacht erhaben. Sind Sie das?«

Bevor Blocher antworten konnte, setzte Croning nach.

»Wann sind Sie aus New York zurückgekommen?«

»Heute Morgen. Mit der Maschine aus Frankfurt.«

»Wann genau?«

»So gegen halb acht. Was soll die Frage?«

»Der Chef der Mordkommission meint«, beschied ihm Croning kühl, »dass nach ersten Annahmen der Tod Gudoffs zwischen acht und halb zehn Uhr eingetreten sein muss. Ich nehme an, dass irgendwann die Frage nach Ihrem Alibi gestellt wird. Wie sieht es damit aus?«

»Ist das ein Verhör?«

Blocher betrachtete Cronings feine, auffallend schmale Hände. Es war das erste Mal, dass ihm jemand die hässliche Wahrheit vorhielt, über die er sich längst im Klaren war.

»Aber wo denken Sie hin«, gab Croning zur Antwort und stand auf, als sei der Fall für ihn erledigt. »Ich sage nur: Sie hätten von Tegel aus genug Zeit gehabt, erst zum Invalidenfriedhof zu fahren und dann hierher zur Präsentation zu kommen. Genauso wird es die Mordkommission sehen. Es fehlt nur noch, dass jemand auf die Idee kommt, Ihnen ein Motiv für die Tat zu unterstellen.«

Er blickte einen Moment Blocher starr in die Augen, rückte dann mit zwei seiner zarten Finger den Ärmel des beigen Kaschmir-Sakkos nach oben, sah auf die Uhr und fügte in gleichgültigem

Ton hinzu: »Was sehen Sie mich so an? Die Leute im Haus wissen alle um Ihren Ärger mit Gudoff. Nichts für ungut!«, schloss er mit einem aufmunternden Blick. »Klären Sie, wo das Geld geblieben ist, und kümmern Sie sich um Ihr Alibi! Und vergessen Sie nicht: Sie haben höchstens eine Woche Zeit!«

Croning drehte sich um und verließ ohne ein weiteres Wort den Raum.

»Du musst ihm das nicht übelnehmen«, meinte Wolffson nach einer Pause. »Er ist geschafft. Die Unterhaltung mit dem Kerl von der Mordkommission war wenig erfreulich. Manieren wie ein Schlachtermeister. Die sehen zu viel Tatort. Er hat sich auch nach dir erkundigt. Croning hat recht. Es bleibt nicht viel Zeit. Erst Gudoff und jetzt die Geschichte mit George. Wenn wir George nicht zurückholen und der Mord nicht rasch aufgeklärt wird, haben wir ein Riesenproblem.«

»Mich interessiert im Moment etwas anderes, Aaron«, entgegnete Blocher. »Warum hast du mich nicht wie abgemacht vom Flughafen abgeholt?«

»Weil … Es ging nicht.«

»Wieso nicht?«

»Kann ich dir jetzt nicht sagen.«

»Aaron! Das ist für mich keine Bagatelle! Ich bin so früh in Tegel angekommen, dass ich genug Zeit gehabt hätte, um zum Invalidenfriedhof zu fahren und Gudoff umzubringen. Ich bin aber vom Flughafen mit dem Taxi direkt nach Haus, dort hab ich auch Gudoffs Anruf erhalten, das weißt du alles!«

»Kannst du das nicht beweisen? Was ist mit dem Taxifahrer?«

»Wie soll ich den finden? Ich hab mir ja nicht mal eine Quittung ausstellen lassen.«

»Es tut mir leid, ich …«

»Aaron, versteh doch! Ich brauche ein Alibi. Und der Einzige, der mir eins geben kann, bist du.«

»Ich? Aber ich …«

»Ja! Du! Wer sonst?«

»Ich bin erst kurz vor zehn Uhr zu dir gekommen. Und wir beide sind zur Präsentation, als George schon angefangen hatte. Das haben alle gesehen. Das soll ein Alibi sein? Vergiss es!«

»Ist doch egal, Aaron! Du machst mich wirklich sprachlos! Dann hast du mich eben in Tegel abgeholt. Oder wir haben bei mir gefrühstückt. Dann passt es. Was ist schon dabei?«

»Das geht nicht.«

»*Das geht nicht?* Das meinst du doch nicht im Ernst?«

»Doch.«

»Na schön. Ist es nicht irre, dass jetzt, wo die Krise da ist, jeder nur seine eigene Haut retten will? Croning will sein Geld zurück und droht mit Kündigung, statt dass er mir die Mittel in die Hand gibt, um George wieder an Bord zu holen. Die Fehring redet dummes Zeug über mich und meine Recherchen. Und du sorgst dich um die Firma und den drohenden Skandal. Oder soll ich lieber sagen: um deinen Job?«

»Was ist da mit der Fehring?«, suchte Wolffson abzulenken.

»Sie hat Gudoff gestanden, dass sie die Kopien seiner Kontobewegungen auf eine CD-ROM gebrannt und mir übergeben hat. Er wusste, warum ich in New York war.«

Wolffson blickte einen Moment wie abwesend durch Blocher hindurch.

»Du weißt«, seufzte Blocher, »Aufstieg und Fall in Cronings Gunst sind weniger eine Sache erbrachter Leistung als eine höchst willkürliche, mit der Geschwindigkeit eines Fallbeils sich vollziehende Angelegenheit. Ich bin dem bislang entgangen. Jetzt gibt er mich offen zum Abschuss frei. Er wird dazu kräftig Öl ins Feuer gießen, falls ihm das nützen sollte.«

»Lass mich mal machen! Das kriegen wir schon vom Tisch!«

Blocher antwortete nicht darauf. Ihn beschäftigte etwas anderes. Wenn Gudoff tatsächlich kurz vor seinem Tod Terek eingeladen hat: War das Zufall oder hatte es eine Bedeutung? Und wenn ja, welche?

Gudoff ließ sich nie in die Karten schauen, sein Tod machte die Sache nicht besser. Die Einzigen, die darauf eine Antwort geben könnten, wären Terek – und Isabel. Oder Croning?

Er behielt seine Gedanken für sich und bemerkte schließlich in leiserem Ton: »Gudoff hatte irgendeine Ahnung, dass ihn jemand umbringen wollte.«

»Der?« Wolffsohn winkte ab. »Wahrscheinlich ahnte er, dass wir ihm auf die Pelle rücken. Aber das ist ja kein Grund, um … Wer hätte ihn denn bedrohen sollen?«

»Na, wer schon? Es konnte nur einen geben, der ein Interesse hatte, Gudoff aus dem Weg zu räumen: Jemand, der wusste, wo das Geld versteckt ist oder es bereits an sich gebracht hat. Der Mörder muss Gudoffs Komplize oder zumindest Mitwisser bei der Unterschlagung gewesen sein. Wer sonst konnte ein Interesse haben, ihn umzubringen?«

Für einen Moment war es still.

»Über Croning mache ich mir keine Illusionen. Deine, ich nenn's mal *unterlassene Hilfeleistung* muss ich hinnehmen, auch wenn's mir schwerfällt. Ich werde Berlin verlassen, Aaron. Ich habe meinen Sommerurlaub wegen der Reise nach New York noch nicht angetreten. Das werde ich jetzt nachholen.«

»Also! Lass bitte den Unsinn!«

»Was für ein Unsinn? Du kannst ja nachschauen: Vier Wochen, vom dreiundzwanzigsten Juli bis zwanzigsten August. Steht seit Langem fest. Ein Mord ändert daran nichts. Nicht für mich.«

»Jetzt hör mir mal gut zu! Jeder weiß, dass Gudoff keine Gelegenheit ausließ, um dir die Tour zu vermasseln, und auf deinen Job als Finanzchef scharf war. Das Gerede über euch ist nun mal da. Wie die Mordkommission reagiert, wenn sie davon erfährt, haben wir nicht in der Hand. Wir werden alles tun, um dich aus der Schusslinie zu halten. Nur eines ist doch wohl klar: Wenn du jetzt abhaust, machst du dich erst recht verdächtig.«

»Das musst du mir schon selber überlassen.«

»Phil! Wir müssen wissen, was da los war, und zwar so schnell wie möglich. Wer von uns soll das denn herausfinden außer dir?«

Blocher schüttelte den Kopf, stand auf und klopfte Wolffson auf die Schulter.

»Glaub mir, Aaron! Ich werde nicht den Kommissar für euch spielen. Für Croning schon gar nicht.«

»Es bleibt dir doch gar nichts anderes übrig! Willst du's vielleicht der Kripo oder der Staatsanwaltschaft überlassen? Die mit ihren forensischen Methoden! Es bringt doch viel mehr, statt davonzulaufen sich Gudoff und sein Leben mal genauer anzuschauen. Wer weiß, was da noch im Verborgenen lauert. So wie der uns reingelegt hat. Das können die doch gar nicht aufklären. Dazu braucht es keinen Kommissar, sondern nur etwas gesunden Menschenverstand. Zieh los und fang meinetwegen bei diesem Altenhöhner an!

Du weißt schon: Das Billet! Es muss doch noch andere aus dem Umfeld oder der Familie von Gudoff geben.«

»Gudoff war Junggeselle. Scheint mir wenig aussichtsreich.«

»Man muss nur ein wenig in der Vita eines Menschen stochern.« Wolffson schaute an Blocher vorbei ins Leere. »Dann kommt alles an den Tag.«

Samstag, 7. August 1999

Der Blutfleck war immer noch da, als hätte jemand dunkelrote Farbe vergossen. Er bedeckte den unteren rechten Teil der grauen Grabplatte und reichte bis zum Sterbedatum. 22.11.1944 stand dort eingraviert, darüber Dienstrang und Name: Oberst Werner Mölders. Weiter oben ein aufgesetztes Kreuz. An der Seite der Grabplatte lehnte ein kleiner Kranz mit einer blauen Schleife. *Vereinigung der Jagdflieger* las Blocher. Er hatte ihn tags zuvor übersehen.

Blocher hatte sich am Vormittag entschlossen, erneut zum Invalidenfriedhof zu fahren. Es war, wie er sich eingestand, eine gleichsam zwanghafte Handlung und er kam sich beinahe vor wie der Mörder, den es zurück zum Tatort treibt. Außer dem eingetrockneten Rot auf der Grabplatte erinnerte nichts an das Geschehen von gestern. Die Absperrungsbänder waren verschwunden, von Polizei, Feuerwehr und Schaulustigen war nichts zu sehen. Der Friedhof schien so wenig besucht wie tags zuvor um dieselbe Zeit. Er sah auf den Boden unter seinen Schuhen. Es war eine kleine, kaum einen halben Meter breite und eine Handbreit tiefe Sandkuhle im Rasen, vermutlich ausgetreten von Besuchern, die hier an Mölders' Grab standen wie er jetzt. Oder wie Gudoff. Er drehte sich um. Zur Mauer am Spreeufer waren es kaum mehr als fünfzehn Schritt. Die drei, vier gelben Tatort-Nummerntafeln, die gestern dort lagen, hatte die Spurensicherung wieder mitgenommen. Die Mauer war nicht so einfach zu überwinden. Unmöglich wäre es nicht, überlegte Blocher. Dahinter die Spree. Aber was sollte der Mörder dort? Es sei denn, er wäre in Panik über die Mauer geklettert, um sich im Unterholz des Flussufers zu verstecken, weil sich ein Fremder dem Tatort näherte. Vielleicht ist dem Mörder der Einfall, zuzuschlagen, erst Minuten vor der Tat gekommen. Für die Mordkommission ein Albtraum. Sie hätte eine verdammt harte Nuss zu knacken. Und wenn Nussknacker nicht weiterkommen »mit ihren forensischen Methoden«, wie Wolffson das nannte, werden sie sich an den halten, von dem sie sich die bequemste Lösung des Falls versprechen. Kein schöner Gedanke. Aber ich glaube daran nicht.

Dieser Mord war ein eiskalt geplantes Verbrechen. Brutal ausgeführt, womöglich von einem Auftragskiller. Wenn der Mörder, der scheinbar aus dem Nichts kam, Gudoffs Komplize oder zumindest Mitwisser bei der Unterschlagung war, dann war es jemand, der vielleicht meint, besonders raffiniert vorgegangen zu sein. So einer macht immer Fehler. Darin läge eine Chance: In der Suche nach dem Fehler. Aber sie ist klein, vielleicht zu klein …

Er ging den schmalen geteerten Weg zurück, bog dann nach links auf den Sandweg in Richtung Ausgang ohne auf das Grabmal Scharnhorsts zu achten.

Im Auto griff er nach den Boulevardzeitungen, die auf dem Nebensitz lagen, mit Kasimir Gudoffs Ermordung als Aufmacher. »MYSTERIÖSER TOD AUF DEM FRIEDHOF« lautete eine der Schlagzeilen.

Der Focus richtete sich sogleich auf die Croning Gruppe, in der »Kasimir G.« Geschäftsführer und für das Renommierprojekt des Unternehmens, ein exklusives Ferienressort auf Mallorca, zuständig gewesen sei. Der Konzern habe seine Zentrale am Gendarmenmarkt in Berlin und sei im Besitz des Hoteliers und Immobilienunternehmers Detlev Croning. »Croning und seine Frau Marie Thérèse«, hieß es, »sind feste Größen in der Berliner Society. Ihre Hotels zählen zu den besten in Europa, darunter das Grandhotel Croning in Berlin Mitte, das Ressort Croning auf Sylt und das legendäre Thérèse Roq du Cap Ferrat an der Côte d'Azur.« Staatsanwaltschaft und Berliner Mordkommission hätten für Montag eine Pressekonferenz angekündigt. Vom Täter fehle bislang jede Spur.

Man musste damit rechnen, dass einen die Mordkommission bald in die Mangel nehmen würde, wahrscheinlich schon in der kommenden Woche. Und die Presse? Sie würde ihn sich vorknöpfen und gnadenlos recherchieren. Seine Rolle bei Croning, sein Privatleben, seine Bekannten, seine kleinen Affären. Nachsicht war da nicht zu erwarten. Man würde dem Geraune aus Mutmaßungen, unterschwelligen Verdächtigungen oder Verleumdungen nachspüren, das ihn jetzt schon umgab, wenn er nur an die Gardinenpredigt Herta Fehrings dachte.

Natürlich hatte Wolffson recht mit seiner Warnung »Wenn du jetzt untertauchst, machst du dich erst recht verdächtig.« Die »Galgenfrist«, wie Wolffson das nannte, ungenutzt verstreichen zu lassen, solange der Bericht über den Datencheck auf den beschlagnahmten Computern noch nicht vorlag, war auch keine Lösung. Was tun? Wo fange ich an? So überlegte er, während er in seiner Brieftasche nach Wolffsons Zettel mit der Adresse und Telefonnummer Holger Altenhöhners suchte.

Sonntag, 8. August 1999

Auf dem Weg nach Potsdam hielt Blocher vor der Glienicker Brücke am Pavillon der Großen Neugierde an. Er öffnete das Handschuhfach und suchte seine Sonnenbrille. Neben einem Eiskratzer, einer blauen Parkscheibe, einem hellblauen Tuch und einer Packung Traubenzucker fiel ihm das luftgepolsterte Kuvert in die Hände, das ihm Herta Fehring zwei Tage zuvor übergeben hatte. Es war offen und enthielt eine CD-ROM in einer Plastikhülle.

Er erinnerte sich, wie sie beide vor dem Aufzug standen. Er nervös und in Eile, weil ihm der Weg zum Invalidenfriedhof bevorstand, wo er Gudoffs Leiche identifizieren sollte. Sie in heller Aufregung über dessen Ermordung. Dann war sie plötzlich zurückgelaufen, um die CD-ROM zu holen.

Wieso eigentlich? Die Fehring hatte ihm oft CD-ROMs zukommen lassen. Meist enthielten sie Bildmaterial, Artikel oder Werbespots zu Projekten der Gruppe oder der Konkurrenz und landeten für gewöhnlich in der Schublade, ohne dass Blocher sie sich angesehen hätte. Deswegen loszurennen war unnötig, aber vielleicht, überlegte er, war die Fehring einfach nur durcheinander. Er nahm die CD-ROM aus dem Umschlag. Normalerweise wurden sie von Gudoffs Sekretärin mit einem bedruckten Etikett versehen, das auf den Standort der betreffenden Immobilie verwies: La Princesa Ibiza, Spanien, zum Beispiel, Hotel Bellevue in Velden, Österreich, oder Queen Viktoria Hotel Sankt Moritz, Schweiz.

Auf dieser CD-ROM fehlte das Etikett. Lediglich auf das Kuvert hatte jemand handschriftlich mit Filzstift die Worte La Estafa en Mallorca geschrieben, eine Angabe, die er nicht weiter beachtete, weil er kein Spanisch sprach und ohne weiteres Nachdenken annahm, es handele sich um ein Hotel auf Mallorca.

Blocher ließ den Wagen stehen und ging ein paar Schritte weiter bis zur Mitte der Glienicker Brücke. Er stand genau an der Nahtstelle der Schattenwelt des Kalten Krieges, wo einst die Geheimdienste aus Ost und West ihre Agenten austauschten. Er lehnte sich über das Geländer, kniff die Augen zusammen und suchte den Punkt, den er immer ansteuerte, wenn er mit dem Boot auf den

Potsdamer Gewässern unterwegs war. Der Jungfernsee glitzerte in der Sonne, am gegenüberliegenden Ufer ankerten mehrere Jachten. Eine leichte Brise kam auf und mischte sich mit dem kühlen Schilfgeruch, der vom Ufer hochstieg.

Er dachte an George Hu. Wie er ihn Anfang Juni mitgenommen hatte, um mit ihm das Geheimnis der magischen Stelle in der Mitte des Sees zu teilen. Niemand in der Firma wusste von ihrem Treffen.

Sie hatten den Tag auf dem Schwielowsee verbracht, waren hinter Werder der Havel gefolgt, die sich dort still durch die Wiesen schlängelt, um gegen Abend eben jene Stelle auf dem Jungfernsee zu erreichen, die ihm so teuer war. Blocher hatte den Motor abgestellt und eine Flasche Champagner geöffnet.

George genoss zum ersten Mal den freien Blick auf die sieben Perlen der Potsdamer Schlösser- und Seenlandschaft, wie er sich von keinem anderen Ort aus bot: das Bild der grünen, in makellosem Schwung über die Havel führenden Glienicker Brücke, dahinter auf der Anhöhe Park und Schloss Babelsberg, dann die beiden einander zugewandten Pretiosen des Schlösschens auf der Pfaueninsel und des Marmorpalais, in der Ferne das Belvedere auf dem Pfingstberg, nach Osten zu die Heilandskirche von Sacrow und schließlich das Kleinod der Italiensehnsucht der preußischen Könige: Schinkels über dem Ufer der Havel schwebendes Casino.

George kannte jede Einzelheit über das, was er »Prussian Style« nannte: von den Architekten über die Baugeschichte bis zur Idee, die dahinterstand. Er wusste alles, aber eben nur aus Büchern. Man hörte das Wasser sachte gegen den Rumpf des Bootes schlagen und George war so bewegt von dem Panorama, dass er keine Worte fand als ein leises wiederholtes: »Thank you! Thank you!«

Damals auf dem Boot erfuhr Blocher, dass George die versprochene Anzahlung nie erhalten hatte.

Als Blocher ihm seine Hilfe anbot, meinte George, es wäre unklug, wenn man sie zusammen kungeln sähe. Er werde sich schon zu wehren wissen. Der kleine, zarte, schmächtige George! »Wir Chinesen verstehen es, zuzusehen und abzuwarten«, sagte er noch. Dabei hatte sein Gesicht denselben undurchdringlichen Ausdruck angenommen wie im Borchardt, als ihm Isabel Kelly mit ihren Avancen zu Mallorca kam. Würde sie recht behalten, wäre der

Traum der Croning Hotel und Immobilien Group vom Paradiesgarten auf Mallorca ausgeträumt.

War es das, fragte sich Blocher seither immer wieder, was Gudoff meinte, als er kurz vor seinem Tod das Ende der Croning Gruppe ankündigte? Warum wollte er sich mit Terek treffen – oder dieser sich mit ihm? Ziemlich sicher handelte es sich bei dem Termin nicht um ein x-beliebiges Treffen, wie sie laufend mit irgendwelchen potenziellen Partnern, Investoren oder anderen Interessenten stattfanden.

Wollte jemand verhindern, dass sein Treffen mit Terek zustande kam? Blocher dachte natürlich an Croning. Aber musste man deshalb Gudoff gleich umbringen? Wenn es ihm darauf ankam, hätte Croning den Termin auch auf andere Weise platzen lassen.

Blocher sah auf die Uhr und richtete sich auf. Er war für zehn Uhr mit Altenhöhner in dessen Kanzlei verabredet. Wieder trat ihm das Schreckbild des toten Gudoff mit der heraushängenden Zunge vor Augen und ihn bedrängte plötzlich ein Gefühl, als überschreite er mit dem Weg über die Brücke blindlings und ungeschützt seinen ganz persönlichen Rubikon, nur um Vabanque zu spielen in einem Geschäft, das ihm fremd und nicht geheuer war: der Suche nach dem Mörder.

Am Tor der frisch renovierten Jahrhundertwendevilla drückte er die Büroklingel. Nichts rührte sich. Er versuchte es bei »Salomé und Holger Altenhöhner«. Nach einer Weile kam ihm ein sportlich durchtrainierter Hüne von über einem Meter neunzig aus dem Garten entgegen, leger mit Poloshirt, hellen Jeans und Sandalen. Während er ihm auf der Treppe ins Hochparterre der Villa folgte, empfand Blocher wieder einmal jenes Unbehagen, das seit seiner Pubertät an ihm nagte. Obwohl er durchaus nicht klein gewachsen war, hegte er eine Abneigung gegen jeden, der ihn deutlich überragte. Objektiv betrachtet war Holger Altenhöhner eine beeindruckende und keineswegs unsympathische Erscheinung mit vollem dunkelblonden Haar, dessen Locke er sich ab und zu aus der Stirn strich. Aber Blocher liebte es nicht, zu jemandem aufzuschauen. Hinzu kam als weiteres Ärgernis – Blocher wäre es natürlich lächerlich vorgekommen, sich das einzugestehen – die auffallend tiefe, mit einem leicht knarzenden Ton angereicherte Stimmlage des Anwalts, die seinem Bariton Konkurrenz machte.

Aus dem Studium der Visitenkarte ergab sich wenig über Altenhöhner, außer dass er eine Anwalts- und Steuerberatungskanzlei unterhielt. Er zog die Gardinen seines Büros beiseite und öffnete die Tür zur Terrasse. Im Garten war eine kleine Gesellschaft um einen Tisch versammelt. Die Kanzlei, die anscheinend die ganze Etage einnahm, machte nicht den Eindruck, als ob sie von überbordendem Geschäftsbetrieb befeuert wäre. Wegen der muffigen Luft bevorzugte Blocher während der folgenden Unterhaltung einen Stehplatz neben der offenen Fenstertür.

»Was gibt's Neues?«, tat Altenhöhner interessiert. »Ich hab da was für Sie: Das war doch Ihr Lockruf gestern am Telefon?«

»Sie sagten mir gestern, Sie wären Kasimir Gudoffs Anwalt und Steuerberater. Gewesen.«

»Und sein Nachlassverwalter«, ergänzte Altenhöhner in herablassendem Ton. Er schien gut in Form zu sein, musterte Blocher mit einem ironischen Blick und hielt sich nicht weiter mit Äußerungen des Bedauerns über Gudoffs gewaltsames Ende auf.

»Ich wollte Sie nur bitten, sich gegenüber der Presse zurückzuhalten. Sie haben sicher die Zeitungen gelesen.«

»Ist das alles?«

»Nicht ganz.« Blocher legte eine Kunstpause ein. »Ihr Mandant hat einen Millionenbetrag unterschlagen.«

Vielleicht war es unklug, sich so weit vorzuwagen. Aber ein ausdrückliches Verbot, die Sache anzusprechen, hatte ihm niemand erteilt. Der Anwalt fixierte Blocher mit einem misstrauischen Blick.

»Wenn das so wäre – ich sage: wenn! Dann wird das die Mordkommission sicher interessieren. Ist sie informiert?«

»Nein.«

»Ach? Wie hoch soll denn diese angebliche Unterschlagung sein?«

»Neunzehn Komma acht Millionen.«

»Wollen Sie mich auf den Arm nehmen?«

»Wir haben Beweise. Ich möchte aber darum bitten, die Sache vorerst für sich zu behalten.«

»Wenn das so wäre – ich wiederhole: was ich mir nicht vorstellen kann –, dann haben wir ja wohl ein Motiv für den Mord.«

»So?«, widersprach Blocher kühl. »Haben wir das? Und wen hätten Sie da im Sinn?«

Altenhöhner strich sich mit einer kurzen Bewegung eine Locke aus der Stirn.

»Ich will mich da nicht festlegen, Herr Doktor Blocher. Cronings Unternehmen ist ein weites Feld. Über die Skrupellosigkeit Ihres Chefs macht sich doch niemand in der Branche Illusionen. Das muss ich wohl nicht weiter ausführen. Ich empfehle abzuwarten. Die Mordkommission wird Ihre Firma schon durchleuchten.«

Blocher holte seinen Joker aus der Tasche.

»Können Sie mir das erklären?«

Altenhöhner genehmigte sich eine Pause. Er setzte seine Lesebrille auf und studierte unbewegt das ihm hingereichte Billett mit der blassblauen Frauenhandschrift.

»Da müsste ich mal meine Frau fragen.«

»Von Ihnen ist da auch die Rede.«

»Ich bitte Sie, Herr Doktor Blocher! Sie können sich doch denken, um was es geht!«

Blochers skeptischer Blick galt für einen Moment der Schreibtischlampe mit dem Schirm aus grünem Glas, die nicht recht zu dem hübschen Messingkerzenleuchter in Gestalt einer sich windenden Schlange passen wollte.

»Die Unterschlagungssache. Kasimir Gudoff bat mich um Rat und anwaltliche Hilfe.«

»Sie bestreiten also die Unterschlagung gar nicht? Und Kasimir Gudoff hat Sie eingeweiht?«

»Ja. Nein …« Altenhöhner hielt immer noch das Billet in der Hand. »Nicht ganz«, antwortete er nachdenklich. »Er rief mich an und sprach von Schwierigkeiten in der Firma. Man wolle ihm die Vollmacht über sein Budget entziehen. Jetzt, wo Sie ihm diese Unterschlagung … Aber das ist doch utopisch! Ich kann mir nicht vorstellen, dass er fast zwanzig Millionen … Das halte ich für ausgeschlossen!«

»Mehr hat er Ihnen nicht erzählt?«

»Nein.«

»Sie werden es nicht glauben, aber es war für ihn ganz einfach. Was heißt einfach? So etwas funktioniert nur, wenn man das uneingeschränkte Vertrauen der Firmenleitung hat und schalten und walten kann, wie man will. Statt George Hu, dem New Yorker Architekten, den wir mit der Planung eines Projekts auf Mallorca beauftragt hatten, die vereinbarte Anzahlung zu überweisen, hat er fast das gesamte Budget, über das er Vollmacht hatte, auf ein von ihm eingerichtetes Konto bei der Chase Manhattan in New York überwiesen. Von dort wurde es zu einer Offshore-Bank namens Pinkhouse auf die Cayman Islands transferiert. Was ich gerne von Ihnen wissen würde: Gudoff war Anfang Juli nicht in der Firma. Er hatte sich eine Woche Urlaub genommen. Wo war er? In der Karibik?«

»Keine Ahnung. Ja, doch: Ich glaube, in Berchtesgaden bei seinem Vater. Aber sicher bin ich mir nicht.«

»Wirklich nicht?«, fuhr ihn Blocher an. »Na schön. Das Dumme ist nämlich, dass niemand weiß, wo das Geld geblieben ist. Das Konto bei der Pinkhouse Bank wurde aufgelöst. Fast zwanzig Millionen sind verschwunden! Sie sind weg! Einfach so!«

»Aber das ist doch … Ich kann mir das nicht vorstellen …«

»Nein? Und was ist das hier?« Blocher nahm Altenhöhner mit einer raschen Bewegung das Billet aus der Hand und las laut vor: »Danke für dein Vertrauen! Du hilfst uns und wir helfen dir. Konnten dich nicht erreichen. Lass uns so bald wie möglich über alles sprechen. Salomé.« Dann warf er das Billet auf den Schreibtisch und rief: »Ich möchte gern von Ihnen wissen, was dieses Stück Papier zu bedeuten hat! Ich erwarte eine plausible Antwort, sonst kriegen Sie einen riesigen Ärger!«

»Jetzt schreien Sie doch nicht so!«

Altenhöhner fuhr sich mit der Hand durchs Haar und blickte besorgt in Richtung Garten. Dann nahm er hinter seinem Schreibtisch Platz und studierte erneut mit konzentrierter Miene das Billet, als hätte er Mühe, die Handschrift seiner Frau zu entziffern. Mit einem verlegenen Lächeln blickte er zu Blocher auf und reichte es ihm zurück.

»Also. Um offen zu sein: Es ist so, dass meine Kanzlei … Sie wissen ja, Potsdam … Vielleicht war es ein Fehler, sich hier draußen in der Berliner Vorstadt niederzulassen. Aber so eine Villenetage als Büro findet man nicht alle Tage. Und wir bewohnen die Remise gleich hinter dem Haus. Dazu der Garten: ein Paradies für die Hunde! Uns geht es nicht schlecht, verstehen Sie mich recht. Meine Frau ist ein gefragtes Model in New York. Aber die Kanzlei … Es ist nicht das geworden, was ich mir vorgestellt habe. Ich sage Ihnen das, weil damit die paar Zeilen meiner Frau erklärt sind. Ich kenne

– ich kannte – Kasimir Gudoff schon lange und bin seit meiner Zulassung als Anwalt und Steuerberater für ihn tätig. Er wusste von meinem Problem und hat mir angeboten, ihn bei der Vertragsgestaltung zu beraten. Angesichts der Dimensionen, um die es bei Mallorca geht, ein lukrativer Job, wie Sie sich denken können. Damit ist es wohl jetzt vorbei.« Schon deshalb treffe ihn der Tod Gudoffs sicher mehr als jeden anderen, schloss er seine Erklärung und sagte noch: »Gudoff hat mit mir nie näher über seine Arbeit gesprochen. Er war extrem verschlossen. Ein Geheimniskrämer! Für mich als sein Steuerberater ein Albtraum. Haben *Sie* denn eine Idee, warum er ermordet wurde?«

Unschlüssig, was er darauf antworten sollte, begann Blocher mit Ausflüchten ins Allgemeine.

»Ich werde Ihnen sagen«, reagierte Altenhöhner ungeduldig, »was ich denke. Da ist nichts Privates. Es hat mit der Firma zu tun. Er schien mir in der letzten Zeit, wie soll ich sagen, nervöser als sonst, irgendwie beunruhigt.«

Seine Stimme klang etwas zu feierlich. Vielleicht war es das, was Blocher davon abhielt, Gudoffs seltsame Warnung »Erst ist der Tod dran« ins Gespräch zu bringen, deren diabolische Rätselhaftigkeit ihm wieder zusetzte, kaum hatte Altenhöhner geendet. Der Anwalt bemühte sich um ein ansteckendes Lächeln und schaute Blocher fragend an, als könne der ihm Gudoffs Verhalten »in der letzten Zeit« erklären.

Merkwürdig, dachte Blocher, wie wenig ich von Gudoff weiß. Mir war alles an ihm zuwider: sein feuchter Händedruck, überhaupt die Hände, diese kurzen dicken Wurstfinger, die wässrigen hellblauen Augen, aus denen er einen katzenfreundlich musterte, sein ganzes echauffiertes Wesen, das Gehabe des Wichtigtuers, der freilich nie die Kontrolle über sich verlor. Ich wollte ihn gar nicht näher kennenlernen. Vielleicht bekam ich ihn deshalb nicht in den Griff. Jetzt, wo ich den Beweis der Unterschlagung in der Hand habe, liegt er in der Kühlkammer der Gerichtsmedizin. Und das monatelange Hickhack, meine Recherchen, die Reise nach New York: alles umsonst. Etwas ist gewaltig schief gelaufen. Wer hatte ein Interesse, ihn aus dem Weg zu schaffen? Wer, außer mir?

»Hatte er Freunde?«, wich Blocher mit einer Gegenfrage aus. »Jemanden, dem er vertraute?«

»Kennen Sie einen?«, murmelte Altenhöhner nachdenklich. »Ich nicht! Gudoff war ein *lonely wolf*. Einsamer geht's nicht!«

Dann stand er mit einem Ruck auf und bat in den Garten.

»Herr Doktor Blocher!«, stellte er seinen Überraschungsgast vor. Auch einem ahnungslosen Besucher wäre aufgefallen, dass es sich bei den drei um den Gartentisch versammelten Ehepaaren um jene zahlungskräftigen Pioniere aus dem Westen handelte, die seit der Wende, sei es als Mieter, sei es als Eigentümer einer ansprechenden Immobilie, von der Berliner Vorstadt in Potsdam Besitz ergriffen hatten. Fest entschlossen, ihre so reizvoll zwischen Heiliger See und Jungfernsee gelegene Enklave gegen die Attacken eines im Verborgenen agierenden, mutmaßlichen Stasi-Untergrunds zu verteidigen, geriet ihnen die als notorisch linke Trutzburg verachtete Potsdamer Bürokratie unvermeidlich zum Thema ihrer Zusammenkünfte. So auch diesmal. »Im Sport, in der Uni, in der Verwaltung, bei der Kripo, sogar im Parlament machen sich diese Lumpen immer noch breit!«, ereiferte sich gerade einer der Gäste.

Altenhöhner bot Blocher von dem reichlich gedeckten Gartentisch Salat und Crémant an, wobei er ihm zuraunte, der Herr dort mit der Trauermiene und dem Sektglas in der Hand sei ein hohes Tier aus dem Innenministerium. Dieser Tage habe er den Staatssekretär um eine Auszeit gebeten. Seine Karriere sei seit dem letzten Regierungswechsel blockiert, er leide aber hauptsächlich unter den hohen Verlusten der von ihm betreuten Agenten, die im Nahen Osten in die Fallstricke arabischer Geheimdienste und Terroristen gerieten. Wovon natürlich niemand, keine Presse, ja nicht einmal das parlamentarische Geheimdienstgremium, etwas erfahre. Blocher lehnte den Sekt dankend ab und griff zu einem Brötchen.

Da ließ ein Schrei die Gesellschaft innehalten. Die Blicke richteten sich auf die Doppeltür der ziegelroten Remise. Mit einem »Ach, ihr Lieben, da seid ihr ja!« balancierte auf steilen Stilettos ein tief ausgeschnittenes, bedenklich transparentes violettes Cocktailkleid im Zipfellook mit hochgestecktem, hellblond gefärbtem Haar über den Rasen. Blocher fragte sich, ob eine missglückte Nasenkorrektur nicht der Laufbahn »eines gefragten Models in New York« im Wege stehen müsse. Auch von den restaurierten Zähnen, die unter aufgespritzten Lippen lauerten, war nichts Gutes zu erwarten. Am verblüffendsten aber war, wie Altenhöhners Gattin im Handumdrehen die Szene beherrschte.

»Ihr Lieben! Tut mir leid. Ich war eben noch oben in Babelsberg beim Casting.«

Blocher verharrte in wehrlosem Schweigen, während Altenhöhner mit dem Öffnen einer Flasche beschäftigt war. Die Damen brachen in allerlei Ahs und Ohs aus, nur die ministerielle Spürnase runzelte die Stirn.

»Holger!«, fuhr Altenhöhners Gattin unbeirrt fort, »Hast du wegen Long Island mit Werner gesprochen? Ihr Lieben, wir werden euch bald schon verlassen müssen und den Sommer in den Hamptons verbringen. Werner baut dort den besten Rosé der Welt an und ich kann reiten so viel ich will. Ein Gestüt, so was gibt es nirgendwo auf der Welt! Und erst die Gäste! Holger! Erzähl doch, wer letztes Jahr alles da war! Ich sage euch: Tout New York steht dort Schlange! Werner ist Hamburger, er freut sich so auf uns. Er hat ja sonst drüben keine deutschen Freunde. Seine Partys: legendär! Holger hat es gut. Ich muss dazwischen hart arbeiten, leider. Zwei Wochen L.A. zum Foto-Shooting.«

Für einen Wimpernschlag hatten sich Blochers und ihre Blicke getroffen. Ansonsten strafte sie ihn, aus welchem Grund auch immer, mit Nichtachtung. Blocher bildete sich ein, hinter ihrem exaltierten Wesen eine gewisse Verschlagenheit zu erkennen, dann ließ ihn das bizarre Finale ihres Monologs wieder ratlos zurück.

»Ihr Lieben! Jetzt *muss* ich euch was verraten. Stellt euch vor: Beim Casting vorhin in Babelsberg geht die Tür auf, und wer schaut herein? Will Bender! Er will mich unbedingt für seinen neuen Film haben. Für Cannes im nächsten Jahr! Ist das nicht irre? Im Grunde ist mir ja seine Regie zu unmethodisch, aber mal sehen. Holger, nimm doch bitte den Champagner vom Tisch und stell ihn in den Kühler! Oh Gott, ich glaube, das Eis ist alle. Holger, bitte!«

Altenhöhner eilte mit dem Kühler in die Remise. Als er wieder erschien, nickte ihm Blocher zu, der das stumme Zeichen zum Aufbruch verstand und ihn zu den schmiedeeisernen Flügeln der Toreinfahrt begleitete. Zwischen Remise und Bürovilla blieb Blocher stehen und sagte: »Ich kenne Ihre Gäste nicht, Herr Altenhöhner. Ich weiß auch nicht, warum Sie mich Ihrer Frau nicht vorgestellt haben. Mich wundert nur, dass Gudoffs Ermordung hier kein

Thema zu sein scheint. Dabei sind die Zeitungen voll davon. Er war Ihr Nachbar, Sie sind sein Anwalt, und statt über diese Bluttat empört man sich über die Umtriebe der alten SED-Seilschaften und palavert über Casting, Long Island und Cannes im nächsten Jahr.«

»Natürlich haben wir darüber gesprochen – bevor Sie kamen«, gab Altenhöhner zur Antwort und strich sich behutsam eine Locke aus der Stirn. »Aber es ist wie nach einem Begräbnis, wenn sich die Trauergemeinde beim Leichenschmaus zusammenfindet. Derart unglückliche Begebenheiten wecken in den Menschen immer auch das merkwürdige Bedürfnis nach Ablenkung, ja sogar nach Heiterkeit, nur um die tristen Gedanken daran loszuwerden.«

Die reichlich blumige Erklärung, mit der Altenhöhner beiläufig die Anspielung auf seine Frau umschiffte, provozierte Blocher zu der Frage: »Wann haben Sie Gudoff zum letzten Mal gesehen?«

»Sie fragen schon wie ein Profi von der Kripo. Wollen Sie auch ein Alibi von mir?«

»Unsinn.«

»Ich weiß gar nicht.« Altenhöhner dachte einen Augenblick nach. »Vorletztes Wochenende traf ich ihn vor seinem Haus, als ich um den Heiliger See joggte. Ich hatte ihn für dieses Wochenende hergebeten, um mit ihm das Problem mit der Kanzlei zu besprechen. Falls es Sie interessiert«, unterbrach er sich plötzlich und schenkte Blocher wieder sein um Nachsicht bittendes Lächeln. »Ich könnte Ihnen seine Wohnung zeigen.«

Blocher folgte auf der Seestraße dem silbergrauen Mercedes Kombi, als sein Blick am Nummernschild hängenblieb: P – KG 1. Er kannte den Wagen. Er gehörte Kasimir Gudoff. Sie fuhren an den Villen am Heiliger See vorbei bis an die Ecke zur Mangerstraße, wo Altenhöhner vor einem Wohnhaus mit prächtiger Fassade in gelben und roten Ockerfarben anhielt. Als sie auf die graugrüne Eingangstür zugingen, sprach ihn Blocher auf Gudoffs Wagen an. Altenhöhner meinte, er würde ihn fahren, weil sein Van wieder einmal in der Werkstatt sei. Der Mercedes sei okay, er würde ihn wohl übernehmen, sobald »alles geklärt« sei.

Gudoffs Wohnung quoll über von Antiquitäten, die er in einer etwas gedankenlosen Mischung zusammengetragen hatte. Zwei, drei Schubladen des Empire-Sekretärs waren geöffnet. Gudoff hatte ihn offensichtlich als Arbeitsplatz genutzt, auf dem Boden davor lagen verstreut einige Papiere. Den Laptop auf dem aufgeklappten Pultdeckel, verriet Altenhöhner augenzwinkernd, habe er noch gestern »gecheckt«, bevor die Kripo die Wohnung unter die Lupe nehmen würde: »Aus steuerlichen Gründen!«

Blochers Aufmerksamkeit wurde von einem Foto mit kleinem Silberrahmen auf dem Sekretär abgelenkt. Es zeigte das Gesicht eines Mannes, der entfernt an Gudoff erinnerte, sich durch eine beängstigend brutale Physiognomie aber von diesem deutlich unterschied. Blocher fielen als Erstes die Narbe über der linken Augenbraue und die beiden Schmisse links unten an der Wange auf. Die Stirn ging in eine kugelrunde Glatze über, die von einem wild nach hinten gebürsteten Haarschopf umrahmt wurde, der lange keinen Friseur gesehen hatte. Die Lippen waren fest geschlossen, die Mundwinkel verächtlich nach unten gezogen und die eiskalten Augen blickten den Betrachter direkt und mit dem selbstsicheren Ausdruck einer harten Persönlichkeit an, als wollten sie warnen: Komm mir bloß nicht zu nahe!

»Sein Vater!« Altenhöhner warf einen verächtlichen Blick auf das Bild. »Lebt auf dem Obersalzberg bei Berchtesgaden. Ganz in der Nähe des Führers«, fügte er spitz hinzu. »Im Ernst: Einer von den Ewiggestrigen. Der macht gar kein Hehl daraus.«

An den Wänden hingen Gemälde mit Porträts von Generälen und Notabeln aus dem preußischen Adel, über einem Konsoltisch an der Wand auch eine Kopie des Alten Fritz nach dem Porträt von Anton Graff. Die Frage lag nahe, wie sich ein Kasimir Gudoff selbst bei einem noch so fürstlichen Geschäftsführergehalt einen derartigen Aufwand leisten konnte.

»Schauen Sie mal genauer hin«, bemerkte Altenhöhner, als habe er Blochers Gedanken erraten. »Die römischen Skulpturen sind aus der Gipsformerei der Berliner Museen. Die kosten nicht viel. Die Gemälde bekommen Sie mehr oder weniger günstig in den Antiquitätenläden hier um Potsdam oder in Berlin. Und was die Möbel betrifft: Versuchen Sie mal, wie es mir jetzt bevorsteht, den Ramsch bei einem Auktionshaus loszuwerden. Da springt nicht viel dabei heraus.«

Und als habe er Blocher noch nicht wirklich überzeugt, erklärte er, während sie im Wohnraum über das mit Einlegearbeiten fein ziselierte Parkett schritten, dessen kreisrundes Muster in der

Mitte ein dunkler achtzackiger Stern zierte: »Das alles macht nur Eindruck, weil die Räume fantastisch sind. Allein der Boden! Er stammt aus einem Schloss in der Mark Brandenburg. Dann die Deckenhöhe und die Flucht der drei ineinandergehenden Räume mit dem Turmzimmer am Ende. Den Lüster dort hat er vom Flohmarkt in Paris. Der war vielleicht nicht grade billig, aber für Gudoff bezahlbar. Sehen Sie: Nur wegen der Hülle erscheint auch der Inhalt wertvoll. Übrigens hatte Gudoff eine Leidenschaft, in die er wirklich etwas investierte. Kommen sie mal mit!«

Er führte ihn in die Küche, öffnete eine der Doppeltüren des Chambrair Klimaschranks und entnahm ihm eine Flasche 1983er Château d'Yquem.

»Hier hat er seine Pétrus: Drei 1970er und vier 1971er. Da ist die Reihe mit den Château Mouton-Rothschild. Das Champagnerregal, bitte: reich gefüllt! Irgendwo muss da … Hier ist er: ein 1990er Roederer Cristal! Wissen Sie was: Nehmen Sie ihn doch mit! Aber sagen Sie nichts meiner Frau!«

Blocher tat, als ob er zögere. Altenhöhner hielt die kristallklare Flasche mit dem flachem Boden und dem verlockend leuchtenden goldgelben Inhalt wie ein Neugeborenes auf dem Arm und klopfte mit dem Finger auf die Ziffern des Jahrgangs. Es war ihm das Vergnügen anzusehen, an Blochers Ethos des unbestechlichen Finanzmanns zu kratzen.

Das Argument in seinen Armen wog schwer, auch wenn Blocher bislang fragwürdigen Offerten – und davon gab es in seiner bisherigen Karriere mehr als genug – mit einer Gleichgültigkeit begegnet war, über die er sich manchmal selbst wunderte. Jetzt aber schien er sich seiner Standhaftigkeit nicht mehr so sicher. Und mit einem ihm bisher unbekannten Übermut näherte er sich jenem Punkt, an dem ein Mensch drohende Schwächen mit allerlei Spitzfindigkeiten zu bemänteln sucht, nur um sich nicht einzugestehen, dass auch ein lächerlicher Anlass, und sei es eine Flasche Champagner, genügt, um gerade Pfade zu verlassen und gewisse Prinzipien über Bord zu werfen. Wie zur Beruhigung seines Gewissens richtete er eine letzte Frage an Altenhöhner.

»Der Vater von Gudoff wohnt auf dem Obersalzberg?«

»Gleich über dem Atelier von Speer, Hitlers Lieblingsarchitekt. Aber das werden Sie nicht kennen. Warum fragen Sie?«

»Ich war mal auf dem Obersalzberg. Croning wurde dort ein Hotelprojekt angeboten. Wir haben es dann aber fallen lassen.«

Vor der Tür in der Mangerstraße umrundete Altenhöhner Blochers dunkelblauen Carrera 993 und meinte anerkennend: »Turbo-Sitze und Verdeckverkleidung aus rotem Leder. Wo haben Sie denn den her?«

»Erstbesitz aus Belgien. Ich fahr ihn jetzt zwei Jahre. Turbo-Bremsen, drei Komma acht Liter und dreihundert PS. Leistungssteigerung ab Werk. Sieht man ihm nicht an, fährt aber schneller als jeder Neue. Die Armaturen, das Raffleder: alles in Flamenco-Rot! Passt zum Dunkelblau, fand ich.«

»Kann man wohl sagen. Wo geht's denn hin?«

»Nach Salzburg. Ein paar Tage Festspiele, dann nach Oberitalien und ins Tessin.«

»Sie Glücklicher! Ich dachte schon, Sie wollten da unten mit dem alten Nazi auf Schatzsuche gehen und sein Gold ausbuddeln.«

»Gold? Welches Gold?«

»Ach, der Alte ist komplett gaga!«

Altenhöhner stimmte ein breites, von seiner knarzenden Stimmlage begleitetes Hohngelächter an.

»Demenz im fortgeschrittenen Stadium würde ich sagen. Sie haben doch nicht vor, ihn zu treffen? Ich kann da nur abraten.«

»Ach was!«, log Blocher und stieg in den Wagen. Er griff an sein Sakko und fühlte Isabels Kuvert mit den Festspielkarten. Ein Abstecher zu Gudoffs Vater auf den Obersalzberg? Daran hatte er noch gar nicht gedacht. Von Salzburg aus, überlegte er, ist es kaum mehr als eine halbe Stunde zu dem alten Nazi. Er schüttelte den Kopf.

»Dazu hab ich gar nicht die Zeit und auch nicht die Nerven. Ich brauche dringend Erholung. Vorgestern musste ich Gudoff identifizieren. Ist mir nicht gut bekommen. Er sah fürchterlich aus. Ich habe nicht gewusst, dass so etwas Brutales möglich ist.«

Altenhöhner sah ihn verwundert an und nickte stumm. »Seien Sie froh«, seufzte er, »dass Sie ein paar Wochen im Süden vor sich haben! Ich müsste auch mal weg. Ich meine: richtig weg! Keine Kanzlei, kein Potsdam, keine Salomé mehr! Vielleicht mach ich's jetzt wirklich. Ich hab es schon so lange vor … Immer diese Lügen und Fassaden, an die doch keiner mehr glaubt. So blöd sind nicht mal die Wolkenschieber in unserem eingeschläferten Viertel. Vergessen Sie Foto-Shooting, L.A. und Cannes! Sie fährt nach Long Island zu diesem Werner und seinem Geld. Da kann sie dann reiten so viel sie will. Ich hab ihr alles finanziert, hab meine Wohnungen in Hamburg verkauft. Hagedornstraße und Bellevue, falls Ihnen das was sagt. Man müsste noch mal ganz von Neuem anfangen. Aber die Kanzlei, die Banken, tausend Abhängigkeiten und immer dieses Geld. Manchmal denke ich, man hat gar keine wirklich freie Wahl. Das ist nur so ein Hirngespinst, das man uns einreden will …«

Fast wäre Blocher noch einmal ausgestiegen. Warum, fragte er sich, erzählt er mir das alles?

»Ist ja was dran«, gab er Altenhöhner zur Antwort. »Sicher ist heute gar nichts mehr. Wir fahren über die Glienicker Brücke und fühlen uns frei. Aber unser Leben haben wir weniger im Griff denn je. Es gleicht doch mehr und mehr einem Sturz ins Ungewisse. Wer weiß schon, worauf das alles hinausläuft? Wird schon werden!«

Mehr fiel ihm dazu nicht ein. Er ließ den Motor an, hob die Hand zum Gruß und fuhr los.

* * *

Auf der Fahrt nach Salzburg meldete sich Blocher telefonisch bei Josef Kendlbacher an, seiner in Jahren gemeinsam bejubelter wie erlittener Opern- und Konzertbesuche bewährten Salzburger Anlaufstation. Kendlbacher traf etwas verspätet ein und entschuldigte sich mit dem Hinweis auf die üblichen Turbulenzen in der Redaktion.

Die aus Kasimir Gudoffs Nachlass ergatterte Flasche Roederer Cristal ruhte im leise sich kräuselnden Wasser der Salzach, wo sie Blocher zwischen drei größeren Steinen zur Kühlung deponiert hatte. Kendlbacher hob den Champagner aus dem eiskalten Wasser und machte sich unter dem Ausruf »Jessas Maria, a 1990er Cristal! Des darf net wahr sein!« an das Öffnen der Flasche. Blocher entnahm einem kleinen Koffer zwei Kristallflöten. Kendlbacher füllte die Gläser. Es war Zeit für ein kurzes Kolleg über den Stand der Dinge, das Kendlbacher mit der Frage an Blocher eröffnete: »Was schaust dir denn an?«

Blocher ahnte, was jetzt kommen würde. Entsprechend umständlich, mehr im Ton einer Beichte, gab er zur Antwort, er habe dieses Mal seinen Salzburg-Besuch absagen müssen, wäre dann aber zufällig an Karten für das Konzert eines »quasi-privaten« Istanbuler Orchesters und für Don Giovanni gekommen.

»Bist narrisch? Wer hat dir denn *den* Rat geben?«

Der kleine, quirlige, aus dem Lungau stammende Kendlbacher mit dem rotwangigen, bäuerlich anmutenden Gesicht und dem ironischen Feuer in den lustigen Augen war so etwas wie der Hauskritiker der Salzburger Festspiele. Seine Beliebtheit bei den Kollegen, vor allem denen aus Deutschland, beruhte mehr auf seinem Insiderwissen, aus dem sie reichlich Honig saugten, als auf seinen glänzend geschriebenen Kommentaren, deren Sarkasmus die Feuilletons der Konkurrenz stets etwas blass aussehen ließ.

»Die Karten sind von Bekir Terek. Ein Türke, dem das Orchester gehört«, suchte Blocher die Lage zu entschärfen. »Er war bei uns in der Firma, ich hab mich ein bisschen um ihn gekümmert. Joschi, bei Croning ist der Teufel los, ich hab ziemlichen Stress. Schau nicht so! Diesmal ist es wirklich extrem. Erzähl ich dir später. Ich hab gedacht, warum soll ich nicht doch noch auf ein paar Tage herkommen? Tut mir nur gut. Weißt du doch.«

Der Abendhimmel tauchte die Stadt in jenes zartrosa Licht, das Blocher wie ein ersehnter Willkommensgruß erschien und ihn jeden Salzburger Sommer aufs Neue bezauberte.

Sie standen nicht weit von Karajans Geburtshaus unten am Fluss. Der Blick vom Ufer auf die gegenüberliegende Altstadt mit der mächtigen Festung, den Kuppeln der Kirchen und den Glockentürmen hatte etwas Berauschendes, noch bevor Blocher den ersten Schluck genossen hatte.

Kendlbacher zeigte sich versöhnt.

»Zum Don Giovanni sag ich gar nix mehr. Was soll ich mich da aufregen? Aber die Terek-Combo in der Felsenreitschul: Des gibt a Gaudi! Der Chef hat g'sagt, ich soll bloß nix politisch Unkorrekts net schreib'n. Da bin ich dann halt heut früh in die Probe. Den Hindemith haben's recht brav runterg'fiedelt. Aber den Mozart? Des is nix für die Türken.«

Blocher stieß erleichtert mit Kendlbacher an. Das Einvernehmen war wiederhergestellt. Sie standen schweigend nebeneinander, bis der Körper des goldgelben Zaubertranks prickelnd auf der Zunge zerging, sich mit der klaren, kühlen Luft über der Salzach vereinte und Kendlbacher ausrief: »Eine Sensation!«

Unvermeidlich hatte er noch eine seiner Schnurren auf Lager.

»Also, du kennst den Terek? Weißt was: Der is richtig lustig! Nach'm Interview hab ich zu ihm g'sagt: Ja mei, jetzn ham ma halt die Türken a noch da in Salzburg. Da hat er schelmisch blinzelt und g'meint: No ja, des Festspielkomitee, Allah sei Lob, wird halt net grad vom Prinzen Eugen kommandiert. Da hätt er's a bisserl leichter, mit'm Orchester vom Bosporus im Festspielhaus Unterschlupf zu finden, heutzutag. Ich hab mich hing'schmissen vor Lachen. Der hat echt Humor! Wo a jeder weiß: Der hat die Salzburger Bagage so lang mit seine Dollars vollg'stopft, bis sie nimmer haben nein sagen können.« Begleitet von einem »Ja so is des« füllte er bedächtig die Gläser nach, setzte ein weises Lächeln auf und fuhr fort: »Ich hab ihm dann g'sagt: Nix für ungut! Die Salzburger Erzbischöf' san a nimmer des, was amal waren. Der was die fünfzehn Kinder g'macht hat, is scho lang tot. Aber den hat sei Libido wenigstens gradaus ins Schloss Mirabell zu seiner Mamsell g'führt und net wie bei seine Nachfolger durchs Hintertürl ins Priesterseminar. Des hat ihm g'fallen, dem Muselman. Drauf san ma auf an Schnaps zum Sporer in die Getreidegassn. Ich hab net g'wusst, dass a Türk so viel vertragen kann. Aber er is ja ka Türk net, sondern a Tatar von der Krim. A interessanter Mensch! Prost! Wo hat der bloß des ganze Geld her? Ich hab ma immer denkt, die da unten ham nix. Aber du kennst dich da besser aus.«

»In Berlin hatte er eine Assistentin dabei. Recht hübsch.«

»Ja, hübsch schon. Aber der komische Zug um den Mund. Mich hat's g'nervt mit ihrer Telefoniererei, wo wir grad beim Interview waren.«

»Komischer Zug?«

»No ja. Sie schaut dann so vor sich hin und ihr Mund, den zieht's bei schlechten Nachrichten so nach unten, fast a bisserl vergrämt. Aber sonst recht nett anzuschauen. Dein Typ, hab ich recht?«

»Was für schlechte Nachrichten?«

»Woher soll ich des wissen? Sie hat ja kaum was g'sagt, es hat ja immer nur die andere am Telefon g'redet.«

»Sie hat mit einer Frau telefoniert?«

»No ja, schon. Marie Thérèse oder so. Was schaust mich so an? Mensch, natürlich! Die Croning, deine Pallas Athene! Dass mir des net gleich eing'fallen is!«

»Sie hat sie beim Vornamen genannt?«

»Ja, natürlich. Hallo Marie Thérèse. Ja Marie Thérèse. Bis dann Marie Thérèse. Viel mehr hat sie eh net g'sagt. Hier, der letzte Schluck. Auf wen trink' ma jetzt? Auf die Pallas Athene vom Croning oder auf dein Zuckerl aus'm Serail? Übermorgen zur Matinee is sie bestimmt beim Konzert der Terek-Janitscharen in der Felsenreitschul. Vielleicht entführst sie ja aus den Klauen ihres Bassa Selim. Schau ma mal.«

Blocher sagte nichts. Er fasste die leere Flasche am Hals, als suche er nach einem Halt, holte dann aus irgendeinem spontanen Entschluss weit aus und warf sie in hohem Bogen in die Salzach. Sie ging unter, schaukelte sich nach ein paar Metern wieder hoch und die beiden schauten ihr wehmütig nach, bis sie hinter der Biegung des Flusses verschwand.

»Leider, leider, Herr Doktor Blocher«, seufzte der Rezeptionschef. »Tut mir aufrichtig leid. So ein Malheur aber auch! Ja, ich weiß, Sie hatten Ihre Reservierung storniert! Das erste Mal seit Jahren! Wir dachten schon, Ihnen ist etwas passiert. Es ist wirklich bedauerlich. Sie sind Stammgast. Stammgast! Aber ich kann Ihnen einfach nichts anbieten. Tut mir leid, Herr Doktor. Tut mir aufrichtig leid. Wir sind restlos ausgebucht.«

Blocher stand unschlüssig zwischen den festlich gekleideten Gästen, die in der Hotelhalle versammelt waren, bevor sie zu den Abendvorstellungen aufbrachen. Er bemerkte in der Menge einen Mann, der ihn entfernt an Altenhöhner erinnerte und ironischerweise eine Frau an seiner Seite hatte, die eine gewisse Ähnlichkeit mit Salomé aufwies. Ob er auch dazu neigt, dachte Blocher, seine Frau einem wildfremden Menschen gegenüber schlechtzureden? Er holte den Briefumschlag mit Salomés Billet aus der Innentasche seines Sakkos und las noch einmal Satz für Satz. *Danke für dein Vertrauen! Du hilfst uns und wir helfen dir. Konnten dich nicht erreichen. Lass uns so bald wie möglich über alles sprechen. Salomé.*

Sobald wie möglich über alles sprechen? Wann und vor allem wo? In Potsdam? Oder auf dem Invalidenfriedhof?

Er hatte sich vom Potsdamer Anwalt mit windigen Antworten abspeisen lassen. Allein die Ansage Altenhöhners, er habe Gudoff das letzte Mal vor zwei Wochen gesehen? Vielleicht war das so. Vielleicht war es aber auch gelogen.

Und wenn der Bericht Kendlbachers über Isabels *Hallo Marie Thérèse, Ja Marie Thérèse* am Telefon zutraf, dann lag auch über dem Treffen im Borchardt ein Schleier aus Verstellung und Lügen. Hatten die beiden nicht so getan, als würden sie sich nicht kennen? Was wurde da gespielt? Wenn sie miteinander bekannt oder sogar befreundet waren bis hin zum Du: Dann musste Isabel Kelly wissen, dass Marie Thérèse »Mallorca« am Herzen lag wie kein anderes Vorhaben der Croning Gruppe. Wie kam sie dann dazu, es ihr aus der Hand nehmen zu wollen? Es gab im ganzen Unternehmen niemanden, der die Entwicklung des Projekts mit einer solchen Leidenschaft verfolgte wie Marie Thérèse Croning. Monatelang redete sie von nichts anderem als vom Traum ihres »Treffpunkts der Elite Europas, ja der Welt«. Und dann dieser Wutausbruch, als sie Anfang Juni von der ausgebliebenen Honorarzahlung an George Hu erfuhr und in Gegenwart von Blocher und Wolffson ihren Mann anschrie, wenn der Betrag nicht sofort angewiesen würde, verlasse sie das Haus und kehre nie mehr zurück. Detlev Croning hatte auch da die Ruhe bewahrt und ihr erklärt, dass er die Sache diskret behandelt wissen wolle, was ihm aber nur teilweise gelang. Von einem Tag zum andern änderte sich für alle sichtbar ihr Verhalten gegenüber Gudoff. Sie übersah ihn einfach, grüßte ihn nicht mehr und tat, als wäre er Luft für sie. Klug war das nicht. Ein deutlicheres Omen, dass etwas gegen ihn im Gange war, konnte es nicht geben für jemanden, der es gewohnt war, sie um den Finger zu wickeln. So gesehen, schloss Blocher, hatte sich Marie Thérèse mit ihrer Unbeherrschtheit die dann folgende Malaise selber eingebrockt, weil Gudoff nach der von der Chase Manhattan Bank erteilten Auskunft kurz darauf die unterschlagenen Millionen auf das Konto der Pinkhouse Bank transferierte.

Er überlegte, ob er sich nicht sofort auf den Weg ins Tessin oder in die Provence machen sollte. Andrerseits: Was sprach dagegen, einmal auf dem Obersalzberg anzuklopfen und auszuloten, ob sich der alte Nazi nicht als mitteilsame Quelle erweist, egal, ob daraus reines Wasser fließt oder braune Jauche?

Und Isabel Kelly? Worauf wollte sie hinaus mit ihrem Lockruf, sie würde sich so freuen, ihn wiederzusehen?

Blocher ging es wie jedem Mann, dem die Eitelkeit einen Streich spielt, sobald er merkt, dass sich eine Frau für ihn interessiert. Wobei die Gefühle, die Tereks »Muse« in ihm weckten, mehr aus einem unbestimmten Verlangen rührten, das ein Mensch empfindet, wenn ein Blick oder eine Begegnung ihn daran erinnern, dass seine Sehnsucht nach der großen, der wahren und einzigen Liebe unerfüllt geblieben ist.

Blocher war sich dessen nicht bewusst. Er dachte darüber auch nicht nach, dazu waren seine Gedanken an die Frau an Tereks Seite mit zu großer Ungewissheit verbunden, die einem Zustand wie Verliebtheit irgendwie entgegenstanden. Ging es ihr um Mallorca und den Versuch, ihn dazu zu bewegen, die Seiten zu wechseln und die Rolle des Türöffners zu übernehmen? Oder wollte sie ihn wirklich für sich, für sich allein gewinnen? In beiden Fällen bekäme er es mit Terek zu tun.

Er griff nach seinem Mobiltelefon und war eben dabei, die Kontakte durchzugehen und ihre Handynummer zu suchen, als in einem Anfall von animalischem Magnetismus eine unterschwellige Überreizung der Sinne – wohl wegen der ermüdenden Autofahrt und der eben nur einen Steinwurf vom Hotel entfernt unten am Fluss genossenen Flasche Roederer – wieder einmal seinen Leichtsinn beflügelte und seine Aufmerksamkeit, noch bevor er hingesehen hatte oder auch nur auf den Gedanken gekommen wäre, hinzusehen, auf eine Frau in einem knapp sitzenden, dunklen Kostüm lenkte.

Sie stand mit leicht erhobenem Kopf am Ausgang zur Terrasse und ließ wie eine Lehrerin, die ihre über einer Klassenarbeit brütende Schülerschar überwacht, prüfende Blicke über das Treiben in der Halle schweifen.

Obgleich er alles nur schemenhaft aus den Augenwinkeln heraus wahrnahm, versetzte ihn die Situation in einen Zustand lauernder Erregung, als beginne ein unsichtbarer, aus unverkennbar obszönen Tiefen anschwellender Strom zwischen ihm und der Frauengestalt mit dem schwarz glänzenden Haar, das zu einem üppigen Knoten gebunden schwer auf ihrem Nacken lag, zu fließen.

Und wirklich löste sie sich gleichsam in einem Reflex auf

Blochers triebhafte Witterung aus der Menge der Smokings und Abendkleider, kam auf ihn zu und sprach ihn an.

»Aber Herr Doktor Blocher! Sie sind ja doch noch gekommen. Wir haben schon geglaubt, dieses Jahr würden Sie uns versetzen.«

»Ja doch … Selbstverständlich! Wie könnte ich einen Sommer bei Ihnen auslassen, Fräulein …?«

»Traudl Muchitsch! Directrice!«

Da war eine vage Reminiszenz an die vollen, in leuchtendem Rot geschminkten Lippen und an die dunklen, fast schwarzen Augen, die zu ihm aufblickten, als wollten sie ihm versichern, er könne sich jeglicher Nachsicht sicher sein gegenüber den Schwächen seines Namensgedächtnisses.

Er sog den Duft auf, der von dem Bollwerk ihres Kostüms zu ihm aufstieg, das sich im Überschwang des Wiedersehens hob und senkte, neigte mit einer Miene, als sei er kurz davor, sich in die Salzach zu stürzen, den Kopf und entschloss sich unter Einsatz seines Baritons zur Flucht nach vorn.

»Fräulein Muchitsch … Ihnen kann ich es ja sagen …«

Blocher hielt viel auf seine Stimme. Er fühlte sich geschmeichelt, wenn ihm dafür gewissermaßen als Vorschuss ein stillschweigender Sympathie-Bonus gewährt wurde. Es gab Frauen, die überwältigt vom libidinösen Feuer im Timbre seines Baritons seine Überredungskünste mit dankbaren Schreien der Lust quittierten, die ihm wiederum als das im Grunde allein Seligmachende des Verkehrs mit dem anderen Geschlecht erschienen.

»Ich habe ein Riesenproblem!«, raunte er ihr ins Ohr.

Ich kenne Riesen und ihre Probleme, schien der Glanz ihrer Augen zu versprechen, aber bestimmt keine Riesenprobleme, die ich nicht im Handumdrehen lösen würde.

»Ja, um Gott's Willen, Herr Doktor. Was is' denn g'schehn?«

Blocher überhörte den Ton heiterer Erwartung in ihrer Stimme.

»Ich war dummerweise gezwungen, meine Reservierung für dieses Jahr zu stornieren. Jetzt konnte ich doch noch kommen, und eben wurde mir gesagt, dass das Hotel restlos ausgebucht ist. Es ist zum Verrücktwerden, ich hab doch noch die Festspielkarten und …«

»Ja aber der Franz«, rief die Muchitsch begeistert, »hat doch grad erst vor fünf Minuten ang'fangen! Der weiß gar net, dass die Ecksuite im Vierten Stock frei ist, weil die Herrschaften abg'sagt haben. Der Preis ist natürlich nicht derselbe. Aber dafür haben Sie den schönsten Blick über ganz Salzburg.«

»Geld spielt keine Rolle«, gab Blocher gleichmütig zur Antwort, als wäre er Detlev Croning persönlich. Im selben Moment klingelte sein Handy, das er immer noch in der Hand hielt.

»Herr Blocher?«

»Ja.«

»Isabel Kelly. Sind Sie schon in Salzburg?«

»Ja. Eben angekommen.«

»Aber das ist ja wunderbar! Wann können wir uns sehen?«

»Wann passt es Ihnen?«

»Wie wär's mit morgen Vormittag?«

»Morgen ist ungünstig. Warum treffen wir uns nicht am Dienstag bei der Matinee?«

»Gute Idee! In der Felsenreitschule zur Matinee! Ich freu' mich!«

* * *

Der Mord auf dem Invalidenfriedhof war inzwischen auch überregional in die Schlagzeilen geraten. Die Sonntagszeitungen berichteten ausführlich darüber. Es war zu Durchstechereien aus dem Unternehmen an die Presse gekommen. So meldete das auflagenstärkste Blatt, dass gegen den Geschäftsführer der Croning Gruppe, der am Freitag auf dem Invalidenfriedhof ermordet aufgefunden wurde, 1992 von der Staatsanwaltschaft Leipzig ein Ermittlungsverfahren wegen Untreue eingeleitet worden sei. »Kasimir G.«, hieß es weiter, »stand im Verdacht, die Treuhand um mindestens fünf Millionen Mark geschädigt zu haben. Das Ermittlungsverfahren wurde 1996 eingestellt. 1997 war Kasimir G. zur Croning Gruppe gestoßen, wo er für die Entwicklung eines Fünf-Sterne-Plus-Hotelressorts auf Mallorca mit Privatvillen, Tennis-, Golf- und Poloplätzen sowie einem Gesundheitszentrum zuständig war. Zu Meldungen, wonach es bei dem Investment zu Unregelmäßigkeiten gekommen sei und Deutschlands prominentestem Hotel- und Immobilienkonzern eine finanzielle Schieflage drohe, war von der Croning Gruppe keine Stellungnahme zu erhalten. Auf Nachfrage erklärte ein Sprecher des Unternehmens, der zuständige Finanzvorstand habe seinen Jahresurlaub angetreten.«

TEIL ZWEI

BERCHTESGADEN

Montag, 9. August 1999

Die Straße nach Berchtesgaden war noch nass von den Regengüssen des Sommergewitters, das in der Nacht über der Gegend niedergegangen war. Blocher fuhr mit offenem Verdeck, er horchte auf das Röhren des luftgekühlten Motors, trieb die Drehzahl mit Hingabe aus den Kurven heraus nach oben und vergaß beinahe, weswegen er zum Obersalzberg unterwegs war.

Kaum hatte er den alten Grenzübergang bei Hangendenstein passiert, blieb von den beschaulichen Impressionen der Mozartstadt, die er eben hinter sich gelassen hatte, wenig übrig. Es war nicht nur die scharfe Luft des Gebirges, die ihn schlagartig anwehte. Schon dem ersten Ort auf bayrischem Boden, Marktschellenberg, der doch keine Viertelstunde von Salzburg entfernt liegt, fehlte jede Spur jener Anmut alles Salzburgischen mit seinem leichten, nach mannigfachen Seiten hin offenen, hügeligen Zauber, der den Übergang vom Flachland zu den Hochalpen ankündigt. Das Salzburger Land drängt sich ja förmlich an die Alpenkette und all die Zwischentöne, die jeden Übergang begleiten, gewinnen zwischen Salzburg und Bad Ischl einen ganz eigenen Reiz, der sich fortwährend in beglückenden Bildern mitteilt, von den leuchtend grünen Seen des Salzkammerguts, die an steile Felswände stoßen und gegen das Flachland sanft auslaufen, bis hin zu dem schon nach Italien weisenden barocken Raumgefühl der Stadt, das den engen Gassen wechselnde, immer überraschende Durch- und Ausblicke gewährt, wo sich Plätze und Kais, Kirchen und Klöster in einer klugen Ordnung zueinanderfügen. Blocher war das alles immer heiter gestimmt erschienen, selbst das Wort Nockerl bezeichnete in seinen Ohren nicht nur eine der köstlichen Mehlspeisen, sondern wies auf das harmlos lockere Lebensgefühl beneidenswerter Landeskinder, die in diesem von

Gott, Kirche und Habsburg gesegneten Landstrich sich selbst die besten Gäste sind.

Hier war nichts von alledem. Blocher schlenzte von einer Kurve zur nächsten in die Welt des Hochgebirges, alles Durchsichtige und Milde verflüchtigte sich mit einem Mal, selbst die Blumenkästen auf den Balkonen der Häuser an der Landstraße ließen jenen Charme vermissen, der ihn eben noch begleitet hatte. Hoch oben thronten einige Bergbauernhöfe, die gewiss eine herrliche Aussicht boten hinüber zum kraftstrotzend daliegenden Watzmann, einem Felsungetüm von bestechenden Proportionen, dass man glauben mochte, hier sei eine Künstlerhand am Werk gewesen und habe am Archetypus des idealen Berges gemeißelt. Das war natürlich Postkartenromantik oder Caspar David Friedrich. Viel eher glich der Watzmann einem erratischen Sperrriegel, so als verüble er den Talbewohnern noch den geringsten Anflug von Fernweh und rate jedem davon ab, der Heimat den Rücken zu kehren, das wäre Fahnenflucht und führe sowieso zu nichts.

Blocher schoss auf der Geraden an der Königsseer Ache entlang, an einer Holzbude am Wegrand hingen noch Teile des Plakats mit Ludwig Ganghofers albernem Bonmot, über das er, Croning und Wolffsohn sich vor zwei Jahren so amüsiert hatten, als sie von Salzburg aus anreisten, um das Gelände des Hotelprojekts auf dem Obersalzberg zu besichtigen: »Wen Gott lieb hat, den lässet er fallen in dieses Land.«

Er bog Richtung Roßfeld ab und nahm kurz vor Oberau die schmale Alpenstraße hoch zum Obersalzberg. Sie wand sich nicht allzu steil den Berg entlang hinauf, gab hin und wieder den Blick frei auf die gegenüberliegende Südwand des Untersbergs, dann führte sie von Neuem durch dichten Mischwald. Die Sonne hatte Mühe durchzukommen, da und dort kroch der Nebel noch von den Wiesen hoch. Gebaut wie für die Ewigkeit atmeten die dunklen, feuchten Steinquader der Brücken, Kehren und Stützmauern eine seltsam verschlossene Gestimmtheit, die das unangenehme Gefühl weckte, man folge nicht den Spuren der Vergangenheit, sondern diese hole einen auf perfide Weise ein. Es war eigenartig, aber jede Kurve und jeder neue Nebelschleier erinnerten daran, dass die Straße einst Hitler und seinem Gefolge vorbehalten war, ganz so als hinge der Dunst jener Jahre noch immer über ihr.

Auf dem Obersalzberg angekommen dauerte es nicht lange, bis er zum einstigen Atelier von Albert Speer fand, von dem Altenhöhner gesprochen hatte. Der Parkplatz neben dem flachen Gebäude mit dem weit ausladenden Dach und der breiten Fensterfront war leer. Das Haus schien schon längere Zeit ungenutzt. Obwohl in den Ausmaßen eher bescheiden, lehnte es sich an den massiven, von Hitler bevorzugten Alpenstil an, das war schon an den auffallend dimensionierten Steinquadern des Sockelgeschosses zu erkennen. Blocher erinnerte sich an eine Broschüre über den Obersalzberg, die er bei seiner Reise mit Croning und Wolffson am Bahnhof von Berchtesgaden erstanden hatte. Auf einem der Fotos beugten sich Speer und Hitler über einen Tisch in Speers Atelier und brüteten hier oben, fernab der Welt, über irgendwelchen Zyklopenbauten. Was Blocher am stärksten im Gedächtnis blieb, waren die Hände Hitlers, feminine Künstlerhände, die auf irgendein Planungsdetail wiesen und die Blocher zu seiner Verblüffung an die zarten Hände Detlev Cronings erinnerten, was heißt erinnerten, es waren genau die gleichen zierlich geformten Hände mit den schmalen Fingern, oft genug hatte Croning mit ähnlicher Geste auf die ihm präsentierten Pläne seiner Projekte gedeutet.

Die Sonne schien jetzt von einem fast wolkenlosen Himmel, es war schlagartig heiß geworden. Blocher lockerte die Krawatte und öffnete den Hemdkragen, dann machte er sich zu Fuß auf den kurzen Weg hinauf zu Gudoffs Anwesen. Es war ein dreistöckiges Chalet mit grünen Fensterläden, üppigen Balkonblumen und einem Walmdach, das an beiden Füßen leicht nach außen gekehrt war.

Rechter Hand des Wegs ragte ein abgestorbener Baumstamm fast fünf Meter hoch aus der Wiese. Es hätte auch eine Skulptur von Alfred Hrdlicka sein können. Das von Sonne, Wind und Regen ausgebleichte Ende ballte sich zu einer mächtigen hellgrauen Faust, aus der mit drohender Geste ein erhobener Zeigefinger in den Himmel wies, als habe die Natur hier ein Mahnmal errichtet und wolle den Wanderer vor dem Besuch des Hauses warnen.

Die Haustür stand weit offen. Blocher zog an der antiquierten Bimmel neben dem Schild »Artur Gudoff«. Auf sein erneutes Klingeln kam ihm vom Ende des Gangs mit schaukelnden Schritten eine stämmige Alte mit weißer Schürze über dem Dirndl entgegen, baute sich vor ihm auf und schaute ihn an, als stünde der Urheber ihrer Beinleiden ungebeten in der Tür. Ihr Gesicht hatte eine ungesunde gelbliche Farbe, es war von zahllosen winzigen Fältchen durchzogen. Die Haare hatte sie zu einem Dutt hochgebunden und aus den unruhig forschenden Augen sprach ein lauerndes Misstrauen, das sich nicht nur gegen den Besucher zu richten schien, sondern überhaupt gegen jedermann.

»Ich wollte Herrn Gudoff aufsuchen. Sein Sohn ist tot.« Er überreichte ihr seine Karte.

»Na dann.«

Als halte ihr der Postbote irgendeine Epistel hin, wies sie mit dem Kopf auf eine Tür und fertigte Blocher schnippisch ab.

»Aber ziehen Sie sich warm an!«

Dann verschwand sie auf krummen Beinen im Dunkel des Gangs und ließ ihn mit der Karte in der Hand stehen.

Erst jetzt bemerkte er die Stille im Haus. Als auf sein Klopfen niemand antwortete, trat er ein. Kaum hatte er die Tür geöffnet, schlug ihm eine Hitze entgegen, als habe er sich in eine Sauna verirrt. Es roch nach abgestandenem Bier und brennendem Holz. Das einzige Möbel, das einen gewissen Glanz in den zum Ersticken ungelüfteten Heißluftsalon brachte, war ein barocker Tabernakel österreichischer Provenienz, gewissermaßen ein Kontrapunkt zum graugrünen Kachelofen, der offenkundigen Quelle der Gluthitze, die Blocher den Schweiß auf die Stirn trieb.

»Tür zu!«

Hinter einem mächtigen Eichentisch saß der alte Gudoff im ärmellosen Unterhemd und sandte seinem unwirsch gebrüllten Willkommensgruß grimmige Blicke hinterher. Blocher schloss die Tür und zog hastig sein Sakko aus, entledigte sich der Krawatte und nahm ohne zu fragen im offenen Hemd gegenüber Gudoff Platz. Viel mehr als Kopf und Hals waren von dem Alten nicht zu sehen. Entweder war Gudoff ein Zwerg, der Tisch zu hoch oder das Sofa zu niedrig.

»Könnte ich vielleicht ein Fenster öffnen?«

»Kommt nicht infrage«, bellte Gudoff zurück.

Es folgte eine Pause.

Der Alte musterte sein Gegenüber mit jenem selbstsicheren Blick, der Blocher von dem Foto in Kasimir Gudoffs Potsdamer

Wohnung nur zu gut in Erinnerung war. Der Kopf erschien kleiner, so als wäre Artur Gudoff infolge seines hohen Alters inzwischen leicht geschrumpft. Er hatte sicher die achtzig überschritten. Sein Äußeres, die kugelrunde Glatze, der wild nach hinten gebürstete Haarschopf, die Narben und Schmisse waren unverändert.

Gudoff holte Luft und schnaufte verächtlich. Er zog die Mundwinkel nach unten und gab Blocher durch seinen harten, direkten Blick, mit dem er ihn unverwandt fixierte, zu verstehen, dass er trotz seines Alters und der lächerlichen Sitzgelegenheit, auf der er hinter dem klobigen Esstisch zu versinken drohte, geistig vollkommen präsent war.

»Ich komme von Herrn Croning«, begann Blocher. »Mein Name ist Blocher, Philipp Blocher. Ich möchte Ihnen im Namen aller Kolleginnen und Kollegen unser Beileid aussprechen!«

»Hab ich mir gedacht.«

Schwer atmend, das Kinn auf der Brust, starrte Artur Gudoff vor sich hin.

»Wir können uns nicht erklären, was da passiert ist«, brachte Blocher mit dumpfer Stimme vor. Dass die dürre Botschaft dem Alten nicht gefiel, hätte er sich denken können. Gudoff war sicher von Altenhöhner oder der Polizei bereits benachrichtigt worden. Er wurde ungeduldig. Nicht dass er den nomadenhaft niedrigen Diwan verlassen hätte, um vielleicht nach einem Kissen zu sehen und damit die Rangordnung auf eine ihm angemessene Stufe zu bringen. Das waren Äußerlichkeiten, die ihn nicht zu interessieren schienen. Er blickte zu Blocher auf und war doch mit ihm auf Augenhöhe.

Der Alte hatte nicht das glatte, nichtssagende Gesicht der Streber und Aufschneider, die in den Büros und Ämtern der Berliner Mitte das große Wort führten. Blochers Abneigung galt weniger dem Typus an sich, den hatte es zu allen Zeiten gegeben. Was ihn aufbrachte, waren Äußerlichkeiten. Sie waren die Ersten, die den Wechsel von Krawatte zum offenen Kragen unter die Kollegen brachten, versuchsweise mit Dreitagebart im Büro erschienen oder frisch aufgelesene Vokabeln und Wendungen im Munde führten, nur um zu demonstrieren, dass sie alert genug waren, um mit dem Zeitgeist Schritt zu halten.

Gudoffs Gesichtszüge riefen den genau gegenteiligen Eindruck hervor. Sie waren gewiss von einschüchternd brutalem Zuschnitt. Aber der da vor ihm saß, trug seine Emotionen offen zur Schau und es wäre ihm nicht eingefallen, die Härte seines Charakters, Verachtung, Wut, Enttäuschung oder Hass vor irgendjemandem zu verbergen.

Blocher meinte, er sei es dem Alten schuldig, zu berichten, wie er seinen Sohn auf dem Invalidenfriedhof vorgefunden habe und dass der Mörder ein seelenloses Monster sein müsse.

Er kam damit nicht weit und merkte sofort, dass das dumm von ihm war, obgleich die Unruhe, in die Blochers Bericht den Alten versetzte, sich weder an einer Veränderung seiner Haltung noch an sonst einer Geste äußerte. Sie spiegelte sich allein in Gudoffs Mimik wider.

Sein Gesicht wechselte die Farbe, es wurde dunkelrot, die Narbe über der linken Augenbraue schwoll an und es sah fast so aus, als würden sich die stahlblauen Augen mit Tränen füllen. Gudoff schob die Unterlippe nach vorne und zog die Mundwinkel noch tiefer nach unten, sodass der kurz rasierte graue Schnauzbart wie ein etwas schief geratener Saum den kleinen Mund umschloss. Dann brach der Sturm los.

»Diese Schweine!«, brüllte er. »Haben ihn einfach umgelegt. Diese Schmeißfliegen meinen, sie sind die Herren der Welt. Gehören an die Wand gestellt, alle, alle, wie sie da sind …« Er schluckte und würgte seine Anklage mit einem hilflosen »Mein guter Junge …« ab.

Blocher war wie gelähmt. Der Schweiß rann ihm in Strömen in den Nacken. Was redete der Alte da? Als »Herren der Welt« konnte man Croning und die Firma ja wohl nicht bezeichnen. Nach einem verlegenen Schweigen brachte Blocher ein hilfloses »Ich versteh' Sie nicht« heraus. Er wusste selbst nicht, warum er Gudoff, als habe er sich zu rechtfertigen, umständlich beizubringen suchte, dass er seit vorgestern in Berlin als Verdächtiger gehandelt wurde.

»Es stimmt«, schwadronierte er drauflos, »ich war mit Ihrem Sohn über Kreuz, aber mir einen Mord anzuhängen …«

»Dummes Zeug«, unterbrach ihn Gudoff scharf. Er sah durch Blocher hindurch und sagte dann langsam, ohne jede Betonung, fast klang es resigniert und dabei auch wieder hasserfüllt:

»Es war Kelly.«

Blocher spürte, wie ihm das nasse Hemd am Rücken klebte. Die Hitze wurde unerträglich. Er stand auf und fragte während er zum Fenster ging: »Isabel? Isabel Kelly?«

Gudoff unterließ eine Antwort. Aber der verächtliche Ausdruck verschwand plötzlich aus seinem Gesicht, als habe er es sich anders überlegt und mit Blocher einen Fang gemacht, mit dem sich vielleicht noch etwas anfangen ließe.

»Setz dich, mein Junge!«

Blocher öffnete ein Fenster. Gudoff ließ es geschehen und wartete ab, bis Blocher ihm wieder gegenübersaß.

»Wer hat dich überhaupt hierher bugsiert?«

»Die Adresse habe ich von Altenhöhner, dem Anwalt Ihres Sohnes.«

»Ach Holger, *das arme Schwein*. Hochbegabt und dabei ein kompletter Idiot. So was gibt's. Leider. Er kannte diese Schlampe gerade mal zwei Monate und, na was? Hochzeit auf Cap Ferrat! Das soll mir mal einer erklären, wie es solche Weiber schaffen, sich einen Mann wie Holger zu krallen.«

Kasimir, sein guter Junge, habe das Hochzeitskleid aus Berlin mitgebracht, weil Salomé es »vergessen« hatte. Zwölftausend Miese habe er für das Gespinst hingelegt und, nachdem das Brautpaar ohne ein Wort des Abschieds entflogen war, stramm die Hotelrechnung für den ganzen Spaß beglichen.

»Die gute Salomé dachte wohl, wenn der Schuppen euerm Croning gehört, kann Kasimir auch das noch übernehmen! Holger kriegt es einfach nicht auf die Reihe. Sie quatscht ihn nieder, hat nie gearbeitet und will am Ende doch nur ans Erbe. Kasimir wollte ihm helfen. Unter einer Bedingung! Holger soll ihr den Laufpass geben und sie dahin schicken, wo der Pfeffer wächst. Ich weiß gar nicht, ob er einem leidtun soll. Nach dem Abitur drei Jahre bei den Gebirgsjägern, Fallschirmspringer, Einzelkämpfer, danach glänzendes Examen, klasse Start als Anwalt und Steuerberater. Und dann kommt diese Schlange mit ihren Eskapaden. New York, Reisen, Partys und was weiß ich! Der steckt so tief in der Scheiße, dass er daran noch ersticken wird.«

Gudoff räusperte sich geräuschvoll, womit das Thema beendet war. Er wies auf das offene Fach des Tabernakels. Blocher holte zwei Gläser und die Flasche hinter einem silbergerahmten Foto hervor, auf dem Kasimir Gudoff zu sehen war, wie er in seiner Potsdamer Wohnung stand und mit seinen feisten Wangen das Bild Friedrichs des Großen verdeckte. Ein Trinkergesicht.

»Marille vom Bauern«, brummte der Alte. »Dreiundvierzig Prozent. Weit und breit das Beste, was es hier gibt.«

Die Flasche war glasklar wie ihr Inhalt und ohne Etikett. Gudoff füllte die Schnapsgläser und stieß mit Blocher an. Beide schnupperten erst am Duft der Marille, dann leerten sie ihre Gläser in einem Zug.

»Schon mal was von OSS gehört?«

»Nein.«

»Ihr da oben mit Eurem Immobilienquatsch habt keine Ahnung vom Leben. OSS, Office of Strategic Services. Das war der Vorläufer der CIA.«

Gudoff quetschte das »Strategic Services« mit feuchtem Zungenschlag heraus. Die Modulation des Englischen bereitete ihm sichtlich kein Vergnügen.

»Es sind nicht eben Heilige, über die wir da reden. Ich habe die Ehre gehabt, sie näher kennenzulernen. Ist mir nicht gut bekommen. Und Kasimir auch nicht, wie wir seit drei Tagen wissen.«

»Ich weiß nicht, wovon Sie reden. Geheimdienste sind nicht mein Metier. Vielleicht interessiert es Sie, dass sich letzte Woche unser Verdacht bestätigt hat: Ihr Sohn hat die Firma um fast zwanzig Millionen betrogen. Das Geld ist weg. Auf rätselhafte Weise verschwunden.«

»Und wenn schon.« Gudoff schnaubte verächtlich. »Weiß die Polizei davon?«

»Nein.«

»Und ihr? Ihr wisst ooch nüscht! Gar nichts! Ihr stochert im Nebel.«

Bei diesen Worten griff er mit einer energischen Bewegung nach seinem Glas, schenkte es sich voll und trank es mit einem Ruck aus.

»Ich brauch dich doch nur anzusehen, wie du mich anglotzt. Dich haben sie hergeschickt, um mich auszuhorchen, hab ich recht? Und was kommt dabei heraus? Wieder nichts! Ich hab das Geld nicht«, brüllte er, als verschaffe er dem toten Sohn einen letzten Triumph. »Ist mir auch völlig schnuppe, was Kasimir da in eurem Laden getrieben hat. Ist gar nicht das Thema.«

»Ich denke schon«, gab Blocher zur Antwort und fixierte ihn kühl.

»Zwanzig Milliönchen«, höhnte Gudoff. »Dass ich nicht lache! Es geht um etwas mehr, das kannst du mir glauben.«

»Es liegt doch auf der Hand, dass zwischen der Unterschlagung und seinem Tod ein Zusammenhang besteht.«

»Unterschlagung hin oder her.« Gudoff füllte die Gläser nach. »Ich weiß davon nichts. Ich weiß nur, dass er nicht deswegen sterben musste.«

»Warum dann?«

»Wollte ich grade berichten, aber du quatschst ja immer dazwischen. Vielleicht lohnt es auch gar nicht die Mühe.« Gudoff sah starr vor sich hin. »Mein Sohn ist tot. *Mich werden sie wohl am Leben lassen.* Ich mach's sowieso nicht mehr lange. Ich hab gekämpft und ich hab verloren. Ich hab immer verloren. Aber auch der Verlierer kämpft um Gold, genau wie der Sieger. Und Kämpfer, mein Lieber, sind Idealisten, ob sie am Ende Sieger sind oder Verlierer. Die Welt ist voll von Siegern und Verlierern und Sieg und Niederlage lassen sie gleich verwundet zurück. Ich weiß, wovon ich rede. Nur: Was kommt danach? Danach …« Er machte eine Pause. »Danach ist nichts mehr, wie es war. Nicht für den Verlierer und nicht für den Sieger. Gold wiegt schwerer als alle Ideale.«

Gudoff schenkte die dritte Marille nach.

»Fünfundvierzig war hier alles im Buddel, da war nicht mehr viel übrig von der Führerherrlichkeit. Erst regnete es Bomben, dann kam das Gesindel aus Berchtesgaden angekrochen, um zu plündern. Die wollten mir an den Kragen, weil mir Bormann das Haus hier im Führersperrgebiet verschafft hatte.«

»Bormann? Hitlers Sekretär? Die graue Eminenz des Dritten Reichs?«

Gudoff ließ den Einwurf unbeachtet.

»Ich hab ihnen den Marsch geblasen. Es waren dieselben, die zuvor zu Hitlers Berghof pilgerten und nicht genug Sieg Heil! schreien konnten, aber in die Hose machten, wenn man ihnen eine Flinte vor die Nase hielt.«

Wieder folgte eine kurze Pause, dann erklärte er: »Die Amis ließen mich in Ruhe. Anfangs. Ich war ja im KZ.«

»Wie bitte?«

Gudoffs Gesichtszüge verzogen sich zu einem breiten Grinsen, der harte Blick verschwand hinter Schlitzaugen, er kicherte leise in sich hinein, als schlüpfe er in die Maske eines chinesischen Mandarins.

»Dreißigster Juni vierunddreißig. Röhm-Putsch. Ich kam nach Oranienburg. Häftlings-Nummer 2676, Sturmführer Artur Gudoff, SA-Sturm 6, Berlin-Charlottenburg.«

Er brüllte den Rang, als mache er Meldung.

»Wir wollten eine echte Revolution in Deutschland, einen Nationalsozialismus, der sich gewaschen hat. Da passten wir Hitler und Göring nicht mehr ins Konzept. Wer hat denn die Drecksarbeit gemacht in Berlin vor dreiunddreißig?«, herrschte er Blocher an, als habe der ihn ins KZ gebracht. »Den Wedding aufgemischt, die Kommunisten verprügelt, Straße für Straße erobert und den Juden Beine gemacht? Ihr habt ja alle keine Ahnung, was damals los war. Als kein Tag mehr ohne Schlägereien und Saalschlachten verging, bin ich nach München in die Parteizentrale gefahren. Bormann war der Einzige, der mir zuhörte. Ich hab ihm gesagt, so geht das nicht weiter, wir haben Tote und Schwerverletzte. Die halten ihren Kopf hin und ihr schmeißt das Geld für euern Fuhrpark raus. Wo bleibt die Solidarität? Er hat dann die Hilfskasse der Partei gegründet, so eine Art Versicherung oder Verwundetenhilfe. War ursprünglich meine Idee.«

Und mit gesenkter Stimme, als vertraue er ihm ein Geheimnis an, fuhr er fort: »Bormann war in Ordnung. Er hat mich aus dem KZ geholt. Hier im Haus war natürlich Platz für seine Stelldicheins. Tja mein Lieber, ich war nur ein paar Wochen in Oranienburg, aber für die Amis reichte es. Als sie hier aufkreuzten, hielt ich ihnen meinen Entlassungsschein unter die Nase, dann war Ruhe im Kuhstall. Vom Stollen unter dem Haus und dem Gold hat niemand etwas mitbekommen. Bis Kelly kam, dieses Schwein.«

Das Stichwort war gefallen. *Gold.* Wie Altenhöhner es prophezeit hatte.

Und als habe er einen Komplizen vor sich, dem es ein Leichtes sei, sich in den Irrläufen seiner absonderlichen Vita mit Bormann, Hilfskasse, KZ, Gold und Röhm-Putsch zurechtzufinden, warf Gudoff auf die Frage, wer denn dieser Kelly sei, Blocher ein lausiges Kürzel hin.

»X-2.«

»Klingt nach römischer Geheimloge.«

»Hier sind nicht die Römer eingefallen, sondern die Yankees«, murrte Gudoff. »X-2, das war die Gegenspionage des OSS, die Crème de la Crème jedes Geheimdienstes. Kelly war ihr Chef in Salzburg, später arbeitete er gegen die Russen in Wien. Er machte Jagd auf untergetauchte Nazis und fand dabei vor allem eines: Gold. Er nannte es Raubgold. Meinetwegen. Der Dieb denkt immer, dass ein jeder stiehlt.«

»Nazigold?«, fragte Blocher. »War da nicht was mit Toplitzsee?«

»Gold schmeißt man doch nicht in einen See! Wer denkt denn an so was!«

Gudoff schob missgelaunt den Tisch von sich weg und richtete sich aus den Niederungen seines Lagers zu überraschend stattlicher Größe auf. Er zog sich eine Strickjacke über und bat Blocher in das angrenzende kleine Kabinett, wo er eine Stablampe aus dem Tabernakel holte. Mit einem Wink bedeutete er Blocher, von der Wand gegenüber dem Fenster das Gemälde, eine etwas dilettantische Kopie des Watzmann-Bildes von Caspar David Friedrich, abzunehmen.

Gudoff fuhr mit der Hand an der Tapete entlang, als suche er etwas. Eine in der Wand verborgene Drehtür begann langsam nachzugeben und gab den Blick frei auf einen etwa anderthalb Meter tiefen verschwendeten Raum, der offenbar vom Kamin und von der Wand zum Flur begrenzt wurde.

Blocher folgte Gudoff auf einer steil nach unten führenden Treppe, die nach etwa zwanzig Stufen vor einer Stahltür endete.

»Bormann hat den halben Obersalzberg mit seinen Bunkeranlagen untertunnelt«, erklärte Gudoff, während er Blocher in einen etwa vier Meter breiten und drei Meter hohen Stollen führte, der sich vor ihnen im Dunkeln verlor. »Dieser Stollen ist etwas Besonderes. Er hat ihn neunzehnsechsunddreißig anlegen lassen, als ich das Haus erwarb. Er führt unter der Wiese etwa dreihundert Meter bis zur ersten Kurve oberhalb des Gutshofs. Man hat ihn vergessen, weil Bormann den Zugang dort gleich nach der Fertigstellung zumauern ließ und einen Schweinestall davorsetzte. Prima Idee, der Führer war ja Vegetarier.«

Der Stollen war auf den ersten Metern mit Beton verkleidet,

dahinter tropfte es vom roh behauenen Stein der Decke und der Wände.

»Sie meinen, niemand weiß etwas von diesem Stollen?«

»Nein. Die Leute rennen immer zu den Bunkeranlagen unter Hitlers Berghof. Dabei gibt es hier überall verlassene Stollen, für die sich keiner interessiert. Warum auch. Ist ja alles weg.«

»Was heißt alles weg?«

»Dämliche Frage«, brüllte Gudoff. »Das Gold! Wann begreifst du endlich? Bormann-Gold. Ribbentrop-Gold. Juden-Gold. Der Stollen hier war voll davon.«

Seine Stimme überschlug sich. Es war kein schöner Anblick, wie der Alte da im Schein der Taschenlampe stand und Blocher mit aufgerissenen Augen anstarrte.

»Verdammt kalt hier«, fuhr er mit gesenkter Lautstärke fort. »Wir brauchen auch gar nicht weiter zu traben. Mehr gibt's hier nicht zu sehen. Kehrt marsch!«

Oben, zurück am Tisch, kam Gudoff zur Sache.

»Wenn sich so ein tausendjähriger Laden auflöst, fehlt es nie an Hälsen, die sich die Wende in die neue Zeit vergolden. Unvorstellbar, was sich damals abspielte. Wer's nicht selber erlebt hat … Du willst wissen, wer meinen Jungen umgebracht hat? Dann hör mal gut zu.«

Gudoff griff zur Marille und füllte beide Gläser nach.

»Am dreiundzwanzigsten April fünfundvierzig, den Tag werde ich nie vergessen, rief mich Bormann an. Der Führer habe einen Zusammenbruch gehabt. Sie hätten alles versucht, aber er weigere sich, Berlin zu verlassen. Das sei das Ende. Er, Bormann, werde ihn nicht wie Göring und die anderen Feiglinge im Stich lassen und daher auch nicht zum Obersalzberg kommen. Dann kam er zum ersten Mal seit Jahren auf den Stollen unter meinem Haus zu sprechen. Er habe im Namen des Führers SS-Standartenführer Spastny tags zuvor zum Reichsbankgebäude am Werderschen Markt geschickt.«

Gudoffs Miene verwandelte sich wieder in die des Mandarins.

»Jaja, genau dorthin«, grinste er, »wo jetzt Ribbentrops Erben das Auswärtige Amt wieder mal mit einer Sektfirma verwechseln. Dieser Spastny hatte Befehl, alle noch im Tresor der Reichsbank vorhandenen Reste des Reichsbankvermögens zum Obersalzberg zu bringen und bei mir abzuliefern. Spastny und seine SS-Gang haben sie im Durcheinander des Endkampfs um Berlin mit vorgehaltener Knarre ein paar verschreckten Bankern abgeluchst. Nach heutigem Wert gut siebzig Millionen Dollar. Spastny schaffte es, mit einer der letzten Maschinen aus Berlin rauszukommen und in Salzburg zu landen. Dann tauchte er hier mit einem Konvoi aus zwei schweren Mercedes, einem Opel Blitz und zwei Schwimmwagen der SS hier auf. Das genaue Datum weiß ich nicht mehr, aber es war nach der Bombardierung des Obersalzbergs am fünfundzwanzigsten April und noch vor Hitlers Tod am dreißigsten April, das erinnere ich genau. Spastny, auch so ein Komiker in schwarzer Uniform, tat sehr energisch, aber er war ein Getriebener, das hab ich ihm gleich angesehen.«

Blocher und Gudoff leerten ihre Gläser abermals in einem Zug. Dann holte der Alte in der Pose des Kronzeugen zu einer Saga aus, die sich so verstiegen anhörte, als tische ein närrischer Wagnerianer den schalen Aufguss der Fabeln von Rheingold und Götterdämmerung auf.

»Als ich Spastny und seine Männer in den Stollen unter dem Haus führte«, berichtete Gudoff, »wollte er sich's noch einmal überlegen. Die Amerikaner wären in wenigen Tagen in Salzburg, sie würden auf dem Obersalzberg alles auf den Kopf stellen, da solle ich mir keine Hoffnungen machen. Er müsse schnellstens über Lofer nach Kaprun, dort warte Karl Radl, der Adjudant des Duce-Befreiers Skorzeny, auf ihn. Wenn überhaupt, dann seien dort die Bestände sicher, die er mit sich führe. Der Kampf müsste jetzt vom Kern der Alpenfestung heraus bis zum Endsieg weitergeführt werden und all so Zeugs. Er gab den hundertfünfzigprozentigen Nazi. Da kam er bei mir genau an den Richtigen. Ich knöpfte ihn mir vor versammelter Mannschaft vor und stauchte ihn zusammen. Wollen Sie einen Führerbefehl verweigern? Das war dem Grünschnabel dann doch zu peinlich. Er schwankte schlecht gelaunt zwischen Gier und Eid und Endsieg und überließ mir schließlich gut die Hälfte seiner Reichtümer, bevor er sich mit dem Rest in Richtung seiner Alpenfestung aus dem Staub machte. Nach dem Krieg schaute er wieder bei mir vorbei und jammerte, ihm sei nichts geblieben. Das meiste hätte er damals zwischen Mittersill und Taxenbach verloren, den Rest Skorzeny übergeben, der inzwischen in Madrid rauschende Feste feiere. Es wäre doch sicher auch in meinem Interesse, dass niemand etwas von dem Schatz unter dem Haus erfahre. Der Typ SS-Mann, dem du in die blauen Augen schaust und sofort weißt: ein falscher Hund! Aber mit dieser Tour war bei mir nichts zu holen. Es war ja sowieso alles weg.«

»Wieso? Ich dachte, niemand kannte Ihr Versteck.«

»Doch.« Gudoff hielt inne. »Kelly kannte es«, sagte er leise. »Er sah sich im Juli fünfundvierzig den Stollen an, versiegelte den Zugang und erklärte sich für alleine zuständig. In diesem Zimmer packte er mich am Revers und meinte, wenn ich hier oben weiter meinen Job machen wolle, solle ich die Sache vergessen und froh sein, wenn General Eisenhower nicht hinter meinem Skalp her sei. Einen Monat später, im August kam er wieder. Er und ein Italiener in amerikanischer Uniform, den er Rick nannte. Sein richtiger Name ist Riccardo Corelli …«

Gudoff blickte finster vor sich hin und sagte dann: »Sie kamen mehrmals und immer nachts. Jeder fuhr eine dieser überlangen amerikanischen Buckel-Limousinen. Wir haben dann alles abgeladen. Zu dritt. Eine Schweinearbeit. Der Stollen war von da an quasi Kellys außerdienstliches Zeughaus.«

»Was abgeladen?«

»Alles, was sie drüben rund um Salzburg haben mitgehen lassen. Ungefähr eineinhalb Tonnen Gold, teils in Barren, der Rest Säcke voller Goldmünzen. Dann noch etwa 20 Kisten voll Juwelen und Schmuck. Ich schätze, alles in allem hatte es einen Wert von vier oder fünf Millionen Dollar, das war damals sehr viel Geld.«

»Aber woher wusste dieser Kelly von dem Stollen?«

»Er war mein Schwager.«

Blocher sah zum Fenster. Auf der Wiese ragte das Hridlicka Memorial in den Abendhimmel, stumm und bleich, und drohte mit dem Finger. Hatte Altenhöhner ihn nicht gewarnt? Jetzt war er an jemanden geraten, der womöglich geschlagen von Altersdemenz mitten im Hochsommer den Kachelofen heizte, als säße er im sibirischen Eis fest. Ein Halbverrückter, der ihm einreden wollte, dass ein Mann des US-Geheimdienstes nicht nur der Mörder seines Sohnes war, sondern auch noch sein Schwager.

Kelly! Den Namen hatte er vor drei Tagen in den Kontakten seines Mobiltelefons gespeichert. Blocher atmete tief durch, nahm die Flasche, schenkte nach und leerte sein Glas auf einen Zug.

»Ich habe Sie nach Isabel Kelly gefragt. Wer ist sie?«, bohrte er mit rauer Stimme. »Kellys Tochter? Seine Nichte? Oder Ihre Nichte?«

Gudoff sagte nichts.

»Isabel Kelly!«, rief Blocher und stand erregt auf. »Sie war an dem Tag in Berlin, als ihr Sohn ermordet wurde! In ihrer Begleitung war ein gewisser Bekir Terek.«

Statt einer Antwort hob der Alte die Hand, als wolle er Blocher zum Schweigen bringen. Erst trank er sein Glas mit dem Obstbrand aus, dann stemmte er sich aus seiner bodentiefen Ottomane, tappte schwankend zum Tabernakel und holte aus einer Schublade einen grünen Aktenhefter.

»Lies das! Ein Kamerad beim Bundesnachrichtendienst hat es aus den Akten verschwinden lassen. Dann weißt du Bescheid …«

Im nächsten Moment traten ihm die Augen aus den Höhlen. Er hatte Mühe, das Gleichgewicht zu halten, streckte die Hand nach Blocher aus und bekam ihn am Arm zu fassen. Er hielt ihn wie in einem Schraubstock fest und zog Blocher mit einer einzigen Armbewegung dicht an sich heran, als wolle er ihn beschwören, ihn nicht alleine zu lassen. Sein Gesicht wurde dunkelrot, die Narbe über der linken Augenbraue schwoll wieder an und schien den Ausbruch eines fürchterlichen Gebrülls anzukündigen. Aber er brachte keinen Satz zustande. Er schob nur die Unterlippe vor, entnahm dem Aktenhefter ein Foto, legte es auf den Tisch und fiel dann zurück auf die Ottomane, wo er in sich zusammensackte und tonlos mit schwerer Zunge etwas von polnischem Gesindel und Judenpack zischelte. Mit einem Ruck richtete er sich wieder auf und deutete mit einem diabolischen Grinsen auf das Foto, das vor ihm auf dem Tisch lag. Blocher packten Wut und Entsetzen, er stürzte aus dem Haus, stolperte hinunter zum Parkplatz und setzte sich hinter das Steuer, bekam aber den Schlüssel nicht ins Zündschloss und starrte in die Dämmerung, bis ihm der Kopf aufs Lenkrad fiel.

TEIL DREI

SALZBURG

Dienstag, 10. August 1999

Über der nächtlichen Rückfahrt nach Salzburg hing ein Dunst aus gebrannter Marille. Blocher konnte sich nur erinnern, dass er an der Abzweigung unterhalb von Speers Atelier beinahe ein Fahrzeug gerammt hätte, das dort mit eingeschaltetem Standlicht am Straßenrand parkte. Neben den Nachwehen des Trinkgelages quälte ihn eine dumpfe Ahnung, als verfolge ihn ein schlechter Traum, an den man sich nicht erinnern kann oder will. Nachdem er lange unter der Dusche gestanden hatte, entschloss er sich, nicht im Hotel zu frühstücken, und machte sich auf den Weg zum Tomaselli.

Das Café hatte gerade geöffnet, nur wenige Tische waren besetzt. Blocher bestellte Rührei mit Schinken und einen Großen Braunen. Neben dem Brotkorb mit den frisch gelieferten Semmeln lag der grüne Aktenhefter, den ihm Gudoff überlassen hatte. Er trank den Großen Braunen in zwei Zügen aus und bestellte einen zweiten.

Am Nebentisch war ein Mann in ein Nachrichtenmagazin vertieft. Seit Tagen berichteten Rundfunk, Zeitungen und Fernsehen über die für den nächsten Tag angekündigte Sonnenfinsternis. Blocher hatte dem keine besondere Aufmerksamkeit geschenkt, aber hier war die Absicht unverkennbar, dem Thema mit der Titelzeile »Der Jahrhundertschatten« etwas Unheilvolles abzugewinnen und dem Leser eine über die Welt hereinbrechende Düsternis zu suggerieren, als stünde das Ende aller Tage vor der Tür. Auf dem Magazintitel schob sich eine schwarze Scheibe bedrohlich ins Bild, im Hintergrund war ein einsamer Mensch zu erkennen, der im Dämmerlicht einer Mondlandschaft mit irgendwelchem Gerät hantierte.

Blocher schlug den Aktenhefter auf. Auf der Innenseite war mit einer Klammer ein leicht vergilbtes Schwarz-Weiß-Foto angeheftet. Er griff zur Serviette und trocknete die Schweißperlen von der

Stirn. Sein Herz fing an zu pochen, eine quälende Hitze stieg in ihm hoch und im selben Moment hatte er die Szene mit Gudoff und dem Aktenhefter klar vor Augen.

Statt einer Antwort auf Blochers wiederholte Frage nach »Isabel? Isabel Kelly?« hatte der Alte dem Aktenhefter das Foto entnommen und es vor Blocher wie ein Ass auf den Tisch gelegt, so als spiele er mit einem letzten, noch fehlenden Beweisstück den entscheidenden Trumpf in der Mordsache Kasimir Gudoff aus.

Das Foto zeigte einen jungen Amerikaner in Uniform und eine junge Frau. Für eine Sekunde war es Blocher schwarz vor den Augen geworden. Es war dieses Bild, das seinen Schlaf wie ein Albtraum begleitet hatte.

Der gleiche, durch die hochgezogenen Augenbrauen noch gesteigerte, selbstsichere Ausdruck, dieselbe gerade Nase mit den schmalen Nasenflügeln, die Frisur mit dem Seitenscheitel und die eigentlich nur fünfjährigen Mädchen vorbehaltene Haarspange, die das glatte dunkle Haar in einer breiten Locke über der Stirn hielt.

Die junge Frau neben dem Amerikaner in Uniform glich aufs Haar Marie Thérèse Croning, verwandelt in die Erscheinung eines hinreißend schönen Mädchens von vielleicht zwanzig Jahren.

Der Mann am Nebentisch legte das Magazin beiseite und rief den Ober. Irgendetwas an ihm gefiel Blocher nicht. Er war etwa in seinem Alter und hatte beim Lesen die Augen zusammengekniffen, obgleich er eine Brille trug, die er aber auf die Stirn geschoben hatte. Die leicht gebogene, schmale Nase stach scharf geschnitten aus seinem Habichtgesicht hervor, in dessen eingefallene Wangen sich tiefe Falten gegraben hatten. Er beachtete Blocher nicht weiter oder tat zumindest so. Dann zahlte er und verließ das Kaffeehaus.

Blocher starrte ihm hinterher und in der vom Aroma des Großen Braunen, dem Duft der Buttersemmeln und Mehlspeisen erfüllten Atmosphäre des Kaffeehauses war er sich mit einem Mal sicher: Es konnte sich bei der jungen Frau auf dem Foto unmöglich um Marie Thérèse Croning handeln. Sie war bei Kriegsende noch ein Kind, aber mit Sicherheit keine junge Schönheit an der Seite eines amerikanischen Besatzungsoffiziers.

Gudoff hatte mit dem Finger auf das Bild getippt und für einen Moment war ein perfides Grinsen über seine Sachverständigenmiene gehuscht.

Links stand, lässig an eine hüfthohe Mauer gelehnt, der blonde Amerikaner in der Sommeruniform der US-Army und blickte mit gelassenem Stolz über die Eroberung an seiner Seite in die Kamera. Daneben, beschirmt von den Zweigen einer Kastanie die junge Frau, die ihn mit leicht schmollendem Ausdruck anhimmelte. Im Hintergrund öffnete sich der Blick vom Kapuzinerberg über die Salzburger Altstadt mit ihren Kuppeln und Kirchtürmen hin zum Mönchsberg mit der Festung. Kellys feine Gesichtszüge umgab trotz des stillen, gewinnenden Lächelns des Siegers etwas Verschlossenes, was wohl den ein wenig tief liegenden Augen geschuldet war.

Blocher beugte sich über das Foto und studierte Kellys *kleine, im weichen Bogen nach oben führende Nase und die nicht zu hohe, fein gewölbte Stirn über den hellen Augenbrauen*. Er legte das Foto neben den Aktenhefter auf den Tisch und versuchte, Ordnung in seine Gedanken zu bringen. Wer war Kelly? Der Vater Isabels? Ein korrupter Geheimdienstoffizier? Auf den ersten Blick glich er jenem jungenhaften Typ des Amerikaners, für den er von jeher Sympathie empfand. Hinzu kam die Aura der Befreier in Gestalt des schlaksigen Offiziers, dem martialisches Gehabe sichtlich fremd war.

Aus welchem Grund hätte ausgerechnet er Artur Gudoffs Sohn umbringen sollen? Selbst wenn er, wie der Alte ihm tags zuvor weismachen wollte, zusammen mit Corelli, dem Italiener in amerikanischer Uniform, im Herbst fünfundvierzig und im Frühjahr sechsundvierzig wieder aufkreuzte und die beiden den Stollen unter Gudoffs Chalet leerräumten: Das waren krude Geschichten, die über ein halbes Jahrhundert zurücklagen. Es hatte doch alles keine Bedeutung mehr. An harten Fakten hatte der alte Gudoff nichts zu bieten als einen leeren Tunnel. Von Gold keine Spur und die Kellys und Corellis in alle Winde verstreut, wenn sie überhaupt noch am Leben waren. Nur der Tote auf dem Invalidenfriedhof vor vier Tagen. Der war eine Tatsache. Wie das Foto mit der Frau an Kellys Seite und ihrer haarsträubenden Ähnlichkeit mit Marie Thérèse Croning.

Um elf Uhr sollte die Matinee in der Felsenreitschule beginnen. Blocher hatte noch eine gute Stunde Zeit. Er bestellte ein Soda mit Zitrone und sah sich den Aktenhefter genauer an. Obenauf lagen vier lose Blätter, die er sich am Empfangsdesk hatte kopieren lassen, bevor er das Hotel verließ: zweifach ein maschinengeschriebener Brief mit schwarzem Trauerrand und zweifach die erste der sieben angehefteten Seiten eines mit Maschinenschrift beschriebenen Dokuments.

Starnberg, den 23. Oktober 1998

Sehr geehrter Herr Gudoff!

Vor fünf Wochen ist mein über alles geliebter Mann nach langer schwerer Krankheit verstorben. Er war Ihnen seit Ihrer gemeinsamen Zeit in Oranienburg immer kameradschaftlich verbunden. Wie Sie wissen, war mein Mann bis 1979 für die Abteilung Einsatzgebiete/Auslandsbeziehungen (EA) des Bundesnachrichtendienstes tätig. Kurz vor seinem Tod hat er mich gebeten, in seinen Papieren nach dem beiliegenden Dokument zu suchen und es Ihnen zukommen zu lassen.

Es handelt sich um das Original, das ihm der Empfänger im BND, ein enger Freund meines Mannes, bei einem gemeinsamen Abendessen verärgert über den Einfluss der CIA auf den Bundesnachrichtendienst überlassen hatte. Er verwies dabei auf Fälle vorsätzlicher Aktenvernichtung und bat meinen Mann, das Dossier sicher aufzubewahren, weil er fürchtete, es könnte beseitigt werden. Weitere Abschriften existieren nicht.

Ich hoffe, damit einen letzten Wunsch meines Mannes erfüllt zu haben, und verbleibe

In tiefer Trauer

A. Pospischil

Anneliese Pospischil

Blocher legte den Brief zur Seite und löste die Seiten des Dokuments aus dem Aktenhefter. Auf dem Deckblatt war in schwarzer Farbe **GEHEIM** aufgedruckt, darunter **amtlich geheimgehalten**. Das Dokument trug das Datum vom 19. Juli 1993. Im Betreff wurden drei Namen genannt: Bekir Terek, Frank Sullivan und Patrick William »Bill« Kelly. Es war keine Lektüre, die man beiseitelegt wie einen Leitartikel, den man im nächsten Moment vergessen hat. Noch bevor er in der Lage war, darüber nachzudenken, in welchem Zusammenhang das Dokument mit dem Mord an Kasimir Gudoff stand und welche Folgen sein Besitz für ihn persönlich haben könnte, war ihm klar, dass er Zündstoff in Händen hielt, der abseits alles dessen lag, was sein bisheriges Leben bestimmt hatte. Der deutsche Auslandsgeheimdienst BND hatte anscheinend eine Quelle in der Schweiz aufgetan, die detaillierte Erkenntnisse zu einem Netzwerk von Banken, Beteiligungen und Depots lieferte, das die drei im Betreff angeführten Personen Terek, Kelly und Sullivan – ein Name, der Blocher nichts sagte – aufgezogen hatten. Alle drei würden sich bei ihren illegalen Geschäften und Manipulationen vor jeder Strafverfolgung sicher fühlen. Sie betrieben, so die Quelle in der Schweiz mit dem Decknamen MELROSE, angeblich einen »Waschsalon für Drogengelder« und genossen faktisch Immunität. Über allem lag die schützende Hand der CIA.

GEHEIM
amtlich geheimgehalten

34 B
TgbNr. 256 /93 VS geh.

19. Juli 1993

EDV erfaßt
20. JUL 1993

I. Vermerk

Betr.: Bekir TEREK, Frank SULLIVAN, Patrick William "Bill" KELLY

Bezug: HALLGARTENS (NDV-5027/DN WOLFRAM) Bericht über Treff in Genf, der auf Vermittlung eines leitenden Mitarbeiters des SND/Schweiz zustande kam.

Die Quelle in Genf (I-1678/DN MELROSE) informierte über das Netzwerk einer angeblichen "Schatten-CIA" und lieferte folgende Erkenntnisse zu:

1. Bekir TEREK
   Inhaber Terek-Holding, Istanbul (Banken, Immobilien, Hotels, Shopping Centers, Marmorindustrie, Import- Exportfirmen).
   - Alter: Ende 50. High School Graduation am Robert College, Istanbul. Promotion an der Universität Ankara über Osmanische Verwaltungsgeschichte. Master (mit Auszeichnung) am Center for Language Study - Yale University. Spricht neben Türkisch fließend Arabisch, Englisch, Deutsch, Französisch, Italienisch. Profunde Kenntnisse in Osmanischem Türkisch.
   - Laut Quelle werden TEREK seit den 60er Jahren Verbindungen zur Istanbuler Drogenmafia nachgesagt. Sein Aufstieg begann 1972, als die USA scharf gegen den Mohnanbau und die Opiumproduktion in der Türkei vorgingen.
   - TEREK reagierte auf das Ende der „French Connection“ zwischen Istanbul und den Labors in Marseille, indem er mit Blick auf die Lage der Türkei zwischen Asien und Europa den Aufbau eines neuen zentralen Umschlagplatzes im Drogenhandel in Angriff nahm. Er war maßgeblich an der Etablierung der Drogenrouten beteiligt, auf denen das Opium aus Afghanistan in die Türkei und von dort über Jugoslawien (Provinz Kosovo) und Albanien nach Europa geliefert wird, wo es inzwischen über zwei Drittel des Heroinbedarfs deckt.

   Laut Quelle in Genf waren für TEREKS steile Karriere im Drogengeschäft drei Umstände ausschlaggebend:
   1) Der Einmarsch der Sowjets in Afghanistan Ende 1979
      - Die CIA begann mit Hilfe des pakistanischen Geheimdiensts ISI, die Mujaheddin-Führer mit Waffen und logistischem Nachschub über die Grenze nach Afghanistan zu versorgen. Auf dem "Rückweg" nach Pakistan schickten die Mujaheddin-Führer Drogen.
      - Die finanziellen Transaktionen der Betreiber dieser afghanisch-pakistanischen Waffen-Drogen-Pipeline wurden vorzugsweise über die Bank of Investment & Commerce International (BICI) abgewickelt.

- Laut Quelle in Genf gab es in den 80er Jahren regelmäßig vertrauliche Treffen zwischen dem Gründer und größten Shareholder der BICI, Abdul Ali SHIGARI, und Killian CLANCY, dem Direktor der CIA. CLANCY war Tipper des P.W. KELLY (siehe unten) und hält seither engen Kontakt zu ihm.

2) Die Heirat einer Schwester TEREKS mit HABIB CHANABI.
   - Habib Chanabi war Direktor ohne Geschäftsbereich der BICI und zugleich einer ihrer größten Kreditnehmer. Er entstammt dem einflussreichen Familienclan der Chanabis aus Karachi.
   - CHANABI hatte ein Vermögen mit dem Betrieb von Überlandbussen gemacht. Er erwarb später Anteile an einem Logistikunternehmen und betreibt inzwischen eine Reederei mit Sitz in Karachi.
   - Laut Quelle in Genf kam der Kontakt der Familien durch die Vermittlung P.W. KELLYS (siehe unten) zustande.
   - Die Verbindung mit CHANABI ermöglichte TEREK den Zugang zum Drogenmarkt Afghanistans, als das Land dabei war, Myanmar (Burma) auf den zweiten Platz der weltweit führenden Opiumlieferanten zu verdrängen. TEREK und CHANABI organisierten den illegalen Transfer der Drogen nach Europa und in die USA. Afghanistans Opiumproduktion, die 1971 bei etwa 100 Tonnen lag, schnellte nach dem Beginn des antisowjetischen Dschihad sprunghaft in die Höhe und wurde 1991 bereits auf 2000 Tonnen geschätzt. Die jährlichen Steigerungsraten im internationalen Drogenhandel übertrafen seither das Wirtschaftswachstum jedes Landes auf der Welt, wobei die weltweiten Umsätze und Gewinne inzwischen höher sind als in der Automobilindustrie.
   - TEREK gründete seine eigene Terek Vakıf Bank, die mit der Hogan Fillmore Bank, der Inter Seabridge Bank, der Bank of Butler Ridge und weiteren Banken ein Netzwerk miteinander verbundener Beteiligungen und Depots bildete, das von Istanbul über Genf und Miami bis zu den Caymans und den Bahamas reicht.
   - Das entscheidende Glied in der Kette war bis zu ihrem Zusammenbruch vor zwei Jahren die BICI. Sie bot TEREK und CHANABI die Möglichkeit, die Wechselbeziehung zwischen Widerstand, CIA und Drogenhandel zum eigenen Vorteil zu nutzen. Transport Business und Banking waren die Vehikel, mit denen sie als Vermittler zwischen beiden Operationen, dem afghanischen Widerstand und dem Drogengeschäft, ihre Gewinne erzielten.
   - Vorzugsweise investiert TEREK in Hotels und Immobilien, deren Preise intransparent und objektiv schwer bestimmbar sind.

3) TEREKS Verbindung zur CIA
   - Dass TEREK Mitarbeiter der CIA ist, kann Quelle aus Genf nicht bestätigen. Ebenso wenig ist gesichert, ob er für den türkischen Geheimdienst MIT arbeitet. Dass er aber zu beiden Organisationen Verbindungen pflegt, steht laut Quelle in Genf außer Frage. Dafür spricht auch sein enges Verhältnis zu P.W. KELLY. Möglicherweise reicht ihre Freundschaft bis in die 50er Jahre zurück, als KELLY Stationschef der CIA in Istanbul war (siehe unten).
   - Laut Quelle in Genf zieht die CIA keine direkten Profite aus dem Drogenhandel in Afghanistan. Das System war aber in zweifacher Hinsicht von Vorteil: Die CIA konnte bewaffnete Gruppen für den antisowjetischen Widerstand mobilisieren, ohne die Kosten für deren Unterhalt tragen zu müssen. Zum anderen sicherte sie sich die Loyalität der Mujaheddin-Führer, die das Drogengeschäft als zusätzliche Finanzierungsquelle nutzten.
   - Entscheidend für den geschäftlichen Erfolg TEREKS war die schützende Hand der CIA. Ebenso wie die Warlords agierten TEREK

und CHANABI als Verbündete der CIA. Das genügte, um vor jeder Form von Strafverfolgung sicher zu sein. Polizei, Gerichte und die Drogenfahnder der DEA (Drug Enforcement Administration) hielten und halten Abstand. De facto genießt TEREK Immunität.

Aus dem Heroinhandel über den Umschlagplatz Türkei (allein in diesem Jahr etwa 25 Milliarden Dollar) fiel laut Quelle ein beträchtlicher Teil der Profite an TEREK. Das verhalf ihm binnen weniger Jahre zu einem Vermögen, das ihm den Wechsel von der Unterwelt ins legale Geschäftsleben erlaubte.

2. Frank SULLIVAN

Rechtsanwalt. Inhaber der Sozietät Sullivan & Partner, Brickell Avenue, Miami/Fl. Gründer und Teilhaber der Hogan Fillmore Bank, der Inter Seabridge Bank und der Bank of Butler Ridge.

- Alter: Mitte 70. Harter Trinker, Kettenraucher, dominant im Gespräch. "Ein Amerikaner, wie er im Buch steht".
- Während des 2. Weltkriegs in Ägypten und China. Führte als Leiter der Special Operations Branch (SOB) des amerikanischen Geheimdiensts OSS (Office of Strategic Services) in Kunming/China 350 amerikanische und mehrere Tausend asiatische Kämpfer im Guerillakrieg gegen die Japaner. Hoch dekoriert. Ende 1947 im Rang eines Colonels in die CIA übernommen.
- 1949 schickte ihn die CIA nach Taiwan mit dem Auftrag, Chiang Kaishek, der den Bürgerkrieg gegen Mao verloren und sich nach Taiwan zurückgezogen hatte, zu helfen und die Rückeroberung des chinesischen Festlands vorzubereiten. Teile der Kuomintang-Truppen Chiangs waren auf dem Rückzug aus dem Südwesten Chinas im Grenzgebiet Burmas zu Thailand und Laos hängen geblieben, damals eine bescheidene Opium-Zone, heute bekannt unter dem Begriff "Goldenes Dreieck".
- SULLIVAN organisierte von Bangkok und Taiwan aus eine streng geheime paramilitärische Operation, die allen späteren verdeckten Operationen der CIA in Thailand, Kambodscha, Laos, Vietnam, dem Kongo, in Angola, Guatemala, Nicaragua und zuletzt in Afghanistan als Blaupause diente.
- SULLIVAN etablierte zunächst zwei Tarngesellschaften der CIA: die Fluggesellschaft Civil Air Transport CAT (die später als Air America firmierte) und das Handels- und Transportunternehmen Sea Supply Inc. CAT und Sea Supply versorgten von Ende der vierziger bis weit in die fünfziger Jahre auf dem Luftweg die antikommunistischen Bewegungen in Indochina und die lokale Bevölkerung im Goldenen Dreieck mit Waffen und Lebensmitteln, auf dem Rückweg brachten die Maschinen das Opium entweder nach Taiwan oder nach Bangkok mit dem Ergebnis eines damals schon spektakulären Wachstums des weltweiten Drogenmarkts.
- Mit den "guns for drugs flights" und seinem raffinierten Netzwerk von Banken und Geschäftsverbindungen hatte SULLIVAN, seit 1952 Royal Thai Honorary Consul General of Florida, eine Lawine losgetreten. Es war Ursprung und Modell für die heutige weltweite Drogenökonomie, in der Drogenhandel, Finanz-, und Geheimdienstoperationen, heißes Geld und Organisierte Kriminalität miteinander verwoben sind und jährlich Hunderte Milliarden Dollar umgesetzt werden. Quelle in Genf bezeichnet SULLIVAN als den eigentlichen Pionier des CIA-Waffen-Drogen-Komplexes und Architekten einer angeblichen "Schatten-CIA".
- Nur in diesen Zusammenhängen, so die Quelle in Genf, seien das Beziehungsgeflecht zwischen FRANK SULLIVAN, P.W. KELLY (siehe unten) und BEKIR TEREK und ihre Methoden zu verstehen, über die SULLIVAN einmal äußerte: "Zieh als Erstes die reichen Leute auf Deine Seite, auch wenn sie Gangster sind, dann such Dir Kanäle für's

Schwarzgeld und bring es grenzüberschreitend dahin, wo es gebraucht wird, um die Dinge zu erledigen, die erledigt werden müssen."

3. Patrick William "Bill" KELLY
Broker. Miami/Fl. und Istanbul. Teilhaber der Hogan Fillmore Bank in Antigua, der Inter Seabridge Bank in Genf und der Bank of Butler Ridge in Miami/Fl.
   - Alter: Mitte 70. Wurde 1942 vom legendären Gründer und Leiter des OSS, WILLIAM ("Wild Bill") DONOVAN, für einen möglichen Einsatz gegen Nazi-Deutschland angeworben, da KELLY in den 30er Jahren in Freiburg studiert hatte und über entsprechende Sprachkenntnisse verfügte. Tipper war laut Quelle in Genf der spätere CIA-Chef KILLIAN CLANCY (alle irisch-katholischer Background).

   Tätigkeit im OSS

   - 1942-1943 Ausbildung in der Counter-Intelligence Training School auf CAMP X (Ontario/Canada). September 1942 Aufnahme in X-2, Gegenspionage im OSS. Laut Quelle in Genf die Abteilung mit dem höchsten Esprit de Corps und zwei ungeschriebenen Gesetzen:
     1) Aufträge werden nur mündlich erteilt.
     2) Verräter in den eigenen Reihen sind zu erledigen.
   - Nov/Dez 1943 Teheran: Verantwortlich für die Sicherheit Präsident Roosevelts auf der Konferenz von Teheran.
   - Jan-Dez 1944 Caserta (Italien): X-2 Counter Intelligence (CI), OSS Italy. Arbeit gegen den faschistischen Geheimdienst SIM. Vorbereitung auf den Einsatz in Österreich.
   - Feb 1945 Jalta: Verantwortlich für die Sicherheit Präsident Roosevelts auf der Konferenz von Jalta.
   - In Jalta Auszeichnung durch Präsident Roosevelt und Beförderung zum Major.
   - April 1945 - Mai 1946 Chief X-2 Counter Intelligence (CI), OSS Austria, in Salzburg und Wien.

   KELLYS Persönlichkeit ist stark geprägt von der Zeit im OSS. Sein Weltbild ruht laut Quelle in Genf felsenfest auf drei Überzeugungen. Erstens: Die Welt ist kein gemütlicher Ort. Zweitens: Linke und Kommunisten sind die Wurzel allen Übels. Drittens: Gutes in der Welt passiert nur dann, wenn Amerika stark, entschlossen und zielgerichtet handelt - Schlechtes immer dann, wenn Amerika schwach ist.

   Tätigkeit in der CIA

   - 1949 im Rang eines Colonel in die CIA übernommen.
   - 1951-1960 Chief of Station Istanbul.
   - 1961-1985 Chief of Station Zurich.

   KELLY arbeitete in Zürich erfolgreich als Broker und führt laut Quelle in Genf auch nach dem Ausscheiden aus der CIA seine Geschäfte fort.
   - An der Inter Seabridge Bank in Genf ist KELLY seit ihrer Gründung 1966 mit 21 Prozent beteiligt. 5 Prozent sind im Besitz von zwei kleineren Anlegern, den restlichen Anteil von 74 Prozent teilt sich Bekir TEREK mit Habib Chanabi.
   - Durch die Beteiligung CHANABIS war die Inter Seabridge Bank in Genf mit der BICI verbunden. Bis zu ihrer Schließung 1991 durch die Bank of England (wegen Betrugs im bis dahin ungekannten Ausmaß) flossen von der BICI beträchtliche Summen aus dem afghanischen Drogengeschäft auf Konten der Inter Seabridge Bank und von dort auf Banken und Depots in Istanbul, Miami und den karibischen Inseln, darunter auf ein Konto der Terek Vakıf Bank in der Schweiz, auf Konten bei der Hogan Fillmore Bank und der Bank of Butler Ridge.
   - Auf Konten der Inter Seabridge Bank in Genf liegen derzeit laut

Quelle mindestens 380 Mio. Dollar aus dem Drogengeschäft TEREKS.

- KELLY nutzte den „Waschsalon für Drogengelder" in Genf und die anderen Banken laut Quelle für lukrative Investitionen u.a. in folgende Unternehmen:
    1) Inter Seabridge Airline, gegründet 1969, wichtiger Vertragspartner der US-Streitkräfte während des Vietnamkriegs (Truppentransporte und Versorgungsflüge). Nach dem Rückzug der USA aus Südvietnam 1976 eingestellt.
    2) Novalia, 1981 mit dem Kapital von KELLY gegründetes, auf Kapitalanlagen im Wohnungsbau (Bauherrenmodell) spezialisiertes Unternehmen.
    3) Koller-Pharma, führendes medizinisches Unternehmen für Zweikammer-Fertigspritzen mit Sitz in Dornbirn/Österreich und Montgomery/PA. (1983)
    4) TMS - Technical Medical Systems, Unternehmen für hochwertige Dental- und Medizingeräte mit Sitz in Genf. (1991)

4. Stellungnahme 34 B:

Die Auswertung der Informationen ist noch nicht abgeschlossen. Wichtige Details halten einer Überprüfung, soweit bislang erfolgt, stand. Informant gab seine Auskünfte laut HALLGARTEN bereitwillig und ohne empörten Unterton. Auf die Brisanz der Informationen angesprochen, sprach er von einem Missverständnis, beendete abrupt das Gespräch und lehnte ein weiteres Treffen ab.

Hauck

(Hauck)

II.1. UAL 34
2. ZDA63 AbMA I-1678
3. 34B/OA

Der alte Gudoff, dachte Blocher, hat mir keinen Bären aufgebunden. Patrick William Kelly, der amerikanische Besatzungsoffizier, der ihm den Keller leer geräumt hatte, ist kein Phantom. Im Dossier steht schwarz auf weiß, wo und in welchen Positionen er für den amerikanischen Geheimdienst gearbeitet hat: *Von April 1945 bis Mai 1946 Chief X-2 Counter Intelligence, OSS Austria, Salzburg und Wien. 1949 im Rang eines Colonel in die CIA übernommen. 1951–1960 Chief of Station Istanbul. 1961–1985 Chief of Station Zurich.*

Kelly war demnach tatsächlich bei Kriegsende in Salzburg. Und er ist in miese Geschäfte mit Bekir Terek verwickelt. Alles spricht dafür, sagte sich Blocher, dass Isabel Kelly seine Tochter ist: Isabel, die Muse Tereks … In ein paar Minuten würde er den beiden gegenüberstehen. Er versuchte, sich das Zusammentreffen vorzustellen, aber er konnte Isabels Bild nicht festhalten. Es war, als schaue er in einen blinden Spiegel, in dem alles, was eben noch lebhaft schien, im Trüben verschwand.

Blocher zahlte und machte sich auf den Weg zur Mönchsteingarage, wo er die Dokumente unter die Fußmatte auf der Fahrerseite seines Wagens schob. Das Foto und die zwei Kopien der ersten Seite des Dossiers und des Anschreibens mit dem Trauerrand behielt er bei sich. Es war inzwischen kurz vor elf Uhr.

Er ging die Treppe neben dem Fahrstuhl hinunter und nahm den Weg durch den Tunnel ins Foyer des Festspielhauses. Dann ging er hinaus auf die andere Straßenseite und mischte sich unter die Schaulustigen. Vor dem Festspielhaus fuhren die Taxis, Limousinen und Vans der großen Hotels vor. Aus der Philharmonikergasse und dem Toscanini Hof strömten Konzertbesucher herbei. Neben Blocher stand eine Frau im Dirndl und wedelte sich aufgeregt mit der Lokalzeitung, die sie zu einem Fächer gefaltet hatte, Kühlung zu. Aus Richtung Pferdeschwemme kam Bewegung in die Menge und die Frau im Dirndl rief ihrer Nachbarin zu: »Da kommt der Türk!«

Tereks schwarzer Mercedes G hielt kaum zwanzig Schritt von Blocher entfernt vor dem Festspielhaus. Die Scheinwerfer eines Kamerateams leuchteten auf, Fotografen umringten den Wagen, die Menge klatschte Beifall.

»Schwerreich, du glaubst es net«, kommentierte die Frau im Dirndl das Spektakel. »Aber g'scheit! A echter Musikkenner. Du musst das Interview mit'm Kendlbacher lesen! Stell dir vor, der leistet sich a ganzes Orchester, der Türk! Einfach so zum Spaß. Sind net grad die Wiener Philharmoniker, aber immerhin! Wo gibt's des noch heutzutag?«

Terek grüßte das Publikum zum Dank für den freundlichen Empfang mit einem Panamahut, den er in seiner Rechten reihum schwenkte, und wandte sich dann einem Ehepaar zu, das ihn und Isabel Kelly vor einer der Türen zum Foyer erwartete.

Tereks Fahrer wollte sich eben wieder hinters Steuer setzen, als er zu Blocher hinübersah. Er trug wie bei der ersten Begegnung vor dem Borchardt die pechschwarze Sonnenbrille, die sich in enger Rundung bis zu den Schläfen bog, und obwohl er die Augen des Türken nicht sehen konnte, spürte Blocher, dass sich ihre Blicke trafen.

Die Klingel läutete. Terek und Isabel verschwanden im Festspielhaus. Blocher wartete ab, bis er sich nach dem dritten Klingeln als einer der Letzten zu seinem Platz in der Mitte des Rangs begab. Er hatte einen guten Blick auf das Orchester und die nach oben hin freie Bühne mit ihrer aus dem Felsen des Mönchsbergs geschlagenen Rückwand und dem Schattenspiel der umlaufenden Arkaden. Isabel Kelly und Bekir Terek saßen in der ersten Reihe neben dem Ehepaar, das sie vor dem Festspielhaus empfangen hatte. Zwei Reihen hinter ihnen entdeckte er Kendlbacher. Die Unruhe Tereks war an dem nervösen Zucken seiner breiten Schultern abzulesen. Fast wäre er mit dem Orchester aufgestanden, als es sich auf einen Wink des Dirigenten hin erhob und den gedämpften Begrüßungsbeifall der Zuhörer entgegennahm.

Blocher hätte nicht sagen können, ob das Orchester seinen Hindemith nun gut, schlecht oder mit den Worten Kendlbachers »brav runterg'fiedelt« zum Besten gab. Er konnte sich nicht auf die Musik konzentrieren. Er beobachtete Terek und Isabel und dabei fiel ihm ein, dass er auf der Fahrt zum Obersalzberg Hallein links liegen gelassen hatte. Er erinnerte sich an die Geschichte vom »Salzburger Zweig« in Stendhals Essay »Über die Liebe«, das ihm Wolffson einmal in einer hübschen, in rotes Leder gebundenen Ausgabe geschenkt hatte. Stendhal hatte während einer Reise ins Salzburgische vom Brauch der Bergleute von Hallein erfahren, die einen Zweig in ihre Salzmine legten, worauf sich Salzkristalle bildeten, die nach einiger Zeit den Zweig wie mit Diamanten übersät funkeln ließen. Stendhal nahm es als Metapher für ein Stadium der Verliebtheit, das er »Kristallisation« nannte. Blocher betrachtete Isabels schlanke, elfenbeinfarbene Arme, ihr dunkelbraunes Haar, das sie an diesem Morgen offen trug und auf das jetzt das von Sonne und Wolken geleitete Licht fiel.

Es war kein Blick in den blinden Spiegel. Er hatte sie leibhaftig vor sich. Aber die Kristallisation blieb aus. Das Bild löste sich auf, als tauchte jemand den Zweig in warmes Wasser. An seine Stelle trat etwas Prosaisches und zugleich Verstörendes: das Fazit, das Hauck, der Mitarbeiter im BND mit dem Kürzel 34 B, am Ende des Dossiers zog, bevor er es abzeichnete: Dass »wichtige Details« im Bericht von MELROSE – der ominösen »Quelle aus Genf« – »einer Überprüfung, soweit bislang erfolgt, standhielten«.

Von Isabel Kelly, überlegte Blocher, ist in dem Dossier nirgends die Rede. Auch nicht von Artur oder Kasimir Gudoff. Es geht auch nicht um die unterschlagenen »zwanzig Milliönchen«, über die sich der Alte lustig machte, noch um das verschwundene Gold oder die Cleverness, mit der ihn Kelly ausmanövriert hatte. Das Dossier zielte auf ein brisanteres Thema, man hätte auch sagen können auf etwas Tieferes. Schon finanziell waren die Dimensionen ganz andere.

In der nüchternen Sprache eines Geheimdienstberichts waren die illegalen Operationen eines von Regierungen und Geheimdiensten geduldeten, ja bis an die Grenze zur Tollheit geförderten Systems aufgeführt, das abgeschirmt vor der Öffentlichkeit »jährlich Hunderte Milliarden Dollar« in den Kreislauf des internationalen Bankensystems pumpte. Geld, über dessen Woher und Wohin allgemein lautes Schweigen herrschte. Noch deprimierender empfand Blocher die Hinweise auf »Ursprung und Modell für die heutige weltweite Drogenökonomie«, in der, wie es hieß, »Drogenhandel, Finanz-, und Geheimdienstoperationen, heißes Geld und Organisierte Kriminalität miteinander verwoben sind.«

Blocher hielt nichts vom Krisengerede über den allgemeinen Niedergang der westlichen Welt. Und der Hochbetrieb auf jener Schattenbühne des weltweiten Drogengeschäfts interessierte ihn nicht mal am Rande. Das lag alles zu weitab von seiner eigenen Lebensweise, »einer«, wie Wolffson einmal augenzwinkernd anmerkte, »in jeder Beziehung zeitgemäßen Mixtur aus Wohlstandsbehagen, Karrierehunger und materieller Glückserwartung«. Aber seit dem Frühstück im Café Tomaselli war alles anders.

Während er mit halbem Ohr dem Konzert des »quasi-privaten« Istanbuler Orchesters folgte, tat sich ihm ein Abgrund aus Blindheit und Selbstzerstörungsdrang auf. Und mit den von ihm bisher unbesehen für bare Münze genommenen Lesarten einer letztlich doch heilen Welt war auch sein Vertrauen in die Glaubwürdigkeit der von Politik und Medien verkündeten Wahrheiten dahin.

Wenn man dem, was er gelesen hatte, glauben durfte, war die Drogenlawine fast unbemerkt nach Ende des Zweiten Weltkriegs in den Dschungeln Burmas losgetreten worden. Das Geschäft nahm seinen Anfang mit der Fluggesellschaft *Civil Air Transport CAT (die später als Air America firmierte),* die ein CIA-Mann namens Frank Sullivan installiert hatte, um, wie es hieß, *von Ende der vierziger bis weit in die fünfziger Jahre auf dem Luftweg die antikommunistischen Bewegungen in Indochina und die lokale Bevölkerung im Goldenen Dreieck mit Waffen und Lebensmitteln zu versorgen. Auf dem Rückweg brachten die Maschinen das Opium entweder nach Taiwan oder nach Bangkok mit dem Ergebnis eines damals schon spektakulären Wachstums des weltweiten Drogenmarkts.*

Jener Frank Sullivan, der im Dossier als *der eigentliche Pionier des CIA-Waffen-Drogen-Komplexes* beschrieben wurde, hatte die streng geheime paramilitärische Operation der *guns for drugs flights* organisiert, die, so der Bericht, *allen späteren verdeckten Operationen der CIA in Thailand, Kambodscha, Laos, Vietnam, dem Kongo, in Angola, Guatemala, Nicaragua und zuletzt in Afghanistan als Blaupause diente.* Mit Afghanistan kam indessen Bekir Terek ins Spiel.

Blocher merkte, das seine Hände feucht wurden, er drehte das Programmheft zu einer aalförmigen Rolle und stieß einen kurzen Laut aus. Es klang wie ein Stöhnen. Er achtete nicht auf die Zuhörer um ihn herum, die ihm missmutige Blicke zuwarfen, wohl in der Annahme, hier gebe jemand auf ungehörige Weise ein Urteil über die Aufführung ab. Es ist alles so erbärmlich, dachte er. Du sitzt vor dem Fernseher und es flimmern Ereignisse an dir vorbei, die so fern sind, dass sie dich nicht wirklich erreichen und man ihre Hintergründe auch nicht versteht, weil sie einem nicht erklärt werden, und du denkst dabei immer an die Opfer, aber nie an die Gewinner, die es ja auch gibt und die eine diabolische Maschinerie am Laufen halten.

Habe ich je von einem Bekir Terek aus Istanbul gehört? Dass seine Geschäfte nach dem Einmarsch der Sowjets in Afghanistan Ende 1979 einen steilen Höhenflug erlebten? Warum war das so? Weil die CIA laut Quelle aus Genf daranging, *mithilfe des pakistanischen Geheimdiensts ISI die Mujaheddin-Führer mit Waffen und logistischem Nachschub über die Grenze nach Afghanistan zu versorgen*. Und dann steht da schwarz auf weiß: *Auf dem »Rückweg« nach Pakistan schickten die Mujaheddin-Führer Drogen.* Es war der Stoff, aus dem Terek seine Profite zog. Blocher verzog die Mundwinkel zu einem unbehaglichen Lächeln. Der da unten vor mir in der ersten Reihe sitzt und sich den Mantel des allseits geschätzten Mäzens umhängt, ist nichts anderes als ein ordinärer Drogenboss und Kriegsgewinnler.

Und Isabels Vater Patrick William »Bill« Kelly, verdienter Colonel der CIA, der im Hintergrund die Fäden zog? Wurde je in einer Reportage über den Afghanistan-Krieg sein Name genannt? Er war nicht nur *mit 21 Prozent seit 1966 an Tereks Inter Seabridge Bank in Genf beteiligt*, auf der laut Bericht des Informanten angeblich fast vierhundert Millionen Dollar *aus dem Drogengeschäft* lagen.

Es war Kelly, der Terek mit einem Pakistani namens Habib Chanabi zusammengebracht hatte und ihm damit *Zugang zum Drogenmarkt Afghanistans* verschaffte, um *den illegalen Transfer der Drogen nach Europa und in die USA zu organisieren. Afghanistans Opiumproduktion*, hieß es weiter, *die 1971 bei etwa 100 Tonnen lag, schnellte nach dem Beginn des antisowjetischen Dschihad sprunghaft in die Höhe und wurde 1991 bereits auf 2000 Tonnen geschätzt. Die jährlichen Steigerungsraten im internationalen Drogenhandel übertrafen seither bei Weitem das Wirtschaftswachstum jedes Landes auf der Welt, wobei die weltweiten Umsätze und Gewinne inzwischen höher sind als die der gesamten Automobilindustrie.*

Dieser Ungeheuerlichkeit fehlte anscheinend das Alarmierende. Es ist wie bei einer Krankheit, dachte Blocher, die niemand wahrhaben will. Das weltweite Drogennetzwerk breitet sich wie ein Krebsgeschwür aus, es ruiniert Millionen Menschen, doch kaum jemand spricht darüber. Warum nicht? Liegt es am Hochmut eines

Zeitgeists, der sich mithilfe schneidiger Journalisten als öffentliche Meinung maskiert und den Menschen die Wahrheit nicht zumuten will? Während er darüber nachdachte, musste er sich eingestehen, dass sich seine eigene Empörung in Grenzen hielt. Ihn beschäftigte das viel dringendere Problem, was er mit dem Dossier anfangen sollte. War das Wissen um diese Dinge für ihn von Vorteil? Oder brachte es ihn nicht vielmehr in Gefahr? Ist das Dossier ein »Be weisstück«? Könnte es ihn möglicherweise schützen? Sollte er sich von ihm trennen, es vielleicht an die Presse geben oder doch lieber Gudoff wieder aushändigen? Wahrscheinlich sind die Fakten in dem Bericht ja gar nicht so weltbewegend, suchte er sich zu beruhigen, vielleicht sind sie auch gar nicht so neu, wer weiß das schon. Bedeutung gewann das Dossier für ihn nur durch die darin aufgeführten Namen: Terek und Kelly. Betrunken wie er war und angeekelt vom Gemurmel des Alten über *polnisches Gesindel und Judenpack*, hatte er versäumt, Artur Gudoff nach der jungen Frau neben Kelly zu fragen.

Wusste der Alte überhaupt von ihrer Ähnlichkeit mit Marie Thérèse Croning? Was verbarg sich hinter den Initialen »A. G.« auf der Schleife des kleinen Lorbeerkranzes, der in Kasimir Gudoffs erschlaffter rechter Armbeuge hing? Der Name seines Vaters, Artur Gudoff? Aber was hatte es damit auf sich? Welche Rolle spielte Kasimir Gudoff wirklich in der ganzen Geschichte? Hatte er einen Erpressungsversuch gestartet? Gegen diesen Kelly? Oder gegen Croning? Croning war sein eigentlicher Gegner, weil er ihn um fast zwanzig Millionen erleichtert hatte. Mit Informationen aus dem Dossier konnte er aber Croning nicht erpresst haben. Dessen Name wurde dort nirgends genannt.

Mit Terek verhielt es sich anders. Er und Isabel waren in Berlin, als Kasimir Gudoff ermordet wurde. Jetzt saßen sie seelenruhig in der Matinee und lauschten den Klängen seines Orchesters, als machten die Tröstungen der Kunst es ihnen leichter, den Blick von den eigenen Abgründen fernzuhalten. In dieser Groteske lag für Blocher der Reiz eines Treffens mit seiner Muse, die sich der Imagepflege des zwielichtigen Musikfreundes verschrieben hatte. Es wäre interessant zu erfahren, überlegte er, ob Terek, Isabel und der Chauffeur – der an erster Stelle – ein Alibi für die Tatzeit haben. Aber warum sollten sie Kasimir Gudoff früh morgens auf dem Invalidenfriedhof auflauern, wenn sie sich sowieso mittags mit ihm treffen wollten? Er hatte es mir ja am Telefon angekündigt: *Ein paar Stunden noch, dann wird Croning vom Sockel fallen.* Was meinte er damit? Die Übernahme des Mallorca-Projekts durch Terek? Aber Betriebsaufgaben, Übernahmen, Besitzerwechsel kommen alle Tage vor. Ein echtes Mordmotiv war das nicht. Weder für Terek noch für Croning. Vielleicht war es doch eine Geheimdienstsache. In diesem Fall würde der Mord nie aufgeklärt werden und der Verdacht bliebe an mir hängen. Das wäre das Worst-Case-Szenario.

Der Beifall der Zuhörer holte ihn zurück in die Wirklichkeit des Konzertsaals. Er eilte nach unten, wo sich im Foyer das Pausenpublikum drängte und er vor den Garderoben auf Kendlbacher stieß, der ihn zu einem Drink an der Bar überreden wollte.

Am gegenüberliegenden Ende des Foyers stand Isabel Kelly in einem leichten, knie- und schulterfreien Sommerkleid aus schwarzem Chiffon, das ihr bewundernde Blicke des umstehenden Publikums eintrug. Neben ihr Terek, der hocherfreut dem Dirigenten die Hand schüttelte. Isabel unterhielt sich angeregt mit dem Ehepaar, das sie vor dem Festspielhaus empfangen hatte. Die Frau, eine kleine Person mit auffallenden Mäusezähnen, die ihr hell blondiertes Haar zu einem kraftlosen Knoten gebunden hatte und viel lachte, zierte sich auf überspannte Weise und schien sich in Gegenwart der anderen nicht wohlzufühlen. Der Mann an ihrer Seite, groß und hager, mit graumeliertem Haar, das in Wellen leger nach hinten gekämmt war, konnte die Augen nicht von Isabel lassen. Er hatte ein eigenartig hyperaristokratisches Gesicht und war, gekleidet in einen perfekt geschnittenen dunkelblauen Zweireiher mit dazu passender rosafarbener Krawatte, die eleganteste Erscheinung im Raum. Blocher bildete sich ein, dass er ihn irgendwo schon einmal gesehen hatte.

»Kennst Du die beiden neben Terek?«

»No ja, natürlich. Des san die Corellis vom Schloss Mönchstein.«

»Was? *Wer?*«

»Die Corellis.«

»*Riccardo* Corelli?«

»Schon möglich. Corelli halt. Sind immer dabei, gehör'n aber net dazu. Weil, die Salzburger Sippschaft lasst sie net rein in ihren erlauchten Kreis. Da hilft auch des Schloss nix.« Kendlbacher schüttelte den Kopf. »Komisch, dass der Terek mit denen … Des wird ihm hier net weiterhelfen.« Er zog Blocher am Ärmel. »Geh ma rüber! So fad war der Hindemith ja net, dass ma ihnen aus'm Weg gehen müssen.«

»Blocher Effendi!«, rief Terek, als hätte er ihn seit Jahren nicht gesehen, aber er meinte offenbar gar nicht Blocher, sondern tippte mit dem Finger auf Kendlbachers Brust und bedankte sich mit einem Augenzwinkern für das Interview.

»Gut gemacht! Gratuliere!«

»Noch so eine Visite beim Sporer«, gab Kendlbacher im Ton einer Beschwerde zur Antwort, »und ich lass mich pensionieren.«

Es folgte reihum Händeschütteln, man plauderte über die Aufführung, die Corellis Frau »gelungen« fand. Isabel rief überrascht: »Sie kennen sich?« Aber Kendlbacher war bereits im Gespräch mit dem Dirigenten und Terek, was Blocher Gelegenheit bot, sich Isabel zuzuwenden.

Sie sah ihm vergnügt in die Augen und fragte: »Was machen Sie nach dem Konzert?«

Bevor er antworten konnte, ging Corellis Frau dazwischen und wiederholte, während sie prüfende Blicke zwischen Blocher und Isabel hin und her warf, etwas einfallslos die eben von Isabel gestellte Frage: »Sie kennen sich?« Das war das Stichwort für ihren Mann, der von Isabel abließ und sein Augenmerk auf Blocher richtete, den er nach dem Austausch der Visitenkarten auf sein Schloss einlud.

»Ja, unbedingt, am besten heute noch!«, rief Frau Corelli und tat, als übersehe sie Isabels missbilligenden Blick.

»Mein lieber Corelli«, schnaubte Terek über die Schulter und gab damit zu verstehen, dass er mit einem Ohr mithörte: »Morgen Nachmittag! Wir nehmen uns Zeit füreinander, nicht wahr? Ja doch, natürlich! Was frage ich?«

»Aber mit Vergnügen!«, tat Corelli, als würde ihn nichts Schöneres erwarten. »Bin den ganzen Tag für Sie da!«

Terek war wieder bei den beiden anderen. Aus dem Augenwinkel sah Blocher, wie sich seine Miene aufhellte. »Atatürk hat ihn nach Türkei geholt!«, dröhnte er begeistert und hob den Zeigefinger. »Ohne Hindemith kein Musikleben bei uns. Aber steht nicht gutt um die Liebe meiner Landsleute zur Wiener Klassik, leider …«

Isabel zog Blocher an ihre Seite.

»Ich muss Sie sehen!«, sagte sie leise.

Nach anhaltendem Durcheinandergerede, in denen Corelli, lebhaft unterstützt von seiner Frau, Blocher beharrlich zu einem Schlossbesuch überreden wollte, wurde es Blocher zu bunt und er schlug Isabel mit lauter Stimme vor: »Dann morgen Abend nach dem Don Giovanni!«

»Ich weiß nicht«, antwortete sie mit einem Seitenblick auf Terek. Ihrem Gesicht war anzusehen, dass sie sich angespannt fühlte, als stünde etwas Wichtiges bevor. »Ja, vielleicht … Wie lange bleiben Sie noch?«, wollte sie wissen. Es klang ratlos. Die Klingel läutete.

»Also, ich lasse alles für das Dinner vorbereiten. Wir haben einen ausgezeichneten Koch!«, mischte sich Corelli erneut ein und ließ einen gnädigen Blick über das Publikum wandern, das der Treppe zustrebte.

»Wir erwarten Sie!«, sagte er mit Nachdruck zu Blocher.

Wieder ertönte die Klingel. Isabel schloss sich, ohne Blochers Antwort abzuwarten, Terek an, der die Gruppe zur Treppe drängte.

»Zu Mozart!«, rief er theatralisch.

Blocher hielt Kendlbacher zurück.

»Ich muss gehen.«

»Wo willst denn hin?«

»Nach Berchtesgaden.«

»Zu die Steinesel da drüben? Aber warum denn? Zu wem denn?«

»Zu einem Verrückten, der vielleicht gar nicht so verrückt ist. Tut mir leid. Vor vier Tagen, als Terek in Berlin war, ist einer unserer Geschäftsführer ermordet worden. Er hat die Firma um fast zwanzig Millionen betrogen. Sein Vater ist der Irre aus Berchtesgaden. Der meint, ein gewisser Kelly vom amerikanischen Geheimdienst hat seinen Sohn auf dem Gewissen.«

»Kelly? Wie das Zuckerl da aus'm Serail?«

»Ja. Dieser Kelly war mit einem Corelli hinter Nazis und ihrem Gold her. Hier in Salzburg! Wenn es denn der Corelli vom Mönchstein war. Aber das war nach dem Krieg, vor über einem halben

Jahrhundert! Der Terek, der Kelly, die sollen alle in üble Geschäfte verwickelt sein. Geldwäsche, Drogen und solche Dinge. In der Firma ist die Hölle los. Croning steckt in der Klemme. Er will mich loswerden, wenn ich nicht den Mord aufkläre. Und jetzt sieht seine Frau, die Marie Thérèse, auf einem Foto, das mir der Verrückte auf dem Obersalzberg gab, der Frau dieses Kelly wie aus dem Gesicht geschnitten ähnlich. Ich muss unbedingt zu ihm, der weiß das doch gar nicht! Und dass der Corelli, der angeblich mit seinem Nazischatz verschwunden ist, hier in Salzburg residiert, weiß er anscheinend auch nicht. Verstehst du?«

»Ich? Aber woher denn! Na Servus, da bist aber schön reinplumpst. Pass bloß auf dich auf!«

Blocher lief durch den Tunnel zum Parkhaus und fuhr mit dem Aufzug nach oben in die zweite Parkebene, wo sein Wagen stand. Als sich die Fahrstuhltür öffnete, starrte ihn eine pechschwarze Sonnenbrille an. Tereks Fahrer rührte sich nicht von der Stelle. Blochers rechte Faust umklammerte den Wagenschlüssel, als hielte er eine Waffe in der Hand. Er stürzte an dem Mann vorbei und lief zu seinem Wagen. Die Tür war nicht verschlossen. Er war sich sicher, dass er den Wagen abgeschlossen hatte. Hektisch hob er die Fußmatte auf der Fahrerseite hoch. Aktenhefter und Dossier lagen so da, wie er sie zurückgelassen hatte. Auch im Handschuhfach schien nichts zu fehlen. Als er das Kuvert mit der Aufschrift »La Estafa en Mallorca« herausnahm, merkte er, dass es leer war. Die Plastikhülle mit der CD-ROM war verschwunden.

4. September 1964, Zürich

Nachdem er ausgiebig gefrühstückt hatte, verließ der Mann im hellen Trenchcoat das Hotel Baur au Lac und machte sich auf den Weg in die Bahnhofstraße. Er hieß Frank Sullivan, trug eine schwarze Hornbrille mit dicken Augengläsern und war Colonel der Central Intelligence Agency. Wenige Schritte hinter dem Paradeplatz blieb er vor einem Gebäude mit schlichter klassischer Fassade stehen und studierte die Büroschilder im Eingang. Ein zufriedenes Lächeln spielte um seine Lippen. Die Diskretion der breiten Messingtafel war mus-

tergültig. Kein Hinweis auf die Profession, nur Stockwerk und Name, eingraviert in schwarzen Lettern: P. W. KELLY.

»Nett hast du's hier.«

Sullivan grinste, wobei er auf eine angriffslustige Art die Zähne zeigte. Er langte in der leeren grauen Regalwand nach dem einzigen Buch, das dort zwischen ein paar achtlos verstreuten Prospekten lag.

»›Der Spion, der aus der Kälte kam‹ … Du liest John le Carré?«

»Ich lese ihn nicht. Ich verabscheue ihn.«

»Ein Bestseller.«

»Ein zynisches Buch. Überall Verrat und mentale Erschöpfung. Und ein Dienst, der seine eigenen Agenten täuscht und verrät.«

»Dieser le Carré war sich zu fein für den Dschungel draußen.« Sullivan legte das Buch zurück. »Loyalität ist für den ein Fremdwort.«

»Wir spielen nicht Murmeln mit den Russen, Frank. Wie soll das funktionieren ohne Vertrauen? Wenn sich keiner mehr auf den anderen verlassen kann, haben wir schon verloren.«

»Come on, Bill! Wir haben die Nazis und die Japsen geschafft. Mit den Commies werden wir auch noch fertig.«

»Die mit ihrer Ideologie des Stacheldrahts! Du glaubst an das Ende des Kommunismus?«

»Natürlich. Du etwa nicht?«

»Na ja, ich denke schon.«

»Wer solchen Miesmachern auf den Leim geht, wird uns nie verstehen.« Sullivan wies mit dem Daumen hinter sich auf das Buch in dem leeren grauen Regal.

»Ich erwarte nicht, von Leuten verstanden zu werden, die so etwas lesen. Lassen wir das! Komm, setz dich!«

Sullivan nahm auf dem Ledersessel vor dem Couchtisch Platz. Sein Atem ging schwer, er gab ein rasselndes Geräusch von sich.

»Wie wär's mit einem Drink?« Kelly klopfte ihm auf die Schulter. »Immer noch Asthma?«

Sullivan machte eine wegwerfende Handbewegung und steckte sich eine Zigarette an. Kelly rief die Sekretärin und bat um zwei Whiskey mit Eis.

»Winter dreiundvierzig in Teheran. Ich denke oft daran, Frank. Kein schlechter Start für uns beide. Gut zwanzig Jahre ist das her. Wo hast du dich rumgetrieben?«

»Erst zurück nach China, danach Vietnam und Burma, am Ende Bangkok. Seit Castro am Ruder ist, sitze ich in Miami fest. Und du?«

»Bin okay. Ich kam nach Italien. Mit einem Intermezzo in Jalta. Der Präsident wollte mich wieder dabeihaben. Dann Salzburg, Wien, Washington, Istanbul und jetzt Zürich. Ich mag den Job, kann mir gar nichts anderes vorstellen. Dann noch meine kleine Familie. Sie ist hier bei mir in der Schweiz. Ich hab viel Glück gehabt.«

Sullivan nickte beifällig, als wollte er sagen: Du bist immer noch derselbe und du siehst verdammt gut aus, genauso cool und jung wie damals in Teheran.

Die Sekretärin brachte den Whiskey und sie stießen an. Das Eis klirrte in den Gläsern. Kelly beugte sich vor, sah von seinem Glas auf und blickte Sullivan freundlich in die Augen.

»Sag mal, diese Operation DEER MISSION. War das dein Job?«

»Der gute Onkel Ho!« Sullivan feixte. Er entnahm seiner Brieftasche ein Foto und reichte es Kelly.

»Vietnam 1944. Der im weißen Sommeranzug ist General Giap. Dahinter ich. Der Dürre in kurzen Hosen mit dem schütteren Bart: Ho Chi Minh. Wir haben ihm das Leben gerettet. Er war todkrank. Hätte ohne das Penizillin, das wir ihm brachten, nicht überlebt. Wir haben damals ein paar seiner Leute von den Viet-Minh trainiert. Du hättest ihn hören sollen, wie er von Amerika und Roosevelt schwärmte. Jedenfalls tat er so. Wenn du mich fragst: Man konnte ihm nicht wirklich trauen. Aber man hätte es wenigstens versuchen sollen. Bill, Südostasien ist ein einziger Sumpf. Und seit Kennedy uns da reingezogen hat, sitzen wir in der Falle. Erst die Pleite mit der Schweinebucht in Kuba, jetzt Vietnam. Im August ging im Kongress die Tonkin-Resolution durch. Ich fürchte, es wird einen ausgewachsenen Krieg geben.«

»Hast du die Nachrichten gehört?« Kelly reichte ihm das Foto zurück. »Gestern ist Bob Kennedy vom Amt des Attorney General zurückgetreten. Strebt wohl nach Höherem.«

»Ein Besessener. Davon gibt's bei uns in der Company schon genug. Im Weißen Haus wäre so einer brandgefährlich. Ein Typ wie Bob lernt nichts dazu. Nicht mal aus Dallas.«

»Wer war es?«

»Lee Harvey Oswald, wer sonst? Ausgezeichneter Schütze, für einen Präsidentenmord genau der Richtige. Die Geschichte ist so simpel, dass

einem schlecht davon werden kann. Kennedy hat versucht, Castro zu erledigen, aber Castro ist ihm zuvorgekommen. Oswald bot sich an und der kubanische Geheimdienst hat zugegriffen. Es gab mehrere Treffen in Mexico City. Wir wissen es. Der Präsident weiß es. Er sitzt auf einer politischen Wasserstoffbombe. Wenn das rauskommt, geht sie hoch und die ganze Kuba-Scheiße fängt von vorne an.«

Kelly nippte an seinem Whiskey.

»Worum geht es, Frank?«

»Dein Bericht über diese Bank in Genf hat ziemlichen Staub aufgewirbelt. Niemand in der CIA wusste, dass die Russen auf solche Weise ihre verdeckten Operationen finanzieren. Sie tun es und deshalb müssen wir es auch tun, Bill. Du und ich. Die Dinge in Lateinamerika laufen aus dem Ruder. Ich meine nicht irgendwelche Guerilla-Einsätze und solchen Kram. Unsere offene Flanke ist die Finanzierung. Darum bin ich hier. Was wir brauchen, ist ein System, mit dem sichergestellt ist, dass nicht irgendein Behördenschnösel seine Nase in unsere Angelegenheiten steckt. Das muss vernünftig, in aller Stille und korrekt getan werden. So, wie ich das in Asien gemanagt habe.«

»Konkret?«

»Wir gründen eine Reihe von Banken.«

»Wo?«

»Zunächst auf den Bahamas.«

»Wieso auf den Bahamas?«

»Es gibt dort keine Einkommen- oder Grundsteuer. Das Geld wird in einem Trust angelegt, quasi eine eigene Rechtseinheit. Die wiederum ist auf den Bahamas eine gebietsfremde Körperschaft. Das bedeutet, man kann den Gewinn steuerfrei in die USA abführen. Ein perfekter Kreislauf. Erfunden von Dexter Stanley Kutner, dem besten Steueranwalt der USA. Er ist mit von der Partie. Gerissen wie eine Schlange, gehört aber nicht zur Company.«

»Ach, ein Legaler?«

»Ja, ist auch besser so. Er würde nicht zu uns passen. Aber er wird uns mit seinem ausgebufften Steuermodell Kunden bringen, davon kann eine Bank nur träumen. Hollywood, Las Vegas, Chicago.«

»Klingt nach Mob.«

»Was heißt Mob? An der Hälfte der Scheine, die durch Miami flattern, kleben Spuren von Koks. Für alles, was man tut, gibt es einen

guten Grund, Bill. Und es gibt den wirklichen Grund. Wir müssen Einblick in den illegalen Fluss der Mafiagelder gewinnen. Es geht um gewaltige Summen. Wenn das in den regulären Kreislauf abfließt und die Company nicht bald die Zügel in die Hand nimmt, gerät der ganze Drogenhandel außer Kontrolle. Das ist das eine. Das andere ist das sowjetische Modell. Wir werden wie die Russen die Banken nutzen. Für unsere Operationen in Lateinamerika. Die CIA bleibt formell außen vor. Wenn's aussieht wie 'ne Ente und watschelt wie 'ne Ente und quakt wie 'ne Ente, dann ist's irgendwann mal auch 'ne Ente. Langley wird nur aktiv werden, wenn es Ärger mit der Steuerfahndung oder irgendwelchen Untersuchungsrichtern gibt.«

»Wann soll es losgehen?«

»Sofort. Wir brauchen privates Kapital. Von der Company kommt nichts, darf auch nichts kommen. Ich hab genug in Asien liegen. Man hat mir gesagt, du wärst gut gepolstert?«

»Meine Nazi-Kollekte? Kein Problem.«

»Da ist noch etwas. Wir brauchen noch ein, zwei zuverlässige Shareholder. Verdiente Gentlemen, die kein Problem damit haben, dass alles rechtens ist, solange es geheim bleibt.«

»Frank, du gefällst mir. Du bist ein Champion der alten Schule. Weißt du noch: Wenn ein Baum im Wald umstürzt, ohne dass es einen Zeugen gibt, verursacht er dabei ein Geräusch?«

»Nein! Natürlich nicht!«, lachte Sullivan. »Wenn niemand weiß, dass wir versucht haben, Castro umzubringen, dann haben wir es auch nicht getan.«

»Und wenn niemand weiß, dass die Post durchforstet wird, bleibt das Postgeheimnis gewahrt.«

Sie stießen wieder an und tranken ihre Gläser leer.

»Hast Du eine Idee?«, fragte Sullivan.

»Hm. Ich wüsste da jemand. Verlässlich, keine Moralapostel. Sind aber keine Amerikaner.«

»Umso besser!«

»Der eine, Corelli, war mit mir in Italien. Er hat Leute aus Mussolinis Geheimdienst umgedreht. Guter Mann. Der andere arbeitet für uns undercover in der Drogenszene Istanbuls. Er würde gerne eine Bank gründen, aber das ist wegen der politischen Verhältnisse in der Türkei derzeit nicht möglich. Die Bahamas wären da eine gute Alternative.«

»Könntest du ein Treffen nächsten Monat bei mir in Miami arrangieren?«

»Ich denke schon.«

Blocher eilte an dem ausgebleichten Stamm mit der Faust und dem erhobenen Zeigefinger vorbei zu Gudoffs Anwesen. Er zog an der Klingel. Dann ging er ins Haus und sah sich um. Die Tür zu Gudoffs Zimmer stand offen. Er stand zögernd auf der Schwelle. Die Gluthitze, die ihm gestern so zugesetzt hatte, war wie weggefegt, aber trotz der geöffneten Fenster hielt sich ein eigenartiger Geruch im Raum. Für eine Sekunde hatte er das Gefühl, als taste er sich durch einen Traum. Gudoff war verschwunden.

»Sieh mal an. Sie schon wieder!«

Blocher fuhr herum und hatte eine von tausend Falten gegerbte Ledervisage vor sich.

»Sie kommen mir grade recht!«, lästerte die Alte. »Jaja. Gehn's nur rein, werden schon sehen.«

Hinter dem schweren Eichentisch, auf dem niedrigen, braungelb bezogenen Sofa lag Gudoff mit wächsernem Antlitz, in dem die Haut sich über Schläfen und Backenknochen spannte. Sein Mund stand offen, aber Blocher konnte nicht erkennen, ob er atmete. Es war totenstill im Raum. Gudoff blickte starr an die Decke. Von Narben und Schmissen war kaum noch etwas zu sehen. Da und dort zeigten sich winzige rote Punkte auf der Haut und an die Stelle einschüchternder Brutalität war ein Ausdruck verzweifelten Erstaunens getreten. Blocher trat näher und legte die Hand des Alten in die seine. Jetzt erst begriff er. Er hielt die kalte Hand eines Toten. Niemand hatte Gudoff die Augen geschlossen.

Blocher wandte sich um.

»Was ist da passiert?«

»Was soll schon passiert sein. Ist halt gestorben.«

»Haben Sie die Polizei verständigt?«

Sie stieß ein kurzes, meckerndes Lachen aus.

»Die Polizei? Wie kommen's denn da drauf? Der Hansdampf war sechsundachtzig Jahre alt. Das reicht für ein verpfuschtes Leben. Jetzt hat's ihn halt erwischt. Vielleicht hat ihn auch der Teufel g'holt, was weiß ich? Und Ihnen geht das sowieso rein gar nichts an. Was wollen's überhaupt hier? Gehn's nach Haus und schlafen's Ihren Rausch aus! Sie schau'n ja ganz elend drein.«

Wieder meckerte sie ihr verschlagenes Lachen. Die Luft im Raum stand, erfüllt vom Geruch der Leiche. Das Foto mit dem Trinkergesicht war vom Tabernakel verschwunden. An Kasimir Gudoffs Stelle war nun im selben Silberrahmen ein gebieterisch dreinblickender Holger Altenhöhner hinter seinem Schreibtisch mit der grünen Schreibtischlampe und den Schlangenleuchtern zu sehen.

Von Trauerfall konnte keine Rede sein. Der Spiegel an der Wand neben dem Tabernakel war zwar verhängt. Aber die Alte schien obenauf. Blocher ging aus dem Sterbezimmer und bat sie nach draußen. Sie holte eine Flasche Mineralwasser und zwei Gläser und setzte sich mit einem erleichterten Schnaufen, als wäre ihr eine schwere Last genommen, zu Blocher auf die Bank vor dem Haus.

»Wer hat das Foto auf dem Tabernakel ausgetauscht?«

»Ich«, gab die Alte neben ihm ungerührt zur Antwort, während sie die Gläser füllte.

»Warum?«

»Was geht Sie das an?«

Was verbindet dieses zwielichtige Weibsstück mit Altenhöhner? fragte sich Blocher. *Ich kenne – ich kannte – Kasimir Gudoff schon lange:* Er hatte ihn jedenfalls nicht angelogen. Blocher nahm sein Wasserglas und trank es in einem Zug aus. Warum hatte ihm Gudoff das Dossier überlassen? Wollte er es loswerden? Hatte er Angst?

»Erzählen Sie mir von ihm!«, forderte er sie in bemüht gleichmütigem Ton auf.

»Da gibt's nichts zu erzählen«, antwortete die Haushälterin mürrisch. »Tot ist er, der Hundsfott. Endlich.«

»Endlich?«

»Ach lassen's mich in Ruh'! Was bringt das jetzt noch?«

»Sein Sohn ist nicht gestorben. Er wurde ermordet.«

»Ich weiß.«

Blocher holte das Foto mit Kelly und der jungen Frau aus seiner Brieftasche.

»Kennen Sie den?«

»Nein. Nie gesehen.«

»Und wer ist das?« Er tippte auf die junge Frau.

»Milena.«

»Wer ist Milena?«

»Die Schwester seiner Frau.«

»Artur Gudoffs Frau?«

»Ja von wem denn sonst!«

»Wo lebt sie jetzt?«

»Keine Ahnung. Eine unmögliche Person. Wusste alles besser. Wie man Topfenknödel macht und welches Pfandl man für ein Schnitzel nimmt und was für ein Dirndl man wann anzieht …«

»Und Gudoffs Frau?«

»Die zwei waren wie Feuer und Wasser. Es war ihr nicht gegeben, das Feuer ihrer Schwester zu löschen«, antwortete sie in einem betont hochdeutsch artikulierten Bayrisch und fuhr fort: »Ein armes Hascherl. Mir tat sie leid. Gudoff war abscheulich zu ihr. Wie zu allen Frauen. Sie konnte ihm nichts recht machen.«

»Haben Sie ein Foto von ihr?«

»Nein. Sie ist schon lange tot. Sie war sehr einsam. Einmal war Milena da, es gab nur Streit. Und Kasimir war so unter der Fuchtel seines Vaters, dass er die ganzen Demütigungen seiner Mutter hingenommen hat. Stand immer auf der Seite des Vaters.«

»Was für Demütigungen?«

Plötzlich wurde die Alte gesprächig.

»Der war doch ein Ekel sondergleichen. Trieb sich unten in den Wirtshäusern rum. Soff wie ein Loch. Milena fand ihren Schwager von Anfang an ekelhaft. Hat ihrer Schwester diesen Missgriff nie verziehen. So war das mit dem Trio. Milena hasste Gudoff, seine Frau litt unter Milena und Gudoff hätte beiden am liebsten den Hals umgedreht.«

»Gab es noch Geschwister außer dieser Milena?«

»Hier habe ich nie jemanden gesehen.«

Sie sagte eine Weile nichts, sann vor sich hin und schüttelte dann den Kopf.

»Nach dem Tod seiner Frau hatte er ein Verhältnis unten in der Schönau. Sie war nicht verheiratet, hatte aber ein Kind. So eine hat's bei uns nicht leicht. Sie glauben gar nicht, wie bös' die Leute reden. Ihm war das wurscht, aber viel besser als seine Frau hat er sie auch nicht behandelt. Sie wollte ihn heiraten. Aber da war nichts zu machen. Bis sie krank wurde und an Kummer starb.

An Krebs, aber das ist dasselbe. Holger hat sie bis zu ihrem Tod gepflegt. Monatelang. So einen Sohn gibt's nicht noch mal.« Sie schüttelte wieder den Kopf. »Ein so guter Junge!«

»Holger? Etwa Holger Altenhöhner?«

»Natürlich Holger Altenhöhner. Nach dem Tod seiner Mutter hat ihn Gudoff aufgenommen. Er wohnte im Haus und ging mit Kasimir oben auf das Christophorus-Gymnasium.«

»Also Freunde?« tat Blocher interessiert und gab es auf. Er wusste, dass mehr aus der Alten nicht herauszuholen war.

»Was heißt Freunde. Wie Buben halt so sind. Kasimir war immer schon ein Angeber, führte das große Wort. Aber Holger machte das bessere Abitur. Auf den lass ich nichts kommen.«

Die Hitze flimmerte über der Wiese vor dem Haus. Das Gras stand hoch und das Hridlicka-Monument wies mit dem Finger in den Himmel. Der Blick reichte vom Untersberg bis hinüber zum Watzmann. Es kann doch nicht sein, sagte sich Blocher, dass Gudoff in der Nacht verstorben ist, einfach so, an Altersschwäche! Kann eine Flasche Marillenbrand eine Bärennatur wie ihn ins Jenseits befördern? Ich habe keine Spuren von Gewalt gesehen, überlegte er. Man müsste eine Obduktion veranlassen.

Der Leichenwagen kam die Straße herauf. Sie standen auf. Blocher wollte sich verabschieden. Sie ließ seine ausgestreckte Hand unbeachtet.

»Haben Sie das Dokument dabei?«

»Was für ein Dokument?«

»Das Sie gestern mitgenommen haben.«

»Ich weiß nicht, wovon Sie reden.«

Er hielt dem Blick ihrer misstrauisch forschenden Augen stand. Es war sinnlos, aber seine wichtigste Frage hatte sie nicht beantwortet.

»Wie ist er gestorben?«

Sie ließ ihn stehen und gesellte sich zu den Männern vom Bestattungsinstitut. Blocher lief hinunter zum Parkplatz neben Speers Atelier, vorbei an der Skulptur des von Sonne, Wind und Regen ausgebleichten Baumstamms, die ihm wie zum Hohn mit Faust und Zeigefinger nachwinkte.

* * *

Inzwischen war es später Nachmittag. Der Himmel hatte sich bezogen und kündigte Regen an. Einige Gäste riefen den Ober, um zu zahlen. Die Terrasse des Cafés Bazar begann sich zu leeren. Blocher blieb auf der grün lackierten Holzbank sitzen, vor sich einen großen Braunen und ein Glas Cognac. Der Platz war nicht unbedingt bequem, aber man hatte die gegenüberliegende Altstadt im Blick, die hinter den Kastanien wie eine ausladend dekorierte Bühnenwand die Szene schmückte. Ihn verfolgte der Ausdruck in Artur Gudoffs Augen, die starr an die Decke blickten, als er die kalte Hand des Toten hielt. Spiegelte sich darin das Erstaunen über den Mörder wider, wo sich der Alte doch sicher wähnte, *ihn würden sie am Leben lassen*? Oder war in seinem Blick die Verzweiflung über das Fiasko eines Lebens zu lesen, das ihm vollends erst in der Krise seiner Todesstunde aufging, nachdem sein Irrweg bis zum Ende ausgeschritten war?

Woher kommt diese Todesangst, fragte sich Blocher, wo man doch mit dem Leben auch das Bewusstsein verliert, ganz so als würde man in den Schlaf oder in eine Ohnmacht fallen? Der Anblick der Grimasse des zum Blödsinnigen entstellten Toten auf dem Invalidenfriedhof und der ekelhaften blauschwarzen Fliege auf seiner Zungenspitze war gewiss schrecklich. Aber doch nur für mich. Wenn Kasimir Gudoff mit dem Leben auch das Bewusstsein verlor und der Tod wie das Leben eine Sache des Bewusstseins ist: Was wäre daran so schrecklich, etwas verloren zu haben, das man nicht mehr vermissen kann? Für Kasimir Gudoff wie für seinen Vater hatte doch jede Realität ein Ende. All ihre Schlauheiten und Irrtümer hat der Tod zunichte gemacht. Und die Welt dreht sich weiter, als wäre nichts gewesen. Ohne den Alten mit seinem Hass und ohne den Sohn mit seinen Gaunereien. Übrig bin ich, sind die Cronings, die Tereks und Isabels, die Altenhöhners und die Muchitsch' und wie sie alle heißen. Und wie die beiden Gudoffs glauben auch wir, die wir noch am Leben sind, dass sich alles nur um uns dreht, und beziehen, was um uns herum geschieht, immer nur auf uns. Vielleicht, dachte Blocher, ist dieser Egoismus dumm und ein Irrtum, vielleicht der Grundirrtum auch meines Lebens.

Er wurde von dem Habichtgesicht abgelenkt, das am Morgen im Café Tomaselli am Nebentisch das Nachrichtenmagazin mit dem

Jahrhundertschatten-Titel studiert hatte. Ohne auf ihn zu achten, querte der Mann direkt vor seinem Tisch, leicht vornübergebeugt, eine Schlägermütze mit dunkelbraunem Fischgrätmuster in die Stirn gezogen, die Terrasse und verschwand wie auf Katzenpfoten im Kaffeehaus.

Blocher gegenüber saß ein altes Ehepaar, das eine tiefe Vertrautheit ausstrahlte. In einer schlichten Geste unerschütterlicher Zweisamkeit neigte sich der Mann zu seiner Frau und las ihr aus der »New York Times« geduldig einen Artikel nach dem andern vor.

Bevor er sich weiter in dieses, ihn leicht irritierende Bild eines Gegenentwurfs zu seinem ehelosen Dasein vertiefen konnte, wurde Blocher auf den Blick einer Frau in einem dunkelbraunen Hosenanzug aufmerksam, die allein am Ende der Tischreihe unter den Kastanien saß. Sie studierte mit konzentrierter Miene ein Modemagazin, von dem sie hin und wieder aufsah und Blocher aus weit geöffneten Augen fixierte, wobei sie sich keinerlei Mühe gab, ihr Interesse an ihm mit einem Lächeln oder einem anderen Signal der Wertschätzung zu befeuern. Das dunkelbraune gelockte Haar fiel ihr bis auf die Schultern, über der kräftigen, leicht gebogenen Nase zeichnete sich eine kleine Furche ab.

Es war dieser zwar winzige, aber doch deutliche Spalt zwischen den zusammengezogenen Brauen, der einen gewissen Reiz auf Blocher ausübte und ihn dazu anhielt, sich auf ihr Augenspiel einzulassen und ihrem Blick mit gleichmütiger Miene standzuhalten.

Blocher entsprach nicht unbedingt dem Typ des Dandys, dem ein anstrengungsloser Auftritt, geadelt durch blendendes Aussehen, genügt, damit ihm die Frauen wie auf einen geheimen Zuruf hin zu Füßen liegen. Seine Gestalt wirkte stämmig, er hatte etwas störrisch aufgerichtetes, nach hinten gekämmtes volles, schwarzes Haar, hielt sich immer aufrecht, wodurch er größer erschien als er in Wirklichkeit war. Abgesehen von seinen kantigen Gesichtszügen und den Grübchen, die sich von beiden Wangen bis zum Kinn hinunterzogen und männlich, energisch, manchmal auch schalkhaft, fast kindlich wirkten, waren das keine nennenswerten Attribute, die ihm gesicherte Aussichten auf erotische Abenteuer eröffnet hätten.

In dieser Disziplin verließ er sich bewusst oder unbewusst auf seine unter dichten schwarzen Brauen und der leicht vorgewölbten

Stirn liegenden blauen Augen, um die meist etwas leicht Lächelndes spielte. Sie suchten unverfroren die Blicke der Frauen auf der Straße, in Restaurants, bei Gesellschaften oder Opernbesuchen, hier bevorzugt in Pausen von Puccini-Aufführungen, wenn die ungestillten Sehnsüchte mancher noch von der Musik erregten Gattin, oft an ihrer Begleitung vorbei, sich mit seinem heiter gestimmten Forscherauge trafen.

Letztlich ging die Initiative zu den gelegentlichen delikaten Kollisionen mit dem anderen Geschlecht, die er als den eigentlichen Vorzug seines Junggesellenlebens ansah und als etwas nahm, das ihm zustehe wie die teuren Hemden und die noch teureren Schuhe, mit erprobter Regelmäßigkeit von den Frauen aus. Genauer gesagt von einem bestimmten Frauentyp, der sich mit einem scharfen Gespür für Blochers Bereitschaft zu schamlosen Exzessen, die hinter seinem eher gewöhnlichen Äußeren schlummerte, die gebührende Antwort auf eigene verborgene Abgründe versprach.

Jene Einsame am Tisch dort drüben könnte so ein Fall sein, taxierte Blocher und überlegte, ob es sich bei dem distanzierten, stechenden Blick ihrer dunkel hervortretenden Pupillen nur um eine gut einstudierte Pose handele, um in ihm Erwartungen auf Abenteuer zu wecken, die sich vielleicht gar nicht erfüllten. Oder vielleicht doch?

Seine Spekulationen wurden durch Traudl Muchitsch unterbrochen, die sich der Terrasse mit einem eigentümlich schlingernden Gang näherte, als ob sie durchs Wasser eines Schwimmbeckens trete. Blocher sprang auf, begrüßte sie hastig und bot ihr unter tausend Entschuldigungen seinen Platz an. Er müsse leider sofort weg. Sein Verhalten war an der Grenze zur Unhöflichkeit. Traudl Muchitsch überspielte ihre Enttäuschung mit einem Lächeln, betastete mit der Linken den schweren Knoten ihres schwarzen Haars und hielt ihre auf Blocher gerichteten dunklen Augen fest, so gut es eben ging.

»Geh, bleiben's doch noch, Herr Doktor Blocher!«

Unglücklicherweise wich sie keinen Schritt zurück, sodass Blocher, eingeklemmt zwischen grün lackierter Holzbank, Wand und Tisch, in schiefer Haltung dastand und nicht recht wusste, wie er sich aus seinem eben noch so vortrefflichen Logenplatz befreien sollte. Er sah an Traudl Muchitsch vorbei und bemerkte, wie ihn die

Frau in dem dunkelbraunen Hosenanzug beobachtete, ihm jetzt sogar ein Lächeln schenkte, das freilich angesichts seiner ans Lächerliche grenzenden, unbequemen Lage von Ironie nicht ganz frei war.

Blocher versicherte ihr sogleich seine Sympathie, indem er ihr, unmerklich wie er meinte, den Kopf zuneigte. Er hätte wissen müssen, dass derlei Spielchen einer erfahrenen Hotel-Directrice wie der Muchitsch nicht entgehen konnten. Sie wandte sich um, die Blicke der beiden Frauen trafen sich, wobei das Lächeln der Frau mit der Furche zwischen den Brauen, von der jetzt übrigens nichts mehr zu sehen war, vom leicht Ironischen ins geradezu boshaft Amüsierte überging.

Der Ober trat hinzu und mit seiner Hilfe gelang es Blocher, sich durch Wegrücken des Tisches aus seiner eingekeilten Lage zu befreien.

Der Glanz aus Traudl Muchitsch' Augen war verschwunden. »Dann bis später, Herr Doktor Blocher!« sagte sie kurz angebunden, hob den Kopf und verschwand im Inneren des Kaffeehauses, während Blocher, ohne sich weiter mit boshaft amüsierten oder stechenden Blicken zu befassen, zahlte und die Bazar-Terrasse auf dem Uferweg verließ.

Es war Dienstag und er hatte bislang vermieden, sich in Berlin zu melden, aber dort hatte seit seiner Abreise auch niemand versucht, ihn zu erreichen. Hinter Karajans Geburtshaus warf er einen kurzen Blick zu der Stelle unten am Fluss, wo er zwei Tage zuvor mit Kendlbacher den Champagner aus Kasimir Gudoffs Beständen genossen hatte. Es kam ihm vor, als sei eine Ewigkeit seither vergangen. An der evangelischen Kirche bog er vom Uferweg ab, überquerte die Schwarzstraße und ging in den Mirabellgarten. Im Heckentheater setzte er sich auf eine Bank, nahm sein Mobiltelefon und wählte Wolffsons Nummer.

»Hallo?«

»Ich bin's.«

»Phil, wo steckst du?«

»In Salzburg.«

»Was in aller Welt treibst du in Salzburg?«

»Ich war gestern bei Gudoffs Vater auf dem Obersalzberg. Die Adresse hatte ich von Altenhöhner. Er hat mich vor ihm gewarnt.

Ich will nicht in die Details gehen, aber einem solchen Exemplar bin ich noch nicht begegnet. Überzeugter Nazi, äußerst zynisch, irgendwie ein Fossil. Er meinte, er wisse, wer seinen Sohn umgebracht hat. Nannte mir auch einen Namen.«

»Er kennt den Mörder?«

»Der Mann heißt Kelly. Angeblich ein Amerikaner vom Geheimdienst, der bei Kriegsende hier in der Gegend jede Menge Nazigold konfisziert hat.«

»Das ist doch Unsinn!«

»Vielleicht. Aber als ich heute Mittag wieder zu ihm wollte, lag er tot auf seiner Couch.«

Blocher hörte Wolffsohn am anderen Ende tief einatmen. Er kannte dieses resignierte Luftholen und sah ihn vor sich, wie sich seine Backen blähten und er die Luft dann langsam ausblies, was er immer tat, wenn etwas schiefzugehen drohte.

»Hast du die Polizei informiert?«

»Nein.«

»Warum nicht?«

»Die Leute vom Bestattungsinstitut kamen gerade, um ihn abzuholen. Ich wollte nicht noch mehr Staub aufwirbeln. Er war Mitte achtzig und ich habe keine Spuren von Gewalt gesehen. Aber zwei tote Gudoffs in fünf Tagen, davon der eine ermordet, das ist nicht ganz koscher, findest du nicht?«

»Kann auch Zufall sein. Was ist das für eine Geschichte mit dem Nazigold?«

»Was mir der Alte erzählt hat, ist so verworren und dann wieder gespickt mit Details, an denen vielleicht etwas dran ist. Ich kann das nicht beurteilen. Ist auch alles über ein halbes Jahrhundert her.«

»Warte mal. Ich hab da einen guten Freund, Samy Hershfield. Unsere Familien … also, sie waren zusammen … wir sind nicht verwandt, aber …«

Aarons Stimme klang wie von weit her. Er machte ein eigenartiges Geräusch, es hörte sich an, als ob er an etwas kaute.

»Pass auf!«, fuhr er nach einer Pause fort. »Samy ist Anwalt in einer dieser großen New Yorker Kanzleien. Experte in Sachen Nazigold. Er ist jeden Sommer in Salzburg bei den Festspielen. Ich werde versuchen, ihn zu erreichen. Vielleicht lässt sich da etwas machen.«

»Was meinst du damit?«

»Ihr könntet euch treffen, falls er in Salzburg ist. Erzähl ihm die Geschichte! Vielleicht bringt uns das weiter.«

»Aaron, Papa Gudoff war ein alter Nazi. Ich weiß nicht, ob ich mit seinen kruden Stories deinen Freund behelligen soll.«

»Lass mich das mal arrangieren! Apropos Nazi: Die Mordkommission hat zwei alte Damen und ihren Begleiter vernommen, die am Freitagvormittag auf dem Invalidenfriedhof waren. Ihr Vater liegt dort begraben. Bekam von Hitler ein Staatsbegräbnis. Für die war angeblich ein Kranz bestimmt, den Gudoff bei sich hatte, als er ermordet wurde.«

»Den Kranz habe ich gesehen, er hielt ihn noch im Arm. Auf der Schleife stand das Kürzel A. G. Gudoffs Vater hieß Artur mit Vornamen. Das weiß ich ja erst seit gestern.«

»Soll das heißen, Kasimir Gudoff ist an jenem Morgen zum Invalidenfriedhof gegangen, um den Kranz für seinen Vater abzulegen?«

»Sieht so aus.«

»Dann wissen wir wenigstens, warum er dort war. Jedenfalls nicht, um sich mit dem Mörder zu treffen.«

»Der Mörder muss aber doch gewusst haben, dass er dort sein würde. Woher? Wer kommt da infrage? Der Einzige, der mir einfällt, ist Altenhöhner.«

»Wieso Altenhöhner?«

Blocher erinnerte Wolffson an das Billet mit Salomés blassblauer Handschrift. Die beiden seien in seinen Augen sowieso ein merkwürdiges Paar.

»Du weißt«, erklärte er, »ich hab da so meine Schubladen, was Frauen angeht. Altenhöhners Salomé fällt bei mir unter die Kategorie: ausgekocht.« Sie dominiere ihn, sie sei stark wie manche verrückte Frauen stark seien. »Vielleicht«, gab er zu bedenken, »haben die beiden von Gudoff eine Antwort auf das Billet bekommen, von der wir nichts wissen. Sie verabreden sich mit ihm auf dem Invalidenfriedhof oder begleiten ihn dorthin und dann haben sie ihm eins über den Schädel gezogen.«

»Aber das ist doch reine Spekulation! Du redest schon wie die von der Mordkommission. Die halten übrigens einen Auftragsmord nicht für ausgeschlossen, so brutal wie das ablief.«

»Altenhöhner war nicht nur Kasimir Gudoffs Anwalt«, setzte Blocher nach. »Er kannte auch seinen Vater.«

»Woher weißt du das?«

»Weil er es mir selber erzählt hat.«

»Das sind doch alles keine Gründe, zum Mörder zu werden.«

»Und wenn er kurz vor der Pleite stand? Hat er mir jedenfalls angedeutet.«

»Also bitte!«, lachte Wolffson. »Da ist er ja wohl nicht der Einzige.«

»Er hat mir erzählt, dass Gudoff ihm Aufträge verschaffen wollte. Aber das glaube ich nicht. Die Mallorca betreffenden Verträge waren großenteils schon unter Dach und Fach! Und das bisschen, was noch übrig bleibt, wickelst du über unsere Vertragskanzlei ab. Etwas anderes würde Croning auch gar nicht zulassen.«

»Na hör mal! Der Gudoff hat doch noch ganz andere Räder gedreht. Der hätte leicht aus seinem Etat etwas für diesen Altenhöhner abzweigen können.«

»Wovon denn?«, wandte Blocher ein. »Die neunzehn Komma acht Millionen waren ja schon abgezogen und auf den Caymans versandet.«

»Dann eben aus seinem Cayman-Portfolio. Und selbst wenn Altenhöhner Geld von ihm wollte: Er wohnt doch in Potsdam, in der Nähe von Gudoff! Wieso sollte er sich auf den Weg zum Invalidenfriedhof machen, um ihm dort den Schädel einzuschlagen? Wo er Gefahr läuft, dass ihn jemand beobachtet. Da gibt's komfortablere Tatorte und gewiss beschaulichere Methoden.«

»Vielleicht wollte er gar nicht besonders raffiniert vorgehen, vielleicht kam ihm der Einfall, ihn umzubringen, erst kurz vor der Tat?«

»So kommen wir nicht weiter«, antwortete Wolffson leicht genervt. »Außerdem wissen wir nicht, ob ihm Gudoff gesagt hat, dass er zum Friedhof gehen würde. Sicher ist das jedenfalls nicht.«

»Und wenn er es wusste und an das Geld der Unterschlagung kommen wollte und es zum Streit mit Kasimir Gudoff kam?«

»Wieso sollte er von der Unterschlagung gewusst haben? Hat er das dir gegenüber etwa behauptet?«

»Nein.«

»Na also. Warum sollte Kasimir Gudoff ihm das auch auf die Nase binden? Das sind alles Spekulationen. Den Kranz hat übrigens die Fehring besorgt.«

»Mach keine Witze!«

»Ich hab sie am Tag vor dem Mord, am Donnerstagnachmittag, damit auf dem Gang angetroffen. Ich hab sie gefragt, ob für George Hus Präsentation am nächsten Tag alles vorbereitet sei, worauf sie meinte, dass Gudoff davor noch zum Invalidenfriedhof müsse, aber pünktlich zur Präsentation zurück sein würde.«

»Aber dann wusste sie ja von dem Termin auf dem Friedhof ...«

»Ich bitte dich! Die Fehring! Deshalb steht sie doch nicht unter Mordverdacht.«

»Und du hast es auch gewusst!«

»Ich auch – ja!« Wolffson lachte. »Und der Chef.«

»Wieso der Chef?«

»Weil ich's ihm en passant erzählt habe.«

»Wann?«

»Donnerstagabend, kurz vor Toresschluss.«

Jetzt musste Blocher lachen.

»Dann rate ich euch dreien mal, sich um ein Alibi zu kümmern.«

»Was du nicht sagst! Wo warst du denn am Freitagmorgen?«

»Ich? Das weißt du doch! Ich bin nach meiner Ankunft in Tegel in meine Wohnung. Danach mit dir zur Präsentation.«

»Ach nee? Dann können wir ja alle zusammen, Croning, du, die Fehring und ich, mal ausknobeln, wer das schönste Alibi hat. Behalt das lieber mal für dich und komm nicht zu bald zurück! Die Mordkommission hat sich schon nach dir erkundigt.«

»Ach?«

»Nichts Besonderes. Sie fragten nach einer CD-ROM, die dir die Fehring am Freitag angeblich mitgegeben hat. Wir haben gesagt, du hättest Urlaub.« Wolffson lachte. »Eine CD-ROM von der Fehring! Wie finde ich das denn! Mir scheint, dass unser Berliner Colombo immer noch im Dunkeln tappt.«

Die CD-ROM! Vor Blochers Augen öffnete sich wieder die Fahrstuhltür und dahinter erschien Tereks Fahrer mit der pechschwarzen Sonnenbrille, die sich in enger Rundung bis zu den Schläfen bog.

»Na schön«, reagierte er knapp, nur um etwas zu sagen. »Wenn's so ist, bitte.«

Auf dem Weg über den Makartsteg erreichte Blocher ein Rückruf Wolffsons, der ihm mitteilte, das Treffen mit Samy Hershfield könne morgen Mittag im Hotel Schloss Fuschl stattfinden. Blocher sagte zu. Dann nahm er den Aufzug hinauf zum Mönchsberg. Wenige Minuten später stand er vor dem Tor zum Schloss Mönchstein.

* * *

Ein leichter Sommerregen hatte eingesetzt, der sich mit einem leisen Rauschen bemerkbar machte, aber kaum durch die Baumkronen drang. Die schmiedeeisernen Flügel der Toreinfahrt waren geöffnet, auf dem Parkplatz stand ein dunkelgrüner Bentley mit Schweizer Nummernschild. Blocher blieb unschlüssig vor der lebensgroßen Bronzefigur des Bogenschützen stehen, die genau auf das Schloss zielte. Er war nahe daran, wieder umzukehren, als er sah, wie Corelli vor die Eingangstür trat. Im selben Moment kam aus der Villa zur Rechten, die sich im schnörkellosen Fünfzigerjahre-Stil vom mittelalterlich anmutenden Bau des Schlosses abhob, Frau Corelli auf hohen Absätzen über den Rasen auf Blocher zu gelaufen. Sie blieb knapp vor ihm stehen, wobei sie mit leicht übertriebenem Lachen den Kopf in den Nacken legte und ihn begrüßte.

Corelli kam ihnen entgegen und bemerkte nach einem flüchtigen Händedruck etwas hölzern, er sei erfreut, den Herrn Finanzvorstand der Croning Hotel und Immobilien Group in seinem Haus willkommen zu heißen. Als sie in das dunkle Entree des Schlosses traten, erschien ein älterer Herr im Frack mit weißen Handschuhen. Corelli wies ihn an, aufzutragen, und bat in den Gotischen Salon. Es war kein Saal, aber der Raum wirkte durch seine ausgewogenen Proportionen und die antike Einrichtung repräsentativ. In der Mitte stand ein langer Tisch, an dem zwölf Personen hätten Platz finden können.

Auf die anerkennende Bemerkung Blochers über die rosafarbene antike Tapete und die schwarzen, mit Reliefschnitzereien verzierten Stühle und Geschirrschränke erklärte Corelli: »Steht alles unter Denkmalschutz!« Und fuhr in mattem Ton fort: »Allem voran dieses Teil mit der Marienverkündigung durch den Erzengel Gabriel. War die Reisetruhe Paris Lodrons. Bedeutender Erzbischof, Begründer der Salzburger Universität. Sie rauchen?«

Blocher lehnte dankend ab, worauf Corelli die Stirn in Falten legte und aus der Seitentasche seines dunkelblauen Zweireihers ein goldenes Dupont-Feuerzeug holte. Er öffnete es mit einem leisen Klick, um sich leicht vornübergebeugt eine filterlose ägyptische FINAS anzuzünden. Dann warf er seine leger nach hinten gekämmte grau melierte Mähne zurück und nahm einen tiefen Zug aus der steil nach oben weisenden Zigarette, von der nur eine Hälfte zu sehen war. Die andere hielt Corelli auf eigentümliche Weise zwischen Mittel- und Ringfinger in der hohlen Hand verborgen. Für einen Augenblick sah es aus, als wollte er ein Hüsteln abwenden, da versteiften sich seine Finger plötzlich zu spasmisch langgestreckten Gliedern, die er mit der brennenden Zigarette in einer fahrigen Bewegung knapp an Blochers Anzug vorbei nach unten schlug. Sie traten ans Fenster.

Bevor Corelli zu Wort kam, drängte sich seine Frau neben Blocher, fasste ihn am Arm und erging sich in Erläuterungen der geomantischen Kraftlinien, die angeblich durch Salzburg liefen und sich hier, genau am Schloss Mönchstein als ihrem zentralen Knotenpunkt, treffen würden. Um eine hieb- und stichfeste Expertise zu erhalten, habe sie eigens »die Feng Shui« engagiert, eine ausgewiesene Expertin, die sich weit über Oberndorf hinaus, wo sie ihrem Transzendental-Gewerbe nachgehe, einen Namen gemacht habe. Das Ergebnis sei sagenhaft.

»Eine Karte, zwei mal zwei Meter und von der Feng Shui angefertigt, liegt im Turmzimmer. Mein Refugium mit Blick über Salzburg! Kommen Sie doch mit nach oben, ich zeige es Ihnen! Sie hat darin alle Kraftlinien auf dem europäischen Kontinent gezirkelt, berechnet und eingezeichnet. Sie werden staunen. Sie ziehen sich präzis vom Wallfahrtsort Santiago de Compostela über das calvinistische Genf ins Heilige Kiew oder von Köln über Konya, dem mystischem Zentrum der Tanzenden Derwische, nach Jerusalem!« Auch von Regensburg über den Wallfahrtsort Altötting bis zum geheimnisvollen Castel del Monte in Apulien existiere eine energetische Ader. Und sie alle kreuzten sich in Salzburg auf dem Mönchstein! Oben im Turmzimmer, versicherte sie Blocher mit leuchtenden Augen, sei ihre magische Wirkung geradezu körperlich zu spüren.

Der Hausherr hatte ihr Gerede eine Weile hingenommen, bis er die Geduld verlor und mit einem scharfen »Laura!« eingriff. Fortan hing sein Schweigegebot wie ein imaginäres Fallbeil über der mitteilsamen Gattin. Sie ließ von Blochers Ärmel ab, während Corelli auf die ferne, im Regendunst liegende Wallfahrtsbasilika Maria Plain wies.

»Der Baumeister des Schlosses«, wandte er sich an Blocher, »hat den Gotischen Salon genau auf Maria Plain ausgerichtet. Wohlüberlegt, finden Sie nicht? Wir Corellis stammen aus Florenz«, wechselte er das Thema, »und sind eine der ältesten Dynastien Italiens. Palazzo Corelli am Arno-Ufer! Mit einem Papst und dem Heiligen Adriano in der Familie.« Es hörte sich an, als wollte er mit der Erinnerung an die Fallhöhe seiner Abstammung zum nicht standesgemäßen Herkommen seiner Frau deren Geplapper entschuldigen.

Laura Corelli warf einen spöttischen Blick zur Decke und machte mit einer flinken Bewegung ihrer Zunge, die über die grellrot geschminkten Lippen glitt, Blocher auf ihr Äußeres aufmerksam. Ihr Gesicht war stark, aber raffiniert geschminkt, sodass der Teint ihrer gebräunten Haut fast natürlich wirkte. Sie trug weder Ohrringe noch eine Halskette, dafür eine goldene Bulgari Serpenti am linken Armgelenk und einen Ring aus Weißgold mit einem auffällig großen, von einem Kranz Brillanten umgebenen Smaragd. Ihre Hände waren äußerst gepflegt, mit sorgfältig lackierten Fingernägeln in der gleichen grellroten Farbe wie ihre Lippen. Blocher scheute den Gedanken an eine nähere Bekanntschaft mit den beiden Mäusezähnen, die frech hervorlugten, wenn sie den Mund, wie eigentlich immer, halb geöffnet hielt. Auch war ihr hell blondiertes, von einem Knoten kraftlos gehaltenes dünnes Haar nicht nach seinem Geschmack.

»Meine Familie«, erläuterte ihr Mann die pekuniären Wurzeln seines Stammbaums, »ist seit Generationen im Bankgeschäft. Wenn ich an die Asienkrise und die Turbulenzen an den Finanzmärkten im letzten Jahr denke: Das hatten wir schon vor mehr als einem halben Jahrtausend.« Wie das halt so laufe in der Welt des Finanzkapitals. Seinerzeit habe der König von England seine Schulden nicht mehr bezahlen können oder wollen und da riss er eben mit den Banken der Bardi, Peruzzi und Corelli nicht nur Florenz, sondern ganz Europa in den Ruin. »Das war 1345.« Seine blaugrauen Augen blitzten verschmitzt. »Aber die Corellis gibt's immer noch!«

Inzwischen hatte der Diener den ersten Gang aufgetragen: Flachgauer Tomate mit Langoustine, Räuchergelée, Biojoghurt und Karottenspähnen. Corelli bat zu Tisch und orderte eine Flasche Bollinger RD 1990. Als der Champagner kam, zündete er sich mit zerfahrener Gestik erneut eine Zigarette an. Dann fuhr er sich mit der linken Hand übers Gesicht, als sei er nicht ganz bei der Sache, hängte einen Arm hinter die Stuhllehne, lehnte sich weit zurück, um freie Bahn für einen langen Zug aus seiner FINAS zu gewinnen, und blickte zur Zimmerdecke. Offensichtlich war sein Gehabe eine Finte, denn mit einem Mal stürzte er wie ein Florettfechter nach vorn und zielte mit der Zigarette geradewegs auf Blochers Brust.

»Woher wissen Sie von unserem Projekt?«

Blocher legte konsterniert Messer und Gabel nieder. Wie im Foyer des Festspielhauses während der Pause beschlich ihn wieder das Gefühl, dass er das hagere Gesicht mit den hyperaristokratischen Zügen schon einmal gesehen hatte.

Alles an ihm war fragil und schmal, als wäre es künstlich in die Länge gezogen. Die hohen Backenknochen, die eingefallenen Wangen, die lange gerade Nase mit der kleinen Wölbung in der Mitte, die feinen Linien, die sich um die Mundwinkel bis weit hinunter ins weiche Kinn gruben, die nervösen, sinnlichen Lippen und nicht zuletzt sein hochmütiger Blick unter den pechschwarzen borstigen Augenbrauen wirkten auf Blocher wie eine Demonstration blaublütiger Selbstgefälligkeit, um nicht zu sagen Arroganz, wie sie ihm noch nicht untergekommen war.

Seine Worte hatten Blocher für einen Augenblick aus dem Konzept gebracht, das Gespräch drohte in eine Richtung zu steuern, die ihm nicht behagte. Aber noch bevor er dazu kam, die Frage einfach zu überhören und Corelli mit dem Mord in Berlin und dem Tod auf dem Obersalzberg zu konfrontieren, erklärte Corelli: »Wir werden das Schloss Mönchstein in ein weltweit einzigartiges Hotel verwandeln!«

Er habe sich den Prospekt der Croning Gruppe über deren Projekt auf Mallorca kommen lassen. Beim besten Willen, aber dieses leere Gerede über »Luxus, der wenig mit Glamour zu tun hat, dafür umso mehr mit Ruhe, mit Kultur und Freude am eigenen Lebenskreis« oder Phrasen wie »unverwechselbares Gesamtkunstwerk aus Meer, Licht, Wald und Wind« seien niemandem zuzumuten.

»Herr Doktor Blocher, das ist Nonsense! Luxus im Hotelgewerbe betrifft auch nicht die Ausstattung oder die Einrichtung, nicht einmal die Küche und den Service. Das sind alles Selbstverständlichkeiten.«

Er griff nach dem Aschenbecher, drückte seine Zigarette aus und sah Blocher prüfend in die Augen.

»Sie arbeiten für ein bedeutendes Unternehmen«, nahm er den Faden wieder auf, »und ich nehme an, Ihr Haus hält sich über alle Trends auf dem Hotelmarkt auf dem Laufenden. Sie holen sich renommierte Architekten, Sie schauen sich auf Messen um, Sie besuchen die Häuser der Konkurrenz, Sie studieren die einschlägigen Fachzeitschriften, die Interior- und Reisemagazine und all dieses Zeugs. Aber das Wichtigste, das Allerwichtigste, Herr Doktor Blocher, ist Ihnen und Ihrem Herrn Croning entgangen. Die Zukunft des Hotelgeschäfts«, erklärte er mit gesenkter Stimme, »hängt an einem, einem einzigen Luxusgut.«

Er schob seinen Teller beiseite und stützte sich mit beiden Armen am Tisch auf. Dann beugte er sich zu Blocher vor und blitzte ihn aus blaugrauen Augen an.

»Sicherheit!«

Er brachte das Wort fast im Flüsterton vor.

»Mit sicher meine ich: Abhörsicher! Sie schauen mich an, als bringe ich Sie in Verlegenheit. Lieber Herr Doktor Blocher, nehmen Sie es mir nicht übel, aber wir leben in einem gläsernen Käfig. Ich rede nicht von Satelliten, die in Vorgärten schauen, von Mikrokameras, die Kassiererinnen beäugen, von Computern, die Telefonate belauschen, von Marktforschern, die Wohnhäuser durchleuchten, oder von Voyeuren, die im Internet schnüffeln. Das ist nicht mein Thema. Ich meine etwas anderes. Im März hat Michael Hayborne die Leitung der NSA übernommen. Ich weiß nicht, ob Ihnen klar ist, was das bedeutet. Sie fragen mich, wer die NSA ist? Die National Security Agency ist ein Geheimdienst der USA. Eine vierzigtausend Mann starke Lauschabteilung, die weltweit operiert.«

Sie bediene sich, so Corelli weiter, eines Instruments namens Echelon, um alles abzuhören und zu verarbeiten, was über Kommunikationssatelliten geleitet werde. Die NSA lese die Gewohnheiten von Verbrauchern, sie ziehe ihre Netze durch einen Ozean aus Informationen über Flüge und Hotelbuchungen, Videos und Fotos und sie speichere Milliarden Aufzeichnungen des Telefon- und E-Mail-Verkehrs. *Echelon* sei Teil eines globalen Überwachungssystems, das bereits über fünfzig Jahre alt sei und die geheime Kommunikation von mehr als 40 Staaten und Regierungen mitlesen könne, eingeschlossen die der eigenen Alliierten.

Nun, die NSA habe seit dem Ende des Ost-West-Konflikts ein wenig gelitten. Washington nehme sie nicht mehr so wichtig. Auch sei ihr Budget dramatisch gekürzt worden. Hayborne werde das ändern. Jeder in der *Intelligence Community* wisse das. Der werde sich nicht scheuen, Tausende Mitarbeiter zu entlassen und Tausende neu einzustellen. »Er wird den Laden komplett neu aufstellen. Aber das ist Haybornes Sache. Lassen Sie uns lieber über die Zukunft von Schloss Mönchstein reden! Sie werden sich wahrscheinlich fragen: Was hat Spionage mit dem Hotelbusiness zu tun?«

Der Diener brachte Schwarzwurzelschaum-Suppe mit gebratenem Zander. Sie widmeten sich schweigend dem zweiten Gang. Mit einem Dank an den Diener für die gute Suppe meldete Laura Corelli zaghaft ihr Interesse an der Konversation an. Corelli nutzte die mit dem Abräumen des Geschirrs eintretende Pause und steckte sich eine neue FINAS an.

»Spionage, Herr Doktor Blocher«, erklärte er, während er die Zigarette im Mundwinkel hielt und sein Feuerzeug mit einem Klick zum Erlöschen brachte, »Spionage ist ein besonderes Geschäft. Es ist von Haus aus weder sauber noch ist es fair oder rechtens. Sein Zweck besteht kurz gesagt darin, durch Diebstahl an Informationen zu kommen. Natürlich auch Sabotageakte anzustiften oder auszuführen, die Moral der anderen Seite zu unterminieren und deren subversive Aktivitäten gegen einen selbst zu bekämpfen. Dazu, Herr Doktor Blocher, bedarf es zweierlei: eines unzweifelhaften Patriotismus und eines miesen Charakters. In diesem Milieu tummeln sich haufenweise Kleinkriminelle, Unzufriedene, Revoluzzer, Flüchtlinge oder Psychopathen, glauben Sie mir. Aber das ist Schnee von gestern. Spione, die sich auf der Glienicker Brücke zum Agentenaustausch treffen, sind nicht mehr gefragt. Womit wir es jetzt zu tun bekommen, ist etwas völlig Neues und nicht unbedingt Erfreulicheres.«

Abermals fuhr er sich müde übers Gesicht, hängte einen Arm hinter die Stuhllehne und lehnte sich weit zurück, als sei er das

Thema leid. Es gebe inzwischen, erklärte er Blocher, riesige Speicher- und Verarbeitungshardware. In nächster Zukunft würden die NSA und ihr britischer Partner, das Government Communications Headquarter, mit Systemen arbeiten, die Tausende Mal größer seien.

»Die Lage hat sich grundlegend geändert. Früher hieß es: Wo stecken die Atom-U-Boote? Sind die Atombomber noch am Boden oder sind sie schon gestartet? Das waren die großen Fragen, an denen das Überleben von Millionen Menschen hing.«

Der Krieg der Zukunft sehe anders aus. Da sei das kleinste Krümelchen von Bedeutung. Er führte die lang gestreckten Finger seiner auffallend großen und schönen Hand zum Mund, nahm einen tiefen Zug aus der Zigarette und erklärte: »Die wollen wissen, wo sich jemand aufhält. Und da reicht es nicht, zu sagen, er steckt auf dem Balkan, nicht einmal, er ist in dieser oder jener Stadt. Die wollen wissen, in welchem Gebäude er sich aufhält. Und zwar jetzt, in Echtzeit, am besten noch in welchem Stockwerk. Was macht er da? Worüber spricht er? Mit wem? Was liest er? Was weiß er? Was denkt er? Was hat er vor? Nicht nur die Methoden, Herr Doktor Blocher, auch die Ziele haben sich geändert!«

Es folgte ein Zug aus der FINAS, bevor er die Zigarette im Aschenbecher ausdrückte. Der Diener brachte den nächsten Gang. Es gab Saibling vom Mondsee im Muscatblütenrauch mit Pimento-Jus und Leisalinsen. Dazu wurde ein leichter Weißwein aus der Wachau gereicht. Corelli rührte seinen Teller nicht an. Er klopfte mit dem Dupont-Feuerzeug ungeduldig auf den Tisch.

»Wissen Sie was!«, fuhr er Blocher unvermittelt an, griff sich mit der Linken ins Haar, ließ wieder los und blitzte mit den Augen, als habe er das große Los gezogen. »Wir werden einen Stollen unter dem Schloss in den Mönchsberg treiben!«

Einen Stollen? Blocher hörte den alten Gudoff, wie er unter seinem Haus auf dem Obersalzberg im Schein der Taschenlampe vor ihm stand, wo es vom roh behauenen Stein der Decke und der Wände tropfte, und brüllte: *Wann begreifst du endlich? Bormann-Gold. Ribbentrop-Gold. Juden-Gold.*

»Was sehen Sie mich so an?«, tat Corelli erstaunt. »Das ist doch ganz logisch! Wozu ist Spionage überhaupt da? *Um durch ein Fenster in die Seele der Menschen zu schauen!* Eine hübsche Begründung, finden Sie nicht? Sie könnte von General Hayborne stammen. Ist aber schon vierhundert Jahre alt und stammt von Sir Francis Walsingham, dem Erfinder des englischen Geheimdienstes. Meinen Sie, heute ist es anders? Sie und ich und jedermann, wir werden durch riesige Datenspeicher geistern wie ein lächerliches Double unserer selbst. Durchsichtig wie das Gespenst von Canterville, aber mit allen unseren Eigenschaften und Angelegenheiten, den peinlichen und den vielversprechenden, darunter leider auch jenen, die wir selbst nicht kennen oder längst vergessen haben. Aber General Hayborne und seine NSA, die werden das alles auf dem Bildschirm haben. Wenn sie nur wollen.«

Niemand werde mehr unbeobachtet Konferenzen abhalten und kein Unternehmen werde seine Betriebsgeheimnisse vor Industriespionage schützen können. Leaks, die nicht autorisierte Veröffentlichung von Informationen oder die Drohung damit, werden das Thema der Zukunft sein.

Irgendeine Peinlichkeit, ein unbedachtes Wort, ein großes oder ein kleines Vergehen, eine falsche Aussage – und jeder, absolut jeder, werde erpressbar sein. Jeder Politiker, jeder Wirtschaftsboss, jeder Wissenschaftler, jeder Normalbürger. Die zentralen Angriffe aber zielten auf Forschung und Entwicklung in hochsensiblen Bereichen. Biotechnologie zum Beispiel oder Gentechnologie, Medizintechnik, Umwelttechnik oder Nanotechnologie. Vor fünf Jahren habe Großbritannien das Government Communications Headquarter per Gesetz ermächtigt, »dem ökonomischen Wohlergehen des Vereinigten Königreichs« zu dienen. Ganz offiziell!

»Glauben Sie mir,« fuhr er fort, »die Dienste der USA und Großbritanniens werden ihre technischen Möglichkeiten nutzen und systematisch Industriespionage betreiben.«

»Aber der Stollen …«, wurde Blocher neugierig.

»Unser Konferenzcenter!«, erklärte Corelli. »Ein Gewölbe, in das Kupfer- und Stahlauskleidungen und metallisierte Gewebe installiert werden. Hochfrequenz-Schirmungstechnik! Die vollkommen abhörsichere Toplösung!«

Filter würden dafür sorgen, dass Medienkabel, Heizungsrohre und elektrische Leitungen nicht wie Antennen funktionierten und die Schirmung zerstörten. Die Pläne lägen fertig vor. Das werde

Hayborne und seiner Truppe sicher nicht gefallen. *Aber denen sei er auch nichts schuldig.*

»Das sprengt doch jeden vernünftigen Kostenrahmen«, warf Blocher ein.

»Geld spielt keine Rolle«, entgegnete Corelli mit einer wegwerfenden Handbewegung, lehnte sich entspannt zurück und zündete sich wieder eine Zigarette an. Schirmungstechnik würde bislang vor allem von Botschaften und Regierungen genutzt, vom Top-Management in der freien Wirtschaft so gut wie gar nicht. Die wenigsten Firmen könnten sich so etwas leisten. Mit seinem Hotel aber werde die Möglichkeit geschaffen, die sensibelsten Themen auf Konferenzen absolut abhörsicher zu besprechen!

»Top-Manager werden aus London, Hongkong, Tokio und woher auch immer zum Mönchstein kommen«, rief Corelli begeistert, »und sie werden sich hier frei von jedem fremden Zugriff austauschen.« Mit einem aufmunternden Blick zum Diener, der mit drei Gläsern Granny-Smith-Apfelsorbet in der Tür erschien, fügte er hinzu, man könnte natürlich das Konzept ausweiten und europaweit abhörsichere Luxushotels unter einem Label etablieren. Das würde die Kosten senken. »Bringen Sie das doch einmal in Berlin zur Sprache! Wäre das nicht etwas für Ihr Mallorca-Projekt? Eine strategische Kooperation: Darüber sollten wir einmal nachdenken! Was halten Sie davon, Herr Doktor Blocher?«

Blocher löffelte in seinem Sorbet, das mit etwas Fenchel und Nuancen von Basilikum wunderbar unterlegt war und auf der Zunge zerging. Dann lehnte er sich zurück, führte umständlich die Serviette zum Mund und meinte gedehnt: »Jaa, Mallorca …«

Er sah Corelli in die blaugrauen Augen, wobei ihn die Frage beschäftigte, wie alt wohl Corelli sei. Seinem Aussehen und Auftreten nach schien er kaum älter als sechzig Jahre, was aber nicht stimmen konnte, da er ja dem alten Gudoff schon bei Kriegsende begegnet war.

»Ja, Mallorca …« begann er erneut, neigte sich vor und senkte die Stimme, als ziehe er sein Gegenüber ins Vertrauen. »Uns ist da etwas Schlimmes passiert.«

»Ach, Widerstände gibt es immer«, winkte Corelli ab, zog den Aschenbecher zu sich heran und drückte die Zigarette aus. »Jemand wie Croning wird das schon in den Griff kriegen.«

Er sah den Köder, aber nicht den Haken.

»Ich meine etwas anderes«, versetzte Blocher. »Sagt Ihnen der Name Kasimir Gudoff etwas?«

Corelli zog die Brauen zusammen, als suche er nach einer Antwort.

»Kasimir … Kasimir … Nein.«

»Er wurde ermordet. Vergangenen Freitag. War Geschäftsführer bei uns und zuständig für das Projekt auf Mallorca. Gestern habe ich seinen Vater aufgesucht, um zu kondolieren. Artur Gudoff.« Blocher wartete einen Moment, dann sagte er: »Heute Mittag lag er tot in seinem Haus auf dem Obersalzberg. Merkwürdig, nicht?«

Corelli rührte sich nicht. Er saß da wie ein Modell aus dem Wachsfigurenkabinett und starrte mit stumpfem Blick vor sich hin. Der Diener erschien und servierte den Hauptgang: Kotelett vom Tennengauer Milchkalb mit Kartoffeljus, Kohltrieben und Nuits-St.-Georges-Senf. Blocher wartete ab, bis er den Raum verließ.

»Kasimir Gudoff hat man brutal erschlagen«, fuhr er in ruhigem Ton fort. »Sein Vater hat mir gestern erzählt, ein gewisser Kelly würde hinter dem Mord an seinem Sohn stecken. War Offizier im OSS, dem Vorläufer der CIA. Er meinte, Sie hätten nach Kriegsende hier in Salzburg mit ihm zusammengearbeitet. Gegenspionage X-2.«

Laura Corelli stand auf und verließ den Raum.

Blocher dachte an den Satz im Dossier: *X-2. Laut Quelle in Genf die Abteilung mit dem höchsten Esprit de Corps und zwei ungeschriebenen Gesetzen: Aufträge werden nur mündlich erteilt. Verräter in den eigenen Reihen sind zu erledigen.*

Corelli drückte die kaum angerauchte Zigarette auf dem Brotteller aus, ließ das Essen stehen und ging zum Fenster.

»Sie und Kelly«, rief ihm Blocher nach, »waren damals auf dem Obersalzberg, oben bei Gudoff.«

Nach einer Weile sagte Corelli, ohne sich zu ihm umzudrehen: »So? Kann mich nicht erinnern.«

»Auf dem Obersalzberg! Wo Hitlers Berghof stand! Neben Berlin die begehrteste Trophäe der Alliierten. So was vergisst man doch nicht!«

»Wir waren hier viel unterwegs.«

»Sie und Kelly waren auf der Jagd nach Nazis. Und auf der Suche nach Nazigold. Und Sie haben den Stollen unter Gudoffs Haus leer geräumt!«

Corelli sagte lange nichts, dann drehte er sich zu Blocher um und meinte von oben herab: »Na und? Das war unser Job! Es war nicht das einzige Versteck, das wir aufgestöbert haben. Hier im Salzkammergut und drüben in Berchtesgaden gab's jede Menge davon. Hätten wir's dem Nazi-Gesindel überlassen sollen? Vielleicht diesem Gudoff? Eine Kanaille der übelsten Sorte!«

Er ging zum Tisch und griff sich die Schachtel FINAS. Zurück am Fenster zündete er sich die Zigarette an.

»Was haben Sie damit gemacht?«, fragte Blocher.

»Womit?«

»Mit dem, was Sie gefunden haben.«

»In die eigene Tasche haben wir's jedenfalls nicht gesteckt. Was denken Sie denn? Wenn Sie's genau wissen wollen: Wir haben achtundvierzig Teile davon in den Wahlkampf der Demokrazia Christiana investiert und dafür gesorgt, Italien in der Spur zu halten. Ich hab mich im Hotel Hassler in Rom mehr als einmal mit den Herren getroffen und ihnen Koffer voller Dollars übergeben. Wir hätten's gern etwas raffinierter eingefädelt. Mit Schmiergeld Wahlen beeinflussen: Das hat nicht gerade Stil. Aber wir haben mein Land vor dem Kommunismus gerettet. Ohne uns kein Bella Italia! Ist doch alles ein alter Hut …«

Er schaute wieder hinüber nach Maria Plain, dann drehte er sich zu Blocher um, der vom Tisch aufstand und neben ihn ans Fenster trat, und sagte leise: »Ich habe meinen Dienst bei der CIA vor zehn Jahren quittiert. Man meint immer, Geheimdienste seien eine schwer begreifliche Einrichtung, die sich hinter der Welt, wie wir sie sehen, verbergen. Aber für mich, der lange genug dabei war, haben sie nichts Geheimnisvolles an sich. Sie sind verächtlich. Alle. CIA, KGB, MIT, ISI, BND … Alle ohne Ausnahme!«

»Verächtlich?«, murmelte Blocher, »vielleicht skrupellos. Aber verächtlich?«

»Als ich in die CIA eintrat«, bemerkte Corelli und nickte Blocher mit einem Ausdruck in den Augen zu, als habe er jemandem vor sich, mit dem man offen reden könne, »glaubte ich, wir seien dazu da, die Wahrheit zu erkennen und die Freiheit zu verteidigen. Aber was ist Wahrheit? Was ist Freiheit? Braucht es einen Geheimdienst, um die Wahrheit zu erkennen? Um zu wissen, was in der Welt vor sich geht? Dazu braucht es nicht mehr als ein wenig gesunden Menschenverstand, etwas historisches Wissen, Neugier und ein paar Informationen, die jedermann zugänglich sind. Es hat eine Weile gedauert, aber irgendwann war mir klar, dass Europa, unser Alliierter, zu einem Treibhaus des internationalen Drogenhandels und des islamischen Fundamentalismus geworden ist und dass beides aus ein und demselben Sumpf kommt, über den niemand sprechen will. Ihr habt uns im Stich gelassen«, klagte Corelli, »ebenso die Briten, die Franzosen, die Saudis. Vor allem aber haben wir uns selbst im Stich gelassen. Clinton hat die CIA zu einem zahnlosen Tiger gemacht. Ich habe den Dienst nicht nur aus Altersgründen verlassen. Ich bin gegangen, weil unsere Arbeit sinnlos geworden ist. Die CIA, die ich kannte, existierte nicht mehr. Uns fehlten Leute, die die Sprache ihrer Einsatzgebiete sprechen. Es gab niemanden mehr, der Arabisch oder Türkisch oder Persisch und Paschtu konnte. Wir mussten unsere Informationen vom pakistanischen Geheimdienst übersetzen lassen: eine Organisation, die von Komplizen der Taliban und einer Terrororganisation namens al-Qaida durchsetzt ist. Wir werden eines Tages dafür bezahlen. Ich bin nicht der Einzige, der desillusioniert seinen Abschied genommen hat.«

Blocher setzte eine Miene höflichen Interesses auf.

»In Berlin«, bedrängte er Corelli, »ist der Teufel los! Ich muss Ihnen nicht sagen, was es für ein Unternehmen wie die Croning Gruppe bedeutet, wenn der wichtigste Geschäftsführer ermordet wird. Mallorca steht auf dem Spiel, Herr Corelli! Wenn Sie schon so offen mit mir reden: Artur Gudoff wurde damals um Millionen erleichtert. Von Ihnen und Kelly. Ich weiß nicht alles. Nur so viel: Sie stecken in der Sache drin.«

»So? Tu' ich das?«

»Herr Corelli!«, entgegnete Blocher geduldig. »Zwei Menschen wurden umgebracht. Zumindest bei einem war es eindeutig Mord. Dafür muss es doch einen Grund geben! Wenn wir die Sache nicht so schnell wie möglich aus der Welt schaffen und Croning aus den Schlagzeilen bringen, steht der prominenteste Hotel- und Immobilienkonzern Deutschlands auf der Kippe. Helfen Sie mir, den

Mörder zu finden, dann werde ich über eine strategische Kooperation der Croning Gruppe mit Ihnen nicht nur nachdenken, sondern mich in Berlin bei Croning persönlich dafür einsetzen! Das war unser Job, sagten Sie vorhin. Kommen Sie schon, erzählen Sie mir, was Sie wissen!«

»Da gibt's nichts zu erzählen.«

Corelli zog nervös an der Zigarette. Blocher griff in die Innentasche seines Sakkos und hielt Corelli das Foto mit Kelly und Milena hin. Corelli nahm es und sah es sich lange an.

»Ja«, sagte er zögernd. »Das sind Bill und Milena. Ich war dabei, als sie sich kennenlernten. Es war im ersten Sommer nach dem Krieg.«

Er schüttelte kaum merklich den Kopf und lächelte wie jemand, der mit offenen Augen das, was einmal Leben war, wie ein totes Glück noch einmal träumt.

4. Juli 1945, Salzburg

Zwei Offiziere des amerikanischen Geheimdienstes OSS standen auf der Terrasse von Schloss Leopoldskron und schauten in den Park: Patrick William Kelly, 28 Jahre, aus Chicago, und Riccardo Corelli, ein sechs Jahre jüngerer Italiener in der Uniform eines amerikanischen Lieutenants. Im dunklen Wasser des Weihers spiegelte sich der Abendhimmel. Die Tür zum Saal stand offen. Drinnen spielte die Band »Moonlight Serenade« von Glenn Miller. Man feierte den Unabhängigkeitstag der Vereinigten Staaten – auf den Tag genau zwei Monate, nachdem die Amerikaner Salzburg eingenommen hatten.

»Gold«, sagte der Italiener. »Vierundzwanzig Waggons voll Gold und Silber. Dazu Gobelins, Schmuck, Uhren ... Der Zug mit dem Zeugs steht eineinhalb Stunden von hier in Werfen. Wir haben nur ein paar GIs dort. Im Ort laufen die Bauersfrauen schon mit Juwelen um den Hals herum.«

Kelly schwieg. Dann sagte er: »Die Leute denken, der Krieg ist aus. Aber nicht für uns, Rick.«

»Wir jagen Nazis«, sagte der Italiener, »und was finden wir? Gold! It's crazy ...«

»Das Wichtigste ist jetzt, die Kontrolle zu behalten, Rick. Ich verlass mich auf dich.«

Allmählich wurde es dunkel. Das Licht der Kronleuchter fiel durch die drei Fenstertüren und Ricks Gestalt warf einen langen Schatten auf die Terrasse. Sie gingen hinein und Kelly bestellte an der Bar vor dem Kamin zwei Whiskey mit Eis. Der Saal war voll. Ein paar Offiziere tanzten mit Girls, die sie in der Stadt aufgelesen hatten. Fraternisieren mit den »Frauleins« war verboten, aber das zählte an diesem Abend nicht.

»Hier im Schloss wurde das Salzburg Festival gegründet, wusstest du das?«, fragte Rick. »Den Besitzer haben die Nazis vertrieben. Weil er Jude war. Und wir feiern hier den 4th of July. Ist das nicht verrückt? Was ist los mit dir?«

Rick wandte sich um. In der Tür stand ein Mann mit einer jungen Frau. Er fiel auf, weil er keine Uniform trug. Kelly drückte Rick sein Whiskeyglas in die Hand. Dann kam es zu diesem Zwischenfall.

Rick stand entgeistert mit den beiden Gläsern in der Hand vor der Bar und schaute Kelly nach, wie er sich durch die Menge zur Tür drängte und die junge Frau, ohne auf den Mann neben ihr zu achten, auf seine Arme hob und auf die Tanzfläche trug.

Erst unterbrach die Klarinette ihr Solo, dann hielt der Schlagzeuger mitten im Takt inne, schließlich verstummte auch der Rest der Band. Die Pärchen hörten auf zu tanzen. Die junge Frau zappelte mit den Beinen, sie stieß einen Schrei aus, der in Ricks Ohren wie ein empörter Lustschrei klang, aber sie wehrte sich nicht, als der Amerikaner den Musikern zurief: »It Had To Be You! Come on! Go ahead!«

Die Band legte los und die beiden fingen an zu tanzen, als ob sie nie etwas anderes getan hätten. Eng umschlungen, allein, umringt von einem perplexen Publikum. Sie wandten den Blick nicht voneinander. Der Bandleader und seine Partnerin waren wie geschaffen für den Song, sie wiederholten die Strophen ein ums andere Mal, als sollte dieser Moment nie vorübergehen, und der junge Amerikaner lächelte, nicht stolz, nicht schüchtern. Einfach nur vollkommen gelassen und glücklich. Und sie? Sie genoss den atemlosen Beifall, sie fand die Szene wunderbar und blickte Kelly in die Augen, als habe sie ein Leben lang auf einen solchen Mann gewartet.

Als er sie zurück zur Tür führte und sich die Spannung löste und das Fest sich in eine wilde Party zu verwandeln begann, trat ein Offizier vor ihn hin und sagte laut, sodass es alle hören konnten: »Sie haben wohl Ihren Dienstrang vergessen, Mann! Wir feiern hier den Independence Day. So benimmt sich kein Major der US-Army.«

»Army?«, antwortete Kelly total entspannt. »Sagten Sie Army? Hell, man, we're not in the Army. We're in the OSS.«

Der Mann in Zivil an der Tür schien ganz und gar nicht irritiert. Als Rick hinzutrat, sagte er gerade zu Kelly auf Deutsch: »Ich war in Bern. Dulles erwartet keine langen Berichte über die Ernte. Sie sind der Mann vor Ort. Sie haben freie Hand.«

»Was für eine Ernte?«, fragte die junge Frau.

»Sie können ihr vertrauen«, sagte der Mann in Zivil. »Sie gehört zu uns.«

»Wir jagen Nazis«, mischte sich Rick ein. »Und was finden wir? Gold!«

Die junge Frau schloss langsam und ohne mit der Wimper zu zucken ihr linkes Auge, während sie mit dem rechten spöttisch zu dem Amerikaner aufsah, was ihrem Gesicht einen Ausdruck von ziemlich dreistem Charme verlieh. Dann legte sie den Arm um seinen Hals und raunte ihm so, dass Rick es hören konnte, ins Ohr: »Es gibt da ein Versteck, von dem ihr nichts wisst.«

»Er hat sie geheiratet«, sagte Corelli und sah Blocher aus weit geöffneten Augen an, als erwache er aus einem Traum. »Ist inzwischen verstorben.«

»Wer? Kelly?«

»Nein, Milena. Kelly lebt bei Nizza, in Èze-sur-Mer. In einer Villa, dagegen ist das Schloss hier eine traurige Hütte.«

»Milenas Schwester war mit Artur Gudoff verheiratet.«

»Ach ja?«

»Hatte sie noch eine Schwester?«

»Nicht dass ich wüsste.«

»Wie war das mit Ihnen und Kelly und Gudoff?«

Corelli nahm den Aschenbecher von der Fensterbank und drückte seine Zigarette aus. Dann zündete er sich ein neue an und überlegte.

»Kelly konnte keiner das Wasser reichen. Er war unser spiritus rector.«

»Wie meinen Sie das?«

»Kelly war das Ideal von einem Geheimdienstoffizier. Ihm steckte der lautlose Krieg im Blut. Ihn umgab, wie soll ich es ausdrücken: eine gewisse stille Härte. Er war kein Agent. Er war ein Intelligence Officer. Das ist ein großer Unterschied. Der eine führt Vorhaben aus. Der andere ist an ihrer Planung beteiligt. Kelly konnte führen. Wenn Führung die Fähigkeit ist, eine Vision zu haben, zu begeistern, zu motivieren und Menschen dort einzusetzen, wo sie ihre Qualitäten am besten zur Geltung bringen. Auf irgendeine Machbarkeitsstudie warten, um festzustellen, ob eine Idee vielleicht funktioniert: Das gab's bei ihm nicht. Er spielte immer auf Risiko. Ergriff die Initiative, zog eine Sache durch, egal wie es ausging oder was Vorgesetzte davon hielten. Für die Bürohengste in der Army oder im State Department, die an ihren Sesseln kleben, ist so jemand natürlich ein Albtraum. Es gab Leute, die nannten ihn *un homme macabre*.«

»Woher kannten Sie ihn?«

»Ich ging aufs Liceo Classico Michelangiolo in Florenz und hatte eine leidenschaftliche Beziehung mit einer Verkäuferin in einem Schmuckgeschäft. Im November dreiundvierzig war sie plötzlich verschwunden. Man hatte sie nach Auschwitz deportiert. Ich wusste gar nicht, dass sie Jüdin war. Ich war völlig am Boden, ich hasste Florenz und wollte weg. Ich schlug mich nach Caserta durch, wo mich Kelly für das CIC, das Counter Intelligence Corps, rekrutierte. Ich stellte die Verbindung zum katholischen Untergrund her, zu Giulio Andreotti, Enrico Mattei und Aldo Moro. Da fällt mir etwas ein.«

Corelli legte die brennende Zigarette im Aschenbecher ab und machte sich an der erzbischöflichen Reisetruhe zu schaffen. Nach einiger Suche entnahm er der Truhe eine Klarsichtfolie mit einem maschinengeschriebenen Dokument und überreichte sie Blocher.

»Sie scheinen ja sehr um das Schicksal dieser Gudoffs besorgt zu sein. Damit Sie wissen, mit wem Sie es zu tun haben: Vielleicht hilft Ihnen das weiter.«

Blocher entnahm der Folie zwei angegilbte Blätter.

»Was ist das?«, murmelte er, als er Kellys Namen am Ende des Dokuments entdeckte.

Classification: Secret

Hq., 2677th Regt., OSS (Prov)
Detachment A

SCI Unit A — X-2
Salzburg, Austria — 19 June 1945

SUBJECT: Homicide and Deportation of Jews and Poles in Kattowitz (Upper Silesia)

1. Der Standartenführer der SS, Ludolf Müllner, wurde am 30. Mai 1945 von der 80. CIC Abteilung auf einer Alm bei Bad Aussee aufgespürt, wo er sich seit Kriegsende versteckt hielt.

2. Müllners Angaben zu seiner Karriere wiesen beträchtliche Lücken auf. Inzwischen liegen Aussagen vor, wonach Müllner zwischen 1941 und 1943 als Chef der Gestapo in Kattowitz für die Deportation und Ermordung Hunderter, wenn nicht Tausender Polen und Juden verantwortlich war.

3. Bei der Vernehmung im Salzburger CIC-Gefängnis am Kajetanerplatz wurde Ludolf Müllner mit einem Antrag aus Polen konfrontiert, ihn an die dortige Justiz auszuliefern. Müllner erlitt daraufhin einen Nervenzusammenbruch und führte zur Rechtfertigung seines Handelns die besonderen Umstände in Kattowitz während des Krieges an.

4. Der damalige Oberbürgermeister Artur Gudoff habe in Kattowitz wie ein Kurfürst geherrscht und sei die treibende Kraft hinter den Deportationen gewesen. Wenn jemand den Polen zu übergeben sei, dann sei es Gudoff und nicht er, Müllner.

5. Artur Gudoff habe ihn massiv bedrängt, das Judenproblem in seiner Stadt radikal zu lösen und mit aller Schärfe gegen die noch verbliebenen Polen vorzugehen. Gudoff habe dabei wörtlich vorgebracht, es sei doch ein Leichtes für ihn, Müllner, "das Gesocks aus unserem Kattowitz dahin zu verfrachten, wo es hingehört, nämlich nach Auschwitz."

6. Müllner sagte weiter aus: "Ich hätte mich den Forderungen Gudoffs gar nicht verweigern können, da dieser sich wiederholt auf Reichsleiter Martin Bormann berief, den Sekretär Adolf Hitlers. Das enge Verhältnis zu Bormann bestand seit Gudoffs Stellung als Berliner SA-Führer noch vor 1933."

Kelly

P.W. KELLY, Major, MI, CO, SCI/A

»Aber … Aber damit hatte ihn Kelly ja in der Hand!«

»Ja sicher«, erwiderte Corelli mit einem Achselzucken. »Mit Müllners Aussage war Gudoff geliefert. Wir wussten alles über ihn.«

»Warum haben Sie das bei sich aufbewahrt?«

»Die Sache ging niemanden etwas an.«

»Ach?« Blocher hielt das Protokoll hoch. »Sie wollten an seine Reichtümer und haben ihn damit zum Schweigen gebracht.«

»*Seine* Reichtümer?«, gab Corelli höhnisch zur Antwort.

Blocher musste an Wolffson denken, wie der an ihm vorbei ans Leere blickte, als er sagte: *Man muss nur ein wenig in der Vita eines Menschen stochern. Dann kommt alles an den Tag.* Er warf das Papier auf den Tisch und murmelte wie abwesend: »Trotzdem eine Erpressung. Ganz ohne Gewissensbisse, weil Gudoff Hunderte, vielleicht Tausende in den Tod geschickt hat. Aber wenn es nun umgekehrt wäre und er etwas gegen diesen *homme macabre* in der Hand hatte? Und der Sohn Kelly erpresst hat? Und dafür mit dem Leben bezahlte? Was dann?«

Corelli schaute ihm mit einem Ausdruck galligen Mitleids in die Augen.

»Lieber Herr Doktor Blocher, bitte tun Sie mir den Gefallen und reden Sie nicht über Dinge, von denen Sie keine Ahnung haben! So mir nichts dir nichts, wie Sie das anscheinend glauben, lässt kein Geheimdienst jemanden umbringen, es sei denn, er ist ein Verräter. Schon gar nicht wird da jemand erschlagen. Aber was gäbe es schon zu verraten? Ich war lange genug im Geschäft und ich kann Ihnen versichern: Das am besten gehütete Geheimnis jedes Nachrichtendienstes ist, dass er wenig oder gar nichts weiß.«

»Hier geht es nicht um Spionage oder Geheimdienste, sondern um Geld, um sehr viel Geld.« Während er das sagte, kamen Blocher Zweifel, ob Corellis Verbindung mit Terek eine rein musische war oder nicht auch oder sogar weit mehr eine geschäftliche. »Sagt Ihnen die Hogan Fillmore Bank etwas?«, begann er unvermittelt. »Oder die Inter Seabridge Bank und die Bank of Butler Ridge?«

»Wie kommen Sie denn darauf?«, reagierte Corelli hellwach, aber ruhig.

»Bekir Terek, mit dem ich Sie gestern im Festspielhaus angetroffen habe, war Teilhaber dieser Banken. Kelly auch.«

»Woher wollen Sie das wissen?«

»Artur Gudoff war im Besitz eines Dossiers, darin sind die Verbindungen alle aufgeführt. Ein pikantes Netzwerk.«

»Ein Dossier? Was für ein Dossier?«

»Nichts von Bedeutung«, wich Blocher aus. »Sie haben sich heute Morgen mit Bekir Terek getroffen. Warum? Woher kennen Sie ihn?«

»Woher kennen *Sie* denn Terek?«, konterte Corelli.

»Jeder kennt Terek. Sogar die Schaulustigen vor dem Festspielhaus. Außerdem war er letzte Woche bei uns in Berlin.«

» Bei Ihnen?« Corelli schien überrascht. »Bei Croning?«

»Ja, er wollte Croning für ein Projekt in der Südtürkei gewinnen. Aber daraus wurde nichts. Woher kennen Sie ihn?«

»Ich? Ich ... Wir sollten uns um ihn kümmern. Es war ja das erste Konzert seines Orchesters hier in Salzburg.«

»In wessen Auftrag?«

»In wessen Auftrag was?«

»Sich um Terek zu kümmern. Hat Kelly Sie darum gebeten?«

»Aber nein! Wieso sollte er?«

»Woher kennen Sie Terek dann? Was wissen Sie über ihn? Was haben Sie mit ihm zu tun? Sagen Sie schon!«

»Was ist denn los mit Ihnen? Ich lade Sie ein, ich dachte, wir verbringen einen interessanten Abend miteinander. Und statt unsere gute Küche zu genießen und eine normale Unterhaltung zu führen, wie es sich für zivilisierte Menschen gehört, finde ich mich plötzlich in einem Verhör wieder.«

»Ich muss Sie um Entschuldigung bitten«, lenkte Blocher ein. »Aber finden Sie es normal, dass Terek in Berlin war, als Kasimir Gudoff ermordet wurde, und dann kommt er nach Salzburg und nebenan in Berchtesgaden liegt Artur Gudoff plötzlich tot auf der Couch? Da ist dieser komische Chauffeur, der sich wie sein Leibwächter aufführt. Eine nicht gerade vertrauenerweckende Gestalt. Sie sind doch mit Terek gut bekannt. Was wissen Sie über ihn?«

»Nichts«, meinte Corelli zögernd, »außer dem, was in den Zeitungen steht ... Das Festspielkomitee«, ergänzte er lebhaft, als fiele ihm eben die Antwort ein, »hat uns gebeten, sich um ihn zu kümmern.«

»Wo ist Terek jetzt?«

»Auf dem Weg nach Istanbul.«

»Auch Isabel Kelly?«

Corelli sah ihn scharf an. »Ja, auch Isabel. Wieso fragen Sie mich nach ihr?«

Komisch, dachte Blocher, Terek wollte sich doch morgen mit ihm treffen, und versuchte es mit einer Gegenfrage.

»Sagt Ihnen die BICI Bank etwas?«

»Sie meinen die Bank of Investment und Commerce International, die 1991 geschlossen wurde?«

»Ja. Ein epochaler Finanzskandal. Sie erinnern sich? Weltbank des Verbrechens, weltgrößte Geheimdienst-Drogen-Waschküche: So nannte man sie damals in der Presse. Nach ihrem Zusammenbruch stellten die Ermittler fest, dass mehr als dreizehn Milliarden Dollar spurlos verschwunden waren. Sie finanzierte neben Saddam Hussein und den afghanischen Mudschaheddin so leuchtende Gestalten wie Adnan Kashoggi, die Marcos-Familie auf den Philippinen und den Terroristen Abu Nidal.«

»Ja und?«

Blocher stellte sich ans Fenster und schaute hinüber nach Maria Plain, deren illuminierte Fassade hell in der Abenddämmerung leuchtete. Die Hände in den Hosentaschen sagte er halblaut: »Wussten Sie nicht, dass Bekir Terek über Verwandte in Karatschi in Geschäfte mit der BICI verwickelt war?«

Er wandte sich Corelli zu und sah ihn von der Seite an. Im Aschenbecher auf der Fensterbank lag die erloschene FINAS. Corelli holte das Feuerzeug aus der Seitentasche seines Anzugs und zündete sich umständlich eine neue Zigarette an. Seine Hand zitterte. Er nahm einen tiefen Zug und hielt den Rauch lange in den Lungen, dann blies er ihn gegen das Fenster und ließ die Schultern hängen.

»Woher wollen Sie das wissen?«

»Steht alles in dem Bericht über Terek und Kelly.«

»Sie meinen das Dossier, von dem Sie eben sprachen?«

»Ja.«

»Dieses Dossier …«, begann Corelli stockend nach einer Weile, als müsse er sich auf jedes Wort besinnen. »Woher stammt es? Wer hat es angelegt?«

»Der deutsche Bundesnachrichtendienst.«

»Aber … Aber wie kann dieser Gudoff an ein … Und jetzt? Er ist doch tot!« Es klang fast verzweifelt. »Wer hat es? Sie?«

»Ja«, sagte Blocher.

Der Diener erschien, gefolgt vom Koch, der den Topfenpalatschinken brachte. Dazu gab es eine Zöbinger Heiligenstein Trockenbeerenauslese. Laura Corelli hatte sich anscheinend zurückgezogen.

»Kann ich es sehen?«, fragte Corelli vorsichtig.

»Es hat keine Bedeutung«, wiegelte Blocher ab und hob die Hand zu einer abweisenden Geste. »Für Sie nicht. Für mich nicht. Es betrifft Terek, diesen Kelly und einen gewissen Frank Sullivan.«

»Frank … Sullivan?« Corelli riss die Augen auf und blaffte Blocher an. »Herr Blocher, Sie verstehen mich nicht! Sie dürfen das auf keinen Fall behalten! Zeigen Sie es mir! Lassen Sie es mich lesen und wir verbrennen es. Ich beschwöre Sie. Verdammt noch mal«, rief er aus. »Sie haben keine Ahnung!«

Blocher zuckte mit den Schultern, als begreife er Corellis Ausbruch nicht, dann griff er in die Innentasche seines Sakkos und hielt ihm die Kopien der ersten Seite des Dossiers und des Anschreibens der Pospischil entgegen. Corelli nahm die Blätter mit beiden Händen, als müsse er sich daran festhalten. Dann legte er sie neben seinen Teller, überflog die Zeilen und verschlang, ohne aufzublicken, seinen Topfenpalatschinken.

»Wo ist der Rest?«, fragte er eilfertig.

Als Blocher schwieg, wechselte Corelli plötzlich das Thema und kam auf Terek zu sprechen.

»Er ist mächtiger als alle, stärker als Sie und ich und Ihr Croning.«

»Drogengeschäfte?«

»Ja, nein … Ich meine etwas anderes. Er hat uns alle überflügelt. In gewisser Weise war das unvermeidbar. Wer in dem Umfeld da unten so weit nach oben kommt wie Terek, muss …«

»Welches Umfeld?«

»Die Türkei, was sonst? Waren Sie schon mal da?«

»Ja. Schon eine Weile her.«

»Na, dann wissen sie auch, dass die Türken Muslime sind.«

»Teils – teils.«

»Teils – teils? Zwei äußerst ungleich große Teile würde ich sagen! An der Oberfläche laizistisch: Staat und Religion getrennt. Aber islamisch im Kern. Wenn Sie so wollen: im Wesen.«

»Was hat das mit Terek zu tun?«

»Sehr viel. Es macht die Sache für jemanden wie ihn heikel. In der Türkei ist alles möglich. Das ganze Land durchzieht ein Geflecht aus Korruption und mafiosen Strukturen. Undurchschaubar, weit verzweigt, friedlos, in ewiger Bewegung. Dagegen sind wir Italiener Waisenknaben. Das dort unten ist der Orient. Der fängt auf dem Balkan an und hört in Afghanistan noch lange nicht auf. Die können das nicht abschütteln, egal wer in diesen Staaten das Sagen hat. Und die Türkei mittendrin. Es gehören eine gewaltige Willenskraft und Stehvermögen dazu, wenn man da ganz oben mitmischen will. Terek muss sie alle an die Hand nehmen: Regierung, Geheimdienste, die Armee, die Polizei, die Konkurrenz, die Säkularen und die offenen und geheimen islamischen Kohorten. Alle auf einmal, das ist die Kunst!«

»Vielleicht ist das Geheimnis seines Erfolges eine gesunde Imagepflege. Orchester, Privatuniversität, Museum und diese Dinge …«

»Nein, das nicht«, entgegnete Corelli finster und wandte sich ab, als wolle er zu verstehen geben, dass er sich nichts mehr von der Unterhaltung versprach. »Das ist alles zweitrangig. Was dort zählt, ist nicht Imagepflege, sondern die Machtfrage: Wer wen? Terek weiß: Die Regierung allein, die Geheimdienste und schon gar nicht die Konkurrenz können jeder für sich etwas gegen ihn ausrichten. Nur wenn sich alle zusammen gegen ihn verbünden, wird es für ihn gefährlich. Aber das wird nicht passieren. Darf ich mir hiervon eine Kopie machen?« Er hielt die beiden Blätter in die Höhe.

»Meinetwegen.«

Corelli rief nach dem Diener. Dann erhob er sich mit einer steifen Bewegung und meinte in einem Ton, in dem man jemandem das Ende einer Unterhaltung signalisiert: »Tereks Karawanen werden weiter ziehen über die Brücke zwischen Orient und Okzident, wie es so schön in jedem Reiseführer heißt. Beladen mit brisantem und vor allem profitablem Gepäck. So lange es im Interesse aller ist, wird er weiter oben schwimmen wie ein Korken auf dem Bosporus. Und ich würde niemandem raten, sich mit ihm anzulegen. Es wäre nicht nur dumm, es wäre lebensgefährlich.«

Der Diener kam mit den Kopien.

»Es sei denn, man weiß, wie er zu nehmen ist«, fügte Corelli mit einem eigenartigen Lächeln hinzu. »Hat nicht jeder von uns seine Schwächen und seinen wunden Punkt?« Er gab Blocher die Blätter der ersten Seite des Dossiers und des Anschreibens der Pospischil zurück, steckte die beiden Kopien zusammengerollt in die Seitentasche seines Anzugs und beendete das Gespräch mit den Worten: »Es war mir ein Vergnügen, Herr Doktor Blocher.« Dann begleitete er Blocher vor die Tür, wo er ihm hochaufgerichtet seinen Arm entgegenstreckte und noch schöne Tage in Salzburg wünschte.

Mittwoch, 11. August 1999

Am nächsten Morgen saß Blocher beim Frühstück in seiner Turmsuite und grübelte über die merkwürdige Wendung im Gespräch mit Corelli nach. Erst Corellis beinahe panische Reaktion, nachdem er die Kopien der ersten Seite des Dossiers und des Anschreibens der Pospischil gelesen hatte, und kurz darauf die rätselhafte Gleichgültigkeit, ja beinahe Heiterkeit, mit der er die Lektüre unkommentiert ließ und die zusammengerollten Blätter in der Seitentasche seines Anzugs verschwinden ließ: Das passte nicht zusammen.

Je länger er über die Begegnung nachdachte, umso mehr bildete er sich ein, dass ihm irgendeine Nebensächlichkeit entgangen war und ihn nur ein Gedankensprung, eine Assoziation von einem wichtigen Hinweis trennte. Er war sich nicht sicher, ob es sich dabei um eine Äußerung oder Bemerkung Corellis handelte oder ob es eine beiläufige Beobachtung betraf, etwas, das er übersehen hatte, irgendeinen Gegenstand oder eine verschlüsselte Botschaft.

Er ging noch einmal den Ablauf in Gedanken durch, rief sich die Szene mit Laura Corelli neben dem Bogenschützen in Erinnerung, den Gotischen Salon mit der rosafarbenen Tapete, die schwarze, mit Reliefschnitzereien verzierte Reisetruhe Paris Lodrons und Corellis Dupont-Feuerzeug, aber es war, als säße er vor einer Patience, die nicht aufgehen will.

Um sich abzulenken, entschloss er sich, früher als geplant zum Schlosshotel Fuschl zu fahren, wo das Treffen mit Samy Hershfield, dem New Yorker Anwalt, stattfinden sollte, das Wolffson arrangiert hatte.

Als er das Hotel verlassen wollte, blieb er eine Weile unschlüssig in der Halle stehen. Dann sprach er den Empfangschef an.

»Sagen Sie, Herr Wessely, können Sie Spanisch?«

»Ein wenig. Wie kann ich Ihnen helfen?«

»Was bedeutet La Estafa en Mallorca?«

»La Estafa … La Estafa …«, murmelte Wessely. Er griff unter das Desk und holte ein Wörterbuch aus der Schublade. »La Estafa … Hier haben wir es! Also, La Estafa, das bedeutet: Betrug, Betrügerei! Betrug auf Mallorca, Mallorquinischer Betrug, natürlich!« Dass ihm das nicht gleich eingefallen sei, jetzt werde er es sich aber bestimmt merken. »La Estafa … La Estafa …«, lauschte er kopfschüttelnd seinen Worten nach und legte das Wörterbuch wieder zurück in die Schublade.

Blocher bedankte sich mit einem gequälten Lächeln und dachte: Wieso sollte jemand die Worte *Mallorquinischer Betrug* auf ein Kuvert mit der CD-ROM schreiben? Enthielt die Scheibe einen Hinweis auf die verschwundenen Millionen, am Ende gar auf deren Verbleib? Mit Informationen über Hotels, Projekte und Immobilien der Gruppe oder der Konkurrenz, wie die Fehring sie ihm üblicherweise zukommen ließ, hatte es offenbar nichts zu tun. Er überlegte, ob er sie nicht anrufen sollte, aber der Gedanke an ihr giftiges Gerede, er sei jetzt der Dumme, den man als Ersten fragen würde, wer Gudoff umgebracht hat, genügte, um ihn davon abzubringen. Fest steht, sagte er sich, dass Tereks Fahrer die CD-ROM in der Tiefgarage aus seinem Wagen gestohlen hatte. Sie war bei Terek gelandet, und was das bedeutet, kann ich mir nicht mal ausmalen, solange ich nicht ihren Inhalt kenne.

Blocher hatte entgegen seiner Gewohnheit keine Nachrichten verfolgt und daher der für halb zwölf Uhr angekündigten Sonnenfinsternis auch keine Beachtung geschenkt. Erst als er auf Schloss Fuschl eintraf, fiel ihm wieder das Magazin mit der dunklen Scheibe auf dem Titel ein, das der Mann am Nebentisch im Café Tomaselli, die Brille in die Stirn geschoben, mit zusammengekniffenen Augen studiert hatte.

Vor der Auffahrt zum Hoteleingang war eine kleine Sofi-Party bereits im Gange. Zur Einstimmung auf das Jahrhundertereignis hatte man eine Bar aufgebaut, davor standen Tische und Bänke und ein Flachbildschirm. Pop-Musik aus großen Lautsprechern übertönte die Live-Übertragung, die gerade im Fernsehen lief. Noch hatten sich nur wenige Gäste eingefunden.

Einer der Kellner blickte skeptisch zum Himmel und meinte zu Blocher, dem Ereignis drohe ein Debakel, da über großen Teilen Süddeutschlands das Wetter nicht mitspiele. Man könne nur hoffen, dass sich die Schleierwolken über ihnen noch rechtzeitig auflösten wie jetzt dort drüben im Westen. Er händigte Blocher

»für alle Fälle« ein Brillengestell aus Pappe mit Lichtschutzfiltern aus.

Blocher bestellte eine halbe Flasche Ruinard Rosé und nahm sie mit nach unten zum Steg. Dort war kein Mensch zu sehen. Er öffnete die Tür zum Bootshaus, wo er den Bademeister antraf, der ihm, angetan von seiner Idee, der Dämmerstunde auf dem See entgegenzusehen, ein Elektroboot überließ.

Das Boot glitt leise auf dem glatten schwarzgrünen Wasser dahin, als der Himmel aufriss und die Sonne hoch im Süden über den bewaldeten Hügeln des Filblings stand. Blocher stellte den Motor ab. Niemand war ihm gefolgt, von anderen Booten war weit und breit nichts zu sehen. Er war allein mitten auf dem See.

Blocher setzte die Schutzbrille auf und beobachtete den Mond, der sich von Westen langsam in die Sonnenscheibe schob. Ein diffuses Licht legte sich über die Landschaft, als ob der Abend bereits dämmerte, und doch war die Atmosphäre nicht dieselbe. Nachdem der Mond die Sonnenmitte überschritten hatte, wurde die Umgebung immer blasser und grauer. Blocher öffnete die Flasche und genoss, das Glas in der Hand, die eigenartige Stimmung. Erst wichen die Farben aus den Wäldern ringsum, dann hörten die Vögel auf zu singen und Blocher konnte mit bloßem Auge auf die Sonne schauen, deren dünne Sichel allmählich schrumpfte, als drehe jemand an einem Dimmer die fahle Beleuchtung langsam aus. Am Ufer bellte ein Hund, kurz und verängstigt, dann herrschte wieder eine bleierne Stille.

Was er erlebte, war ohne Beispiel, aber Blocher empfand es nicht wirklich als beunruhigend oder fantastisch. Ihm wurde plötzlich kalt, die Haut seiner Hände war aschgrau und die Dunkelheit inzwischen so stark, dass links neben dem winzigen diamantenen Strahl der Sonne die Venus als heller Stern erschien.

Auf das, was dann geschah, war er nicht vorbereitet. Der funkelnde Diamant erlosch, und als öffneten sich vor seinen Augen die Pforten zur Hölle, versetzte ihm der Umschlag der Sonne in eine schwarze Scheibe einen Schock, der alle bis dahin geglaubten Wahrheiten auf den Kopf stellte. Etwas derart Jenseitiges hatte er noch nicht erlebt. Er achtete nicht auf die über den dunklen Himmel verstreuten Sterne, er starrte unentwegt auf das schwarze, von einem flirrenden Strahlenkranz eingefasste Auge. Es schimmerte wie Stahl, als sei darin der Kern des Weltalls eingeschmolzen. Eine ungeheure Energie drang bis auf den Grund seiner Seele, das schwarze Auge blickte auf ihn herab, als wollte es sagen: du bist erkannt, ja du Blocher, dich meine ich, dich und deine kleine Welt. Erhoffe nichts von ihr und nichts von dem Tag, an dem der Tod in deinen Körper kriecht und mit kalter Hand nach dir greift – so wie jetzt der Wind übers Wasser fährt und Licht zu Schatten und Sonne zu Finsternis werden. Niemand wird deinen Sturz ins Nichts aufhalten, so wie das All, aus dem ich mein Auge auf dich richte, eines Tages eingerollt werden wird wie eine sinnlos beschriebene Schriftrolle. Man hätte glauben können, die Apokalypse sei über die Welt hereingebrochen.

Blocher war so getroffen von der Erscheinung, dass er gar nicht merkte, wie ihm Tränen über die Wangen liefen. Nach weniger als zwei Minuten war alles vorbei. Eine winzige Lichtblase, die über dem westlichen Rand der Scheibe aufging, genügte, um das Wasser des Sees zum Glänzen und die Vögel wieder zum Fliegen zu bringen. Korona und Sterne waren verschwunden, der Tag nahm gleichsam einen neuen Anlauf, als wäre nichts geschehen.

In diesem Moment ging Blocher plötzlich auf, wonach er vergebens gesucht hatte: die Nebensächlichkeit, die ihm entgangen war, die verschlüsselte Botschaft, die Patience, die sich nicht auflösen ließ …

»Der Bentley!«

Oben auf dem Parkplatz vor dem Schloss. Das Genfer Nummernschild! »Corelli war die Quelle!«, entfuhr es ihm.

Im Dossier war immer nur von einer Quelle aus Genf die Rede. Corelli, der mit stumpfem Blick wie ein Modell aus dem Wachsfigurenkabinett vor sich hinstarrte, das Zittern der Hand, die pure Angst, die ihm ins Gesicht geschrieben stand: *Er* war MELROSE! Er war die Quelle, die Kelly und Terek und Sullivan einem fremden Nachrichtendienst gegenüber denunziert hatte. Corelli ist der Verräter, ein Maulwurf par excellence!

Kein Geheimdienst lässt jemanden umbringen, *es sei denn, er ist ein Verräter*. Das waren seine eigenen Worte. Und er hatte begriffen: Wenn Terek und Kelly Wind bekommen von seinem Verrat, ist sein Schicksal besiegelt.

Blocher lieferte das Boot beim Bademeister ab. Als er aus dem Bootshaus trat, kam ihm auf dem Steg Holger Altenhöhner in Badehose entgegen.

»Naa? Das ist aber eine Überraschung! Was machen Sie denn hier im dunklen Anzug?«

Blocher war so irritiert über die Begegnung, dass er unzusammenhängend irgendetwas über Karten für Don Giovanni, Boot und Sonnenfinsternis von sich gab, als habe er sich für die Begegnung zu entschuldigen.

»Jaja, die Sonnenfinsternis«, scherzte Altenhöhner, während er Blocher einen kräftigen Händedruck gönnte. »Er schwebte über dem Wasser, da ward es Licht und die Finsternis hatte ein Ende … Ich hab sie ehrlich gesagt hier auf der Liege verschlafen. Wollte eben ein Bad im See nehmen. Wohnen Sie hier im Hotel?«

»Nein, ich bin nur … Ich habe eine Verabredung«. Blocher sah auf die Uhr. »In einer halben Stunde.«

»Aber dann haben wir ja noch Zeit! Kommen Sie, dort hinten ist ein schattiges Plätzchen, da sind wir ungestört!«

Altenhöhner bestellte bei der Bedienung zwei große Braune und führte Blocher zu einer kleinen, unter Bäumen versteckten Terrasse am Ende des Stegs.

Blocher hatte sich so weit gefangen, dass er Altenhöhner nach dem Grund seiner überraschenden Anreise fragte.

»Salomé!«, verriet ihm Altenhöhner in einem Ton, als handele es sich um eine heikle Angelegenheit. Sie treffe gerade Will Bender in Salzburg. Ihre Rolle in Benders neuem Film! Im nächsten Jahr Cannes, dann wären sie aus dem Schneider …

Blocher enthielt sich jeden Kommentars.

»Artur Gudoff ist tot.«

Altenhöhner schien weder überrascht noch hielt er sich mit irgendwelchen Äußerungen des Bedauerns über das Ende des Alten auf. Er reagierte genauso teilnahmslos wie beim Besuch Blochers in Potsdam auf die Ermordung Kasimir Gudoffs. »Für mich bringt sein Tod nur Umstände«, meinte er. »Ich muss mich um den Nachlass Kasimirs kümmern. Jetzt ist auch noch sein Vater gestorben. Das ist alles sehr unerfreulich. Woher wissen Sie überhaupt, dass er tot ist?«

»Ich war gestern Mittag bei ihm oben. Da lag er tot auf der Couch.«

Altenhöhner strich sich eine Locke aus der Stirn. »Sie haben ihn also doch aufgesucht … Warum?«

Blocher wich mit einer Bemerkung über Altenhöhners Leben auf dem Obersalzberg aus.

»Woher wissen Sie das denn?«

»Von der Haushälterin.«

»Ja, ich bin dort mit Kasimir zur Schule gegangen und wohnte bei ihnen im Haus. Offen gesagt lässt mich der Tod des Alten kalt. Er war ein widerlicher Mensch. Mehr möchte ich dazu nicht sagen. Und Kasimirs Ende, so schrecklich es sein mag, berührt mich auch nicht besonders. Ich bin den beiden weiß Gott nichts schuldig.«

»Moment mal!«, warf Blocher ein. »Sie sind der Anwalt und Testamentsvollstrecker Kasimir Gudoffs. Er und sein Vater wurden umgebracht. Sie können doch nicht über zwei Morde einfach so hinweggehen!«

»Zwei Morde? Wieso zwei Morde? Artur Gudoff lag tot auf seiner Couch, sagten Sie eben. Wie können Sie behaupten, dass es Mord war?«

»Beweisen kann ich es nicht«, gab Blocher zu. »Aber am Freitag wurde Kasimir Gudoff ermordet. Drei Tage später ist sein Vater tot. Finden Sie das normal?«

»Gudoff war Jahrgang 1912! Wer sollte ihn denn in dem biblischen Alter umbringen? Und warum? Ist doch abwegig.«

»Könnte ja sein, dass er Feinde hatte.«

»Feinde? Wer um Himmels willen sollte sich für den ollen Wichtigtuer interessieren?«

»Vielleicht wusste er zu viel.«

»Wie meinen Sie das?«

Blocher überlegte einen Moment. Dann sagte er:

»Er kannte den Mörder.«

»Er kannte den Mörder? Soll das heißen, er hat gewusst, wer Kasimir umgebracht hat? Wie kommen Sie denn darauf?«

»Weil er es mir gesagt hat.«

Altenhöhner konnte es nicht fassen.

»Ich dachte, er war tot, als Sie …«

»Das war gestern. Tags zuvor war er putzmunter.«

Altenhöhner rührte in seinem Kaffee und streifte Blocher mit einem flüchtigen Blick.

»Putzmunter!«, wiederholte Blocher »Er nannte den Namen des Mörders: Kelly. Ein Mann vom amerikanischen Geheimdienst.«

Altenhöhner blies die Backen auf und schüttelte missbilligend den Kopf.

»So ein Blödsinn«, winkte er ab. »Habe ich Sie nicht gewarnt? Ich kenne Gudoff. Er war nicht nur ein unverbesserlicher Nazi. Er war ein Ekelpaket. Mit einer blühenden Fantasie. Ein Verrückter. Das ist alles.«

»Vielleicht war er verrückt«, erwiderte Blocher leise, »aber seine Geschichte stimmt.«

Er schilderte in wenigen Worten seinen Besuch auf dem Obersalzberg: Die Hitze in der Bauernstube, die Besichtigung des Tunnels unter dem Haus und Gudoffs Story über den dort verborgenen Nazischatz.

»Nun hören Sie schon auf! Das Einzige, was stimmt, ist der Tunnel unter dem Haus. Kasimir und ich haben uns als Kinder manchmal dort versteckt. Der Rest sind Märchen. Dafür gibt es nicht den geringsten Beweis.«

»Doch. Ich habe gestern mit jemandem gesprochen. Der hat es mir bestätigt.«

»Was bestätigt? Dass dieser Kerry oder Kelly oder wie der heißt letzte Woche Kasimir Gudoff umgebracht hat?«

»Nein, das nicht. Aber die Geschichte mit dem Goldversteck unter Gudoffs Haus.«

Altenhöhner lehnte sich zurück und sah Blocher mit einem breiten Grinsen an.

»Wer hat Ihnen denn diesen Quatsch erzählt?«

»Riccardo Corelli. Sagt Ihnen der Name etwas?«

»Nein. Nie gehört. Wer soll das sein?«

»Ihm gehört Schloss Mönchstein in Salzburg. Ich war gestern bei ihm. Corelli war zusammen mit diesem Kelly 1945 in Salzburg beim OSS, dem Vorläufer der CIA. Die beiden haben damals tatsächlich den Tunnel unter dem Haus entdeckt und, wenn man so will, Gudoff um ein Vermögen gebracht. Wenn man so will: Es war ja nicht sein Gold.«

Altenhöhner schüttelte ungläubig den Kopf. Dann zog er die Augenbrauen hoch.

»Sagen Sie mal, Herr Blocher«, in seiner Stimme klang leiser Spott mit, »ich dachte, Sie wollten sich erholen? Festspiele, Oberitalien, Tessin und so. Stattdessen kurven Sie auf dem Obersalzberg herum, klopfen bei einem unverbesserlichen Nazi an die Tür und gehen ihm auf den Leim. Dann treffen Sie einen Herrn Corelli, der angeblich in die Sache verwickelt ist. Wie kommen Sie überhaupt auf den?«

»Ein guter Bekannter hatte mich zufällig …«

»Ach, ein Zufall? Was treiben Sie hier eigentlich, Herr Doktor Blocher, wenn ich fragen darf? Sie fühlen sich doch nicht etwa berufen, einen Mord aufzuklären?«

»Zwei Morde!«, korrigierte Blocher, bemühte sich dann aber um ein gewinnendes Lächeln. »Überlegen Sie doch mal: Wenn die Geschichte mit dem Gold und dem Tunnel keine Erfindung ist, dann muss auch an Gudoffs Verdacht gegen Kelly etwas dran sein. Vielleicht haben es die Gudoffs mit einer Erpressung versucht, aus Rache oder aus Geldgier, und es ist schiefgegangen.«

»Aha«, höhnte Altenhöhner, »genau so wird's gewesen sein: Die Gudoffs legen sich mit Leuten aus einem Geheimdienst an, Kasimir wird umgebracht, und weil Papa Verdacht schöpft, er auch gleich mit. Wollen Sie mich auf den Arm nehmen?«

Das Gespräch drehte sich im Kreis. Blocher fand, es sei an der Zeit zu gehen, als Altenhöhner ihn fragte: »Sie meinen, der alte Gudoff und dieser Corelli … Die kannten sich?«

»Ja. Jedenfalls sind sie sich 1945 begegnet.«

»1945? Und jetzt, nach einem halben Jahrhundert, sollen die beiden Ihren Mönchsburg-Ritter erpresst haben? Womit denn, wenn ich fragen darf?«

»Womit? Vielleicht ein Dokument, ein Dossier oder so etwas«, wich Blocher aus und sagte noch: »Als ich Corelli darauf ansprach, schien er irritiert und gab sich merkwürdig zugeknöpft.«

»Sie glauben also an das, was der Alte gesagt hat, und haben Corelli und diesen Kelly in Verdacht?« Altenhöhner legte die Stirn in Falten. »Vielleicht haben Sie recht«, merkte er nach einer Pause nachdenklich an. »In diesem Milieu ist alles möglich. Erinnern Sie sich an den Beamten aus dem Innenministerium, als Sie bei uns im Garten waren? Der ist total desillusioniert. Machte mir gegenüber einmal dunkle Andeutungen über die Morde an Uwe Barschel und an Buback, den Generalbundesanwalt, erinnern Sie sich? So in der Art, es sei nun mal der Job von Geheimdiensten, an der Quelle zu sein. Wäre es anders, hätten sie nichts zu verbergen.«

»Ich weiß nicht«, antwortete Blocher in einem Ton, als wäre er nicht bei der Sache, und entschied, Altenhöhner nicht über das Dossier in seinem Besitz aufzuklären. Ihn beschäftigte etwas anderes.

»Was haben Sie denn da am Arm?«

»Ach, das war Salomé.« Altenhöhner hielt ihm den Arm entgegen und zeigte ihm nicht ohne eine gewisse Selbstzufriedenheit zwei auffallend starke Narben. »Stammen aus New York. Sie ist durchgedreht, weil ich sie verlassen wollte. Ich hatte die Nase voll, ich schwitzte Blut und Wasser, weil sie geklaut hat wie ein Rabe, aber dann …«

»Geklaut? Was wollen Sie damit sagen?«

»Na ja …«, grinste Altenhöhner, »sie mopst, was das Zeug hält. Und nicht nur in den Designer-Läden. In New York ging sie in die großen Kaufhäuser, zu Macy's, Bloomingdales und Saks Fifth Avenue. Sie ist krank, arbeitet aber hoch professionell. Sie geht da nicht einfach hin und klaut. Dem gehen akribische Vorbereitungen voraus. Sie studiert die Location, widmet sich stundenlang ihrem Outfit, schminkt sich sorgfältig, türmt die Haare zu einer extravaganten Frisur, achtet auf jedes Detail ihrer Kleidung, auf den Schmuck, die Strümpfe und zieht sich die elegantesten Schuhe an. Ihr Trick ist im Grunde einfach, man muss nur die Verkäuferinnen zu nehmen wissen und man muss Nerven haben. Und die hat sie.« Er bat Blocher, die Geschichte unbedingt für sich zu behalten, schien dabei aber durchaus amüsiert.

»Grundsätzlich«, weihte er Blocher in die Praxis des gehobenen Ladendiebstahls ein, »betritt sie die Läden im teuersten, topaktuellen Dress. Das sorgt für den nötigen Respekt beim Personal. Verkäuferinnen sind dafür sehr empfänglich. Dann sucht sie sich möglichst viele Kleider, Mäntel oder Jacken aus, immer sechs, sieben Stück oder mehr auf einmal und geht damit in die Kabine. Probiert an, zieht sich um, steht vor dem Spiegel, geht zurück in die Kabine und wieder raus und so fort. Dazwischen wickelt sie die Verkäuferinnen mit ihren Kommentaren zu den neuesten Trends ein, hat dabei aber immer alles im Blick: die Verkäufer, die Kameras, die Kassen, die Kaufhausdetektive. Aber sie hält sich nie länger in dem Bereich des Labels auf, das sie mitgehen lassen will. Das ist ganz wichtig.«

Es hörte sich an, als habe Altenhöhner endlich den Richtigen gefunden, um sich Salomés Treiben von der Seele zu reden.

»Sie trennt das Signet und dieses Sicherungsding ab und lässt sie in den Taschen eines Kleidungsstücks verschwinden, an dem sie nicht interessiert ist. Das von ihr ausgewählte Teil verschwindet in ihrer Tasche: Ein tiefer Beutel, in den so viel reingeht, dass es nicht weiter auffällt. Dann lässt sie den Klamottenberg auf irgendeinem Tisch zurück und verlässt die Abteilung. Wenn ich in der Nähe bin, sind das für mich die schlimmsten Momente. Sie bleibt da total cool. Das Irre ist, dass niemandem etwas auffällt. Wenn die überhaupt etwas merken, dann bei der Inventur oder wenn, hoppla, das Signet oder der Plastikmelder von einer Kundin gefunden wird. Sie müssten mal Salomés Kleiderschränke sehen! Unsere Remise in Potsdam quillt über von den teuersten Labels. Alles geklaut.«

Altenhöhner lachte laut. Ein breites und fröhlich knarzendes Lachen.

»Ich hab ja an sich ganz gute Nerven, aber irgendwann wurde es mir zu viel. Ich wollte mit ihr Schluss machen. Da ging sie mit dem Küchenmesser auf mich los.«

»Respekt«, bemerkte Blocher. »Ein denkwürdiger Fall von asymmetrischer Gewalt in der Ehe! «

»Tja, so ist das mit ihr«, grinste Altenhöhner. »Sie hat auch keine Freundinnen. Keine einzige! Sie hat niemanden, nur mich. Vielleicht ist sie deshalb krankhaft eifersüchtig. Inzwischen«, fuhr er fort, wobei er lachte wie über einen guten Witz, »ist Salomés Lieblingsbijou ein Klappmesser. So schön eine Trennung wäre, sie wäre lebensgefährlich.«

Er tippte mit dem Finger auf die Narbe. »Ich hoffe nur, das mit Salomé und Bender wird was. Den Mallorca-Auftrag kann ich mir ja nach Kasimirs Ende abschminken. Oder könnten Sie sich da nicht bei Croning für mich einsetzen?«

Was will er eigentlich?, fragte sich Blocher. Erst kommt er im Plauderton mit Stories über Messerstechereien und Plünderungen New Yorker Kaufhäuser, dann hat er Zweifel am Karrieresprung seiner Filmdiva. Wollte er nicht weg? *Keine Kanzlei, kein Potsdam und keine Salomé mehr.* Davon träumte er doch noch vor drei Tagen vor Kasimir Gudoffs Haustür in der Mangerstraße. Jetzt will er einen Job bei Croning …

Noch während Blocher überlegte, was er ihm antworten sollte, meinte Altenhöhner: »Ich weiß, was Sie jetzt denken: Wieso kommt er nicht los von ihr? Ja, ich bin auf sie hereingefallen, aber im Moment ist nicht der Zeitpunkt für eine Trennung. Vielleicht ist das falsch. Aber machen wir nicht alle Fehler?«

Blocher sah auf die Uhr, um anzuzeigen, es wäre Zeit, nach oben zu gehen, wo der New Yorker Anwalt wahrscheinlich schon auf ihn wartete. Aber Altenhöhner war noch nicht fertig.

»Sie zum Beispiel«, fuhr er fort und blickte Blocher ernst in die Augen. »Sie haben bei der Finanzierung des Projekts auf Mallorca mit Zahlen jongliert, man könnte auch sagen, sie haben sie frisiert, um es Investoren schmackhaft zu machen.«

Blocher begriff nicht gleich, worauf Altenhöhner hinauswollte.

»Es gibt da ein Schreiben Kasimir Gudoffs an die Staatsanwaltschaft in Berlin-Moabit«, schob Altenhöhner die Erläuterung seiner Behauptung nach, »mit Aufstellungen, woraus hervorgeht, dass Ihre Berechnungen zu Mallorca Schummeleien waren, weil Ihre Kalkulationen gar nicht aufgehen konnten.«

»Was für ein Schreiben? Was für Schummeleien?«, erwiderte Blocher ungehalten. »Wir haben das x-mal durchgerechnet und durch Dritte prüfen lassen.«

»Durch Dritte? Sie meinen die Treuhand- und Steuerberatungsgesellschaft Croning & Partner? Wem gehört die? Detlev Croning! Wie praktisch …«

»Ich rede auch von Gudoff, dem das ja alles vorlag. Er hat nie auch nur ein Wort dagegen eingewandt!«

»Egal«, meinte Altenhöhner. »Ich hab die Zahlen jetzt nicht im Kopf. Aber aus der Differenz zwischen dem anvisierten Investitionsvolumen einerseits und dem Finanzierungsplan aus Fremdmitteln der Banken, dem zu erwartenden Zuschuss aus Brüssel sowie dem Eigenkapital von privaten und institutionellen Anlegern andererseits ergibt sich eine erhebliche Finanzierungslücke. Wenn da Anleger eingeworben werden, ohne dass ihnen die Finanzierungslücke offengelegt wird, liegt eine Täuschung vor. Jedenfalls spricht Gudoff in seinem Schreiben von betrügerischer Absicht. Wir beide sind Juristen, Herr Doktor Blocher, und ich nehme an,

Sie wissen ebenso wie ich: Für den Anlegerbetrug reicht – und das ist für den Betrugstatbestand atypisch – eine Gefährdung der Vermögenspositionen der Anleger aus. Kurz gesagt bedeutet das nichts anderes, als dass sich Mallorca niemals rechnen wird und die Anleger hinters Licht geführt werden sollen. De facto also: Anlegerbetrug! Verantwortet zwar letztlich von Croning, aber konzipiert von Ihnen, Herr Doktor Blocher! Genauso steht das in dem Schreiben Kasimir Gudoffs an die Staatsanwaltschaft.«

Blocher war sprachlos. Es war genau die gleiche Argumentation, die er selber gegenüber Croning und Wolffson in zermürbenden Meetings vorgebracht hatte. Genau gesagt waren sie damals zu viert in Cronings Kabinett. Auch Kasimir Gudoff hatte teilgenommen, es ging ja um »sein« Projekt. Er hatte als schärfster Kritiker Blochers das große Wort geführt, ja sogar hinterhältig die Frage in den Raum gestellt, ob Blocher das herausragende Vorhaben in der Geschichte des Unternehmens mit seiner ebenso fadenscheinigen wie überflüssigen Erbsenzählerei zu Fall bringen wolle.

Alle Einwände Blochers hatte er als pedantisch abqualifiziert, weil er auf Croning schielte und es verstand, dessen Ehrgeiz anzustacheln, Hotelgeschichte zu schreiben. Fast wäre es ihm damals gelungen, Blocher aus dem Unternehmen zu bugsieren.

Blocher sah keinen Sinn darin, die alten Querelen noch einmal aufzuwärmen. Er konnte aber seine Erregung über Altenhöhners angeblichen Fund nicht verbergen, schlug mit der flachen Hand auf den Tisch und dachte: Da hat sich dieser Schuft zu Hause hingesetzt und an die Staatsanwaltschaft geschrieben, um mich mit meinen eigenen Argumenten anzuschwärzen. Eine Schweinerei sondergleichen! Im selben Moment überlief ihn ein kalter Schauer.

Der Vorwurf des Anlegerbetrugs war gar nicht das Entscheidende! Viel brisanter war, dass mit einem Bekanntwerden des Schreibens von Kasimir Gudoff an die Staatsanwaltschaft der Mordverdacht unweigerlich auf ihn, Philipp Blocher, fallen würde.

Als habe Altenhöhner seine Gedanken erraten, sagte er: »Natürlich haben Sie Kasimir Gudoff nicht umgebracht. Aber wenn das die Staatsanwaltschaft, die Mordkommission oder gar die Presse in die Hände bekommen, dann gute Nacht Marie! Ich hab das Papier in Gudoffs Schreibtisch gefunden und an mich genommen. Ich nehme an, es ist das Original und er hatte es noch nicht abgesandt. Es ist an einem sicheren Ort. Ich werde die Geschichte natürlich für mich behalten … So wie Sie das mit Salomé bitte niemandem erzählen!«

Sie standen auf. Altenhöhner erkundigte sich, was Blocher in Salzburg noch vorhabe und wie lange er zu bleiben gedenke.

Heute Abend nach der Oper, erklärte Blocher, würde er noch Bekir Terek treffen, den Bankier und Mäzen aus Istanbul.

Altenhöhner war mit seinen Gedanken schon wieder woanders. Ein schlappes »Na, das ist ja … Gratuliere!« war alles, was ihm einfiel. »Übrigens«, meinte er nebenhin, »dieser Terek hat seine Villa in Istanbul von dem New Yorker Planungsbüro restaurieren lassen, das mit euerm Mallorca-Projekt betraut ist.«

Vergnügt registrierte er Blochers versteinerte Miene.

»Wussten Sie das nicht? Sie haben mir doch in Potsdam erzählt, Kasimir Gudoff habe die Anzahlung an diesen George Hu in die eigene Tasche gesteckt. Ich hab mir mal dessen Homepage angesehen. Da ist das Hundertfünfzig-Millionen-Dollar-Anwesen am Bosporus als eines seiner Renommierprojekte aufgeführt. Man muss nicht lange googeln, um herauszufinden, dass es Terek gehört.«

Blocher antwortete darauf nicht. Er versuchte, sich zu erinnern: Wie war das im Borchardt? Erst hatten alle so getan, als ob sie sich nicht kennen würden. Bei Isabel und Marie Thérèse war es jedenfalls so. Aber Isabel und George und ihre Streifzüge durch Paris? Wie lange kannten sie sich?

Er wurde in seinen Gedanken von Altenhöhner unterbrochen, der ihn zum Abschied die Hand reichte und fragte: »Haben die in Berlin sich schon bei Ihnen gemeldet?«

»Wer?«

»Die Mordkommission. In Potsdam haben sie jedenfalls Kasimirs Wohnung auf den Kopf gestellt und ein paar Aktenordner nebst Laptop mitgenommen. Ich bezweifle, dass es was bringt. Einen Kelly haben die wohl kaum auf ihrer Liste der Verdächtigen.«

* * *

»Verdammt!«, murmelte Blocher auf dem Weg nach oben zum Hotel. Altenhöhner gibt mir zu verstehen, dass er mich mit Kasimir

Gudoffs »Papier« in der Hand hat. Welche Botschaft steckt dahinter? Eine Drohung? Will er sich unangreifbar machen? Oder will er nur, dass ich ihm einen Job verschaffe?

An der Tür zur voll besetzten Seeterrasse blieb er stehen und beobachtete den sommerlichen Betrieb mit dem Hin und Her der Kellner, dem Klappern des Geschirrs und dem von Gelächter unterbrochenen, leise auf und ab schwellenden Geplauder der Gäste. Der Maître führte ihn unter mächtigen Sonnenschirmen zu einem kleinen, etwas abseits gelegenen Tisch, wo ihn der New Yorker Anwalt, ein sonnengebräunter Typ etwa gleichen Alters wie Blocher, erwartete.

Blocher tat, als übersehe er die Schuhe aus Leinen und gelbem Leder, den leichten, bläulich gestreiften Sommeranzug aus hellgrauem Flanell und das schwarze Poloshirt darunter. Wären da nicht die traurigen Mandelaugen gewesen, aus denen er Blocher mit einer Spur Skepsis musterte, hätte man hinter Samy Hershfields reichlich mit Gel versorgten tiefschwarzen Locken und dem lila Einstecktuch ebenso gut das Naturell eines südländischen Spaßvogels vermuten können.

Nach einer knappen Begrüßung, bei der Hershfield zu verstehen gab, dass er die Unterhaltung auf Deutsch zu führen gedachte, setzten sie sich und sahen sich eine Weile schweigend an. Blochers Bemerkung über die herrliche Aussicht ließ Hershfield unbeachtet. Der Ober kam, um die Bestellung aufzunehmen.

Blocher studierte mit konzentriertem Gesichtsausdruck die Speisekarte, ohne darin zu lesen. Auf einmal war ihm sein Äußeres peinlich, die blauen Augen unter der vorgewölbten Stirn, sein kräftiges Kinn mit dem etwas zu energisch nach vorn geschobenen Unterkiefer, und im selben Moment erinnerte er sich, dass ihm irgendein Idiot während des Studiums einmal eröffnet hatte, er gleiche aufs Haar den Typen auf den Werbe-Postern der Waffen-SS im Dritten Reich, es fehle nur der Stahlhelm. Wahrscheinlich, dachte er, denkt Hershfield jetzt dasselbe, so wie er mich anschaut, und er fühlte, wie er rot wurde.

Hershfield griff in sein Sakko, zog ein Blatt Papier aus der Jackentasche und legte es wortlos vor Blocher auf den Tisch.

Es war ein Fax mit einem von Druckerschwärze verwischten Foto. Das Datum war vom selben Tag. Der Briefkopf trug das

Signet des Hotels Schloss Fuschl. Es dauerte keine Sekunde, bis Blocher begriff, worum es sich bei dem Foto handelte. Panikartig erfasste ihn eine lähmende Unruhe, als fiele er in einen dieser Albträume, aus denen man sich fieberhaft zu befreien sucht, um einem drohend sich nähernden Schreckbild zu entrinnen. Das Treffen stand vor dem Aus, noch ehe es richtig begonnen hatte.

Mit leuchtenden Augen und einem Ausdruck höchster Anspannung blickte der Mann in der schwarzen Uniform auf sein Gegenüber und nahm das Etui mit der Auszeichnung des Eichenlaubs zum Ritterkreuz entgegen. Etwas Peinliches, Verkrampftes lag über der Szene in dem fensterlosen, holzvertäfelten Raum des Führerhauptquartiers. Die schwammige Gestalt Hitlers rang sich mühsam ein Lächeln ab, als scheute er die Begegnung mit dem Offizier seiner Waffen-SS, der wie angewurzelt in kerzengerader Haltung dastand und mit allen Fasern seines Wesens jenen Moment in sich aufzusaugen schien.

Seltsam, dachte Blocher. Immer schob ich den Gedanken an meinen Vater beiseite, wenn ich mit Aaron zusammen war. Wahrscheinlich fürchtete ich den Abgrund, der sich zwischen ihm und mir womöglich aufgetan hätte. Er betrachtete schweigend das Bild.

»Ja, das ist mein Vater«, sagte er schließlich. Er öffnete den Mund und wollte fragen, ob Aaron von dem Foto wüsste, aber er dachte gegen seinen Willen an etwas ganz anderes. Sein Vater hatte nie vom Krieg gesprochen. Nur in den wenigen Wochen, nachdem er aus dem Krankenhaus entlassen worden war und in Decken gehüllt im Lehnstuhl saß. Der Krebs fraß sich durch seinen Körper und er hatte begriffen, dass ihm nicht mehr viel Zeit blieb. Ich kann doch jetzt nicht Hershfield erzählen, sagte sich Blocher, wie das damals war, als ich vor dem Abitur stand und er mir sein Leben erzählte und ich ihn bedrängte, tagelang. Ja, er wusste vom Mord an den Juden. Nein, er sei an der Front gewesen. Und dann dieses Bild, das mir in die Hände fiel, als wir seine Papiere durchgingen und alles für die Zukunft regeln wollten, Versicherungen, Verträge, das Haus, die Finanzierung meines Studiums. Er wandte sich von Hershfield ab und sah wieder auf den See hinaus. Es hat keinen Sinn, überlegte er. Alles, was ich jetzt sage, ist falsch. Er fühlte Hershfields bohrenden Blick, gab ihm das Fax zurück. Und ohne sich einen Augenblick zu besinnen, brach es aus ihm heraus.

»Fast eine Million waren in der Waffen-SS. Das heißt, es gibt Millionen von Verwandten oder Nachgeborenen. Ich bin einer von ihnen. Die meisten sprechen nicht darüber oder wollen nichts davon wissen. Andere sonnen sich im Gefühl moralischer Überlegenheit und spielen sich als spätgeborene Richter auf. Ich kann das nicht. Er war mein Vater.«

Blocher räusperte sich. Es war nicht das, was er hatte sagen wollen.

»Ich muss Sie bitten, meine Erregung zu entschuldigen.« Er stand auf. »Es tut mir leid. Unsere Begegnung steht unter einem unglücklichen Stern.« Er sah Hershfield an, und ohne eine Antwort abzuwarten sagte er noch: »Vielleicht war es unklug von Aaron, dieses Treffen …«

»Wie es um die Befindlichkeiten der Nachgeborenen in Ihrem Land und Ihre im Besonderen steht, interessiert mich nicht«, unterbrach ihn Hershfield. »Ihr Vater war SS-Offizier. Punkt. Er ist der Mann auf dem Foto. Mehr wollte ich nicht wissen.«

Hershfield lehnte sich zurück, als beschäftige ihn nicht länger, was Blocher gerade gesagt hatte, und fügte hinzu: »Aaron schätzt Sie. Sie wären der einzige Deutsche, den er sich als Freund vorstellen könnte. Das genügt mir. Nun setzen Sie sich schon! Was wollen Sie von mir wissen?«

Der Kellner brachte den Wein und eine Flasche Mineralwasser. In der Ferne brach ein Sonnenstrahl durch die Wolken und warf einen leuchtenden Kreis auf das helle Grün des Sees. Hershfield stieß mit Blocher an und sie wechselten ein paar lobende Worte über das kühle Farbenspiel des Kamptaler Rieslings. Während der Lunch serviert wurde – es gab Tafelspitz mit Blattspinat, Bratkartoffeln und Apfelmeerrettich –, merkte Blocher, dass er gar nicht auf das Treffen vorbereitet war und er auf Hershfields Frage, was er denn von ihm wissen wolle, keine richtige Antwort fand. Oder weil er nicht wusste, welche der vielen Fragen, die sich ihm aufdrängten, er zuerst stellen sollte.

»Mein Problem ist«, begann er zögernd und legte Messer und Gabel beiseite, »dass ich vorgestern, am Montag, drei Tage nach dem Mord an einem unserer Geschäftsführer, auf dem Obersalzberg in Berchtesgaden ein sonderbares Gespräch mit seinem Vater führte. Er ist ein alter Nazi und hat mir eine ziemlich wirre, um nicht zu sagen total wahnsinnige Theorie zum Mord an seinem

Sohn vorgesetzt. Gestern, als ich ihn wieder aufsuchte, lag er tot auf seiner Couch. Ich habe keine Beweise. Aber ich halte es für ausgeschlossen, dass er eines natürlichen Todes starb.«

»Also noch ein Mord?«

»Ja. Er war zwar alt, weit über achtzig, aber nicht in einem Zustand wie jemand, mit dem es einen Tag später zu Ende geht.«

»Was hat er Ihnen erzählt? Aaron sagte mir, es ginge um Nazigold.«

Blocher antwortete nicht direkt auf Hershfields Frage. Er holte weit aus, fing beim Millionenbetrug Kasimir Gudoffs an, berichtete von dem Potsdamer Anwalt, seiner schrillen Frau und seiner engen, beinahe familiären Verbindung zu den beiden Toten – und dass er ihn durch einen merkwürdigen Zufall eben unten am Steg getroffen habe.

Er beschrieb den Tunnel unter Artur Gudoffs Chalet auf dem Obersalzberg, wo SS-Standartenführer Spastny Reste des Reichsbankgolds deponiert hatte, und er erwähnte Kelly, seine Sondereinheit X-2 im US-Geheimdienst OSS und die Schätze, die Kelly und Corelli angeblich hier in der Gegend um Salzburg entwendet und in Gudoffs Stollen untergebracht hatten. Er vergaß auch nicht Milena auf dem Foto mit Kelly und ihre Ähnlichkeit mit Cronings Frau und die Behauptung Artur Gudoffs, dass Kelly sein Schwager sei.

»Dann gibt es da noch ein Dossier des Bundesnachrichtendienstes«, schloss er seinen Bericht, »das mir der alte Gudoff anvertraut hat. Darin geht es nicht um Nazigold, sondern um die Verstrickung Kellys und eines gewissen Terek, eines Milliardärs und Mäzens aus Istanbul, in Geldwäsche und Drogengeschäfte.«

»Terek? This guy with the orchestra in Salzburg?«

»Genau der.«

»Wie kommt der denn ins Spiel?«

»Nicht ausgeschlossen, dass er etwas mit den beiden Morden zu tun hat. Er war am vergangenen Freitag in Berlin, als Kasimir Gudoff ermordet wurde. Und jetzt, wo dessen Vater eine gute halbe Stunde entfernt in Berchtesgaden zu Tode kam, hält er sich in Salzburg auf. Er hat einen Leibwächter bei sich, eine wenig vertrauenerweckende Figur.«

Samy Hershfield schien höchst amüsiert. »Ich bin nicht von der Mordkommission«, kommentierte er Blochers Ausführungen,

»ich werde Ihren Fall bestimmt nicht lösen. Aber die Geschichte mit dem Gold interessiert mich. Erzählen Sie weiter!«

»Es ist so«, entgegnete Blocher resigniert, »als quäle man sich mit einem Puzzle, dessen Teile nicht zueinanderpassen, weil sie aus völlig verschiedenen Spielen zusammengeworfen sind. Wie auch immer. Es scheint um viel Geld zu gehen.«

Hershfield rief den Kellner und bat um einen Aschenbecher. Dann holte er ein Zigarrenetui aus der Innentasche seines Flanellanzugs und bot Blocher eine Davidoff an.

»Einmal sind da die über neunzehn Millionen«, erklärte Blocher und brachte das Zündholz wedelnd zum Erlöschen, »die Kasimir Gudoff unterschlagen hat. Und dann geht es um das verschwundene Gold, von dem sein Vater fantasiert hat. Was heißt fantasiert: Ich war gestern bei Corelli auf Schloss Mönchstein und er hat mir bestätigt, dass Kelly und er das bei Gudoff versteckte Gold an sich genommen haben. Im Moment sieht es für mich so aus, dass der alte Nazi, der sich dafür rächen oder sich einen Anteil zurückholen wollte, seinen Sohn vorgeschickt hat, um mit dem Dossier diesem Kelly auf den Pelz zu rücken. Wobei man immer bedenken muss, dass Kelly und Terek in derselben Liga spielen.«

»CIA?«

»Kelly schon«, erklärte Blocher nach einem behutsamen Zug an der Davidoff. »Von Terek heißt es in dem Dossier, er habe gute Verbindungen zum türkischen und über Kelly zum amerikanischen Geheimdienst. Ich habe mich die ganze Zeit gefragt, ob nicht doch alles auf diese Goldgeschichte zurückzuführen ist. Dass hier der wahre Grund für die Morde zu suchen ist und der Alte auf dem Obersalzberg vielleicht doch nicht so verrückt war, wie ich dachte. Offen gesagt fehlt mir jede Voraussetzung, um mich in diesem Durcheinander zurechtzufinden. Mir scheint, dass es den einen, allein gültigen Faden nicht gibt, an dem entlang sich alles aufrollen lässt und am Ende auflöst. Zwischen der Story des Alten auf dem Obersalzberg und dem mysteriösen Mordfall seines Sohnes auf dem Invalidenfriedhof in Berlin liegen immerhin vierundfünfzig Jahre. Irgendwo existiert da ein Zusammenhang. Aber wie soll jemand wie ich da durchsteigen? Dann denke ich wieder, ich bin so nah dran an der Geschichte wie niemand sonst …«

»Invalidenfriedhof …«, murmelte Hershfield. »Ein merkwürdiger Tatort.«

»Fand ich auch. Aber wir wissen inzwischen, warum Kasimir Gudoff dort war.«

»Ach?«

»Ja. Gudoff hatte einen Kranz bei sich, auf dessen Schleife stand: *Mit Wort und Tat für Ehr und Recht! A.G.*«

»Ein alter Nazi-Spruch. A.G. bedeutet Artur Gudoff, nehme ich an.«

»Ja sicher. Der Kranz war für zwei alte Damen bestimmt, die ich auch dort gesehen habe und die dann von der Mordkommission vernommen wurden. Ihr Vater liegt nicht weit von der Stelle begraben, wo Gudoff erschlagen wurde. Bekam angeblich von Hitler ein Staatsbegräbnis.«

»Ein Staatsbegräbnis? Wer war das?«

»Keine Ahnung. Irgendwas mit Autobahn. Meinte jedenfalls ein Polizist zu mir, der mich zum Ausgang brachte.«

»Der Todt! Natürlich! Wer sonst? Hat die Autobahnen gebaut. Hitlers Prestigeobjekt.«

»Bitte *wer*?«

»Todt. Fritz Todt. Kam unter merkwürdigen Umständen ums Leben. Angeblich nach einem Streit mit Hitler, als der Angriff auf Russland im Schnee vor Moskau stecken blieb und Hitler auch noch Amerika den Krieg erklärte. Todt war Ingenieur, ein nüchterner Mann. Ich nehme an, jemandem wie ihm konnte man keine Märchen vom Endsieg mehr aufbinden.«

»*Tod, tott, tot …*« murmelte Blocher. »Gudoff hatte am Telefon …«

Er unterbrach sich, weil Hershfield noch nicht zu Ende war.

»Todts Nachfolger war Albert Speer. Er sollte zusammen mit Todt fliegen, blieb dann aber bei Hitler in der Wolfschanze. Die Maschine kehrte nach dem Start sofort um und explodierte. Was da genau passierte, wurde nie geklärt, aber Speer bekam noch am selben Tag anstelle von Todt den wichtigsten Job für Hitlers Krieg: Rüstungsminister. Das nur am Rande.«

»Bei dem war ich gestern.«

»Wo? Der liegt doch in Heidelberg …«

»Ich meinte sein Atelier auf dem Obersalzberg. Gudoffs Haus liegt nur ein paar Schritte weiter oben.«

Blocher schwieg einen Moment und sah auf den See hinaus.

»Ich mache gerade die Erfahrung«, sagte er schließlich, »dass man, ohne es zu ahnen oder zu wollen, in diesen Sumpf gezogen wird. Das ist neu für mich und vielleicht ist es das, was mich am meisten quält. Ich arbeite viel, oft bis an den Rand meiner Kräfte, bin ein rechtschaffener Bürger, der seine Steuern zahlt und ein mehr oder weniger normales Leben führen möchte. Was habe ich mit Nazigold und Geheimdiensten oder gar mit einem Mord zu schaffen? Ich dachte immer, alles geht seinen vertrauten Gang: Du verdienst gut, du bist ein freier Mensch, hast deine Musik und deine kleinen Affären. Und mit einem Schlag droht einem das alles abhanden zu kommen. Im Moment bin ich unter Druck, weil gewisse Dinge, etwa meine Auseinandersetzung mit Kasimir Gudoff und ein fehlendes Alibi, gegen mich sprechen und es sein kann, dass ich unter Mordverdacht gerate. Deshalb bin auf der Suche nach einer Wahrheit, mit der ich mich besser nicht befassen sollte, und nicht einmal weiß, wo denn die Suche nach dem Mörder und, ja, auch nach dem Gold, überhaupt beginnen soll. Ich sehe nirgends auch nur den Ansatz einer Lösung.«

»Sie sitzen drauf!«, bemerkte Hershfield trocken.

»Worauf?«

»Auf dem Gold.«

11. August 1999, Salzburg

Während Blocher Samy Hershfield am Fuschlsee traf, saßen sich Bekir Terek und Riccardo Corelli an der langen Tafel im Gotischen Salon von Schloss Mönchstein gegenüber.

»Du hast recht!«, murmelte Terek. »Er hat einen Narren an Isabel gefressen.«

»Am vergangenen Freitag«, erklärte Corelli und schüttelte bekümmert den Kopf, »hat man einen von Cronings Leuten umgebracht. War verantwortlich für das Mammut-Projekt auf Mallorca. Blocher scheint mir etwas durcheinander wegen dieses Mordes. Ich glaube, er ist gestern nur gekommen, um mich nach dir und Hassan auszufragen. Ihr wart doch in Berlin?«

Corelli warf einen Blick zu Tereks Chauffeur, der am Fenster stand und tat, als hätte er seinen Namen überhört.

»Aach, dieser Blocher«, winkte Terek ab. »Sehr sympattisch! Ein Maître de Plaisir! Einer, der sich selbst nicht kennt. Und wer sich selbst nicht kennt, mon cher Rick, weiß gar nichts! Wo steckt er?«

»Irgendwo in der Stadt, nehme ich an.«

Corelli lehnte sich zurück.

»Ich hab ihm mein Hotelprojekt vorgestellt. Er hat mir eine strategische Kooperation mit der Croning Gruppe angeboten.«

»Soso, eine strategische Kooperation«, brummte Terek. »Und Monsieur Corelli glauben, Monsieur le Président Croning wird sein Coffre au trésor öffnen und genügend Centimes berappen, um den alten Kasten hier aufzupoppen?« Er blickte ungehalten um sich. »Das ist doch nicht dein Ernst?«

»Ich brauche fünfundzwanzig bis dreißig Millionen. An Banken, die mir nur reinreden, aber nichts von meinem Konzept verstehen, bin ich nicht interessiert. Ein Fünf-Sterne-Plus-Hotel auf dem Mönchstein: Wäre das nicht etwas für dich? Das Schloss ist ein landmark in Salzburg. Wenn es sich herumspricht, dass du hier einsteigst, könntest du mit dem Orchester auch langfristig bei den Festspielen Fuß fassen.«

»Wie viel Zimmer?«

»Vierundzwanzig.«

»Fünfundzwanzig Millionen und vierundzwanzig Zimmer?«, höhnte Terek und zählte an den Fingern seiner Rechten auf: »Mozart Festspiele, Osstern Festspiele, Pfingsten Festspiele, Sommer Festspiele … Und dann? Rien ne va plus! Du bist wohl nicht bei Trosst!«

»Bekir! Der Stollen!«, hielt ihm Corelli entgegen. »Du vergisst den Stollen! Modernste Schirmungstechnik! Die absolut abhörsichere Toplösung! Manager, Industrielle, Bankiers, Politiker, hochrangige Beamte und Militärs werden kommen, um sich hier oben frei von jedem fremden Zugriff auszutauschen. Ich garantiere dir eine Belegung von mindestens fünfundachtzig bis neunzig Prozent. Übers ganze Jahr!«

»Gar nichts garantierst du«, brüllte Terek und reckte das Kinn nach oben. »Modernste Schirmungstechnik? Allah, ist das blödd! Geheimdienst, Intelligence! Das ist Sammeln und Auswerten von Informationen. War so und wird immer so sein, hast du das vergessen?

Was sich ändert, ist vielleicht technique oder Menge von Daten. Aber deshalb hört doch faire de l'espionnage nicht auf. L'espionnage mit eine personne, mit eine Mensch! Das verstehst du doch? Oder nicht? Wenn jemand interessiert, was sich abspielt in deinem Kellerloch, schickt er dir eben einen Maulwurf ins Haus, eine sous-marin, ein mole, wie der Engländer sagt. Dann kannst du deinen Stollen mitsamt Schirmungstechnik wieder zumauern. Allah, Allah, quelle stupidité!«

Er schwieg einen Moment und kniff die Augen zusammen.

»Die Dinge stehen nicht gut«, fuhr er leise fort. »Finanzkollaps in Russland letztes Jahr war nicht gutt für meine Banken. Untersuchung wegen Geldwäsche. Zwischen vier und zehn Milliarden Dollar sind angeblich aus Russland über Konten meiner Inter Seabridge Bank geflossen. Die nehmen jetzt sogar Terek Vakıf Bank in der Schweiz ins Visier.«

»Was habe ich damit zu tun?«

»Was fragst du so blödd? An Inter Seabridge Bank bist auch du beteiligt! Seit Wochen kommt Journaille von New York Times und belästigt meine Advokats mit dummen Fragen. Und wie kommen sie auf dumme Fragen?«

Terek beugte sich vor und blickte Corelli prüfend in die Augen. Corelli entnahm seiner goldgelben FINAS-Schachtel eine Zigarette.

»Lass das!«, kam ihm Terek unwirsch dazwischen. »Kein Rauch mehr! Es reicht! Was mir an der Sache nicht gefällt«, fuhr er fort, »dass sie mich mit dem BICI-Skandal von vor acht Jahren in Verbindung bringen.«

»Wundert dich das?« Corelli steckte missgelaunt seine Zigarette zurück in die goldgelbe FINAS-Schachtel. »Dein Schwager in Karatschi zog ein Vermögen aus der BICI-Bank. Und zugleich war er Anteilseigner an der Inter Seabridge Bank. Ich hab die Verbindung immer für abenteuerlich gehalten, aber du warst ja nicht davon abzubringen.«

»Unsinn. Über die BICI wurden Mudschaheddin in Afghanistan finanziert und Sowjetunion ist zusammengekracht. Wir haben kalten Krieg gewonnen. Was ist daran schlecht?«

»Gar nichts, nur ist dabei die BICI zur gigantischen Drogengeld-Waschküche mutiert«, erwiderte Corelli. »Als wir mit Kelly und Sullivan die Banken auf den Bahamas und in Florida gründeten, hieß es, wir müssten Einblick in den illegalen Fluss der Mafiagelder gewinnen, sonst gerate der Drogenhandel außer Kontrolle. Inzwischen

existiert eine Drogenindustrie, die von der UNO auf achthundert Milliarden bis eine Billion Dollar geschätzt wird. Ich habe mich immer gefragt, wie soll die Abschaffung des Drogenhandels durch das erreicht werden, was man beseitigen will? Wo sind überhaupt die zehn oder dreizehn Milliarden Dollar geblieben, die beim Untergang der BICI verschwunden sind? Vielleicht interessiert man sich deshalb für die Bücher deiner Terek Vakıf …«

»Misch dich nicht in Sachen ein, die dich nichts angehen«, unterbrach ihn Terek düster. »Ich stelle hier die Fragen und ich sage dir: Wir haben genug von deine Dummheiten! Du hast dich im Mai vergangenen Jahres mit einer Agentin der US-Bundessteuerbehörde IRS getroffen?«

»Wie kommst du denn darauf?«

»Weiß ich von Kelly. Der Name der Agentin ist Debbie Wheeler. Du hast dich doch mit ihr getroffen, oder etwa nicht?«

»Ja, aber … Debbie … Sie war …«

»Sie war früher bei der Polizei in Miami. Seit einigen Jahren arbeitet sie frei für die US-Steuerbehörde, den Internal Revenue Service.«

»Aber das ist doch …«

»Als du von den Bahamas nach Miami geflogen bist, hattest du die Liste mit den Kontoinhabern meiner Castello Bank dabei, an der du auch beteiligt bist. Woher das die Steuerfahndung wusste, wissen wir nicht. Werden es aber noch rausbekommen. Woher kanntest du die Wheeler?«

»Ein Freund hatte mich mit ihr bekannt gemacht. Er hat mir meine Dates vermittelt, wenn ich in Miami war.«

»Sein Name?«

»Alex Gilmore.«

Terek zog ein kleines Notizbuch aus der Tasche und notierte sich den Namen.

»Und? Was war mit dieser Debbie Wheeler?«

»Nichts. Erst waren wir essen und dann im Bett. Mir schien sie ausgesprochen ausgehungert. Sie hatte so einen Tick, die war versessen darauf, mir die …«

»Ausgehungert?«, brüllte Terek. »Ich werde dir sagen, wonach sie hungrig war! Sie hat dich vom Airport abgeholt und fuhr mit dir zu ihrem Apartment. Dann hat sie dich zum Dinner im Rusty Pelican auf Key Biscayne überredet, eine Stunde weg von ihrem Zu-

hause. Genug Zeit für die Agenten des IRS. Die hatten die Schlüssel zur Wohnung, schnappten sich deinen Koffer und fotografierten die komplette Castello-Kundenliste, während ihr im Restaurant wart. Eine investigative Goldmine! Unverantwortlich, wie ein Mann mit deiner Erfahrung auf eine Agentin der Steuerbehörde hereinfällt und sich die Namen von über dreihundert prominenten Kunden – Filmproduzenten, Entertainern, Verlegern, Anwälten, Geschäftsleuten, Casino-Besitzern und Drogenbaronen – aus der Tasche ziehen lässt.«

»Aber ich …«

»Das Dumme dabei: Kutner, Frank Sullivans Steueranwalt, hat in seiner Panik alle Gelder von Castello auf die Inter Seabridge Bank transferiert, weil ihm Joe Rosenblum aus Chicago drohte, er würde kopfüber im Chicago River enden, wenn sein Geld verloren wäre.«

»Die ganze Konstruktion ist doch nicht auf meinem Mist gewachsen! Das war doch Sullivans und Kutners Idee. Sie waren es, die Typen wie Rosenblum, Duane Rodriguez und Mario Cosoleto an Land gezogen haben.«

»Dass die Mobster unter Beobachtung standen, war uns immer klar. Aber auf die Idee, eine IRS-Nutte auf einen Banker anzusetzen, kann man nur kommen, wenn ein Spaghetti wie du seinen Schwanz nicht unter Kontrolle hat. So was Billiges!«

Terek ließ Kaffee und Sachertorte unberührt vor sich auf dem Tisch stehen.

»Ich frage mich«, fuhr er Corelli wütend an, »wie kommt ein Mann wie Frank Sullivan ins Wall Street Journal und wird der Verwicklung in globale Drogengeschäfte verdächtigt? Ich würde sagen, wir haben hier ein Leck im Tank. Frank musste die Notbremse ziehen und die Company einschalten. Die CIA hat sich auf die nationale Sicherheit berufen, weil über die Castello Bank verdeckte Operationen gegen Kuba und andere Länder in Lateinamerika finanziert wurden. Die Ermittlungen wurden eingestellt. Der IRS wäre vor Gericht sowieso gescheitert, weil Wohnungseinbrüche von Ermittlern nicht vom Gesetz gedeckt sind.«

»Aber dann ist ja alles in Ordnung«, erwiderte Corelli vorsichtig. »Ich weiß gar nicht, warum du dich so aufregst.«

»Weißt du, was mit Sullivan passiert ist?«, schnaubte Terek mit drohendem Unterton. »Er hatte letztes Weihnachten einen Herzinfarkt und wäre beinahe draufgegangen. Weil er den Stress nicht mehr ertrug, während du es dir in deiner austriakischen Puppenstu-

ben-City beim Adventssingen bequem gemacht hast. Frank war einer der Besten, den die CIA je hatte. Und du spielst hier gemütlich den Schlossherrn! Aber damit ist es jetzt vorbei.«

Er winkte den Chauffeur heran. Hassan entnahm einem Aktenkoffer mehrere Folien mit Dokumenten.

»Du wirst auf deine Anteile an unseren Banken verzichten«, erklärte Terek, »und sie zu gleichen Teilen Bill und mir übertragen. Hier sind vier Verträge. Du unterschreibst, und zwar sofort.«

Terek zog einen Füllfederhalter aus seiner Sakkotasche und reichte ihn Corelli.

»Aber gern«, reagierte Corelli dreist, ohne den Füller vor seiner Nase zu beachten. »Nenn mir den Betrag! Was stellst du dir vor? Nun sag schon, wie viel wirst du dafür zahlen?«

»Wie viel ich zahle?« seufzte Terek. Er fixierte Corelli mit zusammengekniffenen Augen und flüsterte: »Gar nichts, mon cher Rick! Niente! Null! Ich sagte: verzichten! Du glaubst doch nicht, du kannst Forderungen stellen nach allem, was passiert ist?«

»Jetzt pass mal auf, Bekir!«

Corelli holte seine Schachtel FINAS aus der Tasche und legte sie vor Terek auf den Tisch. Er öffnete die Schachtel und entnahm ihr eine Zigarette. Seine Hand zitterte nicht.

»Dein Aufstieg, Bekir«, sagte er ruhig und hielt einen Augenblick inne. »Dein Aufstieg wurde genauso wie die Gründung der Banken auf den Bahamas und in Florida mit Gold finanziert. Mit dem Nazigold, das Kelly und ich hier in Salzburg und drüben bei Gudoff konfiszierten. Es liegt bei Kelly in der Schweiz. Ihr beide seid verpflichtet, mir einen angemessenen …«

»Das Gold?«, dröhnte Tereks Bass. Seine Schultern fingen an zu zucken, er schüttelte sich und verzog das Gesicht, bis seine Augen hinter einer Grimasse aus Falten und Furchen verschwanden. Er konnte sich vor Lachen kaum halten, unterbrochen nur von erstickten Lauten, die wie ein Ruf nach Allah klangen.

»Das Gold, ja nun …«

Terek hielt inne, nahm sein Einstecktuch und wischte sich die Tränen aus den Augen. Er musste sich zweimal kräftig schnäuzen, bevor er an Corelli gewandt dozierte: »Das Gold, ja das Gold … Es hat sich verflüssigt, mon cher Prince de Mönchstein! Ist verschwunden und wieder auferstanden, hat sich formidable verwandelt in Banken, in

Hotels, Immobilien, Shopping Malls. Nicht zu vergessen mein Orchestre Symphonique. Nazigold stirbt nicht, mon cher Rick. Merk dir das!«

Corelli schwieg, dann stand er auf und trat ans Fenster, wo er sich er sich trotz Tereks Rauchverbot die Zigarette anzündete. Nach einer Weile dreht er sich um und sagte: »Ich gebe dir und Bill Zeit bis morgen Mittag, um mir ein faires Angebot zu unterbreiten. Falls ihr beide nicht …«

»Schluss jetzt!«, unterbrach ihn Terek aufgebracht. »Du wirst …«

»Falls ihr beide euch nicht dazu bereitfindet«, fuhr Corelli mit fester Stimme fort, »mir einen angemessenen Millionenbetrag auszuzahlen, werde ich nicht verhindern können, dass in der nächsten Woche bei der Redaktion eines bekannten Nachrichtenmagazins eine Bombe auf dem Tisch liegt. Mit Enthüllungen über Geschäfte, die dich und Bill Kopf und Kragen kosten werden.«

»Bist du verrückt geworden? Was soll das?«

»Es existiert ein Dossier des deutschen Auslandsnachrichtendienstes, in dem eure Geschäfte mit Drogen, Waffen und Geldwäsche sauber und detailliert aufgeführt sind.«

Corelli nahm zwei Blätter aus der Seitentasche seines Anzugs und legte sie vor Terek auf den Tisch.

Terek beugte sich erst über das Anschreiben der Pospischil, dann über die erste Seite des Dossiers und las beide Papiere schweigend durch. Dann lehnte er sich zurück, kniff die Augen zusammen und sah stumm und ohne jede Regung durch Corelli hindurch.

Corelli deutete auf die Dokumente, die ihm Hassan hingelegt hatte. »Wenn du möchtest, dass ich das unterschreibe, dann sorge dafür, dass die Angelegenheit in meinem Sinne geregelt wird. Ich meinerseits werde dafür sorgen, dass das Dossier verschwindet beziehungsweise euch ausgehändigt wird. Falls nicht, geht die Bombe hoch und du und Bill und die CIA werden dabei nicht besonders gut aussehen.«

Dann wandte er sich um, sah wieder aus dem Fenster und sagte: »Wenn ich dir noch einen Rat geben darf, Bekir: Lass den Unsinn mit dem Orchester. Ich weiß, ich weiß. Du bildest dir ein, es dient der Camouflage deiner Geschäfte. Die so mies sind wie der Klang deiner Laienschar, die nicht mal einer Inntaler Kurkapelle das Wasser reicht. Du tust mir leid, Bekir. Hast du nicht gewusst, dass kein Festspielsommer in unserer Puppenstuben-City ohne Lachnummer auskommt? In dieser Saison bist du der Clown.«

Terek schaute ihn an und sagte nichts. Dann griff er nach den beiden Kopien und raffte mit einer fahrigen Bewegung die auf dem Tisch verstreuten Blätter zusammen. Der Chauffeur verstaute sie im Aktenkoffer und beide verließen, ohne noch ein Wort zu verlieren, den Salon.

»Ich sitze auf dem Gold? Aber was … Wie meinen Sie das?«

Blochers Zigarre war ausgegangen. Er sah Hershfield verblüfft an und vergaß, sie wieder anzuzünden.

»Wussten Sie nicht, das Schloss Fuschl Hitlers Außenminister Joachim von Ribbentrop gehörte?«

»Nein.«

»Der adlige Vorbesitzer war ein Gegner der Nazis. Kaum hatten sie sich Österreich einverleibt, wurde er enteignet und kam ins KZ nach Dachau, wo er kurz danach umkam. Dann zog Ribbentrop hier ein. In den letzten Tagen des Krieges ließ er sechseinhalb Tonnen Gold hierher ins Schloss schaffen.«

»Und die sollen hier unter der Terrasse herumliegen? Das gibt's doch gar nicht!«

»Nein, natürlich nicht.«

»Aber was ist damit passiert?«

»Warum fragen Sie nicht: Woher hatte er das überhaupt? Was war das für ein Gold? Wem gehörte es?«

Blocher nickte verlegen.

»Der Tresor der Reichsbank in Berlin«, fuhr Hershfield fort, »war zu Beginn des Zweiten Weltkriegs leer. Im Januar 1939 schrieben die Reichsbankdirektoren an Hitler persönlich einen Brandbrief, in dem sie ihm mitteilten, dass bei der Reichsbank keinerlei Gold und Devisenreserven mehr vorhanden seien. So gesehen stand das Deutsche Reich vor der Pleite. Aber Hitler war das egal. Er hat ein paar Tage später den Präsidenten der Reichsbank gefeuert und das Problem durch einen einfachen Schachzug gelöst: Krieg – frei nach der Devise eines Machiavelli«, fügte er sarkastisch an, »wonach Gold nicht genügt, um gute Soldaten zu schaffen, aber gute Soldaten sehr wohl genügen, um Gold herbeizuschaffen.«

»Sie meinen, er hat den Krieg deswegen begonnen?«

»Na ja, er war so oder so auf Krieg aus. Aber der Zeitpunkt ist schon interessant. Noch interessanter ist, was dann passierte. Die Deutschen haben im Krieg von den Zentralbanken der besetzten Länder, von Privatpersonen, die meisten Juden, und von den Holocaust-Opfern über fünfhundert Tonnen Gold geraubt. Sie haben es in der Reichsbank in Berlin eingelagert beziehungsweise bei der Degussa und der Preußischen Münze umgeschmolzen, um die Herkunft zu verschleiern. Teilweise wurde es in die Schweiz geschafft, um an Devisen zu kommen.«

»Und der Ribbentrop hat sich davon etwas abgezweigt.«

»Ja natürlich. Im Wilhelmstraßenprozess gegen Weizsäcker und die führenden Nazi-Diplomaten – Weizsäcker wurde von seinem Sohn, Ihrem Bundespräsidenten, verteidigt – kam ans Licht, dass das Deutsche Auswärtige Amt einen speziellen Ribbentrop-Fond in Goldbarren im Gewicht von etwa fünfzehn Tonnen besaß, über den Ribbentrop allein verfügte: Das sogenannte Ribbentrop-Gold.«

»Aber diese sechseinhalb Tonnen«, fragte Blocher nach einer Pause, »wo sind die geblieben?«

»Schade«, antwortete Hershfield, »dass dieser Nazi vom Obersalzberg tot ist. Seine Geschichte scheint mir nämlich nicht erfunden. Tatsächlich stimmt sie mit gewissen Fakten überein, an denen es nichts zu deuteln gibt. Sind inzwischen längst erforscht oder dokumentiert.«

Er schob den flanellgrauen Ärmel seines Anzugs zurück.

»Gleich halb vier Uhr«, sagte er lebhaft, als käme ihm plötzlich eine Idee. »Was haben Sie heute vor?«

»Nichts. Warum? Um achtzehn Uhr eine Vorstellung im Großen Festspielhaus.«

»Don Giovanni?«

»Ja.«

»Ich werde da auch hingehen. Könnten Sie mich nicht mitnehmen? Ich …«

»Aber gerne!«

»Dann lassen Sie uns gleich aufbrechen!«

»Wir haben doch noch jede Menge Zeit! Sie wollten mir eben die Sache mit dem Gold …«

»Das erzähle ich Ihnen auf der Fahrt. Ich werde Ihnen etwas zeigen!«

Hershfield war bereits aufgestanden. Er erledigte im Gehen die Rechnung mit dem Ober, der demütig neben ihm herlief und dabei fast einen Stuhl umwarf, dann schob er Blocher ungeduldig durch die Schlossbar nach draußen zum Parkplatz, wo er ihn mit der Begründung, so seien sie »näher an der Sache dran«, bat, das Verdeck des Wagens zu öffnen.

Wenige hundert Meter hinter der Ausfahrt oben am Jagdhof bogen sie scharf links von der Bundesstraße ab und folgten einer schmalen Landstraße durch ein offenes, von Wiesen und Wäldern gesäumtes Tal. Nach ein paar Minuten hatten sie Faistenau erreicht. Hershfield dirigierte Blocher weiter in Richtung Hintersee.

»Es ist wie heute Mittag bei der Sonnenfinsternis«, rief er erregt mit einer Geste zum Himmel, »als das Zwielicht über uns hinweghuschte und eine Schattenschneise durch das Salzkammergut zog. Eigentlich ein Ereignis, dem man wissenschaftlich problemlos beikommen kann und dem doch etwas Unheimliches, die Menschen Erschütterndes anhaftet. Genauso verhält es sich mit dem Woher und Wohin des Nazigolds. Will man ihm auf die Spur kommen, begibt man sich auf den Pfad der Finsternis.«

Er hob den erloschenen Stummel seiner Davidoff hoch und warf ihn mit einer verächtlichen Bewegung aus dem Wagen.

»Am Gold der Nazis klebt Blut. Buchstäblich«. Er machte eine kurze Pause, als fiele es ihm schwer, weiterzureden. »Sie haben das Gold, das sie den ermordeten Juden abgenommen oder aus den Zähnen gebrochen haben, für die Fortsetzung ihres Krieges und damit der Vernichtungsmaschinerie verwendet. Es ist kein Gold im herkömmlichen Sinn. Es ist Gold, dem jeder Glanz abhandengekommen ist, das sich verfinsterte wie die Sonne heute am Himmel. Ein Spuk, eine infernalische *Goldfinsternis.*«

Sie hatten Hintersee hinter sich gelassen und waren an einem Weiler vorbei weiter der Straße gefolgt, als Hershfield plötzlich ausrief: »Lämmerbach 15. Halt! Hier war es.« Er deutete auf ein Gehöft am Waldrand, das links der Straße einsam auf einer Kuppe stand.

»Der Schuppen ist weg«, murmelte Hershfield. »Wahrscheinlich stand er dort rechts vom Hof an der Stelle des neuen Nebengebäudes.«

Er stieg aus dem Wagen und war drauf und dran, hochzugehen. Blocher drängte, weiter nach Salzburg zu fahren. Aber Hershfield war nicht zu bremsen. »Mitte Juni 1945«, erklärte er Blocher und wies auf den Bauernhof, »tauchte dort oben ein hoher Beamter des Auswärtigen Amtes mit zwei amerikanischen Offizieren und ihrer Begleitmannschaft auf, um ihnen die Stelle zu zeigen, wo über achtzig Jutesäcke mit Goldmünzen vergraben lagen, die er zwei Monate zuvor in einer Nacht- und Nebelaktion vom Schloss Fuschl hierhergebracht hatte. Die Säcke wurden auf einen gepanzerten Truck verladen und in das Dienstgebäude des *Counter Intelligence Corps Detachments*, einer Abteilung der amerikanischen Gegenspionage CIC in der Salzburger Arenbergstraße, gebracht. Weitere dreizehn Säcke haben die Amerikaner in Bad Gastein sichergestellt. Jeder Sack war wog zirka fünfundsechzig Kilo. Damit waren über sechs Tonnen Gold in Händen der amerikanischen Besatzungsmacht.«

Sie stiegen wieder in den Wagen. Hershfield meinte, im Chaos jener Monate habe es manch verschwiegenen Raubzug gegeben, dessen Verbleib bis heute im Dunkeln liege, und erkundigte sich nach den Zahlen und Daten, die der alte Gudoff Blocher gegenüber genannt hatte.

»Aus dem von Spastny und seinen SS-Kumpanen gestohlenen Reichsbankgold«, erklärte Blocher, »landete angeblich die Hälfte bei Gudoff. Er bezifferte es mir gegenüber auf einen Wert von gut viereinhalb Millionen Dollar.«

»Mit den eineinhalb Tonnen Gold aus Schloss Fuschl«, meinte Hershfield, »teils in Barren, der Rest Säcke voller Goldmünzen, die unter der amerikanischen Besatzungsmacht verschwunden sind, sind das zusammen neun Millionen Dollar.«

»Wenn man Gudoff glauben darf, lagen bei ihm auch etwa 20 Kisten voll Juwelen und Schmuck.«

»Richtig!«, rief Hershfield und wog alles gegeneinander ab: Blochers Bericht von den Beständen im Stollen unter Gudoffs Haus mit seinen Kenntnissen über die verschollenen Schätze im Salzkammergut, darunter die Ladung des »jüdischen Goldzugs« aus Budapest, der in Werfen von einem US-Sicherungskommando übernommen worden sei.

»Sie wurden in den Hallen des *Military Government Warehouse* auf dem Areal der Struberkaserne im Stadtteil Maxglan deponiert«, erklärte Hershfield. »Danach konnte von einer verlässlichen Inventarisierung keine Rede mehr sein.« Ihre Spur verliere sich im Dunkel der Besatzungszeit.

Hershfield räusperte sich.

»Das Deprimierende ist, wie unbekümmert damals alle mit dem Eigentum der Juden umgingen. *The Jews are dead, so to hell with 'em.* Das war die Einstellung damals. Nicht nur der Deutschen oder der Schweizer. Auch der Amerikaner.«

Dann zog er ein Resümee.

»Okay«, kalkulierte er, »lassen wir alles, was unter dem Haus auf dem Obersalzberg lagerte, zwölf Millionen Dollar wert sein! Kaufkraftbereinigt wären das heute, vierundfünfzig Jahre später, über hundertzehn Millionen Dollar. Kein schlechter Deal für zwei blutjunge Geheimdienstoffiziere! Von den über Jahrzehnte angefallenen Zinsen wollen wir gar nicht reden. Ist Ihnen denn klar«, wandte er sich an Blocher, »welche Verdienste Sie sich mit Ihrer Aufklärungsarbeit erworben haben?«

»Aufklärung? In welcher Sache? Was die Morde an Kasimir Gudoff und seinen Vater betrifft, bin ich keinen Millimeter weiter.«

»Immerhin«, wandte Hershfield ein, »hat sich nach über fünfzig Jahren herausgestellt, dass bei einem Herrn Gudoff auf dem Obersalzberg Gold im Keller lag und von zwei gerissenen OSS-Agenten, die Ihnen namentlich, teils auch persönlich bekannt sind, geborgen wurden, um es mal dezent auszudrücken.«

»Geborgen klingt gut«, erwiderte Blocher. »Aber was haben sie damit gemacht?«

»In die Schweiz gebracht natürlich, wohin sonst! Der Übergang in die Schweiz stand unter Kontrolle der Dienststellen der Militärregierung, der Militärpolizei und des CIC. Für jemanden aus dem amerikanischen Geheimdienst war es ein Kinderspiel, damals die Grenze unbehelligt zu passieren.«

»Also spricht alles dafür, dass sie die Beute für sich behalten haben, auch wenn Corelli das Gegenteil behauptet. Dann war es Korruption und die beiden sind, Geheimdienst hin oder her, schlicht Ganoven.«

»So würde ich das nicht nennen. Es handelt sich da mehr so um eine Art legaler Krimineller. Was sie von gewöhnlichen Kriminellen unterscheidet, ist ihre Verbindung zu den Quellen der Macht. Sie sind in einer komfortablen Position, weil sie anders als gewöhnliche Gangster vom Risiko befreit sind, das mit einem Diebstahl verbunden ist.«

»Soll das heißen, der Beutezug bei Gudoff war kein Geschäft auf eigene Rechnung, sondern eine Geheimdienstoperation?«

»Was spielt das für eine Rolle? Während des Krieges sind große Summen für Operationen des OSS in Frankreich, Griechenland oder Italien verschwunden und niemand hat sich darüber beschwert. Donovan, der legendäre Chef des OSS, hätte es sich auch verbeten, dass man seinen Leuten Schwierigkeiten macht, von Ermittlungen oder Bestrafungen ganz zu schweigen.«

»So hab ich mir das immer vorgestellt: Geheimdienste stehen über dem Gesetz.«

»In diesem Fall würde ich eher sagen«, widersprach Hershfield amüsiert, »neben oder über der Gesellschaft. Das OSS war ein ausgesprochen exklusiver Club. Norman Holmes Pearson zum Beispiel«, erklärte Hershfield in einem Ton, als handele es sich um den Kandidaten für den nächsten Nobelpreis. »Während des Zweiten Weltkriegs im OSS Kopf der Gegenspionage X-2 für Europa, also Chef Ihres Mister Kelly. Was, meinen Sie, war der von Beruf vor und nach seiner Geheimdiensttätigkeit? Linguistik-Professor in Yale! Eine literaturwissenschaftliche Koryphäe, befreundet mit Ezra Pound, Gertrude Stein, H. D. und Thornton Wilder, den bedeutendsten Dichtern der literarischen Moderne! Sie würden staunen, wenn Sie wüssten, wer alles im OSS war oder dafür arbeitete: Herbert Marcuse, in den Sechzigerjahren das Idol der studentischen Linken, oder der marxistische Ökonom Paul Sweezy, der Zukunftsforscher Robert Jungk, die Schriftsteller Carl Zuckmayer und Klaus Mann, dessen Bruder, der Historiker Golo Mann, die Schauspielerin Marlene Dietrich oder John Ford, der legendäre Hollywood-Regisseur. Der Designer Jim Thompson, der die thailändische Seide weltweit populär machte, leitete die OSS-Station in Bangkok. Arthur Goldberg, später UN-Botschafter, oder Arthur J. Schlesinger Jr., Berater und Biograf Präsident Kennedys, gehörten ebenso dazu wie der Bürgerrechtler und Nobelpreisträger Ralph Bunch. Ich weiß gar nicht, wo ich aufhören soll. Für uns Amerikaner ist es nichts Besonderes, wenn jemand für den Geheimdienst arbeitet, im Gegenteil, es hat etwas Honoriges. Da zählt *Social Standing*. Das waren und sind keine Bürokraten wie bei euch. Die empfinden es durchaus als Schmach, vom Gehalt abhängig zu sein. Die führenden Leute gehörten zur Ostküsten-Elite und waren im New

Yorker Big Business bestens vernetzt. Eine Mischpoke aus Wallstreet-Anwälten, kauzigen Wissenschaftlern, launischen Künstlern und reichen Promis.«

»Ich habe nicht den Eindruck«, versetzte Blocher lebhaft, als er den Wagen in der Mönchsberggarage abschloss und sich beide auf den Weg ins Festspielhaus machten, »dass Corelli oder Kelly zu den kauzigen Vertretern dieser Gattung gehören, auch nicht zu den reichen Promis. Das waren Profis!«

»So ein Job verlangt nun mal Profis«, beschied ihn Hershfield in einem Ton, als wäre er mit seinen Gedanken woanders. Als sie aus dem Durchgang ins Freie auf den Toscanini Hof traten, blieb er plötzlich stehen und hielt Blocher an beiden Armen fest.

»Wo ist dieses Dossier?«

»Ich habe es unter der Fußmatte in meinem Wagen versteckt. Eine Kopie der ersten Seite habe ich Corelli gegeben. Hier habe ich noch eine.«

Hershfield blieb stehen und studierte aufmerksam das Blatt. Dann hob er den Kopf und sah Blocher entgeistert an.

»Das haben Sie Corelli überlassen?«

»Ja.«

»Das ist nicht Ihr Ernst!«

»Doch. Ich dachte …«

»Sie haben sich da in eine üble Lage gebracht!«, fiel ihm Hershfield erregt ins Wort.

»Aber wieso denn?«

Hershfield atmete tief durch.

»Sie sind zu nahe an einen Geheimdienst geraten«, sagte er leise. »Und das bedeutet: Sie haben es mit Leuten zu tun, in deren Vorstellung wir nicht eine, sondern zwei Regierungen haben: eine gewählte und eine, die nicht daran denkt, sich der gewählten unterzuordnen. Das war zu Kellys Zeiten so und daran hat sich auch heute nichts geändert. Eine elitäre Mentalität des *We know, and you don't*. Die denken, dass das, was sie wissen, jemandem wie Ihnen und mir noch lange nicht zusteht.«

Hershfield hielt einen Moment inne, als lausche er einer Stimme, die lange vergessene Einsichten oder Erlebnisse in einem wachruft.

»Das Verrückte ist«, fuhr er schließlich mit leiser Stimme fort, als spreche er zu sich selbst, »dass Kelly und alle anderen in diesem

Milieu sich für die Blüte der Gesellschaft halten und nicht begriffen haben und auch nicht begreifen wollen, dass sie im Glauben, an Recht und Gesetz vorbei das Richtige zu tun, die Krise ihrer eigenen Werte heraufbeschwören. Man könnte meinen: Schön, das ist ihr Problem. Es ist aber unser aller Problem. Diese Geldwäsche-, Drogen- und Nazigoldgeschichten sind doch nur Teil von namenlosen Vorspeisen ähnlicher Art! Der Appetit kommt beim Essen und hat sich zu einem Monstrum ausgewachsen, dem sich niemand entgegenstellen kann. Am wenigsten Sie, Herr Doktor Blocher!«

Blocher blieb stumm.

»Haben Sie denn nicht begriffen, was da steht?«, rief Hershfield aus. Er wedelte mit dem Blatt und reichte es Blocher zurück. »*Schatten-CIA!* Das ist der Stoff, aus dem man ein Vermögen macht. Und Leichen«, fügte er düster hinzu.

»Natürlich. Ja. Das ist brisant, das weiß ich …«

»Brisant? Sie sind derjenige, der dieses Dokument besitzt und seinen Inhalt kennt. Das wiederum weiß Corelli. Damit ist die Katze aus dem Sack und Sie sind auf dem Bildschirm der anderen Seite. Ich würde Ihnen raten, schnellstens die Sache zu vergessen. Werfen Sie Ihr Dossier in die Salzach und verschwinden Sie von hier!«

Blocher vermied eine Antwort auf das, was Hershfield gesagt hatte. Im Foyer des Festspielhauses verglichen sie die Eintrittskarten und stellten fest, dass ihre Sitzplätze weit auseinander lagen. Hershfield schaute Blocher aus seinen traurigen Mandelaugen an und sagte zum Abschied: »Ich beschwöre Sie! Lassen Sie die Finger davon! Sie verkennen ihre Macht.«

* * *

Blocher nahm in der Mitte des Parketts Platz. Sekunden vor Beginn der Vorstellung kam Terek als Letzter von der Seite in den Saal und steuerte, ohne sich weiter umzusehen, auf seinen Platz in der ersten Reihe zu. Ohne die Corellis. Und ohne Isabel.

Aus dem Orchestergraben klang das Komtur-Motiv der Don-Giovanni-Ouvertüre wie das Menetekel eines düsteren Spektakels, das kein gutes Ende nehmen würde. Wir waren verabredet, dachte

Blocher. Für heute Abend nach dem Don Giovanni. Anscheinend ist Isabel schon *auf dem Weg nach Istanbul*. Meinte Corelli. Aber das sagte er auch von Terek, und der sitzt jetzt ein paar Reihen weiter vor mir im Großen Festspielhaus. Entweder hat Corelli gelogen oder er hatte keine Ahnung.

Von einem routinierten Maestro mit einer Eiseskälte dirigiert, als lege er es darauf an, noch das hellste Feuer aus der Partitur zu tilgen, verkam die Oper aller Opern zu einer Art Betriebsausflug nach nirgendwo. Kendlbacher hatte wieder einmal recht behalten. Als man damit begann, Oldtimer und Eisenbahnwaggons auf die Bühne zu fahren, schob Blocher missmutig sein Kinn vor und beobachtete Terek. Anders als gestern, als er fahrig und nervös das Gastspiel seines Orchesters verfolgt hatte, saß der Türke mit gesenktem Kopf da und rührte sich nicht vom Fleck. Vielleicht, dachte Blocher, ist er eingeschlafen wie inzwischen der ältere Herr neben mir. Oder er denkt an Bruno Walters Don Giovanni mit Ezio Pinza und sagt sich wie vor ein paar Tagen im Borchardt: *Diese Regie-Clowns von heute sind alle einfach blödd!*

Blocher sah sich schon als Anstifter eines Tumults, um unter Buh-Rufen zum Sturm auf die Bühne zu blasen und den Mätzchen da vorn ein Ende zu bereiten, als seine Aufmerksamkeit auf das Quartett gelenkt wurde, in dem sich die Wege Don Giovannis, Donna Elviras, Don Ottavios und Donna Annas erstmals kreuzen.

Es war die einzige Szene, die ihn während der Aufführung gefangen nahm: der Moment, in dem Donna Anna in Don Giovanni den Mörder ihres Vaters erkennt. Das Drama der vier Sänger, die lauernd und aufgewühlt einander langsam umkreisten, wirkte auf Blocher wie das Gleichnis seiner Situation, auch wenn ihm das nicht bewusst war und er nur vage von der Witterung einer unbestimmten Bedrohung erfasst wurde. Aber das einander Umkreisen war, wie die ganze Oper, ein Spiel um Tod oder Leben, um Sein oder Nichtsein, auch wenn es wie gewohnt in einem Lacher endete, als sich Don Giovanni im Rezitativ mit einem »Amici, addio!« aus dem Staub machte.

Nach Verlassen des Festspielhauses gelang es Blocher mit Glück und reichlich Trinkgeld, im Goldenen Hirsch noch einen Platz zu ergattern. Er war dorthin geeilt, weil er hoffte, hier vielleicht Terek anzutreffen, den er in der Pause vergeblich gesucht hatte und der auch nicht mehr auf seinen Platz zurückgekehrt war. Aber Terek blieb verschwunden. Blocher trank ein Bier nach dem andern, bestellte Wiener Schnitzel, zum Abschluss noch Salzburger Nockerl, und machte sich kurz vor Mitternacht etwas angeschlagen auf den Heimweg. Zurück im Hotel nahm er am Empfang den Zimmerschlüssel entgegen, bestellte eine Flasche Champagner aufs Zimmer und fuhr mit dem Aufzug in die vierte Etage.

Er hatte die Turmsuite seit dem Morgen nicht mehr betreten. Die drei Türen des Wandschranks standen offen, das Bett war durchwühlt, die Matratze hing schräg über der Bettkante. Tische, Stühle und Sofas waren, wenn auch geringfügig, verschoben. Die beiden Koffer lagen geöffnet auf dem Boden. Die Schubladen des Schreibtisches standen offen, ebenso die Schubfächer des Kleiderschranks. Er hatte vergessen, den Safe abzuschließen, aber seine Schlüssel und eine beträchtliche Summe Bargeld in einem braunen Couvert waren noch da. Ebenso das Geld, das er in einem Lederetui im Koffer verwahrt hatte. Er ging ins Bad. Es war in einem tadellosen Zustand, als ob es außer dem Zimmermädchen niemand betreten hätte. Auf der Ablage lag die Brieftasche mit seinen Ausweisen, den Bank- und Kreditkarten und weiterem Bargeld. Nichts fehlte. Der Hoteldiener brachte den Champagner. Blocher griff zum Telefon und rief den Empfang an. Zehn Minuten später klingelte es an der Tür und der Hoteldetektiv erschien. Er nahm den Fall auf, stellte fest, dass am Schloss der Zimmertür keinerlei Zeichen einer äußeren Einwirkung zu erkennen waren, und zog wieder davon. Blocher stellte sich unter die Dusche. Dann leerte er im Stehen zwei Gläser Champagner, legte sich im Bademantel aufs Bett und fiel ein paar Minuten später in einen tiefen, traumlosen Schlaf.

Donnerstag, 12. August 1999

Der Empfangschef entnahm dem Schlüsselfach ein Kuvert, das er Blocher mit bekümmerter Miene überreichte. Er schien der Verzweiflung nahe oder tat wenigstens so und meinte, dass in einem solch äußerst bedauerlichen und nicht zu entschuldigenden Fall zuallererst die Zimmermädchen verdächtigt würden, da sie ja einen Generalschlüssel bei sich hätten. Aber hier handele sich um eine langjährige Mitarbeiterin, eine absolut vertrauenswürdige und im Haus hochgeschätzte ältere Person, die jetzt völlig am Boden zerstört sei und um ihre Stellung fürchte.

Als Blocher durch die offene Tür auf die Terrasse des Hotels trat und an einem der freien Tische Platz nahm, überlegte er, ob er über das »Malheur«, wie sich der Empfangschef ausdrückte, einfach hinwegsehen sollte. Am Abend hatte er den Hoteldetektiv noch ausdrücklich darum gebeten, nicht die Polizei einzuschalten. Er bestellte eine Flasche Mineralwasser und einen großen Braunen und ließ sich ein Müsli mit frischen Früchten bringen. Dann öffnete er das Kuvert. Es enthielt ein weißes Blatt im DIN-A4-Format, in dessen Mitte nur ein Satz stand:

LASSEN SIE TEREK AUS DEM SPIEL!

Bevor er dazu kam, sich über diese Botschaft Gedanken zu machen, klingelte sein Mobiltelefon. Es war Kendlbacher.

»Servus! Na, hab ich dir zu viel versprochen? Wie war's? «

»Unterirdisch! Ich war kurz davor, rauszulaufen.«

»Ich schau mir des net für a Fünferl noch amal an! Wie lang bleibst denn noch?«

»Darüber denk ich grade nach. Ich glaube, ich reise ab. Heute noch.«

»Was is mit'm Bassa Selim und seiner Odaliske? Waren die gestern Abend da?«

»Er schon. Sie nicht.«

»Aha. Du weißt was! Lass uns doch heut' Mittag in den Stiftskeller gehen! Bevor wir uns nimmer sehn ...«

»Gute Idee. So gegen eins?«

»Früher! Um eins muss ich wieder in der Redaktion sein. Wir können uns ja vorm Dom treffen um Viertel vor zwölf. Passt des?«

»Passt!«

Blocher ließ das Müsli stehen und erkundigte sich an der Rezeption, wer das Kuvert für ihn abgegeben habe und wann. Der Empfangschef wurde herbeigeholt und versprach, sich um Aufklärung zu bemühen. Da meldete sich erneut Blochers Mobiltelefon, auf dem Display die Nummer von Wolffson.

»Hallo?«

»Phil! Ich bin auf dem Weg nach Salzburg. Wo kann ich dich mittags treffen?«

»Du kommst nach Salzburg? Was ist los, Aaron?«

»Erzähl ich dir später. Wo können wir uns treffen?«

»Ich bin ab zwölf Uhr im Stiftskeller Sankt Peter. Aber …«

»Stiftskeller Sankt Peter. Okay … Ich bin so gegen eins da!«

»Hör mal!«, rief Blocher noch, »Hershfield hatte mir …«

Aber sein Handy blieb stumm. Wolffson hatte aufgelegt.

Blocher bahnte sich auf dem Universitätsplatz einen Weg durch die Menschen, die sich um die Marktstände drängten. Im Durchgang zur Sigmund-Haffner-Gasse blieb er vor dem Schaufenster der Buchhandlung Höllriegel stehen.

Im Fenster hing ein Plakat, das für einen Bildband warb, von dessen Titel ihm fragil und schmal, als wäre sein Kopf künstlich in die Länge gezogen, Corelli mit aristokratischem Hochmut entgegenblickte. Das also war der Grund, warum er sich die ganze Zeit einbildete, Corelli schon einmal gesehen zu haben! Das hagere Gesicht mit den hohen Backenknochen, den eingefallenen Wangen, der langen geraden Nase mit dem weichen Höcker in der Mitte, den nervösen, sinnlichen Lippen und den feinen Linien, die sich um die Mundwinkel bis weit hinunter ins weiche Kinn gruben: Es war Echnaton!

»Er hat es nicht verdient«, murmelte Blocher mit einem bösen Lächeln, »als ägyptischer Pharao nach über dreitausend Jahren ausgerechnet auf dem Mönchstein zu landen, um als kettenrauchender Wiedergänger Salzburger Hotelgeschichte zu schreiben.«

Vor dem schmalen Durchlass zwischen Jedermann-Bühne und Eingang zum Dom traf er auf Kendlbacher, der ihn durch die Menschenmassen Richtung Petersfriedhof schleuste.

Wenig später saßen sie im Innenhof des Stiftskellers, bestellten einen leichten Riesling aus der Wachau, und während sie sich den Eierschwammerln mit Semmelknödel widmeten, zu denen Kendlbacher ihn einlud, gab Blocher in kurzen Worten seine Erlebnisse der letzten beiden Tage wieder. Als er in sein Sakko greifen wollte, um Kendlbacher das weiße Blatt mit der Drohung LASSEN SIE TEREK AUS DEM SPIEL! zu zeigen, das ihm der Empfangschef mitgegeben hatte, trat Wolffson an ihren Tisch.

Nach kurzem Smalltalk über die Reize des Stiftskellers und seines Innenhofs verabschiedete sich Kendlbacher mit einem entschuldigenden Blick auf die Uhr.

Wolffson, das hatte ihm Blocher gleich angesehen, war nicht zu Scherzen aufgelegt. Blocher dachte an Hershfields Fax mit dem Foto seines Vaters. Aber Wolffson verlor darüber kein Wort.

»Warum ich komme«, begann er und sah sich um, ob auch niemand zuhörte. »Die Staatsanwaltschaft will dich verhören! Sie wissen von den Querelen mit Gudoff. Dann behaupten sie, du hättest von der Bank einen beträchtlichen fünfstelligen Betrag abgehoben. Fast fünfzigtausend.«

»Ja und?«, meinte Blocher mit einem Achselzucken. »Ich hab das Geld vor drei Wochen abgehoben, noch vor der New-York-Reise. Wegen des Urlaubs, du weißt. Wie kommen die überhaupt dazu, mein Konto zu überprüfen?«

»Hab ich mich auch gefragt. Vielleicht bereiten sie ein Ermittlungsverfahren gegen dich vor. Schnell mal ein paar Zehntausend abheben und dann verschwinden: So was legt eine Mordkommission nicht gleich als entlastenden Umstand zu den Akten. Als ich Ihnen sagte, wenn jemand vor dem Urlaub zur Bank geht, ist er deswegen noch lange kein Mörder, wurden sie ziemlich pampig und wollten mich ausquetschen, wo du überhaupt wärst, wir würden uns doch sonst so gut verstehen. Ich wurde da ein bisschen einsilbig – ich wusste ja noch nicht, dass du dich hier in Salzburg rumtreibst – und meinte nur, wir hätten uns am Freitag zum letzten Mal gesehen und uns dabei mehr mit einer Leiche auf dem Invalidenfriedhof beschäftigt als mit deinen Urlaubsplänen. Das fanden sie nicht besonders witzig und da bin ich dann etwas ausführlicher geworden so in der Art: Wenn du unterwegs wärst, sei das für mich jedes Mal die Frage aller Fragen. Pauschalreisen zum

Beispiel: Das wäre nicht dein Ding. Du würdest immer alleine mit dem Auto losfahren. Wohin, könne man nicht wissen, weil du es dir anscheinend jeden Tag anders überlegst. Mir fielen dann so viele deiner Lieblingsrouten ein, dass sie es aufgegeben haben, mitzuschreiben.« Er neigte sich vor und meinte mit einem leisen Vorwurf in der Stimme: »Sie versuchten mehrmals, dich auf dem Mobiltelefon zu erreichen, aber es war angeblich abgeschaltet oder du hast dich nicht gemeldet.«

»Ich habe nur Kendlbachers und deine Anrufe entgegengenommen.«

»Jedenfalls sind sie inzwischen stocksauer auf dich und wollen dich sprechen. Wir sitzen in Berlin wie auf Kohlen. Sie haben alles aus Gudoffs Büro mitgehen lassen, Computer, Akten und so weiter. Das heißt, sie werden früher oder später darauf stoßen, dass im Mallorca-Budget fast zwanzig Millionen fehlen. Und dann werden sie uns und vor allem dich als Finanzchef über deren Verbleib befragen. Croning ist jedenfalls der Meinung, du solltest mit mir zurück nach Berlin kommen und die Dinge richtigstellen.«

»Mein Gott Aaron, Du weißt doch, was er sich mir gegenüber erlaubt hat: *Sie haben also keine Ahnung, wo das Geld geblieben ist? Und wer soll Ihnen das glauben? Vielleicht die Mordkommission?* Das waren seine Worte. Ich hab sie nicht vergessen. Und jetzt will er mich nach Berlin holen?« Er unterbrach sich für einen Moment, dann fragte er Wolffson: »Haben wir noch Zeit für einen kleinen Spaziergang?«

Vom Toscanini Hof gingen sie die Clemens-Holzmeister-Stiege hinauf, die in einer eigenwilligen Kehre erst durch das Bühnenhaus des Kleinen Festspielhauses und dann in die Felswand gemauert auf den Mönchsberg führt. Oben lehnten sie sich über die Brüstung und genossen den Blick über die Dächer der Altstadt. Die Fassade des Doms und die Türme von Sankt Peter und der Franziskanerkirche schienen zum Greifen nah.

»Ein Klassiker für Selbstmörder«, kommentierte Blocher ihre Position gut zwanzig Meter über der steil in den Toscanini Hof fallenden Felswand. »Aber mit tröstlichem Blick auf *Die schöne Stadt …*«

»Alte Plätze sonnig schweigen«, zitierte er nach einer Pause. »Tief in Blau und Gold versponnen / Traumhaft hasten sanfte Nonnen / Unter schwüler Buchen Schweigen.«

Wolffson schaute ihn erstaunt an, dann neigte er den Kopf als horche er in sich hinein, und sagte: »Mädchen stehen an den Toren, / Schauen scheu ins farbige Leben.«

Blocher ergänzte: »Ihre feuchten Lippen beben / Und sie warten an den Toren … Du kennst Trakl?«

»Er war mein Lieblingsdichter auf dem Gymnasium«, erklärte Wolffson, während sie sich in Richtung Mönchstein auf den Weg machten. »Und du hältst es mit der Dichtkunst? Ich bin platt!«

»Ach was«, dementierte Blocher. »Aber dieses eine Gedicht! *Die schöne Stadt!* Ich liebe es, weil es eine Stimmung von Schönheit und Einsamkeit, von Erwartung und Verzweiflung in einem weckt. Auch wenn die Salzburger so tun, als wäre es *ihr* Gedicht über *ihre* Stadt und *ihr* Trakl, wie sie auch *ihren* Mozart und *ihren* Stefan Zweig für sich reklamieren. Dabei waren die alle am Ende nur unglücklich mit ihrem schönen Salzburg. Und doch«, fügte er an, »kommen mir die Verse immer in den Sinn, wenn ich in Salzburg bin, vor allem hier oben.«

Nach ein paar Schritten fragte Wolffson: »Hast du George Hu von dem Mord an Kasimir Gudoff erzählt? Du hast ihn doch nach der Präsentation noch im Borchardt gesehen.«

»Nein. Warum fragst du?«

»Als er sich verabschiedet hat, sagte er zu mir, er fände es nicht sehr bedauerlich, dass jemand Kasimir Gudoff aus dem Verkehr gezogen habe. Das fand ich schon etwas komisch.«

»Komisch? Wieso?«

»Woher wusste er von dem Mord auf dem Invalidenfriedhof? Dann seine Ausdrucksweise! *Withdrawn from circulation* – etwas zu cool, findest du nicht?«

»Das hab ich auch gesagt. Zu dir in meiner Wohnung, als du mich gefragt hast, was ich aus New York mitgebracht hätte. *Ich hab ein Ass im Ärmel*, hab ich geantwortet, und dass es reichen würde, *um Gudoff aus dem Verkehr zu ziehen*. Davon abgesehen: So wie Gudoff sich ihm gegenüber benommen hat, gab's für George wenig Grund, Tränen zu vergießen. Wahrscheinlich hat er es von Marie Thérèse erfahren. Du hast mir selber erzählt, dass sie es wusste. Wenn man sich über Coolness wundern soll, dann über die von Marie Thérèse. Die hat sich nun wirklich nichts anmerken lassen, als wir im Borchardt saßen!«

»Ja, vielleicht hast du recht.«

Was heißt vielleicht, dachte Blocher. Hat Aaron etwa George Hu im Verdacht? Von mir abgesehen, fällt mir im Moment tatsächlich niemand ein, der mehr Gründe hätte, sich über einen toten Gudoff zu freuen. Dass George mit mir schon mal am Tatort war, weiß Aaron nicht. Der gute George auf dem Invalidenfriedhof mit einem Hammer in der Hand! Was für ein Gedanke!

Sie hatten inzwischen die Stelle über dem Neutor erreicht, von wo aus sich eine weite Perspektive auf die Stadt bot. Direkt unter ihnen lagen Festspielhaus und Goldener Hirsch. Blocher machte Wolffson auf das Haus gegenüber auf dem Kapuzinerberg aufmerksam, aus dem Stefan Zweig von den Nazis vertrieben worden war. Ein kleiner Abschnitt der Salzach war zu sehen und Blocher konnte die Fenster seiner Ecksuite erkennen, in die gestern Abend eingebrochen worden war.

»Kennst du eine Firma Novalia?«, fragte er Wolffson unvermittelt.

»Klar, so hieß Cronings Firma in Düsseldorf, bevor er nach dem Mauerfall nach Berlin ging und mit der Croning Group einen Neuanfang machte.«

»In unseren Prospekten, in der Firmengeschichte ist davon nirgends die Rede!«

»Vielleicht wollte er nicht, dass die Novalia erwähnt wird. Ich glaube, er hatte Ärger mit einigen Anlegern, weil ihre Beteiligung an einem der Bauherrenmodelle mit finanziellen Verlusten endete. Croning hatte die Kosten für Konzeption, Prospektierung, Vertrieb, Steuerberatung, Treuhänder, Mietgarantie und so weiter hochgeschraubt, sodass manche nach Ausschöpfung der anfänglichen Steuervorteile und dem Ablauf der Mietgarantie auf den Belastungen für die Tilgung der Kredite sitzen blieben. Er selber hat damals, in den Achtzigerjahren, am Boom des Bauherrenmodells natürlich kräftig verdient. Wie kommst du darauf?«

In diesem Augenblick klingelte Wolffsons Handy. Er sah auf das Display und signalisierte Blocher im Flüsterton: »Croning!«

Es verstrich eine knappe Minute, während der Wolffson mit der einen Hand das Telefon ans Ohr hielt und mit der anderen sich nervös über seine Glatze fuhr. Er sagte längere Zeit nichts, nur gegen Ende brachte er stockend und immer leiser werdend ein paar abgerissene Sätze heraus: »Was für ein Schreiben? … Sein Alibi? … Aber er kam doch aus New York! … Wann wollen die damit rauskommen? … Aber das ist doch …«

Blocher ahnte, worum es ging: Um den Nachweis, wie lange er nach seiner Rückkehr aus New York vom Flughafen in die Stadt unterwegs war. In welchem Taxi er fuhr. Wohin? Zu welcher Uhrzeit? Auf welcher Strecke genau? Ob es dafür Zeugen gibt?

Wolffson hielt das Mobiltelefon in der Hand und blickte vor sich ins Leere.

»Was ist los?«, wollte Blocher wissen.

Während er das sagte, fiel ihm Kasimir Gudoff ein, wie er ihn an jenem Morgen angerufen hatte und zu ihm sagte: *Croning wird vom Sockel fallen.* Wenn es so war, wovon er inzwischen überzeugt war, dass Terek, Gudoff und Isabel sich in Berlin treffen wollten, um Croning um sein Prestigeprojekt zu bringen, vielleicht sogar das ganze Unternehmen im Visier hatten und eine Art feindlicher Übernahme *Alla Turca* vorbereiteten, dann hätte das Krieg bedeutet. Nichts sprach dafür, dass Terek das Ziel aufgegeben hatte, nur weil Gudoff ermordet worden war. Der Krieg stand also noch bevor. Womit musste man als Nächstes rechnen?

Hinter Isabels Interesse an ihm verbarg sich augenscheinlich taktisch bedingte Raffinesse, gewiss mehr noch als aufrichtige Zuneigung, wobei sie und Terek und wohl auch George Hu ihn als nächstes infrage kommendes Vehikel für ihren Beutezug in Anspruch nehmen würden, nachdem ihnen Gudoff als U-Boot in den Gewässern Cronings abhandengekommen war.

»Hörst du mir überhaupt zu?« Wolffson schien das Gespräch mit Berlin beendet zu haben.

»Ja natürlich, ich hatte nur …«

»Ich sagte eben«, begann Wolffson erneut, als lese er langsam, Wort für Wort von einem Blatt ab, »der Mann von der Mordkommission hat sich bei Croning gemeldet und ihm mitgeteilt: Wenn wir dich nicht sofort zurückholten, würden sie dich zur Fahndung ausschreiben.« Er hielt einen Moment inne, als warte er auf eine Reaktion Blochers. Aber Blocher blieb stumm und so fügte Wolffson mit belegter Stimme hinzu: »Die Mordkommission hat einen Brief Kasimir Gudoffs gefunden, den er anscheinend bei sich hatte, als er ermordet wurde. Genaues weiß Croning auch nicht. Nur so viel: Der Brief ist an dich gerichtet. Gudoff soll darin gedroht haben, dass er dich *auffliegen* lässt – ja, *auffliegen* sagten sie. Es hörte sich so an, als ob er das Verschwinden der zwanzig Millionen dir in die Schuhe schieben wollte. Dass er dich auffliegen lassen würde, wenn du nicht damit aufhörst, ihn zu verleumden. So hat er sich wohl ausgedrückt. In dem Brief kündigt er außerdem an, er habe ein Schreiben an die Staatsanwaltschaft Moabit vorbereitet. Jetzt wollen sie von dir eine Erklärung.«

»Was soll das für ein Schreiben sein?«

»Die halten sich da bedeckt. Es geht anscheinend um deine Kalkulation zum Mallorca Fonds. Sagt Croning. Vielleicht haben sie es auch gar nicht. Croning meinte noch, es gebe anscheinend Durchstechereien an die Presse. Sie hätten durchblicken lassen, die beiden Boulevardblätter seien bereits dran an dem Knüller. Wann sie damit rauskommen, weiß keiner.«

Blocher wich ein paar Schritte zurück, dann drehte er sich um und hielt sich vornübergebeugt am Geländer fest, als müsse er sich übergeben. Unter ihm lag die Stadt im Licht des Sommertags. Das Summen des Verkehrs drang zu ihm herauf und er hörte die Stimme eines Baritons, der bei geöffnetem Fenster in irgendeinem Hotelzimmer oder einer Wohnung, vielleicht kam es auch aus dem Festspielhaus unter ihnen, Verdis Arie des Rodrigo *Per me giunto* sang.

»Außerdem verlangen sie ein Alibi von dir«, hörte er Wolffsons Stimme hinter sich. »Sie haben herausgefunden, dass Gudoff dich angerufen hat, kurz bevor er ermordet wurde. Sie wollen von dir wissen, worüber da gesprochen wurde und ob er sich mit dir treffen wollte.«

Blocher schwieg. Sie sahen sich in die Augen.

»Das ist noch nicht alles«, fuhr Wolffson fort. »Croning versteht nicht, warum sie ständig auf irgendeiner CD-ROM herumreiten, die du angeblich von der Fehring erhalten hast. Die dumme Gans hat ihnen erzählt, Gudoff hätte ihr die CD-ROM gegeben und gesagt, sie wäre für dich und du wüsstest Bescheid. Die tun jetzt so, als handele es sich um das Corpus Delicti, was natürlich albern ist, wahrscheinlich haben sie immer noch keine handfeste Spur. Komm, lass uns weitergehen!«

»Erinnerst du dich«, fragte Blocher nach wenigen Schritten, »an die Meetings mit Croning und Gudoff, in denen wir nach Wegen suchten, die Finanzierungslücke bei Mallorca aus der Welt zu schaffen? Es ist uns nicht gelungen. Trotzdem hat man entschieden, den Vertrieb anlaufen zu lassen. Und was passiert? Es werden Anleger eingeworben, aber wir haben es unterlassen, ihnen reinen Wein einzuschenken. Ich habe damals gewarnt: Das grenzt an Anlegerbetrug. Aber ihr habt das gegen mich durchgedrückt.«

»Was hat das mit dem Mord an Gudoff zu tun?«

»Vielleicht nichts. Es könnte aber sein, dass Gudoff in dem Schreiben an die Staatsanwaltschaft oder auf der CD-ROM mich anschwärzt und das alles *mir* vorwirft.«

Ohne weiter auf Wolffsons verblüffte Miene zu achten, erzählte Blocher von dem seltsamen Zusammentreffen mit Altenhöhner unten am Steg von Schloss Fuschl und der überraschenden Botschaft des Potsdamer Anwalts, er sei im Besitz eines Briefes, mit dem Gudoff ihn, Blocher, anschwärzen wollte. »Das Corpus delicti«, setzte Blocher hinzu, indem er in einen sarkastischen Tonfall wechselte, »um das Unwort noch einmal aufzugreifen.«

»Der Altenhöhner ist in Salzburg?«, reagierte Wolffson verwirrt. »Wo ist die CD-ROM, die dir die Fehring gegeben hat?«

»Ich weiß es nicht«, log Blocher. »Vielleicht hab ich sie verloren. Ich hab mir die CD-ROMs von der Fehring nie angesehen. Sie waren mir lästig, ich fand sie unwichtig, verstehst du?«

»Wenn du dich nicht schleunigst um dein Alibi kümmerst«, entfuhr es Wolffsohn, »bist du nicht mehr zu retten.«

Er schüttelte den Kopf und schaute Blocher an, als wolle er seine Worte ungeschehen machen. Sie gingen eine Weile schweigend nebeneinander her. Wolffson klopfte ihm aufmunternd auf die Schulter und meinte, er solle doch einfach sagen, wie es war. Das Dümmste wäre, sich einem Gespräch mit der Staatsanwaltschaft zu verweigern. Er sah auf die Uhr. »Du musst noch deine Sachen aus dem Hotel holen!«

Blocher sagte nichts. Er empfand eine aufkommende Gereiztheit gegenüber Wolffson. Er fühlte sich in die Enge getrieben und darauf hatte er von jeher störrisch reagiert. Soll die Mordkommission doch nach ihm fahnden! Für mein Alibi werden jetzt andere sorgen müssen, beschloss er im Stillen und verzog die Lippen zu einem boshaften Grinsen. Er wusste seit diesem Spaziergang, wer das sein würde.

Seit dem Anruf Cronings war ihnen niemand begegnet. Der Fußweg führte jetzt aus dem Wald auf das Tor zum Schloss Mönchstein zu, wo sie unvermittelt in ein hektisches Hin und Her aus Stimmen, Rufen und Einsatzwagen der Gendarmerie mit funkelndem Blaulicht gerieten. Auf der Auffahrt zum Schloss waren zwei Krankenwagen zu sehen. Ein Polizist schüttelte nur den Kopf, als Blocher ihn ansprach und war zu keiner Auskunft bereit. Auch von den wenigen umstehenden Schaulustigen war nichts in Erfahrung zu bringen.

In diesem Moment ging die Eingangstür zum Schloss auf, zwei Helfer erschienen und trugen auf einer Bahre einen Körper, den sie bis über den Kopf zugedeckt hatten wie eine Leiche, die Treppe hinunter zu einem der Krankenwagen.

»Was ist da los?«, fragte Wolffson und sah dabei nervös auf seine Uhr. Er drängte Blocher zum Weitergehen. Statt einer Antwort nahm Blocher sein Handy und rief Isabel Kelly an. Mit versteinerter Miene lauschte er der Stimme des Anrufbeantworters, die ihre Nachricht, dass der Teilnehmer »zur Zeit nicht erreichbar« sei, nicht auf Deutsch wiederholte, auch nicht auf Türkisch, sondern auf – Französisch. Die Gedanken schossen auf ihn ein, sie kreuzten sich und prallten aufeinander. Seine erste Überlegung war: Wolffson weiß ja gar nichts von Corelli! Nichts von seiner Beziehung zu Kelly und zu Artur Gudoff. Nichts von den Kopien des Dossiers, auf die es womöglich der Mörder abgesehen hatte. Es kann sich ja nur um Mord handeln, wenn es denn Corelli ist, der dort auf der Bahre liegt. Er beobachtete, wie mehrere Männer in weißen Schutzanzügen aus dem Schloss kamen und Koffer, Stative und ein Beleuchtungsset zu zwei Zivilfahrzeugen brachten, die neben Corellis Bentley parkten. Der dritte Tote in nicht mal einer Woche! Er spürte, wie ihm das Blut zu Kopf stieg und war außerstande, irgendeinen Entschluss zu fassen. Ich muss Zeit gewinnen, ich muss weg, ich muss weg, wiederholte er für sich, um nicht in eine noch aussichtslosere Lage zu geraten.

»Uns bleibt nicht viel Zeit«, hörte er Wolffson sagen. »Und du musst noch deine Koffer packen!«

»Ja … Nein!«

»Was soll das heißen?«

Blocher lief mit glühenden Wangen neben Wolffson die Straße hinunter zur Müllner Kirche.

»Was soll das heißen?«, wiederholte Wolffson aufgebracht. »Du musst dich um dein Alibi kümmern! Und verhindern, dass die Geschichte an die Presse kommt. Wie willst du von hier aus den Taxifahrer ausfindig machen? Also los, mach keinen Quatsch! Ich muss zurück nach Berlin. Und du auch!«

Nach ein paar Minuten hatten sie im Laufschritt den Müllner-Steg erreicht, wo sie eine Pause einlegten und ihre verschwitzten Gesichter in der Brise über dem Fluss kühlten.

»Aaron!«, stieß Blocher hervor. »Warum kannst du mir nicht ein Alibi besorgen? Ich hab dich das schon mal gefragt. Was hindert dich, eine entsprechende Aussage zu machen? Oder glaubst du etwa, ich hätte Gudoff umgebracht? Herrgott noch mal! Was hält dich zurück, mir zu helfen? Wo warst du am Freitagmorgen? Warum hast du mich nicht in Tegel abgeholt? Wo warst du?«

Sie standen etwas außer Atem nebeneinander und schauten über das Geländer gelehnt auf den Fluss, hinter dessen Biegung die Festung ausgebreitet lag, davor Dom und Kollegienkirche und zur Rechten der Felsen des Mönchsteins.

Blocher spürte, dass Wolffson etwas Unangenehmes sagen wollte, es aber nicht über sich brachte.

»Nun komm schon! Wo warst du?«, versuchte er es erneut.

»Bei der Fehring.«

Eine Weile war nur das Rauschen des Wassers unter ihnen zu hören. Blocher atmete ein paar Mal tief durch und dachte: Und ich hab geglaubt, ich hab es mit einem Mann zu tun, *der ein sicheres Auge für Frauen hat …*

»Du und deine dumme Gans!«, fuhr er Wolffson an. »So hast du sie doch eben noch genannt. Du hast es mit ihr getrieben! Während ich am Airport wie ein Idiot auf dich gewartet habe. Und ausgerechnet die Fehring hat es jetzt in der Hand, ob du mir ein Alibi verschaffen kannst.« Er schüttelte resigniert den Kopf. »Blöder geht's nicht …«

Wolffson blieb stumm. Er beugte sich über das Geländer und starrte aufs Wasser.

»Ich brauch das«, sagte er nach einer Weile. »Und sie auch. Das geht schon länger so. Keiner weiß davon. Sie ist sehr diskret.«

Er machte nicht den Eindruck, als ob ihm die Geschichte besonders peinlich wäre, und fügte nach einer Pause aufmunternd an: »Jetzt tu nicht so! Ein Frauenhaar zieht mehr als zehn Ochsen. Als ob du das nicht kennst!«

»Schon gut«, meinte Blocher und merkte nicht, wie ihm die Gesichtszüge zu einem unerquicklichen Grinsen gefroren. »Es gibt Schlimmeres als einen guten Fick. Ein fehlendes Alibi zum Beispiel.« Er atmete tief durch. »Warum hast du mir das mit der Fehring nicht gleich gesagt?«

»Warum hast du mir das mit deinem Vater nicht gesagt?«

»Es war nicht richtig von mir.« Blocher wusste, dass ihm Wolffson die Frage irgendwann stellen würde. »Du weißt es von Hershfield?«

»Ich möchte jetzt nicht darüber reden. Wir müssen weiter!«

»Einen Moment!«, rief Blocher. »Dass du mir kein Alibi geben kannst, selbst wenn du es wolltest, sehe ich ein. Die Fehring würde nicht mitspielen. Ich möchte nur eine Sache klären. Womit hat Croning sein Unternehmen gegründet?«

»Ich hab's dir doch gesagt. Mit der Novalia. Mit dem Bauherrenmodell. Während des Studiums von seinem Kölner Professor entwickelt. Croning hat es als Erster praktisch umgesetzt und drum herum sein Unternehmen mit Konzeption, Prospektierung, Vertrieb, Steuerberatung, Treuhandschaft, Projektentwicklung und Baufirmen aufgebaut. Andere folgten, aber er war als Verkäufer unschlagbar. Hat schon als Student Millionen verdient.«

»Das weiß ich alles. Meine Frage war: *Womit?* Was war sein Startkapital?«

»Keine Ahnung. Wahrscheinlich Bankkredite oder jemand hat ihm etwas vorgestreckt. Das Übliche. Er ist ein Selfmademan, das weiß doch jeder!«

»Das Übliche? Ich mach es kurz. Es gibt ein Dossier des Bundesnachrichtendienstes, darin steht schwarz auf weiß, dass Croning die Novalia mit Geldern gegründet hat, die aus Drogengeschäften stammen und auf Banken in Miami und in der Karibik gewaschen wurden.«

»Croning und Drogengeschäfte? Bist du verrückt geworden?«

»Ich hab nicht gesagt, dass er in Drogengeschäfte verwickelt war. Das Geld, das er nahm, stammte aus Drogengeschäften. Kann sein, dass er das nicht wusste. Geldwäsche ist es trotzdem.«

»Wie kommst du denn auf solchen Unsinn? Du steckst bis zum

Hals im Seibel und faselst von Geldwäsche in der Karibik. Komm, lass uns weitergehen!«

»Aaron, du hörst mir nicht zu! Ich bin nicht zu Späßen aufgelegt. Ich werde nicht nach Berlin kommen. Und ich sage dir: Wenn der Chef oder Marie Thérèse mir nicht ein Alibi verschaffen, meinetwegen indem sie einen Termin vor der Präsentation bei ihm morgens im Büro bestätigen, und wenn sie nicht verhindern, dass die Geschichte mit dem Brief und der CD-ROM und dem fehlenden Alibi in irgendeinem Scheißblatt erscheint, meinetwegen, indem Marie Thérèse mit der Verlegerin spricht, die ist doch ihre Freundin: Dann gebe ich die betreffenden Unterlagen und Dokumente, in denen neben anderen Schweinereien eine Firma Novalia erwähnt wird, die ohne die Investition von Drogengeldern nie existiert hätte, an die Presse. Und dann geht die Ladung erst richtig hoch und Croning ist erledigt! Du fährst jetzt nach Berlin und steckst das den beiden!«

Wolffson schwieg und machte ein Gesicht, als wäre ihm gerade eröffnet worden, dass die Erde eine Scheibe ist. Blocher griff in die Innentasche seines Sakkos.

»Ich möchte dir etwas zeigen.«

Wolffson holte tief Luft und starrte auf das Foto als könne er es nicht fassen.

»Woher hast du das?«

»Von Gudoffs Vater.«

»Und wer ist der Amerikaner in Uniform?«

»Das ist Kelly, von dem er glaubte, er stecke hinter dem Mord an seinem Sohn. Hershfield meint übrigens, an den Geschichten des alten Gudoff sei mehr dran, als einem lieb sein kann.«

Wolffson rieb sich die Stirn.

»Man könnte glauben«, sagte Blocher, »das Püppchen da ist Marie Thérèse Croning. Ist sie aber nicht. Es ist Milena, Artur Gudoffs Schwägerin, die Schwester seiner Frau.«

»Woher weißt du das?«

»Von Gudoffs Haushälterin.«

»Und Marie Thérèse?« Er betrachtete noch einmal eingehend das Bild. »Die sieht doch aus wie Marie Thérèse!«

»Es muss ihre Schwester sein. Eine andere Erklärung gibt es nicht.«

»Nein!«, rief Wolffson und tat erheitert. »Dann wäre Marie Thérèse sozusagen die Tante unseres Kollegen Kasimir, Gott hab ihn selig. Hoffentlich kommt außer dir nicht noch jemand auf die Idee.«

Blocher verzog keine Miene.

»Behalte die Sache für dich!«, bat er Wolffson und nahm das Foto wieder an sich. »Die Haushälterin hat mir erzählt, dass die Milena da auf dem Foto den alten Gudoff hasste und mit ihrer Schwester gebrochen hat, als die nicht davon abzubringen war, ihn zu heiraten. Ich hab mich umgehört: Niemand im Umfeld von Artur Gudoff wusste etwas von Marie Thérèse oder einer dritten Schwester, womöglich nicht einmal er selbst und wahrscheinlich auch nicht Sohn Kasimir. Es sieht ganz danach aus, als ob die drei Schwestern verschiedene Wege gingen und Marie Thérèse von der Heirat ihrer Schwester mit Artur Gudoff nichts wusste. Überleg doch mal: Sie war noch gar nicht auf der Welt, als der Streit zwischen ihren älteren Schwestern eskalierte. Vielleicht war die Gudoff'sche Verwandtschaft ja tabu in der Familie. So etwas kommt öfter vor, als man glaubt. Was ich damit sagen will: Marie Thérèse war Teil ziemlich desolater Familienverhältnisse. Sie und der Chef müssen nicht unbedingt gewusst haben, dass Kasimir Gudoff mit ihnen verwandt oder verschwägert war. Und er umgekehrt auch nicht.«

Blocher redete immer weiter und konnte auch dann nicht an sich halten, als er Wolffson zur Schwarzstraße begleitete, wo sie ein Taxi anhielten. Da wäre noch so viel, von dem er ihm berichten müsse. Dunkles. Über Terek und Kelly, ihre Geldwäschebanken und die CIA. Sie steckten knietief im Morast des internationalen Drogenhandels. Er bat Wolffson zu bleiben. Er sei ihm dankbar, dass er das Gespräch mit Hershfield vermittelt habe. Seitdem sehe er vieles klarer, aber er brauche ihn, er fühle sich alleine machtlos, sich ohne seine Hilfe aus der Schusslinie der Mordkommission zu bringen.

Wolffson war anzusehen, dass er ihn damit völlig überforderte. Blochers Redefluss verstörte ihn derart, dass er laut überlegte, ob er nicht seinen Koffer im Stiftskeller habe liegen lassen, bis ihm einfiel, dass er ja gar keinen mit auf die Reise genommen hatte. Er war auch nicht mehr in der Lage, Blochers Weigerung, nach Berlin zu kommen, etwas entgegenzusetzen. Anstelle ihres üblichen herzlichen Abschieds stieg er nach einer flüchtigen Umarmung ins Taxi und fuhr zum Flughafen.

* * *

»Es tut mir außerordentlich leid, Herr Doktor Blocher«, meinte der Empfangschef, während er die Zimmerschlüssel aushändigte, »aber wer das Kuvert für Sie abgegeben hat und wann, war nicht zu ermitteln. Es steckte heute Morgen in Ihrem Fach. Das ist alles, was ich dazu sagen kann.«

Blocher verabredete sich mit Kendlbacher und legte sich für eine halbe Stunde hin. Danach nahm er eine Dusche und ging ins Café Bazar, wo er auf der Terrasse Kendlbacher antraf.

Der Tod Corellis war bereits Stadtgespräch. Jemand habe Corelli eine bizarre Fesselung angelegt, bei der sich das Opfer mit jeder Bewegung langsam selbst erdrosselt. »Am Strick! Was für ein Ende!«, meinte Kendlbacher beklommen.

Sie ließen sich zwei Achtel Roten bringen. Nach dem ersten Schluck warf Blocher das Glas mit einer so ungeschickten Bewegung um, dass es vom Tisch rutschte und klirrend zu Boden fiel. Blocher wartete ab, bis die Kellnerin den Schaden behoben hatte und ein neues Glas auf dem Tisch stand.

»Der dritte Mord in nicht mal einer Woche! Und ich hänge mittendrin …«

»Vielleicht war's auch a Selbstmord. Oder es war ihnen zu fad beim Schnaxeln und die ham sich irgendwas G'schlampertes einfalln lassen. Und des is schief ausgangen. Vielleicht hat's ihn deswegen erwischt heut Nacht. Is ja alles möglich heutzutag. Ich frag mich nur«, fuhr er nach einer Pause nachdenklich fort. »wer kann überhaupt a Interesse am Tod von dem Corelli g'habt haben? Außer seiner Frau natürlich. Eifersucht! Des wär a Motiv. Der hat nix anbrennen lassen.«

»Jemand hat mein Hotelzimmer auf den Kopf gestellt«, warf Blocher ein.

Kendlbacher starrte ihn ungläubig an.

»Der Terek und sein Chauffeur«, überlegte er nach einer Pause, »waren in Berlin, als dein Kollege erschlagen wurde. Dann kommen's nach Salzburg, und schon hat's den Gundolf oder wie der heißt und den Corelli erwischt. Und dann die G'schicht mit dem Zimmer. Wer kann überhaupt g'wusst haben, dass du des Dossier hast?«

»Corelli wusste es.« Und Hershfield, ergänzte er für sich.

»Aber wie will er denn unbemerkt in dein Hotelzimmer kommen? Und vor allem wann, wo er doch ermordet wurde?«

»Ich war im Don Giovanni. Danach im Goldenen Hirschen, so ungefähr bis halb zwölf. In der Zeit muss jemand in meinem Zimmer gewesen sein und nach dem Dossier gesucht haben.«

»Der Corelli? Lächerlich! Was is mit dem Terek? Der war doch gestern in der Vorstellung, ohne sein Zuckerl. Was hat er denn g'sagt?«

»Ich hab ihn nicht gesprochen. Er war nach der Pause verschwunden.«

»Alsdann: a Verdächtiger! Und der Chauffeur natürlich …«

»Corelli hat behauptet, Terek und Isabel wären auf dem Weg nach Istanbul. Aber das stimmt nicht. Er war ja im Don Giovanni. Und Isabels Anrufbeantworter läuft nicht auf Türkisch, sondern auf Französisch. Es ist zum Wahnsinnigwerden. Wolffson«, wechselte Blocher das Thema, »wollte, dass ich mit ihm zurück nach Berlin komme. Ich soll bei der Staatsanwaltschaft aussagen. Ich bin hiergeblieben, weil ich kein Alibi für den Mord an Kasimir Gudoff habe. Ich kam aus New York und bin gleich nach der Ankunft in Tegel mit dem Taxi nach Hause. In der Zeit wurde Gudoff ermordet und es gibt niemanden, der mir das bestätigen kann. Der Taxifahrer war ein Kosovare, er fuhr wahrscheinlich illegal. Aussichtslos, ihn noch zu finden. Und eine Quittung hab ich nicht.«

»Jetzt hör' aber auf! Der Wolffson empfiehlt dir, dass du nach Berlin gehst? Du hast mir doch g'sagt, er is dein Freund!«

Statt einer Antwort reichte Blocher Kendlbacher das Blatt mit der Warnung: LASSEN SIE TEREK AUS DEM SPIEL!

»Lag heute Morgen in meinem Schlüsselfach und am Empfang weiß angeblich keiner, wie es da hingekommen ist.«

Der Schalk aus Kendlbachers lustigen Augen war verschwunden.

Sie saßen beide mit dem Rücken zur Wand auf der grün lackierten Holzbank, wie Blocher vor zwei Tagen, als das Habichtgesicht an ihm vorbeischlich. Hinter den Kastanien schmückte die gegenüberliegende Altstadt wie eine Bühnenwand die Szene, als wäre alles wie immer, bis auf das leise Zittern der Hand, mit der Blocher sein Glas auf dem grünen Metalltisch abstellte.

Kendlbacher bestellte beim Ober zwei doppelte Marillenbrände. Dann wandte er sich Blocher zu und fragte ihn: »Und wer könnte hinter dem Blatt Papier stecken?«

»Ich hab nicht den Schimmer einer Ahnung. Bekir Terek? Isabel Kelly?«

Kendlbacher sagte nichts. Der Ober brachte die Marille. Kendlbacher nahm sein Glas und nickte Blocher zu. Sie tranken einen Schluck. Kendlbacher stellte das Glas mit einem feierlichen Seufzer ab. Dann zitierte er die Worte Siegmunds aus Wagners Walküre.

»Misswende folgt mir,
wohin ich fliehe;
Misswende naht mir,
wo ich mich neige. –
Dir, Frau, doch bleibe sie fern!
Fort wend' ich Fuß und Blick.«

Er wartete einen Moment, dann hob er das Glas erneut, trank es aus und knallte es auf den Tisch. Das ironische Feuer in seinen lustigen Augen war wieder da und er sagte fröhlich zu Blocher: »Ein Tipp vom armen Siegmund, Philippowitsch: Das Beste ist, du machst dich aus'm Staub!«

Zurück im Hotel kündigte Blocher seine Abreise an und bat um die Rechnung, worauf ihm der Empfangschef mit einem scheinheiligen Lächeln erklärte, er möge sich doch bitte in jedem Fall noch bei der Landesgendarmerie in der Alpenstraße melden. Traudl Muchitsch stand in der Halle und war in ein Gespräch mit drei oder vier Hotelgästen vertieft. Als sie Blocher bemerkte, hob sie kurz den Kopf und wandte sich mit einem Ausdruck der Verachtung wieder ab.

Blocher ging auf sein Zimmer. Während er die Koffer packte, klingelte es. Die Polizei wird ja nicht hier heraufkommen, beruhigte er sich und vermutete den Hotelservice, obgleich er nicht um Hilfe beim Tragen der Koffer gebeten hatte. Als er öffnete, stürmte

Traudl Muchitsch an ihm vorbei ins Zimmer und fuhr ihn an: »Ich hab mit Ihnen zu reden! Die Corelli war hier. Bei Ihnen! Dieses Luder!«, stieß sie hervor. »Dass sie es hier im Hotel mit Ihnen treibt, in dem Zimmer, das ich Ihnen verschafft habe, ist der Gipfel!«

»Wovon reden Sie?«, murmelte er verstört. »Ich hab Corellis Frau nur einmal gesehen. Vorgestern auf dem Mönchstein mit ihrem Mann.«

»Gestern Abend kam sie die Treppe herunter. Ich hab sie selber gesehen. Erzählen Sie mir nicht, dass ihr im Gesangbuch gelesen habt! Sie hat mich nicht gegrüßt, obwohl wir uns kennen.«

»Wann war das?«

»Gegen elf.«

»Da war ich noch im Goldenen Hirsch.«

»Sie waren nicht mit ihr auf dem Zimmer?«

»Wie denn? Ich war im Don Giovanni und danach im Goldenen Hirsch. Wissen Sie nicht, dass jemand gestern mein Zimmer durchsucht hat?«

»Nein.«

»Sie können ja den Hoteldetektiv fragen. Die Zimmertür war nicht beschädigt … Wie ist so etwas möglich?«

»Ohne Schlüssel kommt niemand in die Zimmer«, kam die Antwort, immer noch misstrauisch. »Fragt sich nur: Was hat die Corelli bei Ihnen verloren? In der Nacht, in der ihr Mann umgebracht wurde?«

Blocher schaute sie an, als wäre ihm alles ein Rätsel.

»Die Gendarmerie war hier«, fuhr die Muchitsch in forschem Ton fort, »und hat nach Ihnen gefragt.«

»Ja, ich weiß.«

»Soll ich Ihnen sagen, warum?« Sie tastete nach ihrem Knoten und besah sich prüfend im Spiegel der Schranktür. »Die Corelli hat ausg'sagt, dass Sie vorgestern bei ihnen oben im Schloss waren.«

»Ja und?«

»Nix und! Der Bezirksinspektor ist persönlich im Hotel erschienen. Er wollte Sie sprechen, weil die Corelli g'sagt hat, ihr Mann hätt' sich nach Ihrem Besuch so aufg'regt wegen eines Papiers, das Sie ihm übergeben haben. Aber sie haben nix bei ihm g'funden und möchten gern von Ihnen wissen, ob das stimmt oder ob die Corelli einfach lügt und Sie da reinzieh'n will.«

Sie drehte sich zu ihm um. »Immerhin geht es ja um einen Mord! Eigentlich um zwei Morde, hat mir der Gustl g'sagt. Einen in Salzburg und einen in Berlin, da soll er jetzt Amtshilfe leisten. Ich kenn den Gustl scho lang. Den Herrn Bezirksinspektor!« Sie lachte. »Mir hat er g'sagt, aber des soll ich für mich behalten: Der Mord in Berlin is ihm wurscht, da soll'n sich die Piefkes bei euch da droben selber abstrudeln. Ihn interessiert nur die Salzburger G'schicht. Also, er hat mir g'sagt, aber des soll ich für mich behalten: Der Strick, mit dem sich der Corelli zerbröselt hat, den hat eine Frau beim Intersport in der Alpenstraße gekauft! Aufgeblondet, aufg'mandelt, halt wie die Corelli.« Sie wartete die Wirkung ihrer Worte ab. Dann gab sie Blocher nähere, hinter Salzburger Staffagen verborgene Kapriolen preis. »Es weiß doch a jeder, dass es zwischen ihr und ihrem Mann net g'stimmt hat. Der war gar net der Geld-spielt-keine-Rolle-Schlossherr, als der er sich immer aufg'führt hat. Und sie is auf der Pirsch nach dem Deppen, der ihr den ganzen Aufwand finanziert. Angeblich will sie das Schloss in das exklusivste Hotel ganz Österreichs verwandeln. Ich frag' mich nur, womit? Die ham doch nix! Seit Monaten bettelt sie bei den Banken in der Stadt um Kredit. Ich würd' zu gern wissen«, schloss sie und streifte Blocher mit einem prüfenden Blick, »wen sie dazu gebracht hat, ihrem Mann die Schlinge um den Hals zu legen.« An der Tür drehte sie sich noch einmal um und rief Blocher zu: »Egal. Morgen gibt's eine Gegenüberstellung mit dem Verkäufer vom Intersport, und dann is sie dran! Passen's nur auf, dass sie Sie da net reinzieht, des Luder des ausg'schamte. Der is alles zuzutrauen.«

Blocher packte die Koffer. Dann warf er einen letzten Blick auf das Panorama der Kuppeln und Türme. Über allem ruhte die Festung, breit und machtvoll, als werde sie da noch tausend Jahre stehen. Eine Stunde später hatte er die Stadt verlassen.

TEIL VIER

ÈZE-SUR-MER

Freitag, 13. August 1999

Blocher kam morgens in Monte Carlo an. Er war die Nacht über durchgefahren, unterbrochen nur von zwei Pausen, die er schlafend im Wagen zubrachte. Auf der Suche nach einem Platz, wo er sich ausruhen konnte, suchte er zunächst den Beach Club auf, fand schließlich etwas abseits eine Liege und ließ sich Wasser und ein Sandwich bringen. Er war mit sich uneins, wie es weitergehen sollte, erwog eine abenteuerliche, von ihm allen Ernstes »Plan B« genannte Variante einer verschwommenen Idee von Untertauchen und Versteck. Dann gab ihm wieder die Szenerie um ihn herum Auftrieb, als hätte ihn jemand auf Windesflügeln in die sorgenfreie Welt einer mediterranen Kulisse aus azurblauem Himmel, Sonne und Mistral katapultiert. Allmählich begann sich das Karussell seiner Fluchtgedanken langsamer zu drehen, er schlief ein, wachte um die Mittagszeit wieder auf und zog in dem imposanten Schwimmbecken mehrere Bahnen. Die Restaurants waren inzwischen voll.

»Ich gebe Ihnen den Tisch neben dem Russen«, entschied der Maître. »Bankier, solide, Öl …« raunte er Blocher zu, bevor er ihn in der Nähe eines hageren Mannes im dunklen Poloshirt platzierte. Der Russe beachtete ihn nicht weiter, er hatte nur Augen für seine Frau und die beiden Töchter, zwei hübsche Backfische, die eine blond und kräftig, die andere zart und dunkel. Blocher saß im Schatten unter einem hellen Sonnenschirm, vor sich den Kühler mit dem Rosé und einer Flasche Badoit. Er fühlte sich inzwischen frisch und ausgeruht, bestellte einen Salade niçoise und genoss das gleißende Licht der Mittagssonne und den Geruch des Meeres, das unter ihm sacht an den Felsen schlug. Es war ein einziges Durchatmen.

Dabei war ihm schon während der Fahrt, kopflos wie er sich auf und davon gemacht hatte, seine überstürzte Abreise aus Salzburg als möglicherweise größte Dummheit seines Lebens erschienen und er war auch jetzt nicht so naiv zu glauben, dass er sich mit einem Abstecher an die Côte d'Azur mehr als eine Atempause verschaffte.

Brandgefährlich war die Sache mit der Presse. Er teilte Marie Thérèse Cronings Verachtung der Hauptstadt-Journaille und er machte sich auch keine Illusionen über das bigotte Personal, das dort die Zügel in der Hand hatte. Wenn in irgendeiner Redaktionsstube der Entschluss gefasst war, ihn mit dem fehlenden Alibi und dem Brief Gudoffs, den möglicherweise jemand aus der Staatsanwaltschaft Journalisten bereits zugespielt hatte, an den Pranger zu stellen, würde eine Maschinerie in Gang kommen, die nicht mehr aufzuhalten war. Diese Idioten riechen eine Story, sagte er sich, und wollen bestimmen, was als wahr zu gelten hat. Sie werden ihre Version in die Welt hinausposaunen, wieder und immer wieder. Und das Publikum?

Es wird an den ihm vorgesetzten Schwindel glauben. Es kann gar nicht anders. Für jedermann wäre durch die schiere Wiederholung der Sachverhalt geklärt, schon weil er in hundert anderen Berichten nachgeplappert und scheinbar bestätigt wird. Keiner der Morde ist aufgeklärt. Aber ich, Philipp Blocher, stünde vor aller Welt als Mörder Kasimir Gudoffs da, weil niemand mehr bereit sein wird, die Dinge aus einer anderen Perspektive zu sehen. Er erschrak, als ihm aufging, dass Kasimir Gudoff mit seinem furchtbaren Ende Rache genommen und seinen Schiffbruch erst herbeigeführt hatte. Darin lag etwas Unheimliches. Ich war zu keinem Zeitpunkt Steuermann, sagte er sich. Ich war Ruderknecht und jetzt bin ich unten angekommen, tiefer geht's nicht.

Drüben ragte im Dunst der Mittagshitze der Felsen mit dem Palast der Grimaldis ins Meer. Dahinter liegt Èze-sur-Mer, überlegte Blocher. Dort sitzt der alte Kelly, wenn es denn stimmt, was Corelli sagte. Ich hätte ihn nach der genauen Adresse fragen sollen. Villen, gegen die Schloss Mönchstein *eine traurige Hütte* ist, gibt es zwischen Monaco und Nizza wie Sand am Meer. Er griff nach seinem Mobiltelefon und versuchte, Isabel Kelly zu erreichen. Es lief noch immer das französische Band des Anrufbeantworters.

Während er unschlüssig in seinem Salade niçoise stocherte, ertappte er sich bei dem Gedanken, dass es unklug war, sich hier so einfach blicken zu lassen. Er sah sich um. Niemand schien ihn zu beachten. Nebenan am Russentisch beließ man es bei zwei Flaschen Mineralwasser – eine Zurückhaltung, die in Blochers Augen angesichts des milliardenschweren Hintergrunds und nach traumatisch zu nennenden Erinnerungen an ein Trinkgelage bei einem Moskaubesuch fast schon etwas Rührendes hatte, zumal der Russe das lärmende Treiben der britischen Seebären hinter ihnen mit einem verlegenen Lächeln gutzuheißen schien.

Vor der fröhlichen Runde, zehn oder zwölf Mann hoch, türmten sich die Flaschen und die Kellner hatten Mühe, mit der Versorgung nachzukommen. Links vom Russentisch nickte ein älterer Mann mit Strohhut Blocher zu und hob sein Glas. Der Einzige, der wie versteinert dasaß, war ein Gentleman mit Goldknöpfen am dunkelblauen Blazer und Halstuch, das er trotz der Hitze nicht ablegte und dem man ansah, dass er mit seinem Geld und dem Girl in seiner Begleitung wenig anzufangen wusste. Ich gäbe viel dafür, dachte Blocher, einmal zuzusehen, wie dieser Kleiderständer es mit ihr treibt. Er erinnerte ihn an Gäste, wie man sie in Cronings Thérèse Roq auf Cap Ferrat antraf, ein Hotel, vom dem er und Wolffson sich immer ferngehalten hatten, soweit das möglich war.

Das Fünf-Sterne-Haus eine dreiviertel Stunde weiter war Cronings bevorzugter Versammlungsort, wenn wieder einmal eine dieser Tagungen anstand, zu denen er einberief, wenn seine Frau nicht im Lande war. Er war der unpünktlichste Mensch, dem Blocher je begegnet war, und nicht selten hatten sie stundenlang auf ihn gewartet, manchmal mit dem Ergebnis, dass er gar nicht erschien und die Runde der Geschäftsführer, Hotelmanager und Prokuristen unter mehr oder weniger laut geäußerten Kundgebungen des Unmuts auseinanderging. Im Nachhinein betrachtet waren es meine besten Zeiten bei Croning, dachte Blocher mit einem grimmigen Lächeln: die Nachmittage und Abende mit Wolffson hier im Beach Club, zu dem wir dann herüberfuhren. Schwimmen, essen, trinken und sich über alles Mögliche unterhalten, nur nicht über Kasimir Gudoffs Intrigen und die Strömungsverhältnisse im Haifischbecken am Gendarmenmarkt.

Da fiel ihm ein, dass es inzwischen Freitag war und Croning ihn vor genau einer Woche abgekanzelt hatte: *Kümmern Sie sich um Ihr Alibi! Und vergessen Sie nicht: Sie haben höchstens eine Woche Zeit!* Die Woche war um und er hatte nur noch eine Chance: von Croning eine Aussage zu erzwingen, die ihm genau jenes Alibi verschaffte. Sein Gewissen und sein Verstand sagten ihm, dass es am besten wäre, nach Berlin zurückzukehren, bis er sich hilflos eingestand: Ich weiß nicht mehr, was richtig ist.

Alle drei Morde hatten auf irgendeine nebulöse Weise mit dem Dossier des Bundesnachrichtendienstes zu tun. Der Tod Corellis ließ daran keinen Zweifel. Wenn es sich aber um eine *Geheimdienstsache* handelte, dann war eingetreten, was er während der Matinee in der Felsenreitschule befürchtet hatte: das *Worst-Case-Szenario.*

Es fühlte sich an, als ob ihm nur noch der bloße Selbsterhaltungstrieb blieb, er kam sich vor wie ein aufgeschrecktes Tier, das sich in die fremde, enge Welt einer Arena treiben ließ. In solchen Zuständen gewinnen die abenteuerlichsten Ideen Oberhand. Er hatte sich schon öfter Gedanken gemacht, wie er auf eine ausweglose Situation reagieren würde, ohne sie sich wirklich vorstellen zu können. Vorsorglich hielt er schon seit Längerem eine, wie er es nannte, Rück-Rückversicherung in Reserve. Gewissermaßen die letzte Kugel im Lauf, wenn irgendetwas schiefzugehen droht – Jobverlust, Burnout, Trennungen und solche Dinge – oder wenn man wie jetzt in eine Lage geriet, die nicht mehr zu beherrschen war.

»Plan B« also und der hieß: Saint-Rémy-de-Provence. Das Anwesen seines Bekannten lag nur ein paar Minuten außerhalb Saint-Rémys, aber so versteckt, dass er bei seinem ersten Besuch zwei Stunden zwischen den Gehöften der Gegend umhergeirrt war, bis er den Zugang über einen verborgenen Seitenweg gefunden hatte.

Vor dem Haus eine riesige Platane, unter der sie frühstückten und abends bis spät in die Nacht bei Wein und gegrilltem Fisch beisammensaßen und über die Dinge des Lebens plauderten. Sein Bekannter, ein ausgezeichneter Klavierspieler und Besitzer der umfangreichsten Vinyl-Plattensammlung klassischer Musik, die Blocher je gesehen hatte, war nach dem Studium der Betriebswirtschaft mit zwei, drei klug platzierten Investitionen im Filmgeschäft binnen Kurzem zu einem Vermögen gekommen, beizeiten ausgestiegen und pflegte seither fern von allem Ungemach der Welt die beschauliche Existenz eines frankophilen Aussteigers. Blocher hatte seine Besuche in jenem provenzalischen Paradies stets wie ein Staatsgeheimnis behandelt. Niemand wusste davon und niemand würde ihn dort finden. Nach einem Kaffee und einer Tarte aux fraises brach er auf und verließ Monaco über die Avenue du Trois Septembre Richtung Nizza.

* * *

Hinter Cap d'Ail führte die Straße direkt über dem Meer an der Felswand entlang. Beinahe wäre Blocher in einen Wagen gefahren, der ihm aus einer Kurve entgegenkam, weil sein Telefon klingelte und auf dem Display die Nummer des Hotels in Salzburg erschien. Ohne zu überlegen nahm er das Gespräch an und hatte die Muchitsch am Apparat. Etwas atemlos berichtete sie, dass der Einbruch in sein Hotelzimmer aufgeklärt sei.

»Es war die Corelli! Wir wissen auch, wie sie da reingekommen ist. Eines der Zimmermädchen hatte bei uns gekündigt, um im nächsten Monat einen Job oben auf Schloss Mönchstein anzutreten. Der Herr Bezirksinspektor hat sie sich vorgeknöpft und sie hat beim Verhör alles zugegeben. Sie hat der Corelli, ihrer künftigen Chefin, das Zimmer geöffnet. Sie war es auch, die ein Kuvert an Sie unbemerkt am Empfang hinterlegt hat. Wir sind alle untröstlich und ich soll Ihnen, Herr Doktor Blocher, auch im Namen der Direktion sagen, dass uns unendlich leid tut, was passiert ist. Wir hoffen sehr, dass Sie uns trotz dieses Malheurs weiter treu bleiben.«

Ihrer Stimme war anzumerken, dass sie das Gespräch nicht ungestört führen konnte.

Corelli hatte also seine Frau vorgeschickt, um an das Dossier zu kommen. Blocher begriff sofort, dass es für Corelli dieselbe Bedeutung hatte wie für ihn selber. Dass er glaubte, es würde ihm Schutz verschaffen, dass es zugleich aber auch gefährlich war, je nachdem, wer es in die Hände bekam. Die Botschaft LASSEN SIE TEREK AUS DEM SPIEL kam demnach von Corelli und sie diente keinem anderen Zweck, als ihn, Blocher, von Terek fernzuhalten. Ihn und das Dossier, um damit die Identifizierung Corellis als Quelle aus Genf, die das Trio Terek, Sullivan und Kelly denunziert hatte, zu verhindern. Geholfen hat es ihm nichts. Und die Reepschnur aus dem Intersport, mit der er sich selbst erdrosselte?

»Frau Corelli sollte doch heute verhört werden«, rief Blocher in sein Handy. »Was ist mit ihr?«

Die Muchitsch hatte bereits aufgelegt. Er versuchte es mit einem Rückruf, aber sie war nicht mehr zu erreichen.

Nach etwa zwei Kilometern hatte Blocher die Bucht von Èze erreicht. Das Meer war von der Straße aus nicht mehr zu sehen. Er fuhr parallel zur Eisenbahnlinie auf der Avenue Raymond Poincaré, die eng am Steilhang entlangführte. Etwa in der Mitte der lang gezogenen Kurve brachte Blocher den Wagen ohne auf den Verkehr hinter sich zu achten mit einer Vollbremsung zum Stehen. Die nachfolgenden fünf oder sechs Wagen entkamen nur knapp einer Karambolage. Einige Fahrer hatten ihren Wagen verlassen, fluchten und hoben wütend die Faust, weil Blocher nicht weiterfuhr und sich nicht davon abbringen ließ, zurückzustoßen, um seinen Wagen in einer Parkbucht am Fuß des Abhangs abzustellen. Als ihn die Karawane schließlich wild hupend hinter sich gelassen hatte, stieg er aus.

Vor ihm stand der schwarze Mercedes G mit dem Reserverad an der Hecktür, auf dem anstelle des Mercedes-Sterns in schwarzen Lettern auf silbernem Grund eingraviert stand: *Terek Filarmoni Orkestrası - TFO - Terek Philharmonic Orchestra.*

Er sah sich um. Die Straße war leer. Kein Haus war weit und breit zu sehen. Auch kein Garagentor in der gemauerten Einbuchtung, wo jetzt sein Porsche hinter dem Mercedes parkte, oder ein Aufzug, mit dem vielleicht ein weiter oben liegendes Anwesen zu erreichen gewesen wäre. Auf der gegenüberliegenden Straßenseite führte eine eiserne Fußgängerbrücke über die Gleise. Eine an der Treppe und dem Übergang angebrachte Gitterkonstruktion verwehrte den Zugang. An den dicken Metallstäben der Tür hing ein Briefkasten ohne Adresse, daneben eine Sprechanlage mit Klingelknopf. Weiter oben an der Ecke der vergitterten Treppe bemerkte er eine Kamera.

Was wäre gewonnen, fragte er sich, wenn ich Kelly dort hinter den Gleisen treffe, den CIA-Mann, der vielleicht Riccardo Corelli, seinen Kameraden aus alten OSS- und CIA-Zeiten, auf dem Gewissen hat? Oder wenn ich Bekir Terek in die Arme laufe, dem

Drogenboss, vor dem mich Corelli und Hershfield warnten: *Lassen Sie die Finger davon, Sie verkennen ihre Macht!* Niemand würde etwas erfahren, wenn sie mich festhalten. Ich bin allein. Sie könnten mit mir machen, was sie wollen, mich am Ende sogar umbringen, wenn sie zu dem Schluss kommen, ich wüsste zu viel. Meine Flucht nach Saint-Rémy, in den sicheren Hafen unter Platanen und mit Gesprächen über die Dinge des Lebens bis spät in die Nacht bei Wein und gegrilltem Loup wäre zu Ende, bevor sie überhaupt begonnen hat.

Er hätte nicht sagen können, was es war, aber irgendetwas zog ihn über die Straße vor die Tür der eisernen Fußgängerbrücke, und ohne weiter zu überlegen drückte er auf den Klingelknopf. Nach einer Minute klingelte er nochmals, diesmal länger.

»Aalo«, meldete sich eine Stimme.

»Blocher, Philipp Blocher. Ist Herr Terek da?«

»Please wait!«

Vier oder fünf Minuten später erschien oben auf dem Bahnübergang Tereks Leibwächter. Er schloss wortlos auf. Blocher folgte ihm über die Brücke und dann auf einem schmalen Kiesweg durch einen mit Kiefern, Pinien, riesigen Akazien, Zypressen und Zedern bewachsenen Park. Die Bäume standen so dicht, dass die Sonne nicht durchdrang. Es war angenehm kühl und von unten klang leise das Geräusch der Brandung herauf. Eine leichte Brise bewegte die Wipfel der Bäume, der Geruch von Thymian und Rosmarin hing in der Luft und vorbei an Rosenbüschen und Palmen kamen sie zu einer Belle-Epoque-Villa, deren Eingang hinter hohen Bambusstauden versteckt lag. Der Fahrer führte Blocher im oberen Stockwerk in einen Salon, wo er ihn ohne weitere Erklärungen allein ließ.

Die Vorhänge vor den hohen, halb geöffneten Fenstern waren zurückgezogen, aber graugrüne Fensterläden verstellten den Blick nach draußen. Kein Laut war zu hören außer dem Rauschen des Windes und der Brandung. Man konnte nur ahnen, dass das Anwesen auf einem leicht zum Meer hin abfallenden Hügel lag.

Von der seitlich gelegenen Terrasse fiel das Licht durch eine geöffnete Tür in den Raum und wurde von einem großen Spiegel über dem gegenüberliegenden Kamin zurückgeworfen. Der Salon war nur spärlich möbliert und wirkte auf Blocher mehr wie ein

Durchgangszimmer. In einer Ecke stand ein Bösendorfer Konzertflügel, auf dem vor einem üppigen Strauß Sommerblumen eine römische Marmorkopie der griechischen Göttin der Liebe Blocher aus blinden Augen mit einem zweifelnden Lächeln ansah. Rechts von dem Haupt der Aphrodite, zwischen Flügel und Terrassentür, stand auf einer kannelierten dunkelbraunen Holzsäule ein atemberaubend schöner Marmorkopf Apolls aus derselben Epoche, der, das lockige, in der Mitte gescheitelte Haar zu einer Kopfbinde geschmückt, mit leicht geöffneten vollen Lippen den Blick auf die Aphrodite zu richten schien. Links über dem Apoll hing an der Wand ein etwa eineinhalb Meter breites Gemälde von Ivan Ayvazovsky einer Mondnacht an der Küste der Krim bei Jalta.

Was Blocher noch mehr als Apoll, Aphrodite und Aivazovsky imponierte, war die gewaltige Bücherwand, die bis an die Decke reichte und die gesamte, den Fenstern gegenüberliegende Seite des Salons einnahm. Tereks Bibliothek war vielsprachig, sie schloss Bücher auf Arabisch, Deutsch, Englisch und Französisch ebenso ein wie auf Italienisch und Türkisch.

Darunter fanden sich französische Klassiker der Aufklärung, zerlesene Ausgaben von Baudelaire, Verlaine und Rimbaud, von Proust, Gide, Camus und Malaparte, die Werke Tolstois und Dostojewskis, Dantes und Shakespeares, Schopenhauers und Nietzsches, eine große Abteilung internationaler Schriften zum Islam, zur türkischen und osmanischen Geschichte sowie umfangreiche Literatur über Komponisten, Interpreten und Werke klassischer Musik. Ein offenkundig stark benutzter Bereich war Autoren der englischsprachigen Moderne vorbehalten. Zwischen Norman Holmes Pearsons *The Novels of Hawthorne* und Donna Krolik Hollenbergs *Between History and Poetry: The Letters of H. D. and Norman Holmes Pearson* waren Autoren wie T. S. Eliot, W. H. Auden, Hilda Doolittle (H. D.), Bryher, Ezra Pound, Getrude Stein, Hemingway und James Joyce vertreten. Aus irgendwelchen Gründen hatte sich eine Biografie des langjährigen CIA Direktors Richard Helms und Robin W. Winks' *Cloak & Gown: Scholars in the Secret War, 1939–1961,* hierher verirrt.

Verblüfft registrierte Blocher den Zustand der angestoßenen Buchrücken und die zahllosen Merkzettel, die aus den Büchern lugten. Beides sprach weniger von der Eitelkeit des Büchernarren, es zeugte vielmehr von umfassender Bildung eines ernsthaften Lesers, der in Geist, Kultur und Geschichte des Orients wie des Westens gleichermaßen bewandert war.

Während seiner Laufbahn bei einer der großen Banken war Blocher verschiedentlich einflussreichen Menschen begegnet, diskreten Kunstsammlern ebenso wie jovialen Baulöwen, Kaufhauskönigen, Besitzern von Fluglinien, Gestüten und ausgedehnten Ländereien, geräuschlosen Größen im Tee- und Kaffeegeschäft, aber auch überspannten Architekten, flatterhaften Filmgrößen und launischen Medienunternehmern. Wie es sich für einen fähigen Banker gehört, hatte er zu all diesen höchst unterschiedlichen Charakteren stets einen Draht gefunden, so mancher Schwerenöter hatte ihm sein Herz geöffnet, er half mit Rat und Tat bei der finanziellen Regelung von Scheidungen, Insolvenzen und Übernahmen und glaubte, jenes Milieu von der Pike auf zu kennen. Ein Drogenbaron und Kriegsgewinnler, der wie Terek ungeachtet seines ungehobelten Auftretens in einer Mischung aus Bildung und Verbrechertum, Brutalität und Feinsinnigkeit und mit der Macht geballten Wissens einer einschüchternden Bücherwand im Rücken den allseits geschätzten Mäzen gab, um im Kulturleben einer europäischen Festspielstadt zu reüssieren, war ihm bei der finanziellen Betreuung jener illustren Klientel indessen nicht begegnet.

Dafür stecke ich jetzt in der Höhle des Löwen fest, gestand er sich mit einem unbehaglichen Lächeln ein, und klammere mich wie der Lahme an seine Krücke an den Gedanken, dass Terek nicht der erste Türke ist, der mir ins Gehege kommt. Ich kenne ihre Spielchen. Sie lügen und schmeicheln, sie hassen und verachten wie nur Orientalen hassen und verachten, aber sie zeigen einem auch so offen ihre Gunst und ihre Freundschaft wie sonst niemand. Ich werde ihn schon zu nehmen wissen.

Langsam verstrichen die Minuten. Er ging auf und ab, zunehmend verärgert, weil man ihn hier allein ließ, und zugleich beunruhigt, weil er keine Möglichkeit sah, wie er angesichts des Chauffeurs und des vergitterten Eingangstors aus freien Stücken die Villa wieder verlassen könnte, als seine Aufmerksamkeit auf eine Sammlung dekorativer Accessoires gelenkt wurde.

Auf dem Kaminsims entdeckte er neben mehreren antiken Bronze-Miniaturen ein Bild Tereks mit dem Präsidenten der Türkei nebst Widmung sowie ein kleines Schwarz-Weiß-Foto im Silberrahmen mit dem jungen Terek auf dem Campus der Yale University.

Dann war da noch eine merkwürdige Fotografie: Auf ihr stand Terek zwischen einem eleganten Geschäftsmann im dunklen Anzug und einem pakistanischen General, daneben Isabel und ein schlaksiger Typ, der aussah wie ein kaum gealterter Major Kelly, derselbe Mann wie auf dem Salzburger Foto, das Blocher bei sich trug. Die Gruppe stand auf der Straße vor einem gemauerten offenen Tor, das Passepartout trug den handschriftlichen Vermerk: *Khyber Pass May 1984*.

Blocher hörte Schritte. Er wandte sich um. In der offenen Tür stand Isabel Kelly.

16. September 1958, Istanbul

An einem spätsommerlich milden Dienstagnachmittag im September 1958 fand im Palazzo Corpi, dem amerikanischen Konsulat im Istanbuler Stadtteil Beyoğlu, eine Besprechung statt. An ihr nahm neben Freddie Blight vom Federal Bureau of Narcotics (FBN) und Bill Kelly von der CIA auch der vierundzwanzig Jahre alte Bekir Terek teil. Er war soeben aus den USA zurückgekehrt, wo er sein Masterstudium am Center for Language Study der Yale University mit Auszeichnung abgeschlossen hatte.

Kelly eröffnete die Zusammenkunft mit den Worten, auf der Agenda stehe die Bekämpfung des Rauschgifthandels. Es gehe darum, die Lieferungen von der Türkei in die USA zu unterbinden.

»Inderessierd mich nicht.« Terek winkte ab. »Das sind alles blöde albanische hayduks.«

Kelly schüttelte amüsiert den Kopf, Freddie Blight sagte: »Wir arbeiten mit der Emniyet Genel Müdürlüğü zusammen.«

Terek zwinkerte ihm anerkennend zu. Blight hatte den Namen der Behörde, wenn auch mit u statt ü, beinahe fließend bewältigt.

»Die Generaldirektion für Sicherheit!«, übersetzte Blight und fuhr fort: »Vom Kampf gegen den illegalen Drogenhandel kann dort keine Rede sein. Wir haben es mit einem Abgrund an Inkompetenz, Unaufrichtigkeit und Grobheit uns gegenüber zu tun. Aber ohne ihre

Beamten kommen wir unmöglich an Informationen. Wir sind hoffnungslos von denen abhängig.«

»Der illegale Drogenkonsum in der Türkei«, ergänzte Kelly, »ist nicht das Thema. Er ist nicht relevant. Uns geht es um die Verbindung der Istanbuler Gangstersyndikate nach Marseille und Beirut, wohin sie ihr Opium schleusen, das dann zu Heroin verfeinert in die USA verschifft wird.«

»Zwei Tage bevor ich meinen Job hier antrat«, beklagte sich Blight, »hat die Polizei einen der bekanntesten Drogenhändler verhaftet: Ömer Erkan. Und bei meinem Antrittsbesuch eröffnet mir der Chef der Generaldirektion für Sicherheit, Erkan hätte die besten Anwälte der Stadt und die Chancen, ihn vor Gericht zu bringen, seien gleich null. Auf dem Tisch des Generaldirektors lag die Zeitung, in der mein Kommen gemeldet wurde. In anderen Worten: Die Istanbuler Polizei hat meine Ankunft der Presse verraten und Erkan verhaftet, nur um eine billige Show abzuziehen. Die ganze Behörde ist korrupt und agiert undurchsichtig bis hinauf zum Chef.«

»So läuft das hier«, sagte Kelly trocken. Und mit einer Kopfbewegung zu Blight: »Wir haben Freddie gebrieft zu allem, was wir über die wichtigsten Drogendealer, die Wege, auf denen der Stoff aus dem Land geschleust wird und so weiter wissen. Aber es ist zu wenig. Wir dringen nicht wirklich in ihre Strukturen ein.«

»Das liegt auch daran«, erläuterte Blight, »dass die dicken Fische wie Erkan, Hüsseyin Eroğlu und Nâzım Karacan zur Minderheit der Lasen gehören. Es ist eine in sich geschlossene Welt, das macht es für uns doppelt schwierig.«

»Aach diese Lasen«, höhnte Terek. »Kein Verstand. Keine Kultur. Aber High Noon in Tophane: Die zielen schneller als Gary Cooper, wenn ihnen jemand in die Quere kommt.«

»Du redest von den kleinen Fischen«, warf Kelly ein. »Eroğlu ist zu einem Immobilien-Mogul anvanciert. Er handelt mit Grundstücken und schmuggelt außer Opium Nylonstrümpfe, Kaffee, Nüsse und Tabak. Nâzım Karacan gehört eine Reederei, das macht ihn zu einem wichtigen Spieler im Drogengeschäft. Alle haben Beziehungen zu Top-Leuten in der Verwaltung, zum Zoll, zu Politikern und Parlamentariern.«

»Karacans Einfluss«, meinte Freddie Blight, »ist vor allem in Izmir groß, wo er den lokalen Polizeichef und den Bürgermeister in der Tasche hat. Man kann bei den Gehältern sowieso keinem trauen.

Das ist so. Das war so. Das wird immer so sein. Wir sind im Orient. Sie sind total korrupt. Und wir? Wir sind für sie Ungläubige, also der letzte Dreck. Wir können nirgends hin, auch nicht nach Ostanatolien, wo die Labors sind, ohne dass uns einer dieser Strolche begleitet. Dazu kommt«, fügte er resigniert hinzu, »dass keiner meiner Leute fließend Türkisch spricht.«

Kelly beugte sich vor und blickte Terek freundlich in die Augen.

»Bekir! Wir brauchen jemanden, der da reingeht. Einer, der wirklich an der Quelle sitzt und das Milieu bis in die kleinsten Verästelungen kennt. Und der uns präzise und verlässliche Informationen über die Istanbuler Unterwelt und den türkischen Drogenhandel verschafft. Um es klar zu sagen: Was wir brauchen, ist ein Profi, der dort undercover schwimmt wie der Fisch im Wasser. Jemand, der selbstständig arbeitet und dem wir vertrauen können.«

Terek streckte die Füße von sich und ließ sein Zentnergewicht tiefer unter den Tisch gleiten. Er fuhr er sich mit der Hand erst übers Gesicht, dann durch sein tiefschwarzes Haar.

Alle am Tisch schwiegen.

»Klingt nicht sehr verlockend«, knurrte Terek nach einer Weile.

»Wir wollen niemanden an den Pranger stellen, Bekir«, setzte Kelly nach. »Wenn es darum ginge, könnten wir gleich in Teheran damit anfangen. Wir haben genug Material über die Familie des Schahs. Nur würde das am Ende ihn selber gefährden und damit unsere Stellung in der Region. Es kann aber nicht schaden, wenn du die Beziehungen zwischen Staat und Organisiertem Verbrechen im Auge behältst. Uns interessiert alles. Wir wollen Bescheid wissen. Mehr nicht!«

»Und wenn's gefährlich wird?«, grollte Tereks Bass. »Wer räumt mir dann den Weg frei?«

»Das erledigen wir. Du nennst den Namen und wir schicken jemanden vorbei. Denk dran: Nichts, aber auch gar nichts Schriftliches! Du hältst dich an Alaattin Bey und an mich. Sonst an niemanden! Er hat uns zusammengebracht. Er war der beste Freund deines Vaters und er ist auch mein Freund. Und mein Partner im MIT. Dort, im türkischen Geheimdienst, weiß außer ihm niemand etwas von der Operation. Bekir, ich setze mein ganzes Vertrauen auf dich! Ich weiß, es ist ein harter Job. Aber du hast das Zeug dazu! Deine Vita, deine Persönlichkeit, deine Kenntnisse und Fähigkeiten sprechen für sich.«

Terek schnaubte verächtlich.

»Startkapital?«

»Du bekommst von uns mehr, als du brauchst. Details besprechen wir noch.«

»Hier im Konsulat?« Terek fing an zu lachen. Es klang wie das Röhren eines Seehunds.

Kelly stand auf, steckte die Hände in die Hosentaschen und nickte Terek zufrieden zu, als sei der Deal perfekt.

»Wenn der Konsul einen Empfang gibt, warum nicht? Such dir Verbindungen und lass sie wachsen, wo immer es geht: In der Politik, im Geschäftsleben, bei den Expats, der Polizei, der Armee, den Bazaris, in Clubs und in Bars, in der Unterwelt! Der Eindruck eines oberflächlichen Kontakts zu uns wird dein Ansehen beim Mob nur steigern. Den brauchst du gar nicht verheimlichen. Vergiss nur eines nicht: Du bist auf dich allein gestellt!«

»Ist das alles?«

»Du stehst unter unserem Schutz. Vom Staat hast du nichts zu befürchten.«

»Vielleicht klappt es ja mit uns«, donnerte es aus den Tiefen der Terek'schen Kehle. Er grinste breit, bis die dunklen, schlauen Augen in den Furchen seiner Visage verschwanden.

»Ich weiß, es wird klappen, Bekir«, sagte Kelly und lächelte. »Das ist der Anfang einer wunderbaren Freundschaft. Lasst uns nach nebenan gehen und im Pera Palas einen darauf trinken!«

»Aber Phil, was machst *du* denn hier!«

Isabel ging zwei Schritte auf ihn zu, dann blieb sie stehen und schaute belustigt zu ihm auf.

»Ich …«

Ein hoher Ton sirrte schmerzhaft in Blochers Ohren und plötzlich war ihm, als ob er wie ein Fremder aus sich heraustrete und sie beide in diesem Raum sah. Aber da war sie schon bei ihm und hielt ihm ihre Wange hin. Er gab ihr verhalten einen Kuss, er fühlte ihren Arm, der sich um seinen Hals schlang, ihre weichen Lippen und ihre Finger, die sich in sein Haar gruben.

»Endlich! Endlich!«, flüsterte sie atemlos und hielt ihn so fest, dass er ihr Herz klopfen fühlte. Sie küssten sich lange und leidenschaftlich.

Dabei kam er sich vor, als hätte ihn jemand gleichsam auf frischer Tat dabei ertappt, das, was er sich eben noch drüben in Monte Carlo auf der Terrasse neben dem Russentisch zurechtgelegt hatte, wieder zu verspielen: Den Fluchtpunkt Provence, der gewiss keine geringere Dummheit war, als hier aufzuschlagen, eine Verzweiflungstat, aber von wo an doch alles anders werden sollte, wenigstens ein paar Wochen ohne Mordverdacht und falsche Liebesschwüre. Er goutierte Isabels flinke Zunge und ihren so leidenschaftlich entfachten Sturm der Liebe und fragte sich zugleich, welches der wahre Grund ihres Interesses an ihm war und der Art und Weise, in der sie sein plötzliches Auftauchen wie ein lange ersehntes Ereignis inszenierte, wo sie doch ihr Handy abgestellt und auch sonst alles unterlassen hatte, um ihren leisen Worten im Foyer des Festspielhauses *Ich muss Sie sehen!* Taten folgen zu lassen.

Er löste sich aus ihrer Umarmung und folgte ihr auf die Terrasse. Isabel hatte die Hände in den Taschen ihrer hellen Shorts vergraben. Sie trug eine weiße Bluse und hatte ihre Sonnenbrille in ihr dunkelbraunes und zu einem kurzen Pferdeschwanz gebundenes Haar geschoben. Blocher machte sich ein Vergnügen daraus, ihr nachzugehen, so wie er immer hinter Marie Thérèse Croning hergegangen war und ihrem entschlossenen, raschen Gang auf den halbhohen Loafers nachgesehen hatte. Draußen setzten sie sich an einen Tisch mit einer runden Mosaikplatte. Man konnte das Meer hören, es aber nicht sehen. Der Wind strich sanft über die Bäume, die Sonne spielte mit den Zweigen und warf Arabesken aus Licht und Schatten auf die Terrasse.

»Wie hast du hierher gefunden? Was hast du die ganze Zeit gemacht?«, fragte Isabel scheinbar erstaunt.

»Ich war in Monte Carlo. Die Adresse hat mir … In Salzburg ging es drunter und drüber und da bin ich abgereist.«

»Wieso? Warst du nicht im Don Giovanni?«

Er überlegte kurz.

»Corelli wurde ermordet.«

»Ach so, ja. Ich weiß.«

»Woher?«

»Hassan hat ihn gefunden.«

»Hassan? Welcher Hassan?«

»Der Chauffeur des Hodscha. Bekirs Chauffeur. Jetzt stell dich nicht so an!« Sie stand auf und beugte sich zu ihm und gab ihm einen Kuss auf die Stirn. »Du siehst wie ein kleiner Junge aus, wenn du etwas nicht kapierst!«

»Was heißt gefunden?«

»Was weiß ich.« Sie zuckte die Schultern und drehte ihm den Rücken zu. »Bekir hat Hassan spät abends noch zu ihm ins Schloss geschickt, da lag er tot in seinem Salon.«

»Und? Haben sie die Polizei gerufen?«

»Natürlich nicht.«

Sie schüttelte den Kopf, als sei ihr unbegreiflich, wie jemand eine solche Frage stellen kann.

»Oh, Herr Blocher! Hello! Wie geht's?«

Blocher drehte sich um. In der Tür zum Salon stand ein Mann im Tennisdress mit einem Handtuch um den Hals. Er schien etwas abgekämpft, machte dabei aber einen irgendwie lässigen Eindruck.

»Daddy!«, Isabel lief auf ihn zu und legte ihm die flache Hand auf die Stirn. »Ich hab Dir doch gesagt, es ist nicht gut, bei dieser Hitze zu spielen!«

Er ist es, schoss es Blocher durch den Kopf. Er reichte Kelly die Hand. Es war nichts Besonderes an ihrer Begegnung, außer dass Blocher die Worte Corellis vom *Ideal eines Geheimdienstoffiziers,* dem *der lautlose Krieg im Blut lag,* noch im Ohr klangen und es ihm fast Vergnügen bereitete, sein Wissen, welches Kaliber ihm da gegenüberstand, zu verbergen.

KELLYS Persönlichkeit ist geprägt von der Zeit im OSS. Sein Weltbild ruht felsenfest auf drei Überzeugungen. Erstens: Die Welt ist kein gemütlicher Ort. Zweitens: Linke und Kommunisten sind die Wurzel allen Übels. Drittens: Gutes in der Welt passiert nur dann, wenn Amerika stark, entschlossen und zielgerichtet handelt – Schlechtes immer dann, wenn Amerika schwach ist.

Das war das Bild, das Corelli, die *Quelle in Genf,* im Dossier des Bundesnachrichtendienstes von Kellys Charakter gezeichnet hatte. Blocher hatte es längst verinnerlicht. Jetzt, wo er Kelly leibhaftig vor sich hatte, fand er das wenig aufschlussreich, außer man nahm es als Hinweis auf das solide Fundament eines markanten Charakters. Was ihn für Kelly einnahm, war das entspannte, jugendliche Auftreten, wie es für viele Ostküsten-Amerikaner, egal welchen Alters, typisch ist. Seine Frisur erinnerte an Humphrey Bogart, nur war das volle Haar nicht dunkel, sondern hellblond, fast weiß. Er müsste auf die achtzig zugehen, schätzte Blocher, aber er sieht wohlwollend betrachtet gut fünfzehn Jahre jünger aus.

Bei ihrem kurzen Geplänkel über das Wetter, den Park und die märchenhafte Lage des Hauses suchte Blocher in den ein wenig tief liegenden grüngrauen Augen Kellys zu lesen, welche Reaktion wohl zu erwarten wäre, sollte das Gespräch über derlei Smalltalk einmal hinausführen. Aber Kellys nach außen hin verbindliches Wesen, das jede Annäherung an ihn leicht zu machen schien, gewährte keinen Einblick in sein Inneres. Mit den Worten »Wir sehen uns zum Dinner!«, verabschiedete er sich, gab seiner Tochter einen Kuss und zog sich zurück.

Blocher konnte eine leichte Verzerrung seiner Miene nicht verhindern. Dass Kelly ihn zum Dinner bat, ohne zu fragen, ob er damit einverstanden sei oder vielleicht anderes vorhabe, machte die Sache unbehaglich. Es ließ nur den Schluss zu, dass er sich die Entscheidung, wann und wohin Blocher gehen könne, wie selbstverständlich vorbehielt.

»Sag mal, Isabel«, fragte Blocher unvermittelt, »wie findest du Marie Thérèse Croning?«

»Eine tolle Frau!«

»Finde ich auch. Und sonst?«

»Was sonst? Sie ist meine Tante.«

»Deine Tante?« Es dauerte etwas, bis Blocher über so viel Unbekümmertheit die Fassung wiederfand. »Warum dann das Theater im Borchardt, als würdet ihr euch zum ersten Mal sehen?«

»Haben wir auch.«

»Also bitte! Sie ist deine Tante und ihr tut so, als würdet ihr euch nicht kennen und redet euch mit Sie an?«

»Wir haben uns nie vorher gesehen. Ich wusste nichts von ihr. Wirklich, ich hatte keine Ahnung. Daddy erzählt nie etwas aus seinem Leben. Er war bei der CIA, die sind halt so. Ich hatte ihn angerufen und erwähnt, dass wir vor Salzburg noch in Berlin wären und einen Termin bei der Croning Gruppe hätten. Als er mich fragt: Croning Gruppe? Was machen die jetzt?, sag' ich: Luxusimmobilien und Hotels, das Thérèse Roq gleich nebenan auf Cap Ferrat gehört ihnen auch. Da erklärt er mir ganz cool, ohne ihn gäb's die gar nicht. Sie hätten mit seinem Geld ihr Unternehmen aufgebaut. Er hat Croning tatsächlich den Start ins Business finanziert! Aber das ist eine Ewigkeit her, sie hatten schon lange nichts mehr miteinander zu tun. Hotels und Immobilien interessieren Daddy nicht. Dann setzte er noch eins drauf, so wie es seine Art ist, als wäre es irgendeine nebensächliche Angelegenheit. Du musst wissen, für ihn sind alle Angelegenheiten nebensächlich. Also, er sagt mir einfach so am Telefon: Richte mal Marie Thérèse schöne Grüße von mir aus, sie ist nämlich deine Tante. Ich war genauso platt wie du jetzt. Was gibt es da zu lachen?«

Blocher machte eine wegwerfende Geste, als wäre das, was er eben gehört hatte, für ihn nichts weiter als eine nebensächliche Angelegenheit.

»Und warum die Heimlichtuerei mit Marie Thérèse?«

»Sie war an dem Tag ziemlich durcheinander. Einer ihrer Leute war am Morgen tot aufgefunden worden.«

»Kasimir Gudoff«, warf Blocher ein. »Ihr wart mit ihm verabredet.«

»Wir waren mit Croning verabredet«, korrigierte ihn Isabel.

Blocher wartete ab, weil er den Eindruck hatte, als suchte sie sich zu erinnern. Aber dann meinte sie nur: »Marie Thérèse wollte nicht, dass der Hodscha und ich mit der Geschichte behelligt werden. Als wir in das Restaurant kamen, hat sie mich per Sie angesprochen und ich bin darauf eingegangen, obwohl ich ganz erschrocken war, weil sie meiner Mutter so ähnlich sieht. Es gab auch gar keine Gelegenheit, ihr schöne Grüße von Dad auszurichten. Hinterher am Telefon tat ihr alles wahnsinnig leid.«

»Hm! Wieso kam Terek überhaupt nach Berlin?«

»Das weißt du doch. Er wollte mit Croning ein Geschäft machen. Der Hodscha ist vor ein paar Monaten zu einem Riesengrundstück auf der Halbinsel Datça gekommen. Er suchte jemanden aus Europa, mit dem er das Projekt entwickeln wollte. Da hab ich ihn überredet, es mit der Croning Gruppe zu versuchen.«

Sie nahm Blochers Hand.

»Mein bester Einfall, seit ich für ihn arbeite.«

Sie ging zur Tür und rief nach Hassan.

»Ich muss noch einiges erledigen. Du wohnst unten in einem der Gästehäuser neben dem Pool. Geh doch schwimmen oder ruh' dich aus! Ich hol dich zum Dinner ab.«

Hassan sperrte das Tor zur Straße auf. Blocher holte sein Gepäck aus dem Wagen. Er hatte keine Gelegenheit, das Dossier unter der Fußmatte hervorzuholen und an sich zu nehmen, weil Tereks Leibwächter danebenstand und ihm die Koffer abnahm.

Eine halbe Stunde später saß er in seinem Apartment am Schreibtisch und fragte sich: Was geht hier vor? Wieso weist man mir holterdiepolter ein Bett im Gästehaus zu?

Durch die offenen Fenster drang der Geruch des Meeres. Weiter draußen ankerten einige Jachten. Die Wellen schlugen ans Ufer. Wie heute Mittag in Monte Carlo im Beach Club, dachte Blocher. Zwei, drei Stunden sind seither vergangen und nichts ist mehr, wie es war. Vor einer Woche hatte Croning in seinem Kabinett auf meine Frage, wer Terek nach Berlin eingeladen habe, geantwortet, *Gudoff, nehme ich an*, und dabei ins Nichts gestarrt. Jetzt erzählt mir Isabel, es war ihre Idee. Wer von beiden hat gelogen? Dass ich sie wieder getroffen habe, ist purer Zufall. Sie hat jedenfalls nicht versucht, mich zu erreichen. Warum nicht? Was haben meine Blitzbesuche von Ort zu Ort erbracht? Doch nur die Erkenntnis, dass mir die Mordkommission auf den Fersen ist und mir alles zu entgleiten droht. Je näher ich Isabel komme, umso tiefer zieht es mich wieder in dieses Netz aus Geheimdiensten, Geldwäsche, Mord und Drogenhandel, dem ich eben entkommen wollte. Und in seinem Zentrum sitzt der Türke wie eine Sonne, um die Planeten kreisen. Oder ist es Kelly, der die Fäden in der Hand hält?

Er öffnete die Schreibmatte, die vor ihm auf dem Schreibtisch lag, entnahm ihr einen Bleistift und malte einen Kreis in die Mitte eines leeren Blatts Papier. Dann schrieb er Tereks Namen in den Kreis. Von da zog er eine Linie senkrecht nach oben und malte wieder einen Kreis, in den er den Namen Kellys eintrug. Dieselbe Figur führte er senkrecht nach unten aus und schrieb den Namen Corellis in einen Kreis. Dann zeichnete er drei Pfeile, die von Terek, Kelly und Corelli nach links auf einen Kasten zielten, in den er die Worte Geldwäsche, Mord und Drogenhandel schrieb. Daraufhin zog er von Tereks Kreis einen kurzen Pfeil nach rechts zu einem neuen Kreis, der etwas in der Luft hing und in den er den Namen Isabels eintrug.

Dann malte er vier Kreise, die rechts über Kellys Kreis begannen und in einem Bogen neben Isabels Kreis endeten. In sie trug er die Namen Artur Gudoff, Kasimir Gudoff, Detlev Croning und Marie Thérèse Croning ein und verband sie mit Pfeilen. Von Marie Thérèses Kreis setzte er den Bogen mit zwei Kreisen und den Namen Wolffson und Altenhöhner fort, die er mit Pfeilen verband. Schließlich machte er unter die Namen Artur Gudoff, Kasimir Gudoff und Corelli ein Kreuz.

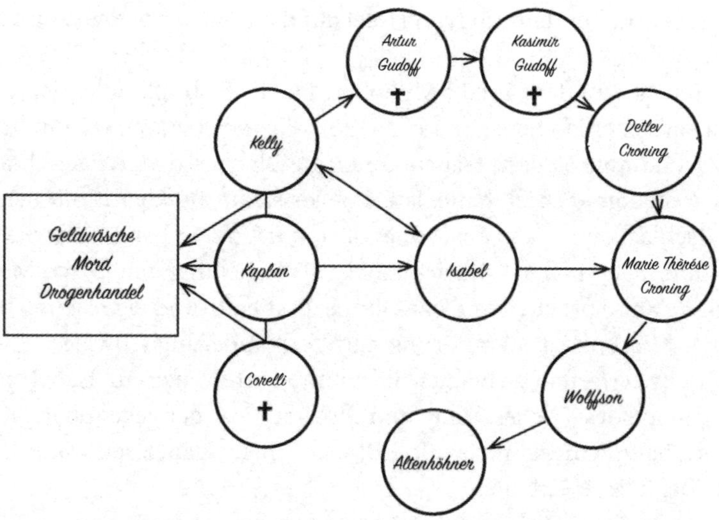

Als er das Ergebnis seiner Zeichnung vor sich hatte, sah er, dass die Sonne Tereks an den Rand gerückt war. Im Zentrum des Planetensystems, das von Terek über Kelly, Artur Gudoff, Kasimir Gudoff, Detlev Croning, Marie Thérèse Croning, Wolffson bis zu Altenhöhner und Corelli einen Kreis beschrieb, stand jetzt nicht mehr Terek, sondern der Name, der anfangs so überflüssig in der Luft zu hängen schien: Isabel.

Noch etwas fiel ihm auf. Er hatte George Hu vergessen. Und seinen eigenen Namen. Er zerknüllte die Seite und warf sie in den Papierkorb. Dann ging er schwimmen.

* * *

»Ich habe mit dem Hodscha telefoniert«, sagte Isabel, als sie Hand in Hand durch den Park hinauf zur Villa gingen. »Er lässt dich grüßen.«

»Wo ist er jetzt?«, fragte Blocher.

»In Istanbul. Das Anwesen hier gehört ihm, aber er hält sich nur selten in Èze auf. Er hat ein wunderschönes altes Yalı am Bosporus, das würde ich dir gerne mal zeigen. Du kennst doch Istanbul! Es liegt gegenüber dem Çırağan Hotel auf der asiatischen Seite, direkt am Wasser.«

Tereks Hundertfünfzig-Millionen-Dollar-Holzvilla, die George Hu auf seiner Homepage *als eines seiner Renommierprojekte* anführt … Ich könnte sie jetzt fragen, überlegte Blocher, ob George schon die Seiten gewechselt hatte, lange bevor sie im Borchardt mit dem Vorschlag kam: *George, mach es doch mit Bekir!* Aber er unterließ es und sagte nichts – so wie damals, als Isabel ihn zum ersten Mal mit *du* angesprochen und am Ohr gezupft hatte und er verwirrt, in einer Mischung aus Empörung und Verwunderung schwieg.

Kelly erwartete sie bereits. Sie nahmen ihre Plätze ein. Isabel am Kopfende des Tisches, Kelly und Blocher einander gegenüber. Die Unterhaltung begann harmlos. Blocher fragte Isabel, seit wann sie für Bekir Terek arbeite.

»Seit acht Jahren. Er suchte jemanden für das Management seiner Stiftungen und des Orchesters.«

»Warst du schon vorher in diesem Business?«

»Ich habe PR für ein Genfer Unternehmen gemacht, das Medizingeräte herstellt.«

TMS – Technical Medical Systems, Unternehmen für hochwertige Dental- und Medizingeräte mit Sitz in Genf. Blocher hätte den Inhalt des BND-Dossiers inzwischen auswendig hersagen können. Die Firma war dort ebenso wie Cronings Novalia unter den Namen der Unternehmen aufgeführt, in die Isabels Vater die Gewinne aus dem Drogengeschäft investiert hatte.

Die Köchin kam mit der Frittatensuppe. Isabel stellte sie Blocher vor: Anna aus Wien! Der Hodscha mache sich nichts aus französischer Küche, erklärte sie und wies mit einer stolzen Geste auf Anna.

»Dad und ich lieben österreichische Küche und sind sehr glücklich, Anna hier zu haben!«

»Oh ja!«, bestätigte Kelly und wandte sich an Blocher. »Sie müssen einmal Annas Topfenknödel probieren. So etwas gibt es auf der ganzen Welt nicht! Hab ich recht, Anna?«

»Aber natürlich, Herr Kelly!« Anna war glücklich. Sie kündigte ein Wiener Schnitzel an, »hauchzart!«, und verschwand nebenan in der Küche.

Blocher wollte von Isabel wissen, wie sie Terek kennengelernt habe.

»Ich kannte ihn schon als kleines Kind«, antwortete Isabel und schaute fragend ihren Vater an. »Istanbul. Wann war das, Daddy? Ich hatte ein türkisches Kindermädchen«, fuhr sie, ohne eine Antwort abzuwarten, fort. »Anfangs war ich mir gar nicht sicher, ob ich den Job bei Bekir machen sollte, aber dann fiel es mir nach ein paar Intensivkursen Türkisch doch leichter, als ich dachte.«

»Mir sind in den letzten Tagen einige merkwürdige Dinge passiert«, meinte Blocher leichthin, als sie mit der Suppe fertig waren, und sah Kelly interessiert an. Kelly legte den Löffel beiseite, führte die Serviette zum Mund und bemerkte kühl: »Sie meinen Ihr fehlendes Alibi und andere Blindgänger, die auf Berliner Redaktionstischen liegen und darauf warten, von Ihnen entschärft zu werden? Wie steht's damit?«

Der Schlag kam zu schnell, um ihn sofort zu kontern. Eine Weile herrschte Stillschweigen. Dann lehnte sich Blocher zurück und sagte forsch: »Ich meine etwas anderes. Am Freitag vor einer Woche wurde ein Kollege von mir ermordet. Kasimir Gudoff.«

Er hatte damit gerechnet, dass die beiden über ihn informiert waren. Sein Blick blieb an den grauen Fäden des winzigen Dreiecks in der Mitte von Isabels Haaransatz hängen. Isabel sah an ihm vorbei und machte ein Gesicht, als langweile er sie mit seinen Geschichten. Kelly schien immer noch amüsiert über den Treffer, den er gelandet hatte.

»Am Montag«, fuhr Blocher fort und räusperte sich, »besuchte ich seinen Vater auf dem Obersalzberg, Artur Gudoff. Tags darauf war er tot. Am Dienstag war ich in Salzburg bei Riccardo Corelli auf dem Mönchstein. Zwei Tage später wurde auch er tot aufgefunden. Jemand hat ihn auf grausame Weise umgebracht. Wie finden Sie das?«

»Keine gute Woche für Sie«, erwiderte Kelly kalt.

Anna kam mit dem Hauptgang. Blocher, Isabel und ihr Vater widmeten sich schweigend Schnitzel, Bratkartoffeln und Gurkensalat.

»Ist das nicht gelungen? So zart! Ein Gedicht!«, lobte Isabel nach einer Weile Annas Kochkunst, um die Unterhaltung in gefälligere Bahnen zu lenken.

»Mich würde Ihre Meinung zu Corelli interessieren«, wandte sich Blocher unverdrossen Kelly wieder zu. »Er machte auf mich einen seltsamen Eindruck. Großspurig und im nächsten Moment kleinlaut, fast ängstlich. Jetzt, wo er tot ist, frage ich mich, was mit ihm los war. Sie kannten ihn doch gut! Ich glaube fast, Sie sind näher an der Wahrheit als jeder andere.«

»An welcher Wahrheit? Die Wahrheit eines Menschen ist, was er verbirgt. Das müssten Sie als jemand, der sich mit Sekretärinnen einlässt, um einen Kollegen loszuwerden, am besten wissen.«

Blocher vermied es, Isabel anzusehen.

»Drei Menschen wurden ermordet«, antwortete er gereizt, ohne lange darüber nachzudenken, woher Kelly seine Informationen hatte. »Das ist eine Wahrheit, die nicht nur mich betrifft.«

»Der Zufall ist manchmal eine böse Macht«, sagte Kelly achtlos. »Jeder Dummkopf kann einen Mord begehen. Ich empfehle Ihnen, Ihre Suche nach der Wahrheit mit dem Zweifel an allen bis dahin geglaubten Wahrheiten zu beginnen.«

Die Antwort gefiel Blocher nicht. Er griff in seine Brusttasche und legte das Bild mit Kelly und Milena auf den Tisch. Im selben Moment wollte er es zurücknehmen, weil er sich plötzlich vorkam wie der alte Gudoff, der geglaubt hatte, er halte damit das letzte noch fehlende Beweisstück zum Mord an seinem Sohn in der Hand, und kurz darauf selber ein toter Mann war.

Kelly nahm das Bild und betrachtete es lange. Für einen Moment hatte es den Anschein, als füllten sich seine Augen mit Tränen, während der Blick verschlossen blieb, als habe er irgendwann in seinem Leben entschieden, niemandem je zu offenbaren, was in ihm wirklich vorgeht. Er reichte das Bild an Isabel weiter und sagte: »Das ist das erste Foto von deiner Mom und mir. Ich hab es immer gesucht.« Und an Blocher gewandt: »Woher haben Sie das?«

»Von Artur Gudoff.«

Kelly beugte sich vor.

»Sie wollen den Mörder finden? Dann gehen Sie davon aus, dass er Ihr Gegner ist! Und wie bekämpft man einen Gegner? Indem man ihn erkennt! Seine Stärken, seine Schwächen, seine Absichten, seine Obsessionen. Das bedeutet, Sie müssen in Ihren Gegner eindringen. Und zugleich, Herr Blocher, bedeutet es, dass Sie davon ausgehen müssen, dass er in Sie eindringen will.«

»Ich will wissen, wer der Mörder ist. Durchschauen kann ich ihn dann immer noch.«

»Oh nein«, widersprach Kelly in abfälligem Ton. »Sie müssen Zugang haben zu seinem Denken und seinen Bewegungen! Sonst beherrschen Sie das Spiel nicht. Und wer das Spiel nicht beherrscht, bewegt sich nicht in der realen Welt, sondern in einer Scheinwelt. Ihr Gegner will Sie in eine unwirkliche, irreale Welt stoßen, während Sie in einer wirklichen, in einer realen Welt leben wollen. Wenn es Ihnen nicht gelingt, den Code Ihres Gegners zu entschlüsseln, werden Sie nie in der Lage sein, die Sie umgebende irreale Welt als solche zu erkennen.«

»Du lieber Himmel, welchen Code? Die Realität ist, dass ich unter Mordverdacht stehe. Und wenn der Mörder nicht bald gefunden wird, bin ich dran.«

»Sie wollen mich nicht verstehen«, sagte Kelly und blickte Blocher unbewegt in die Augen. »Sie sind in verdammten Schwierigkeiten. Warum? Weil um Sie herum eine Inszenierung aufgebaut wird, auf die Sie keinen Einfluss haben. Der Zugang zu anonymen Kanälen, zur Polizei, zur Mordkommission oder zu den Medien ist Ihnen versperrt. Eine fatale Schwäche! Wenn Sie das nicht in den Griff bekommen, haben Sie schon verloren. Der Gegner kann mit Ihnen machen, was er will. Er könnte Sie zum Beispiel veranlassen, aus einer falschen Information eine richtige Schlussfolgerung zu ziehen und dabei gegen Ihre Interessen zu handeln.«

Kelly erlaubte sich eine kurze Pause, dann riet er Blocher mit einem eigenartig unnahbaren Lächeln, gegenüber allen Hinweisen misstrauisch zu sein und alles zu hinterfragen. »Auch Ihre Absicht, den Mörder zu finden. Sie sollten sie überdenken! Die Welt ist voller Gefahren, Herr Blocher. Wer heute Ihr Vertrauen sucht, kann morgen schon Ihr Feind sein. An dem Tag, an dem Sie das begriffen haben, wissen Sie, wer hinter der Sache steckt.«

So hatte noch niemand mit Blocher gesprochen. Kelly war nicht laut geworden, er sprach distanziert und mit einem kaum wahrnehmbaren amerikanischen Akzent, der in Blochers Ohren eine irritierend ironische Färbung annahm, was aber mehr daran lag, dass Kellys Argumentation einer Logik folgte, die Blocher fremd war und der er auch nichts entgegenzusetzen wusste.

Isabel, die, während ihr Vater sprach, den Mund nach unten gezogen und, wie Kendlbacher das nannte, *fast a bisserl vergrämt* vor sich hin geschaut hatte, atmete erleichtert auf, als Anna erschien und mit vor Glück hochrotem Kopf unter dem Beifall der Tischrunde den Nachtisch servierte. Der Abend schien gerettet. Kelly widmete sich dem Klassiker der Wiener Küche mit einer Hingabe, als sei jede weitere Erörterung des eben abgehandelten Themas reine Zeitverschwendung und Annas makellos hingezauberte Topfenknödel mit Zwetschgenröster die schönste Nebensache der Welt.

Die Nacht war sternenklar. Noch immer wehte ein warmer Wind vom Meer und ließ die Palmen sich wiegen. Der Pool leuchtete hellgrün, sonst war es dunkel. Nur der Mond und die Lichter der Häuser an den Ausläufern der Bucht spiegelten sich im Wasser. Blocher saß seit einer Stunde auf der Terrasse vor dem Gästehaus und wartete auf Isabel. Sie hatte ihm zum Abschied zugeflüstert: »Ich komm zu dir. Lass die Tür offen!«

Er versuchte, seine Gedanken zu ordnen. Er hatte Kelly wissen lassen, dass er bei Artur Gudoff war und dass er Corelli getroffen hatte. Kelly konnte sich also denken, dass er von seiner OSS-Vergangenheit und der Geschichte mit dem Nazigold wusste. Aber er hatte ihm zu seinen Besuchen auf dem Obersalzberg und auf Schloss Mönchstein keine Fragen gestellt. Vielleicht ist es ihm auch egal, überlegte Blocher, weil er in einem Alter ist, in dem diese Dinge ihre Bedeutung verlieren. Sagte nicht Isabel: *Du musst wissen, für ihn sind alle Angelegenheiten nebensächlich!* Aber der Wink, ich solle den Entschluss, den Mörder zu finden, *überdenken*: War das ein gut gemeinter Rat oder eine Drohung?

Leise Schritte, die Schritte einer Frau, kamen den Weg herunter. Isabel hielt den Finger an die Lippen. Sie nahm Blocher bei der Hand und führte ihn im Dunkeln zu einem von Oleander und Bambusbüschen verborgenen Winkel im Park. Sie saßen schweigend dicht nebeneinander und sahen hinaus auf die Bucht.

»Du bist ein Schlingel«, flüsterte Isabel und biss ihm ins Ohr, dass es schmerzte. »Einer, der sich mit Sekretärinnen einlässt.« Er fühlte ihren Körper an seiner Seite. »Dummes Gerede«, brummte er. Sie schmiegten sich aneinander, küssten sich und lachten wie Kinder, die ihre Spiele vor Neugierigen verbergen. »Wenn man Daddy so ein Häppchen hinhält, schnappt er halt zu. Das muss man gar nicht ernst nehmen.«

Sie fuhr ihm mit den Fingern zärtlich übers Gesicht. »Es gibt Wichtigeres. Wie soll es mit uns weitergehen? Wie wollen wir leben? Und wo? Du solltest Berlin aufgeben! Magst du Istanbul? Ich wüsste einen Job für dich und wir wären zusammen! Liebling, ich wäre so glücklich …«

»Einen Job? Bei Terek? In Istanbul?«

Blocher drehte ihr den Rücken zu. Vor ihm lag die Bucht von Èze im Dunkel und für einen Atemzug schienen Träume aus längst verlorener Zeit herüberzuwehen, von Brücken, die über goldene Wasser führen, in denen die Sonne schwimmt, von Festen, die im Mondlicht unter Sternen gefeiert wurden wie nie zuvor und nie wieder, und er wusste, dass das Leben damals nur in der Erinnerung seinen Zauber behielt, aber eine Rückkehr dorthin für ihn unmöglich war. Mit niemandem.

»Auf dem Kaminsims«, sagte er nach einer Weile, »ist ein Foto von dir und deinem Vater und Terek auf dem Khyber Pass.«

»Ja, und?«, fragte sie überrascht.

»Was habt ihr da gemacht?«

»Du bist gut!« Isabel fing an zu lachen. »Wir sind da hingefahren. Daddy wollte schon immer den Khyber Pass sehen. *Der* Punkt in Zentralasien! Alexander der Große, Dschingis Khan, Kipling, Churchill, die Briten, die Russen, die Amerikaner … Alles dreht sich um dieses Nadelöhr. Er fand das toll. Eine Schwester des Hodschas ist in Pakistan verheiratet und sein Schwager hat für uns die Reise organisiert. War irrsinnig! Bis auf das Ende. Daddy war danach monatelang krank, er hatte sich einen schlimmen Infekt geholt. Warum fragst du?«

»Das Foto auf dem Kaminsims hat es in sich.«

»Wieso? Ich finde, wir sehen da alle ganz nett aus.«

»Eben deshalb. Weißt du nicht, dass Terek und sein Schwager den Drogenhandel aus Afghanistan in den Westen ins Rollen gebracht haben? Und die stehen da beisammen als harmlose Touristen auf dem Khyber Pass! Dem Nadelöhr! Es liegt auf der Route ihrer Drogentransporte. Ein Milliardengeschäft. Und du mittendrin.«

Isabel schüttelte stumm den Kopf.

»Wie kommst du auf solche Geschichten?« fragte sie nach einer Minute des Schweigens.

»Erzähl ich dir später.«

»Aber wie kann jemand so etwas behaupten?«, erwiderte sie erbost. »Das sind doch Hirngespinste. Wo ist der Beweis?«

»Es gibt ein geheimes Dossier, aus dem hervorgeht, dass dein Vater, Terek und sein Schwager in Karatschi – ich nehme an, er ist der Mann im dunklen Anzug auf dem Foto – ein Netz aus Banken geschaffen haben, um die Gelder aus dem Drogengeschäft zu waschen. Sonst gibt es keinen Beweis.«

Blocher schwieg einen Moment, als warte er auf eine Antwort. Er fühlte sich ihr nahe, näher als je zuvor, und aus irgendeinem grillenhaften, hochherzigen Grund drängte es ihn auf einmal, ihr »die Augen zu öffnen«, sie da »rauszuholen« und ihr blindlings, auch auf die Gefahr hin, dass sie sich von ihm abwenden und auf die Seite ihres Vaters und Tereks schlagen würde, zu sagen, was er wusste und welch schrecklicher Verdacht ihn quälte.

»Du hättest Corelli sehen sollen, als ich ihm die Ermordung erst unseres Mitarbeiters und dann dessen Vaters auf dem Obersalzberg vorhielt. Er bekam es mit der Angst zu tun. Ich will damit sagen, dass ich nicht daran glaube, dass Hassan Corelli gefunden hat. Das passt nicht. Er hat ihn umgebracht.«

»Woher willst du das wissen?«

»Vermutlich hat Terek Wind davon bekommen, dass Corelli den Mund nicht halten kann.«

»Aber Daddy hat doch nichts damit zu tun!«

»Nein? du sagst, er war bei der CIA und erzählt dir nie etwas aus seinem Leben? Vielleicht ist es ihm lieber, dass du dich mit deinen Illusionen über ihn statt mit ihm selbst beschäftigst.«

Er erzählte ihr in wenigen Worten die Geschichte von Daddy und Corelli, von OSS und Nazigold.

»Es ist unglaublich«, schloss er seine Schilderung, »wie der Zufall die Welt regiert. Alles begann damit, dass sich dein Vater und deine Mutter ineinander verliebten und sie ihm das Versteck unter dem Haus ihres Schwagers verriet. Das Gold, das dein Vater und Corelli aus dem Tunnel unter dem Obersalzberg holten: Es war der Anstoß, aus dem sich alles Weitere fast wie von selbst ergab. Ihre Operation bei der Italienwahl, die Gründung der Geldwäschebanken, Cronings Start ins Geschäftsleben, Tereks Drogengeschäfte, sein Firmenimperium, sein Mäzenatentum mit Orchester, Museum und Privatuniversität, die Villa hier, deine Arbeit, das ganze schöne, interessante Leben …«

»Du willst mir doch nicht einreden«, fiel sie ihm barsch ins Wort, »dass mein Leben aus nichts als Lügen und Verbrechen besteht?«

»Ich wäre schon glücklich, wenn du mich nicht anlügen würdest.«

»Ich dich anlügen? Sag mal, bist du verrückt?«

»Du hast gesagt, es war deine Idee, Terek und Croning zusammenzubringen. Es war aber Gudoff, der sich an euch wandte und zu einem Treffen nach Berlin eingeladen hat. Oder etwa nicht?«

»Schon möglich«, sagte sie und stand auf, »aber Bekir wollte nicht. *Ich* hab ihn überredet.«

»Warum?«

»Das ist doch jetzt egal! Komm, lass uns gehen!«

Am Swimmingpool ließ sie ihn zurück und ging allein den Weg nach oben ins Haus.

Blocher war nicht in der Stimmung, schlafen zu gehen. In der Kitchenette fand er eine Flasche Chevas Regal und setzte sich, nachdem er alle Lichter gelöscht hatte, auf die Terrasse vor das Gästehaus. Es war nicht so, dass er die Szene eben besonders bedauerte. Wenn etwas zu Ende ging, unwiderruflich und egal mit wem und aus welchem Grund, hatte er sich jedes Mal irgendwie erleichtert gefühlt. Das war auch jetzt mit Isabel so – nicht anders als damals, als er am Ende seiner Ehe in jenem halbbarbarischen und ihn zugleich beflügelnden Akt die Mauer in der Verbindungstür zwischen den beiden Flügeln der gemeinsamen Frankfurter Wohnung hochzog, über den sich die Fehring so amüsiert hatte.

Er hatte sich durch sein Geschwätz in eine dumme Lage gebracht. Das war weitaus unerfreulicher. Sie würde alles brühwarm ihrem Vater erzählen. Und Hassan? Hassan, der Corelli angeblich *gefunden* hat. Ihn überlief es kalt und ihm fielen Artur Gudoffs letzte Worte ein, die dieser ihm, bezecht wie er war, noch als Warnung mit auf den Weg gab, bevor er ihn spätnachts in seiner überheizten Stube zurückgelassen hatte, während draußen im Dunkel der Mörder wahrscheinlich schon auf ihn wartete: *Die bringen jeden um, wenn sie nur wollen.*

Er überlegte, welche Möglichkeiten es gab, um unbemerkt über die Gleise zum Wagen zu kommen. Während er aufs Wasser starrte, das sich vor ihm leise und schwarz glänzend im Mondlicht bewegte, erschien ihm die Bucht als einzig möglicher Fluchtweg. Aber es war nicht einmal bei Tag zu erkennen, wo das Grundstück genau endete. Er müsste zu den benachbarten Villen am westlichen Ausläufer der Bucht schwimmen und dort eine Brücke über die Bahngleise finden. Am besten sofort. Und Koffer, Kleidung, Geld und Papiere? Er müsste sie bei einer Flucht übers Wasser zurücklassen. Er fühlte sich wie ausgelaugt und gab es auf, weiter darüber nachzudenken. Schließlich raffte er sich auf, ging zurück ins Haus, wo er wie ein Betrunkener aufs Bett fiel und auf der Stelle einschlief.

Samstag, 14. August 1999

Mir scheint, Sie hegen ein übertriebenes Interesse an Dingen, von denen Sie sich besser fernhalten sollten.« Es war nach Minuten eisigen Schweigens das erste Wort, das Kelly an Blocher richtete. Als Blocher zum Frühstück erschien, hatte Isabel verlegen »Guten Morgen« gemurmelt und vermieden, ihn anzusehen. Blocher bestrich sein Baguette sorgfältig mit Butter, wandte sich der hausgemachten Aprikosenmarmelade zu und ließ sich Zeit mit einer Antwort. »Mag sein«, sagte er schließlich. »Nur gelte ich in Berlin als jemand, der unter Mordverdacht steht, und in Salzburg wollte mich die Polizei zu meinem Besuch bei Corelli befragen. Da hat es wenig Sinn, Ihrem Rat zu folgen und meine Suche nach dem Mörder *zu überdenken* oder mich *von diesen Dingen fernzuhalten*, solange ich nicht weiß, wer und was dahintersteckt.«

»Sie meinen, ein Foto vom Khyber Pass wird Ihnen da weiterhelfen?«

»Vielleicht.« Blocher zuckte die Achseln. Nach dem missglückten nächtlichen Tête-à-tête mit Isabel unter Oleander und Bambusbüschen hatte er den festen Vorsatz mit in den Schlaf genommen, jeder weiteren Diskussion oder Auseinandersetzung, ob mit Isabel oder ihrem Vater, aus dem Weg zu gehen. Obgleich er sich nichts mehr von der Unterhaltung versprach, provozierte ihn der herablassende Unterton, in dem Kelly mit ihm redete, worauf er mit einer Miene, als ginge es um einen wichtigen Sachverhalt, erklärte: »Nach dem Mord an Corelli glaube ich inzwischen, dass …«

»Mord?«, unterbrach ihn Kelly scharf. »Woher wollen Sie wissen, dass es Mord war? Er steckte in finanziellen Schwierigkeiten. Vielleicht war er so am Ende, dass er Selbstmord beging und es wie Mord aussehen lassen wollte?«

»Eine etwas umständliche Art, sich ohne fremde Hilfe in Fesseln zu legen, um sich dann mit jeder Bewegung selbst die Luft abzuschnüren.«

Kelly ließ den Einwurf unbeachtet und warf Blocher aus seinen grüngrauen Augen einen kalten Blick zu.

»Ich würde gerne erfahren, was hinter Ihrem Gerede über Geldwäsche und Drogengeschäfte steckt. Etwa dieses obskure Dossier?«

Blocher nickte. Kelly beugte sich vor.

»Woher wissen Sie das?«

»Artur Gudoff hat es mir gezeigt.«

»Das Original?«

»Ja.«

»Und wo ist es jetzt?«

»Keine Ahnung.«

»Wir werden es finden.« Kelly lächelte milde.

Ich muss sehen, wie ich hier rauskomme, dachte Blocher und im selben Augenblick schoss ihm durch den Kopf, dass Hershfield der Einzige war, der wusste, wo sich das Dossier befand. Niemandem sonst hatte er anvertraut, dass es unter der Fußmatte des Porsches lag, der jetzt auf der anderen Seite der Gleise neben dem Mercedes Geländewagen stand. Was, wenn der New Yorker Anwalt selber im Dienst des amerikanischen Geheimdienstes stand, über dessen Wesen oder besser gesagt Unwesen er so gut unterrichtet war? Und Kelly den Tipp gibt? Oder schon gegeben hatte? Den Schlüssel zum Porsche hatte ihm niemand abgenommen, er fühlte ihn in seiner Hosentasche. Hassan, sagte er sich, wird mich nicht aus den Augen lassen. Er hat die Schlüssel zum Tor am Ende des schmalen Bahnübergangs. Solange es versperrt ist, werden die Gitter jeden Versuch verhindern, zum Auto zu gelangen, und ich bin nicht Wieland der Schmied, um auf Flügeln meiner Lage zu entkommen.

Er legte das Messer beiseite, tat so, als nehme er Kellys Bemerkung *Wir werden es finden* von der besten Seite, lehnte sich zurück und sagte: »Ich nehme an, Gudoff wollte Sie erpressen.«

»Mich erpressen? Womit denn?« In Kellys Miene spiegelte sich das milde Lächeln. »Mit Schauermärchen auf irgendeinem Blatt Papier?«

»Es steht alles drin«, antwortete Blocher, während er sich von der Käseplatte ein Stück Brie de Meaux sicherte, das er, ohne Baguette oder Brötchen anzurühren, mit geheucheltem Hochgenuss zu sich nahm. »Über Terek, über Sullivan und über Sie«, fuhr er mit vollem Mund und einem anerkennenden Kopfnicken in Richtung Käseplatte fort. »Ihr Lebenslauf, Ihre Arbeit und Ihre Stationen beim OSS und in der CIA. Ihre Geldwäschebanken. Die Drogenrouten. Über eure Art, Kriege zu führen und zu finanzieren, Warlords zu füttern und bei allen illegalen Aktionen immer unantastbar zu bleiben. Es steht alles drin. Alles, worüber sonst geschwiegen wird. Und es ist amtlich.«

Kelly hob die Brauen.

»Oh, amtlich?«

Isabel stand auf, schenkte Blocher und ihrem Vater Kaffee nach und griff nach einer »Côté Sud«. Dann machte sie es sich in ihrem Stuhl bequem, schlug die Beine übereinander und vertiefte sich in das Magazin, als gäbe es nichts Spannenderes auf der Welt.

»Ja, amtlich!«

Kelly schüttelte verächtlich den Kopf.

»Mit Datum, Stempel, Unterschrift, Quelle, Decknamen. Amtlich eben.« erklärte Blocher. »Ein Dossier des Bundesnachrichtendienstes.«

»Oh no!«, rief Kelly. Er klang enttäuscht und erheitert zugleich. »Von diesem Kabinett der Ahnungslosen? Und so etwas nehmen Sie ernst?«

Dann goss er seinen Spott über den deutschen Geheimdienst aus. Eine Truppe, der nun wahrlich alles entgangen sei, was von Bedeutung war. Nichts hätten die gewusst und nichts vorhergesehen. Nicht den Volksaufstand in der DDR, nicht den Ungarnaufstand 1956, nicht den Bau der Mauer, nicht den Fall der Mauer, nicht den Bankrott der DDR und nicht die Wiedervereinigung.

The blind boys' master Mister Gehlen, der erste Chef des BND, belehrte er Blocher, habe schon im Kriege nichts zustande gebracht. Der Name seiner Abteilung »Fremde Heere Ost« habe den Nagel auf den Kopf getroffen. Nichts sei diesem Blender so »fremd« gewesen wie das Ziel seiner jämmerlichen Spionage: Stalins Rote Armee. Der BND? Ein Emmentaler par excellence! Voller Löcher, durchsetzt von Nazis und Agenten der anderen Seite! Aber ein Geheimdienst? *»Oh, no! Never!«*

»Sind immerhin Ihre Bündnispartner«, bemerkte Blocher.

»Es gibt keine verbündeten Geheimdienste«, klärte ihn Kelly missmutig auf.

»Wo bleibt da die Moral?«, fragte Blocher, wobei er spürte, dass das Erstaunen auf seinem Gesicht nicht aufrichtig war.

»Moral?«, entgegnete Kelly mit einer wegwerfenden Geste. »Moral ist nur ein Mittel zum Zweck. Einem Zweck, der gewöhnlich alles Mögliche zum Ziel hat, nur nicht Moral.«

»Denken bei Ihnen alle so?«

»In welcher Welt leben Sie eigentlich?« Kelly sah ihm reglos in die Augen.

»Was berechtigt Sie, vor mir den Menschenprüfer zu spielen? Sie wollen mich über OSS und CIA belehren, über *unsere Art, Kriege zu führen und zu finanzieren, Warlords zu füttern und bei allen illegalen Aktionen immer unantastbar zu bleiben?* Das sagten Sie doch eben? Sie haben nur etwas vergessen. Amerika hat den Krieg nicht angefangen. Wir hatten bis dahin keinen Geheimdienst. Das OSS wurde *wegen euch* geschaffen! Sie enttäuschen mich, Herr Blocher. Sie reden, wie sie alle reden in Deutschland. Ihr legt euch die Welt zurecht, als wäre sie ein Marionettentheater, dessen Puppen nur darauf warten, nach eurem Drehbuch zu spielen. Aber so ist sie nicht. Und ihr könnt es nicht ertragen, dass sie ist, wie sie ist. An euch werden wir und der Rest Europas noch hundert Jahre leiden. Es ist immer dasselbe. Ihr hättet es gerne, dass alle anderen euch lieben und achten, und zur gleichen Zeit, dass sie euch gehorchen und fürchten. Ihr gefallt euch in der Rolle ewiger Weltverbesserer und merkt gar nicht, dass die Welt davon nichts wissen will. So steht es mit Leuten, die meinen, was sie sagen. Sie denken, alle anderen tun es auch«, schloss er. Und Blocher schaute wieder auf eine Wand aus gefrorener Selbstbeherrschung.

Er hatte gar nicht die Absicht, Kelly zu widersprechen. Aber aus irgendeinem Grund erinnerte er sich an Gudoffs Chalet auf dem Obersalzberg mit den grünen Fensterläden und den üppigen Balkonblumen und an den abgestorbenen Baumstamm, aus dem mit drohender Geste ein erhobener Zeigefinger in den Himmel wies, und er sagte: »Es hat Sie nicht davon abgehalten, über einen Nazi und Kriegsverbrecher Ihre schützende Hand zu halten.«

»Es sind nicht die Gudoffs«, erwiderte Kelly leise und wie abwesend. »Es sind die Mitläufer, die ich verachte. Nazis und Linke waren für mich immer von derselben erbärmlichen Sorte.«

»Sie können doch nicht Nazis und Linke auf eine Stufe stellen!«

»Oh ja, das kann ich! Während der Achtundsechziger Krawalle in Frankfurt haben mich ein paar dieser Figuren auf der Straße angepöbelt, nur weil ich Amerikaner war. Einer von ihnen ist jetzt Ihr Außenminister.« Er musterte Blocher mit einem durchdringenden Blick. »Ich sah in die gleichen Gesichter und es war derselbe Hass auf Amerika wie damals bei den SS-Chargen, die wir nach dem Krieg verhört haben. Als wir nach Österreich kamen und es *befreiten*, wie es heute so schön heißt: Drängten sich da die Massen am Straßenrand und jubelten uns zu wie zuvor beim Einmarsch Hitlers? Ich habe niemanden gesehen. Wir waren umgeben von Hunderttausenden Nazis. Mir macht keiner was vor. Ich habe die Russen in Wien kennengelernt. Dagegen war *Der dritte Mann* eine harmlose Operette. Roosevelt ist gestorben und der neue Präsident hatte nichts Besseres zu tun, als das OSS, den Geheimdienst, den sich Amerika eben geschaffen hatte, wieder aufzulösen. So naiv waren wir! Putsch in Prag, Jugoslawien, Rumänien, Italien, Griechenland, Berlin-Krise, Korea-Krieg! Habt ihr vergessen, worauf die andere Seite hinauswollte? Deutschland wäre ohne uns nie auf die Beine gekommen. Ihr wart isoliert wie sonst niemand auf der Welt. Wer hat euch denn aus dem Schutt geholt, den diese zwölf Jahre hinterlassen haben? Aus dieser geistigen Umnachtung? Und Sie wollen mir zum Frühstück Moralpredigten halten wie heute Nacht meiner Tochter?«

Als habe er genug von dem Thema erhob sich Kelly und ging ein paar Schritte im Zimmer umher. Dann blieb er vor Blocher stehen und sagte: »Kommen wir zur Sache! Sie werden uns sagen, wo das Dossier ist. Falls nicht …« Er sah hinüber zu Hassan, der scheinbar unbeteiligt vor der Fenstertür stand und ihnen den Rücken zugekehrt hatte. »Wir wollen es nicht zum Äußersten treiben. Sie müssen sich nicht beunruhigen.« Kelly rieb sich die Hände. »Es gibt auch andere Mittel, um Sie zum Reden zu bringen. Zum Beispiel die CD, die wir im Handschuhfach Ihres Wagens gefunden haben.«

Wie auf ein Stichwort stand Isabel auf und lief aus dem Zimmer. Kelly ging an Hassan vorbei, der immer noch wie in Stein gehauen dastand, und öffnete die Fenstertür. Von draußen strömte die frische Morgenluft herein. Blocher zog sein Sakko aus und hängte es über die Lehne seines Stuhls. Isabel kam zurück. Sie hatte einen Laptop dabei, setzte sich damit an den Tisch, klappte ihn auf und legte eine CD-ROM in das Laufwerk.

»Auf der CD«, meldete sich Kelly wieder und wies auf den Laptop, »hat Kasimir Gudoff drei von ihm verfasste Dokumente gespeichert. Einen Brief an Sie persönlich sowie ein Schreiben an die Staatsanwaltschaft Moabit in Berlin und eine handschriftliche eidesstattliche Erklärung.«

Kelly spulte den Inhalt der Schreiben aus dem Stegreif herunter, als habe er ihn auswendig gelernt. Wortfetzen flogen vorbei. »*Werde Sie auffliegen lassen ... in betrügerischer Absicht ... Finanzierungslücke ... Anlegerbetrug ...*« Bekannte Vokabeln und Wendungen aus Wolffsons Telefonat mit Croning auf dem Mönchsberg und dem Treffen mit Altenhöhner am Steg von Schloss Fuschl. Bis Kelly auf die *handschriftliche eidesstattliche Erklärung* zu sprechen kam, von der Blocher zum ersten Mal hörte.

»Es handelt sich um ein Dokument im Fotoformat«, erläuterte Kelly, »unterzeichnet von Kasimir Gudoff. Achten Sie auf das Datum!«

Isabel drehte den Laptop zu Blocher hin und zeigte ihm die Unterschrift Kasimir Gudoffs. Dann scrollte sie das Dokument nach oben bis zum Datum.

»Eine eidesstattliche Erklärung. Sie stammt vom fünften August«, ergänzte Kelly. »Gudoff hat sie demnach einen Tag vor seiner Ermordung niedergeschrieben. Er habe neunzehn Komma acht Millionen im Einverständnis mit dem Inhaber der Croning Group, Herrn Detlev Croning, auf eine Bank in New York transferiert, um sie vor Ihnen in Sicherheit zu bringen. Sie hätten sich durch Ihre Versuche verdächtig gemacht, weil Sie entgegen den im Unternehmen gängigen Usancen versuchten, sich auf das von ihm, Gudoff, allein zu verwaltende Budget Zugriff zu verschaffen. Was die Auszahlung der Tranchen an den New Yorker Architekten betrifft, so sei sie wegen der mangelhaften und unvollständigen Planungen seines Büros unterblieben – auch das im Einverständnis mit Herrn Croning. Schließlich behauptet Gudoff, er habe auf Nachfrage hin erfahren, dass der gesamte Betrag vom Konto bei der Chase Manhattan Bank spurlos verschwunden sei, und zwar merkwürdigerweise während Ihres Aufenthalts in New York. Sie würden für den nächsten Tag zurückerwartet und wären der Einzige, der Auskunft geben könne, wo das Geld geblieben sei. Was nun, Herr Blocher?«

»Was nun?«, rief Blocher. »Was nun! Es ist alles gelogen. Ich war vor zwei Wochen in New York. Das Geld wurde *am neunten Juni*, also zwei Monate *zuvor* von der Chase Manhattan auf die Cayman Islands transferiert. Ich kann es beweisen. Auskunft der Chase Manhattan. Ich habe es schriftlich.«

Bei den letzten Worten erwachten in Blocher Zweifel und er starrte Kelly ausdruckslos an. Er hatte den Beweis gar nicht. Croning hatte ihn. Er hatte das Schreiben der Chase Manhattan Bank bei ihrem Schlagabtausch in seinem Kabinett an sich genommen und es in der Innentasche seines Sakkos verschwinden lassen. Merkwürdigerweise fragte Kelly gar nicht nach. Interessierte es ihn nicht? Blocher beobachtete Isabel, die dabei war, die CD-ROM wieder an sich zu nehmen, und den Laptop schloss.

Es bedurfte nur ihrer Gegenwart und ihr undurchschaubares Wesen faszinierte ihn wieder auf eine irgendwie erregende Weise, die er zugleich als unangenehm empfand. Was geht in ihr vor?, fragte er sich. Erst tut sie kulturbeflissen und hält dem Machtmenschen vom Bosporus mit Orchester, Museum und Universität den Rücken frei, dann flüstert sie mir Zärtlichkeiten ins Ohr und jetzt agiert sie wie die clevere Tochter eines Geheimdienstoffiziers. Sie beherrscht ihre Rollen perfekt und sagt dabei nie mehr, als sie weiß. Aber sie weiß immer mehr, als sie sagt.

»Na wenn schon«, bemerkte Kelly kühl. »Der Schein zählt mehr als die Wirklichkeit. Wenn diese Dokumente in falsche Hände gelangen, ist Ihre Chance, einem *hurricane* in der Presse, vielleicht sogar der Anklage in einem Mordprozess, zu entgehen, gleich null. Also: Wo ist das Dossier?«

»Phil!«, mischte sich Isabel ein und winkte mit der CD-ROM. »Besorg das Original, dann bekommst du das hier. Versprochen!«

Was soll ein Deal, fragte sich Blocher, bei dem jede Seite damit rechnen muss, hereingelegt zu werden? Ob CD-ROM oder BND-Dossier: Wer konnte sicher sein, dass der andere keine Kopien besaß? Seltsamerweise versetzte ihn diese Vorstellung in einen Zustand völliger Ruhe. Er griff an sein Ohrläppchen und runzelte die Stirn, als denke er nach, und sah dabei hinüber zu Hassan, der in der Fenstertür stand und sich plötzlich umdrehte, als habe er seinen Blick gespürt, und ihn mit ausdrucksloser Miene fixierte. Er sah dem unheimlichen Schweiger in die Augen und fühlte die Blicke der anderen auf sich gerichtet.

Das Dossier lag drüben, hinter den Gleisen im Wagen, und er fragte sich, was ihn noch davon abhielt, die Übergabe hinter sich zu bringen. Einen Moment überlegte er, ob es eine Chance gebe, den Spieß umzudrehen und gegenüber Kelly Oberhand zu behalten, indem er Hassan irgendwie außer Gefecht setzte und vielleicht sogar gewaltsam den Weg ins Freie suchte, aber dann ließ er wieder davon ab.

»Ich will, dass George zu seinem Recht kommt«, setzte Isabel nach. »Du doch auch! Also vergiss Croning! Wir werden Mallorca übernehmen. Begreif das doch endlich!«

Kelly sah wohlwollend auf seine Tochter, als mache ihm die Abgebrühtheit Spaß, mit der sie daranging, die liebe Verwandtschaft vom Gendarmenmarkt übers Ohr zu hauen. Dann kam er auf Blocher zu und schaute ihm freundlich in die Augen.

»Wo haben Sie es?«

Statt einer Antwort griff Blocher in die Seitentasche seines Sakkos und gab Kelly die Kopien der ersten Seite des Dossiers und des Anschreibens der Pospischil. Kelly studierte die beiden Blätter, ohne eine Miene zu verziehen. Außer dem leisen Rauschen des Windes war kein Laut zu hören. Plötzlich richtete sich Kelly wie jemand, von dem ungewollt die äußere Ruhe abfällt, auf und steuerte an Hassan vorbei nach draußen. An der Tür blieb er regungslos stehen, als hielte ihn irgendetwas davon ab, sich umzudrehen. Es vergingen ein, vielleicht zwei Minuten. Als er zurückkam, richtete er einen bohrenden Blick auf Blocher.

»Woher haben Sie das?«

»Von Artur Gudoff.«

»Wo ist der Rest?«

»Das weiß ich nicht«, antwortete Blocher und fuhr langsam, als käme es darauf an, sich möglichst präzise zu erinnern, fort: »Das Original war in einem Sekretär in Gudoffs Wohnzimmer. Er hat es mir zu lesen gegeben, wollte es aber behalten. Auf dem Tisch lagen diese Kopien und das Foto von Ihnen und Ihrer Frau. Ich hab sie eingesteckt. Er hatte nichts dagegen. Er war sehr betrunken. Am nächsten Tag«, wandte er sich an Isabel, »nach unserem Treffen, bin ich noch mal zu ihm auf den Obersalzberg gefahren, um zu berichten, dass ich Corelli in der Pause der Matinee getroffen habe. Gudoff lag tot auf seiner Couch. Jemand muss ihn umgebracht haben und ist mit dem Dossier verschwunden. Ich hab überall nachgesehen. Es war nirgends zu finden.«

In diesem Augenblick klingelte Blochers Mobiltelefon.

»Croning«, sagte er mit einem Blick auf das Display. Normalerweise legte Croning nach vier- oder fünfmaligem Klingeln auf. Diesmal blieb er dran. Blocher schaute fragend auf Isabel und ihren Vater. Isabel nickte ihm zu.

»Hallo?«

»Croning. Wo sind Sie grade?« Man konnte hören, dass Croning aus dem Auto heraus telefonierte.

»In Monte Carlo«, log Blocher.

Croning ließ das so stehen. Er gab sich nie erstaunt, egal was passierte, und Auskünfte dieser Art pflegte er sowieso nicht zu kommentieren. Er sagte nur: »Dann tun Sie mir einen Gefallen und fahren nach Nizza zum Flughafen und nehmen die nächste Maschine nach Istanbul!«

Ein Hauch Alltag der Croning Group wehte aus Berlin herüber. Blocher sah Croning förmlich vor sich, wie er es sich, die Schuhe ausgezogen und die Füße vor der Windschutzscheibe, auf dem Beifahrersitz bequem machte und per Handy seine Befehle erteilte, getroffene Entscheidungen widerrief, diesen zum Rapport bat und jenen mit neuen Einfällen überfiel, hier Erkundigungen über die Konkurrenz einholte und dort mit der Ankündigung seines baldigen Erscheinens Alarm auslöste.

»Worum geht's?«, tat Blocher interessiert.

»Um die neunzehn Komma acht Millionen, die angeblich spurlos verschwunden sind.«

»Ja, und?«

»Sie liegen bei der Pinkhouse Bank auf den Cayman Islands.«

»Sie *lagen* bei der Pinkhouse Bank. Gudoffs Konto dort existiert nicht mehr! Ich hatte Ihnen doch die Auskunft der Chase Manhattan …«

»Aber dass die Pinkhouse Bank Terek gehört: Das haben Sie nicht berichtet«, unterbrach ihn Croning.

»Die Pinkhouse Bank gehört bitte – *wem?*«

Blocher sah Isabel entgeistert an.

»Terek. Sie ist eine Niederlassung der Terek Vakıf Bank. Gehört zur Holding des Türken, der letzte Woche hier war. Wussten Sie das nicht?«

»Nein.«

Für einen Moment herrschte Schweigen.

»Woher wissen Sie das?«, fragte Blocher, nur um etwas zu sagen.

»Von Altenhöhner, dem Anwalt Gudoffs.« Croning hielt sich nicht weiter mit Betrachtungen über das Wie und Woher und Warum auf. »Haben Sie seine Handynummer?«

»Ja.«

»Dann machen Sie sich auf den Weg und melden sich bei ihm, sobald Sie in Istanbul sind! Wir werden inzwischen einen Termin für Sie beide bei Terek organisieren. Sie hören von mir.«

»Aber …«

»Nein, Herr Blocher. Kein Aber!«, unterbrach ihn Croning, ohne im Mindesten die Stimme zu heben. »Sie sind Finanzchef der Gruppe und für die liquiden Mittel verantwortlich. Ich hatte Ihnen freie Hand gelassen, damit Sie nachholen, was Sie in New York versäumt haben. Seither ist über eine Woche vergangen, ich habe nichts von Ihnen gehört und jetzt erklärt mir ein Herr Altenhöhner, dass die Pinkhouse Bank diesem Türken gehört, mit dem Sie im Borchardt die Champagnerkorken haben knallen lassen. Angesichts des Todesfalls in unserer Firma ein erstaunliches Benehmen. Die Rechnung über Ihr geselliges Zusammensein liegt mir vor. Ich will Ihnen nicht zu nahe treten, aber Pietätlosigkeiten solcher Art fallen bei mir unter die Rubrik: Keine Kinderstube. Ebenso die Dreistigkeit, mich zu einer Falschaussage zu nötigen, um Ihnen ein Alibi zu verschaffen. Lassen Sie mich ganz offen sein: Sie haben nach Ihrer Rückkehr aus New York am Morgen, an dem Gudoff ermordet wurde, als Letzter mit ihm telefoniert. Sie waren bei seinem Vater, kurz bevor der unter merkwürdigen Umständen ums Leben kam. Sie haben von Ihrer Bank einen beträchtlichen fünfstelligen Betrag abgehoben. Sie sollten sich in Salzburg bei der Polizei melden und sind danach verschwunden. Und Sie haben kein Alibi für die Tatzeit. Das alles ist der Mordkommission bekannt, inzwischen auch einigen Journalisten.«

Einen Moment war es still, als warte Croning die Wirkung seiner Worte ab. Dann sagte er: »Folgendes: Sorgen Sie dafür, dass wir an unser Geld kommen! Sie kennen Istanbul und Sie kommen anscheinend mit Terek klar. Jedenfalls war das der Eindruck meiner Frau. Sollte er auf Mallorca oder das Geschäft in der Südtürkei zu sprechen kommen, richten Sie ihm schöne Grüße aus und bitten um Verständnis, dass die Croning Gruppe nicht der passende Partner für ihn wäre. Bevor ich's vergesse: Dieses Dossier, von dem mir Wolffson berichtet hat … Ich möchte nicht, dass es in falsche Hände gerät. Sie werden es nach Ihrem Aufenthalt in Istanbul persönlich bei mir abliefern. Sie haben es doch bei sich?«

Als Blocher nicht antwortete, erklärte Croning in gewohnt gleichgültigem Ton: »Damit wir uns richtig verstehen: Mir liegt nichts daran, der Staatsanwaltschaft das Mordmotiv zu liefern. Aber ich erwarte von Ihnen, dass Sie diese Dinge für mich erledigen. Falls nicht, werde ich Anzeige wegen Unterschlagung der Millionen aus dem Mallorca-Budget erstatten. Nicht gegen Unbekannt, sondern gegen Sie, Herr Doktor Blocher. Sind Sie noch dran?«

»Ja.«

Dann brach die Verbindung ab.

»Croning«, erklärte Blocher, »möchte, dass ich nach Istanbul gehe und Terek treffe. Fast zwanzig Millionen, die aus Kasimir Gudoffs Budget verschwunden sind, liegen auf einer Bank, die ihm gehört. Pinkhouse Bank auf den Cayman Islands. Behauptet jedenfalls Altenhöhner.«

»Wer ist Altenhöhner?«

»Kasimir Gudoffs Anwalt und Testamentsvollstrecker.«

Isabel schwieg.

»Stimmt das etwa nicht?«

»Pinkhouse Bank?« Sie sah ihren Vater an und schüttelte den Kopf. »Nie gehört. Ich kann es ja checken.«

Sie will etwas checken, dachte Blocher, bei dem es für sie wenig Neues zu entdecken gibt, weil sie über die Pinkhouse Bank wahrscheinlich besser informiert ist als jeder andere.

Er war sich plötzlich sicher, dass Kasimir Gudoff gewusst haben muss, dass die Pinkhouse Bank Terek gehört. Und zwar von Anfang an, schon als er sein Geld dorthin transferierte.

Wenn es Altenhöhner möglich war, das herauszufinden, warum sollte es Gudoff entgangen sein? Er erinnerte sich an den Wutausbruch von Marie Thérèse und deren verändertes Verhalten Gudoff gegenüber. Das war Anfang Juni. Jeder in der Firma wusste, welchen Einfluss sie auf ihren Mann hatte. Spätestens da musste er sich etwas einfallen lassen, um die Millionen von der Chase Manhattan abzuziehen. Die Vita Tereks war ihm aus dem Dossier bekannt. Er wird sich über seine Banken informiert haben. Was lag also näher, als in Tereks Pinkhouse Bank den »sicheren Hafen« zu sehen, wo er seine Beute bunkern könnte? Die Zeit für einen Seitenwechsel war gekommen, er dachte wohl, er wäre geschützt, vielleicht bildete er sich sogar ein, er wäre mit dem Türken auf Augenhöhe und könnte mit ihm den Deal zu Mallorca einfädeln und Croning ausmanövrieren? Dann muss er Isabel oder Terek mit dem Stichwort »Mallorca« gelockt haben. Vielleicht hat ihn auch Croning vorgeschickt, weil er Mallorca nicht finanzieren konnte und es deshalb loswerden wollte. Aber das glaube ich nicht. Marie Thérèse hängt emotional zu sehr an dem Projekt, und wenn sie es tut, dann er auch.

»Sie waren ein zweites Mal bei Artur Gudoff?«, holte ihn Kelly aus seinen Gedanken.

Blocher fühlte den misstrauischen Blick des Amerikaners auf sich gerichtet und hatte nur einen Gedanken: Dass er nicht von hier fortkommen würde, wenn er jetzt den kleinsten Fehler machte. Er tat, als habe er die Frage überhört und flüsterte: »Die Haushälterin!«

»Ich habe Sie etwas gefragt.«

Ohne auf Kelly zu achten sprach Blocher leise, dann immer lauter vor sich hin: »Die Haushälterin! Ja, natürlich: Sie hat es ihm gegeben.« Er holte tief Luft. »Altenhöhner hat das Dossier von Gudoffs Haushälterin bekommen.«

Er berichtete von der Alten, die Kasimir Gudoffs Konterfei auf dem Tabernakel gegen das Foto Altenhöhners ausgetauscht hatte, und ohne noch weiter darüber nachzudenken, wie überzeugend seine These klang, erklärte er, Altenhöhner habe Gudoff auf dem Obersalzberg aufgesucht und das Dossier an sich genommen. Er beendete seine Story entschlossen mit den Worten: »So muss es gewesen sein. Und wenn es so war, hat Altenhöhner Artur Gudoff umgebracht.«

Kelly hielt immer noch die beiden Blätter in seiner Hand.

»Sie sind nicht der Erste in meinem Leben, der mir Märchen erzählt.« Er hob den Kopf und wurde scharf. »Wem wollen Sie das weismachen?«

Blocher fühlte den Blick Hassans auf sich gerichtet und schlagartig erfasste ihn ein Gefühl, als schwebe er zwischen Traum und Wachsein, aber es dauerte nur eine Sekunde, bis er sich wieder in der Hand hatte. Er wusste, dass es jetzt um alles ging und man keine Märchen erzählen braucht, wenn man selbst nicht an sie glaubt.

»Sie können's mir abkaufen oder auch nicht«, meinte er achselzuckend. »Hätte mir Gudoff das Dossier überlassen, hätte ich es längst in die Salzach geworfen. Glauben Sie, ich bin so verrückt, mich mit einem Bekir Terek oder irgendeinem Geheimdienst anzulegen? Mir liegt nichts daran. Es ist mir auch egal, ob Croning Mallorca behält. Ihm steht das Wasser bis zum Hals. Jetzt will er mir den Mord an Kasimir Gudoff anhängen, nur um sich aus der Affäre zu ziehen. Ich bin mit ihm fertig. Wenn er meint, er könne mich nach Istanbul locken, und mir dazu noch Altenhöhner auf den Hals schickt, irrt er sich.«

Isabel schien amüsiert. »Was soll *der* denn in Istanbul?«

»Was wohl? Von Terek die Herausgabe der neunzehn Komma acht Millionen verlangen.«

»Das soll er mal machen!«

Blocher spürte, wie seine Hände feucht wurden. Das konnte man so oder so verstehen. Entweder war es ein Wink, sich besser nicht mit Terek anzulegen, oder sie hegte wirklich Zweifel, dass die Pinkhouse Bank Terek gehört. Vor allem aber war es eine Warnung, und sei es vor der Vorstellung, ein Terek würde zwanzig Millionen eines toten Kunden, die auf einer seiner Banken herumliegen, so mir nichts dir nichts herausrücken. Während er vor den anderen auf und ab ging, ohne jemanden anzusehen, erklärte er mit einer Stimme, die fest und heiter zugleich klingen sollte: »Ich werde den Teufel tun und nach Istanbul gehen, um dem Mörder in die Arme zu laufen.«

Er zögerte einen Moment, dann warf er den nächsten Köder hinterher.

»Ihr könnt Altenhöhner ja bei Terek in Empfang nehmen. Dann habt ihr euer Dossier. Dazu braucht ihr mich nicht.«

»Wenn du nicht nach Istanbul gehst«, widersprach Isabel, »wackelt der Termin mit Bekir. Croning oder dieser Altenhöhner werden Verdacht schöpfen und Mallorca hängt weiter in der Luft.«

Kelly blickte zufrieden auf seine Tochter.

»Es muss sichergestellt sein«, entschied er in einem Ton, als gebe er Order für eine Geheimdienstoperation, »dass alles normal aussieht. So wie Croning das gemanagt haben will.«

»Pack deine Sachen und nimm den nächsten Flug nach Istanbul!«, rief Isabel fröhlich, als ginge es in die Ferien. »Ich werde die Sache mit dieser Bank klären. Das behalten wir hier.« Sie wedelte mit der CD-ROM und zwinkerte Blocher zu. »Zu unser aller Sicherheit!«

Blocher tat, als ob er zögere.

»Was soll ich allein in Istanbul? Weiß ich denn, wie Altenhöhner reagiert? Wie stellt ihr euch das vor?«

»Das erledigen wir«, meinte Kelly. Ein stilles Lächeln huschte über sein Gesicht. Er steckte die Hände in die Hosentaschen und nickte zufrieden, als sei die Sache beschlossen. »Wir werden schon auf Sie achtgeben. Es könnte ja sein, dass Ihre Geschichte stimmt. Falls sie nicht stimmt«, fügte er hinzu und sah Blocher mit stoischer Miene von der Seite an, »sehen wir uns wieder. Wo auch immer.«

* * *

An der Promenade des Anglais in Nizza hielt Blocher an und sah unter der Fußmatte nach. Das Dossier war noch da. Er hatte niemanden bemerkt, der ihm gefolgt wäre. Aber der Gedanke an Kellys stilles Lächeln ließ ihn nicht los. Ihm fiel der Wagen an der Abzweigung unterhalb von Speers Atelier auf dem Obersalzberg ein, der dort mit eingeschaltetem Standlicht am Straßenrand parkte und den er beinahe gerammt hätte. Wahrscheinlich stand er schon die ganze Zeit unter Beobachtung. Vielleicht zählten dazu auch das Habichtgesicht, das ihm in Salzburg mehrfach über den Weg gelaufen war, oder der ältere Mann mit Strohhut links vom Russentisch, der im Monte-Carlo Beach Club ihm so freundlich zugenickt und das Glas auf ihn erhoben hatte.

Er versuchte, Wolffson zu erreichen, als er von einem Hubschrauber abgelenkt wurde, der vom Deck einer über hundert Meter langen Jacht abhob, die draußen auf Reede lag. Es war die Savarona. Blocher erkannte sie sofort. Das elegante Schiff mit den beiden gelben Kaminen und dem extravaganten Vordersteven hatte die Türkei Kemal Atatürk in dessen letztem Sommer zum

Geschenk gemacht, so wie man einem Todgeweihten irgendeine Freude bereiten möchte und dann doch hilflos zusehen muss, wie sich jede noch so gut gemeinte Geste von selbst erledigt. Er war nicht älter als siebenundfünfzig Jahre, als er unter den Augen der Istanbuler, die ahnten, wie es um ihn stand, sechs Wochen auf dem Schiff im Bosporus verbrachte, bis er kurz darauf starb. Das war 1938. Jetzt kreuzte die Savarona als Partyschiff im Mittelmeer und Blocher sah Atatürk vor sich, wie er als vergilbte Ikone an den Wänden der Tee- und Kaffeehäuser eines Landes hing, das es ohne ihn gar nicht gäbe.

Wolffson hatte sein Handy abgestellt. Blocher fuhr los, nahm aber nicht den Weg in die Provence, wie er es gestern noch vorhatte, sondern bog zum Flughafen ab, wo er den Wagen auf dem Langzeitparkplatz abstellte. Der Hubschrauber hatte inzwischen die Savarona hinter sich gelassen, sein Knattern hatte Blocher bis hierher begleitet, er hielt sich immer noch draußen über der Bucht.

Während er in der Halle vor dem Ticketschalter stand, versuchte er sich einzureden, dass die Chancen, seiner Lage zu entkommen, mit der gelungenen »Flucht« aus Èze gestiegen seien. Im Grunde wusste er, dass seine Behauptung, nicht er, sondern Altenhöhner sei im Besitz des Dossiers, mit der er sich den Weggang aus Èze erschwindelt hatte, eine Notlüge war, die nur einen Aufschub brachte, aber letztlich nur in eine neue Sackgasse führen würde. Es war eine Lüge mit allzu kurzen Beinen. Er war inzwischen viel zu tief in ein diffuses Geschehen verstrickt, das er nicht wirklich begriff und dem man auch durch einen Flug nach Istanbul nicht entrinnen konnte.

Sobald herauskommt, sagte er sich, dass Altenhöhner nicht nur ohne Dossier in der Tasche nach Istanbul reist, sondern im Gegenteil auf der Suche danach ist, habe ich alle zum Gegner: Kelly, Terek, Isabel und Croning. Womöglich auch Altenhöhner, die Fehring sowieso und vielleicht sogar Wolffson. Der bloße Gedanke daran rief in ihm Übelkeit und Brechreiz hervor.

Am Check-in war er kurz davor, den Flughafen zu verlassen und nach Saint Remy zu fahren, obwohl er sein Gepäck schon aufgegeben hatte. Als zum Boarding aufgerufen wurde, stellte er sich ans Ende der Reihe und griff, als folge er einer plötzlichen Eingebung, nach seinem Mobiltelefon und wählte eine Nummer in Istanbul.

TEIL FÜNF

ISTANBUL

Durch ein Spalier von Kindertränen und Rufen nach verschollenen Koffern schaffte es Blocher zum Ausgang des Airports, wo die Menschen dicht gedrängt standen, sodass er gar nicht erst versuchte, jene ominösen Schnüffler ausfindig zu machen, die *schon auf ihn achtgeben* würden, wie Kelly es angekündigt hatte. Sie im Verkehrschaos abzuhängen oder sich auf den Straßen Istanbuls ein Rennen zu liefern kam ohnehin nicht in Betracht.

Der kurze, ihn zermürbende Aufenthalt bei Isabel und ihrem Vater hatte Blocher den ganzen Flug über beschäftigt, und je länger er über Kelly nachdachte, umso fragwürdiger, ja, in jeder Hinsicht dumm erschien ihm die Vorstellung, sich mit ihm anzulegen.

Was habe ich gegen ihn, fragte er sich. Eigentlich nichts. Was habe ich mit dem Hass des alten Gudoff auf ihn zu schaffen? Gar nichts. Was gehen mich Nazigold, Geldwäschebanken und Drogenhandel an? Nichts. Ich, Philipp Blocher, werde diese Dinge nicht aus der Welt schaffen. Ist es nicht merkwürdig, dass ich einem Streit mit Artur Gudoff aus dem Weg ging, als wäre er ein respektabler Geselle, dessen Schandtaten man nicht auf die Goldwaage legen müsse, er lebte ja nun mal in finsteren Zeiten. Nichts habe ich dem alten Nazi und Kriegsverbrecher zum Vorwurf gemacht: nicht den SA-Sturmführer, nicht seine Kumpanei mit Bormann, nicht sein Wort vom Judenpack. Aber Isabels Vater, dem Amerikaner, der sich die Nazimeute vorknöpfte und Gudoff eine Nase drehte: Dem komme ich mit meinem dummen Gerede.

Er hing solchen Gedanken nach, die ihm irgendwie peinlich waren, als vor dem Terminal ein gelber Wagen aus der Reihe der wartenden Taxis hervorschoss und direkt vor ihm anhielt.

»Alman?«, fragte der Taxifahrer nach einem prüfenden Blick. Er war jung, vielleicht Mitte zwanzig, verbarg seine Augen hinter einer imitierten Ray-Ban Brille und trug ein ärmelloses Hawaiihemd, das in einem etwas clownesken Kontrast zu seinem dichten schwarzen Bart stand, der ihm vom Kinn abwärts bis zum dritten Hemdknopf reichte. Anders als der Berliner Taxifahrer aus dem Kosovo machte er den Eindruck, dass er sich in der Stadt auskannte. Sicher war das nie. Blocher nannte nicht sein eigentliches Ziel. Er wollte zunächst nach Taksim, eine Gegend, die ihm vertraut war, und schlug den Umweg über die Uferstraße am Marmarameer entlang vor, um sich die zermürbende Willkommenskultur elender Schnellstraßen und brutaler Schneisen zu ersparen, die irgendein hemmungsloser Stadtplaner hügelauf hügelab durch verkommene Viertel hatte schlagen lassen. Der Mann am Steuer nickte zufrieden, als kenne er nicht nur den Weg, sondern wisse auch um dessen therapeutische Wirkung, während Blocher mit gemischten Gefühlen jenem Himmelreich entgegensah, auf das Bekir Terek im Borchardt mit stolz nach oben gerecktem Kinn gepocht hatte: *Stanbul, schönste Stadt der Welt!*

»Almanya süper!«, meinte der Fahrer.

Es folgte das übliche Wehklagen über die Ärgernisse des Daseins unter dem königsblauen Himmel Istanbuls: »Zu viele Taxis! Alles wird schlimmer!« Aber es wurde schon immer alles schlimmer, dachte Blocher. Nur das wunderliche Wohlbehagen, mit dem Taxifahrer in Istanbul über schwierige Zustände zu reden, aus denen es keinen Ausweg gibt, ist immer noch dasselbe. Wenn sie schon von sich aus etwas sagen, dann nur, um sich über Geldstrafen und Schikanen, über den Lauf der Geschichte, über ihr Schicksal, über die Türken und zu guter Letzt über die Welt zu beklagen.

Egal, dachte Blocher, was sich seither verändert hat: Istanbul würde ihn genauso übervölkert, korrumpiert und chaotisch empfangen wie beim ersten Mal, als er kurz nach dem Abitur hierherkam und der Fahrer, der ihn beim Trampen in Belgrad aufgegabelt hatte, oben am Topkapı-Tor zu fluchen anfing, weil eine Schafherde über die Straße lief und den Verkehr in die Stadt lahmlegte. Er kam nicht als Tourist. Er kannte die Stadt. Vielleicht bildete er sich auch nur ein, dass er sie kannte.

Istanbul war in seinen Augen ein durchtriebener und ermüdender Moloch, der nichts Verlässliches zu bieten hatte, dafür permanent Zweifel an scheinbar köstlichen Überraschungen weckte, eine ebenso verführerische wie abstoßende Weltstadt, von der er wusste, dass man ihr verfallen konnte wie ein Süchtiger. Jetzt fand er sich, betäubt von Lärm und Abgasen, in dieser halb asiatischen, halb europäischen Metropole wieder, die er noch gar nicht richtig zu Gesicht bekommen hatte und die für ihn nur weitere Fallen und Schwierigkeiten bereithielt.

Im Grunde scheute er die Rückkehr, wie man die Begegnung mit einer verflossenen Geliebten scheut. Er hatte Istanbul immer als ein rastloses, aufwühlendes Wesen empfunden, mit dem letztlich keiner fertig wird. Ein in unergründliche Tiefen reichendes Mysterium, immer neue Völker und Sitten, Religionen und Sprachen in sich aufsaugend, eine 2600 Jahre alte Mega-City, die Kulturen wechselte wie der Himmel die Farben, ohne sich je mit Leib und Seele einer allein zu verschreiben. Und die am Ende alle, die ihr auf den Leib rückten, Eroberer und Plünderer, Kaiser und Sultane, Kalifen und unerbittliche Reformer, Putschisten, verblendete Ideologen und religiöse Eiferer abgeworfen hatte und abwerfen würde wie ein biestiges Ross den Reiter.

Uralte baufällige Häuser zwischen und über den Seemauern, Baustellen, Kräne, ziellos hastende Fußgänger und ein wandernder Limonadenverkäufer, der seinen Wagen mit Plastikblumen geschmückt hatte, zogen vorüber.

Alles noch da, registrierte Blocher, außer den Lederfabriken mit ihrem Gestank und den Rostlauben, an deren Stelle jetzt moderne Tanker und Containerriesen auf die Einfahrt in die Meerenge warteten. Es roch nach Meer und Tang und Sommer und man konnte zur Rechten am Horizont die Prinzeninseln sehen, die sich im fahlblauen Dunst verloren.

Sie fuhren am Standbild von Admiral Piri Reis vorbei, in der Ferne tauchte die Hängebrücke auf und im nächsten Moment lag in einem magischen Schimmer der Bosporus vor ihnen. Blocher atmete tief durch, es fühlte sich an, als nehme er nicht Meeresgeruch, sondern etwas Höheres in sich auf, gleichsam eine geistige Triebkraft, mit der dieser Fluss ohne Quelle Istanbul in sich ruhen lässt, Leben und Seelengröße spendend bis ans Ende aller Tage. Ihn erfasste ein durchdringendes, aber keineswegs bitteres Gefühl von Einsamkeit und er antwortete dem Taxifahrer in einem Ton, als wäre er mit seinen Gedanken weit weg: »Ja, alles ist anders, aber nichts hat sich geändert.«

»*Yoch!*«, rief das Hawaiihemd und schlug mit der flachen Hand auf das Lenkrad. Aus dem Nichts hielt der Zauberer von irgendwoher eine dicke grüne Gurke in die Höhe, biss in sie hinein, dass es knackte, als kaue er an einer Käsekrainer und verkündete mit vollem Mund, von jetzt an werde alles anders.

»*Alles!* Er ist frei! Sie haben ihn aus dem Gefängnis entlassen! *Vor drei Wochen!*«

»Wen?«

»Den Bürgermeister von Istanbul. Den Reis! Unseren Führer! Ein starker Mann! Ein Muslim! Einer von uns. Sie *mussten* ihn entlassen.«

Es fiel der Name Erdoğan.

»Er hat aufgeräumt in der Stadt«, knurrte der Taxifahrer und legte die Gurke beiseite. »Er hat gezeigt, dass es auch anders geht. Vier Jahre lang. Dann haben sie ihn in den Knast gesteckt.«

Es folgte ein saftiger, knackender, zufriedener Biss in die Gurke.

»Ob er sich merken wird, wie man ihm mitgespielt hat? Was meinen Sie?«

Als Blocher nicht antwortete, strich er sich behaglich über den dichten, schwarzen Bart und meinte: »Ich denke schon.«

Dann schob er ein *Inschallah*! nach, hob den Zeigefinger und belehrte Blocher: »Die machen immer denselben Fehler. Sie denken nur an die großen Leute. Es ist ihnen nicht klar, dass es auch die kleinen gibt. Leute wie mich. Taxifahrer, Tagelöhner, Besitzer eines Krämerladens, kleine Händler, die in die Moschee gehen und fünfmal am Tag beten. Es kümmert sie nicht, dass wir selbst in den Teehäusern an der Straße über Politik sprechen. Sie glauben, *sie* hätten das Land in der Hand, weil sie die Großen bestechen und unter Druck setzen. Aber uns, die kleinen Leute, können sie nicht bestechen und unter Druck setzen. Wir sind zu viele. Wenn sie mich kaufen würden, wenn sie mich unter Druck setzen würden, selbst wenn sie mich töten würden, gibt es Tausende andere, die genauso denken wie ich und an meine Stelle treten. Es wird ihnen also nichts nützen.«

Blocher sagte nichts. Es war, als fahre er mit fremden Augen, fremden Gefühlen, fremdem Verstand durch die Stadt. Wie deutet man die Freude, die Empörung, das Leid dieser Menschen?, fragte er sich. Was verbirgt sich hinter ihrem erhobenen Zeigefinger? Welches ist ihr wahres Gesicht? Was ist an ihnen echt und was Berechnung und Schauspiel? Wann lügen sie und wann sagen sie die Wahrheit?

Sie fuhren über die Galatabrücke, die wie eh und je bevölkert war von Anglern, die so taten, als wäre es ein guter Tag zum Fischen.

»Hier sind immer mehr Angler als Fische«, meinte der Taxifahrer. In einer endlosen Karawane hupender Autos, Sammeltaxis und Linienbussen erreichten sie schließlich Taksim, wo Blocher an einem Hotel hinter dem Gezi-Park anhalten ließ und tat, als wäre er am Ziel.

Er war entschlossen, Altenhöhner erst anzurufen, nachdem Croning den Termin mit Terek vereinbart hatte und sich bei ihm melden würde. Auch entsann er sich jetzt, wo er seltsamerweise in Istanbul erneut auf ihn treffen würde, des Gesprächs mit dem Potsdamer Anwalt unten am Steg von Schloss Fuschl. Seither hatte ihn Skepsis wie eine ungute Vorahnung begleitet und der Anruf Cronings, der auf einmal voll des Lobes für Altenhöhner war, hatte sein Misstrauen noch gesteigert. Es klang fast so, als habe nicht er, Blocher, sondern Altenhöhner Gudoffs Unterschlagung aufgedeckt und könne sich schon auf die verdienten Lorbeeren freuen. Anscheinend waren die beiden plötzlich einander inniglich verbunden.

Wer hat überhaupt Croning und Altenhöhner zusammengebracht? fragte sich Blocher. Etwa Wolffson, der in Salzburg ohne den üblichen herzlichen Abschied ins Taxi stieg und seitdem nicht mehr zu erreichen war, sich vielleicht schon von mir abgewendet hat? Es war dumm von mir, ihm die Vergangenheit meines Vaters zu verheimlichen.

Und Altenhöhner? Am Steg hatte er mich zappeln lassen und mir beigebracht, dass er mich mit Kasimir Gudoffs »Papier« in der Hand hat. Inzwischen weiß er, dass da ein »Dossier« existiert, das für Croning von Bedeutung ist. Also noch einer, der hinter dieser verdammten Sprengladung der *Quelle aus Genf* her ist. Ich werde das Dossier nicht aus der Hand geben. Es ist das einzige Druckmittel, um Croning zu bewegen, mir ein Alibi zu verschaffen, und die einzige Waffe, die mich vor Terek und Kelly schützen könnte. Zuerst und vor allem muss ich untertauchen. An einem Ort, von dem niemand etwas weiß, kein Terek, kein Kelly, kein Croning und kein Altenhöhner.

Den Aktenkoffer mit dem BND-Dossier fest in der Hand und einen Trolley hinter sich herziehend ging er ins Hotel und suchte sich in der Halle zurechtzufinden, die man seit seinem letzten Aufenthalt stark verändert hatte. Er war sich nicht sicher, ob der Hinterausgang am Friseur vorbei immer noch vorhanden war, und blieb einen Moment stehen, unschlüssig, wohin er sich wenden sollte.

Das Blut stieg ihm vor Erregung zu Kopf, es sah auf einmal so aus, als ließe sich nichts auf der Welt in Ordnung bringen, als koste das Leben immer nur Anstrengungen, für die man unerhört Nerven und Umsicht aufbringen musste. Die Menschen um ihn schienen nicht auf ihn zu achten. Ohne jemanden anzusprechen und, wie er meinte, unbeobachtet, schaffte er es schließlich nach draußen, überquerte die İnönü Caddesi, lief durch die engen Gassen in Gümüşsuyu hinunter nach Ayazpaşa, wechselte mehrfach die Richtung, wobei er immer wieder stehen blieb und sich umsah. Nach einer Viertelstunde war er am Ziel. Erst als er sich sicher war, dass ihm niemand folgte, ging er auf das Haus an der Ecke zur İzzet Paşa Sokak zu, in dem Leyla Pilani wohnte: Jene ebenso verschwiegene wie unberechenbare, ins Weibliche gewendete Verkörperung von Intelligenz und Begierde, die er in einer plötzlichen Eingebung am Check-in in Nizza angerufen hatte.

* * *

»Hier bin ich«, sagte Blocher und suchte seine Verlegenheit mit einem Achselzucken zu überspielen.

Leyla Pilani stand vor ihm in der Tür, in ihren Augen leuchtete die Freude über sein Erscheinen, sie legte dabei den Kopf zur Seite und öffnete mit einem Lächeln ihren Mund, dessen volle Lippen sie nicht geschminkt hatte. Der Anblick ihrer dunklen, von der Natur gezeichneten rot-braunen Färbung genügte und um Blochers blaue Augen spielte nach langer Zeit wieder ein stilles Lächeln.

»Warum bist du gekommen?«, fragte sie und sah ihn von oben bis unten an, musterte seinen hellen Sommeranzug, das kräftige Kinn, die dichten Brauen und die wenigen grauen Fäden in seinem schwarzen hochgekämmten Haar und fügte belustigt hinzu: »Doch nicht wegen mir?« Und wie es Frauen im Süden oder im Orient in solchen Momenten des Wiedersehens geschieht, riss sie ihr Temperament mit sich fort, sie umarmte ihn stürmisch. Und nach Tagen, in denen er wie ein Gebrandmarkter nach einem Ausweg aus einer total verfahrenen Situation gesucht hatte, war er gegen alle Erwartung wieder bei sich, als kenne das Glück keine Steigerung und keine schönere Art zu vergessen, in welcher Lage er sich befand.

Leyla war eine eigenartige Erscheinung. Sie war nicht eigentlich schön zu nennen, hatte ausgefallene Gesichtszüge, in die das Völkergemisch der Levante eingeschrieben schien: eine vorspringende, scharf gebogene Nase, eingefallene, von der Sonne gebräunte Wangen und leuchtend grüne, etwas hervortretende, leicht nach außen gerichtete Augen. Blocher hatte sie einst »meine eulenäugige Athene« genannt, weil er dem frivolen Reiz ihres Silberblicks erlegen war. Sie hatte wunderbare, kräftige Haare. Dunkelblond, ins Graubraune gehend, in der Mitte gescheitelt fielen sie in leichten Wellen den Rücken hinunter bis zur Hüfte. Über ihre Lippen sprudelten Worte der Wiedersehensfreude in einem gutturalen, italienischen Tonfall, mit dem sie auch ihr Englisch und ihr Türkisch sprach. Ihre Mutter stammte von der Schwarzmeerküste, ihr Vater war Italiener aus einer Genueser Familie, die seit Jahrhunderten in Istanbul Handel trieb.

Blochers Euphorie über ihre Begegnung nach so vielen Jahren, in denen sie nur hin und wieder aus einer spontanen Regung heraus miteinander telefoniert hatten, wurde auf überraschende Weise getrübt. Er hatte eines nicht bedacht: Es war ein herrlicher warmer Sommerabend und es war Wochenende. Er hätte damit rechnen müssen, dass er in eine dieser Partys geriet, die keinen anderen Zweck kennen, als einer bunt gemischten Clique ihre harmlose orientalische Liederlichkeit ausleben zu lassen. Ein Vergnügen, von dem eine bestimmte Schicht nie ablassen wird, solange es Städte wie Istanbul, Beirut, Tel Aviv oder Damaskus gibt.

Als er den Wohnraum in Leylas Penthouse betrat, empfing ihn ein babylonisches Sprachgewirr, das die Unterhaltung aber eher zu beflügeln schien. Hatte jemand in der Runde Schwierigkeiten, auf Türkisch, Englisch, Italienisch oder Deutsch zu folgen, wechselten die anderen, oft mitten im Satz, von einer Sprache zur anderen.

Blocher sah sich um und musste unwillkürlich lachen. Er dachte an die Nacht im Garten von Èze mit Isabel, als es für ihn abgemacht schien, dass eine Rückkehr nach Istanbul unmöglich war.

Jetzt war er hier und die Feste im Mondlicht unter Sternen wurden immer noch gefeiert, nur das Publikum war nicht mehr dasselbe.

Einige Frauen trugen nachlässig gebunden ein Kopftuch, als sei ihnen das Accessoire einer exklusiven Modemarke wichtiger als die Demonstration frommer Zurückhaltung. Andere fuhren sich mit theatralischer Geste in ihre wilden Mähnen, warfen an ihren Männern vorbei Blocher neugierige Blicke zu und tauschten sich über die aktuellsten Schmuckdesigner, Kelimexperten oder Modeboutiquen im hippen Viertel Nişantaşı aus.

Italien und das Mittelmeer schienen näher als Anatolien, wäre da nicht der Muezzin gewesen, dessen Ruf zum Abendgebet drüben in Asien kaum vernehmbar begann, allmählich anschwoll und schließlich, eine gewaltige grimmige Frömmigkeit verströmend, wie ein Echo aus Hunderten Lautsprechern über die Stadt hinweg schallte, bis keinen Steinwurf entfernt auch unter ihnen an der Dolmabahçe Moschee eine geschmeidige Tenorstimme anfing, den Ezan zu singen und ihn in langgezogenem Tremolo ausklingen ließ.

Leyla stand neben Blocher in einem leuchtend grünen, eng anliegenden Kleid, das Schultern und Rücken frei ließ. Schon auf den ersten Blick sah man, dass sie sich völlig natürlich bewegte und auf eine unaffektierte Weise selbstsicher war, mit Augen voller Ausdruck und strahlender Lust am Leben, ein Musterbild jener Istanbuler Frauen, die unbeirrt ihre Karriere verfolgen und sich von Staat, Gesellschaft und Religion weder Glauben noch Sitten oder irgendeinen Verhaltenskodex vorschreiben lassen. Ihre ganze Erscheinung, ihre Willenskraft, die sich hinter einem nach außen hin demonstrierten Charme verbarg, der Schimmer ihrer weichen, braunen Haut, der eigenartige Glanz ihrer Augen, grünlich schillernd wie die Wasser des Bosporus, ihr Gang, ihre Bewegungen und ihre dunkle Stimme, all das sicherte ihr sofort die Aufmerksamkeit der Umstehenden, als sie ausrief: »Das Unvollkommene! Das nicht Perfekte! Die immer neuen, manchmal schrägen Überraschungen! Das ist es, was ich an Istanbul liebe. Ich habe fünf Jahre in London gearbeitet«, wandte sie sich Blocher zu. »Dort ist es genau anders herum und deswegen war ich da auch nicht glücklich. Kreativität und einen eigenen Stil entwickelst du nur, wenn es etwas zu verbessern gibt, wenn du ständig auf der Suche bist nach Korrektur, Ergänzung, Verfeinerung!«

Sie hatte in den letzten Jahren mit einigen Restaurants und zwei Hotels für Aufsehen gesorgt und war inzwischen Stadtgespräch. Es dauerte eine Weile, bis Blocher sich an den Gedanken gewöhnte, dass aus der unbekümmert von einem Fach zum anderen vagabundierenden Studentin von einst eine erfolgreiche Architektin geworden war.

Leyla hatte Mitarbeiter, Geschäftsleute und Designer, feste oder potenzielle Auftraggeber, Kollegen und Expats mit ihren Frauen eingeladen. Und die impulsive Art dieser Gesellschaft, bei einem Cocktail Themen kurz, aber einfallsreich abzuhandeln und ebenso rasch wieder zu wechseln, die freigebig gewährten Tipps für neue, noch im Verborgenen schlummernde Geschäfte und das fröhliches Lachen, während man über spektakuläre Projekte debattierte, die wie The World's best Shopping Mall oben in Levent bereits verwirklicht waren oder die noch ihrer Ausführung harrten, erinnerten Blocher daran, dass Istanbul in einem Aufbruch begriffen war, den zwanzig Jahr zuvor, als er hier lebte, niemand für möglich gehalten hätte.

»Ich hab eine Überraschung für dich!« Leyla zwängte sich durch die Gäste auf die Terrasse und kam mit einem älteren Mann mit schneeweißen, bis zur Schulter reichenden Locken zurück.

»Elyas!«, rief Blocher überrascht.

Sie umarmten sich herzlich.

»Um euch muss ich mich nicht mehr kümmern«, meinte Leyla. »Jedes Mal, wenn ich Elyas treffe, redet er nur von dir und eurem wochenlangen Trip da unten auf Hadrians Spuren. Aber nimm ihn bitte nicht zu ernst!«, wandte sie sich an Blocher. »Du weißt, er ist Architekturprofessor, also schon von Berufs wegen Kulturpessimist.«

Sie sagte das in einem Ton, als hätten sie sich erst gestern über den Kulturpessimisten amüsiert und die Zeit von damals mit ihren vertrauten Reden und harmlosen Hecheleien wäre nie vergangen.

Jeder wusste, dass Elyas Aktaş der Professorentitel lediglich als Aushängeschild für ein Leben diente, das er im Stillen ganz anderen Interessen widmete, in denen er weitaus mehr Leidenschaft bewies als in seinem eigentlichen Fach. Wie manch anderer, der eine westliche Erziehung genossen hatte und nach dem Besuch einer der Auslandsschulen und anschließendem Studium im Ausland wieder nach Istanbul zurückkehrte, wo er dann gezwungen war, sich seiner Umgebung allmählich anzupassen, war Aktaş von einer starken allgemeinen Skepsis und einem tiefen Pessimismus befallen.

West und Ost waren für ihn zwei Welten, die zueinander in keiner echten Beziehung standen. Im Werk des Staatsgründers Atatürk sah er einen befristeten Zustand und nicht ein Hinüberwechseln aus der Welt der Osmanen, der Sultane und des Obskurantentums in eine der Aufklärung und der Reformer, denn nach seiner Auffassung hatte ein solches Hinüberwechseln im Volk nie Wurzeln geschlagen. Der Mensch kam als Kind unbehauster Eltern zur Welt, denen man Stolz auf die Nation eingebläut, aber alle Erinnerungen an die Vergangenheit vorenthalten hatte. Das war dann sein Los in diesem Leben und alles Elend, wie Identitätsverlust, Gereiztheit, Intoleranz, Verbitterung und sonstige traurige Dinge, gehörte natürlicherweise dazu.

Deshalb befasste sich Elyas ungern mit der Gegenwart und weitaus lieber mit der Vergangenheit. Was diese betraf, so hegte er allerdings einen ausgesprochenen Widerwillen gegen die Geschichte des Osmanischen Reichs, dessen Niedergang er als eine Art persönliche Beleidigung auffasste. Er erwartete von solchen Studien, die immer mehr in Mode kamen, nichts wirklich Gesundes und beschäftigte sich stattdessen lieber mit Byzanz und Rom, einer Zeit, die zwar noch weiter zurücklag, aus der seiner Meinung nach aber weitaus gewichtigere Lehren zu ziehen waren als aus dem Dahinsiechen des kranken Manns am Bosporus.

Im Übrigen verließ er sich bei den hitzigen Debatten, in die er sich mit einer solchen Einstellung unweigerlich verwickeln musste, weniger auf seinen Rang als Professor, der in diesen Breiten ohnehin wenig galt, als auf seinen starken Willen und seine hemmungslose Frechheit. Vermögenden Gesprächspartnern schmeichelte er geschickt, indem er ihre Chuzpe und ihr Beharrungsvermögen lobte, auf schwankendem türkischen Boden Geschäften nachzugehen, womit er ihren Ehrgeiz und ihren Widerstandswillen gegen die von ihm an die Wand gemalten Untergangsszenarien anstacheln wollte. Half das nicht, so suggerierte er ihnen die Ausweglosigkeit ihrer Situation als »gesetzmäßig« und »naturhistorisch« unvermeidlich.

Er hatte schon sehr früh die Bedeutung der Schmeichelei und die Kraft der Einschüchterung, ja, überhaupt die Wirkung erfasst, die ein gutes oder ein derbes Wort, im richtigen Augenblick und am rechten Platz gesprochen, ausüben kann. Grob und zynisch gegen die meisten Menschen, sparte er seine ganze Aufmerksamkeit und jedes höfliche Wort für Gesprächspartner auf, von denen er annahm, dass er bei ihnen mit seiner Skepsis gegenüber seinem Volk wie ganz allgemein mit seinen Thesen Beifall finden würde. In dieser Kunst zeigte er sich unerhört geschickt und dreist und er hatte einst in Blocher einen Zuhörer gefunden, der interessiert, vorurteilslos und geduldig genug war, um sich nicht ohne beträchtliche Zufuhr türkischen Weins auf nächtelange Debatten über seine Thesen einzulassen.

Die tiefe Stimme des Professors und die Melancholie in seinen blauen Augen waren unverändert, nur sein ehemals grau meliertes Haar war inzwischen schlohweiß geworden. Er trug es mit zurückgeworfenem Kopf immer noch stolz und schulterlang, steuerte sogleich auf das Buffet zu und griff nach zwei Gläsern Champagner. Sie stießen an. Und nach Blochers ausweichender Antwort auf seine Frage, was ihn hierhergeführt habe, leerte Elyas in zwei Zügen sein Glas und meinte, um zu kapieren, was in einer Stadt wie Istanbul vor sich gehe, müsse man zuallererst fragen: Wie steht es um die Finanzen? Was macht die religiöse Lage?

»Schau dich um!«, zwinkerte er Blocher zu. »Was du siehst, sind die schillernden Reste der westlichen Zivilisation. Die Kinder Atatürks! Sie leiden immer an demselben Komplex. Weil sie Geld haben, hängen sie dem Traum nach, aus Istanbul ein Paris zu machen.«

»Was wäre daran so schlecht?«, warf Blocher ein.

»Natürlich nichts«, entgegnete Elyas, während er sich ein neues Glas holte. »Es trübt nur ihre Wahrnehmung. Sie sind tief eingetaucht in ihre Illusionen. Sie schauen nicht hin. Sie verdrängen einfachste Wahrheiten. Als ich geboren wurde, hatte Istanbul nicht mal eine Million Einwohner. Heute sind es zehn, vielleicht auch zwölf oder fünfzehn, so genau weiß das niemand. Was sind das für Leute? Es ist ein Volk, von dem die hier« – er deutete mit dem Glas auf die Umstehenden – »nicht wissen, was es denkt und wie es empfindet. Während ein Sturm heraufzieht, reden sie sich ein, es handele sich um Außenseiter, die nichts zu melden haben, oder um Leute von gestern, die nicht wirklich hierhergehören, weil es arme, dumme anatolische Bauern sind, die fünfmal am Tag beten, aber keine Bürger, die zu einer Stadt wie Istanbul passen. Vor vier Jahren haben die Islamisten die Kommunalwahl gewonnen. Seitdem dämmert ihnen, dass sie sich in einem Belagerungszustand befinden, der von den vielen über die wenigen verhängt ist; dass die anderen die Leute von morgen sind, getrieben von wilden Energien und gefährlich, weil sie nicht für sich selbst, sondern für ihre Kinder und Enkel etwas erreichen wollen. Sie sind ihnen unterlegen, schon der bloßen Zahl nach, und sie beginnen zu ahnen, dass der Staat sie vielleicht nicht schützen kann. In einem Land wie der Türkei ist alles möglich. Und deshalb fürchten sie sich vor dem, was kommt, aber sie wollen es nicht zugeben. Das ist der Grund, warum sie so laut sind und sich so krampfhaft superverwestlicht geben, mehr als jeder Europäer.«

Die letzten Worte des Professors gingen im Palaver der Gäste unter und Blocher wäre beinahe entgangen, dass sein Handy klingelte. Der Anrufer hatte die Ruferkennung abgeschaltet. Blocher bat Elyas um Entschuldigung, ging ins Schlafzimmer und schloss die Tür hinter sich.

»Hallo?«

»Phil?«

Es war Isabel.

»Ja?«

»Marie Thérèse hat angerufen«, erklärte sie in einem unaufgeregten, geschäftsmäßigen Ton. »Sie bat mich, einen Termin für dich und diesen Altenhöhner bei Bekir zu organisieren. Sei meinte, eine Menge Geld liege auf einer seiner Banken.«

»Und?«

Sie lachte.

»Das ist natürlich Unsinn.«

»Was soll das heißen?«

»Ganz einfach: Es gibt kein Konto von einem Gudoff bei der Terek Vakıf Bank. Auch nicht bei unserer Niederlassung auf den Cayman Islands.«

»Woher willst du das wissen?«

»Von jemandem aus dem Direktorium der Bank. Ich arbeite seit Jahren mit ihm bei der Finanzierung meiner Projekte zusammen. Er hat das nachprüfen lassen. Es ist so. Das angebliche Konto dieses Gudoff bei der Pinkhouse Bank existiert nicht.«

»Nicht mehr!«, korrigierte Blocher. »Croning hat den Überweisungsbeleg der Chase Manhattan. Altenhöhner wird ihn mitbringen, nehme ich an. Es stimmt also: Die Bank gehört Terek. Wo und wann soll das Treffen mit ihm stattfinden? Oder habt ihr es abgesagt? Weil das Konto ja nicht existiert«, fügte er hinzu. Es sollte ironisch klingen.

»Nein. Der Termin steht. Aber du brauchst da nicht hinzugehen. Terek wird sowieso nicht da sein.«

»Ach?«

Bevor er noch etwas sagen konnte, erklärte sie ihm ohne jeden Vorwurf in der Stimme, er habe mit Informationen aus dem Dossier Croning erpressen wollen. Sie habe es von Marie Thérèse erfahren.

»Uns ist das ehrlich gesagt egal«, fuhr sie fort. »Aber wir wissen jetzt, dass du im Besitz des Dossier bist, nicht Altenhöhner. Hast du es bei dir?«

Als er ihr darauf keine Antwort gab, wurde sie plötzlich leise.

»Phil! Du musst uns das Dossier aushändigen. Du bekommst sonst eine Menge Ärger.«

»Meinetwegen«, sagte Blocher. »Mir liegt nichts an dem Dossier. Ihr könnt es haben.«

»Gut!«, sagte sie schnell. »Der Hodscha möchte dich sehen. Ich werde morgen um zwölf Uhr in der Lobby des Divan Hotels auf dich warten. Dann fahren wir zu ihm.«

»Und was passiert dann? Wo werde ich dann landen? Wie Gudoff auf einem Friedhof? Oder auf dem Boden eines Salons, wie Corelli? Vielleicht im Bosporus? Was meinst du?«

»Warum vertraust du mir nicht?« Ihre Stimme hatte auf einmal denselben müden, enttäuschten Klang wie im Garten von Èze, als sie ihn mit einem flüchtigen Kuss zurückließ und allein den Weg nach oben ins Haus ging. »Ich will dir doch nur helfen!«

»Wie denn? In euern Augen, für Terek und für deinen Vater bin ich derjenige, der alles weiß, was Gudoff auch wusste. Warum, glaubst du, hat er das Konto bei Terek eröffnet, praktischerweise gleich auf den Caymans, nahe an New York und neben Aruba und den Bahamas das Offshore-Paradies schlechthin? Und warum wollte er sich mit euch in Berlin treffen? Es gab für ihn nur einen Grund: Er wusste alles über das Doppelleben Tereks. Für ihn war das Dossier mehr wert als jede Lebensversicherung. Er dachte, er hätte damit ein Sesam-öffne-dich in der Hand, um wieder Zugriff auf sein Konto zu bekommen. Mit so einem Polster im Rücken konnte er beruhigt die Seiten wechseln und sich als Schutzbefohlener unter die Fittiche deines guten Hodschas begeben, wie weiland die Dhimmis unter dem Sultan, und dabei auch noch ein hübsches Geschäft zum beiderseitigen Vorteil auf Mallorca einfädeln. So war es doch?«

Wenn es so war, dachte er im Stillen, hat es ihn das Leben gekostet. Wenn es so war …

»Aber Phil!«, sagte sie, als erriete sie seine Gedanken. »Wenn Gudoff die Seiten wechseln wollte, warum sollte ihn Bekir umbringen?«

»An dem Freitagmorgen«, begann Blocher zögernd, während er noch überlegte, ob er mit Isabel darüber sprechen sollte, »vor Georges Präsentation und unserem Treffen mit Croning hat mich Gudoff angerufen. Er muss da schon auf dem Invalidenfriedhof gewesen sein, unmittelbar bevor man ihn niedergestreckt hat. Er sagte: Ein paar Stunden noch, dann wird Croning vom Sockel fallen. Ich nehme an, er dachte dabei an den Termin mit euch.« Und an eine Leiche im Keller namens Novalia, sagte sich Blocher und meinte: »Jedenfalls hatte er es auf Croning abgesehen.«

»Wie würde Croning reagieren«, fragte Isabel, »wenn jemand sein Lebenswerk bedroht?«

»Ich hab nicht genug Fantasie, um mir das vorzustellen. Die Mordkommission in Berlin hält jedenfalls *einen Auftragsmord nicht für ausgeschlossen, so brutal wie das ablief*«, zitierte er Wolffson.

»Du solltest vorsichtig sein, Phil! Oder kannst du mir sagen, warum dich Altenhöhner begleiten soll? Wir kennen ihn nicht. Solche Typen geraten leicht außer Kontrolle. Sie wollen mitspielen, dann werfen sie das Spielbrett um und entpuppen sich als loose cannon. Seit wann steht Croning überhaupt in Verbindung mit ihm?«

Er verstand sofort, was sie meinte.

»Keine Ahnung. Aber du hast recht. Die beiden ziehen an einem Strang. Für mich war das die eigentliche Neuigkeit, als er mich anrief und verlangte, ich solle nach Istanbul gehen, um mit Altenhöhner Jäger des verlorenen Schatzes zu spielen.«

Isabel fing an zu lachen.

»Allein dass jemand auf die Idee kommt, beim Hodscha anzuklopfen, und erwartet, wir würden ihm mal schnell ein paar Millionen auf dem Silbertablett servieren, mit Petersilie garniert. Wie albern ist das denn?«

»Croning hielt es für selbstverständlich. Zumindest tat er so.«

»Vergiss es, Phil! Wir sehen uns morgen Mittag um zwölf im Divan Hotel. George wird auch da sein. Wir haben Großes mit dir vor. Du wirst staunen!«

»Vorher hätte ich gern erfahren, wer die drei Morde auf dem Gewissen hat.«

»Woher soll ich das wissen? Bring das Dossier mit und pass auf dich auf! Vor allem: Geh' diesem Altenhöhner aus dem Weg! Wo steckst du überhaupt? Wo können wir dich erreichen, wenn es Neuigkeiten gibt?«

Blocher drückte die Aus-Taste, sprang auf und im selben Moment erfasste ihn ein Gefühl der Scham und des Zorns über sich selbst.

Er machte sich Vorwürfe, weil er nie wirklich wahrhaben wollte, wie sehr ihr Charme und die Zuneigung, die sie ihm gegenüber erkennen ließ, immer nur Mittel auf dem Weg zu einem bestimmten Ziel waren, so wie die Worte *George wird auch da sein. Wir haben Großes mit dir vor! Du wirst staunen*!, die wie ein Lockruf klangen, aber offenbar keinem anderen Zweck dienten, als an das Dossier zu kommen.

Das Dossier, immer wieder das Dossier! Er dachte an ihren Vater, der Isabel gewiss liebte, aber selbst *ihr* sein Innerstes niemals öffnen würde. Wie reagiert eine Tochter auf so einen Vater? Mit inniger Liebe ihm und Zurückweisung anderen gegenüber? Wem würde sie sich wirklich öffnen? Er stand in Leylas Schlafzimmer und begriff mit einem Mal, dass er Isabel nie wirklich nahegekommen war. Um alles, was ihn so bezaubert, ja verwirrt hatte – die beiden, in ihre grün-graue Iris eingeschossenen, winzigen braunen Flecken, die kleinen, wohlgeformten Ohren, das schmale Gesicht mit den frischen, rosigen Wangen unter der nicht zu hohen, fein gewölbten Stirn, ihre gleichmäßig geschwungenen Lippen, die

Linie ihrer hellen, dichten Augenbrauen, das überraschende Du im Borchardt und der Biss ins Ohr im Dunkeln unter Oleander und Bambusbüschen: Um das alles hatte sich stets ein kühler Schleier aus freundlicher Distanz und lächelnder Absonderung, vielleicht sogar Vereinsamung, gelegt, irgendwie opak, dabei zärtlich und sanft, scheinbar nachgiebig, doch letztlich undurchdringlich.

Sein Telefon klingelte erneut. Er stellte es leise, ließ den Anruf unbeantwortet und kehrte zu den anderen zurück.

Draußen wurde es dunkel. Von den Hügeln auf der gegenüberliegenden Seite des Bosporus funkelten tausend Lichter, dahinter stieg dunkelrot der Mond auf. Man nippte an den Drinks und sprach gut gelaunt Leylas Vorräten an Meze und Champagner zu. Blocher stand mit dem Glas in der Hand abseits und sah mit höflicher Teilnahmslosigkeit vor sich hin, beunruhigt, weil er nicht wusste, ob er sich morgen in die Hände Tereks begeben und die Verabredung mit Isabel wahrnehmen oder ob er Altenhöhner treffen sollte, der ebenso wie der Türke hinter dem Dossier her war.

Nachdem die Gäste fort waren, saßen Leyla und er im Dunkeln auf der Terrasse. Die Luft war unbewegt und warm. Der Blick reichte von der ersten Bosporusbrücke bis zum Sultanspalast, der hell erleuchtet war wie die Hagia Sophia und die Sultansmoscheen, die wie Kronjuwelen die Lichter der Altstadt überstrahlten. Von irgendwoher klangen elegische Arabesken aus einem Radio und der tiefe Bass eines tutenden Schiffshorns lenkte den Blick aufs Wasser, wo ein Tanker den Weg durch die Meerenge hinaus ins Marmarameer suchte.

»Was hast du vor? Warum bist du gekommen?«, fragte ihn Leyla. Blocher schob die Erinnerung, die ihre dunkle Stimme in ihm weckte, beiseite.

»Es war nicht meine Entscheidung.«

Sie musste lachen, nahm die Flasche aus dem Kühler und füllte den Champagner nach.

»Das ist mal was Neues! Dass du nicht Herr deiner Entscheidungen bist. Ausgerechnet!«

»Man hat vor einer Woche einen unserer Geschäftsführer umgebracht. Seitdem läuft es schlecht bei mir. Inzwischen sind drei

Leute tot und keiner kann mir sagen, warum. Ich bin hier, weil ich Terek treffen soll.«

»Bekir Terek?«

»Ja.«

»*Oh my God!* Du hast ihn doch nicht zum Gegner?«

»Wenn ich das wüsste, ging's mir besser.«

Leyla griff nach seiner Hand und sagte: »Es war gut mit uns, damals. Nie wieder habe ich so viele, so schöne Blumen bekommen.«

Blocher nickte kaum merklich, es war wie ein Lächeln.

»Du hast schöne Hände. Deine Finger fühlen sich gut an. Zart und stark.«

»Ich bin müde.« Sie stand auf, strich ihm durchs Haar und gab ihm einen Kuss. »Du kannst so lange hierbleiben, wie du willst.«

Blocher hatte viel und schnell getrunken. Es tat wohl, allein zu sein. Über ihm flimmerten vereinzelt Sterne am samtschwarzen Nachthimmel, das bleiche Mondlicht spiegelte sich im Bosporus und beschien die Terrasse. Ein eigenartiges Vibrieren erfüllte die Luft, ein leise brummender Sound, unterlegt vom Hintergrundrauschen endloser, über die Bosporusbrücke ziehender Autokolonnen.

In diesem Augenblick wurde ihm bewusst, wie sehr er sich in all den Jahren nach den blauen Nächten gesehnt hatte, in denen er allein oder mit anderen auf dasselbe schwarze Wasser, denselben Mond und dieselben funkelnden Lichter über dem asiatischen Ufer schaute und glücklich war. Was war das Leben anderes als ein Reigen von Glücksfällen und Missgeschicken, Erfolgen und Peinlichkeiten, unnützen Kämpfen und fruchtlosen Kompromissen? Worin lag der Sinn, in einer zweifelhaften Branche Karriere zu machen, wenn diese jetzt mit einem Sturz ins Ungewisse zu enden droht? Vielleicht ist morgen der Tag, an dem mir die Rechnung für meine Illusionen präsentiert wird.

Aus irgendeinem Grund traten ihm die Bilder des archäologischen Schlaraffenlands vor Augen, das er und Elyas einst im Südwesten der Türkei entdeckt hatten. Verlassene, ihrer Vergangenheit entrückte Orte, deren Schweigen nur von Vogelgezwitscher, Ziegengemecker und dem Zirpen der Grillen unterbrochen wurde. Überall wucherte Grün zwischen uralten Steinen, sie hatten Stunden alleine bei Brot, Käse und Wein zwischen antiken Trümmern verbracht und sich über die fugenlos gesetzten Quader eines Amphitheaters gewundert, das wie ein gestrandetes Schiffswrack in den Dünen eines kilometerlangen Sandstrands lag.

Gut zwanzig Jahre war das her, und während er den Fischerbooten zusah, deren winzige Positionslampen wie Glühwürmchen auf dem schwarzen Wasser tanzten, wurde ihm der Abstand bewusst, der sich auftat zwischen jener Zeit, in der er allem nachgehen konnte, was ihn anregte, und der Gegenwart mit ihren geldgetriebenen Intrigen, dem öden Corporate Rat Race und einem Leben, das nur einen einzigen Maßstab kennt: Geld und Macht. Und hinter allem eine Schattenwelt, die irgendjemand oder irgendetwas am Laufen hält wie das Hintergrundprogramm auf einem Laptop.

Er hatte schon auf der Schule den Verdacht, dass die Großen irgendwie Theater spielen, dass das, was er zu sehen bekam, nur das Belanglose wäre, und dass das Wichtige und Entscheidende in geheimen Zimmern abgehandelt würde. Auf einmal bekamen die Worte Hershfields einen Sinn. Wie sollte er, Philipp Blocher, es mit einem *Monstrum* aufnehmen, *dem sich niemand entgegenstellen kann*? Er raffte sich auf, ging ins Schlafzimmer, wo Leyla im Dunkeln nackt und wie ein Kind gekrümmt auf dem Bett lag, ihren Körper nachlässig zugedeckt mit einem hellen Laken, über das ihre langen wilden Haare flossen.

In der Nacht fuhr Blocher aus dem Tiefschlaf hoch und fühlte Leylas Finger, die das, was sie suchten, still und subtil aufspürten, dann aber wieder unentschlossen umfingen, als sei ihnen bange, bis es schließlich fast schmerzhaft hart in Leylas fester Hand lag und sie ihn, aus heiserer Kehle einen abgrundtiefen Klagelaut hervorstoßend, an sich zog und beide in einem jähen Sturz ins Dunkel des gelebten Augenblicks zueinanderfanden.

Gegen Morgen wurde Blocher von einem Albtraum aus dem Schlaf gerissen. Er erinnerte sich, dass er sich in einem Theater befand, nein, nicht im Theater, sondern im Festspielhaus in Salzburg. Er war von seinem Platz aufgestanden und schwebte über die Köpfe der Zuschauer im Parkett hinweg zur Bühne, wobei er seine Füße wie auf einem Fahrrad bewegte. Er spürte die Menge der Zuschauer im Rücken und wunderte sich, dass niemand protestierte, obwohl er ihnen doch die Sicht nahm. Die Musik füllte den Raum mit enormer Lautstärke, aber ein Orchester oder ein Dirigent waren nirgends zu sehen.

Blocher kannte die Oper in- und auswendig, aber nur im Traum, in diesem Traum, konnte er das Geschehen auf der Bühne punktgenau beziffern. *Erster Akt, Don Giovanni, Szene zwölf*, murmelte er: Das Quartett, in dem sich die Wege Don Giovannis, Donna Elviras, Don Ottavios und Donna Annas kreuzen, der Moment, in dem Donna Anna in Don Giovanni den Mörder ihres Vaters erkennt und das Drama der vier Sänger, die lauernd einander umkreisen, seinen Lauf nimmt. Er empfand auf einmal ein Gefühl der Bedrohung, er ahnte, dass er in das Spiel um Tod oder Leben, um Sein oder Nichtsein furchtbar hineingezogen würde. Er hörte, wie das Publikum in seinem Rücken unruhig wurde, dass Damen in Ohnmacht fielen, und er vernahm einzelne Rufe des Grausens, die in einen Aufschrei mündeten, als sich Don Giovanni mit einem »Amici, addio!« aus dem Staub machte. Und der es da rief: »Amici, addio!«, wieder und immer wieder »Amici, addio!« und zum Entsetzen Donna Annas, die plötzlich aussah wie Isabel, den Panamahut schwenkte, war nicht Don Giovanni, sondern – Bekir Terek.

Sonntag, 15. August 1999

Blocher stand unter der Dusche, als Croning anrief. Er wickelte sich ein Handtuch um und knurrte, während er die Tür zur Terrasse öffnete, auf Cronings unvermeidliche Frage »Wo sind Sie?« ein mürrisches »In Istanbul.«

»Haben Sie mit Altenhöhner gesprochen?«

»Nein. Bin gestern erst spät abends angekommen.«

»Dann holen Sie das bitte nach! Haben Sie das Dossier des Bundesnachrichtendienstes dabei?«

Blocher schloss für einen Moment die Augen, überrascht vom grellen Licht der Morgensonne. Er sog die frische Luft ein, die vom Bosporus heraufwehte, und sagte dann ohne besonderen Nachdruck: »Ja«.

»Gut. Der Termin mit Terek findet morgen um vierzehn Uhr in der Zentrale der Terek Vakıf Bank statt. Istanbul-Levent, Büjük-deere Tscha-deesi«, setzte Croning radebrechend den Straßennamen hinzu.

Blocher unterließ es, sich die Adresse zu notieren. »Morgen Nachmittag um zwei in der Zentrale der Terek Vakıf Bank«, wiederholte er. »Ich lass von mir hören.«

»Wir haben wenig Zeit!«, fügte Croning in einem Ton hinzu, als gebe er beim Kellner eine Bestellung auf. »Es heißt, dass ein Haftbefehl gegen Sie ausgestellt wird.«

Bevor Blocher antworten konnte, war das Gespräch beendet. Irgendetwas hielt ihn davon ab, Wolffson anzurufen, um mit ihm zu besprechen, was jetzt zu tun sei. Leyla lag noch im Schlaf, als er das Haus verließ. Wie sollte er sie auch mit seinen Problemen behelligen und sie um ihre Meinung fragen, um zu sehen, ob seine Befürchtungen zu Recht bestanden und was bloßes Produkt der Fantasie, der Angst und der Übermüdung war.

Wie alle Menschen, die für gewisse Augenblicke in ihrem Selbstbewusstsein schwankend werden, brauchte er dringend den Rat anderer, um eine Bestätigung zu finden für seine Überlegungen, statt sie in sich selber zu suchen. Aber das war ja das Übel, dass es nie an Gesprächen und Ratschlägen mangelt, außer dann, wenn man am meisten auf sie angewiesen ist, und dass darüber, was einen wirklich quält, kaum jemand mit einem klar und offen reden will.

Nicht weit von Leylas Wohnung, oben an der İnönü Caddesi öffnete der *Kapıcı* das Tor zum Besuchereingang des mächtigen ziegelroten Gebäudes. Er begrüßte Blocher wie einen alten Bekannten und sagte: »Eisele Bey wartet!« Dann führte er ihn in das keinem normalen Sterblichen zugängliche Reich des alten Freundes, der in der Zeit, als Blocher in Istanbul studierte, so etwas wie sein diskreter Mentor war.

Kurt Eisele stammte aus dem Schwäbischen. Er war ein grundehrlicher Mann, dem man vertrauen konnte und der auf alle Rätsel und jede Komplikation, die ein Leben im Orient so mit sich bringt, stets die passende Antwort parat hielt, zumal er wie nur wenige mit den verschlungenen Pfaden vertraut war, die in die Ober- und in die Unterwelt Istanbuls führten. Er hatte sich in den Katakomben des Deutschen Generalkonsulats eingerichtet und sie im Lauf der Jahre und Jahrzehnte in ein kurioses Laboratorium verwandelt. Es war alles in einem: Büro, Werkstatt, Reparaturbetrieb, Elektrolager. Überall lagen Hobel, Kabel, Bohrmaschinen, Hochdruckreiniger, Batterien, Ölspender und Lötkolben herum, nicht zu reden von Mikroskopen und Schweißgeräten. In dem Labyrinth herrschte Ordnung, allerdings eine, wie Eisele nie müde wurde zu betonen, in der sich nur er und sonst keiner zurechtfand.

Aus dem spärlich beleuchteten Hintergrund des Kellergewölbes kam Eisele an Mess- und Ladegeräten vorbei auf Blocher zu, stemmte die Fäuste in die Hüften und musterte ihn über die Brille hinweg mit einem ebenso herzlichen wie ironischen Augenzwinkern.

»Blocher Effendi! Was verschafft mir die Ehre?«

»Eisele Bey! Lang ist's her!«

Sie begrüßten sich mit einem kräftigen Händedruck. Eiseles Gesicht hatte etwas eigentümlich Verschmitztes, nur in den großen braunen Augen, die unter außerordentlich dichten Brauen hervorsahen, lag ein natürlicher, den Erfahrungen eines langen Lebens im Ausland geschuldeter Ernst. Die feinen Falten um Augen und Mund waren immer in Bewegung und verrieten einen lebhaften, schnellen Verstand. Scharfsinn, ungetrübte Freude, Bedrücktheit und Ironie bis hin zu Zynismus lösten einander temperamentvoll in Eiseles quicklebendigen Zügen ab. Am Hinterkopf hielt er die winzigen natürlichen Locken seines dichten Haarschopfs nicht zu kurz, sodass sie leicht abstanden, was seiner Erscheinung eine gewisse professorale Würde verlieh, besonders wenn er den Kopf senkte.

Eisele war mehr als der Kustos oder »Verwalter der Liegenschaften des Generalkonsulats«, wie sein offizieller Titel lautete. Er war einer derjenigen, ohne die keine Vertretung im Ausland, keine Botschaft und kein Konsulat vernünftig arbeiten können. Was die Instandhaltung des nahe am Taksim Platz gelegenen Klotzes aus der Kaiserzeit anbetraf, war Eisele in den Augen des dortigen Personals eine unentbehrliche Kraft. Delikater noch: Die Konsuln, die Vizekonsuln, die BND-Residenten kamen und gingen – Eisele blieb. Er war es, der wusste, was in Istanbul geht und was nicht. Politisch, juristisch, psychologisch, menschlich. Er sprach fließend Türkisch mit stark schwäbischem Akzent und er kam an Informationen wie kein anderer. Er kannte die vertraulichen Nachrichtenbörsen, hatte überall seine Zuträger, verfügte über Kontakte in die oberen Etagen der Istanbuler Geschäftswelt ebenso wie er in den berüchtigten Lasenkneipen ein und aus ging, um Beistand gegen vermeintliche oder echte Widersacher einzuholen, wenn Not am Mann war. Wem immer »ebbes Domms« im Dschungel der Millionenmetropole am Bosporus widerfuhr, dem mit mitteleuropäischen Schulweisheiten nicht beizukommen war: Eisele wusste Rat.

Wennschd a Gschiß ghabt haschd, bischd ned zur Polizei, da haschd mit dene bei eim Fläschle Rakı die Sach beschproche. Die henn dann dem sein Unterarm, knack auf'm Knie wie an Ascht broche und Du haschd Dei Ruh ghabt. A Leich hedd dreitausend Dollar koschd, mit Beerdigung a bissle mehr.

Blocher schilderte Eisele, was er seit Freitag vor einer Woche erlebt hatte. Er ließ keine Person und kein Detail aus, auch nicht den Inhalt des Dossiers, das er mitgenommen hatte und Eisele zu lesen gab.

Mit dem Habitus eines Professors, der sich den Vortrag seines Doktoranden anhört, schritt Eisele, die Hände auf dem Rücken und die Brille auf die Stirn geschoben, im grauen Arbeitskittel zwischen Dreh- und Schleifmaschinen auf und ab und warf hin und wieder knappe Kommentare ein wie »A kitzliche Sach!« oder auch »Ha no, des isch halt so!« Nur als er bei der Lektüre des BND-Dossiers auf den Namen Bekir Tereks stieß, hob er die Stimme und es entschlüpfte ihm ein »Heiligsblechle aber au!« Zu Blochers Überraschung war Eisele das Geschehen in Berlin in groben Zügen bereits bekannt. Er hatte die Berichterstattung in den deutschen Zeitungen verfolgt. Dass der Leiche auf dem Invalidenfriedhof zwei weitere gefolgt waren, war ihm freilich neu. Und dass Blocher tief in die Geschichte verstrickt war, ihm ein Alibi fehlte und ein Haftbefehl bevorstand, machte ihn fassungslos. »Des hedds doch ned bräuchd!«, sagte er mehrmals leise und schüttelte den Kopf.

»Was tun?«, fragte Blocher.

Eisele zog die dichten Brauen zusammen, spitzte den Mund und griff sich mit der Rechten lebhaft an die Stirn.

»Sie dürfed auf keinen Fall zu dem Terek gehn! Donnerlabbich!«, fuhr er Blocher beinahe wütend an. »Der Terek isch a gefährlicher und mächtiger Mann. Wenn der erfährt, was Sie über ihn wissen, dann gnade Ihne Gott!«

Blocher sah auf seine Uhr und dachte an Isabel, die oben im Divan Hotel vielleicht schon auf ihn wartete.

»Ich werde mich hüten«, reagierte er gereizt, »mich mit einem Terek oder Kelly anzulegen.«

»Vielleicht war Ihr Kollege Gudoff derselben Meinung.«

»Das glaube ich inzwischen auch. Sein Vater hatte nur Kelly im Kopf. Er wollte Kelly, vielleicht auch Corelli, erpressen, um Rache zu üben oder wenigstens einen Bissen seines Anteils am Tunnelgold zurückzuholen.«

»Der Sohn war scheint's aus anderem Holz geschnitzt«, warf Eisele ein. »Der Name Croning wird ja im Dossier gar nicht erwähnt. Nur jemand wie er, der Cronings Vergangenheit kannte, konnte wissen, was sich hinter dem Namen Novalia verbarg. Seinen Vater auf dem Obersalzberg konnte er ruhig im Glauben lassen, dass er's gegen den Kelly verwenden werde.«

Blocher holte das Anschreiben der Pospischil aus dem Aktenkoffer.

»Das Dossier wurde Artur Gudoff Ende Oktober letzten Jahres zugespielt. Hier sehen Sie das Datum: Starnberg, den 23. Oktober

1998. Einen Monat später, am 24. November letzten Jahres, richtete er das Konto in New York ein. Der Zusammenhang ist doch klar! Ich hatte mich schon die ganze Zeit gefragt, warum er sich so sicher fühlte. Ich fass' es nicht! Da kocht einer aus Geheimdienstdossiers sein Süppchen und drückt damit seinen Chef an die Wand.«

»Moment!«, rief Eisele. »Wir wissen ja nicht, ob er den Croning erpresst hat. Vielleicht hat Gudoff das Dossier nur in der Hinterhand behalten, so als Unterpfand, um in der Firma zu agieren, wie es ihm passt, und Croning zu zwingen, ihm die Millionen zu überlassen.«

Blochers Blick blieb am Mühlstein einer altertümlichen, elektrisch betriebenen Schleifmaschine hängen, die hinter Fräsen und Pumpen versteckt in einer Ecke stand.

»Da ist noch etwas«, sagte er langsam, »was für mich im Moment wichtiger ist als alles andere: Warum kommt Altenhöhner nach Istanbul und will sich mit mir treffen? Nur um im Auftrag Cronings Terek auf den Zahn zu fühlen? Und warum verliert Croning, als sei das selbstverständlich, kein Wort darüber, dass sich Gudoff für sein Geldversteck ausgerechnet eine Bank Tereks ausgesucht hatte?«

Eisele sagte dazu nichts. Er schien eine Weile in Gedanken versunken, dann wollte er von Blocher wissen, auf welche Weise Artur Gudoff umgebracht worden sei.

»Das weiß ich nicht«, erklärte Blocher. »Er lag tot auf seiner Couch. Vergiftet? Vielleicht ist er ja tatsächlich eines natürlichen Todes gestorben. Glaub ich aber nicht.«

»Wie hedd er denn ausgsehe?«

»Bleich, wächsern. Er hatte die Augen geöffnet.«

»Waren da so kleine, rote Punkte im Weiß des Augapfels oder im G'sicht?«

»Ja, jetzt wo Sie es sagen … Stimmt: Da waren kleine rote Punkte.«

»Aha! Erstickungstod!«

»Sie meinen, jemand …«

»Da reicht bei einem alten Mann schon ein Sofakissen. Meinen Sie noch immer, es gäbe nur einen Täter für alle drei Morde?«

»Ja, schon«, sagte Blocher zögernd.

»Wie isch denn der Corelli ums Lebe komme?«

»Mit so einer Art Fesselung, bei der sich das Opfer mit jeder

Bewegung langsam selbst erwürgt. Erzählt man sich jedenfalls in Salzburg.«

»Ah – der Einzelkämpfertrick!«

»Einzelkämpfer? Was soll das heißen?«

»Wir hatten jemanden hier, der war bei der Bundeswehr auf einem Einzelkämpferlehrgang. Er hat mir des erklärt. Da isch die allerärgschte Not am fiedle!«

Eisele erklärte Blocher den Seiltrick, mit dem man jemanden am Hals, an den Füßen und die Hände auf dem Rücken so fesselt, dass sich die Schlinge bei jeder Bewegung immer weiter zuzieht, bis sich das Opfer selbst erdrosselt.

»Aber … Dann war es Altenhöhner! Er war auf einem Einzelkämpferlehrgang bei der Bundeswehr. Das weiß ich von Artur Gudoff.«

»Aber der Altenhöhner hedd doch mit dem Corelli nichts am Hut. Den Corelli seh' ich mehr im Visier vom Terek und vom Kelly: Corelli, die Quelle im Dossier!«

»Ja schon«, gab Blocher zu. »Wahrscheinlich ist ein Typ wie der Leibwächter Tereks mit solchen Methoden genauso vertraut.«

»Aber wenn's der Altenhöhner *nicht* war: Dann würde das gegen die These spreche, dass da nur einer der Mörder isch.«

Eisele sah stumm auf Blocher, der nach dem Dossier griff und seinen Aktenkoffer schloss. Im nächsten Moment fasste er sich erregt an die Stirn und rief: »Wenn der Altenhöhner der Mörder isch, dann müssed Sie ihn treffen!«

»Ich bin doch nicht lebensmüde. Wenn ich mich darauf einlasse«, lachte Blocher, »kann ich gleich um die letzte Ölung bitten.«

»Blocher Effendi! Es isch Ihre einzige Chance.«

»Woher soll ich wissen«, wandte Blocher ein, »ob das Ganze nicht eine Falle ist?«

»In der Falle sitzen Sie sowieso. Wohnen Sie im Hotel? Nein? Das isch gut! Hat Sie jemand im Haus Ihrer Freundin gesehen? Das isch schlecht. Wenn die in Berlin einen Haftbefehl erlassen und Interpol einschalten, wird's eng. Hier wird schnell und gern verhaftet. Isch so Brauch im Oschte. Die denken, dass sich's mit einem Menschen besser unterhält, wenn er eine Nacht im Gefängnis war. Ich würd' nicht darauf warten, dass Croning Ihnen ein Alibi verschafft. Sie *müssed* sich mit Altenhöhner treffen!«

»Damit er mir den Hals umdreht?«

»Genau darum!« Eisele richtete einen ernsten Blick auf Blocher. »Wenn er versucht, Ihnen den Hals umzudrehen oder mit Gewalt das Dossier an sich zu bringen, wissed Sie Bescheid. Aber das werden wir verhindern.«

Es war kurz vor zwölf, als Blocher das Konsulat verließ. Ein paar Schritte links hinauf, vorbei am Gezi Park, und er würde Isabel im Divan Hotel treffen. Er wandte sich nach rechts und lief durch die Gassen hinunter nach Ayazpaşa zu Leyla. Im Apartment war niemand, die Tür zur Terrasse stand offen. Leyla war verschwunden.

Erst jetzt, wo er allein war, fiel ihm die Einrichtung ihres Apartments auf. Sie war so ziemlich das Gegenteil der stereotypen Möblierung seiner Berliner Wohnung am Gendarmenmarkt, was ihm irgendwie sauer aufstieß, da sie ihm eine Seite der Persönlichkeit Leylas vor Augen führte, die er entweder übersehen oder nicht recht ernst genommen hatte – was, wie er sich eingestand, auf dasselbe hinauslief. Um den Couchtisch mit der schweren, geschliffenen Glasplatte, die auf einem antiken korinthischen Marmorkapitell auflag, standen helle Sessel aus Chevreauleder mit runden Armlehnen aus Palisander, das auch die Rückenlehnen einfasste, sowie ein Sofa im gleichen, an Art Deco angelehnten Stil. Dazu gesellten sich verschiedene mit buntem Kelimstoff drapierte Puffs und an der Seite vor den bodentiefen Fenstern zur Terrasse die Bar in Gestalt eines Reisekoffers aus Saddle-Leder mit Griffen und Schnappverschlüssen aus Chrom-Metall, der wie ein aufgeschlagenes Buch mit seinem hochprozentigen Innenleben gewissermaßen als mundgerechter Eyecatcher diente. Den Raum dominierte ein etwa vier Meter breites und zwei Meter hohes Gemälde eines türkischen Künstlers mit einem nackten Liebespaar, das himmelhoch über einer imaginären Küstenlandschaft auf einem wild galoppierenden blauen Pferd dahinflog. Es war ein Selbstporträt, erkennbar an dem legendären lockigen Haarschopf des Malers. Auf dem Arm des Mädchens hatte sich eine Taube niedergelassen, die beiden Liebenden saßen rittlings auf dem Pferd, sie hatten eine Saz, das traditionelle türkische Saiteninstrument, bei sich und hielten einander fest umarmt. Es war vor dem Hintergrund unzähliger winzig getupfter Pinselstriche, die ins Braune und Rötliche gehende Wellen und Kreise beschrieben, eine einzige brennende Apotheose des

Glücks und der Liebe. Neben dem Bild hing von Hand auf mannshohes Pergament geschrieben das Gedicht *Karadut**, das der Künstler nach dem Tod seiner Geliebten verfasst hatte. Eine großformatige Schwarz-Weiß-Fotografie an der Wand gegenüber zeigte ihn mit seinem Freund, dem türkischen Dichter Nâzım Hikmet.

Auf dem Couchtisch fand Blocher eine Nachricht Leylas, es täte ihr leid, aber sie hätte vergessen, ihm zu sagen, dass sie für ein paar Tage wegen eines Projekts nach Antalya müsse. Er solle doch bleiben, wenn die Angelegenheit mit Terek erledigt sei. Darunter, dick unterstrichen: *I miss you!* Und als PS: Falls er doch früher abreise, solle er die Schlüssel beim *Kapıcı* abgeben.

Neben Leylas Nachricht lag eine Visitenkarte: *Elyas Aktaş, Emekli Mimarlık Profesörü.*

»Shit!«, fluchte Blocher. Er hatte vergessen, dass er mit dem Professor verabredet war. Er ging unruhig auf und ab und überlegte, ob es nicht klüger wäre, sich nirgendwo blicken zu lassen und im Haus zu bleiben. Aber wie lange? Bis Leyla zurück war? Und dann?

Er hatte es immer vermieden, alte Geschichten wieder aufzuwärmen. Er war damals gegangen, nicht weil er sich von Leyla trennen wollte, auch nicht, weil sein Studium in der Türkei zu Ende ging, sondern weil er irgendwann zu der Einsicht gekommen war, dass er auf Dauer nicht in die Welt hier unten passte. Er sah die

---

*** *Karadut***
Karadutum, çatal karam, çingenem
Nar tanem, nur tanem, bir tanem
Ağaç isem dalımsın salkım saçak
Petek isem balımsın ağulum
Günahımsın, vebalimsin.
Dili mercan, dizi mercan, dişi mercan
Yoluna bir can koyduğum
Gökte ararken yerde bulduğum
Karadutum, çatal karam, çingenem
Daha nem olacaktın bir tanem
Gülen ayvam, ağlayan narımsın
Kadınım, kısrağım, karımsın.

Schwarze Maulbeere
Meine schwarze Maulbeere, mein dunkler Spalt, meine Zigeunerin / Du der Kern des Granatapfels, mein leuchtender Kern, mein einziger Kern / Ich der Baum mit wirren Haaren, die Trauben gleich von den Zweigen hängen / Ich der Bienenstock, Du mein Honig, mein bitterer Honig / Du meine Schuld, mein Fieber / Korallenzunge, Korallenschoß, Korallenzahn / Der ich mein Leben weihte / Was ich im Himmel suchte, fand ich auf der Erde / Meine schwarze Maulbeere, mein dunkler Spalt, meine Zigeunerin / Noch viel mehr wärst Du für mich gewesen, meineBeere / Meine lächelnde Quitte, mein weinender Granatapfel / Du mein Weib, meine Stute, meine Frau.

frustrierten Mienen der Expats aus dem Westen wieder vor sich, Studenten, Diplomaten, Geschäftsleute, Lehrer und Journalisten, die er getroffen hatte und die Istanbul, die hiesige Schlamperei, die innerliche Zerrissenheit und Undurchsichtigkeit seiner Einwohner reizbar gemacht und mit den Jahren so verändert, sie verbogen und unter sich begraben hatte, bis sie sich selbst nicht wiedererkannten. So wollte er nicht enden.

Aber war es in der anderen Welt, zu Hause in Deutschland besser? Wenn er ehrlich zu sich war, hatte ihm der Aufenthalt in Istanbul die Reize des Nordens irgendwie verdorben. Er hatte die Universität abgeschlossen, sich in die Arbeit gestürzt, war die Karriereleiter nach oben geklettert bis zum Finanzvorstand des »prominentesten Hotel- und Immobilienkonzerns der Republik«. Aber glücklich war er dabei nicht und er hatte es schon lange satt, sich das Leben mit einer Tünche schönzumalen, die von Weitem hip aussieht. Seine Ehe mit der *Belle de Jour eines Berliner Literatursalons,* wie die Fehring sich ausdrückte, war von Anfang an ein Missverständnis. Ach, die Fehring! Wo man hinsah, gab es anscheinend nur Frauen, die sich nach Linderung ihrer Langeweile und etwas Sex verzehrten, verstrickt in verzerrte Beziehungen und aufgerieben von einem ständigen Kopfzerbrechen darüber, was man alles versäumt hat.

Er war in ein erkaltendes Land zurückgekehrt, in dem die Scham abgeschafft war und hinter immer neuen Aufgeregtheiten der schiefe Glaube herrschte, man gehe herrlichen Zeiten entgegen, sobald erotische Freiheit und grenzenlose Erfüllung aller Begierden herrschten, von der angeblichen Zwanglosigkeit dann aber doch nichts weiter übrig blieb als eine sportliche Einstellung zum Geschlechtsverkehr. War das »Heimat«? Ein Land, in dem ihn nie eine Frau, den Kopf zur Seite geneigt, mit verlangenden, halb geöffneten Lippen die Tür geöffnet hatte, eine Frau wie Leyla, wahrhaftig, wild, zärtlich, voller Hingabe und von einem ungekünstelten Selbstbewusstsein, das umso erstaunlicher war, als sie sich in einer restlos von Männern dominierten Welt durchsetzen musste? Nie hatte er eine Liebe gefunden, die aufrichtig war, wie Leyla sie damals in ihrem Herzen mitbrachte. Vielleicht, dachte Blocher, waren die Zeiten mit ihr doch meine schönsten Jahre.

Schon den ganzen Morgen seit Cronings Anruf quälte ihn eine innere Unruhe, die nicht weichen wollte, auch weil er nach dem

Abschied von Eisele wieder auf sich allein gestellt war. Eisele hatte ihm angeboten, er solle sich »unter seinen Schutz begeben«, und vorgeschlagen, sich »an einem Ort Ihrer Wahl« in seiner, Eiseles Anwesenheit mit Altenhöhner zu treffen. Das war gut gemeint und vielleicht gab es auch keinen anderen Ausweg. Aber wie so oft, wenn man von einem Rat nicht wirklich überzeugt ist, ließ er davon ab, das Für und Wider intensiver zu durchdenken. Ihn überfiel plötzlich ein heftiges Verlangen nach Ablenkung, er hielt es nicht länger aus und ging schließlich doch aus dem Haus.

* * *

Auf der Straße sah er sich nach allen Seiten um, aber es war nur ein alter Mann zu sehen, der sich auf einen Stock gestützt in Richtung der Kabataş Handelsschule auf den Weg machte. Unten an der Meclis-i Mebusan nahm er ein Taxi. Sie überquerten die Galata-Brücke, fuhren eine Weile am Goldenen Horn entlang, bis der Fahrer abbog und den engen Gassen durch Balat weiter hinauf Richtung Chorakirche folgte. Das alte jüdische Viertel war stark heruntergekommen, einigen Häusern sah man an, dass sie unbewohnt waren. Unter rahmenlosen Fenstern und über zerfallenen Türen zierte da und dort ein Davidsstern einen Hauseingang. Sie kamen an der Ahrida Synagoge vorbei, danach wurde es lebendiger, immer mehr Menschen wichen zur Seite, alte Männer, Kinder, Frauen mit Kopftuch oder tief verschleiert im schwarzen Tschador, aber auch junge Mädchen, die ihr Haar offen trugen. Es waren Zuwanderer aus dem Osten Anatoliens, die hier irgendwann untergekommen waren und die Leylas Gäste, glaubte man Elyas, als *Außenseiter* ansahen, *die nichts zu melden haben, Leute von gestern, dumme anatolische Bauern, die fünfmal am Tag beten, aber keine Bürger, die zu einer Stadt wie Istanbul gehören.*

Der Professor winkte ihm aus der Menge der Besuchergruppen zu, die sich vor der Kariye Camii versammelt hatten. Die Kirche war nach der Eroberung Konstantinopels durch die Türken in eine Moschee umgewandelt worden, auch der Taxifahrer kannte nur ihren türkischen Namen. Sie umarmten sich, worauf Elyas mit temperamentvoller Gestik auf den Eingang des byzantinischen Gotteshauses wies.

Während ihrer Unterhaltung am Abend über die Kinder Atatürks und ihre Komplexe hatte er wie zuvor schon der Taxifahrer auf der Fahrt vom Flughafen den Namen Erdoğan erwähnt und irgendwann war der Satz gefallen: *Istanbul ist das Reagenzglas, in dem jeder sehen kann, was auf uns zukommt.* Wie zur Erklärung, was er damit meine, hatte Elyas daran die Frage angeschlossen: »Kennst du die Chorakirche?« Blocher hatte daraufhin gelächelt, wie man lächelt, wenn jemand den Namen eines gemeinsamen alten Bekannten nennt.

Die kleine Kirche war nicht gerade ein Geheimtipp, als Museum eher ein touristischer Hotspot, und er hätte beinahe gesagt: In- und auswendig kenne ich sie, so oft hab ich sie mir angesehen. Wobei ihm aus dem Mosaikenzyklus des Marienlebens, der in den einschlägigen Reiseführern gefeiert wurde, eigentlich nur Josef und von den Fresken in der Seitenkapelle die Darstellung der Auferstehung in Erinnerung war. Josef wegen des zweifelnden Blicks eines Mannes, der um seine Fassung ringt und nicht begreift, was ihm da mit dem Wunder der Empfängnis seiner Frau und einer in seinen Augen höchst problematischen Kindsgeburt widerfährt, und im Fresko der Auferstehung die aufgebrochenen Pforten zur Hölle, in der sich der gefesselte Teufel inmitten von Werkzeugen, Zirkeln und anderem Gerät windet, was Blocher für sich immer als erstaunlich hellsichtige Verdammung des technischen Fortschritts interpretiert hatte.

»Ich werde dir etwas zeigen«, erklärte Elyas, »was dir noch keiner gezeigt hat.« Sie hatten kaum die Vorhalle betreten, als Elyas vor dem Eingang zum Kircheninneren stehen blieb und seine blauen klugen Augen gespannt nach oben richtete. »Der da«, meinte er in verschwörerischem Ton, »wird dir die Augen öffnen.« Er deutete mit ausgestreckter Hand auf die Darstellung des Christus über ihnen. »Der Pantokrator, der Allherrscher, der Allmächtige. Geschaffen in einer Krise, die der unsrigen verdammt ähnlich ist. Eine fabelhafte Metapher des Niedergangs. Schau ihn dir genau an!«, forderte er Blocher auf.

Blocher war wie geblendet von der Schönheit und dem Reichtum des Bildes, dem schimmernden Gold der Mosaiken, dem Kreuz im Heiligenschein als Symbol des Opfertods und dem Blau im Gewand des Menschensohns zum Zeichen seiner göttlichen Natur. Das Evangelienbuch in der Linken, mit Bart und langem, leicht gewelltem Haar sah Jesus auf Blocher herab, genauer gesagt: Er sah durch ihn hindurch.

»Die Hände!«, rief Elyas so laut, dass sich ein paar Umstehende irritiert nach ihm umdrehten. »Allein, wie er die Rechte hält! Wohin, frage ich mich. Erhoben ist sie nicht, auch nicht streng, eine ziemlich unsichere Geste, halb nach unten ins Nirgendwo deutend. Fällt dir auf, wie schlaff seine Gesichtszüge sind? Fast verweichlicht, möchte ich meinen! Und der Blick? Ist er grimmig? Durchbohrend? Gebieterisch? Beileibe nicht! Eher mild, ja geradezu resigniert ins Leere gerichtet, würde ich sagen. Schau genau hin! Dann wirst du verstehen, was ich meine.«

Aus Höflichkeit suchte Blocher nach irgendwelchen verborgenen Anzeichen von Niedergang und Krise, aber nichts dergleichen war zu erkennen.

»Ah«, fuhr der Professor in unbekümmertem Ton fort, »die Blinden werden sehen, die Tauben hören und die Lahmen gehen! Du kennst den Pantokrator in der Hagia Sophia?«

»Ja, natürlich.«

»Fünf Generationen liegen dazwischen. Dieselben Attribute, aber alles ist anders. Jener ist der wahre Pantokrator, ein wirklicher christlicher Weltenherrscher, ein kräftiger Mann, der die Hand nicht sinken lässt, sondern zum Segen *hebt*, stark und streng und voller Herrscherwürde. Der hier ist müde. Er ist der Erbe. Er schwächelt. Sein Geist ist kraftlos. Als ob er wüsste, was denen, die an ihn glauben, bevorsteht. Dass niemand ihnen beistehen kann, auch er nicht.«

Er nahm Blocher am Arm und führte ihn vor das Mosaik des Stifters der Kirche. Ein schwerreicher Mann, mächtig, hochgebildet, engster Berater des byzantinischen Kaisers, wie Elyas versicherte.

»Alle Welt hielt ihn damals für ein Glückskind, aber er selber sprach von sich nur als dem *Steuermann auf dem kenternden Schiff eines Reichs, dessen Ende vor der Türe steht.* Da kniet er, der Großlogothet Theodoros Metochites, im prächtigen Staatskleid eines Kanzlers des Byzantinischen Reichs und hält dem thronenden Christus das Modell seiner Chorakirche wie ein Geschenk entgegen. Warum dann der Ausdruck unendlicher Traurigkeit, ja Verzweiflung?«, setzte er in einem Ton hinzu, als erwarte er keine Antwort.

Wenig später saßen sie im Schatten auf der Terrasse des Restaurants gegenüber der Kirche. Blocher rührte gedankenverloren in seinem Tulpenglas mit Tee, als Elyas eine Ansichtskarte aus der Tasche zog und ihn mit großen Augen anblickte, als wollte er ihm etwas Bedeutsames zeigen oder sagen.

Bevor er dazu kam, klingelte Blochers Handy. Es war Altenhöhner, der Blocher anfuhr, wieso er sich noch nicht bei ihm gemeldet habe, dann aber, ohne eine Antwort abzuwarten, sogleich den Tonfall wechselte und meinte, er müsse Abbitte leisten. Blocher habe doch recht gehabt: Kasimir Gudoff war ein Betrüger.

»Im Übrigen«, fügte er an und tat, als gehe es hier um den springenden Punkt, »bin ich im Gegensatz zu Croning davon überzeugt, dass Terek über Gudoffs Depot in seiner Bank informiert war. Etwas anderes anzunehmen ist naiv.«

Eben schien Blocher noch, wenn auch nur für einen Augenblick, als stellte sich der alte Zauber wieder ein. Er hatte sich sogar gefragt, ob Istanbul nicht vielleicht der Ort wäre, um sich am eigenen Schopf aus der Krise zu ziehen, in die er geraten war. Jetzt drohte der Anruf ihn wieder zurück in den Schlamm zu stoßen, in dem er seit einer Woche zu versinken drohte. Es fehlte noch, dass Cronings neuer Intimus ein Treffen mit Terek anmahnte, das sowieso nicht stattfinden würde, weil niemand Lust hatte, sich auf Cronings sinnlosen Einfall einzulassen, von Terek die Herausgabe der verschollenen Millionen zu verlangen, am wenigsten Terek selber. Ohne weiter nachzudenken, schlug Blocher als Treffpunkt für den nächsten Tag zwölf Uhr die deutsche Botschaftsresidenz in Tarabya am Bosporus vor. Er meinte, praktischerweise sei das der beste Ort, um sich auf die Begegnung mit Terek vorzubereiten, der sie eine Stunde später zum Lunch in dem Hotel gleich nebenan erwarte. Er musste grinsen und nickte Elyas zu, der scheinbar belustigt den Kopf nach hinten warf, aber die Brauen zusammenzog, als der Name Terek fiel.

»Tarabya? Botschaftsresidenz? Aber wieso *das* denn?«, protestierte Altenhöhner. »Wir sollten doch um vierzehn Uhr bei Terek in der Zentrale seiner Bank in Levent sein!«

Es war Eiseles Idee. Blocher sollte Altenhöhner auf das Gelände der deutschen Botschaft am Bosporus locken. *Erstens sind Sie da sicher. Meine Wachleute werden mit dem Altenhöhner schon fertig, ob mit oder ohne Einzelkämpferausbildung. Zweitens wäre ich dabei als Zeuge. Drittens ist die Polizeistation der Tarabya Karakol eine halbe Minute um die Ecke. Wir werden uns den Kerl vorknöpfen und dann lassen wir ihn festnehmen.*

»Hat sich geändert«, gab sich Blocher geschäftsmäßig. »Terek ist den ganzen Tag auf Meetings im Tarabya Hotel und erwartet uns dort um dreizehn Uhr. So ist das nun mal.«

Altenhöhner wurde misstrauisch.

»Croning hat mir heute früh Adresse und Uhrzeit des Treffens durchgegeben. Er wollte Sie danach anrufen. Ich versteh nicht, wie auf einmal …«

»Hat er auch«, schnitt ihm Blocher das Wort ab. »Der Termin hat sich halt geändert. Wurde mir eben von Tereks Assistentin mitgeteilt. Ist doch normal! Wir sollten froh sein, wenn wir überhaupt einen Termin bei ihm bekommen!«

Altenhöhner schien einen Moment zu überlegen und sagte dann widerstrebend: »Ja. Doch. Sie haben ja recht.«

»Aber wenn es Ihnen zu viele Umstände macht«, schob Blocher behutsam nach, »treffen wir uns eben *nicht* vorher. Schade. Sie würden etwas versäumen. Die Sommerresidenz ist ein Juwel am Bosporus.«

»Nein, nein. Ist schon in Ordnung«, stimmte Altenhöhner zu. Dann ließ er die Katze aus dem Sack.

»Croning meint, Sie bringen ein Dossier des Bundesnachrichtendienstes mit. Worum geht es da?«

»Ist jetzt zu kompliziert am Telefon.«

»Sie haben es bei sich?«

»Was?«

»Dieses Dossier.«

»Selbstverständlich.«

»Dann vergessen Sie auch nicht, es mitzubringen!«, mahnte Altenhöhner und wünschte Blocher noch einen schönen Sonntag in Istanbul.

»Du triffst dich mit Terek?«, erkundigte sich Elyas. »Ich hoffe, du weißt, was du tust!« Er setzte sich mit einem Ruck auf. »Womit wir beim Thema wären! Ein Terek mit seinen wenig appetitlichen Geschäften kommt immer durch, der überlebt auch im Schatten einer angefaulten Scheinblüte. Das ist einer, der den Tatsachen illusionslos ins Auge sieht und im Übrigen klug und gebildet genug ist, um zu wissen, dass jedes Festhalten an Verhältnissen, die auf eine geistige Versandung zutreiben, eine heroische Lüge ist. Da hilft auch kein Orchester.«

Der Professor lächelte einen Moment, dann warf er in einer Pose gespielter Würde den grauen Lockenkopf zurück und deklamierte, was er sich auf der Rückseite der Ansichtskarte notiert hatte.

»*Der verachtete Feind an der Grenze erhebt sein Haupt und im Innern sind Kultur und Sitte und Bildung im Verfall begriffen. Nur noch ein Bodensatz des Lebens ist verblieben und wir dienen der Welt zum Gespött, die ja genau weiß, wie groß und herrlich unser Reich war. Es bedarf nicht mehr viel und wir sind die Beute, und zwar eine leichte Beute, jedes Angriffs.*«

Er hob die Karte in die Höhe, als hielte er ein Manifest in Händen.

»Wer hat das gesagt?«

»Metochites. Er hat es 1332 hier im Kloster niedergeschrieben, kurz vor seinem Tod. Hundertzwanzig Jahre später brachen die Osmanen fünfhundert Meter von hier durch die Mauern der Stadt und mit Byzanz war es aus und vorbei.«

Blocher war schon im Begriff, etwas zu antworten, fand aber nicht die richtigen Worte. Warum, fragte er sich, habe ich die hinter dem Mosaik verborgene Wahrheit nicht erkannt? Weil ich sie nicht erkennen wollte? So wie ich von der Wirklichkeit, die hinter und neben meiner Welt existiert, nichts wusste, weil ich nichts davon wissen wollte? Es ist, als treibe man im Wachkoma durchs Leben. Alles funktioniert, aber im Grunde stimmt nichts.

Während er vor sich hin grübelte, entschlüpfte ihm, ohne dass er es bemerkt hätte, ein phrasenhaftes »Aber das Leben geht doch weiter«, worauf der Professor achselzuckend entgegnete: »Das Leben geht immer weiter. Zwei, drei Generationen und alles ist vergessen. Vergessen! Vergessen, das ist die Erosion des Grundes, auf dem jede Kultur steht. Vermissen wir die Griechen und Armenier, die wir vertrieben oder umgebracht haben? Bedauert ihr das Verschwinden der Juden aus Deutschland? Irgendwann werden sie dieses Museum wieder in eine Moschee verwandeln und die Menschen werden nicht einmal merken, was sie verloren haben. So ist das Leben und so wird es immer sein.«

* * *

Blocher kehrte in einer Stimmung zurück in Leylas Apartment, als ob nichts Angenehmes mehr zu erhoffen und nichts Gutes zu erwarten wäre. Der Abend brach herein und ihm stand eine jener Nächte bevor, die einen weder schlafen noch wachen noch klar denken lassen. Er lag auf dem Bett und schon nach ein paar Minuten war ihm nicht mehr bewusst, ob das, was ihm durch den Kopf ging, ein Wachtraum war, weil alles vom Wachsein hinüber ins Träumen und da auf lähmende Weise durcheinanderging.

Draußen tobte ein Sturm. Ihm schien, als liege er wach im Bett, in dem er in Wirklichkeit schlafend lag. Er hörte, wie der Regen gegen die Scheiben der Terrassentür trommelte, von der er eigentlich annahm, dass sie offen war, aber er war zu müde, um aufzustehen und nachzusehen. Dann stand er doch auf und ging auf die Terrasse. Der Regen hatte aufgehört und aus unerfindlichen Gründen folgte ein wirres Fantasieren, in dem Bilder zusammenhanglos einander ablösten. Erst schien ihm, als breite sich vor ihm nicht der Bosporus aus, sondern er sehe hinaus auf die Bucht von Èze, und für einen Atemzug fühlte er im Dunkel Isabel neben sich.

Dann sah er Leyla im Kreis ihrer gemeinsamen Freunde, er sah ganz deutlich die Gesichter von damals und hörte die Stimmen und zugleich öffnete sich ihm ein nie gesehener Ausblick auf das schimmernde Schwarz des Bosporus wie in eine Weite oder Ferne, von der sich nicht sagen ließ, ob darin alles Vergangene verborgen war oder ob sie in die Zukunft wies. Er fragte sich, wohin das geheimnisvolle Wasser strömte, es hieß ja, an der Oberfläche fließe es vom Schwarzen Meer ins Marmarameer, in den Tiefen aber umgekehrt in Richtung hin zum Schwarzen Meer. Er hielt es für besser, sich jetzt nicht den Kopf darüber zu zerbrechen, weil er fürchtete, sein Leben berge wie das aller anderen Menschen dieselben gegenläufigen Strömungen in sich und laufe in eine Richtung, von der sich nicht sagen ließ, welche Oberhand gewinnen würde und ob nicht doch der Untergrund, von dem wir nichts wissen, uns in die Gegenrichtung lenkt und zwingt, ein Leben zu führen und Dinge zu tun, die uns rätselhaft verwandeln und am Ende, wenn der Augenblick des Todes einem die Augen für das wahre, gute, richtige Leben öffnet, nur unglücklich zurücklassen.

Und indem er immer weiterdachte, erinnerte er sich an die Straßen und Menschen von Cihangir, die er geliebt hatte, an den

Schlachter, bei dem es das beste Joghurt der Stadt gab, und an die Straßenhändler, die unter kehligen Rufen mit ihren Handkarren durch die Gassen zogen und die herabgelassenen Körbe der Hausfrauen mit Trauben, Nüssen, Gemüse oder Apfelsinen füllten. Er sah sich auf dem Boot in der Mitte des Jungfernsees und den kleinen, zarten, schmächtigen George, der mit undurchdringlichem Ausdruck im Gesicht erklärt, er werde sich schon zu wehren wissen. Er sah einen Lastträger, der sich krumm und gebeugt eine steile Gasse hinauf zum Großen Bazar schleppt, ein Schmerzensgesicht, in dem hundert Generationen und zwanzig verschiedene Völker versammelt waren. Er sah die Ruinen einer georgischen Klosterkirche, die Mönche fernab der Welt vor tausend Jahren in ihrer Bergeinsamkeit errichtet hatten. Er sah den Fahrer des vollbesetzten Dolmuş-Taxis, der mit durchlöcherten Gummischuhen das Gaspedal seines altersschwachen DeSotos durchdrückt. Er sah Tscherkessen am Ufer des riesigen türkisgrünen Sees, er sah ihre schönen Frauen und Kinder, ein bukolisches Idyll wie aus der Welt gefallen, der Esel am Pflock in der Abendsonne und daneben das Familienoberhaupt, das ihm und Elyas einen Teppich auf der Erde ausrollen lässt und zu rotem Wein und köstlichen Nüssen einlädt. Er sah Marmorsäulen wie Pfeiler für Wände aus Luft und Sonne in den Himmel ragen und Menschen zwischen antiken Ruinen hausen, er sah sich und Elyas bei Schafskäse und Wein auf der Galerie des antiken Theaters sitzen und auf die Berge warten, die am Horizont wie aus dem Nichts vor der untergehenden Sonne aus dem Meer aufstiegen. Er sah Hershfield, wie er den erloschenen Stummel der Zigarre mit einer verächtlichen Bewegung aus dem Wagen wirft und sagt: »Ein Spuk, eine wahrhafte *Goldfinsternis.*«

Im nächsten Moment wusste er, dass alles nur ein Traum war und er sich auf dem Bett in Leylas Schlafzimmer wälzte, und er fühlte sich wie gefesselt, weil ihn irgendetwas niederwarf und ihn immer schwärzere Gedanken überfielen und zu beherrschen drohten und ihm neue Bildfetzen, willkürlich einander ablösend, vor Augen traten. Er sah ganz deutlich Artur Gudoff, mit dem sich das Böse in sein Leben schlich, wie er tonlos und mit schwerer Zunge etwas von polnischem Gesindel und Judenpack zischelt. Und er sah Kelly, der sich mit Isabel über eine Karte von Istanbul beugt und mit dem Finger auf Tarabya und die Sommerresidenz am Bosporus weist und ihr erklärt, dass sich Blocher dort mit Altenhöhner treffen werde.

Es war ganz still im Zimmer, das Brummen der Millionenstadt verlor sich ins Dunkle, und was Kelly und Isabel noch besprachen, hörte er nicht mehr, denn er war schnell eingeschlafen. Aber das Gefühl, ins Ungewisse zu laufen, verließ Blocher auch während des Schlafs nicht. Ihm war, als ob er die Tür zu einem dunklen, nie gesehenen Raum aufstoße, ohne zu wissen, was sich hinter der Tür befindet.

Montag, 16. August 1999

Blocher stand vor dem Spiegel und prüfte den Sitz seines Sommeranzugs. Er versuchte, sich die Begegnung mit Altenhöhner vorzustellen. Erschrocken über sein graues Gesicht und die dunklen Ränder unter den Augen nahm er ein Taschentuch und trocknete sich den kalten Schweiß von Hals und Nacken. Er war sich nicht sicher, ob Altenhöhner Croning berichten würde, dass sich der Termin bei Terek geändert habe und das Treffen nach Tarabya verlegt worden sei. Croning würde hierzu eine Erklärung von ihm verlangen. Aber während des Frühstücks, das er auf Leylas Terrasse einnahm, blieb sein Handy stumm. Es sah so aus, als ob Altenhöhner entschlossen war, auf eigene Rechnung zu handeln.

Bevor er sich auf den Weg machte, nahm er aus dem mannshohen Lederkoffer der Bar ein Glas, holte sich Eiswürfel und goss sich einen Gin Tonic ein. Dann ging er noch einmal auf die Terrasse, wo ihn ein dumpfes Brausen umfing, begleitet von beiläufigem Husten aus dem Hornsignal einer Fähre und dem heiseren Geschrei der Möven, die über ihm kreisten. Er beugte sich über die Brüstung und sah hinunter zur Anlegestelle von Kabataş, wo die Autofähren auf die Überfahrt zum asiatischen Ufer warteten. Sehr helles Licht lag über dem Bosporus und blendete die Augen. Das Wasser glitzerte in der Morgensonne. Es herrschte reger Schiffsverkehr. Die Fähren brachten die Menschen zur Arbeit und wechselten dabei von Kontinent zu Kontinent. Er kniff die Augen zusammen und konnte die Autokolonnen sehen, die zwischen Europa und Asien über die Hängebrücke rollten. Zur Rechten, gegenüber dem zierlichen schneeweißen Leanderturm, ragte der Höhenrücken der Altstadt mit dem Sultanspalast in den Bosporus, der sich dort wie ein Ausfallstor zu einer weiten silbrigen Fläche öffnete, die glänzte, als wäre das Meer aus Glas.

Ich glaube nicht, dass die Welt noch irgendwo ein so hinreißendes Schauspiel aufzubieten hat. Wer hat das gesagt? überlegte Blocher. Casanova? Humboldt? Oder Terek im Borchardt? Es war ein berauschender Anblick und im selben Augenblick begriff Blocher und nahm es in einem Anfall von Wehmut zugleich in Kauf, dass er zur falschen Zeit am falschen Ort war.

Er schloss die Tür zur Terrasse, nahm seinen Aktenkoffer und leerte ihn bis auf den Hefter mit den losen Blättern des Dossiers. Dann verließ er das Haus und ging erst ein paar Schritte abwärts durch eine enge Gasse, bog dann nach rechts in die kleine Straße, die an der İnebolu Sokak endete, der er auf leicht abfallendem Weg folgte, bis er gegenüber der Dolmabahce Moschee die Meclis-i Mebusan erreichte. Er überquerte die Straße und beobachtete eine Weile den dichten Verkehr und die Umgebung. Als er nichts Auffälliges bemerkte, hielt er das nächste Taxi an.

Das Dumme war, dass in dieser Stadt überall irgendwelche Gestalten herumlungerten und man nie wissen konnte, von wem man gerade beobachtet wurde. Es konnte der *Bakal*, der Krämer im Eckladen sein, bei dem man täglich sein Brot holte, der jeden kannte, alles im Blick hatte und für jeden Klatsch empfänglich war, den er dann wem auch immer zutragen mochte. Im Milieu der verwinkelten, engen Gassen und grob gepflasterten Straßen waren alle untereinander verbunden, einer beaufsichtigte den anderen. Jeder beobachtete seine Umgebung, ein Haus kontrollierte das andere und eine Straße die andere. Die Menschen fühlten sich an das Schicksal nicht nur ihrer Verwandten und Hausgenossen gebunden, sondern auch ihrer Nachbarn, Glaubensbrüder und Mitbürger. Darin lag die Kraft, aber auch die Fessel der Bewohner dieser Viertel. Doch war kaum jemand in diesem Land so rechtlos wie ein Ausländer, mit Ausnahme vielleicht des diplomatischen Personals. Konflikte mit der Polizei, der Armee oder den Geheimdiensten endeten üblicherweise in einem Desaster. Ärger mit türkischen Behörden war das Letzte, was er jetzt gebrauchen konnte.

Der Taxifahrer war von der mürrischen Sorte. Er sprach kein Wort, was Blocher nur recht war. Die Hitze im Wagen nahm einem fast den Atem. Blocher ließ das Fenster herunter, während sie langsam durch die Platanenallee am Çırağan Hotel vorbeifuhren. Er fühlte sich ausgelaugt wie nach einer langen, zehrenden Krankheit. Nach Isabels Frage *Wo steckst du überhaupt*, auf die er ohne eine Antwort das Gespräch beendet hatte, war zu vermuten, dass niemand ihn bis jetzt entdeckt hatte, er musste aber davon ausgehen, dass Kellys oder Tereks Leute nach ihm suchen würden. Nach ihm und sicher auch nach Altenhöhner.

In Ortaköy kamen sie nur im Schritttempo vorwärts. Blocher sah einige Männer in den Seitengassen stehen, die den Verkehr beobachteten. Er bückte sich und tat, als suche er etwas am Boden. Sie fuhren unter der ersten Bosporusbrücke hindurch, umrundeten die Yalıs von Arnavutköy und folgten den Windungen der Uferstraße vorbei an der Festung Rumeli Hisarı. Blocher sah sich um. Sie waren allein und es schien, als ob ihnen niemand gefolgt war. In Bebek saßen die Menschen auf den Bänken im Park neben der Moschee und sahen den Jachten zu, die in der Bucht vor Anker lagen und sich leicht hoben und senkten und ihre Masten in den Himmel streckten. Dann breitete sich der Bosporus auf einmal in wechselnden Farben, teils silbrig glänzend, teils grauschwarz, kilometerweit aus wie ein oberitalienischer See. Aber für solche Bilder fehlte Blocher jetzt der Sinn.

* * *

Das Verwalterhaus auf dem Gelände der Sommerresidenz in Tarabya, ein flaches Gebäude aus Holz, von dem da und dort die weiße Farbe abblätterte, lag versteckt hinter einem Rondell aus Hecken und Palmen, in dessen Mitte ein runder Tisch für drei Personen gedeckt war. Eisele und Blocher saßen im Schatten auf weißen Korbstühlen einander schweigend gegenüber. Eine leichte Brise vom Bosporus milderte die Hitze. Wie früher, als Blocher an den Wochenenden hierherkam und Eisele und seine Frau in ihrem Idyll besuchte, gab es »Träubleskuchen«. Sorgsam wie ein Chirurg schnitt Blocher mit der Gabel durch das Baiser und die Johannisbeeren bis auf den Grund des Mürbteigs. Aber die vertraute, an eine Tschechow-Erzählung erinnernde Atmosphäre, die er einst so genossen hatte, kam ihm jetzt vor wie ein Sehnsuchtsbild, das hinter einer trüben Gegenwart verschwand. Auf dem leer gebliebenen Korbstuhl lagen die Sonntagszeitungen. Inzwischen ging es auf dreizehn Uhr zu. Altenhöhner ließ sich noch immer nicht blicken. Blocher griff nach seinem Handy und drückte auf Altenhöhners Nummer. Keine Antwort. Der Mobilanschluss war abgestellt.

Eisele deutete auf die Zeitung neben ihm und fragte: »Haben Sie das gelesen?«

»Nein, warum?«

»Ein Bericht über den Mord in Berlin auf zwei Seiten.«

»Ach?«

»Nichts wirklich Neues.«

Eisele griff nach den Zeitungen und suchte nach dem Artikel.

»Da waren noch zwei Frauen und ein junger Mann am Tatort.«

»Ich weiß.«

»Moment!« Eisele setzte seine Brille auf und las vor.

»Eine der Frauen führt eine gerichtliche Auseinandersetzung mit dem Bezirksamt, bei dem sie von einem Potsdamer Anwalt vertreten wird. Streitpunkt ist die Aufstellung eines Grabsteins für ihren Vater, der 1942 nach einem Flugzeugabsturz mit Staatsbegräbnis auf dem Invalidenfriedhof bestattet wurde.«

Blocher sprang auf. Er riss Eisele die Zeitung aus der Hand

»Ein Potsdamer Anwalt? Altenhöhner kannte also die beiden Frauen auf dem Friedhof«, sagte er leise. »Von ihnen hat er erfahren, dass Gudoff an dem Morgen zum Invalidenfriedhof kommt. Er ist der Mörder! Er lauert Gudoff auf, der mit dem Kranz für die beiden Frauen unterwegs ist, bringt ihn um und nimmt ihm die Schlüssel ab. Dann fährt er nach Potsdam in die Mangerstraße und durchsucht Gudoffs Wohnung. Im Sekretär findet er das Schreiben an die Staatsanwaltschaft, in dem Gudoff mir Betrug an den Anlegern unterstellt. Er durchforstet Gudoffs Laptop und stößt auf die eidesstattliche Erklärung, in der er mich für das Verschwinden von fast zwanzig Millionen verantwortlich macht. Hier steht es doch!« Er las laut und langsam Zeile für Zeile vor.

»Im Nachlass des Opfers befanden sich Unterlagen, die einen Mitarbeiter aus dem Immobilienunternehmen Detlev Cronings belasten könnten, in dem der Ermordete Kasimir S. als Geschäftsführer tätig war. Sie liegen dieser Zeitung vor. Auf Nachfrage teilte die Staatsanwaltschaft mit, dass der Aufenthaltsort des Mitarbeiters nicht bekannt ist. Ein Fahndungsersuchen lag bis gestern nicht vor.«

Blocher sah Eisele mit aufgerissenen Augen an. Altenhöhner hat die Geschichte der Presse gesteckt, überlegte er. Die billigste und mieseste Methode, um den Verdacht von sich weg auf mich zu lenken. »Es ist nicht zu fassen!«, murmelte er und hielt die Zeitung in die Höhe. »Altenhöhner hatte die Schlüssel zu Kasimir Gudoffs Wohnung. Ich Idiot! Ich hab es als selbstverständlich hingenommen. Und er? Er hat sich noch vor der Durchsuchung durch die Polizei das Material beschafft, das jetzt in der Redaktion dieses Drecksblatts auf dem Tisch liegt.«

»Schön und gut«, warf Eisele ein. »Altenhöhner ist der Hauptverdächtige, doch isch au das nur eine Vermutung. Vielleicht war es au der Hassan in Begleitung von der Isabel?«

»Ist doch egal, Eisele Bey!«, rief Blocher. »Mir fehlt immer noch ein Alibi. Und ob mir Croning eins verschafft, wissen die Götter.«

Eisele sah Blocher, der mit der Zeitung in der Hand vor ihm stand, von oben bis unten an und meinte: »Der Mörder muss doch Spuren hinterlassen haben auf dem Friedhof. Vielleicht hedd die Mordkommission den Altenhöhner schon im Visier.«

»Anscheinend nicht. Hier ist nur von mir die Rede. Und mir läuft die Zeit davon.« Blocher warf das Blatt zurück auf den Korbstuhl. »Die Kampagne gegen mich ist eröffnet, nach dem immer gleichen Drehbuch. Irgendjemand spielt ihnen ein paar Informationen zu, sie stürzen sich auf den Knochen, rücken damit aber nicht gleich raus, da würde ja die Auflage wieder fallen, sondern streuen Gerüchte, stellen Vermutungen an, sprechen von Hinweisen, die einen *belasten könnten* – egal, was an der Story dran ist. Hauptsache, es ist eine Story. Jemand ist in die Rolle des Informanten geschlüpft und hat diese Sykophanten, wahrscheinlich auch die Staatsanwaltschaft auf seiner Seite. Wenn es Altenhöhner war, hat er mich sauber hereingelegt.«

»Ich bin ihm ja bislang nicht begegnet, elhamdulillah!« Eisele sah auf die Uhr. »Wie's aussieht, bleibt's au dabei. Vielleicht isch der au gar ned in Ischtanbul.«

»Halb zwei«, sagte Blocher nach einem Blick auf seine Uhr. »Ich muss gehen.«

»Wohin?«

»Zurück nach Berlin.«

»Und dann?«

»Ich werde Aussage gegen Altenhöhner machen.«

»Vielleicht wäre es besser, abzuwarten. Sie wohnen doch privat. Wenn Sie niemand beobachtet hat, sind Sie dort fürs Erste sicher.«

»Abwarten? Wie lange? Was soll dabei herauskommen?«

Er griff nach seinem Handy und versuchte es noch einmal bei Wolffson. Aber Wolffson hatte sein Telefon immer noch abgestellt.

»Eisele Bey! Es bleibt mir doch gar nichts anderes übrig, als mich der Mordkommission zu stellen.« Er dachte an die drei, vier gelben Tatort-Nummerntafeln, die von der Spurensicherung über den geteerten Fußweg hinweg in Richtung Friedhofsmauer abgelegt worden waren. »Sollen sie Maß an mir nehmen und an Altenhöhner! Wenn nicht, werde ich es verlangen: Schuhgröße, Körpergröße, Gewicht. Die mit ihren forensischen Methoden werden doch wohl in der Lage sein, mir meine Unschuld zu attestieren.«

»Ich frag mich nur, wo sich der Altenhöhner rumtreibt. Bleiben Sie hier! Wenigstens bis zum Abend! Ich bring Sie dann in Ihr Apartment«, schlug Eisele vor. »Gehen Sie nicht weg! Nicht jetzt! Wer weiß, was da draußen auf Sie wartet.«

Blocher sah Eisele in die Augen und lächelte.

»Es tut mir so leid. Wir haben die ganze Zeit nur über mich gesprochen. Über diesen Sumpf. Das passt alles gar nicht zu Ihnen und Ihrem Klingsor-Garten.«

»Ja, dreißig Jahre hab ich ihn gepflegt«, antwortete Eisele bewegt. »Mein Glücksbringer! Der letzte große Park am Bosporus. Fast zwanzig Hektar, achtzehn Gärtner. Oben der Soldatenfriedhof und hier unten das Botschafterhaus und die anderen Gebäude, die wir jetzt sanieren werden. Ich hör' bald auf. Dreißig Jahre Generalkonsulat, des isch genug.«

»Und dann?«

»Ich weiß nicht. Wir haben ebbes Klein's auf Zypern. Aber da gehts mir schon zu ordentlich zu. Ischtanbul würd' mir fehlen.«

Eisele telefonierte nach einem Taxi und begleitete Blocher zum Tor.

»Als ich nach Ischtanbul ging«, sagte er, als sie auf dem Kiesweg zwischen den weißen, aus Holz gebauten Villen standen, »sind die erschte Gastarbeiter nach Deutschland komme. Vergliche mit heut war Ischtanbul damals ein stiller Ort. Heut kann mir keiner mehr erklären, wo die Stadt anfängt und wo sie aufhört. Aber es hedd nie einen Augenblick gebe, in dem ich weg g'wollt hätt'. Ich bin anders als die andern im Generalkonsulat. Sie sprechen die Sprache nicht, kennen das Land nicht, kommen für ein paar Jahre her und gehen dann wieder, erschöpft von dene Umschtänd hier, vom G'schäftsverkehr und der Plackerei mit den Türken. Vor den Besuchen dahoim hab ich mich immer g'fürcht. In Reutlinge, da wo ich herkomm', kannst die Schpätzle vom Pflaster esse, so sauber isch des da. Aber es isch alles au so eng, so ordentlich, so ohne Umständ' und Mängel, und was dene Leut' da alles wichtig isch … Ich hab's nie mehr als drei Woche ausg'halte …«

Blocher musste lachen. Er wollte eigentlich sagen: Eisele Bey, Sie sind ein wirklicher Freund. Und ein Original. Beides zusammen ist so wunderbar und so selten! Aber dann sagte er nur: »Eisele Bey, ich danke Ihnen, dass Sie so zu mir halten!«

»Ach Blocher Effendi, Mached Sie's gut!«, entgegnete Eisele.

Fast klang es wehmütig, als würden sie sich nie wiedersehen. Sie schüttelten sich die Hände und Eisele gab ihm seine Handy-Nummer.

»Für alle Fälle«, meinte er mit einem Augenzwinkern. »Ich bin immer für Sie da, wenn Sie Hilfe brauched. Wir könne vom Generalkonsulat aus für Sie scho des eine oder andre regle … Und gebbed Sie auf den Terek acht!«, rief er ihm noch nach, als Blocher ins Taxi stieg. »Der hedd hier überall seine Leut'!«

* * *

Blocher ließ das Fenster herunter und sah auf den Bosporus hinaus. Im Licht der Nachmittagssonne wechselten die Farben des Wassers zwischen Türkisgrün und tiefem Dunkelblau. Es tat gut, diese Straße entlangzufahren und von einer Kurve zur nächsten Schatten und Licht auf dem vom Wind umfächelten Gesicht zu spüren. Auf dem Bosporus zog eine elegante Motorjacht vorbei, dunkelbau der Rumpf, schneeweiß die Aufbauten. Holländische Stahljacht, fast zwanzig Meter, aber für den Jungfernsee in Potsdam etwas zu groß, schätzte Blocher.

Entgegen seiner Gewohnheit verspürte er wenig Lust, mit dem Taxifahrer zu sprechen. Der Türke rutschte schon eine ganze Weile unruhig auf seinem Sitz hin und her, reckte den Kopf zum Rückspiegel und wagte abenteuerliche Überholmanöver. Als er an einer Rechtskurve einen Kleinbus überholte und dabei fast mit einem entgegenkommenden Fahrzeug zusammenstieß, wurde es Blocher zu bunt. Er herrschte ihn an, langsam zu fahren. Der Fahrer achtete nicht auf seine Worte. Er flüsterte Blocher ein »Hinter uns!« zu, trat auf der Geraden neben dem Österreichischen Konsulat aufs Gaspedal und raste auf den Ortseingang von Yeniköy zu. Blocher drehte sich um und sah ein Taxi, das mit hoher Geschwindigkeit bis auf wenige Meter heranfuhr und schließlich am Heck ihres Wagens wie eine Klette kleben blieb. Der Fahrer, ein kräftiger Bursche mit mächtigem schwarzen Schnauzbart, hing vornübergebeugt über dem Lenkrad. Offensichtlich war er darauf aus, sie zu provozieren oder sich ein Rennen mit ihnen zu liefern.

»Ein Irrer!« fluchte Blocher auf Deutsch. Dann sah er die anderen.

Vorne rechts auf dem Beifahrersitz saß Holger Altenhöhner, hinter ihm an seine Schulter geschmiegt und die Arme um ihn geschlungen Salomé. Blocher winkte den beiden zu und signalisierte, man solle das Tempo drosseln und anhalten. Altenhöhner sah nervös um sich, als rechne er jeden Augenblick mit einem Unfall. Bevor er noch einen Gedanken darauf verschwendete, was hier eigentlich vorging, wandte sich Blocher um und schrie den Fahrer an, er solle einmal zeigen, was in seiner gottverdammten Karre steckt.

Sie schlängelten sich in wildem Slalom zwischen Fußgängern, Autos und Bussen durch, die auf der Platanenallee in Yeniköy den Weg verstellten, und schafften es trotz des dichten Verkehrs, die Verfolger noch vor der Hafenbucht von Istiniye abzuhängen. Blocher trieb den Fahrer zu immer riskanteren Überholmanövern an. Auf dem Bosporus war wieder die Holländische Stahljacht zu sehen, ein stiller Begleiter, der aber zurückblieb, als sie, jedes Auto vor sich überholend, unter der Zweiten Bosporusbrücke durchfuhren. Sie umrundeten mit quietschenden Reifen die Festung Rumeli Hisarı, der Fahrer schaltete zurück und trat das Gaspedal durch.

Als sie an den Jachten vorbeirasten, die friedlich am Ufer dümpelten, sah Blocher die Bosporus-Fähre, die auf den Anleger von Bebek zusteuerte. Es muss das Schiff sein, entsann er sich, das von Kandilli auf der asiatischen Seite kommt und dann wieder hinüber nach Çengelköy fährt. Kurz bevor sie in den Ort fuhren, drehte er sich noch einmal um und sah, wie das gelbe Taxi auf dem weiten Bogen der Uferstraße rasch wieder näher kam.

Blocher hielt dem Fahrer einen Zwanzig-Dollar-Schein hin und rief, als die Bebek-Moschee in Sicht kam: »*Dur!*« Der Fahrer machte eine Vollbremsung. Blocher griff nach seinem Aktenkoffer, sprang aus dem Taxi und rannte durch den kleinen Park an der Moschee vorbei auf das Gebäude der Anlegestelle zu. Er löste hektisch einen Fahrschein, während die Schrauben des Fährschiffs schon begannen, das Wasser aufzuwühlen. Der Bootsmann hatte den Holzsteg bereits eingezogen, als Blocher auf die Fähre sprang. Das Schiff gab erbost ein lautes Tuten von sich, als wollte es dem verspäteten Passagier eine Rüge erteilen, und legte ab. Blocher sah Altenhöhner, der vor dem Gitter der Absperrung haltmachte und dann zurück in den Park lief. Dann begab er sich unter einer hingemurmelten Entschuldigung am Bootsmann vorbei ins Innere des Schiffs.

Er nahm ein Glas Tee, das ihm der *Çaycı* reichte, zahlte, setzte sich ans Fenster und sah der dunkelblauen Motorjacht nach, die weiter voraus eine schäumende Spur durchs Wasser zog. Der heiße Çay tat gut. Die Dinge müssen in Berlin geregelt werden, sagte er sich, nicht hier. Ich werde in Çengelköy ein Taxi nach Üsküdar nehmen, dann mit der Autofähre nach Kabataş übersetzen. Von da sind es nur ein paar Schritte zu Leyla. Bloß kein Aufsehen erregen! Bloß kein Ärger mit der Polizei! Ich muss versuchen, noch heute einen Flug nach Nizza zu bekommen, wo der Wagen steht. Er meldete sich noch einmal vergebens bei Wolffson und bat auf dem Anrufbeantworter dringend um Rückruf. Es war Montag, Wolffson hätte längst im Büro sein müssen, aber dort wollte er ihn nicht anrufen. Sie hatten immer über ihre Mobiltelefone kommuniziert. Es war ihm ein Rätsel, warum Wolffson abgetaucht war. Er war jetzt mehr als je zuvor auf ihn angewiesen, weil er nicht vorhatte, sich bei der Staatsanwaltschaft zu melden, ohne sich vorher mit ihm, dem weitaus erfahreneren Juristen, abzusprechen.

Gefangen in diesen Überlegungen fuhr er hoch, weil ihm plötzlich auffiel, dass die Villen am asiatischen Ufer bei Kandilli in weiter Ferne lagen und die Fähre nicht oder noch nicht auf die andere Seite wechselte, sondern sich weiter nahe am europäischen Ufer hielt und Kurs auf Arnavutköy nahm. Damit hatte er nicht gerechnet. Er stand auf, um dem Teeverkäufer das leere Teeglas zurückzugeben. Im selben Moment sah er, dass Altenhöhner und seine

Frau am Pavillon der Anlegestelle von Arnavutköy aus dem Taxi stiegen.

Bevor er noch überlegen konnte, was zu tun sei, rumpelte das Schiff gegen den Anleger, der voller Menschen war. Die Passagiere verließen das Schiff. Blocher drückte sich in eine Ecke am Fenster der voll besetzten Bank an der Backbordseite. Altenhöhner und seine Frau schlossen sich der Menge an, die aufs Schiff wollte. Die Fähre legte ab. Blocher starrte aus seiner Deckung heraus auf den Eingang. Salomé ging hinter Altenhöhner an der Reling entlang nach hinten, was Blocher nicht sehen konnte, weil der Gang inzwischen überfüllt war. Er umklammerte den Griff seines Aktenkoffers und stand auf. Die Leute standen dicht gedrängt zwischen den Bänken. Blocher wollte nach hinten zur Treppe auf das Oberdeck, als ihm Altenhöhner, gefolgt von seiner Frau, aus dem Durchgang zum Heck entgegenkam.

Er machte auf der Stelle kehrt und bahnte sich einen Weg durch den voll besetzten Gang nach vorn. Dann nahm er mit wenigen Sätzen die Treppe nach oben und lief aufs freie Deck. Dabei kam ihm der *Çaycı* in die Quere, den er so anrempelte, dass der mitsamt Tablett in einer Teelache auf dem Boden landete. In das Klirren der Gläser, die Flüche des Teeverkäufers und den anschließenden Tumult stießen Altenhöhner und Salomé, die hinter Blocher die Treppe heraufgerannt kamen. Blocher rief dem Teeverkäufer noch zu, er werde den entstandenen Schaden wiedergutmachen, ließ den Unglücklichen aber liegen, der sich hilfesuchend an Altenhöhner wandte, was Blocher einen Vorsprung verschaffte, den er nutzte, um über die Scherben hinweg zum Heck des Schiffs zu stürzen, wo er sich neben einem graubärtigen Mann mit sonnengegerbten Zügen und einem hellgrauen gestrickten Käppi wiederfand, der sein Sesamkringel an die Möven verfütterte.

Der Alte hielt Blocher eine Krume seines *Simits* hin und lud ihn augenzwinkernd zur Teilnahme an seinem zoologischen Frühschoppen ein. Blocher lehnte dankend ab, wurde aber durch die Kunststücke des Tierfreunds für eine Sekunde vom Durcheinander hinter seinem Rücken abgelenkt. Wie beseelt hielt der Mann zwischen zwei Fingern die Reste des Sesamkringels in die Höhe und trat in ein kurzes Zwiegespräch mit einer frechen Möve ein, die sich über Blochers Kopf eine Weile in der Luft hielt, um dann mit einem zielsicheren Biss ein Bruchstück mit auf ihren Flug zu nehmen. Inzwischen waren sie von einem ganzen Schwarm lärmender Möven umgeben. Vom Geflatter und Geschrei bedrängt drehte sich Blocher um und sah Altenhöhner und Salomé auf sich zukommen.

»Nimm ihm den Koffer ab!«, fauchte Salomé.

Sie stieß ihren Mann nach vorne, der sich vor Blocher aufbaute und kopfschüttelnd, als sei jeder Widerstand zwecklos, erklärte: »Das Spiel ist aus, Blocher. Sie haben Kasimir Gudoff ermordet und seinen Vater, dem Sie das Dossier abgenommen haben. Nur wegen eines Briefs an die Staatsanwaltschaft, der Sie als Betrüger entlarvt? Sie dachten, Sie wechseln die Seiten und alles wird gut? Wir wissen, dass Sie für Terek arbeiten. Er hat die zwanzig Millionen gekapert, die Croning gehören. Und jetzt wollen Sie Croning mit dem Dossier erpressen, bis er ihm auch noch Mallorca überlässt. Sie haben es da drin! Nun geben Sie schon her!«

Blocher lehnte sich mit dem Rücken gegen die Reling und nickte ernst, zum Zeichen seiner Bereitschaft nachzugeben. »Bloß kein Aufsehen! Bloß kein Ärger mit der Polizei!«, sagte er leise und öffnete die Verschlüsse des Aktenkoffers. Dann drehte er sich blitzschnell um und schleuderte ihn in hohem Bogen über die Reling. Der Koffer klappte noch während des Fluges auf, der Wind fuhr in ihn hinein und die Blätter wirbelten durch die Luft und flatterten zusammen mit den flügelschlagenden Möven über dem Wasser. Es war ein Bild, dem Blocher wie berauscht hinterhersah. Hatte ihn nicht Hershfield beschworen: *Werfen Sie Ihr Dossier in die Salzach?* Jetzt tanzten Koffer und Blätter auf dem grellgrünen, von den Schiffsschrauben aufgewühlten Wasser, eilten davon und versanken für immer im Bosporus.

»Mörder!«, schrie Salomé und zerrte an Blochers Arm. Unter Tränen und Drohungen verfiel sie in eine Raserei, die jeglicher Logik entbehrte. Sie krallte sich an ihm fest und fing an, ihn mit solcher Kraft zu schütteln, dass er beinahe das Gleichgewicht verlor. Im selben Augenblick sah Blocher den Mann an Deck der blauen Motorjacht. Er war höchstens fünfzig Meter entfernt und hielt ein Fernglas auf ihn gerichtet.

»Sie sind wahnsinnig! *Wahnsinnig!*«, schluchzte Salomé in einem fort und trommelte mit ihren kleinen, festen Fäusten gegen seine Brust. Ihre Haare lösten sich und fielen ihr ins Gesicht, sie war außer sich, ihre Augen flatterten, sie zitterte am ganzen Leib, schrie und tobte so infernalisch, dass Blocher fürchtete, sie würde den Verstand verlieren.

Altenhöhner war totenbleich. Er legte den Arm um die Schultern seiner Frau, bis sie von Blocher abließ und er durch die Menge der zurückweichenden stummen Zeugen den Weg zur Treppe suchte. Vor den Stufen drehte er sich noch einmal um und warf Blocher einen kurzen Blick zu, in dem etwas ungemein Trostloses lag.

Blocher sah instinktiv zu Boden wie ein Passant, der es nicht fertigbringt, dem Blick eines Bettlers standzuhalten, weil sich darin der Abgrund einer verzweifelten Seele auftun könnte. Vielleicht war es aber auch der Mund Altenhöhners, der ihm einen Schrecken einjagte, die weichen, breit geschwungenen Lippen, die zu einem hilflosen Lächeln verzerrt waren, als wolle er sich bei Blocher für Salomés Ausraster entschuldigen. Nicht in der Weise, dass es ihm peinlich gewesen wäre, sondern wohl eher aus Hilflosigkeit und dem Bewusstsein seiner Verstrickung in beschämende Abhängigkeiten, so als habe er mit all dem, was eben geschehen war, im Grunde nichts zu tun.

Blocher schaute ihm nach, wie er, den Arm um Salomé gelegt wie eine Ankerkette, die ihn unauflöslich mit seiner Frau verband, die Treppe hinunter verschwand, ein Stemmer mit breiten Schultern, der zugleich das jämmerliche Bild eines Menschen bot wie jemand, dem der Boden unter den Füßen wankt und entgleitet. Blocher war so aus der Fassung, dass die volle Bedeutung dessen, was er eben erlebt hatte, gar nicht in sein Bewusstsein drang. Er bemerkte auch nicht das vereinzelte Gelächter unter den Passagieren noch kam ihm in den Sinn, dass ein Aktenkoffer, der wie ein flügelschlagendes Wurfgeschoss in den Bosporus segelt, oder ein fremdländischer Hüne mit einer tobenden Blondine am Arm Aufsehen erregen würde und damit genau das eingetreten war, was er immer vermeiden wollte: Sie alle, ihre Gesichter, ihre Gestalt, ihr Benehmen hatten sich den Umstehenden, die ein solches Schauspiel auf ihrer Bosporusfahrt nicht alle Tage geboten bekamen, ins Gedächtnis eingebrannt.

Er konnte keinen vernünftigen Gedanken fassen und noch viel weniger Altenhöhners Verhalten überschauen und innerlich verarbeiten. So verhält sich kein eiskalter Mörder, suchte er sich im ersten Augenblick einzureden, Einzelkämpfer hin oder her. *Nun geben Sie schon her!* Das war laienhaft. Entweder glaubte Altenhöhner wirklich, ich sei der Mörder seines Mandanten, oder er suchte ziemlich ungeschickt nach einem Vorwand, um an das Dossier zu kommen. Für wen? Für sich? Oder ist er tatsächlich für Croning unterwegs und davon überzeugt, ich hätte die Seiten gewechselt?

Die Fähre näherte sich dem Anleger von Çengelköy. Blocher ging zum *Çaycı*, der immer noch mit dem Auflesen seiner zerbrochenen Teegläser beschäftigt war, bat um Nachsicht und erstattete ihm großzügig den Schaden. Als er sich umdrehte, sah er den alten Mann mit dem grauen Käppi allein am Heck stehen. Die Passagiere waren nach unten gegangen und die Möven waren verschwunden. Der Alte schaute Blocher verständnislos an, als suche er vergeblich seine Begegnung mit den seltsamen Menschen aus einer fremden Welt zu verdauen, die anscheinend nichts dabei fanden, von irgendwoher in sein gottesfürchtiges Dasein einzubrechen, nur um ein heilloses Durcheinander anzurichten.

Mit einem schiefen Lächeln wich Blocher den Blicken des Alten aus, ging ein paar Schritte zur Seite und hielt sich an der Reling fest, als wäre er von einem unerwarteten mächtigen Schlag getroffen. Er taumelte innerlich und erstarrte bei dem Gedanken, dass er in der Hektik der letzten Tage keine Gelegenheit gefunden hatte, eine Kopie des Dossiers anzufertigen. Er hatte versäumt, Eisele darum zu bitten, als er bei ihm im Konsulat war. Er hatte nichts mehr gegen Croning, Kelly oder Terek in der Hand.

Die Fähre hatte inzwischen Çengelköy erreicht. Blocher verharrte auf dem oberen Deck und beobachtete, wie seitlich der Anlegestelle die dunkelblaue holländische Motorjacht festmachte. Mehrere Männer in grauen Anzügen sprangen auf die Plattform des Anlegers und eilten auf die Fähre zu. Alle mit Schnauzbart und schmaler, in enger Rundung zu den Schläfen hin gebogener Sonnenbrille, ganz so wie Hassan sie immer trug. Noch hatte kein Passagier das Schiff verlassen. Irgendetwas wurde unten verhandelt. Dann verließen die ersten Fahrgäste jeweils einzeln das Schiff. Blocher ging die Treppe hinunter, wo schweigendes Gedränge herrschte. Vor der schmalen Holzbrücke, die vom Schiff auf den

Anleger führte, kam es zu einem Handgemenge. Er stellte sich auf die Zehenspitzen und sah über die Köpfe der Passagiere hinweg, wie Altenhöhner und seine Frau von drei oder vier Männern überwältigt wurden. Salomé stieß einen spitzen Schrei aus und Blocher sah durch die Fenster, wie die beiden auf die dunkelblaue Jacht gebracht wurden.

»MIT!«, raunte eine Frau neben ihm. »Sind wieder hinter Terroristen her.«

Blocher verließ als Letzter das Schiff. Als er auf das Gebäude der Anlegestelle zuging, stand plötzlich wie aus dem Boden gewachsen Hassan mit zwei Männern vor ihm. Er trug als einziger der Männer keine Sonnenbrille und musterte Blocher unbewegt mit einem kalten Blick. Sekunden später fand sich Blocher in Handschellen auf der Motorjacht wieder.

Alles ging schweigend vor sich. Er wurde in den Salon geführt, wo bereits Altenhöhner und Salomé auf breiten Ledersofas Platz genommen hatten. Auch ihnen hatte man Handschellen angelegt. Von den Männern in Zivil waren zwei an Deck, je einer stand vor den Türen zur Vorder- und zur Achterkabine, die drei übrigen, darunter Hassan, blieben bei den Gefangenen. Hassan hielt eine Pistole in der Hand. Niemand sprach ein Wort.

Einen Moment lang glaubte Blocher, der überraschende Zugriff sei womöglich Folge eines eilig vollzogenen Haftbefehls, den die Staatsanwaltschaft in Berlin den türkischen Behörden früher als gedacht hatte zukommen lassen. Aber wie war dann die Anwesenheit Hassans zu verstehen, der seine Pistole wie ein kleiner Junge mit liebevollen Blicken streichelte, als hätte sie ihm sein Baba beim letzten Bayram zum Geschenk gemacht? Und was wollten sie von Altenhöhner und seiner Frau? Offensichtlich begriffen auch die beiden nicht, wie ihnen geschah, erschrocken und blass wie sie ihm gegenübersaßen, ohne sich zu einem Protest aufzuraffen oder zu fragen, warum man sie »verhaftet« hatte – oder wie immer man den ebenso geräuschlos wie routiniert vollzogenen Zugriff nennen sollte.

Das Boot legte ab. Blocher fuhr sich mit der Zunge über die trockenen Lippen, warf einen spöttischen Blick auf Hassans Waffe und dachte dabei an Corelli und Elyas und ihre in sarkastischem Ton vorgebrachten Worte: *In der Türkei ist alles möglich.*

Sie passierten die Erste Bosporusbrücke, fuhren am Anleger von Kuzguncuk vorbei und steuerten auf eine rosafarbene Villa zu. Blocher schaute wie ein müder Tourist aus dem Fenster. Er vernahm noch das Knacken der aufstoppenden Propellerwelle, dann fiel er in einen Sekundenschlaf, aus dem ihn das laute Rumoren des Schiffsdiesels holte. Das Boot wurde durchgerüttelt, bis es zum Stehen kam und langsam zum schmalen Anleger der Villa hin schaukelte.

Blocher stand auf und wechselte einen kurzen Blick mit dem Steuermann, einem älteren, braun gebrannten Seebären mit weißer Kapitänsmütze, der anscheinend nicht zu Hassans Trupp gehörte und ihm stirnrunzelnd zunickte, als habe auch er begriffen, was Blocher dachte: Die Falle war geschickt gestellt. Sie hatten Altenhöhner im Visier und brauchten nur auf mich zu warten.

* * *

Die Männer machten das Boot fest. Blocher, Altenhöhner und seine Frau stiegen an Land. Das Haus mochte über hundert Jahre alt sein. Es nahm fast dreißig Meter der Uferfront ein und zählte zu den größeren Yalıs, den aus Holz gebauten Sommervillen am Bosporus. Gegenüber, auf der europäischen Seite, lag die Skyline Istanbuls mit den Hochhäusern des Geschäftsviertels im milchigen Dunst, am Ufer davor der Palast des Çırağan Hotels. Vor der Mündung des Goldenen Horns duckten sich Topkapı Palast, Hagia Sophia und Blaue Moschee zwischen den Hügeln der Altstadt, als hätten sie sich dort eingegraben.

Hassan forderte mit der Pistole zum Weitergehen auf. Sie kamen zum Eingang an der Rückseite der Villa. Im Schatten hinter dem Haus hielt sich immer noch die Hitze des Sommernachmittags. Blocher atmete den schweren Duft des Türkenbunds, der über dem verwilderten Garten hing, und folgte Hassan ins Erdgeschoss des Hauses. Das Erste, was er wahrnahm, waren die beiden Statuen des Mohrs von Venedig vor der eleganten zweiflügeligen Treppe, die ins Obergeschoss führte. Gefangen vom Anblick der schwarzen Kinderfiguren, die beide einen Kronleuchter hielten, blieb er stehen, als etwas Seltsames mit ihm geschah.

Schon als er über die Türschwelle schritt und die kühle Luft des Vestibüls auf seinen Wangen fühlte, kam es ihm vor, als vollende sich jetzt, in diesem Augenblick, jene an der Glienicker Brücke noch unbestimmt erahnte Wende in seinem Leben, ohne dass er eine Möglichkeit sah, irgendeinen Einfluss auf das zu nehmen, was kommen würde.

Zugleich, und das war noch merkwürdiger, trat im Halbdunkel und in der Stille des Hauses alles Gegenwärtige in den Hintergrund. Seine angespannte Erwartung, an diesem Ort Bekir Terek und Isabel zu begegnen, verblasste und die Verfolgungsjagd auf der Uferstraße, der Verlust des Dossiers und seine bizarre Festnahme schienen blitzartig aus dem Gedächtnis getilgt, als wären sie nie geschehen. Aber auch die Zeit davor, vor Èze, vor Salzburg und Berchtesgaden, vor Gudoff und Croning, vor Brenners Milliarden-Pleite, ja sogar die Zeit vor dem Studium in Istanbul und vor dem Abitur schrumpfte zusammen und versank im Nirgendwo und an ihre Stelle durchdrangen Empfindungen sein Bewusstsein und seine Innenwelt, als wäre er nicht Philipp Blocher, Finanzvorstand der Croning Hotel und Immobilien Group, sondern das Kind, das er mit acht oder neun Jahren war. Vielleicht geriet jenes emotionale Senkblei, das in den unauslotbaren Tiefen unseres Seelenlebens pendelt, plötzlich in Bewegung, weil er sich in einer alten Villa befand, die ihn aus irgendeinem Grund an das Haus seines Großvaters erinnerte und etwas ganz und gar Unerwartetes und Merkwürdiges in ihm auslöste: Die Vorstellung, er sei der kleine Philipp, der vor dem Großvater kniet und in einem Album mit vergilbten Fotos blättert.

»Das war meine Welt«, hörte er den Großvater sagen. »Es ist die Welt von gestern. Als es mit ihr zu Ende ging, war auch mein Leben zu Ende.«

Er hatte damals nicht verstanden, was der Großvater meinte, und während er das faltenlose Antlitz des alten Mannes wieder vor sich sah, durchzuckte ihn der Gedanke, dass er seinen Großvater nie hat lachen sehen, nie so heiter wie auf den vergilbten Bildern, lächelnd und in Uniform, den Tschako stolz auf dem schönen Kopf, mit untadeliger Haltung auf dem Pferd oder als Kadett mit fast zwillingshaft ähnlichen Gesichtszügen, die er von sich selber, von seinem Spiegelbild her kannte.

Da fiel ihm ein, dass er damals doch noch allen Mut zusammengenommen und gefragt hatte: »Aber Großpapa, warum bist du so traurig? Warum schaust du immer so ganz anders drein als hier in dem Album?« Und er sah den Großvater, wie er in dem großen abgewetzten Lehnstuhl saß und mit zittriger Stimme in seinem langsamen, nasalen österreichischen Dialekt antwortete: »Ja, weißt du, Pippo, als ich Kadett war, kam eines Tages der Kaiser Franz-Josef der Erste zu uns und ich wurde nach vorn gerufen und musste an der großen Schulkarte einen Vortrag halten über eine Reise von Triest nach Barcelona. Da hat er, mein Kaiser, weißt du, also als ich fertig war, hat mein Kaiser zu mir gesagt: ›Das haben Sie sehr gut gemacht. Bleiben Sie immer brav und fleißig!‹ Und als er in den Wagen stieg, um wegzufahren, sind wir alle zum Gitter des Anstaltsparks gerannt und haben ihm ›Hoch!‹ nachgerufen und konnten uns vor Begeisterung gar nicht fassen. Weißt du Pippo, ich hab ihn geliebt, meinen guten alten Kaiser. Ja, und meine Pferde, die hab ich auch geliebt. Ich war ein guter Reiter und hab viele Rennen gewonnen, und als ich aus dem Krieg zurückkam und alles verloren war, bin ich nicht mehr zurechtgekommen mit meinem Leben, ich wollte auch nicht mehr zurechtkommen. Ich bin zwar noch da, Pippo, aber als jemand, der alles verloren hat, Rang und Namen, Geld und Ansehen, Vergangenheit, Gegenwart und Zukunft. Bleib du nur immer brav und fleißig, Pippo, aber vergiss nie, dass zu viel, ja, zu viel Ambition in der Seele eines Menschen wie eines Volkes alles zerstören kann, was kostbar ist.«

Und während er Stufe für Stufe hinter Hassan die Treppe hinaufstieg und darauf bedacht war, nicht stehen zu bleiben oder zu straucheln, dachte Blocher an diese Szene nicht, wie jemand einfach so an etwas denkt. Es war, als fände er in dem eben Erlebten und Gesehenen einen Halt, als stehe ihm mit dieser nur ihm allein bekannten familiären Geschichte, die nirgends aufgezeichnet ist, von der er keinem Außenstehenden je etwas erzählen würde, die zu seinem normalen Leben, seinem Beruf, seinen Bekanntschaften in keiner Beziehung stand – als stehe ihm damit gewissermaßen ein Hausmittel zur Verfügung, um im Glauben an das Wohlwollen des Schicksals gegenüber allen türkischen Schlichen und dem zu erwartenden verschlagenen Gehabe zu bestehen.

Was ist Haltung? Was ist Feigheit? Was ist Schicksal, was ist Mut?, fragte er sich und ihm fiel Wolffson ein, wie er am Telefon von seiner und Hershfields Familie sprach und es sich anhörte, als ob er an etwas kaute, als er sagte … *also, sie waren zusammen … wir sind nicht verwandt, aber …* Dabei wollte Aaron nur seinen Schmerz über die Vernichtung ihrer Familien für sich behalten.

Ich dachte immer, sagte sich Blocher, es ist der Zufall, der die Menschen zusammenweht, und er regiert auch mein Leben. Dabei hat das Schicksal gar nichts Zufälliges an sich. In Wirklichkeit gehört auch der absurdeste Zufall unerbittlich zu einem selbst, und was auch immer mir zustoßen mag, ist gegenüber dem Schicksal der Menschen von damals nur lächerlich, in jeder Beziehung lächerlich. Mein Leben fühlt sich an wie Treibsand, aber egal, was passiert: Ich werde mich nicht wie ein junger Hund schicksalsergeben auf den Rücken werfen.

Sie kamen in einen quadratischen, von einer flachen Kuppel überwölbten Salon. Auch hier war es im Vergleich zur Hitze draußen angenehm kühl. In der Mitte des Raums war ein achteckiger kleiner Marmorbrunnen in das Parkett eingelassen, aus dem sich leise plätschernd das Wasser in zwei muschelförmige Schalen ergoss. Die drei bodentiefen und zum Bosporus hin gelegenen Fenster waren halb geöffnet, ihre hellgrünen Vorhänge bewegten sich sanft im Wind.

Nach links öffnete sich der Salon zu einem Eckzimmer, von dem zunächst nur ein mit graugrünem Samt bezogenes und allerlei Kissen drapiertes Ecksofa zu sehen war, das unter den Fenstern entlangführte, deren halb heruntergezogene Rollos aus grünem transparenten Stoff gegen die Sonne schützten.

Hassan ließ sie stehen und verschwand hinter dem Durchgang, um die Ankunft seines Fischzugs zu vermelden. An der gegenüberliegenden Wand des Eckzimmers hing ein Spiegel und vor dem Spiegel stand Isabel. Sie wandte Blocher den Rücken zu, aber im Spiegel hatte er sie vor sich, als ob sie ihm zugewandt wäre.

Durch die offenen Fenster des Eckzimmers drang das Geschrei der Möven, darunter schlug das Wasser gegen die Ufermauer, von Ferne klang das Summen des Verkehrs herüber. Isabel tuschelte mit jemand, den Blocher nicht sehen konnte. Ihm war, als wäre sie ihm unendlich fern und nah zugleich. Sie ahnte davon nichts, sah von ihren gefalteten Händen auf und wandte sich ihrem Gesprächspartner zu, als drehe sie sich aus dem Spiegelbild.

Hassan kam zurück und winkte ihn und die Altenhöhners heran. Als sie in das Eckzimmer traten, erhob sich Bekir Terek wie ein in die Jahre gekommener Eber ächzend aus einem mit dunkelgrünem Samt bezogenen Ohrensessel und grunzte ihnen im Ton erstaunten Unmuts ein »Hoş geldiniz!« als Willkommensgruß entgegen.

Isabel blieb stumm, blickte aber Blocher freundlich an, als wollte sie ihm sagen, er müsse Tereks rüden Ton nicht zu ernst nehmen. Neben ihr war George, der, ohne eine Miene zu verziehen, die Szene verfolgte. Drei der Männer standen zwischen Ecksofa und einem runden, antiken Tablett-Tisch aus Messing, sodass sie den Blick auf die Fenster und den Bosporus verstellten. Je einer stellte sich hinter Blocher, Altenhöhner und Salomé. Sie musterten wie nach einer stummen Übereinkunft leer und abgestumpft ihre Gefangenen, als hätten sie einen schlechten Fang gemacht.

Terek wirkte vom Anblick der Schar, die sein intimes Kabinett in ein überfülltes Wartezimmer verwandelte, angeödet, als habe ihn jemand aus dem Mittagsschlaf geholt. Er hob seine Rechte und deutete mit schüttelnder Hand ungehalten auf Blocher, worauf einer der Männer herbeieilte, um die Handschellen aufzuschließen. Blocher rieb sich die Handgelenke. Noch bevor er Zeit fand, sich über die Situation klar zu werden, fing Salomé an zu schreien und sich lautstark über ihre Behandlung zu beschweren.

»Wieso nehmen Sie dem da die Fesseln ab? Er wird in Berlin wegen Mordes gesucht!«

Sie riss ihre gefesselten Arme hoch und wies auf Blocher.

»Seit einer Woche versucht er, mit plumpen Tricks seinen Kopf aus der Schlinge zu ziehen. Sie haben kein Recht, uns so zu behandeln«, wandte sie sich an Terek. »Ich möchte mit unserem Konsul sprechen!«

Bekir Terek runzelte missbilligend die Stirn. Ihm genügte eine mürrische Handbewegung, die gar nicht Salomé galt, sondern Blochers Wächter und den drei grauen Gestalten vor dem Fenster, um sie aus dem Raum zu schicken und zugleich Salomé zum Schweigen zu bringen.

»Es ist an der Zeit, ein paar Dinge zu klären«, brummte er. »Mir gefällt es nicht, wenn man mir Geschichten anhängt, die mich nicht betreffen. Und die auch sonst niemanden etwas angehen. Niemanden!«, wiederholte er aufgebracht, fixierte Blocher und wies Hassan an, Altenhöhner und seiner Frau die Handschellen abzunehmen. Dann machte er es sich wieder in seinem Lehnsessel bequem und fragte Altenhöhner, ohne Salomé weiter zu beachten, mit wem er es zu tun habe.

Altenhöhner nannte seinen Namen.

»Und? Was machen Sie?«, wollte Terek wissen und starrte dabei auf Blocher, als wäre er mit ihm noch nicht fertig. Altenhöhner schob sich eine Locke aus der Stirn.

»Rechtsanwalt und Steuerberater. Kasimir Gudoff, der ermordete Geschäftsführer der Croning Gruppe, war mein Mandant.«

»Soso, Rechtsanwalt.« Terek winkte ab, als wisse er längst Bescheid. »Sie haben sich auf den Weg nach Istanbul gemacht? Warum nur?«, fragte er in mitleidigem Unterton. »Doch nicht wegen Millionen von Monsieur Croning auf Konto von meine Terek Vakıf Bank?«

»Auf dem Konto der Pinkhouse Bank auf den Cayman Islands, um genau zu sein«, korrigierte Altenhöhner höflich. »Aber das war nur eine Finte.«

»Eine Finte? Was ist das?«

»Ein Vorwand, eine Täuschung. Ich werde es Ihnen erklären. Der Staatsanwaltschaft in Berlin liegen verschiedene Schreiben vor, darunter eine eidesstattliche Erklärung meines Mandanten. Sie scheinen ausreichend, um Anklage gegen Herrn Blocher wegen Mordes an Kasimir Gudoff zu erheben. Der Haftbefehl wurde bereits ausgestellt.«

»Worauf warten Sie noch«, rief Salomé dazwischen. »Übergeben Sie ihn der Polizei und lassen Sie uns endlich gehen!«

»Salomé! Bitte!«

Altenhöhner schüttelte den Kopf. Er baute sich zu voller Größe auf und richtete im Ton eines Zeugen der Anklage das Wort wieder an Terek. »Zu Ihrer Frage: Ich hatte Herrn Doktor Blocher zufällig am Steg von Schloss Fuschl getroffen, dann aber seine Spur verloren. Daraufhin habe ich Herrn Croning angerufen und es mit dem Vorwand der Millionen auf Ihrer Pinkhouse Bank versucht.«

Blocher öffnete den Mund. Es sah aus, als ob er etwas sagen wollte.

»Was für ein Vorwand?« Terek, der die ganze Zeit scheinbar gelangweilt in seinem Lehnsessel hing, war plötzlich hellwach.

»Woher weiß denn Monsieur Advocatus, dass Pinkhouse Bank uns gehört?«

»Aber das liegt doch auf der Hand«, antwortete Altenhöhner von oben herab. »Wo sind wir denn hier? In einer rosa Villa! Pinkhouse am Bosporus, Pinkhouse auf den Cayman Islands.«

»Farbe inderessierd nicht«, knurrte Terek und fuhr Altenhöhner an: »Ich erwarte Antwort auf meine Fragen! Zu Konto von Monsieur Gudoff. Existiert nämlich nicht.«

Altenhöhner ließ sich mit einer Antwort Zeit.

»Kann sein«, sagte er schließlich. »Vielleicht existiert ein Konto meines Mandanten bei der Pinkhouse Bank tatsächlich nicht. Aber darum geht es gar nicht. Ich hatte über meine Hausbank erfahren, dass die Pinkhouse Bank eine Niederlassung der Terek Vakıf Bank ist. Mir reichte der Nachweis, dass die Bank Ihnen gehört, um Herrn Croning davon zu überzeugen, Herrn Doktor Blocher nach Istanbul zu dirigieren. Er war ja sonst nirgends greifbar.« Er schaute ernst in die Runde und gönnte sich eine Kunstpause. »Sie müssen wissen«, versicherte er, »dass nach dem Mord an Kasimir Gudoff Herr Doktor Blocher mir gegenüber so tat, als ob die Millionen aus dem Budget meines Mandanten von einem Konto bei der Pinkhouse Bank auf den Cayman Islands verschwunden seien.« Das sei ihm merkwürdig vorgekommen, fuhr Altenhöhner im selben unverfrorenen Ton fort, mit dem er Blocher zu verstehen gab, dass er allmählich Oberwasser bekam. »Als mir Herr Croning erklärte, es gäbe dort gar kein Konto meines Mandanten, hatte ich gleich den Verdacht, dass Doktor Blocher mit der Geschichte des Kontos auf den Cayman Islands nur eine falsche Spur legen wollte, um zu verschleiern, dass er es war, der während seines Aufenthalts in New York das Geld hat verschwinden lassen. Ich sehe darin ein weiteres, vielleicht sogar das eigentliche Motiv, meinen Mandanten umzubringen.« Er räusperte sich und warf mit einer kurzen Bewegung die Locke aus der Stirn. »Mir ging es darum, den Mörder meines Mandanten aufzuspüren. Das habe ich erreicht. Mehr wollte ich nicht. Der Herr da wird vor Gericht die Hosen runterlassen und erklären müssen, wo die zwanzig Millionen geblieben sind.«

Blocher drehte sich ruckartig um und trat ans offene Fenster. Ich muss aufwachen!, dachte er fieberhaft. Aufwachen, hinaus in die Sonne, muss mir die Augen wachreiben und reine Luft atmen!

Er spürte, ohne einen Entschluss fassen zu können, wie ihm die Wangen glühten, erfüllt von dem beschämenden Gefühl, dass er möglicherweise unfähig war, seine Sache zu verteidigen. Draußen fuhr ein Tanker vorbei. Das Geräusch der Motoren und der Schiffsschrauben übertrug sich auf das Haus, das von einem leisen Zittern erfasst wurde. Das Fenster hing fast über dem Wasser, und da Blocher das Ufer unter sich nicht sehen konnte, kam es ihm vor, als stünde er nicht an Land, sondern in der Kabine eines Luxusliners. Der Eindruck wurde noch verstärkt durch die Strömung, die an dieser Stelle stark war. Vor seinen Augen, drüben im Dämmerlicht der tief liegenden Abendsonne, lag irgendwo die Wohnung Leylas, wo sein Koffer war, sein Geld und seine Papiere und wo er unbedingt hin musste, anders würde er die Stadt nicht verlassen können. Er holte tief Atem und schaute auf das schimmernde Schwarz des Bosporus, als blicke er auf eine Sackgasse, auf einen Dämon aus Infamie und Finsternis. Dann wandte er sich um und fixierte George. Sie hatten sich bis dahin nicht begrüßt noch ein Wort miteinander gewechselt.

»Eine Frage, George«, sagte Blocher. »Wer hat dich zur Präsentation eingeladen?«

»Gudoff. Wer sonst.«

»Wann war das?«

»Etwa vier Wochen vor unserem Termin in Berlin. Wir hatten kaum Zeit, uns vernünftig vorzubereiten.«

»Wann genau hast du die Einladung bekommen?«, hakte Blocher nach.

»Das war …« George überlegte einen Augenblick. »Es war am achten Juni in unserem Büro. Gudoff kam ja deswegen extra nach New York für drei oder vier Tage.«

»Er war Anfang Juni in New York?«

»Ja. Ich dachte, du wüsstest das …«

»Nein«, sagte Blocher, »aber das ist ja auch egal.«

Er fuhr sich mit der Zunge über die Lippen und lächelte. Es war der Augenblick, in dem er endgültig davon überzeugt war, dass Altenhöhner der Mörder sei. Das Dossier, das er ihm auf der Fähre abnehmen wollte, hatte er mit keinem Wort erwähnt. Warum dann der Nervenzusammenbruch seiner Frau, als es vor ihren Augen für immer in den Fluten des Bosporus versank? Kannte sie den Inhalt? Und wenn, woher? Von Kasimir Gudoff? Von Wolffson? Von Croning? Croning war am wenigsten daran gelegen, jemandem auf die Nase zu binden, das Startkapital seiner Karriere stamme aus fragwürdiger Quelle. Vielleicht kam auch Corelli infrage, aber wie sollte man das beweisen?

Er fühlte eine nie gekannte kalte Wut in sich aufsteigen, sein Gesicht verzog sich zu einer boshaften Grimasse, als er Altenhöhner aufforderte: »Und jetzt – zu Artur Gudoff! Und zu Corelli! Erzählen Sie mal! Was ist da passiert? Und keine Ausflüchte! Ich erwarte eine ebenso schlüssige Version wie in meinem Fall!«

»Sehr gutt, Blocher Effendi! Der Angeklagte übernimmt den Part des Anklägers«, kommentierte Terek Blochers Flankenstoß und rief Altenhöhner zu: »Bitte! Fahren Sie fort!«

»Das fragen Sie – *mich*?«, tat Altenhöhner erstaunt und blickte mitleidig auf Blocher. »Einen Corelli kenne ich nicht. Und Kasimirs Vater? Sie waren doch bei ihm. Ich nicht.«

»Er hat sie umgebracht«, mischte sich Salomé wieder ein. »Kasimir, seinen Vater und diesen Corelli. Sie können ja Croning anrufen. Oder gleich die Kripo in Berlin und Salzburg!«

Altenhöhner schenkte Blocher ein Augenzwinkern, als wollte er sagen: Na, Blocher? Nicht schlecht, nicht schlecht, was meine kleine Ratte da veranstaltet.

Plötzlich gab es einen Knall, jäh und krachend wie ein Pistolenschuss. Auf dem runden Tablett-Tisch lag das Magazin »CORNUCOPIA«, das jemand auf die Messingplatte geworfen hatte. Terek starrte mit offenem Mund und hochgezogenen Brauen auf Isabel. Die Farbe auf ihren Pfirsichwangen wechselte in ein frisches Rot. Sie ballte die Fäuste, dann öffneten sich ihre Finger und sie beugte sich über die Lehne von Tereks Sessel. Leise, aber so, dass es alle hören konnten, sagte sie: »Er tut, als kenne er Corelli nicht, aber seine atomblonde Königskobra will uns weismachen, Phil hätte ihn umgebracht. Ich finde, es reicht, Bekir! Ich habe keine Lust, mir diesen Unsinn noch länger anzuhören.«

Tereks Stimmung änderte sich, wie stets bei Türken, schroff und völlig überraschend. Für einen Moment hielt sich der dümmliche Ausdruck auf seinem Gesicht, dann wischte er ihn mit einer fahrigen Handbewegung fort und erklärte: »Du hast recht. So geht das nicht weiter … Hassan!«

»Hodscha?«

»Du hast doch Corelli gefunden?« Er sprach Englisch zu dem Türken. Offensichtlich wollte er, dass jeder seine Frage mitbekam.

Hassan nickte.

»Du weißt, wie das geht?«, fragte Terek.

»*Tabiî,* Hodscha.«

»Dann zeig es uns!«

Hassan verschwand mit einem eigentümlichen Lächeln nach nebenan. Blocher beschlich ein ungutes Gefühl bei diesem kaum wahrnehmbaren Lächeln des unheimlichen Weggenossen Tereks, das den Augen ein teuflisch kaltes Aussehen gab. Erst war es still, nach einer Weile hörte man ein Flüstern. Hassan kehrte mit einem der Männer zurück. Er hielt eine lange Reepschnur in der Hand. Er gab sie dem Mann im grauen Anzug und sah auf Altenhöhner mit einem Blick, der Blocher die Eingeweide gefrieren ließ.

»N … Nein!«, stammelte Altenhöhner. Er starrte auf die Reepschnur, die ihm der Mann hinhielt.

»Sieh mal an«, meinte Terek seelenruhig, »Sie kennen das Spielchen?«

Er strich sich mit der Rechten über die Gurgel.

»Nein, ich …« Altenhöhner schaute fiebrig in die schrägen, dunklen, leicht schielenden Augen Hassans, der Salomé grob zur Seite drängte, um sich den zum Strangulieren nötigen Raum zu verschaffen. Salomé warf sich auf das Sofa wie ein zu Tode erschrockenes Kind. Altenhöhner fuhr zurück, dann hielt er sich wieder aufrecht und ließ an sich geschehen, was Hassan und sein Spießgeselle mit ihm trieben.

Hassan nahm dem Mann neben ihm die Reepschnur ab, knüpfte mit der Fingerfertigkeit des Experten einen Henkersknoten und ging damit auf Altenhöhner zu. Der Mann hielt Altenhöhner fest, Hassan wand ihm den Strick um den Hals, aber sie henkten ihn nicht – wo auch hätten sie ihn in Tereks Salon aufknüpfen sollen –, sondern Hassan entfernte sich einige Schritte und fing an, am Strickende zu ziehen und zu straffen.

Mit hochgerecktem Hals stand Altenhöhner aufrecht und reglos da. Der Schweiß rann ihm in Strömen den sehnigen Hals hinunter, auf Stirn und Schläfen sprangen Adern hervor und sein Gesicht zeigte den immer gleichen verwirrten Ausdruck. Es dauerte nicht lange und er fing an zu röcheln und sich an den Hüften zu winden und zu zappeln.

Hassan zog mit steinerner Miene an der Schnur, als hielte er einen Hampelmann an einem gespannten Faden.

»Hassan!«, unterbrach ihn Terek ungeduldig und stand auf.

»Ja, Hodscha.«

Hassan ließ die Schnur sinken.

»Wie war das mit Corelli?«

»Er war tot, mein Herr.«

»Soso, er war tot«, knurrte Terek. Dann stellte er sich vor Altenhöhner hin und wippte auf den Zehenspitzen und brüllte, wie nur ein machtvoller Bass brüllen kann.

»Er – war – tot!«

»Toot!«, wiederholte er kaum hörbar und hauchte Altenhöhner ins Ohr: »Sie haben ihn elend verrecken lassen!«

Altenhöhners Stirn und Hals waren klatschnass. Hassan griff ihm an die Schulter und zwang ihn auf die Knie.

»Aber …«, sagte Altenhöhner kaum hörbar, »er war nicht tot …«

Er krümmte sich vor Panik und fing am ganzen Körper an zu zittern.

»Wir haben ein Auto gehört«, begann er zögernd. »Da hab ich ihr gesagt, sie soll Corelli mit ihrem Messer das Seil durchtrennen, und bin nach unten gegangen. Ein schwarzer Mercedes G stand auf dem Parkplatz. Ein Mann stieg aus. Salomé kam herunter. Wir versteckten uns in der Hauskapelle. Der Mann ging nach oben zu Corelli und wir haben das Haus verlassen.«

Hassan ließ das Seil los, verschränkte die Arme auf dem Rücken, drehte sich zur Seite und sah aus dem Fenster, als ginge ihn das alles nichts an.

»Aber Sie kannten doch Corelli gar nicht! Wie kamen Sie überhaupt dazu, sich mit ihm zu treffen?«, warf Blocher ein.

»Durch Sie!«

»Durch mich?«

»Ja, durch Sie! Unten am Steg von Schloss Fuschl erwähnten Sie Corelli, der auf Schloss Mönchstein lebe und in die Sache mit dem Nazigold unter Gudoffs Tunnel auf dem Obersalzberg verwickelt sei. Erinnern Sie sich nicht? Ich fragte, womit denn die beiden Gudoffs den Mönchsburg-Ritter erpresst haben sollten. Und da sagten Sie: *Irgendeine Geheimdienstsache, ein Dokument oder so.* Ja, und dann« – er wandte sich wieder Terek zu – »dann sagte er noch, dass er Beweise habe, dass Sie Kasimir Gudoff haben umbringen lassen.«

Terek lief rot an vor Zorn. Blocher überlegte fieberhaft, wie er Altenhöhner fassen könnte. Isabel drückte Terek in den Sessel, um ihn daran zu hindern, auf Blocher loszugehen, der mit heiserer Stimme protestierte: »Was reden Sie da! Sie waren bei Corelli! Und Sie waren an jenem Morgen auf dem Invalidenfriedhof. Sie wussten, dass Gudoff dort sein würde. Sie wussten es von zwei alten Frauen. Sie haben sie in dem Rechtsstreit mit dem Bezirksamt um die Aufstellung eines Grabsteins vertreten. Sie waren auf dem Friedhof. Sie haben Kasimir Gudoff aufgelauert. So war es doch? Warum haben Sie ihn umgebracht? Raus mit der Sprache! Sie haben ihn doch umgebracht? Oder etwa nicht?«

»Ich hab ihn nicht umgebracht«, antwortete Altenhöhner zaghaft.

Blocher ärgerte sich über seinen Wutausbruch, den er sinnlos fand, weil er einsah, dass man mit Gewalt nichts erreichen würde. Altenhöhner, mit der Schlinge um den Hals, deren Ende der andere Türke wieder in der Hand hielt, als wäre sie eine Hundeleine, war aufgestanden, ein Schlaks, der alle anderen überragte, aber dreinsah wie ein Boxerrüde, den man beim Kopulieren mit einem Zwergpudel erwischt hatte. Er deutete unsicher mit einer Kopfbewegung auf seine Frau und sagte: »Sie war's.«

Für zwei, drei Sekunden war es totenstill.

»Lügner!«, kreischte Salomé. In ihrem aschfahlen Gesicht funkelten ihre Augen wild und fanatisch. »Alles Lügen! Was bist du nur für ein Versager! Was hast du mir für Versprechungen gemacht! Nichts davon ist wahr geworden. Wie hab ich mich für dich aufgeopfert. Ach! Alles habe ich für dich getan, die ganze Zeit gearbeitet wie ein Tier, gemodelt, Kontakte geschaffen, Will Bender, Werner auf Long Island. Was hast du daraus gemacht? Nichts! Nichts! Nur Lügen, Lügen …« Sie brach schluchzend auf dem Sofa zusammen.

Es war eine beachtliche Szene. Altenhöhner schien daran gewöhnt. Er blickte mitleidlos auf das Häufchen Elend, das sich vor ihm auf dem Sofa krümmte, und sagte von oben herab: »Gearbeitet? Gemodelt? Wann denn? Wo denn? Deine Klamotten sind alle geklaut. Und Reisen, die Jahre in New York, Potsdam, den ganzen schönen Schein habe ich dir finanziert. Du? Du hast immer nur an dich gedacht …«

Er hob den Kopf und schaute zu Blocher. Er versucht es mit diesem Wir-Männer-werden-Frauen-nie-verstehen-Blick, dachte Blocher. Für eine Sekunde hatte er die Vorstellung, Altenhöhner wäre bei einer Flasche Roederer Cristal mit ihm, Wolffson und Kendlbacher besser aufgehoben gewesen als bei einer Salomé, wenigstens stünde er jetzt nicht als Mörder oder Mittäter vor ihm. Altenhöhners ausgebrannte Augen wanderten weiter, sie ruhten kurz auf dem Gesicht Isabels, und als stehe er endlich vor einer Versammlung, die er für würdig erachtete, ein Geständnis abzulegen, bemerkte er sachlich und trocken: »Wir waren wegen Salomés Eskapaden finanziell am Ende. Ich habe Kasimir Gudoff um Hilfe gebeten. Es ging um eine sechsstellige Summe. Wir brauchten das Geld. Dringend.« Die Worte kamen schnell, fast wie befreit, als zwinge ihn ein überwältigendes Bedürfnis, über alles zu reden.

»Was hat es mit diesem Billet auf sich? Sie erinnern sich?«, fragte Blocher.

»Ja, sicher. Gudoff rief mich an und erzählte, dass er Schwierigkeiten in der Firma habe. Man wolle ihm die Vollmacht über das Mallorca-Budget entziehen. Er sei aber im Besitz gewisser Dokumente, mit denen er Croning unter Druck setzen könne. Es gehe um viel Geld, das würde auch uns aus der Misere helfen.«

Er schaute wie abwesend vor sich hin, als wollte er eine innere Stimme zum Reden bringen.

»Gudoff zog die Sache in die Länge«, fuhr er mit leiser Stimme fort, als spräche er nicht zu den anderen, sondern zu sich selbst. »Ließ sich verleugnen, war zu Hause nicht zu erreichen, wich einem Treffen aus. Ich hatte ein Mandat, bei dem es um die Aufstellung eines Grabsteins auf dem Invalidenfriedhof ging. Meine Mandantin war mit Gudoffs Vater befreundet. Von ihr habe ich erfahren, dass Kasimir frühmorgens zum Friedhof kommen würde. Wir haben auf ihn gewartet. Als er kam, erklärte ich ihm, dass wir das Geld sofort bräuchten, und fragte ihn nach den Dokumenten, wo er sie aufbewahre und wann wir sie einsehen könnten. Er meinte, die Dinge seien kompliziert. Es laufe eine Intrige gegen ihn. Er nannte dabei Ihren Namen, meinte aber, er habe Sie und Croning in der Hand. Er habe einen Brief an die Staatsanwaltschaft vorbereitet. Diesen Brief wolle er mit mir durchgehen, bevor er ihn Croning übergebe – oder ihn, falls sich Croning nicht einsichtig zeige, an die Staatsanwaltschaft Moabit abschicken. Im ersten Fall würde er wieder ungestört über sein Budget verfügen und mir einen Beraterjob bezahlen, im zweiten Fall müsste ich ihn vor Gericht vertreten. Das sei das eine. Das andere sei, dass er eine Menge Geld offshore gebunkert habe, er komme aber im Moment nicht dran. Er meinte, wir sollten uns gedulden, die Sache sei heikel. Salomé sagte, sie glaube ihm kein Wort. Er benahm sich, als habe er Almosen zu verteilen, und wurde unverschämt. Ich hab ihn dann von hinten in den Griff genommen.«

»Hör auf!«, wimmerte Salomé aufgeschreckt. »Was redest du da! Du bist ja wahnsinnig!«

»Ich wollte ihn nicht umbringen. Womit denn?« Altenhöhner drehte ihr den Rücken zu.

Sie sah ihrem Mann fassungslos zu, wie er ohne Umschweife sein Geständnis zu Ende brachte.

»Ich hatte gar keine Waffe dabei. Ich habe ihn festgehalten, damit ihm Salomé die Taschen durchsucht. Ich wollte an die Schlüssel zu seiner Wohnung.«

Seine Knie fingen an zu schlottern, er beugte sich nach vorn, als müsse er sich übergeben, und bat um einen Stuhl.

»Weiter!« brüllte Terek.

Für einen Moment schien es, als könne Altenhöhner nicht mehr sprechen. Schweißtropfen fielen ihm vom Gesicht auf den Boden, dann richtete er sich wieder auf und sagte stockend: »Als er Salomé eine hergelaufene Schlampe nennt, holt sie ein Teil aus ihrer Tasche, ich weiß gar nicht mehr, was es war, hebt es mit beiden Händen hoch und schlägt ihm damit den Schädel ein. Ich ließ Gudoff los und er fiel auf einen Grabstein. Sie schlug noch einmal zu. Es war furchtbar.«

Einen Augenblick herrschte betroffenes Schweigen.

»Du gemeiner Lügner«, schluchzte Salomé. Sie schlug die Hände vors Gesicht und wand sich heulend auf dem Sofa. »Du willst nur deine Haut retten. Ich hätte doch nie die Kraft, Gudoff niederzuschlagen …«

»Gudoff war tot. Sie hatte alles vermasselt«, fuhr Altenhöhner mit rauer Stimme, aber in sachlichem Ton fort, als stände er vor den Schranken eines Schwurgerichts. »Die Chance, dass Gudoff an sein Geld kommen würde, war vertan. Mit seinen Kredit- und Bankkarten konnten wir nichts anfangen. Wir haben dann seine Wohnung durchsucht, aber nichts gefunden.«

Blocher wusste, dass das eine Lüge war, aber er wollte jetzt etwas anderes wissen.

»Dann sind Sie zu Artur Gudoff gefahren«, lenkte er ab, »und haben ihn umgebracht.«

»Nein. Er war schon tot, als wir ankamen.«

»Wann war das?«

»Am Montag, spät nachts. Wir sahen Sie in Ihrem Porsche herunterkommen.«

Ihr wart das also, dachte Blocher. Der Wagen an der Abzweigung unterhalb von Speers Atelier, der dort mit eingeschaltetem Standlicht am Straßenrand parkte und den er beinahe gerammt hätte … Er sah Altenhöhner in die Augen.

»Er war nicht tot«, hielt er ihm er entgegen. »Als ich aus dem Haus ging, war er sternhagelvoll, aber immer noch am Leben. Und jetzt wollen Sie mir noch einen Mord anhängen …«

»So geht das nicht!« rief Terek dazwischen. »Hassan!«

Hassan zog die Reepschnur fester, dann hielt er ihr Ende mit einem diabolischen Grinsen in die Höhe. Altenhöhner griff sich an den Hals.

»Raus mit der Sprache!« blaffte ihn Terek an. »Noch so ein Märchen und Ihr landet beide im Bosporus.«

»Ich …« stammelte Altenhöhner. Seine Hände fuchtelten noch ein paarmal in Halshöhe kläglich und hilflos in der Luft herum, dann sackte der ganze Mann in sich zusammen, er krümmte sich in den Hüften und suchte bei Hassan Halt, als wären seine Knie weich wie eine faule Pampelmuse.

»Ich … Ich habe den Alten gefragt, was Blocher bei ihm wollte. Als er keine Antwort gab, griff ich nach dem Sofakissen. Er brüllte, ich hätte seinen Sohn umgebracht. Da habe ich ihm das Kissen ins Gesicht gedrückt. Es ging schneller, als ich dachte.«

Auf einmal hingen dicke Tropfen an seiner Nase, und die Tränen liefen ihm in Bächen über die Wangen.

»Denken Sie von mir, was Sie wollen. Ich bereue es nicht … Ich hab es für meine Mutter getan. Er hat sie behandelt wie Dreck, bis sie zugrunde ging.«

»Dann ist die Chose ja aufgeklärt«, murmelte Terek. Aber Altenhöhner war noch nicht fertig.

»Da wäre ich mir nicht so sicher«, widersprach er und wischte sich mit dem Handrücken die Tränen aus dem Gesicht. »Noch steht nur einer unter Mordverdacht. Der da.« Er streckte die Arme aus und wies auf Blocher. »Sie glauben doch nicht im Ernst, ich würde die Geschichte vor Gericht so wiederholen?« Er wartete einen Moment, dann sprach er sein Urteil. »Es gibt keinen gerichtsfesten Beweis. Nicht einmal die Tatwaffe. Sie können uns nichts nachweisen. *Gar nichts!*«

Salomé hob den Kopf und schaute ungläubig zu ihrem Mann auf.

»Schluss jetzt! Finito!« stöhnte Terek auf. Aus dem grobschlächtigen, zurückgelehnten Kopf blickten seine finsteren Augen gelangweilt und verächtlich müde, als er sagte: »Nachweisen? Gericht? Unser *traîne-misère* ist wohl verrückt geworden.« Und als habe er genug von dem dunkelblonden Kerl, der ihn von oben herab mit einem ironischen Blick musterte, beugte er sich vor und sah Altenhöhner verschlagen in die Augen. »*Wir* halten hier Gerichtstag. Und Urteil erfolgt *Par ordre du mufti.* Und der Mufti, *mon cher avocat:* Das bin ich.« Er blickte schlechtgelaunt durch Altenhöhner hindurch, als sehe er ihn irgendwo in weiter Ferne tief unter sich und entschied: »Ab mit ihnen ins Hamam!«

Es klang, als wäre irgendein blöder Tagesordnungspunkt damit abgehakt.

Hassan griff zur Waffe. Alle sahen ihm und dem Mann im grauen Anzug nach, wie sie Altenhöhner und seine Frau vor sich her aus dem Zimmer schoben. Terek zuckte mit der Schulter, als schüttele er ein lästiges Insekt ab. Dann warf er sich in seinen grünen Lehnstuhl.

* * *

»Setzt euch!«

Blocher, George und Isabel nahmen Terek gegenüber schweigend auf dem Ecksofa unter den Fenstern Platz.

»Nun zu dir, Blocher Effendi!«

Er zog einen weißen Umschlag aus der Tasche, hielt ihn eine Weile zwischen Daumen und Zeigefinger und wedelte damit herum. Dann warf er ihn Blocher vor die Füße.

Der Umschlag war offen. Blocher hob ihn auf, griff hinein und zog zwei Blätter heraus. Er faltete sie auf, wendete sie hin und her und ließ sich Zeit mit der Lektüre, als lese er zum ersten Mal die beiden Kopien der ersten Seite des Dossiers und des Anschreibens der Pospischil, die Corelli zusammengerollt in der Seitentasche seines Anzugs hatte verschwinden lassen.

Hassan muss sie an sich gebracht haben, überlegte er. Das Rätsel, ob er ihn im Todeskampf erbarmungslos zurückließ oder ihn tot *gefunden* hatte, wie ihm Isabel in Èze weismachen wollte, hatte Corelli mit ins Grab genommen.

»Wo ist der Rest?«, fragte Terek.

»Im Bosporus.«

»Im …? Was soll der Unsinn!«

»Altenhöhner wollte es mir auf der Fähre abnehmen, da hab ich es über Bord geworfen. Hassan hat alles gesehen. Sie können ihn ja fragen.«

Terek schnappte nach Luft. Seine misstrauisch auf Blocher gerichteten Augen verengten sich zu dunklen Schlitzen.

»Was über Bord geworfen? Das Original?«

»Natürlich Kopien«, log Blocher.

In Tereks Blick lauerte eine ungute Mischung aus Gereiztheit und Stumpfsinn.

»Wo ist das Original?«

»An einem sicheren Ort.«

»Blocher Effendi!« schnaubte Terek wütend. »Wo ist es?«

»Im Deutschen Generalkonsulat.«

Terek fiel die Kinnlade herunter. Er starrte ausdruckslos durch Blocher hindurch.

»Ich hatte nicht vor, mit dem Original in der Tasche Altenhöhner zu treffen«, grinste Blocher.

»Hm!« Terek nickte und begann, auf seinem Sessel herumzurutschen. »Aah! Bei deutschen Konsul? Inderessand!« rief er plötzlich. »Aber hat Zeit. Wird schon klappen mit uns beiden«, meinte er und zwinkerte Blocher zu. »Jetzt zu padrone Croning. Ist wichtiger. Du wirst ihn anrufen und informazione geben: Mallorca ist

Business von Terek Holding! Completamente! Grundstücke, Gesellschaften, Planung. *Alles!*«

Blochers Grinsen wurde breiter. Er hielt die beiden Blätter hoch, zerriss sie langsam und dachte, während er die Schnipsel auf den Boden fallen ließ, an das Lebensmotto von Elyas, das dieser ihm einst eingetrichtert hatte: Dass Türken nur vor dem zurückschrecken, der selbst keine Angst hat. Dann stand er auf, ging zu einer Konsole, griff sich, ohne zu fragen, von einem Tablett eine Kristallkaraffe mit Wasser und schenkte sich, ohne jemandem etwas anzubieten, ein Glas ein, nahm wieder auf dem Sofa Platz und stellte das Glas vor sich auf dem runden Messing-Tisch ab.

»Croning wird das nicht machen«, meinte er achselzuckend in einem Ton, als habe er wenig Interesse an dem Thema. »Es ist sein Renommierprojekt. Außerdem: Solche Manöver sind nicht mein Metier.«

»Sie waren nicht dein Metier«, korrigierte ihn Isabel. »Ab sofort wirst du für uns arbeiten.«

»Ach ja?«

Blocher blinzelte sie von der Seite an. »Und du meinst, dann wäre alles geregelt?«

»So ist es.«

Isabel stand auf. »Croning wird Mallorca nicht stemmen, Phil. Das weißt du besser als jeder andere.«

Ihre Stimme war fest, nahm aber wieder den gewohnten freundlichen Ton an. Sie hielt die Hände vor sich gefaltet und ging, ohne jemanden dabei anzusehen, im Raum auf und ab.

»Wir zahlen das aus der Portokasse – ganz ohne Fondsvertrieb, Investorensuche, Bettelei bei Banken und Versicherungen.«

»Du wirst jetzt das Telefon nehmen«, fuhr Terek grob dazwischen, »und Croning anrufen!«

»*Gar nichts* werde ich!«

Blocher griff nach dem Wasserglas und nahm einen Schluck.

»Ihr verkennt die Lage. Ich kenne die Verhörmethoden der Mordkommission in Berlin nicht. Ich weiß nur: Sie werden niemandem einen Strick um den Hals legen, um ihn zum Reden zu bringen.« Er hatte die Ellbogen auf die Knie gestützt und betrachtete das halbvolle Wasserglas, das er vor seiner Nase zwischen den Fingern drehte. »Altenhöhner hat recht. Verdammt recht! Ihr denkt, es genügt, die beiden ins Hamam zu sperren, und das Problem ist gelöst.«

Er richtete sich mit einem abschätzigen Lächeln auf.

»Habt ihr nicht begriffen, dass drei Leute tot sind, aber der Mörder immer noch gesucht wird. Solange das der Fall ist, stehe ich unter Mordverdacht und es wird …«

»Nicht mein Problem«, unterbrach ihn Terek.

»Ha!« Laut scheppernd landete Blochers Glas auf dem Tisch. »Der Staatsanwaltschaft in Berlin wird es alles andere als egal sein, wenn zwanzig Millionen, die einer Berliner Firma gehören, auf den Cayman Islands spurlos verschwinden wie die Schiffe nebenan im Bermuda Dreieck. Und wenn sie sich nicht dafür interessiert, wird Croning dafür sorgen, dass sie es tut. Dann könnt ihr euch Mallorca an den Hut stecken.«

»Diese Idioten sind uns mit ihrem Mord an Kasimir Gudoff dazwischengekommen«, knurrte Terek vor sich hin, als führe er ein Selbstgespräch. »Egal! Sie werden hier im Haus ein Geständnis unterschreiben. Na bitte, genügt doch! Perfetto«, schloss er und blickte triumphierend um sich.

»Halleluja!«

Blocher stand auf und sah Terek mitleidig von der Seite an, als müsse er einem Abiturienten erklären, was eine Primzahl ist.

»Dann lassen Sie die beiden doch kommen! Ich sehe schon, wie Altenhöhner mit Vergnügen unterschreibt. In Berlin werden sie sich einen Spaß daraus machen, ein unter Folter erzwungenes Geständnis in den Mülleimer zu werfen. Dann stehen Sie im Fokus der Ermittlungen und Euer Spielmannszug kann meinetwegen mit Schwager Chanabi aus Karatschi als Tambourmajor durch Pakistan tingeln. Aber mit Mozart und Hindemith in Salzburg ist es dann ein für alle Mal vorbei.«

Terek ließ einen dumpfen Seufzer los. Er wandte sich dem Durchgang zum Salon zu, wo Hassan auftauchte und mit einer Handbewegung zu verstehen gab, dass der Gefangenentransport erledigt und unten im Hamam alles unter Kontrolle sei.

»Worauf warten wir noch?«, grinste Blocher. »Uns bleibt keine Wahl. Wir müssen der Mordkommission einen Knochen hinwerfen, der ihren Appetit stillt. Irgendwas Handfestes, Greifbares, Überzeugendes: ein Sündenbock, der dafür sorgt, dass endlich Ruhe einkehrt.«

Er tat, als überlege er. »Wie wär's mit dem da?«, rief er plötzlich aufgeräumt und deutete mit dem Daumen auf Hassan. »Bleiben wir mal dabei, dass er Corelli *gefunden* hat. Jedenfalls hat er Spuren am Tatort hinterlassen. Dann war er in der Nähe des Tatorts in Berlin und er war in Salzburg, als Gudoffs Vater nebenan das Zeitliche segnete. Was schaut Ihr mich so an? Passt doch!«

Für einen Moment war es still. Hassan schien verunsichert wie jemand, der in einen Raum kommt und das Gefühl hat, dass über ihn geredet wurde, weil bei seinem Erscheinen plötzlich alle verstummen.

»Hassan?« Tereks Schultern fingen an zu zucken. »Das ist gut! Das ist sehr gut! Drei Morde!«, wieherte es durch den Raum. »Und der arme Hassan soll den Sündenbock spielen …« Er sprach nicht zu Ende, sondern räusperte sich lange und dröhnend, während seine Augen unruhig umherschweiften, bis sie am fragenden Blick Hassans hängen blieben, der nichts Gutes ahnte, aber nicht wirklich begriff, worum es ging, weil er kein Deutsch verstand. Von einer Sekunde zur anderen verfärbte sich Tereks Gesicht, es wurde fleckig und einen Atemzug lang huschte ein Zug dämonischer Brutalität darüber.

Er stierte Blocher mit aus dem Kopf quellenden Augen an und keuchte heiser, jedes Wort mit schneidender Schärfe herauspressend: »*Mein Hassan!* Mein treuer Hassan. Hat mir Leben gerettet. Und jetzt willst du Hassan nach Berlin zu Meute werfen, zum Fraß? Damit du dich sauber waschen kannst und Verdacht auf uns lenken? Allah, ist das blödd! Nix wird ausgeliefert, *du Dummkopf!*«

Er rief nach Hassan und war so außer sich, dass nur noch ein Röcheln aus seiner Kehle drang. »*Kelepçeler nerede?*«

Hassan zog die Handschellen aus der Tasche.

»Bin ich im Irrenhaus oder was ist los?«

Isabel stellte sich Hassan in den Weg und erklärte mit samtweicher Stimme seelenruhig: »Seid Ihr alle verrückt geworden? Wollen wir Mallorca zum Erfolg führen oder nicht?«

Sie sah jedem in der Runde prüfend in die Augen.

»Wir werden die Croning Gruppe übernehmen. Alles andere ist Kinderkram. Weder Croning noch sonst jemand wird dann noch nach irgendwelchen verschwundenen Millionen fragen.«

Terek runzelte die Stirn. Es war ihm anzusehen, dass es ihm nicht gefiel, wie seine Muse die Unterhaltung an sich zog. Er glotzte sie mit offenem Mund an und begann, mit den Fingern auf der Armlehne zu trommeln, während Isabel zart und verhalten, doch irgendwie entschlossen und fast befehlsgewohnt sagte: »Wenn Cronings Hotels und das Investment auf Mallorca uns gehören, sind alle Probleme, über die wir uns hier streiten, aus der Welt. Habt ihr das begriffen?«

»Nein!«

Die Grübchen auf Blochers Wangen wurden zu scharfen Falten und sein Gesicht mit den blauen Augen unter den dichten schwarzen Brauen und der leicht vorgewölbten Stirn gefror zu einer starren Maske.

»Mich interessiert Mallorca einen Dreck. Der Mordverdacht gegen mich bleibt. Alles andere zählt für mich nicht. Bevor das nicht aus der Welt ist, läuft bei mir gar nichts. Kein Anruf bei Croning, keine Übergabe des Dossiers, kein Mallorca – nichts!«

»Du verkennst deine Lage«, sagte Isabel zögernd.

Blocher lachte. »Was für eine Lage? Warum schickt ihr mir diese Schießbudenfiguren mit ihren albernen Sonnenbrillen auf den Hals? Hassan kann so lange mit Handschellen und seiner Kanone herumfuchteln, wie er will. Das imponiert mir nicht. Er nimmt mich in Çengelköy wie einen Schwerverbrecher in Empfang und seitdem werde ich behandelt wie ein rohes Ei. Warum wohl? Steckt mich doch ins Hamam oder sonst in einen Keller und hängt mir meinetwegen eine Wäscheleine um den Hals! Aber das wird euch nichts nützen. Wie ihr agiert, ist einfach hirnlos.«

Er hob die Hand zu einer resignierten Geste. Noch bevor Isabel etwas äußern konnte, mischte sich George ein.

»Hör zu, Phil! Selbst wenn du es warst, der Gudoff unter die Erde gebracht hat: Ich bin der Letzte«, kicherte er und seine bis dahin unbewegte Miene strahlte auf einmal vor kindlichem Übermut, »der etwas dagegen hätte. Wenn du willst, kriegst du dein Alibi von mir. Unter einer Bedingung: Dass du bei uns mitmachst!«

Isabel überlegte einen Augenblick und meinte: »George hat recht. Lass uns zusammen das Croning-Problem lösen und Mallorca zu einem guten Ende bringen. Du warst bei dieser Bank, bei Brenner, hast gute Referenzen, bist ein Opernfreund. Du kannst es bei uns weit bringen. Bleib entspannt, wir wissen alles über dich. Du kannst unsere Finanzen für die Immobilien und Hotels verwalten. Und dabei leben wie ein Pascha. Dein Türkisch frischen wir schon auf.«

Während sie sprach, hatte Isabel jeden Sirenengesang vermieden und fuhr im selben sachlichen Ton fort: »Zu deinem Alibi. George und ich könnten angeben, wir hätten zusammen mit dir gefrühstückt. Das reicht für ein Alibi. Was hältst du davon?«

»Schriftlich?«

»Meinetwegen.«

»Wo wart ihr in Berlin am Freitagmorgen?«

»Im Four Seasons am Gendarmenmarkt.«

»Ich bin um halb zehn gegangen«, ergänzte George, »um nachzusehen, wie es um die Vorbereitung zur Präsentation stand. Meine Leute waren total durcheinander. Du weißt ja, wie es bei Croning aussah.«

»Machen wir es kurz!«, erklärte Blocher. »Wir drei haben uns am Freitag, dem achten August, gegen acht Uhr morgens zum Frühstück getroffen. Das Frühstück dauerte bis halb zehn, wie George eben sagte. Es könnte Schwierigkeiten mit ein paar Zeugen geben, ich denke an das Personal, aber das lässt sich lösen. Ich bin mit George los, dann haben wir uns vor meiner Haustür getrennt, Taubenstraße 34. Soweit der Inhalt eurer Aussage. Ihr gebt sie mir in dreifacher Ausfertigung.«

Sie wird mich jetzt daran erinnern, dachte Blocher, ihr zuerst das Dossier auszuhändigen.

Aber Isabel nickte nur und sagte: »Einverstanden.« Dann griff sie hinter sich und reichte ihm das Mobilteil.

»Bevor ich mit Croning spreche«, begann er nach einer Weile und studierte dabei Tereks Gesicht, »möchte ich wissen, was sich zwischen euch und Gudoff abgespielt hat.«

Terek hing genervt in seinem Sessel. Seine dunklen Augen wichen Blochers Blicken aus.

»Gudoffs Konto auf eurer Bank«, erklärte Blocher, den Unterkiefer hin und her schiebend, als kaue er an seinen Worten, »wurde am zweiundzwanzigsten Juni *aufgelöst* oder wie immer ihr das nennen wollt. Anfang Juli hatte er eine Woche Urlaub. Zeit genug, um in die Karibik zu fliegen, wo er feststellt, dass sein Konto nicht mehr existiert. Dann kommt ihr plötzlich nach Berlin, um ihn zu treffen. Warum? Was ist dazwischen passiert?«

Terek blies die Backen auf und gab ein pfeifendes Geräusch von sich. Es klang, als habe er die Unterhaltung satt.

Isabel hob wortreich zu einer Erklärung an, wonach sie George, der so sehr unter Gudoffs Machenschaften litt, habe helfen wollen. Ihr Vater habe *Frank*, einen alten Freund *mit guten Verbindungen*, der zur Erholung bei ihm in Èze weilte, eingeschaltet.

»Frank Sullivan?«, unterbrach sie Blocher.

Isabel überhörte seine Frage und meinte nur, »die« hätten Gudoffs Geldverkehr »überprüft« und seien dabei auf sein Konto bei der Pinkhouse Bank gestoßen, wobei sie jede Andeutung vermied, wen sie mit »die« meinte.

»Das war der Jackpot!«, schloss sie achselzuckend, als sei das heimliche Durchforsten der Konten wildfremder Bürger das Selbstverständlichste von der Welt.

Sieh mal an, dachte Blocher, und beobachtete George, in dessen Augen kurz ein Lächeln aufleuchtete, das sich nicht verbergen ließ. Wie zur Bekräftigung seiner Gedanken fügte Isabel ungerührt hinzu, George und sie hätten den Hodscha auf Mallorca aufmerksam gemacht. »Wir mussten Bekir nicht lange überreden, das Geld auf Gudoffs Konto einzufrieren.« Danach brauchten sie nur abzuwarten, bis sich Gudoff melden würde.

»Und?«, fragte Blocher. »Hat er sich gemeldet?«

»Natürlich! Er hat angerufen und gefragt, ob wir das BND-Dossier erhalten hätten.«

»Er hat … *was*?«

Isabel schüttelte amüsiert den Kopf.

»Du siehst schon wieder wie ein kleiner Junge aus, wenn du etwas nicht kapierst!«

Blocher fühlte sich von einer lebenden Mauer aus Gesichtern und Augen umgeben, die ihn musterten wie einen traurigen Artisten, dem die Bälle aus den Händen gleiten.

»Soll das heißen, ihr habt die ganze Zeit …?«, fragte er wie jemand, der nach Atem ringt und nach sinnlosen Erklärungen sucht.

»Das Dossier? Gudoff hatte eine Kopie an die Holding, an Bekir Terek persönlich, geschickt. Sie ist wie alles, was aus Deutschland kommt, auf meinem Tisch gelandet. Tja«, schloss sie amüsiert,

»wir wissen, was da drinsteht. Wir haben auch nie das Gegenteil behauptet.«

»Blocher Effendi, du gefällst mir!«, lachte Terek und schlug mit der flachen Hand auf die Armlehne. »Du und dein *paper* von komische *German Intelligence* … Ist es inderessand? Aber nein, natürlich nicht! Wenn jedes crime schon hundertmal passiert, wenn jede Wert, jedes Moral, alles Respekt ist *perdu* und jeder Mensch nur will sein kleine miese Betrug verbergen: Was soll dann noch Protest von Publikum? Gibt keinen Sinn, Blocher Effendi! *Ist nicht inderessand!* Für niemand! Und wenn jemand will *investigate* und Reportage machen und steckt Nase in Terek Holding, machen wir, dass er aufhört damit. *Capito?* Und du? Steckst Dossier ins Generalkonsulat?« Er winkte ab und zwinkerte Blocher zu. »Aach, Blocher Effendi! Klappt schon mit uns und dein Konsulat!«

»Wichtig ist nur eins«, erklärte Isabel kühl an Blocher gewandt. »Deine Drohung gegenüber Croning. Sie hat gesessen. Croning fürchtet um seinen Ruf. Darin liegt der ganze Wert des Dossiers. Es hat sonst keinen Wert. Für dich nicht. Für uns nicht.«

Sie legte Blocher die Hand auf die Schulter. »Croning kennt das Dossier doch gar nicht. Dass darin von der Novalia die Rede ist, weiß er nur von dir. Ich kann und will da nichts unternehmen. Wegen Marie Thérèse. Und Bekir und Croning? Das funktioniert gar nicht! Du musst das für uns erledigen. Es ist besser für uns alle, besser für George – und besser für dich, Phil.«

George sah Blocher mit dem unbewegten Lächeln des Chinesen in die Augen und nickte ihm zu. Blocher drückte die Lautsprechertaste des Telefons, sodass alle mithören konnten.

Croning hielt sich anders als sonst nicht mit Fragen nach dem Woher und Wohin auf, sondern forderte Blocher ohne weitere Begründung auf, sofort nach Berlin zu kommen. Dann wollte er wissen, wann mit der Rückübertragung der neunzehn Komma acht Millionen zu rechnen sei.

Blocher hatte erwartet, dass Croning sich zum Haftbefehl äußern würde oder zu seiner Zusage, ihm ein Alibi zu verschaffen. Er unterließ es, ihn vor den anderen darauf anzusprechen, aber Cronings Schweigen in seiner Sache ließ nur den Schluss zu, dass er ihn immer noch hinhielt, vielleicht auch gar nicht gewillt war, für ihn einzutreten. Blocher ließ alle Rücksicht fahren und gab zur Antwort, Herr Terek habe den Betrag »eingefroren«.

»Was soll das heißen?«

»Das heißt, dass er mit Ihnen ins Geschäft kommen will.«

»In was für ein Geschäft?«

»Die Übernahme Ihrer Firma. Der Croning Hotel und Immobilien Group.«

Es war ein Schuss ins Dunkle.

Als Croning nicht reagierte, meinte Blocher gedehnt, er habe den Eindruck gewonnen, dass Herr Terek mit einem verbleibenden Anteil Cronings von zehn Prozent wohl einverstanden wäre, auch damit, die Firma weiter unter dem Namen Cronings zu führen.

Croning verharrte in Schweigen.

Blocher erklärte, wenn man bedenke, dass bei einem Investitionsvolumen von fast einer Milliarde die fünfzig Millionen, die er, Croning, bisher für Mallorca investiert habe, eingeschlossen die neunzehn Komma acht Millionen, die wie gesagt: »sichergestellt« seien, gerade mal fünf Prozent ausmachten, dann halte er das für ein großzügiges Angebot. Auch wäre damit die Realisierung des Projekts auf Mallorca, das Croning so sehr am Herzen liege, gesichert und Croning den Vorwurf des Anlegerbetrugs los, da infolge der Finanzierung des Projekts durch Terek Fremdmittel nicht mehr benötigt würden und Banken und Anleger überflüssig wären.

»Wenn Sie mich fragen«, schloss Blocher im Ton unbeschwerten Eifers, »wäre es unklug, die Offerte nicht anzunehmen. Ich kann nur raten, sich mit Herrn Terek gutzustellen. Mehr möchte ich dazu nicht sagen.«

»Wo ist Altenhöhner?«

»Keine Ahnung.«

Croning räusperte sich. Seine Stimme hörte sich rau an, als er fragte: »Und das – Dossier?«

»Das BND-Dossier!«, rief Blocher und verzerrte den Mund zu einem bösartigen Lächeln. »Richtig! Die Novalia! Tja, was soll ich dazu sagen? Es liegt auf Tereks Schreibtisch.«

Alle starrten auf das Telefon in Blochers Hand und lauschten auf den gleichmäßigen Atem vom anderen Ende der Leitung, bis Croning langsam und kaum vernehmbar sagte: »Wat sind Sie bloß für ne fiese Schmierlapp …«

Es war, als spreche nicht Croning, sondern ein Fremder, und obgleich Blocher mit ihm und seiner Welt schon abgeschlossen hatte, traf ihn der nie zuvor gehörte Ausdruck *Schmierlapp* wie ein eisiger Windstoß.

Auf einmal ging alles sehr schnell.

Terek war aufgesprungen, er riss Blocher das Telefon aus der Hand und gratulierte Croning dröhnend zum »wunderbaren Einvernehmen«. Er werde Blocher mit einem Vertragsentwurf zu ihm schicken, als Finanzmanager der Gruppe wäre er wohl der richtige Mann, um eine Bewertung der Firma vorzunehmen. Ach ja, George Hu sei ebenfalls hier bei ihnen und würde sich freuen, dass mit den Arbeiten auf Mallorca noch in diesem Jahr begonnen würde. Nun habe es ja doch noch geklappt mit ihnen beiden! Er, Terek, sei jedenfalls hoch zufrieden und Croning sei es doch auch, endlich wäre er alle Sorgen um die Finanzierung los, schließlich sei nichts verloren, Cronings Geld sei ja nicht weg, es habe nur ein anderer, der es aber der Firma überlasse, das könne er ihm zusichern. Kurzum: eine echte Win-Win-Situation! Ein Geschäft, von dem jeder etwas habe! Er sei immer schon der Meinung gewesen, alles andere wäre »einfach nur blödd«.

»Wir werden sehen«, meinte Croning im selben gleichgültigen Ton wie zu Beginn des Telefonats. »Ich erwarte Herrn Doktor Blocher am Wochenende in unserem Haus auf Cap Ferrat.«

Blocher gab Terek ein Zeichen, dass er mit Croning sprechen wollte. »Einen Moment!«, brüllte Terek begeistert ins Telefon, »Ich gebe Ihnen nochmals Blocher.« Und er reichte Blocher das Telefon mit einem Augenzwinkern, als sei es für einen Mann von Geist wie ihn Ehrensache, einen Flachkopf übers Ohr zu hauen.

»Herr Croning!« rief Blocher. »Wo ist Wolffson? Ich kann ihn nirgends erreichen.«

Aber da hatte Croning schon aufgelegt.

Terek rief nach Champagner. Alle redeten durcheinander. Hassan warf Blocher einen hasserfüllten Blick zu und verschwand nach unten.

Nach wenigen Minuten kamen vier Mädchen. Odalisken gleich in Seide und Pluderhosen gekleidet und mit perlenbesetzten Bändern im Haar, brachten sie auf silbernen Tabletts Champagner und kostbare Gläser. Aus verborgenen Lautsprechern klangen Oud, Tanbur, Ney, Daburka und orientalische Weisen.

Terek und George stießen mit Blocher an. Alles schien glattgegangen und das »l'arrangement«, wie Terek heiter anmerkte, »formidable« bereinigt »wie eine Rechnung ohne Rest«. Nach zwei hastig geleerten Gläsern murmelte Blocher, es sei ihm egal, ob der Schöngeist vom Gendarmenmarkt in ihm den Verräter sehe.

Im selben Augenblick kam Hassan die Treppe heraufgerannt. Er blieb außer Atem im Durchgang zum Salon stehen. Ohne jemanden anzusehen, ging er schließlich auf Terek zu und flüsterte ihm etwas ins Ohr. Terek stürzte Hals über Kopf aus dem Raum, hinter ihm Hassan, gefolgt von Isabel. Blocher und George blickten sich verwundert an, dann liefen sie den anderen hinterher.

Aus dem Hamam im Erdgeschoss kam ihnen Isabel vornübergebeugt entgegen, blieb vor Blocher stehen und hielt sich an ihm fest, als fürchte sie zu stolpern. Sie fing an zu husten und als ihr Blocher den Arm um die Schultern legte und mit der flachen Hand die kalte, feuchte Stirn hielt, übergab sie sich. Dann löste sie sich vorsichtig von ihm und lief, ohne noch ein Wort zu sagen oder sich umzudrehen, nach oben.

Blocher drängte sich an Hassan und Terek vorbei ins Hamam. Vor ihm lag Salomé leblos auf dem Boden. Der Kopf war über der Kante des achteckigen marmornen Steins in der Mitte des Bads zurückgeworfen, ihre toten Augen blickten starr an die Decke. Man hätte denken können, ihr Antlitz sei mit einer Paste überzogen, die ihm das erstarrte Aussehen einer Wachsmaske gab.

Ein Abgrund des Entsetzens tat sich auf. Die Wände waren mit Blut bespritzt, ein warmer, ekelerregender Geruch erfüllte den Raum. Wie aus einem Eimer gegossen war Blut auf den Marmorboden geflossen.

Neben Salomé lag Altenhöhner. Er hatte die Füße wie bei einem Lauf übereinandergeschoben und zuckte im Todeskampf stoßweise mit jedem Herzschlag. Seine hünenhafte Gestalt war übel zugerichtet, das blutleere Gesicht zerkratzt, als hätten sich Nägel in die rechte Wange gekrallt. Er war nicht mehr bei sich.

Blocher trat kalter Schweiß auf die Stirn, er starrte wie auf ein höllisches Traumbild auf die klaffende Wunde Altenhöhners, dem das Messer durch den Hals gefahren war. Ein tiefer Riss von der

Schläfe abwärts zum Hals hatte die linke Wange gespalten. Ein abgerissener Ärmel seines über und über mit Blut beschmutzten Blousons hing ihm von den Schultern herunter und brachte die Bahn zum Vorschein, die das Messer weiter durch den Arm gezogen hatte.

Der schauerlich entstellte Hüne, der eben noch unter Tränen des Selbstmitleids zugegeben hatte, dass er einen alten wehrlosen Mann mit einem Kissen erstickt hatte, der nichts dabei fand, Gudoff festzuhalten, während seine Frau diesem den Schädel zertrümmert, und der Corelli den Todesstrick um den Leib geschnürt hatte, lag jetzt auf dem Marmorboden mit jener wachsgelben Gesichtsfarbe, die ein sicheres Vorzeichen des Todes ist. Die letzten Sekunden des Lebens badeten ihn in Schweiß, und als Blocher an ihn herantrat, entfuhr ihm ein kurzes qualvolles Röcheln, als ob ihm der Tod in der Kehle säße. Mit einem Ausdruck ungläubigen Staunens, das von einer merkwürdig heiteren Art war, sodass man glauben konnte, dass er in diesem Augenblick wie durch einen Blitz erleuchtet wirklich glücklich war, fiel ihm der Kopf zur Seite und er glitt erschlafft an dem marmornen Stein, an dem er lehnte, nieder. Es sah aus, als schliefe er in den Tod mit einem kindlichen Lächeln hinüber, zufrieden, dass es gerade hier zu Ende sein sollte. Er hielt Salomés Hand, in der das vom Blut bespritzte Messer lag, als wären sie noch im Tod ein niemals zu trennendes Paar.

Das Messer! Woher hatte sie das Messer?

Niemand hatte die beiden durchsucht. In seiner Wut über das unfassbare Versagen Hassans hämmerten die Worte Altenhöhners am Steg von Fuschl in Blochers Hirn, als schlüge ihm jemand auf den Kopf: *Inzwischen ist Salomés Lieblingsbijou ein Klappmesser. So schön eine Trennung wäre, sie wäre lebensgefährlich.* Mit zusammengepressten Kiefern, erschüttert, aber immer noch unfähig, sich von dem hässlichen blutigen Schauplatz abzuwenden, erkannte Blocher, dass er über das, was er mit eigenen Augen gesehen und so brutal miterlebt hatte, mit niemandem je würde sprechen können.

Es kostete ihn Mühe, die Zusammenhänge zu begreifen. Ein schreckliches Ringen muss dem Ende der beiden vorangegangen sein. Anscheinend war es Altenhöhner gelungen, sich von seiner Frau loszureißen, als sie mit dem Messer auf ihn eingestochen hatte. Tödlich verwundet musste er noch die Kraft gefunden haben, sie mit solcher Wucht auf den Stein zu werfen, dass sie sich an der Kante das Genick brach.

Terek gab leichenblass, doch ruhig und beherrscht, Anweisungen an die Männer, die er mehr murmelte als dass er sie laut aussprach, sodass Blocher nicht verstehen konnte, was er ihnen auftrug. Der mächtige Türke, den er vor der gewaltigen Bücherwand in Èze wenige Tage zuvor noch als *umfassend gebildeten ernsthaften Leser, der in Geist, Kultur und Geschichte des Orients wie des Westens gleichermaßen bewandert war,* idealisiert hatte, kam ihm plötzlich zwergenhaft, hässlich, nichtig und roh vor. Die Leichen wurden von Hassans Männern, die einander irgendwie ähnlich sahen wie Brüder, rasch auf zwei Kelims gelegt. Sie flüsterten dabei unentwegt, als gingen sie bei einer geheimen, dunklen Tat ans Werk, und trugen die Toten wie auf einer Trage fort.

Blocher spürte, wie ein kalter Schauer durch seinen Körper lief. Zugleich ging eine eigenartige Veränderung in ihm vor. Er bemerkte das nicht sogleich, aber weder das viele Blut noch der grauenhafte Geruch, der in der Luft hing, ja nicht einmal der Tod, dessen Zeuge er eben war, lösten große Gefühle in ihm aus oder verursachten mehr als ein vorübergehendes körperliches Unbehagen. Es war, als ob man Menschen hat Dinge treiben sehen, die man nicht recht versteht. Alles erschien so rätselhaft, so unpersönlich.

Der Selbstmord der beiden – schlussendlich handelte es sich ja um nichts anderes als um einen Doppelselbstmord – erhellte nur, wie fremd ihm Altenhöhner war und er, anders als eben noch gedacht, gerade *nicht* bei einer Flasche Roederer Cristal mit ihm, Wolffson und Kendlbacher besser aufgehoben gewesen wäre als bei seiner Salomé. Dass man zu akzeptieren hatte, dass er sein Leben wie einem Dämon *ihr* weihte und sonst niemandem. Wie auch sie, so hatte es jedenfalls Altenhöhner ihm anvertraut, niemanden hatte, keine Freundin, nur ihn, und die beiden unauflöslich aneinander gekettet waren und ihr Ende, so schrecklich es war, auf eine ihnen gemäße Weise fanden, es daher auch irgendwie zu Recht »verdienten«, weil es ein gemeinsames Ende war.

* * *

Im Salon hatten die Mädchen ein Buffet mit Meze und Süßigkeiten arrangiert. Blocher und Isabel sahen einander für einen Moment in die Augen, als wären sie inmitten der lärmenden Musik allein. Isabel war leichenblass, fast grün im Gesicht, und Blocher meinte zu sehen, wie ein Zucken ihre Schultern überlief. Dann richtete sie sich langsam auf, scheuchte die Odalisken aus dem Salon und rief ihnen nach, die grässliche Musik, die einen zur Verzweiflung bringe, abzustellen. Blocher folgte ihr ins Eckzimmer, wo Isabel auf Terek einzureden begann, wie man es nur machen kann, wenn man ungeheuer erregt ist und jemanden am Nerv packt, den man so lange kennt, dass man ihm unbarmherzig in die Seele schaut und keine Rücksicht mehr nimmt.

»Warum hast du Hassan zu Corelli geschickt?« rief sie mit heller, hoher Stimme. »Er sollte ihn umbringen, nicht wahr? Die Altenhöhners haben es für dich erledigt. Vielleicht. Vielleicht auch nicht. Sie sind jetzt tot und wir werden es nie erfahren. Ich habe lange weggeschaut, Bekir. Viel zu lange. Es ist genug. Genug! Genug!« schrie sie. »Entweder wir ändern das, und zwar hier und jetzt, oder es ist vorbei und unsere Wege trennen sich.«

»Ja, aber …«

»Was aber? Ich habe mit Museum, Universität und Orchester so gut es ging dein Image aufpoliert. Du nimmst keine Drogen, Bekir, aber deine Droge ist das Geschäft damit. Du hängst daran wie ein Junkie. Seit dem Frühjahr, als es in Jugoslawien losging, setzt du auf diese Strolche aus dem Kosovo, als wären sie die künftige Regierung. Ich bin Amerikanerin, und wenn meine Regierung Belgrad bombardiert, wird sie schon einen Grund dafür haben. Aber diese Typen gefallen mir nicht. Es sind billige Gauner, zwielichtige, nichtsnutzige Figuren. Ich habe keine Lust mehr, für jemanden zu arbeiten, der sich mit so etwas abgibt und einen Esel wie Hassan um sich duldet. Das ist Abschaum. Es reicht, Bekir!«

Blocher lauschte verblüfft ihren Reden, ohne seine Augen von Isabel zu wenden, die vor erstickter Wut und tiefem Abscheu bebte. Jedenfalls sah es so aus und er fragte sich, ob es sich dabei nicht um eine gewiefte Demonstration ihrer Schauspielkunst handelte, nicht anders als ihr atemlos geflüstertes »Endlich! Endlich!«, mit dem sie ihm bei ihrer stürmischen Begrüßung in Èze um den Hals gefallen war.

»Was geht dich das an?«, schnaubte Terek.

Auch seine Nerven lagen nach dem schrecklichen Geschehen blank.

»Allah, Millionen Dollars stecken in *Terek Orkestrası*. Wofür? *L'orchestre est misérable. La critique est misérable!* Kümmere dich um deine *affaires*! Aber misch dich nicht in Dinge ein, die …«

»Du bist alt«, fiel ihm Isabel ins Wort. »Du bist nicht gesund. Und du bist allein, Bekir«, sagte sie und wechselte dabei in den Ton einer Betschwester, als wäre sie um sein Seelenheil besorgt. »Hast du nie darüber nachgedacht, wie … wie verpfuscht dein Leben ist?«

Tereks Gesicht bekam einen unsicheren, düsteren Ausdruck, die Augen wurden unstet, als suchten sie nach irgendetwas, das ihrem Flackern ein Ende machen würde. Er lehnte schnaufend den Kopf zurück und studierte die zart gepinselten Arabesken an der hölzernen Decke des Zimmers, als lese er in den Schicksalslinien seiner Hand. Dann fuhr er sich erschöpft übers Gesicht und starrte Isabel scheu und verwirrt an.

»Wie sprichst du mit mir?«, schluchzte er plötzlich auf. »Verpfuscht! Das ist ein grausames Wort. Sag so etwas nicht!«

»Bekir, versteh doch!« Isabel trat zu ihm und strich ihm zärtlich übers Haar. »Ich bin schon viel zu lange hier. Ich habe genug von Hassan, genug von den Barbaren in deiner Umgebung. Ich mag diese Leute nicht, bei denen man nie wirklich weiß, was sie denken oder wie sie empfinden, die so empfindlich sind, wenn es um sie selbst geht, und so grob und abgestumpft, sobald es um andere geht.«

»Das ist der Orient!«, rief Terek theatralisch. »Ja, der Orient! Er hat dich ausgelaugt und verbittert. Aach, wie gut ich dich verstehe!«, fuhr er mit salbungsvoller Miene fort, als wäre die Kunst der Seelenmassage sein angestammtes Geschäft. »Gleiches Krankheit, gleiches Symptom wie bei junge Bekir, als er aus Yale zurück ins Reich von Stumpfsinn kam. Aach, unsere Land! So schön und so *misérable*. Glaub mir, Isabel! Jeden Tag, den ich unter diesen Menschen leben muss, bringt mich Wahnsinn näher. Bei Allah, Herde wilder Büffel ist leichter zu bändigen als diese Nomadenhorde. Sie sind wild, ja doch, wild und überempfindlich und aufgeblasen. Ihre Kopf ist hohl und leer und sie hintergehen einander, noch ehe sie Mund aufmachen, das ist Einziges, was sie können.

Gott weiß, wie weit wir es damit noch bringen werden. Und jetzt? Jaja, ich sehe schon, du bist gegen alles, was von mir kommt, was ich dir gemacht, wozu ich geholfen habe, gegen alles, was du mir verdankst. So ist es doch? Nicht? Aber ja doch, natürlich! So weit ist es mit uns gekommen. Deshalb bist du so ungerecht zu mir. Aach, es ist schrecklich.«

George musterte Terek mit kindlichem Erstaunen, als schrumpfe vor seinen Augen ein Dino zu einer Mücke.

Blocher goss sich mit sardonischem Grinsen ein Glas Champagner ein. Er hegte im Stillen den Verdacht, dass Terek und Isabel vielleicht ein vages Vergnügen daran fanden, vor sich und ihren beiden Zuhörern eine orientalische Theaternummer aufzuführen, ein Kasperletheater wie *Karagöz*, das türkische Schattenspiel, zu dem ihn Leyla einmal mitgenommen hatte. Was war der Zweck dieses Stücks, das sie im Ton gekränkter Eheleute auf die Bühne brachten?

»Bekir! Hör auf!« Isabel blickte reglos auf Terek. »Ich will nicht ungerecht sein. Aber so wie jetzt geht es nicht weiter. Geschäft ist Geschäft und Muse ist Muse.« Sie sprach auf einmal klar, ruhig und bestimmt und ohne den geringsten Anflug von Selbstmitleid in der Stimme.

»Ich mache dir einen Vorschlag«, holte sie kühn zum Schlag aus, im selben sanften und dreisten Ton wie vor drei Tagen nachts im Garten in Èze, als sie Blocher fragte, wie und wo er mit ihr leben wolle.

»Du wirst mir die Mehrheit der Anteile an der Terek Holding überschreiben! Andernfalls werde ich gehen und du wirst mich nie wieder sehen.«

Terek wurde grau im Gesicht. Man sah ihm an, dass die Stunde des Komödianten vorüber war, bevor sie noch recht begonnen hatte. Er zog eine jämmerliche Grimasse und fing leise an zu wimmern.

»Isabel, hör mir zu! Ich bin alt. Ich bin nicht gesund. Meine Frau hat mich verlassen, ich habe diesen missratenen Sohn. Ich kenne dich, seit du ein Kind warst. Du weißt, ich war nie ein glücklicher Mensch, bis du nach Istanbul gekommen bist. Versteh doch!«

Er sprach nicht langsam und in tiefem Bass, wie man es von ihm gewohnt war, sondern immer schneller, was Blocher nicht geheuer vorkam, zumal Terek seine Sätze überstürzt und unverständlich hervorstieß, bis nur noch zwei Worte blieben, die sich wie »meine Muse« und »meine Edelstein« anhörten. Entweder, dachte Blocher, ist er ein grandioser Schauspieler oder ein beklagenswertes Wrack, das in echtem Schmerz nach ihrer Hand greift, um unter Tränen zu beteuern, wie sehr er sie brauche, sie dürfe ihn um Allahs willen nicht verlassen. Er vergrub sein Gesicht in einem Taschentuch und schnäuzte sich. Es klang, als würde jemand in eine Posaune blasen.

Er habe sich sein Leben nicht ausgesucht, hob er wieder an. Das hätten andere für ihn getan. Dann begann er von ihrem Vater zu sprechen. Für ihn habe er *undercover* gearbeitet. In diesem Drecksloch von einer Stadt endloser Intrigen mit ihren Schiebern, Hehlern und Dieben.

Ob sie wüsste, was das heißt, *undercover* zu arbeiten?

Er sei ein Leben lang in einer von Spiegeln vollgestellten Wüste umhergeirrt, einer Welt, die nichts Dauerhaftes und Vertrauenswürdiges aufweise, nur ein hinterlistiges Spiel zahlloser Spiegel, in denen sich immer neue, immer entferntere trügerische Perspektiven eröffneten. Ein ruheloses Dahintreiben auf dem schwankenden Boden eines Landes, in dem Tatsachen und Illusionen, Missverständnisse und Verleumdungen, der Geist der Tyrannei und der Kult grober Gewalt sich unaufhörlich miteinander vermengten. Das Schlimmste, das Allerschlimmste aber sei: Man merke dabei gar nicht, dass man sich immer weiter entferne von dem, der man einmal war. Eine große akademische Karriere sei ihm vorherbestimmt gewesen, er hätte unter den besten Universitäten wählen können.

»Harvard, Yale, Princeton! Alle wollten mich haben! Und was ist aus mir geworden? Aach, das Schicksal kennt kein Erbarmen … Die Menschen sind schlecht …«

Er seufzte auf, um dann in ein gedehntes Stöhnen überzugehen. Man hätte glauben können, ein schwaches verirrtes Lamm zu hören, das nach dem Mutterschaf blökt. Dann machte er eine Pause, als denke er über ihre Worte nach.

Blocher hatte in Terek bis dahin einen Menschen gesehen, der hoch über den Dingen steht, der irgendwie Abstand wahrt, undurchdringlich bleibt, unerreichbar, und der am Geschehen nur als jemand teilnimmt, der über alles entscheidet. Ein Mann, dem all die Zweifel und Schwächen fremd sind, die einen sonst begleiten, verwirren und aufregen. Einen Augenblick lang glaubte er tatsächlich, damit sei es jetzt vorbei.

Terek schaute unterdessen mit weit geöffneten Augen angestrengt vor sich hin. Schließlich raffte er sich auf und tat, als wäre er mit allem einverstanden. Es dauerte nicht lange und er begann, sich seine »Entlastung von diesem aufreibenden Gewerbe« schönzureden, um sogleich vor den komplizierten Verflechtungen seiner Unternehmungen zu warnen, wobei er nicht vergaß, auf die doch recht unsicheren Verhältnisse im Lande hinzuweisen, wo man zwischen islamischen Hardlinern, moderaten Kräften und den Anhängern einer Trennung von Religion und Staat, die gottlob die Armee hinter sich hätten – noch, aber vielleicht seien ja die Moscheen die wirklichen Kasernen, ihre Kuppeln die Helme und die Gläubigen die wahren Soldaten, so genau wisse er das nicht und er kenne sich bei Allah wahrhaftig besser aus als viele andere, aber niemand könne in die Zukunft dieses komischen Landes schauen, da sei eine Ausländerin vielleicht doch nicht die Richtige an der Spitze einer so weit verzweigten Holding, aber wer wisse in Zeiten wie diesen schon, was richtig und was falsch sei.

Darauf ging er plötzlich dazu über, in jenem unbestimmten, schwankenden orientalischen Tonfall, der selbst bei den sichersten Dingen einen Zweifel und die Möglichkeit von Veränderungen und Überraschungen nicht ausschließt, von den märchenhaften Perspektiven der Balkanroute zu schwärmen, wo zwischen der Türkei und Europa bald schon Ströme fließen würden, Ströme von Gütern, Kapital und Menschen, und er für sie alle das große Geschäft witterte. Er sprach langsam und feierlich, den Blick immer auf dieselbe Stelle gebannt, als lese er etwas vom Blatt ab. Blocher nahm den Sermon, den Terek vor ihnen ungebremst abspulte, als eine jener seltsamen Überraschungen, die einem in einem Land wie der Türkei ständig widerfahren. Zwischen dem wirklichen Innenleben des Menschen und seinen geäußerten Worten bestand offensichtlich auch bei Terek kein Zusammenhang und der ganze Disput zeigte nur ein weiteres Gesicht des Istanbuler Machtmenschen.

Mit Isabel war es erstaunlicherweise nicht anders. Entweder war sie eine kaltblütige Schauspielerin oder ihr emotionaler Erpressungsversuch, mit dem sie Terek unter Druck setzte und mit Liebesentzug drohte, um ihn über Gefühle zu manipulieren, war vielleicht tatsächlich Folge des orientalischen Gifts, das früher oder später jeden annagt, der sich, wie Terek klagte, ins *Reich von Stumpfsinn* begibt. Zugleich agierte sie in Blochers Augen wie die Tochter Patrick William Kellys, kühl und unnahbar. Warum tat sie das? Für wen? Glaubte sie wirklich, sie könne einen Konzern wie die Terek Holding führen? Welches Spiel wurde da gespielt? Das ihres Vaters? Das der CIA, der Amerikaner? Er verspürte plötzlich einen heftigen Durst nach scharfem Alkohol und sagte zu George, der reglos wie eine Statue neben ihm stand: »Ich will raus hier. Kommst du mit?«

Terek hob die Hand, als wolle er die beiden aufhalten. Offenbar in der Gewissheit, dass Blocher ohne ihr Zeugnis in Sachen Alibi schon wiederkommen würde, schüttelte Isabel den Kopf und ließ ihn und George wortlos ziehen.

* * *

Draußen brach bereits der Abend herein. George und Blocher gingen schweigend nebeneinander her, nur ab und an fiel ein kurzes Wort oder ein Fluch über das eben Erlebte.

Als George äußerte, er werde nie verstehen, wie Menschen sich so etwas antun könnten, meinte Blocher, Altenhöhner habe seltsamerweise alles durchschaut: seine Abhängigkeit von Salomé, den brüchigen Boden ihrer Überspanntheit, ihre haarsträubende Charakterlosigkeit und letztlich auch die Aussichtslosigkeit ihrer Beziehung. Er habe davon gesprochen, sie zu verlassen, es aber einfach nicht über sich gebracht.

»Es ist sinnlos, sich darüber den Kopf zu zerbrechen«, schloss er mit einer wegwerfenden Geste. »Du schaust nicht rein in eine Ehe. Wer kann schon ermessen, was zwei Menschen aneinanderbindet. *Ihrem Ende eilen sie zu*: Das sagt sich so leicht! Wann, warum und wie? Wie soll ein Außenstehender das wissen?«

Als sie den kleinen Platz am Ufer neben Ismet Baba erreichten, ging Blocher in das Restaurant und kehrte mit zwei Gläsern Rakı zurück. Er setzte sich zu George auf eine Bank. Die Paläste am gegenüberliegenden Ufer lagen bereits im Schatten.

»Ich verstehe das alles nicht«, sagte George und nahm das Glas, das ihm Blocher hinhielt, ohne daraus zu trinken. Er schüttelte den Kopf. »Ich verstehe Terek nicht, ich verstehe auch diesen Putsch nicht, den Isabel anzettelt. Wozu das jetzt?«

»Weiß ich auch nicht. Vielleicht ein Versuch der Amerikaner, an die Terek Holding zu kommen.«

»Welcher Amerikaner?«

»Ach, ist doch egal.«

Plötzlich überkam Blocher ein Gefühl, das er nur zu gut kannte, mit dem er schon einmal gekämpft hatte, aber das war schon lange her. Ein Gefühl der Angst, dass er hier, in dieser Stadt, festsitzen würde, einer Umgebung ausgeliefert, die das Dasein umnebelt und Vorhaben sabotiert und einen ratlos zurücklässt, als wäre man so gut wie lebendig begraben.

»Bleib bei uns, Phil!«, sagte George, als erahne er im Stillen Blochers Zerrissenheit. »Mir würde alles leichter fallen. Auch Isabel! Sie mag dich. Ich weiß es. Sie hat es mir gesagt.«

»Natürlich!«, höhnte Blocher. »Ein lebendiger Philipp ist immer nützlicher als ein toter Kasimir. Es gibt Frauen, George, die wirklich zu lieben imstande sind, und andere, die niemals lieben können. Das ist der ganze Unterschied. Sie *mag* mich, sagst du? Das ist ungefähr so, wie wenn man nicht lieben kann und dennoch liebt. Ich nehme an, sie weiß, dass von den Männern hier wenig zu erwarten ist, und sie ahnt wohl, dass es nichts Langweiligeres geben kann als das gesicherte Liebesleben eines Türken. Dann wird sie wohl weiter warten müssen und auf den Einen hoffen, was so viel ist wie auf den Zufall warten. Ich bin kein Prophet«, fügte er noch an, während er sein Mobiltelefon aus der Tasche holte. »Aber ich fürchte, sie wird vergeblich warten. Hallo?«

»Ich bin's, Aaron.«

»Mensch, Aaron! Wo warst du? Was ist los?«

»Du arrangierst die feindliche Übernahme deiner Firma und fragst mich, was los ist?«

»Es ist nicht *meine* Firma. Ich arrangiere auch keine feindliche Übernahme. Croning hat sich angreifbar gemacht. Das ist alles.«

Blocher fühlte, wie sein Herz pochte. Er wusste, dass seine laue Antwort Wolffson nicht gefallen würde. Wolffson war nicht der Typ, der Illoyalität durchgehen ließ, auch nicht dem besten Freund.

»*Meine* Firma ist es auch nicht«, erklärte Wolffson. »Ich will damit nur sagen, dass …«

»Ich kann dir jetzt nicht alles erklären«, unterbrach ihn Blocher.

»Nicht nötig«, erwiderte Wolffson. »Einen Moment!« Er legte anscheinend sein Telefon beiseite. Mit einem Mal erklang eine tiefe Seemannsstimme. Ihr melodramatisches Timbre kam Blocher irgendwie bekannt vor.

»*Vergangen – vergessen – vorüber …*«

»Freddy Quinn«, murmelte Blocher. Er wusste nicht, ob er lachen sollte oder ob sich Wolffson nicht einen schlechten Scherz mit ihm erlaubte. »Was soll das Gedöns?«

»Ich hab gekündigt!«, jubelte Wolffson.

»Du – hast – *gekündigt*?«

»Ja.« Wolffson drehte die Musik leiser. »Es gab Ärger wegen des Anlegerbetrugs. Ich hab Croning gesagt, dass er Schwierigkeiten bekommen werde und ich ihm nicht helfen kann, wenn er nicht den Fonds-Prospekt und alle anderen Angaben zurückzieht. Es war nicht mit ihm zu reden. Dann die Sache mit den null Komma sechs Prozent.«

»Was für null Komma sechs Prozent?«

»Stell dir vor, er hat doch tatsächlich einen Vertrag mit sich selbst geschlossen: Er, Detlev Croning, mit der Croning Hotel und Immobilien Group. Über die Verwendung des Namens Croning und des Logos. Er hat das Ding an mir vorbei gedreht und sich ein fee von null Komma sechs Prozent am Umsatz gesichert. Schon vor drei Jahren. Ich bin durch Zufall dahintergekommen. Null Komma sechs Prozent! Ich hab ihn gefragt, was er sich dabei dachte, sich so einen Schmu herauszunehmen. Er meinte, so könne nur jemand fragen, der selber kein Geld hat. Da dachte ich: Jetzt reicht's!«

Blocher hörte Wolffson tief einatmen und sah ihn vor sich, wie sich seine Backen blähten und er die Luft langsam ausblies.

»Klingt nach Peanuts. Immerhin streicht er damit jährlich über sechs Millionen ein, also jeden Monat gut eine halbe Million. Ein hübsches Sümmchen fürs Nichtstun. Ich hab ihm gesagt, wenn er das nicht rückgängig macht, sind wir geschiedene Leute. Du kennst ihn ja. Wenn's um Geld geht, ist er unbelehrbar. Er kann den Hals nicht vollkriegen. Übrigens war er sich sicher, dass du mit Terek kungelst. Deswegen hat er Altenhöhner nach Istanbul geschickt. Was macht der überhaupt?«

Blocher räusperte sich. »Ich weiß es nicht«, antwortete er zögernd. »Ist verschwunden.«

»Hast du die Zeitungen gelesen?«

»Die Sonntagszeitungen. Ja, doch. Ein Debakel für mich …«

»Nein, die von heute. Von der Mordkommission gibt's Neuigkeiten. Warte mal … «

Blocher hörte ihn mit der Zeitung rascheln.

»Sie suchen nach … Nach einem einsfünfundneunzig großen Mann«, las Wolffson vor. »Gewicht hundert Kilo, Schuhgröße siebenundvierzig. Wie die Spurensicherung feststellen konnte, war er am Tatort in Begleitung einer Frau. Größe etwa einsfünfundsiebzig, Gewicht ca. fünfundfünfzig Kilo, Schuhgröße neununddreißig.«

»Würde auf die beiden passen. Die kommen reichlich spät damit raus.«

»Sie haben auch die Tatwaffe gefunden. In der Spree, hinter der Friedhofsmauer. Polizeitaucher haben sie rausgeholt.«

»Am Samstag vor einer Woche war ich noch mal auf dem Invalidenfriedhof und hab mir den Tatort angesehen. Auf die Idee, dass der Mörder den Hammer über die Mauer in die Spree schleudern würde, bin ich nicht gekommen.«

»Es ist kein Hammer. Es ist ein Schlangenleuchter. Ein Kerzenleuchter wie eine Schlange oder so ähnlich.«

Blocher ließ das Handy in seiner Hand sinken und hielt mit der anderen das volle Glas Rakı in die Höhe. Der milchige Inhalt leuchtete blassrosa im Licht der untergehenden Sonne. Er trank das Glas mit einem Schluck zur Hälfte leer.

»Hallo! Was ist los? Bist du noch dran?«, krähte es aus dem Handy.

Der Anisgeschmack nahm Blocher für einen Moment den Atem. Er kniff die Augen zusammen und schüttelte den Kopf, dann hielt er wieder das Telefon ans Ohr.

»Aaron! Ruf sofort die Kripo an oder die Mordkommission oder die Staatsanwaltschaft, am besten alle drei, und sag denen, sie sollen sofort, ich sage: *sofort*, Altenhöhners Büro in der Menzelstraße in Potsdam durchsuchen. Dort befindet sich auf seinem Schreibtisch das Pendant zur Mordwaffe: ein Messingkerzenleuchter in Gestalt einer sich windenden Schlange. Die können auch gleich die Kripo in Berchtesgaden in Marsch setzen, falls es so etwas wie eine Kripo bei den Steineseln da unten gibt, und auf dem Anwesen von Artur Gudoff auf dem Obersalzberg ein Foto sicherstellen, das sich auf dem Sekretär in seinem Zimmer befindet. Da ist nämlich Holger Altenhöhner drauf, wie er hinter seinem Schreibtisch in Potsdam sitzt, vor sich zwei, ja: *zwei* Schlangenleuchter! Die beiden sind nämlich ein Paar. Das ist der Beweis, dass Altenhöhner oder seine Frau oder wer von beiden auch immer die Mörder Kasimir Gudoffs sind!«

Es blieb lange still, bis Wolffson leise sagte: »Du hattest recht. Du hattest ihn gleich in Verdacht. Ich hab geglaubt, du bist nicht ganz okay wegen dieser Geschichte mit dem Alibi, und hab auch deine Fragen nach der Novalia nicht verstanden. Als ich am letzten Freitag zu Croning ging, um zu kündigen, telefonierte er gerade mit Altenhöhner. Croning und Altenhöhner! Ich hab nichts dazu gesagt, er auch nicht. Ich hab ihm mein Kündigungsschreiben überreicht und wir haben uns schweigend voneinander verabschiedet.«

»Aber warum hast du dich nicht gemeldet?«

»Mir wurde es zu viel, ich bin übers Wochenende nach Sylt geflogen und stundenlang spazieren gegangen. Hab über alles nachgedacht. Deine Tage bei Croning sind gezählt. Meine auch. Da fragt man sich schon: Wie soll es weitergehen … Ich musste erst mal mit mir klarkommen. Deshalb hab ich mich nicht gemeldet. Tut mir leid.«

»Und? Was hast du vor?«

»Mal sehen. Aber das müssen wir ja jetzt nicht besprechen.«

Blocher war aufgestanden und hielt sich dabei an George fest.

»Ich brauche dein Alibi nicht mehr«, sprach er mit belegter Stimme leise vor sich hin. Er ballte die Faust und ohne ihn anzusehen bat er George, zu Isabel zu gehen und ihr klarzumachen, der Mord in Berlin sei aufgeklärt. George stand auf und fragte ihn unsicher: »Kommst du nicht mit? Du bleibst doch bei uns? Phil! Versprich es mir!«

»Beeil dich!«, wich Blocher aus und nickte, als sei er einverstanden.